Vreemd

CW01621283

Jhumpa Lahiri

# Vreemd land

Vertaald uit het Engels door
Ko Kooman

J.M. MEULENHOFF

De vertaler ontving voor deze vertaling een werkbeurs van de Stichting Fonds voor de Letteren.

Oorspronkelijke titel *Unaccustomed Earth*
Copyright © 2008 by Jhumpa Lahiri
Copyright Nederlandse vertaling © 2008 Ko Kooman en
J.M. Meulenhoff bv, Amsterdam
All rights reserved including the rights of reproduction in whole or in part in any form
Vormgeving omslag Studio Marlies Visser
Vormgeving binnenwerk © Steven Boland
Artwork voorzijde © Sarah Morris
Foto auteur © Elena Seibert

www.meulenhoff.nl
ISBN 978 90 290 8129 0 / NUR 304

Voor Octavio, voor Noor

*De menselijke aard kan, evenmin als
een aardappel, gedijen als hij gedurende een te lange
reeks generaties wordt geplant en herplant in dezelfde
uitgeputte grond. Mijn kinderen zijn op andere plaatsen
geboren en zullen, zolang hun lot nog in mijn
handen is, wortelen in vreemde aarde.*

NATHANIEL HAWTHORNE
'The Custom-House'

# Inhoud


Deel 1

*Vreemd land* 13

*Hel-hemel* 72

*Een keuze van accommodaties* 97

*Alleen goedheid* 142

*Het gaat niemand wat aan* 190

Deel 2 Hema en Kaushik

*Maar eens in je leven* 239

*Eindejaar* 269

*Aan land gaan* 312

# Deel 1

# Vreemd land

Na de dood van haar moeder trok Ruma's vader zich terug uit het farmaceutisch bedrijf waarvoor hij tientallen jaren had gewerkt en begon hij reizen te maken naar Europa, een werelddeel waar hij nog nooit was geweest. In het afgelopen jaar had hij Frankrijk en Nederland bezocht, en het laatst ook Italië. Het waren georganiseerde reizen, met een gezelschap van vreemden, per bus door stad en land, alle maaltijden, museumbezoeken en hotelovernachtingen vooraf gepland. Hij was dan twee, drie, soms vier weken weg. Als hij op reis was, hoorde Ruma niets van hem. Elke keer hing ze de uitdraai van zijn vluchtgegevens met een magneetje aan de koelkastdeur, en op de dagen dat hij vloog keek ze naar het nieuws om te zien of er niet ergens ter wereld een vliegtuig was verongelukt.

Zo nu en dan arriveerde er een briefkaart in Seattle, waar Ruma woonde met Adam, haar man, en hun zoontje Akash. Op de briefkaarten waren kerken te zien, stenen fonteinen, pleinen vol mensen, huizen met terracotta daken in het zachte licht van de late middagzon. Het was bijna vijftien jaar geleden dat Ruma haar enige Europese avontuur had beleefd, een vakantiereis van een maand met Eurorail die ze na haar rechtenstudie had gemaakt met twee vriendinnen, van het geld dat ze van haar salaris als assistente van een advocaat had gespaard. Ze had geslapen in goedkope pensions en geleefd met een soberheid die haar in dit stadium van haar leven vreemd was; het enige wat ze kocht waren variaties van dezelfde prentbriefkaarten die ze nu van haar vader kreeg. Haar vader schreef beknopte, onpersoonlijke overzichtjes van wat hij het laatst had gezien en gedaan: 'Gisteren het Uffizi Museum. Vandaag een wandeling naar de overkant van de Arno. Morgen tochtje naar Siena op het program.' Een enkele keer een zinnetje over het weer. Maar niets waaruit bleek dat haar vader die plaatsen ook werkelijk had bezocht. Ruma moest denken aan de telegrammen die haar ouders lang geleden aan hun familie stuurden als ze naar Calcutta waren geweest en weer veilig in Pennsylvania waren teruggekeerd.

De briefkaarten waren de eerste post die Ruma ooit van haar vader ontvangen had. In de achtendertig jaar van haar leven had hij nooit een reden gehad om haar te schrijven. Het was een eenzijdige correspondentie: zijn reizen waren zo kort dat Ruma geen tijd had om hem terug te schrijven, en hij kon trouwens onderweg geen post ontvangen. Haar vaders handschrift was klein, precies, enigszins vrouwelijk; dat van haar moeder was een ratjetoe van hoofdletters en kleine letters geweest, alsof ze van elke letter nooit meer dan één versie had geleerd. De kaarten waren aan Ruma geadresseerd; haar vader schreef nooit Adams naam erbij en evenmin die van Akash. Alleen in zijn slotgroet toonde hij zich bewust van enige persoonlijke band tussen hen. 'Wees gelukkig, liefs Baba,' schreef hij, alsof gelukkig zijn zo simpel was.

In augustus zou haar vader weer op reis gaan, naar Praag. Maar eerst zou hij een week bij Ruma komen logeren, om het huis te zien dat zij en Adam aan de oostkant van Seattle hadden gekocht. Ze waren in het voorjaar uit Brooklyn daarheen verhuisd, in verband met Adams werk. Het was haar vader zelf die het bezoek had voorgesteld, toen hij haar tot haar verrassing belde terwijl ze in haar nieuwe keuken met het avondeten bezig was. Na haar moeders dood had Ruma het als haar plicht beschouwd hem elke avond te bellen om te vragen hoe zijn dag was geweest. Nu belde ze zo vaak niet meer, meestal nog maar één keer per week, op zondagmiddag. 'Je bent hier altijd welkom, Baba,' had ze haar vader door de telefoon gezegd. 'Je weet dat je zoiets niet hoeft te vragen.' Haar moeder zou het niet hebben gevraagd. 'We komen in juli naar je toe,' zou ze Ruma hebben meegedeeld, met de vliegtickets al in huis. Er was een tijd in Ruma's leven geweest dat ze zich aan zo'n aanmatigend optreden zou hebben geërgerd. Nu miste ze het.

Adam zou die week weg zijn, weer voor de zaak. Hij werkte voor een hedgefonds en was sinds de verhuizing nog geen twee weken achtereen thuis geweest. Met hem meegaan was geen optie. Hij moest nooit ergens heen waar het leuk was – meestal naar plaatsen in het noordwesten of in Canada, waar voor haar en Akash niets te beleven viel. Over een paar maanden, verzekerde Adam haar, zou het reizen minder worden. Hij vond het vervelend om Ruma zo vaak met Akash alleen te moeten laten, zei hij, vooral nu ze weer in verwachting was. Hij moedigde haar aan een oppas te nemen, desnoods een au pair, als ze dat zou willen. Maar Ruma kende niemand in Seattle, en ze zag er meer tegen op om in een vreemde stad iemand te zoeken die op haar kind kon passen dan om zelf voor hem te zorgen. Als ze de zomer maar achter de rug had – in september kon Akash naar de peuterklas. Daar kwam nog bij dat Ruma niet werkte, en met goed fatsoen niet kon gaan betalen voor iets waar ze zelf alle tijd voor had.

In New York had ze na de geboorte van Akash bij haar advocatenkantoor een deeltijdregeling bedongen die inhield dat ze op donderdag en vrijdag thuisbleef in Park Slope, en dat had de volmaakte verhouding geleken. Het kantoor was de eerste tijd heel coulant geweest, maar het was niet zo gemakkelijk geweest om de dood van haar moeder te verwerken net toen er een belangrijke zaak voor de rechter zou komen. Haar moeder was op de operatietafel gestorven aan een hartstilstand; de narcose voor een gewone galsteenoperatie had een anafylactische shock veroorzaakt.

Na de twee weken rouwverlof die ze kreeg, kon Ruma het niet meer opbrengen om terug te gaan. Het zorgen voor de toekomst van cliënten, het opmaken van hun testamenten en herfinancieren van hun hypotheken, kwam haar nu lachwekkend voor, en ze wilde niets liever dan thuis bij Akash zijn, niet alleen op donderdag en vrijdag, maar elke dag. En toen, als door een wonder, kreeg Adam zijn nieuwe baan, met een salaris dat zo royaal was dat zij de hare kon opzeggen. Het huis was nu haar werk: de stapels catalogi doorkijken die ze in haar brievenbus vond, met gele plakkertjes artikelen markeren, lakens met drakenmotief bestellen voor Akash' kamer.

'Prima,' zei Adam, toen Ruma hem van haar vaders komst vertelde. 'Dan kan hij je helpen als ik er niet ben.' Maar Ruma dacht er anders over. Als iemand haar had kunnen helpen, was het haar moeder geweest. Die had de keuken overgenomen, liedjes voor Akash gezongen, hem Bengaalse kinderversjes geleerd, ladingen wasgoed in de machine gegooid. Ruma was nog nooit een week alleen met haar vader geweest. Toen haar ouders haar in Brooklyn hadden bezocht, nadat Akash geboren was, had haar vader bezit genomen van een leunstoel in de woonkamer, zwijgend de *Times* gespeld en zo nu en dan een vinger onder de kin van de baby gestoken, maar zich doorgaans gedragen alsof hij de tijd van het bezoek uitzat.

Haar vader woonde nu alleen en kookte zijn eigen potje. Als ze met hem telefoneerde, kon ze zich zijn omgeving niet voorstellen. Hij was verhuisd naar een tweekamerflatje in een deel van Pennsylvania dat Ruma niet goed kende. Hij had zijn bezittingen uitgedund en het huis verkocht waarin Ruma en haar jongere broer Romi hun kinderjaren hadden doorgebracht. Pas toen de verkoop al beklonken was, had hij het hun verteld. Voor Romi had het geen verschil gemaakt; die woonde al twee jaar in Nieuw-Zeeland, waar hij deel uitmaakte van de ploeg van een Duitse documentairefilmer. Ruma wist dat het huis, met de kamers die haar moeder had ingericht, met het bed waarin ze zittend kruiswoordpuzzels had opgelost en met het fornuis waarop ze had gekookt, nu te groot voor haar vader was. Toch was het nieuws als een schok gekomen, omdat het haar moeders aanwezigheid even drastisch had uitgewist als de chirurg dat had gedaan.

Ze wist dat haar vader voor zichzelf kon zorgen, maar toch gaf dit feit haar een schuldgevoel; in India zou er geen sprake van zijn geweest dat hij niet bij haar zou zijn ingetrokken. Haar vader had nooit de mogelijkheid geopperd, en na de dood van haar moeder was het geen optie geweest; hun vorige appartement was te klein. Maar in Seattle waren er kamers te over, kamers die leegstonden, waar ze niets mee deed.

Ruma vreesde dat haar vader een verantwoordelijkheid zou worden, een extra belasting, voortdurend aanwezig op een manier waaraan ze niet langer gewend was. Het zou het einde betekenen van het gezin dat ze eigenhandig had gesticht: zijzelf, Adam en Akash, en het tweede kind dat in januari zou komen, vlak voor de verhuizing verwekt. Ze zag zichzelf niet voor haar vader zorgen zoals haar moeder dat had gedaan, en de maaltijden opdienen die haar moeder had bereid. Desondanks stond het idee hem geen plek in haar huis aan te bieden haar nog minder aan. Het was een dilemma waar Adam niets van begreep. Als ze erover begon, opperde hij steevast het voor de hand liggende bezwaar, dat ze al voor een kind moest zorgen en er een tweede op komst was. Hij wees haar erop dat haar vader goed gezond was voor zijn leeftijd en tevreden met zijn leefomstandigheden. Maar hij maakte geen bezwaar tegen het idee dat haar vader bij hen kon komen wonen. Zijn bereidwilligheid was goed bedoeld, gulhartig, een van de redenen waarom ze van Adam hield, en toch was ze er verre van gerust op. Maakte het hem echt niets uit? Ze wist dat hij van goede wil was, maar ze voelde ook dat zijn geduld begon op te raken. Door haar toe te staan te stoppen met werken, met geld te smijten voor de inrichting van een prachtig huis, akkoord te gaan met een tweede kind, deed Adam wat hij kon om het Ruma naar de zin te maken, maar ze bleef ontevreden; kortgeleden, in de loop van een gesprek, had hij haar daar ook op gewezen.

Wat een bevrijding was het, vandaag de dag, om alleen te reizen, met maar één koffer om op te letten. Hij was nog nooit aan de Amerikaanse noordwestkust geweest, had zich nooit gerealiseerd hoe eindeloos breed zijn aangenomen land was. Maar één keer eerder was hij van kust tot kust over Amerika gevlogen, de keer dat zijn vrouw een vlucht naar Calcutta met Royal Thai Airlines had geboekt, via Los Angeles in plaats van naar het oosten, zoals anders. Die reis had eindeloos geduurd; vier plaatsen, wist hij nog, bij de rokers helemaal in de staart van het vliegtuig. Geen van vieren hadden ze de fut gehad om tijdens hun reisonderbreking in Bangkok nog iets van de stad te gaan zien; in plaats daarvan waren ze gaan slapen in het hotel dat de luchtvaartmaatschappij voor hen had verzorgd. Zijn vrouw, die zo dolgraag de drijvende markt had willen zien, kwam zelfs voor het avondeten haar bed niet uit, want hij wist nog dat hij in het hotel alleen met Romi en Ruma aan tafel zat, op een zonneterras dat uitkeek op een tuin, met op zijn bord het scherpst gekruide eten dat hij ooit had geproefd, terwijl de muskieten nijdig zoemend om de gezichtjes van zijn kinderen zwermden. Hoe ze ook gingen, die reizen naar India waren altijd heroïsche ondernemingen geweest, en hij herinnerde zich nog goed wat een gedoe het telkens weer was, al die koffers pakken en naar het vliegveld vervoeren, alle papieren in orde maken en zorgen dat hij met zijn gezin veilig en wel die duizenden kilometers overbrugde. Maar zijn vrouw had naar die reizen toegeleefd, en toen zijn ouders nog in leven waren, een deel van hem ook. En dus waren ze gegaan, ondanks de hoge kosten, ondanks het gevoel van triestheid en schaamte dat hem bij aankomst in Calcutta steeds weer bekroop, en ondanks het feit dat zijn kinderen naarmate ze ouder werden steeds minder zin hadden om mee te gaan.

Hij keek uit het raampje naar een schijnbaar eindeloos wolkendek dat veel weg had van kilometers dicht opeengepakte sneeuw waarover je kon lopen. Het schouwspel vervulde hem met rust; dit was nu zijn leven, de mogelijkheid te doen waar hij zin in had, niet gehinderd door de verantwoordelijkheid voor zijn gezin, zoals niets de ongerepte blankheid van het wolkendek verstoorde. Die bezoeken aan India waren voor hem onontkoombaar geweest, net als voor al hun Indiase vrienden in Amerika. Mevrouw Bagchi was een uitzondering. Ze was getrouwd met een jongen op wie ze als meisje verliefd was geworden, maar die na twee jaar huwelijk met zijn scooter was verongelukt. Op haar zesentwintigste was ze naar Amerika geëmigreerd, omdat ze wist dat haar ouders anders zouden hebben geprobeerd haar weer uit te huwelijken. Ze woonde op Long Island, een buitenbeentje, een Indiase vrouw alleen. Ze had haar doctoraal in de statistiek gehaald en sinds de jaren zeventig gedoceerd aan de Stony Brook Universiteit, en in de loop van meer dan dertig jaar was ze alleen naar Calcutta teruggegaan om de begrafenissen van haar ouders bij te wonen. Ze heette Meenakshi, en hoewel hij die naam nu gebruikte als hij haar aansprak, bleef ze voor hem in gedachten mevrouw Bagchi.

Omdat ze de enige twee Bengali's in het reisgezelschap waren, raakten ze als vanzelf met elkaar aan de praat. Ze zochten elkaars gezelschap, aan tafel en in de bus. Vanwege hun uiterlijke gelijkenis en taal hielden de mensen hen voor man en vrouw. Aanvankelijk was er geen sprake van romantiek; daarin waren ze geen van beiden geïnteresseerd. Hij genoot van mevrouw Bagchi's gezelschap, wetend dat ze na een paar weken in een ander vliegtuig zou stappen en uit zijn leven zou verdwijnen. Maar na Italië was hij aan haar gaan denken, begon hij uit te kijken naar haar e-mails, controleerde hij vijf, zes keer per dag zijn mailbox. Hij zocht in MapQuest haar woonplaats op om te zien hoeveel uur rijden ze bij hem vandaan woonde, ook al hadden ze afgesproken elkaar voorlopig alleen in het buitenland te ontmoeten. Een deel van de route was hem vertrouwd, het was de weg die hij met zijn vrouw had gereden als ze Ruma in Brooklyn opzochten.

Hij zou mevrouw Bagchi binnenkort weer zien, in Praag; ditmaal hadden ze afgesproken samen een kamer te nemen, en ze dachten erover in de winter een cruise in de Golf van Mexico te gaan maken. Aan hertrouwen of samenwonen met een andere man viel wat haar betrof niet te denken, wat het vooruitzicht van haar gezelschap des te aantrekkelijker maakte. Hij sloot zijn ogen en dacht aan haar gezicht, dat nog steeds vol was, al vermoedde hij dat ze tegen de zestig liep, maar vijf of zes jaar jonger dan zijn vrouw. Ze kleedde zich westers, in truien en zwarte nauwsluitende broeken, en ze droeg haar dikke, donkere haar in een knot. Het was haar stem die hem het meest aansprak, mooi geïntoneerd, haar woorden altijd afgemeten, alsof er maar een beperkte hoeveelheid dingen was die ze op één dag wilde zeggen. Misschien omdat ze zo weinig verwachtte, was hij gul voor haar, attent zoals hij het in zijn huwelijk nooit was geweest. Wat had hij zich verlegen gevoeld, toen hij mevrouw Bagchi in Amsterdam, na een bezoek aan het Anne Frankhuis, voor het eerst had gevraagd voor een foto te poseren, met een gracht op de achtergrond.

Ruma had aangeboden haar vader van het vliegveld af te halen, maar hij stond erop een auto te huren en een routebeschrijving van het internet te volgen. Toen ze het geluid van banden op het grindpad hoorde, raapte ze het speelgoed op de vloer van de woonkamer bij elkaar, borg de plastic dieren weg en sloot de boeken die van Akash altijd op zijn lievelingsbladzij open moesten liggen. 'Doe de televisie eens uit, hondje,' riep ze naar hem. 'Niet zo dicht bij het beeld zitten. Kom, Dadu is er.'

Akash lag roerloos op de vloer, op zijn buik, met zijn handen onder zijn kin. Hij was een volmaakte synthese van Ruma en Adam, met zijn krullende haar dat ze nooit hadden geknipt, zijn warmgouden huidskleur, het gouden donshaar op zijn beentjes, waardoor hij haar aan een leeuwtje deed denken. Zelfs zijn gezicht, met de scheve, groene, amandelvormige ogen, had iets leeuwachtigs. Hij was pas drie, maar ze voelde soms al de weerstand, de diepe kloof die hem, dacht ze, van haar zou scheiden als hij ging puberen. Na de verhuizing was hij lastig geworden.

Het kwam, wist ze, door de nieuwe omgeving en haar gebrek aan energie, en doordat Adam zo weinig thuis was. Soms gooide Akash zich onverwacht op de grond, het lijfje dat ze in zich had gekoesterd totaal vreemd, vijandig. Ofwel dat, of hij was overdreven aanhankelijk en wilde dat ze hem vasthield terwijl ze probeerde iets te eten te maken.

Hoewel ze nog niets over de baby had gezegd, wist ze zeker dat hij het al had gemerkt, dat hij zich nu al verdrongen voelde. Zelf was ze ook veranderd – ze was minder geduldig, zei sneller nee in plaats van met hem te praten. Ze was er niet op voorbereid geweest hoeveel werk het was, hoe eenzaam ze zich kon voelen. Er waren ochtenden dat ze wenste dat ze zich gewoon kon aankleden en de deur uitgaan, zoals Adam. Ze begreep niet hoe haar moeder het had klaargespeeld. In haar meisjesjaren had het voorbeeld van haar moeder – verhuizen naar een vreemde omgeving ter wille van een huwelijk, de zorg voor kinderen en het huishouden – haar als waarschuwing gediend, een weg die vermeden moest worden. Toch was dit nu ook Ruma's leven.

Ze liep de woonkamer door en zette de televisie uit.

'Geef antwoord als ik tegen je praat, Akash. Kom, sta op.'

Het zien van haar vaders huurauto, een middelgrote kastanjebruine sedan, bezorgde haar een schok, want het vormde een nieuwe bevestiging van het feit dat ze aan een andere kust woonde, duizenden kilometers van de plaats waar ze was opgegroeid, een plek waar haar ouders niemand kenden, waar ze tot vandaag geen van beiden een voet hadden gezet. De banden die haar familie met Amerika had aangeknoopt, de kring van Bengaalse vrienden van haar ouders in Pennsylvania en New Jersey, haar vaders bedrijf, de scholen die Ruma en Romi hadden doorlopen, bestonden hier niet. Ze had haar vader zeven maanden niet gezien. Met het verkopen en leegmaken van hun oude appartement, de verhuizing, het betrekken van het nieuwe huis, en de diverse reisjes van haar vader, was meer dan een halfjaar heengegaan.

Akash stond op en liep achter haar aan, en samen zagen ze hoe haar vader de bagageruimte van de auto opende en er een kleine zwarte koffer op wieltjes uit haalde. Hij droeg een honkbalpet met de naam POMPEII erop, een bruine katoenen broek, een hemelsblauw poloshirt en witleren sportschoenen. Het viel haar op hoeveel haar vader leek op een bejaarde Amerikaan. Met zijn grijze haar en lichte huidskleur kon hij praktisch overal vandaan komen. Het was haar moeder die in dit natte noordelijke landschap zou zijn opgevallen, met haar kleurige sari's, haar stuivergrote roodbruine bindi en haar sieraden.

Hij begon de koffer over het tuinpad te trekken, maar omdat de wieltjes in het grind bleven steken, tilde hij hem aan het handvat op en liep hij over het gras naar het huis. Ze zag dat het hem enige moeite kostte, en ze wenste dat Adam er was om hem te helpen.

'Akash, ben jij dat?' riep haar vader met gespeelde verbazing, in het Engels. 'Wat ben jij groot geworden!' Akash was inmiddels het weinige Bengaals dat Ruma hem had geleerd toen hij klein was, vergeten. Tegen de tijd dat hij hele zinnen begon te zeggen, had het Engels het gewonnen, en ze miste de discipline om het Bengaals vol te houden. Bovendien, in het Bengaals tegen hem kirren of naar iets wijzen en hem vertellen hoe het heette, was één ding. Maar streng zijn in het Bengaals, was iets anders. Het was nooit een taal geweest waarin ze zich volwassen had gevoeld. Haar eigen Bengaals begon haar te ontglippen. Haar moeder was erg streng op de taal geweest, zo streng dat Ruma nooit Engels tegen haar had gesproken. Maar haar vader maakte er geen punt van. De zeldzame keren dat Ruma nog Bengaals sprak, als een tante of oom uit Calcutta belde om haar gelukkig Bijoya te wensen of Akash met zijn verjaardag te feliciteren, struikelde ze over woorden, verhaspelde ze werkwoordstijden. Toch was het de enige taal die ze in haar eerste levensjaren gesproken had.

'Hoeveel jaar nu? Drie? Of is het driehonderd?' vroeg haar vader.

Akash reageerde niet en deed alsof haar vader niet bestond. 'Mama, ik heb dorst,' zei hij.

'Straks, Akash.'

Haar vader leek haar niet veranderd. Voor een man van zeventig was de huid van zijn handen en zijn gezicht nog stevig en gaaf. Hij was niet vermagerd en hij had nog al zijn haar, wat ze van zichzelf niet kon zeggen, vreesde ze, sinds de geboorte van Akash, toen ze elke ochtend de 's nachts uitgevallen plukken op haar kussen vond. Haar dokter had haar verzekerd dat het weer zou aangroeien, maar de rand van haar bad stond nog steeds vol shampoos die haargroei beloofden en de haarschachten moesten verstevigen. Haar vader zag er uitgerust uit, ook iets wat Ruma de laatste tijd niet van zichzelf kon zeggen. Ze gebruikte nu concealer onder haar ogen, ook als ze niet van plan was naar buiten te gaan. Ze was bovendien aangekomen. Met Akash was ze in de eerste drie maanden afgevallen, maar ditmaal was ze na twaalf weken al vijf kilo zwaarder. Ze concludeerde dat het kwam doordat ze altijd de restjes van het bord van Akash opat en doordat ze nu overal met de auto heen moest in plaats van te voet. Ze had bij postorderbedrijven al broeken en rokken met elastiek in de taille besteld, en er was in haar gezicht een stevigheid gekomen waar ze telkens als ze in de spiegel keek van schrok.

'Toe, Akash, zeg eens dag tegen Dadu,' zei ze, met een zacht duwtje tegen zijn schouder. Ze kuste haar vader op zijn wang. 'Hoe lang ben je onderweg geweest? Was er veel verkeer?'

'Het viel mee. Het is vijfendertig kilometer van het vliegveld naar je huis.' Haar vader moest altijd precies weten welke afstanden, lang of kort, hij aflegde. Ook voor MapQuest bestond, wist hij de precieze afstand van hun huis naar zijn kantoor, naar de supermarkt waar haar ouders hun boodschappen deden en naar de huizen van hun vrienden.

'De benzine is hier duur,' zei hij. Het klonk als een nuchtere constatering, maar toch voelde ze de steek van zijn kritiek, zoals ze die haar hele leven had gevoeld, alsof het haar schuld was dat de benzine in Seattle duurder was dan in Pennsylvania.

‘Het is een lange vlucht. Je zult wel moe zijn.’

‘Ik ben alleen moe als het tijd is om naar bed te gaan. Kom eens hier,’ zei haar vader tegen Akash. Hij zette zijn koffer neer, boog zich iets voorover en stak zijn armen uit.

Maar Akash drukte zijn hoofd tegen Ruma’s benen en verroerde zich niet.

Ze gingen naar binnen en haar vader bukte zich om zijn schoenveters los te maken, waarbij hij beurtelings zijn linker- en rechtervoet optilde en licht wiebelde.

‘Ga mee naar de kamer, Baba, dat kun je beter zittend op de bank doen,’ zei Ruma. Maar hij ging door met het uittrekken van zijn schoenen en zette ze in de hal naast het posttafeltje alvorens zich weer op te richten en zijn omgeving in ogenschouw te nemen.

‘Waarom doet Dadu zijn schoenen uit?’ vroeg Akash aan Ruma.

‘Dat vindt hij prettiger.’

‘Ik wil ook schoenen uit.’ Akash stampte met zijn sandaaltjes op de vloer.

Het was een van de vele gebruiken in haar opvoeding die ze als volwassene had afgelegd, zonder te weten wanneer en waarom. Ze negeerde Akash’ verzoek en liet haar vader het huis zien, de kamers die groter en stijlvoller waren dan die in het huis van haar jeugd. Akash liep achter hen aan en ging er zo nu en dan op eigen houtje vandoor. Het huis was in 1959 gebouwd, ontworpen door een architect die ook de eerste eigenaar was geweest, en Ruma en Adam vulden het geleidelijk met meubilair uit die periode: eenvoudige, dure banken, bekleed met wollen stoffen in stemmige tinten; lange, lage boekenkasten op naar buiten gebogen poten. Lake Washington lag een paar huizenblokken lager aan het eind van een hellende straat. Een groot raam in de woonkamer omlijstte het water en achter het raam van de eetkamer bevond zich een overdekte veranda die een nog spectaculairder uitzicht bood: links de skyline van Seattle en recht vooruit de Olympic Mountains, waarvan de besneeuwde top-pen uit hetzelfde donzige wit leken te bestaan als de wolken die erboven dreven. Ruma en Adam waren niet van plan geweest in een voorstad te gaan wonen, maar na vijf jaar in een appartement met uitzicht op de achterkant van andere gebouwen was een huis zo dicht bij een meer en vanwaar ze de zonsondergang konden zien eenvoudig onweerstaanbaar.

Ze wees hem een van de twee bruggen die het meer overspanden en vertelde dat die in het midden op pontons dreven omdat het water voor pijlers te diep was. Haar vader keek uit het raam, maar zei niets. Haar moeder zou toeschietelijker zijn geweest en iets over het uitzicht hebben gezegd, waarna ze zich zou hebben afgevraagd of ivoorkleurige gordijnen niet mooier waren geweest dan groene. Het bleek dat haar vader, van de ene kant van de kamer naar de andere stappend, in stilte bezig was de maat ervan te nemen. Ze herinnerde zich dat hij dat vroeger ook had gedaan als hij haar hielp met verhuizen, naar studentenkamers en haar eerste appartementen na haar studietijd. Ze stelde zich voor hoe hij tijdens zijn reizen op stadspleinen van het ene eind naar het andere liep, het schip van een kerk afpaste, het aantal treden telde dat je moest klimmen om in een bibliotheek te komen, of in een museum.

Ze ging hem voor naar beneden, waar ze de logeerkamer voor hem in orde had gemaakt. De ruimte werd in tweeën gedeeld door een harmonicadeur. Aan de ene kant bevonden zich het bed en een bureau, aan de andere een schrijftafel en een bank, een boekenkast en een salontafel. Ze deed de deur naar de badkamer open en wees hem de rieten mand waar hij zijn vuile wasgoed in kon doen. 'Je kunt deze sluiten als je wilt,' zei ze, en ze trok even aan de harmonicadeur om het voor te doen.

'Dat is niet nodig,' zei haar vader.

'Helemaal dicht, mama,' zei Akash, en hij trok aan de handgreep, waardoor het gevouwen crèmekleurige paneel heen en weer zwaaide. 'Helemaal dichtdoen.'

'Nee, Akash.'

'Dit wordt mijn kamer, als ik groter ben,' kondigde Akash aan.

‘Die kleine tv daar in de hoek doet het, maar hij is niet op de kabel aangesloten,’ zei Ruma. ‘Op kanaal negen zit de publieke omroep,’ voegde ze eraan toe, omdat ze wist dat hij daar het liefst naar keek.

‘Hé daar, niet met je schoenen op mijn bed,’ zei haar vader opeens tegen Akash, die op het bed was geklommen en met grote, doelbewuste stappen over de deken liep.

‘Hondje, ga van het bed af.’

Even ging Akash gewoon door met waar hij mee bezig was, zonder zich iets van hen aan te trekken. Toen hield hij op en keek argwanend zijn grootvader aan. ‘Waarom?’

Voordat Ruma het uit kon leggen, zei haar vader: ‘Omdat ik anders nachtmerries krijg.’

Akash boog zijn hoofd. Snel, tot Ruma’s verbazing, liet hij zich op de vloer glijden en kroop daar een stukje, alsof hij weer een baby was.

Ze gingen weer naar boven, naar de keuken. Het was het vertrek waar Ruma het trotst op was, met zijn zeepstenen aanrecht en kastjes van kersenhout. Terwijl ze het aan haar vader liet zien, voelde ze zich ongemakkelijk over haar succesvolle leven met Adam, en tegelijkertijd meende ze iets afwijzends in zijn houding te bespeuren, doordat ze uit zijn voortdurende zwijgen opmaakte dat hij van niets van dit alles onder de indruk was.

‘Heeft Adam dit allemaal geplant?’ vroeg haar vader, kijkend naar de tuin die hij door het raam van de keuken kon zien. Het was de eerste keer dat hij Adam noemde.

‘Nee, dat was er allemaal al.’

‘Je riddersporen moeten water hebben.’

‘Welke zijn dat?’ vroeg ze, beschaamd omdat ze de planten in haar eigen tuin niet kende.

Hij wees. ‘Die lange paarse.’

Ze bedacht dat haar vader zijn tuin wel zou missen. Zolang ze zich kon herinneren was tuinieren zijn passie geweest; ’s zomers werken in de buitenlucht zodra hij thuis was van kantoor en tot het donker buiten in de weer, insectenbeten en huiduitslag voor lief nemend. Het was iets wat hij alleen had gedaan; Romi noch Ruma had hem ooit willen helpen, en hun vader had nooit aangeboden hen erbij te betrekken. Haar moeder mopperde vaak, als ze weer eens tot negen uur 's avonds met het eten moest wachten. 'Ga dan toch eten,' zei Ruma dan, maar haar moeder, die heel haar leven had geleerd haar echtgenoot als eerste te bedienen, wilde daar nooit van horen. Naast het telen van tomaten, aubergines en courgettes was haar vader in de loop der jaren een expert geworden in het kweken van wat haar moeder graag in de keuken gebruikte: bittere meloen, Spaanse peper en fijne soorten spinazie. Terwijl hij ongevoelig was voor haar moeders wensen op ander gebied, had hij gezwoegd in weerbarstige aarde om deze gewassen aan de bodem te ontlokken.

Hij wierp een blik op het glimmende zespitsfornuis met de dikke rode knoppen en deed toen, zonder iets te vragen, een van de kastjes open.

'Wat zoek je?'

'Heb je een ketel?'

Ze opende de provisiekast. 'Ik zet wel thee, Baba.'

'Laat me eerst je riddersporen water geven. Anders zijn ze morgen dood.' Hij nam haar de ketel uit handen en vulde hem aan de gootsteen. Daarna droeg hij hem langzaam, voorzichtig, door de keukendeur naar buiten, met vreemd kleine stapjes, en voor het eerst sinds zijn aankomst zag ze dat haar vader, ondanks zijn heldere oogopslag en gave huid, een oude man was geworden. Door het keukenraam zag ze haar vader de bloemen begieten, met gebogen hoofd en opgetrokken wenkbrauwen. Ze luisterde naar het geluid van het water dat met een krachtige, gestage stroom de aarde trof. Het was een geluid dat haar vaag in verlegenheid bracht, alsof hij in haar bijzijn een plas stond te doen. Nadat het geluid was opgehouden, bleef haar vader nog even staan en hield de ketel schuin om er de laatste druppels uit te halen. Akash was haar vader naar buiten gevolgd en stond op een paar passen afstand nieuwsgierig naar zijn grootvader op te kijken.

Akash had aan haar moeder geen herinnering. Ze was gestorven toen hij twee jaar was, en nu, als ze hem op een foto haar moeder aanwees, zei Akash altijd: ‘Zij is gestorven’, alsof het iets heel bijzonders en indrukwekkends was wat haar moeder had gedaan. Hij wist niet meer dat haar moeder na zijn geboorte een paar weken bij Ruma had gelogeerd en hem ’s ochtends in haar kaftan had genomen terwijl Ruma haar postpartumvermoeidheid van zich af sliep. Haar moeder had geweigerd hem in het mandenwagentje te leggen, maar hem altijd, uren achtereen, in haar armen gehouden. De nieuwe baby zou helemaal geen weet van haar moeder hebben, behalve van de truitjes die ze voor Akash gebreid had, waar hij al uitgegroeid was en die de nieuwe baby uiteindelijk zou dragen. Er zat nog een half afgebreid truitje met witte sterren op de pennen, een van de weinige dingen van haar moeder die Ruma had bewaard. Van de tweehonderdachttien sari’s had ze er niet meer dan drie bewaard, in een gewatteerde zak met ritssluiting, achter in haar diepe kast; de vriendinnen van haar moeder had ze de rest onder elkaar laten verdelen. En ze herinnerde zich nog de vele keren dat haar moeder ditzelfde moment had voorspeld en het feit had betreurd dat haar dochter aan broeken en rokken de voorkeur gaf boven de kleren die zij droeg, en dat er niemand zou zijn om haar dingen aan na te laten.

Hij ging naar beneden om zijn koffer uit te pakken. Hij legde twee broeken in een la van het bureau, hing vier geruite zomerhemden op knaapjes in de diepe kast en trok een paar teenslippers aan voor binnenshuis. Hij sloot de lege koffer, borg die ook in de diepe kast en zette zijn toilettas naast de wastafel in de badkamer. Zijn vrouw zou met de accommodatie in haar schik zijn geweest: ze had het altijd een naar idee gevonden dat Ruma en Adam een appartement bewoonden waarin geen aparte logeerkamer voor hen beschikbaar was. Hij keek door het raam naar de tuin. Aan weerszijden stonden huizen, maar achterin voelde je je onbespied. Van hieraf kon je het water en de bergen niet zien, alleen de grond, dichtbegroeid met de altijdgroene bomen die hij al langs de autoweg had gezien, die je overal in Seattle kon zien.

Boven serveerde Ruma thee op de veranda. Ze had alles op een dienblad naar buiten gebracht, een pot darjeeling, het zeefje, melk en suiker, en een schaaltje met Nice-koekjes. De koekjes herinnerden hem sterk aan zijn vrouw – de zichtbare suikerkorreltjes, de vage smaak van kokos – in hun keukenkast had altijd een doos van die koekjes gestaan. Het was hem nooit gelukt er eentje in een kopje thee te dopen zonder dat het uiteenviel en een klompje beige brij op de bodem van zijn kopje achterliet.

Hij ging zitten en deelde presentjes uit. Voor Akash was er een houten vliegtuigje met rode propellers en een marionet van Pinocchio. De jongen ging er meteen mee spelen. Hij maakte Pinocchio's touwtjes in de war en eiste dat Ruma ze weer in orde bracht. Er was een handbeschilderd flesje voor Ruma met het woord 'olio' erop, en een gemarmerd doosje voor Adam, van het soort waarin je paperclips bewaart. Mevrouw Bagchi had alles uitgezocht en meer dan een uur in een speelgoedwinkel doorgebracht, hoewel ze zelf geen kleinkinderen had. Hij had tegen Ruma en Romi niets over mevrouw Bagchi gezegd, en was ook niet van plan dat nu wel te doen. Hij wilde hen niet van streek maken, vooral Ruma niet, nu ze weer in verwachting was. Hij vroeg zich af of zijn kinderen zich vroeger ook zo hadden gevoeld als ze in het geheim relaties onderhielden en het iets betrof wat hij en zijn vrouw hun verboden hadden, iets waarvan ze kapot zouden zijn geweest.

Met Ruma en zijn vrouw had hij zijn eerste reis naar Europa willen maken. In het jaar voor ze stierf had zijn vrouw opgemerkt dat ze onderweg van Pennsylvania naar Calcutta tientallen malen over Europa was gevlogen, maar niet één keer de kanalen van Venetië of de Eiffeltoren of de tulpen en windmolens van Holland had gezien. Die interesse van zijn vrouw had hem verrast; bijna zolang ze getrouwd waren, was het vanzelfsprekend geweest dat alleen een bezoek aan familie in Calcutta het waard was ervoor in een vliegtuig te stappen. ‘Op het reiskanaal kun je zoveel mooie plekjes zien,’ zei ze ’s avonds weleens. ‘We kunnen het ons nu permitteren, je hebt nog vakantiedagen, die anders verlopen.’ Maar destijds zag hij niets in zo’n reis; hij was ongevoelig voor de plotselinge reislust van zijn vrouw en bovendien waren ze in al de jaren van hun huwelijk nooit alleen met z’n tweetjes op vakantie geweest.

Als cadeau voor haar moeders vierenzestigste verjaardag had Ruma voor haar en zichzelf een georganiseerde reis naar Parijs geboekt. Ze had de reis in de zomer gepland, op een tijd dat Adam met Akash bij haar schoonouders op Martha’s Vineyard kon logeren. Ruma deed een aanbetaling bij het reisbureau en stuurde haar moeder cassettebandjes met conversatie-Frans en een reisgids met kleurrijke foto’s. Een tijdje hoorde hij als hij van zijn werk kwam zijn vrouw boven in haar naaikamertje oefenen met de bandjes op een walkman, tellen in het Frans en de dagen van de week. Het tijdstip van de galsteenoperatie werd gepland; de dokter zei dat zes weken haar meer dan genoeg tijd gaven om voor het begin van de reis weer hersteld te zijn. Ruma nam de dag van de operatie vrij en kwam met Akash naar hen toe, omdat ze per se in de buurt wilde zijn, ook al had hij gezegd dat het niet nodig was. Hij wist nog hoe geïrriteerd hij in de wachtkamer was omdat het zo lang duurde, een gevoel dat in zijn geheugen was gegrift zoals het nieuws van de chirurg dat nog steeds niet was. Die mededeling, en de opeenvolging van gebeurtenissen erna, was altijd wazig gebleven: de stem van de chirurg die zei dat zijn vrouw dood was, dat ze negatief had gereageerd op het vecuronium dat werd gebruikt om tijdens de operatie haar spieren te verslappen, dat hij en Ruma beurtelings op Akash hadden gepast toen ze het lijk van zijn vrouw gingen zien. Het was hetzelfde ziekenhuis waar Ruma als vrijwillige verpleeghulp had gewerkt, waar hij een keer met Romi de eerstehulp had bezocht toen die bij het voetballen een arm had gebroken. Een paar weken na de begrafenis had een collega hem aangeraden een poosje op vakantie te gaan, en dat had hem herinnerd aan de reis die Ruma met zijn vrouw had willen maken. Hij had Ruma gevraagd of ze nog van plan was te gaan, en toen ze nee zei, had hij gevraagd of hij de reis dan mocht overzetten op zijn naam.

'Hoe vond je Italië?' vroeg Ruma hem nu. Ze zat met de Pinocchio op haar schoot en deed een onbeholpen poging de touwtjes te ontwarren. Hij wilde haar zeggen dat ze het verkeerd aanpakte, dat er een knoop in het midden zat die eerst moest worden losgemaakt. In plaats daarvan beantwoordde hij haar vragen, zei hij dat Italië hem uitstekend was bevallen en vertelde hij over het aangename klimaat, de vele piazza's en het feit dat de mensen er, anders dan de meeste Amerikanen, slank waren. Hij stak zijn wijsvinger omhoog en zwaaide die heen en weer. 'En iedereen rookt er nog. Ik kwam bijna in de verleiding om zelf een sigaretje op te steken,' vertelde hij. Hij had gerookt toen zij nog klein was, een gewoonte die hij had opgedaan in India, maar had opgegeven toen hij in de veertig was. Hij herinnerde zich dat Ruma, nooit Romi of zijn vrouw, hem het leven zuur had gemaakt met het doel hem te laten stoppen, zijn pakjes Winston had verstopt, of stiekem de sigaretten eruit had gehaald en vervangen door proppen vloeipapier. Ze had een keer de hele nacht liggen huilen, omdat ze er, nadat haar juffrouw op school over de gevaren van het roken had gesproken, vast van overtuigd was dat hij binnen een paar jaar zou sterven. Hij had toen niets gedaan om haar te troosten; hij was ondanks de angst van zijn dochter doorgegaan met zijn verslaving. Hij was gehecht aan een koperen asbakje in huis, dat de vorm van een Nagrai-muiltje had, met een gekrulde, puntige neus. Toen hij gestopt was, deed hij alle asbakken de deur uit, maar tot zijn verwondering had Ruma zich zijn favoriete asbakje toegeëigend, het uitgewassen en aan haar speelgoed toegevoegd. Hij wist nog dat zij en haar vriendinnetjes speelden dat het het glazen muiltje van Assepoester was en probeerden het over de onbuigzame voetjes van haar diverse poppen te schuiven.

‘En heb je ’t gedaan?’ vroeg ze hem nu.

‘Wat gedaan?’

‘Een sigaret gerookt in Italië.’

‘Ach, nee. Ik ben te oud voor dat soort dingen,’ zei hij, terwijl zijn blik naar het meer dwaalde.

‘Wat heb je daar gegeten?’ vroeg ze.

Hij herinnerde zich een van de eerste maaltijden van het reisgezelschap, een lunch in een restaurant in de buurt van het Palazzo Medici. Hij was geschokt geweest door de hoeveelheid eten, de vele gangen. Aan de gemarineerde groenten had hij genoeg gehad, maar toen kwamen de kelners met borden vol ravioli, gevolgd door gebraden vlees. Die middag waren enkele leden van het gezelschap, onder wie hijzelf, teruggegaan naar het hotel en hadden de bezienswaardigheden verder voor gezien gehouden. De volgende dag vertelde hun gids dat de restaurantlunches niet verplicht waren, zolang iedereen maar op de afgesproken plaats en tijd weer bijeenkwam. En zo kon het gebeuren dat hij en mevrouw Bagchi zich steeds vaker van de groep losmaakten en onderweg een kleinigheid aten, terwijl ze vol verbazing opmerkten dat er ooit een tijd was geweest dat ook zij in staat waren zo uitgebreid te lunchen, zoals dat in India gebruikelijk was.

‘Ik heb een paar keer pasta geprobeerd,’ zei hij, lurkend aan zijn thee. ‘Maar meestal nam ik pizza.’

‘Je bent drie weken in Italië geweest en je hebt alleen maar pizza gegeten?’

‘Die pizza was heel lekker.’

Ze schudde haar hoofd. ‘Maar je kunt daar zo fantastisch eten.’

‘Ik heb video’s,’ zei hij, om van onderwerp te veranderen. ‘Als je wilt kan ik ze straks laten zien.’

Ze aten vroeg. Ruma zei dat haar vader wel honger zou hebben van de reis en haar vader bekende dat hij naar zijn bed verlangde, dat het aan de Oostkust ten slotte drie uur later was. Ze was twee dagen bezig geweest met koken, waarbij haar koelkast zich gaandeweg met gerechten had gevuld, en het werk had haar uitgeput. Als ze Indiaas kookte voor Adam hoefde ze het niet zo nauw te nemen. Dan kon ze de dal vergeten, of salade geven in plaats van een chorchori. 'Is dat alles?' riep haar moeder soms ongelovig door de telefoon, als ze Ruma gevraagd had wat ze voor het avondeten kookte, en op zulke momenten realiseerde Ruma zich hoezeer haar leven als echtgenote van dat van haar moeder verschilde. Haar moeder had er nooit de kantjes afgelopen, ook in Pennsylvania had ze haar huishouden bestierd alsof ze het kieskeurig oog van een schoonmoeder tevreden moest stellen. Hoewel haar moeder een uitmuntende kokkin was geweest, had haar vader haar er nooit om geprezen. Alleen als ze bij anderen hadden gegeten en hij onderweg naar huis over het eten klaagde, werd duidelijk hoezeer hij de gave van zijn vrouw waardeerde. Ruma's kookkunst kon er niet aan tippen; de groenten te dik gesneden, de rijst te gaar gekookt, maar terwijl haar vader zich door alles wat ze gemaakt had heen werkte, zei hij keer op keer hoe lekker het was.

Ze at met haar vingers, zoals haar vader, voor het eerst in maanden, voor het eerst in dit nieuwe huis in Seattle. Akash zat in zijn verhoogde stoel tussen hen in en wilde ook met zijn vingers eten, maar dat was iets wat Ruma hem niet had geleerd. Ze vroeg zich af of haar vader, als hij bij hen in zou trekken, elke avond zo'n maaltijd zou verwachten. Ze praatten niet over haar moeder, noch over Romi, de broer met wie ze voor haar gevoel altijd zo weinig gemeen had gehad, ook al leken hun namen zo absurd veel op elkaar. Ze hadden het niet over haar zwangerschap, over hoe ze zich voelde vergeleken met de vorige keer, zoals ze dat met haar moeder beslist zou hebben gedaan. Ze praatten nauwelijks; haar vader was nooit spraakzaam tijdens het eten. Zijn zwijgzaamheid was een van de dingen waarover haar moeder vaak klaagde, een van de dingen waarin Ruma had geprobeerd de plaatsvervangster van haar vader te zijn.

'Het is nog zo licht buiten,' zei hij ten slotte, hoewel hij vanaf het moment dat hij was begonnen te eten niet van zijn bord had opgekeken en hij zich, zoals Ruma zo vaak had opgemerkt, van zijn omgeving totaal niet bewust leek te zijn.

'De zon gaat 's zomers pas na negen uur onder,' zei ze. 'Het spijt me dat de beguni's gebroken zijn,' voegde ze eraan toe. 'Ik heb de olie niet heet genoeg laten worden.'

'Het is niet erg. Proef eens,' zei hij tegen Akash, die al vier maanden 's avonds niets anders had willen eten dan macaroni met kaas. En tegen Ruma voegde hij er, naar Akash' bord wijzend, aan toe: 'Waarom koop je dat spul? Dat zit vol chemicaliën.' Toen Akash jonger was, had ze op aanraden van haar moeder geprobeerd hem te wennen aan de smaak van Indiaas eten en had ze de moeite genomen kip en groenten met kaneel, kardamom en kruidnagel te pocheren. Nu at hij uit pakken.

'Ik vind dat eten vies,' antwoordde Akash, met een frons naar de gerechten die ze had gemaakt.

'Akash, dat mag je niet zeggen.' Ondanks haar inspanningen veranderde hij in het soort Amerikaans kind dat zij zelf altijd angstvallig had vermeden te worden, het soort dat haar moeder met afschuw en angst vervulde: hooghartig, bang om dingen te eten. Toen hij kleiner was, had hij alles gegeten wat zijn moeder voor hem maakte. 'Vroeger at je wat Dida kookte,' zei ze. 'Die maakte al die dingen.'

'Ik ken Dida niet meer,' zei Akash. Hij zwaaide zijn hoofd heen en weer, alsof hij het feit dat ze ooit had geleefd wilde uitwissen. 'Ik weet het niet meer. Ze is gestorven.'

Ze las Akash voor het slapengaan een verhaaltje voor, toen haar vader zachtjes op de deur klopte en haar de draadloze telefoon aanreikte. Hij hield zijn rechterhand ietwat stuntelig voor zijn borst en ze zag dat hij nat was van het afwassop. 'Adam voor jou.'

'Baba, ik doe straks de afwas wel. Ga jij maar slapen.'

'Het zijn maar een paar dingen.' Haar vader had altijd na het eten de afwas gedaan; hij beweerde dat een kwartiertje staan na de maaltijd goed voor zijn spijsvertering was. Anders dan

Ruma, anders dan haar moeder, anders dan wie ook die Ruma kende, liet haar vader nooit de kraan lopen terwijl hij de afwas insopte. Hij wachtte ermee tot alle borden en pannen klaar waren om te worden gespoeld en tot die tijd hoorde je alleen het zachte, gestage geluid van de spons.

Ze nam de telefoon aan. 'Rum,' hoorde ze Adam zeggen. Zo was hij haar gaan noemen, niet lang na hun eerste ontmoeting. De eerste keer dat hij haar schreef, had hij haar naam fout gespeld en was hij de brief begonnen met 'Lieve Roem – '

Ze stelde zich hem voor, liggend op het bed in een hotelkamer in Calgary, waar hij ditmaal moest zijn, schoenen uit, stropdas los, benen over elkaar geslagen. Op zijn negenendertigste was hij nog steeds jongensachtig knap, met het volle, donkerblonde krulhaar dat Akash had geërfd, het afgetrainde lijf van een marathonloper, jukbeenderen die ze hem heimelijk benijdde. Zonder de krachtige diepte van zijn stem en de bril met negatieve glazen die hij tegenwoordig droeg, kon hij nog steeds doorgaan voor een van die frisse, atletische jongens met wie ze had gestudeerd.

'Mijn vader is er.'

'Ik heb met hem gesproken.'

'Wat zei hij?'

'De gebruikelijke vragen: "Hoe gaat het met je? Hoe gaat het met je ouders?"' Het was waar: meer had haar vader nooit tegen Adam te zeggen.

'Heb je gegeten?'

Het was even stil voordat hij antwoordde. Ze realiseerde zich dat hij tijdens hun gesprek naar iets op de televisie moest hebben gekeken. 'Ik ga zo meteen met een klant eten. Hoe is het met Akash?'

'Die zit hier naast me.' Ze hield de telefoon bij zijn oor. 'Zeg maar dag tegen papa.'

'Dag,' zei Akash, zonder enthousiasme. Daarna stilte. Ze hoorde Adam zeggen: 'Alles goed, maatje? Heb je 't leuk met opa?' Maar Akash had geen zin om nog meer te zeggen en staarde naar zijn opengeslagen boek. Ten slotte bracht ze de telefoon weer naar haar eigen oor.

'Hij is moe,' zei ze. 'Hij valt al bijna in slaap.'

'Ik wou dat ík in slaap kon vallen,' zei Adam. 'Ik ben afgepeigerd.'

Ze wist dat hij sinds de vroege ochtend onderweg was geweest, dat hij de hele dag had gewerkt en tot en met het avondeten in touw zou zijn. En toch had ze niet met hem te doen. 'Ik zie mijn vader hier niet wonen,' zei ze.

'Dan moet je het hem ook niet vragen.'

'Ik denk dat dit bezoek zijn manier is om het ter sprake te brengen.'

'Vraag het hem dan.'

'En als hij ja zegt?'

'Dan trekt hij bij ons in.'

'Moet ik het hem vragen?'

Ze hoorde Adam geduldig ademen door zijn neus. 'We hebben dit al uit en te na besproken, Rum. Jij moet het zeggen. Het is jouw vader.'

Ze sloeg een bladzij om van Akash' boek, en zweeg.

'Ik moet ervandoor,' zei Adam. 'Ik mis jullie.'

'Wij jou ook,' zei ze.

Ze verbrak de verbinding en legde de telefoon naast de ingelijste foto op het nachtkastje, van Ruma en Adam op hun bruiloftsfeest, bezig met het aansnijden van de witte etagetaart. Ze kon niet verklaren wat er na de dood van haar moeder met haar huwelijk was gebeurd. Voor het eerst sinds hun kennismaking, tijdens een etentje in Boston toen zij rechten studeerde en hij voor zijn MBA-examen zat, voelde ze dat er een muur tussen hen in stond, simpelweg omdat hij niet had meegemaakt wat zij had meegemaakt, omdat zijn beide ouders nog in het huis in Lincoln in Massachusetts woonden, waar Adam was opgegroeid. Het was haar fout, wist ze, maar toch was er een besef gerezen dat zij en Adam verschillende mensen waren die verschillende levens leidden. Hoewel zijn perioden van afwezigheid bijdroegen aan haar eenzaamheid, was het soms erger in plaats van beter als Adam thuis was. Zelfs nu ze Akash had om voor te zorgen, was er een deel van haar dat liever alleen was, zonder Adam om zich heen, vol bezorgdheid over haar gemoedstoestand, haar humeur.

Tien jaar geleden had haar moeder gedaan wat ze kon om Ruma van het idee af te brengen met Adam te trouwen, met als argument dat hij van haar zou scheiden, dat hij uiteindelijk toch een Amerikaans meisje zou willen. Niets van dat alles was gebeurd, maar soms dacht ze terug aan die tijd, aan de moed die het haar had gekost haar moeders verontwaardiging het hoofd te bieden, en aan haar vaders weigering om zelfs daarvan blijk te geven, wat haar nog meer pijn had gedaan. 'Je schaamt je voor jezelf, omdat je een Indiase bent, daar komt het op neer,' had haar moeder keer op keer gezegd. Ze wist wat een schok het betekende; ze had haar andere contacten met Amerikaanse mannen voor haar ouders verborgen gehouden tot de dag dat ze haar verloving bekendmaakte. In de loop der jaren had haar moeder niet alleen haar bezwaren ingetrokken maar ze zelfs heftig ontkend; ze was van Adam gaan houden als van een zoon, een plaatsvervanger voor Romi, die hen pas echt in de steek had gelaten door naar het buitenland te vertrekken en nog maar sporadisch van zich te laten horen. Haar moeder babbelde graag met Adam over de telefoon, ook als Ruma niet thuis was, stuurde hem zo nu en dan een mailtje en speelde scrabble met hem via het internet. Als haar ouders op bezoek kwamen, nam haar moeder altijd een koelbox mee met zelfgemaakte mishti, uiterst bewerkelijke, stroperige, met room gevulde lekkernijen die Ruma nooit had leren maken en waar Adam dol op was.

Nadat ze een kind had gekregen, werd Ruma's band met haar moeder harmonieus; door het grootmoederschap was haar moeder veranderd, vertoonde ze een opgewektheid en energie die Ruma nooit van haar had meegemaakt. Voor het eerst in haar leven voelde Ruma zich vergeven voor de vele malen dat ze in de loop der jaren haar moeders verwachtingen had beschaamd of ontweken. Ze ging uitkijken naar hun avondlijke telefoongesprekken, waarin ze verslag deed van wat er die dag was gebeurd en vertelde wat Akash voor nieuwe dingen had geleerd. Haar moeder was zelfs gaan joggen; ze stond om vijf uur 's ochtends op en droeg dan een oud Colgate-sweatshirt van Ruma. Ze wilde haar kleinkinderen nog getrouwd zien, had ze gezegd. Nu haar moeder dood was, waren er momenten dat Ruma zich dichter bij haar voelde dan toen ze nog leefde, gewoon omdat ze zo vaak aan haar dacht, omdat ze haar miste. Maar ze wist dat die intimiteit een illusie was, een hersenschim, en dat de afstand tussen haar en haar moeder nu oneindig was en onverbiddelijk.

Nadat hij de vaat had gewassen en gedroogd, schrobde en droogde hij de gootsteen en haalde de etensresten uit het gootsteenroostertje. Hij zette wat er van de maaltijd over was in de koelkast, bond de vuilniszak dicht, stopte hem in de grote ton die hij langs het tuinpad had zien staan en controleerde of alle deuren waren afgesloten. Hij zat een poosje aan de keukentafel te prutsen aan het handvat van een steelpan dat hij onder het afwassen los had voelen zitten. Hij zocht in de laden naar een schroevendraaier en klaarde, toen hij die niet vond, het karwei met de punt van een steakmes. Toen hij klaar was, stak hij zijn hoofd om de deur van Akash' kamer en zag dat de jongen en Ruma beiden sliepen. Minutenlang bleef hij in de deuropening staan. Er was iets in het uiterlijk van zijn dochter veranderd; ze leek nu zo sterk op zijn vrouw dat hij haar niet rechtstreeks aan durfde kijken. Die eerste glimp van haar, eerder, toen ze met Akash op het gazon stond, had hem naar adem doen snakken. Haar gezicht was nu ouder, zoals vroeger dat van zijn vrouw, ook haar haar werd grijs bij de slapen en ook zij droeg het met een elastiek in een losse knot. En de gelaatstrekken, griezelig nu zijn vrouw er niet meer was – dezelfde vorm en tint van de ogen, hetzelfde kuiltje in de linkerwang als ze glimlachte.

Ondanks zijn jetlag kwam hij moeilijk in slaap; hij lag te luisteren naar het geluid van een motorboot die zo nu en dan het meer overstak. Hij ging overeind zitten en bladerde wat in een nummer van *U.S. News & World Report* dat hij uit de stoelzak van het vliegtuig had meegenomen, en sloeg toen een gids van Seattle open die, naar hij vermoedde, speciaal voor hem op het nachtkastje was gelegd. Hij bekeek vluchtig de foto's van de nieuwe bibliotheek en de koffieshops en de hele zalmen uitgestald op bedden van ijs. Hij las over de gemiddelde jaarlijkse neerslag, en het feit dat het zelden sneeuwde. Op een kaart zag hij tot zijn verwondering hoe ver hij nog van de Stille Oceaan verwijderd was; hij had zich niet gerealiseerd dat er bergen in de weg stonden. Hoewel hij een grote afstand had afgelegd, kwam zijn omgeving hem niet vreemd voor, zoals wanneer hij naar Europa reisde. Daar werd hij herinnerd aan zijn eerste tijd in Amerika, toen hij maar een paar woorden verstond van wat de mensen zeiden en met vreemd geld moest omgaan. Hier zag hij, net als in Pennsylvania, nachtvlinders tegen de raamhor fladderen en soms vloog een insect er met zoveel kracht tegenaan dat hij ervan schrok.

Vanaf zijn bed nam hij de ruime, schaars gemeubileerde kamer in zich op. Toen hij zo oud was als Ruma, woonde hij met zijn vrouw en kinderen in een klein appartement in Garden City, New Jersey. Toen Romi en later Ruma waren geboren, hadden ze een diepe kast tot kinderkamer verbouwd. Hij had zich in dat appartementencomplex met zijn gezin nooit veilig gevoeld; de bewakingscamera in de hal maakte hem nerveus in plaats van hem op zijn gemak te stellen. Maar het was in die tijd, toen hij nog voor zijn doctoraat in de microbiologie studeerde, het beste wat hij zich kon veroorloven. Zijn vrouw bereidde hun maaltijden op het elektrische fornuis in het piepkleine keukentje en na afloop rook de hele woning naar wat ze had gekookt. Ze woonden op de veertiende verdieping en zij hing haar sari's te drogen over de smalle leuning van het balkon. De slaapkamer waarin Romi en Ruma waren verwekt was een somber vertrekje waar geen ochtendlicht in doordrong, maar toch was het voor hem nog steeds een heilige plaats. Hij hoorde zijn kinderen nog door de kamers rennen, hun hoge, jonge stemmetjes. Het was een deel van hun leven dat alleen hij en zijn vrouw in zich droegen. Zijn kinderen zouden zich alleen het grote huis in een buitenwijk herinneren dat hij had gekocht, met wilgen in de achtertuin, met voor elk een eigen kamer en een souterrain met hun speelgoed. En vergeleken bij waar Ruma nu woonde, zonk zelfs dat huis in het niet, was het een broos bouwsel dat, zo vreesde hij altijd, door het vlammetje van één lucifer in rook op kon gaan.

Nu hij alleen was, vroegen kennissen hem soms of hij van plan was bij Ruma in te trekken. Zelfs mevrouw Bagchi opperde die mogelijkheid. Maar hij wees erop dat Ruma niet met dat plichtsbesef was opgevoed. Ze leidde haar eigen leven, had haar eigen beslissingen genomen, was met een Amerikaanse jongen getrouwd. Hij verwachtte niet van haar dat ze hem in huis zou nemen en hij kon haar eigenlijk geen ongelijk geven. Want wat had hij zelf gedaan toen zijn vader stervende was, toen zijn moeder alleen achterbleef? Ruma en Romi waren toen al tieners. Hij had onmogelijk met zijn gezin naar India kunnen terugkeren en evenmin had hij zijn tachtigjarige moeder naar Pennsylvania kunnen laten komen. Hij had zijn broers en zusters voor haar laten zorgen tot ook zij uiteindelijk stierf.

Als hij als eerste was gestorven, zou zijn vrouw zonder een moment te aarzelen bij Ruma zijn ingetrokken. Zijn vrouw was er niet op gebouwd om op zichzelf te wonen, zoals dagbloemen niet in de schaduw kunnen groeien. Ze was in dat opzicht de tegenpool van mevrouw Bagchi. Het isolement van het wonen in een Amerikaanse buitenwijk, iets waarover zijn vrouw klaagde en waarvoor hij zich verantwoordelijk voelde, had meer eenzaamheid betekend dan zij verdragen kon. Maar hij hield van de eenzaamheid, en mevrouw Bagchi ook. Nu hij gepensioneerd was, werkte hij als vrijwilliger voor de Democratische Partij in Pennsylvania, iets wat hij thuis vanachter de computer kon doen, en daarmee, en met zijn reizen, had hij voldoende omhanden. Het was een opluchting, dat hij het oude huis niet meer hoefde te onderhouden, niet meer het gazon hoefde te maaien en aan te harken, niet meer 's zomers de voorzetramen door horren hoefde te vervangen om een paar maanden later weer het omgekeerde te doen. Het was ook een opluchting om in een ander deel van de staat te wonen, dichtbij genoeg om nog vertrouwd te zijn, maar toch zo ver weg dat alles anders voelde. In het oude huis zat hij nog vast aan zijn vorige leven, ging hij in zijn eentje naar de feestjes waar hij vroeger met zijn vrouw heen ging, kreeg hij 's avonds telefoontjes van bezorgde vrienden die steevast pannetjes met kip-curry langs brachten of, in de veronderstelling dat hij eenzaam was, 's zondagsmiddags onaangekondigd op bezoek kwamen.

Hij voelde zich plotseling moe; er trok een waas voor zijn ogen en de woorden in de reisgids kwamen los van het papier. Naast het stapeltje boeken stond een telefoon. Hij legde het boek neer, lichtte de hoorn van de haak, wachtte tot hij een kiestoon hoorde en legde de hoorn toen weer neer. Voor hij naar Seattle vertrok had hij mevrouw Bagchi het nummer van zijn dochter gemaild, maar ze hadden afgesproken dat ze niet zou bellen. Zij had van de man met wie ze twee jaar had geleefd meer gehouden dan hij van de vrouw die bijna veertig jaar zijn echtgenote was geweest, dat wist hij zeker. In haar portemonnee zat nog steeds een foto van hem, een knappe, fris geschoren jongen van in de twintig, met zijn haar ver naar één kant gescheiden. Het deerde hem niet. Eigenlijk vond hij het beter dat haar hart nog aan een andere man toebehoorde. Het was geen hartstocht die hem er op zijn zeventigste toe bracht om, al was het uiterst discreet en maar zo nu en dan, omgang te hebben met een andere vrouw. Het was eerder iets wat in de loop van al die jaren huwelijk was gegroeid, de gewoonte van het samenzijn.

Zonder zijn vrouw was de gedachte aan zijn eigen dood hem gaan kwellen, het besef dat die hem even plotseling kon treffen. Hij had de dood nooit van dichtbij meegemaakt; toen zijn ouders en familieleden stierven was hij altijd werelddelen ver weg geweest en had hij er nooit het wrede geweld van ervaren. Trouwens, strikt genomen was hij er niet eens bij geweest toen zijn vrouw overleed. Hij had in een tijdschrift zitten lezen en een kop thee uit de ziekenhuiscafetaria gedronken. Maar daar voelde hij zich niet schuldig om. Het was het feit dat iedereen maar van alles had aangenomen: dat de operatie vlot zou verlopen, dat ze maar één nacht in het ziekenhuis zou blijven en dan weer naar huis mocht, dat er veertien dagen later vrienden zouden komen eten. Dat de operatie van zijn vrouw maar een kleine beproeving in haar leven zou zijn en niet het einde ervan. Hij herinnerde zich dat Ruma in zijn armen huilde alsof ze opeens weer een klein meisje was dat van haar fiets was gevallen, of was gestoken door een bij. En net als toen was hij sterk voor haar geweest en had hij geen traan gelaten.

Midden in de nacht was ze wakker geworden in Akash' bed en naar haar eigen bed gestrompeld. Normaal kroop Akash 's ochtends vroeg bij haar in bed en sliep hij naast haar nog een paar uur door alvorens haar wakker te maken en om zijn cornflakes te vragen. Ze vond het niet erg dat Akash bij haar in bed kroop, vooral niet als Adam weg was. Maar deze ochtend was het bed leeg. Ze had 's ochtends geen last meer van misselijkheid. In plaats daarvan moest ze bij het ontwaken meteen aan eten denken; ze had trek in een burrito, of een broodje met ei en kaas uit de bagelwinkel bij hun oude appartement in Park Slope, een herinnering aan het feit dat haar lichaam de hele nacht terwijl ze sliep hard aan het werk was geweest. In de keuken stond de vaat van het avondeten schoon en droog aan één kant van het aanrecht. In het afdruiprek zag ze een afgewassen kom, lepel, drinkglas en beker. Naast het fornuis, op een schoteltje, lag een drogend theezakje, bewaard voor een tweede gebruik. Ze hoorde de stem van Akash ergens van buiten komen, maar ze kon hem door het raam niet zien. Ze liep de veranda op, waar ze hem beter kon verstaan. 'Maar ik heb geen schildpad gezien,' hoorde ze hem zeggen, en ze maakte eruit op dat hij met haar vader een wandeling naar het meer had gemaakt.

Ze nam haar prenatale vitamines in en zette water op voor de thee. Ze was bezig met de toast toen haar vader met Akash de keuken binnenkwam.

'We zijn naar het meer geweest en Dadu heeft me gefilmd,' zei Akash opgewonden, wijzend naar de videocamera die aan een riem om haar vaders hals hing.

'Je bent nat,' merkte ze op, toen ze zag dat de riempjes van zijn sandalen en de voorkant van zijn korte broek donker waren van het water. Ze wendde zich tot haar vader. 'Wat is er gebeurd?'

'Niets, niets. We dachten dat we een schildpad zagen, en Akash wilde hem aanraken,' zei hij tegen Ruma. 'Hij vraagt om zijn ontbijt.'

'Kom, je moet eerst droge kleren aan,' zei ze tegen Akash. Toen ze terugkwam zag ze dat haar vader het keukenkastje had opengemaakt. 'Is dit wat hij eet?' vroeg hij, een doos Cheerios-cornflakes omhooghoudend.

Ze knikte. 'Hoe lang ben je al wakker, Baba?'

'O, ik was al voor vijven op. Ik heb op de veranda ontbeten, en toen kwam Akash en zijn we naar buiten gegaan.'

'Zal ik het doen?' zei ze, toen ze haar vader melk in de ontbijtkom zag schenken.

'Nee, laat mij maar. Ga zelf maar eten.'

Ze pakte boter en jam uit de koelkast en maakte thee voor zichzelf. Toen ze klaar was, lichtte haar vader het deksel van de ketel op, deed het uitgedroogde theezakje in het kopje dat op het druiprek stond en goot er heet water bij.

'Dadu, naar buiten?' vroeg Akash, aan haar vaders broekspijp trekkend.

'Zo meteen, Babu. Eerst mijn thee opdrinken.'

Onder het eten noemde ze de dingen op die ze tijdens zijn bezoek konden gaan zien – voor zijn komst had ze openingstijden en toegangsprijzen opgezocht, en in haar hoofd had ze al een programma uitgestippeld, zodat ze elke dag iets te doen zouden hebben. Ze had nog geen tijd en energie gehad om veel van het centrum van Seattle te verkennen en bedacht dat ze daar in de week met haar vader mooi de gelegenheid toe had. 'Er is natuurlijk de Space Needle,' begon ze. 'En Pike Place Market. Er is een aquarium aan de waterkant waar ik al lang eens met Akash naartoe wil. Het schijnt dat je erg leuke boottochtjes over de Puget Sound kunt maken. We kunnen een dagje naar Victoria gaan. En dan zijn er de fabrieken van Boeing. Ze geven er rondleidingen.'

'Ja,' zei haar vader. Ze vond dat hij er moe uitzag, zijn ogen klein achter zijn brillenglazen. 'Eerlijk gezegd,' zei hij, 'zou ik dat allemaal graag eens een keertje overslaan.'

Ze raakte in verwarring; ze had gedacht dat haar vader graag met zijn videocamera Seattle had willen bekijken, zoals hij dat de laatste tijd op zoveel andere plaatsen ter wereld deed. 'Tja, anders is er hier niet zoveel te beleven.'

'Ik hoef niet te worden vermaakt.'

'Dat is niet wat ik bedoel. Doe gewoon waar je zin in hebt, Baba.' Haar verwarring maakte plaats voor ongerustheid. Ze vroeg zich af of er niet iets was wat hij voor haar verzweeg. Ze vroeg zich af hoe het was in dat flatje van hem, of hij niet te veel trappen moest lopen en of hij wel buren had die hem kenden en om hem gaven. Ze moest denken aan een onderzoek waarvan ze had gehoord, dat had uitgewezen dat mensen die lang met elkaar getrouwd zijn geweest binnen twee jaar na elkaar overlijden, omdat de overgebleven man of vrouw in wezen sterft aan een gebroken hart. Maar Ruma wist dat haar ouders nooit op die manier van elkaar hadden gehouden.

'Gaat het goed met je?'

Hij keek naar haar op; hij had zich dicht naar Akash toe gebogen en zat gezichten naar hem te trekken om hem af te leiden terwijl hij zijn kom leeg at. 'Wat bedoel je?'

'Ik bedoel, voel je je goed?'

'Ik voel me prima. Ik wou alleen eens een keertje vakantie nemen van mijn vakanties,' zei hij. 'Die reizen zijn ook werk, op hun manier.'

Ze knikte. 'Ik begrijp het.' Ze begreep het inderdaad, want in haar hart wist ze dat er met haar vader niets mis was. Ook al deed het haar pijn om het toe te geven, hij leek nu zelfs gelukkiger dan voorheen; haar moeders dood had hem van een last bevrijd, terwijl met haar het omgekeerde was gebeurd.

Hij haalde een versleten witte zakdoek uit zijn zak en veegde daarmee de ontbijtrestjes van Akash' gezicht. Het gebaar herinnerde haar aan haar eigen kleutertijd en de keren dat hij haar te hulp was geschoten, met een zakdoek als ze eten op haar kleertjes had gemorst of nodig haar neus moest snuiten, of haar knie had geschaafd. 'Laten we een paar dagen wachten. Misschien kunnen we dan een boottochtje maken.'

Na het ontbijt was het tijd voor Akash' wekelijkse zwemles. Ze verwachtte dat haar vader thuis zou blijven, maar hij zei dat hij graag mee wilde, met zijn videocamera. Hij bood aan hen in de huurauto naar het zwembad te brengen, maar omdat het autostoeltje in de SUV zat, reed Ruma. Ze had in haar middelbareschooltijd leren rijden maar daarna jaren in de stad gewoond zonder een auto te bezitten, zodat het tot dusver een bezigheid was geweest die voor haar alleen verband hield met bezoeken aan haar ouders: even met de auto wat videobanden langs brengen of met haar moeder naar het winkelcentrum. Het was iets waaraan ze in Seattle moest wennen – zorgen dat er benzine in de tank zat en lucht in de banden. Hoewel ze vertrouwd raakte met de wegen, met de afslagen en de bergen en de aard van het licht, voelde ze zich aan niets of niemand hier gebonden. Ze had alleen nog maar beleefdheden uitgewisseld met haar buren – een gepensioneerd echtpaar aan de ene kant en twee homoseksuele professoren van de Universiteit van Washington aan de andere. Er waren een paar vrouwen met wie ze praatte als ze naar Akash in het zwembad zat te kijken, maar na de les was er niemand die voorstelde om eens nader kennis te maken. Het voelde onnatuurlijk aan om in dit stadium van haar leven contact te zoeken met vreemden.

Ze was gewend aan de vriendinnen die ze in Brooklyn had achtergelaten, vrouwen die ze op zwangerschapsyoga had leren kennen en via een moederpraatgroep waarvan ze na Akash' geboorte lid was geworden, die van haar dagelijkse wederwaardigheden op de hoogte waren geweest. Ze hadden haar gezelschap gehouden toen ze moest bevallen en haar de kleertjes en dekentjes gegeven die hun eigen kinderen waren ontgroeid. Die vriendinnen woonden zo'n vijf à tien minuten lopen van haar appartement, sommigen in hetzelfde gebouw, en toen ze nog parttime werkte konden ze elkaar elk zonder afspraak ontmoeten achter hun wandelwagentjes in Prospect Park. Ze hadden Ruma's moeder leren kennen als ze in het weekend op bezoek kwam, en sommigen van hen waren naar Pennsylvania gereisd voor de begrafenis. In het begin, na de verhuizing, stuurden deze vriendinnen Ruma mailtjes, of belden haar met hun mobieltjes als ze zonder haar in de speeltuin zaten. Maar door het tijdsverschil en de kinderen die ze altijd bij zich hadden, was een zinnig gesprek onmogelijk. Ondanks al de tijd die ze met deze vrouwen had doorgebracht, gingen de wortels niet diep, en nu, na het lezen van hun mailtjes, wist Ruma zelden wat ze terug moest schrijven.

In de auto was het stil; alleen het geluid van de banden op de weg en het voorbijschieten van het tegemoetkomend verkeer was te horen. Akash speelde met een van zijn treintjes, waarvan hij de wieltjes langs de zijkant van het portier en de rugleuning van Ruma's stoel liet rollen. Ze merkte dat haar vader stilletjes met haar mee zat te rijden; zo nu en dan wierp hij een blik op de snelheidsmeter en hij keek met haar mee als ze van rijstrook wilde veranderen. Ze wees hem de levensmiddelenwinkel aan waar ze nu haar boodschappen deed en de richting van Mount Rainier, die vandaag niet zichtbaar was.

'Daar is de afslag die Adam neemt naar zijn werk,' zei ze.

'Hoe ver dat is?'

Toen ze jonger was, zou ze hem hebben gecorrigeerd. 'Hoe ver is dat?' zou ze meteen hebben gezegd, geïrriteerd, alsof zijn vergissing een afspiegeling van haar eigen tekortkomingen was.

'Ik heb geen idee. Ik geloof dat hij een minuut of veertig onderweg is, 's ochtends en 's avonds.'

'Dat is lang. Waarom hebben jullie geen huis dichterbij gekozen?'

'We vinden het niet erg. En we waren verliefd op dit huis.' Ze vroeg zich af of haar vader dat geen frivole opmerking zou vinden.

'En jij? Heb jij hier al werk gevonden?'

'Parttime proceswerk is moeilijk te vinden,' zei ze. 'De peuterklas is alleen 's morgens, en Adam en ik willen Akash niet op een kinderdagverblijf doen.'

'Om hier te praktiseren moet je opnieuw advocatenexamen doen?' vroeg haar vader.

'Nee, er is reciprociteit met New York.'

'Maar waarom zoek je dan geen nieuwe baan?'

'Ik ben er nog niet klaar voor, Baba.' Ze had nog met geen enkele firma in Seattle contact opgenomen, en evenmin het trustkantoor gebeld waarvan een partner van haar oude advocatenkantoor haar de naam had gegeven, met de suggestie dat Ruma misschien op een case-to-casebasis procesinstructies kon schrijven. Ze bedacht dat ze tegen haar vader nog nooit met zoveel woorden had gezegd dat ze de komende paar jaren thuis wilde blijven. 'We zijn nog bezig met acclimatiseren.'

'Dat begrijp ik. Ik vraag alleen of je een bepaalde tijd in je hoofd hebt.'

'Misschien als het nieuwe kindje naar de kleuterschool gaat.'

'Maar dat duurt nog meer dan vijf jaar. Het is nu tijd dat je weer aan het werk gaat, dat je gaat bouwen aan je carrière.'

'Ik werk toch, Baba. Straks heb ik de zorg voor twee kinderen, net als Ma vroeger.'

'Ben je daar tevreden mee?'

Ze antwoordde niet. Haar moeder zou begrip hebben gehad voor haar besluit, zou trots op haar zijn geweest en haar hebben gesteund. Ruma had jarenlang weken van vijftig uur gemaakt en bedragen van zes cijfers verdiend terwijl Romi nog van de hand in de tand leefde. Ze had altijd het gevoel gehad dat ze door haar beide ouders ten onrechte in rollen werd gedwongen die haar niet pasten: als haar vaders oudste zoon, haar moeders tweede echtgenoot.

'Kleine kinderen worden groot, Ruma,' vervolgde haar vader. 'En wat ga je dan doen?'

'Dan ga ik terug.'

'Maar dan ben je over de veertig. En dan gaat het niet meer zo makkelijk.'

Ze hield haar blik op de weg gericht en zette met een druk op een knop de radio aan, waarna de vastberaden dreun van een verslaggever de auto vulde. Ze had nooit vrijuit tegen haar vader in kunnen gaan, zoals ze dat vroeger bij haar moeder deed. Ergens vreesde ze dat elk meningsverschil de nu al zwakke band tussen hen verder zou ondermijnen. Ze wist dat ze hem had teleurgesteld, doordat het haar niet was gelukt tot een van de befaamde Ivy League-universiteiten te worden toegelaten. Ondanks Romi's zwervende, wisselvallige levensstijl wist ze dat haar vader voor hem meer achting had omdat hij aan Princeton had gestudeerd en met een Fulbright-beurs naar het buitenland was gegaan. Ruma kon de woordenwisselingen die ze met haar vader had gehad op de vingers van één hand tellen. Toen ze als middelbareschoolleerling haar rijbewijs had gehaald, wilde hij haar niet voor het gebruik van de gezinsauto verzekeren zodat ze er alleen mee weg had gekund. Toen ze later als studente haar hoofdvak moest kiezen, had hij geprobeerd haar over te halen biologie te gaan doen in plaats van geschiedenis. Hij had geprotesteerd tegen de kosten van een rechtenstudie, maar toen ze aan de Northeastern Universiteit mocht gaan studeren, had hij zich er toch bij neergelegd. En hij had betoogd, toen zij en Adam hun trouwfeest voorbereidden, dat een plechtigheid in de openlucht te riskant was en ze het beter in een officiële feestzaal konden doen dan op de steile klif op Martha's Vineyard die zij en Adam als locatie wilden kiezen. Op de dag van hun huwelijk was het prachtig weer en gaven ze elkaar het jawoord tegen de achtergrond van een schitterende, zonbeschenen zee. En toch had Ruma nog steeds nachtmerries van de witte tent met klapstoeltjes en honderden gasten druipend van de regen.

Ze reed het parkeerterrein van het zwembad op. Binnen vroeg ze haar vader vast op de bank te gaan zitten waar ze de zwemles door een raam konden volgen, terwijl ze met Akash naar de kleedkamer ging om hem te helpen met omkleden. Toen ze bij haar vader terugkwam, was hij bezig zijn camera in te stellen en van een nieuwe cassette te voorzien. 'Daar is Akash,' zei ze, wijzend naar het jongetje dat in een badhanddoek gehuld zat te wachten tot de les zou beginnen. Ze had gedacht dat Akash te jong was om zonder haar in het zwembad te mogen, dat ze de vroege les moesten nemen, waarbij ook de ouders het water in gingen. Maar er was in die les geen plaats meer, en Akash had al meteen vanaf het begin vrijwillig afscheid van haar genomen en was in de armen gesprongen van de zwemlerares, een tiener met kastanjebruin haar.

Het volgende halfuur filmde haar vader Akash aan één stuk door: terwijl de drijfhulp op zijn rug werd gegespt, terwijl hij in het zwembad sprong en belletjes blies en de beenslag oefende. Haar vader stond op van de bank waarop Ruma zat en raakte met de lens van zijn videocamera bijna het raam. Zoveel aandacht had hij voor het opgroeien van Ruma en Romi nooit getoond. Toen was het hun moeder die naar hun zwemles zat te kijken, die doodsbang haar adem inhield als ze de ladder op klommen en naar haar zwaaiden alvorens van de hoge duikplank te springen. Haar vader had Romi niet geleerd een honkbal te werpen en had hun niet leren schaatsen op de vijver die een klein eindje lopen door het bos achter hun woonwijk lag en 's winters bevroor.

In de auto onderweg naar huis begon haar vader nogmaals over haar carrière. 'Werken is belangrijk, Ruma. Niet alleen voor je financiële stabiliteit. Ook voor je geestelijke stabiliteit. Zelf heb ik mijn hele leven, vanaf mijn zestiende, gewerkt.'

‘Je bent nu met pensioen.’

‘Maar ik kan niet thuis zitten niksdoen. Daarom ga ik zo vaak op reis. Het is niet goedkoop, maar ik heb meer dan genoeg gespaard. Financiële onafhankelijkheid is belangrijk, Ruma,’ vervolgde hij. ‘Het leven zit vol verrassingen. Vandaag kun je vertrouwen op Adam, op Adams baan. Maar morgen, wie weet?’

Een onderdeel van een seconde haalde ze haar blik van de weg en keerde ze zich naar hem toe. ‘Wat bedoel je? Wat wil je daarmee zeggen?’

‘Niks. Alleen, misschien, dat ik me zorgen maak omdat je geen baan hebt. Niet voor mezelf, begrijp dat goed. Ik maak me zorgen om jou. Ik heb meer dan genoeg geld om het uit te zingen tot mijn dood.’

‘Wie is er nog meer dood?’ riep Akash vanaf de achterbank.

‘Niemand. We maken maar wat gekkigheid. Asjemenou, wat heb jij een mooie trein, is hij al vertrokken?’ informeerde haar vader, zich omdraaiend naar Akash.

Die avond na het eten vertoonde hij zijn video’s. Eerst bekeken ze tot groot vermaak van Akash de opnamen van de zwemles en daarna liet hij zien wat hij in Europa had gefilmd: fresco’s in kerken, opvliegende duiven, achterhoofden van mensen. De meeste beelden waren door het raam van de touringcar gemaakt terwijl een gids uitleg gaf bij de monumenten die ze passeerden. Hij had mevrouw Bagchi steeds zorgvuldig buiten beeld gehouden, maar toen hij de video vergroot op zijn dochters televisietoestel zag, ontdekte hij dat er voortdurend sporen te zien waren – een arm van mevrouw Bagchi in het open raam van de bus, haar blauwleren handtas op een bank.

‘Dat is Luigi,’ zei hij, toen de camera even stilstond bij hun Italiaanse gids.

‘Uit wat voor mensen bestaat zo’n reisgezelschap eigenlijk?’ vroeg Ruma.

‘Het zijn meestal mensen zoals ik, gepensioneerd of om een

andere reden inactief,' zei hij. 'Heel veel Japanners. Het is in elk land een verschillende groep.'

'Heb je al vrienden gemaakt?'

'We gaan allemaal vriendschappelijk met elkaar om.'

'En met hoeveel zijn jullie?'

'Zo'n achttien tot twintig personen.'

'En zit je daar de hele dag mee opgescheept, of heb je ook tijd voor jezelf?'

'Een uurtje, zo nu en dan.'

'Wie is dat?' vroeg ze plotseling.

Hij keek verschrikt naar het televisiescherm waarop een paar seconden lang mevrouw Bagchi in beeld kwam, zittend aan een tafeltje in een café en met een piepklein lepeltje in een piepklein koffiekopje roerend. En toen herinnerde hij zich dat hij meneer Yamata, een van zijn Japanse reisgenoten, door de zoeker had laten kijken. Zonder dat hij het wist moest meneer Yamata op de opnameknop hebben gedrukt. Mevrouw Bagchi verdween en kwam niet meer in beeld. Hij was blij dat de kamer donker was, dat zijn dochter zijn gezicht niet kon zien. 'Wie bedoel je?'

'Ze is nu weg. Een vrouw die er Indiaas uitzag.'

Het was een goede gelegenheid om het Ruma te vertellen. Maar het was moeilijker dan hij had gedacht, nu hij in het huis van zijn dochter logeerde en de hele dag in haar buurt was. Hij schaamde zich voor zichzelf omdat hij haar zo misleidde. Maar wat moest hij zeggen? Dat hij een vriendin had? Het woord was hem vreemd, hij kon het niet over zijn lippen krijgen; hij had nog nooit een vriendin gehad. Het zou gemakkelijker zijn geweest om het aan Romi te vertellen. Die zou het nieuws laconiek hebben opgenomen, het misschien zelfs als een opluchting hebben ervaren. Ruma was anders. Hij had zich altijd in stilte door haar veroordeeld gevoeld, uit naam van zijn vrouw. Zij en Ruma waren bondgenoten. En hij had de afkeuring van zijn dochter verdragen, haar nooit zijn kant van de zaak uitgelegd, nooit gezegd dat zijn vrouw te veeleisend was geweest, geen waardering had gehad voor het leven dat hij haar met hard werken had kunnen bieden.

Net als destijds zijn vrouw was Ruma alleen in deze nieuwe stad, gedesoriënteerd, zonder vrienden, belast met de zorg voor een kind, wat hem allemaal, te sterk, herinnerde aan de eerste jaren van zijn huwelijk, de jaren waarvoor zijn vrouw hem nooit had vergeven. Hij was er altijd van uitgegaan dat Ruma's leven anders zou zijn. Voor zover hij zich kon herinneren had ze altijd gewerkt. Zelfs op de middelbare school had ze, ondanks de protesten van hem en zijn vrouw, erop gestaan in de zomervakanties als hulpserveerster te werken in een plaatselijk restaurant, het soort werk dat hun familie in India voor een meisje van haar maatschappelijke klasse en opleiding als vernederend zou hebben beschouwd. Maar voor wat zijn dochter deed, was hij niet meer verantwoordelijk. Eindelijk had hij die leeftijd bereikt.

'Dat is één ding dat me op mijn reizen is opgevallen,' zei hij, terwijl de hellende roze piazza van Siena over het televisiescherm flitste met mevrouw Bagchi ergens onzichtbaar in het gedrang. 'Indiërs zie je tegenwoordig overal.'

De volgende ochtend werd Ruma gewekt door Akash, die haar kamer in kwam draven en aan haar arm trok. 'Dadu is weg.'

'Wat zeg je nou?'

'Hij is er niet meer.'

Ze stond op. Het was kwart voor acht. 'Ik denk dat hij een eindje is gaan wandelen, Akash.' Maar toen ze uit het keukenraam keek, zag ze dat de huurauto niet op het tuinpad stond.

'Komt hij nog terug?'

'Stil, Akash, laat me even denken.' Haar hart bonsde en ze voelde zich zoals soms in de speeltuin als ze Akash een paar seconden uit het oog verloren was. In de keuken zag ze dat haar vader niet had ontbeten; er lagen geen kom en lepel in het afdruiprek, geen opgedroogd theezakje op een bord naast het fornuis. Ze vroeg zich af of hij zich misschien niet goed had gevoeld, of hij in de auto was gestapt en een apotheek was gaan zoeken om aspirine of Alka Seltzer te kopen. Het was net iets voor hem om zoiets te doen zonder haar wakker te maken. Ooit had hij een wortelkanaalbehandeling ondergaan zonder iemand iets te zeggen en kwam hij 's avonds thuis met een gezwollen mond vol wondgaas. Daarna vroeg ze zich af of hij de bootjes had ontdekt die aan de oever van het meer aan de steiger lagen, en een eindje was gaan varen. Ze kon hem niet bereiken, want haar vader bezat geen mobieltje. Ze kon de politie bellen, maar ze wist het nummer van de huurauto niet. Ze pakte toch maar de telefoon, om Adam te bellen en te vragen wat ze moest doen. Maar op dat moment hoorde ze het geluid van grind onder autobanden.

'Waar ben je in godsnaam geweest?' vroeg ze. Uit niets bleek dat haar vader het op de een of andere manier moeilijk had; hij droeg een platte doos die met touw was dichtgebonden en eruitzag alsof hij uit een bakkerswinkel afkomstig was.

'Ik herinnerde me dat we gisteren onderweg naar het zwembad langs een kwekerij kwamen. Dus ik dacht, ik rij er even langs om te kijken wanneer ze open zijn. Je hebt aardig wat zon in de achtertuin en de grond lijkt me vruchtbaar,' zei hij, met een blik door het raam. 'Een regenachtig klimaat is goed voor de tuin. Ik kan wat heesters voor je planten, en wat bodembedekkers, als je wilt.'

'O,' zei ze.

'Het is net tien kilometer van je huis vandaan. Ernaast is een winkel waar ze gebakjes verkopen. Hier,' zei hij, terwijl hij de doos opende en Akash de inhoud liet zien. 'Wat vind je lekker?'

'Je hoeft niet in onze tuin te werken, Baba. Je zei dat je graag wilde uitrusten.'

'Ik vind het ontspannend.'

Bloemen in de achtertuin, dat idee was nog niet bij haar opgekomen. Toch sprak zijn aanbod haar aan. Ze voelde zich gevleid door zijn belangstelling voor de plek waar ze woonde, door zijn wens om die mooier te maken.

‘Je had me wel kunnen vertellen dat je wegging,’ zei ze.

‘Dat heb ik,’ antwoordde hij. ‘Ik heb een briefje op het bureau beneden gelegd, dat ik een eindje ging rijden.’

Ze wendde zich tot Akash, die een croissant in tweeën scheurde en schilfers bladerdeeg op zijn pyjama morste. Bijna verweet ze hem dat hij bij het doorzoeken van haar vaders kamer te haastig was geweest. Maar Akash was natuurlijk te klein om op het bureau te kunnen kijken, en te jong om een briefje te lezen.

Toen de kwekerij openging, vertrok haar vader weer, ditmaal met Akash, nadat hij het kinderzitje in zijn auto had vastgemaakt. Terwijl ze wegreden, bedacht ze dat dit de eerste keer was dat ze Akash helemaal aan haar vader toevertrouwde. Het was vreemd om alleen in het huis te zijn, en ze maakte zich zorgen dat Akash haar misschien opeens zou missen. Ze kende dat gevoel nog uit de tijd dat Akash een baby was, toen hij om de twee uur moest worden gevoed en ze zich zonder hem, al was het maar even, niet normaal voelde. Een uur later kwamen haar vader en Akash terug, met zakken tuinaarde, platte kistjes met bloemen, een spade, een hark en een tuinslang. Haar vader vroeg of hij wat oude kleren van Adam kon lenen en Ruma gaf hem een kakibroek en een gescheurd oxfordoverhemd, spullen die Adam apart had gelegd voor het Leger des Heils, en leende hem een paar van zijn hardloopschoenen. De kleren waren hem te groot, de schouders van het overhemd hingen af, de pijpen van de broek moesten worden opgerold. De rest van de dag stond haar vader, met Akash naast zich spelend in een groeiende berg aarde, te spitten en in het gras te hakken met een zacht, krachtig geluid, zijn hoofd met een honkbalpet beschermd tegen de zon. Hij werkte gestaag door en nam alleen een korte middagpauze om samen met Akash een boterham met pindakaas te eten. Tegen de avond kwam hij naar binnen, maar alleen, zei hij, omdat hij last van de muggen kreeg.

De volgende morgen reed haar vader weer naar de kwekerij om nog meer spullen te halen: een baal veenmos, zakken mulch en compost. Ditmaal bracht hij behalve de tuinbenodigdheden ook een opblaasbaar kinderzwembadje mee in de vorm van een krokodil die water uit zijn bek spoot, dat hij in de tuin zette en vulde met behulp van de slang. Akash was de hele dag buiten, hij ploeterde in zijn zwembadje, spoot water in de tuin en zocht de pieren bij elkaar die haar vader opgroef. Weer werkte haar vader vrijwel zonder onderbreking tot het donker werd. Nu Akash de hele dag buiten was, had Ruma tijd om wat dingen in huis te doen, kleine en grote dingen die ze steeds had uitgesteld. Ze betaalde de rekeningen die aan het eind van de maand vervielen, borg stapels administratie op die door haar leven met Adam werd gegenereerd, en begon toen met het ordenen van Akash' garderobe. De kleren waar hij was uitgegroeid haalde ze uit de laden en grotere kleren pakte ze uit plastic opbergdozen in het souterrain. Afhankelijk van of ze een jongen of meisje kreeg, zou ze wat te klein voor Akash was moeten bewaren of weggeven. Het duurde nog vier weken voor ze het vruchtwateronderzoek kreeg en ze het geslacht te weten zouden komen. Haar zwangerschap was nog niet duidelijk zichtbaar en ze had nog geen schoppen gevoeld. Maar anders dan de vorige keer twijfelde ze er nu niet aan dat er leven in haar groeide.

Ze diepte haar positiekleren op, de ruimvallende broeken en tunieken die ze binnenkort nodig zou hebben. Na het uitzoeken van de kleding ging ze naar de onbewerkte boekenkast in Akash' kamer, die ze al had willen schilderen sinds ze hem meer dan tien jaar geleden in Boston had gekocht om er haar wetboeken in te zetten. Ze haalde er het speelgoed en de boeken uit en legde die in de hoek. Ze zou haar vader vragen haar te helpen de kast naar buiten te dragen, zodat ze hem in de tuin kon schilderen. Opeens stond Akash in de kamer. Hij was blootsvoets en zijn gouden beentjes zaten onder de aarde. Ze dacht dat hij misschien boos op haar zou zijn omdat ze aan zijn spullen zat, maar hij bekeek de berg alsof die volkomen normaal was en begon er toen dingen uit te halen.

'Wat ben jij van plan?' vroeg ze hem.

'Dingen kweken.'

'O? En wat ga je planten?'

'Dit allemaal,' zei hij, en hij liep met zijn armen vol de kamer uit. Ze volgde hem naar buiten en zag dat haar vader voor Akash een klein tuintje had afgebakend, nauwelijks groter dan een opengeslagen krant, waarin om de paar centimeter ondiepe kuiltjes waren gemaakt. Ze zag dat Akash dingen in de grond stak, gehurkt boven de aarde, net als haar vader. In de kuiltjes stopte hij een roze gummibal, wat stukjes lego aan elkaar, een houten blokje waarin een ster was gegrift.

'Niet te diep,' zei haar vader. 'Niet meer dan een vinger. Kun je er nog bij?'

Akash knikte. Hij raapte een plastic dinosaurusje op en duwde dat in de grond.

'Welke kleur heeft het?' vroeg haar vader.

'Rood.'

'En in het Bengaals?'

'*Lal*.'

'Goed zo.'

'En *niel*!' riep Akash, naar de hemel wijzend.

Terwijl haar vader onder de douche stond, zette ze thee. Het was een ritueel waar ze van hield, een formele bevestiging van het feit dat het avond werd ook al ging de zon nog niet onder. Als ze alleen was, gingen deze uren ongemerkt voorbij. Ze was dankbaar dat ze nu met haar vader op de veranda kon zitten met de theepot en de kom gezouten cashewnoten en het bord Nice-koekjes, kijkend naar het meer en luisterend naar het brede ruisen van de wind in de boomtoppen, een vergrote versie van de manier waarop Akash zuchtte toen hij een baby was, innig tevreden, diep in slaap. De bladeren schitterden als door een innerlijk licht, rillend, ook al was het niet koud. Akash sliep, doodmoe na een hele dag spelen in de buitenlucht, en in het huis heerste stilte.

'Als ik hier woonde, zou ik 's zomers hier buiten slapen,' zei haar vader. 'Ik zou hier een veldbed neerzetten.'

‘Dat kan hoor.’

‘Wat bedoel je?’

‘Hier buiten slapen. We hebben een luchtbed.’

‘Het is maar een idee. Ik ben tevreden zoals het is. Maar,’ ging hij verder, ‘als ik kon, zou ik voor mezelf net zo’n veranda als deze bouwen.’

‘Waarom doe je dat dan niet?’

‘De bewonersvereniging zou ertegen zijn. Het zou leuk zijn geweest in het oude huis.’

Toen haar vader hun oude huis ter sprake bracht, sprongen de tranen in haar ogen. Ergens was het wel goed dat ze nu in een huis woonde dat haar moeder nooit had gezien. Het was een van de laatste gesprekken die ze met haar had gevoerd, waarin ze haar had verteld van Adams nieuwe baan, die toen nog verre van zeker was, terwijl ze samen naar het ziekenhuis reden. ‘Niet doen,’ had haar moeder voor in de auto gezegd. ‘Het is veel te ver weg. Dan zie ik je nooit meer.’ Zes uur later was ze dood. Ruma voelde, zoals zo vaak in het verleden, opeens de drang haar vader te vragen of hij haar moeder miste, of hij wel eens tranen had vergoten om haar dood. Maar ze had het nooit gevraagd en hij had het haar nooit verteld.

‘Als je een veranda had gemaakt, waar zou je het dan hebben gedaan?’

Hij dacht na. ‘Naast de eetkamer, denk ik. Dat was de koelste kant van het huis.’

Ze probeerde zich haar ouderlijk huis met veranda voor te stellen. In haar verbeelding zag ze dat er een muur in de eetkamer was weggebroken, had ze haar moeder aan de telefoon en hoorde ze haar klagen terwijl er op de achtergrond werd gehamerd en geboord. Daarna zag ze haar ouders zitten in de schaduw, in rieten stoelen, aan de thee, zoals zij nu met haar vader. Want als ze zich dat huis voor de geest haalde, zag ze ook onvermijdelijk haar moeder in leven. Bij de geboorte van Akash, in zijn plotselinge, volmaakte aanwezigheid, had Ruma voor het eerst van haar leven ontzag gevoeld. En nog steeds kon hij haar bij tijd en wijle versteld doen staan – alleen al het feit dat hij ademde, dat al zijn organen op de goede plaats zaten, dat zijn bloed rustig en doelmatig door zijn kleine, stevige leden stroomde. Hij was haar vlees en bloed, dat had haar moeder in het ziekenhuis tegen haar gezegd op de dag dat hij geboren werd. Alleen had haar moeder het bloed door been vervangen, en zo de geijkte uitdrukking meer kracht bijgezet: 'Hij is van jouw vlees en been gemaakt.' Het had haar het wonderbaarlijke in het dagelijks leven leren zien. Maar ook de dood kon ontzag inboezemen, dat wist ze nu – dat een mens vele jaren kon leven, kon denken en ademen en eten, vervuld kon zijn van ontelbare zorgen, gevoelens en gedachten, een plaats kon innemen in de wereld, en dan, in een oogwenk, afwezig, onzichtbaar kon zijn.

'Het spijt me dat we je appartement nog niet hebben gezien,' zei ze. 'Adam heeft voorlopig nog geen vakantie. Maar we komen als de baby geboren is.'

'Er is daar niks te zien. Alleen een tv en een bank en mijn spullen. Er is geen logeerruimte voor jullie allemaal. Niet zoals hier.'

'Ik wil het toch graag zien,' zei ze. 'We kunnen in een hotel logeren.'

'Het is niet nodig, Ruma. Niet nodig zo ver te reizen alleen maar om een appartement te zien,' zei haar vader. 'Je bent nu moeder,' voegde hij eraan toe. 'Niet nodig om met je kinderen te gaan slepen.'

'Maar dat deden jij en Ma ook, toen jullie ons meenamen naar India, al die keren.'

'Wij moesten wel. Onze ouders wilden niet reizen. Maar ik kom je graag vaker opzoeken,' zei hij. Hij wierp een goedkeurende blik in de verte en nam een slokje van zijn thee. 'Het bevalt me uitstekend, hier.'

'Mijn vader plant bloemen in de tuin,' vertelde ze Adam die avond door de telefoon.

'Komt hij ook regelmatig langs om ze water te geven?'

Zijn spottende toon irriteerde haar en ze voelde zich namens haar vader in het defensief gedrongen. ‘Dat weet ik niet.’

‘Het is donderdag, Ruma. Hoe lang ben je van plan jezelf nog te kwellen?’

Ze voelde zich niet meer gekweld. Ze had dit aan Adam willen vertellen, maar nu bedacht ze zich. ‘Ik wil nog een paar dagen wachten. Tot ik zeker weet dat iedereen zich op zijn gemak voelt.’

‘In godsnaam, Ruma,’ zei Adam. ‘Hij is je vader. Je hebt hem je hele leven gekend.’

Toch had ze, tot nu toe, bepaalde dingen van hem nooit geweten. Ze had niet geweten hoe onafhankelijk hij kon zijn, hoe behulpzaam, zelfs zo dat ze sinds zijn komst geen bord meer had hoeven afwassen. Met eten was hij gemakkelijk; hij at met smaak de gegrilde vis en kipfilet die ze klaarmaakte toen het Indiase eten op was en hij was tevreden met soep uit blik tussen de middag. Maar het was Akash die een kant van haar vader aan het licht bracht die Ruma het meest verbaasde. ’s Avonds stond haar vader naast haar in de badkamer als ze Akash in bad deed en boende hij de aangekoekte aarde van zijn ellebogen en knieën. Hij hielp haar zijn pyjama aantrekken, zijn tandjes poetsen en zijn zachte, vochtige haar naar achteren kammen. Toen Akash op een middag in slaap was gevallen op het tapijt van de woonkamer, stopte haar vader zorgzaam een kussen onder zijn hoofdje en legde een katoenen deken over hem heen. Inmiddels stond Akash erop om ’s avonds door haar vader te worden voorgelezen en beneden te slapen in haar vaders bed.

De eerste avond dat Akash bij haar vader sliep ging ze naar beneden om zich ervan te vergewissen dat hij in slaap was gevallen. Ze zag een streepje licht onder haar vaders deur en hoorde zijn stem die voorlas uit *Groene eieren met ham*. Voor haar geestesoog zag ze hen beiden onder de dekens, hun hoofden tegen de kussens, het boek tussen hen in, terwijl haar vader voorlas en Akash de bladzijden omsloeg. Het was duidelijk dat haar vader het boek niet vanbuiten kende, zoals zijzelf, dat hij het voor het eerst van zijn leven zag. Hij las stuntelig, met pauzes tussen de zinnen, zijn stem vreemd geanimeerd, zoals hij normaal niet sprak. Toch vond ze zijn poging ontroerend, en luisterend achter de deur realiseerde ze zich dat haar vader voor het eerst van zijn leven verliefd was geworden. Ze wilde aankloppen en haar vader zeggen dat het hoog tijd was dat Akash ging slapen, dat hij het licht uit moest doen. Maar ze bedacht zich en ging weer naar boven, heel even jaloers op haar eigen zoon.

De tuin deed het goed. Het was verloren moeite, wist hij. Hij kon zich niet voorstellen dat zijn dochter of zijn schoonzoon er behoorlijk voor zou zorgen, zou zien wat er gedaan moest worden. Al na een paar weken, vermoedde hij, zou het onkruid alles hebben overwoekerd en zou het loof door slakken zijn opgevreten. Maar wie weet huurden ze iemand in om het te doen. Hij had het liefst groente gezaaid, maar dat vergde nog meer werk dan bloemen. Het was een bescheiden aanplant: wat langzaam groeiende maagdenpalm en flox onder de bomen, twee azaleastruiken, een rijtje hosta's, een clematis om langs een stijl van de veranda omhoog te klimmen en, ter ere van zijn vrouw, een kleine hortensia. Op een stukje grond achter de keuken plantte hij, omdat hij het niet laten kon, een paar tomaten, samen met wat goudsbloemen en vlijtige liesjes; er was nog net genoeg tijd voor een kleine oogst in de herfst. Hij zette de delphiniums verder uiteen, bond ze op aan stokken en stopte wat gladiolenbollen in de grond. Hij miste het buiten werken, het solide gevoel van aarde onder zijn knieën, onder zijn nagels, de geur van aarde op zijn huid ook nadat hij zich onder de douche had geschrobd. Het was het enige aan het oude huis wat hij miste, en op de momenten dat hij aan zijn tuin dacht, miste hij zijn vrouw het meest. Zij had hem dat ontnomen. Jarenlang waren ze, toen de kinderen het huis uit waren, alleen met z'n tweetjes geweest, maar toch had ze al de groenten weten te gebruiken en ze in gerechten verwerkt die hij zelf niet kon maken. Ook hadden ze regelmatig etentjes gegeven en hadden hun gasten, verbaasd dat de aardappels uit hun eigen tuin kwamen, er na afloop zakken van mee naar huis genomen.

Hij keek naar het tuintje van Akash, waar de aarde zorgvuldig om zijn speelgoedjes was opgehoopt en pennen en potloden uit de grond staken. Ook muntjes lagen er, al het kleingeld dat hij in zijn zak had gehad.

'Wanneer komen de plantjes op?' riep Akash vanuit het zwembadje, waar hij over een plastic zeilbootje gebogen stond.

'Gauw.'

'Morgen?'

'Niet zó gauw. Die dingen hebben tijd nodig, Akash. Weet je nog wat ik je vanmorgen heb geleerd?'

Akash zei zijn Bengaalse getallen op van een tot tien.

Die avond in bed, toen Akash naast hem in slaap was gevallen, schreef hij mevrouw Bagchi een briefkaart. Dat was veiliger, vond hij, dan een e-mail sturen met Ruma's computer, een vorm van communicatie die hij nog niet helemaal durfde vertrouwen. Hij had de kaart gekozen uit een rek in de ijzerwarenwinkel waar hij het zwembadje voor Akash had gekocht. Op de kaart stonden veerboten in de Elliot Bay, een tafereel dat hij zelf niet had gezien. In Europa zorgde hij er altijd voor dat hij kaarten kocht van plaatsen waar hij zelf was geweest, omdat hij zich anders oneerlijk voelde. Maar in dit geval had hij geen keus. Hij schreef zijn tekst in het Bengaals, in letters die Ruma niet kon ontcijferen. 'Ik plant een tuin voor Ruma,' begon hij. 'Akash is groot geworden en leert al zwemmen. Het weer is aangenaam, het regent hier niet in de zomer. Ik verheug me op Praag,' besloot hij. Hij zette zijn naam er niet onder. Hij zocht in zijn portefeuille naar het opgevouwen papiertje waarop hij het postadres van mevrouw Bagchi had genoteerd. Hij droeg maar een paar adressen bij zich: van zijn zoon en dochter, en nu ook dat van mevrouw Bagchi, op papiertjes die achter zijn rijbewijs en socialeverzekeringskaart huisden. Hij vulde het adres in het Engels in, en ten slotte, bovenaan, haar naam.

Hij vroeg zich af waar het dichtstbijzijnde postkantoor was.

Zou Ruma het vreemd vinden als hij haar om een postzegel vroeg? Hij kon de kaart meenemen naar Pennsylvania en daar op de post doen, maar dat leek hem al te dwaas. Hij besloot Ruma te vertellen dat hij een rekening moest versturen. Er was drie kilometer verderop een brievenbus; voor hij wegging kon hij de kaart daar posten. Hij wist niet waar hij hem nu zolang moest laten. Het was geen gemakkelijke kamer om dingen in te verstoppen: de wanden waren vrij, de hoeken zichtbaar, de diepe kast leeg op een paar overhemden van hem na. Eens per dag kwam Ruma naar beneden – hij wist nooit wanneer – om zijn bed op te maken, de wasmand te legen en het water weg te vegen dat hij bij het tandenpoetsen en scheren aan weerszijden van de wastafel had gespat. Hij overwoog de briefkaart in het opbergvak van zijn koffer te steken, maar was te moe om zijn bed uit te komen. Dus stopte hij hem maar tussen de bladzijden van de gids van Seattle op het nachtkastje en legde de gids als extra voorzorgsmaatregel in het laatje.

Hij draaide zich om naar zijn slapende kleinzoon; de lange wimpers en ronde wangen herinnerden hem aan zijn eigen kinderen toen die klein waren en opeens was hij zich ervan bewust dat hij Akash waarschijnlijk niet volwassen zou zien worden, dat hij zijn kleinzoon nooit als middelbare en oude man zou zien, en dit simpele, onontkoombare feit stemde hem triest. Hij stelde zich de jongen over een aantal jaren voor, in deze zelfde kamer, met de deur dicht om zijn ouders buiten te sluiten zoals Ruma en Romi hadden gedaan. Het was onvermijdelijk. Maar hij wist dat ook hij zijn ouders de rug had toegekeerd, door naar Amerika te emigreren. In naam van ambitie en succes, die er geen van beide meer toe deden, had hij hen verraden. Hij kuste licht de zijkant van Akash' hoofd, streelde zijn krullende, goudblonde haar en knipte toen het licht uit, zodat de kamer zich met duisternis vulde.

Op zaterdagochtend, de dag voordat haar vader zou vertrekken, was de tuin klaar. Na het ontbijt toonde hij Ruma wat hij had gedaan. De struiken waren nog klein, met mulch rond de voet en genoeg ruimte om ze van elkaar te kunnen onderscheiden, maar hij zei dat ze hoger zouden worden en dichter aaneen zouden groeien, waarbij hij haar met zijn hand aanwees hoe hoog ze de volgende zomer zouden zijn. Hij vertelde haar hoe vaak ze ze water moest geven en hoe lang, en dat ze met gieten moest wachten tot de zon onder was. Hij toonde haar de fles vloeibare kunstmest die hij had gekocht en vertelde haar om de hoeveel tijd ze die aan het water moest toevoegen. Ze luisterde geduldig terwijl Akash zijn zwembadje in en uit rende, maar nam weinig van wat haar vader zei in zich op.

'Pas op voor deze kevertjes,' zei hij, een insect van een blad plukkend en met een snelle beweging weggooiend. 'De hortensia's zullen dit jaar niet veel bloeien. De bloemen worden roze of blauw, afhankelijk van de zuurgraad van je grond. Je moet ze na verloop van tijd snoeien.'

Ze knikte.

'Het was altijd je moeders lievelingsplant,' zei haar vader. 'Althans hier in Amerika.'

Ruma keek naar de plant, naar de donkergroene, gezaagde bladeren. Ze had het niet geweten.

'Zorg dat de tomaten niet op de grond komen te hangen.' Hij bukte zich en verschikte iets aan een plant. 'Deze stok moet genoeg steun zijn, en anders is een touwtje ook goed. En laat ze niet verdrogen. Als het zonnig weer is, moet je ze twee keer per dag controleren. Als het gaat vriezen voordat ze rijp zijn, moet je ze plukken en in krantenpapier verpakken. En in de herfst moet je de stengels van de riddersporen afknippen.'

'Misschien kun jij dat doen,' opperde ze.

Hij kwam met moeite overeind, met één hand steunend op zijn dij. Hij nam zijn honkbalpet af en veegde met zijn mouw zijn voorhoofd af. 'Ik heb een reis geboekt. Ik heb het ticket al gekocht.'

'Ik bedoel als je weer terug bent, Baba.'

Haar vader had naar zijn donkergerande vingernagels staan

kijken, maar nu richtte hij zijn hoofd op en keek om zich heen, naar de tuin en de bomen.

'Dit is een goeie plek, Ruma. Maar het is jouw huis, niet het mijne.'

Ze had op weerstand gerekend, dus hield ze aan. 'Je kunt de hele benedenverdieping krijgen. En je kunt op reis gaan wanneer je maar wilt. Wij leggen je niets in de weg. Wat zeg jij ervan, Akash,' riep ze, 'moet Dadu bij ons in Seattle komen wonen? Zou je dat graag willen?'

Akash begon in zijn badje op en neer te springen, spoot water uit een plastic dolfijn en knikte van ja.

'Ik weet dat het een grote stap voor je zou betekenen,' ging Ruma verder. 'Maar het zou goed voor je zijn. Voor ons allemaal.' Ze huilde nu. Haar vader deed geen stap naar haar toe om haar te troosten. Hij zweeg en wachtte tot het moment voorbij was.

'Ik wil je niet tot last zijn,' zei hij toen.

'Maar dat zou je ook niet. Integendeel. Je hoeft niet meteen te beslissen. Beloof me alleen dat je erover na zult denken.' Hij richtte zijn hoofd op en keek haar aan, met een korte, trieste blik waarmee hij haar eindelijk helemaal in zich op leek te nemen, en knikte.

'Zou je 't leuk vinden om op je laatste dag hier iets speciaals te doen?' vroeg ze. 'We kunnen bijvoorbeeld in de stad gaan lunchen.'

Het voorstel scheen hem op te monteren. 'En het boottochtje? Komen we daar nog aan toe?'

Ze liep naar binnen, nadat ze hem had gezegd dat ze Akash gereed ging maken en de dienstregeling van de boot zou raadplegen. Hij wilde opeens alleen nog maar weg en vroeg zich af hoe hij de laatste vierentwintig uur door moest komen. Hij hield zichzelf voor dat hij morgen in het vliegtuig terug naar Pennsylvania zou zitten. En dat hij twee weken later met mevrouw Bagchi naar Praag zou gaan en 's nachts naast haar zou slapen. Hij wist dat het niet in zijn belang was dat zijn dochter hem vroeg hier te komen wonen. Het was in haar eigen belang. Ze had hem nodig, zoals ze hem voor zijn gevoel nooit eerder nodig had gehad, afgezien van de voor de hand liggende dingen waarvan hij haar in de loop van zijn leven had voorzien. En daarom maakte het aanbod hem des te beschaamder. Een deel van hem, het deel dat nooit zou ophouden een vader te zijn, voelde zich verplicht ja te zeggen. Maar het was niet wat hij wilde. De week hier, hoe plezierig ook, had dat alleen nog maar bevestigd. Hij wilde niet weer tot een gezin behoren, de janboel, de ruzies, de eisen, de energie van een gezin. Hij wilde niet leven in de marge van het leven van zijn dochter, in de schaduw van haar huwelijk. Hij wilde niet nog eens wonen in een reusachtig huis dat zich in de loop der jaren alleen maar met dingen zou vullen, terwijl de kinderen opgroeiden, al die dingen waarvan hij zich onlangs had ontdaan, al die boeken en papieren en kleren en voorwerpen die je zo nodig moest bezitten, moest bewaren. Het leven bleef groeien tot een bepaald punt. Het punt dat hij nu had bereikt.

De enige verleiding was de jongen, maar hij wist dat de jongen hem zou vergeten. Het was Ruma die hij opnieuw zou herinneren aan het feit dat er, nu zijn vrouw dood was, ook al was hij zelf nog in leven, niemand meer was die voor haar kon zorgen. Als hij Ruma nu bezig zag, haar achter Akash aan zag rennen, zijn rommel op zag ruimen, zijn plas van de vloer zag vegen, onafgebroken voor hem klaar zag staan, realiseerde hij zich hoeveel jonger zijn vrouw was geweest toen zij dat alles had gedaan, eigenlijk zelf nog een kind. Toen zijn vrouw zo oud was als Ruma nu, waren hun kinderen bijna in de puberteit. Hoe groter ze werden, hoe minder ze op hem en zijn vrouw schenen te lijken – ze spraken anders, kleedden zich anders, leken in alle opzichten vreemd, van de structuur van hun haar tot de vorm van hun handen en voeten. Merkwaardig genoeg was het zijn kleinzoon, die maar voor de helft Bengaals was en niet eens een Bengaalse achternaam had, met wie hij een directe biologische verwantschap ervoer, in wie hij zichzelf herboren voelde.

Hij herinnerde zich zijn kinderen als ze thuiskwamen van de universiteit, hoe ze zich ergerden aan hem en zijn vrouw, vol waren van hun pasverworven onafhankelijkheid, zo gauw mogelijk het huis uit wilden. Het had zijn vrouw veel pijn gedaan en ook hij had het er moeilijk mee gehad. Op zulke momenten moest hij er ondanks zichzelf weer aan denken hoe klein ze ooit waren, hoe hulpeloos in zijn nerveuze armen, hoe hun leven letterlijk van hem afhing, toen ze nog niemand anders kenden, toen hij en zijn vrouw nog hun hele wereld waren. Maar op den duur was die afhankelijkheid minder geworden, verschraald tot iets onbestemds, iets ijls, iets wat soms dreigde te breken. Dat verlies stond ook Ruma te wachten; ook haar kinderen zouden op den duur vreemden worden en haar gaan mijden. En omdat ze zijn kind was, wilde hij haar daartegen beschermen. zoals hij haar altijd tegen van alles had willen beschermen. Hij wilde haar behoeden voor de slijtage waaraan elk huwelijk nu eenmaal onderhevig was, en voor de conclusie waarvan hij de juistheid soms vreesde: dat de hele onderneming van het stichten van een gezin, van het kinderen op de wereld zetten, hoe bevredigend soms ook, in wezen tot mislukken gedoemd was. Maar dit waren de bespiegelingen van een oude man, een oude man die zich nu zelf als een kind gedroeg.

Haar vader vertrok de volgende ochtend in alle vroegte, toen Akash nog sliep. Opnieuw had ze aangeboden hem naar het vliegveld te vergezellen, maar ditmaal had hij zelfs nog beslister geweigerd en haar gezegd dat hij Akash' dagindeling niet wilde verstoren. Ze waren alle drie vermoeid na hun dag in Seattle. Na het tochtje met de veerpont waren ze op de Space Needle geweest en daarna hadden ze op Pike Place Market gegeten alvorens weer naar huis te rijden. Toen ze bij haar vader in de keuken kwam, zag ze dat hij zijn cornflakes al op had en de kom en lepel in het afdruiprek had gezet. Het theezakje dat hij anders voor een tweede kopje later op de dag bewaarde, was nu weggegooid.

'Heb je alles?' vroeg ze, toen ze zijn koffer bij de deur zag staan. Hij was met geschenken gekomen maar had niets gekocht om mee terug te nemen. Alles wat hij in de afgelopen week had aangeschaft, alle spullen van de kwekerij en de doe-het-zelf-winkel, de tuinslang op haspel, het gereedschap en de zakken overgebleven tuinaarde, die nu keurig in de garage stonden, was voor haar geweest.

'Geef even een belletje als je thuis bent,' zei ze, iets wat haar moeder altijd tegen haar kinderen zei als ze afscheid namen. Ze vroeg naar zijn vluchtgegevens en schreef ze onder aan hetzelfde blaadje papier op de deur van de koelkast waarop ze Adams reisschema had genoteerd.

'Komt Adam vanavond thuis?'

Ze knikte.

'Goed. Dan wordt alles dus weer normaal.'

Ze wilde hem zeggen hoe normaal het voor haar gevoel was geweest om haar vader in huis te hebben. Maar ze kon de woorden niet over haar lippen krijgen. Haar vader keek op zijn horloge en goot toen thee uit zijn kopje op zijn schoteltje om die sneller te laten afkoelen. Hij bracht het schoteltje naar zijn mond en dronk van de rand.

'Het was een heerlijke week, Ruma. Ik heb genoten van elke dag.'

'Ik ook.'

'Deze dagen met Akash heb ik als een groot geschenk ervaren,' ging hij verder, terwijl zijn stem zachter werd. 'Als je wilt kan ik ook een poosje komen als je bevallen bent. Ik ben niet zo nuttig als je moeder zou zijn geweest, natuurlijk.'

'Dat is niet waar.'

'Maar je moet begrijpen dat ik liever op mezelf blijf. Ik ben te oud om nog aan zoiets nieuws te beginnen.'

Zijn vriendelijke woorden kwamen onverwacht hard bij haar aan. Ze begreep dat hij er niet over had hoeven nadenken, dat het nooit in zijn bedoeling had gelegen om te blijven.

'Maak tijd om naar advocatenkantoren te kijken,' vervolgde hij. 'Laat al dat harde werken niet voor niks zijn geweest.'

Hij stond op, spoelde, voordat ze het hem kon beletten, zijn kop en schotel om en zette ook die in het afdruiprek. Het was tijd om te vertrekken.

'Ik wou graag nog even naar beneden gaan om Akash een kusje te geven,' zei hij. Hij draaide zich om naar de deur, maar bleef toen staan. 'Heb je misschien een postzegel voor me? Ik moet een rekening op de post doen.'

'In de la van het tafeltje in de gang,' zei ze. 'Daar vind je een hele rol.'

Ze hoorde de la opengaan, en weer dicht, en daarna het geluid van zijn teenslippers op de trap. Toen hij terugkwam ging hij naar het halletje, trok daar zijn schoenen aan, strikte zijn veters en stak de teenslippers in het voorzakje van zijn koffer. Hij gaf Ruma een kus op haar wang. 'Pas goed op jezelf. Laat me weten hoe de tuin het doet.' Hij wierp een blik op haar buik en zei: 'Ik kijk uit naar het goede nieuws.' Hij draaide zich om, liep de deur uit naar zijn auto en stopte zijn koffer in de achterbak. Ze keek toe terwijl hij de motor startte en achteruit het pad af reed, en ze vroeg zich af wanneer ze hem weer zou zien. Bij de brievenbus stopte hij, en heel even dacht ze dat hij het raampje open zou doen en zijn rekening erin zou stoppen. Maar hij zwaaide alleen vanachter het gesloten raampje, naar haar toe gebogen, ietwat verloren, en een paar seconden later was hij verdwenen.

'Waar is Dadu?' vroeg Akash toen ze haar thee opdronk.

'Die is vandaag naar huis gegaan.'

'Waarom?'

'Omdat hij daar woont.'

'Waarom?' In het gezichtje van haar zoon zag ze de teleurstelling die ook zij voelde.

'Vanavond komt papa thuis,' zei ze, om hem af te leiden. 'Zullen we een taart bakken?'

Akash liep naar de keukendeur en trok aan de knop, terwijl hij door het glas de tuin in keek. 'Ik wil Dadu.'

Ze deed de deur voor hem open en volgde hem naar buiten, blootsvoets zoals haar zoon, Ruma behoedzaam, Akash onbevreesd voor steentjes en twijgen. Het was killer dan ze had gedacht, zo vroeg dat de zon nog geen kracht had. Ze overwoog weer naar binnen te gaan om truien te halen. 'Hondje? Heb je 't niet koud?' vroeg ze, haar armen kruisend over haar borst, maar Akash gaf geen antwoord. Hij pakte de lege gieter die haar vader onder de veranda had gezet en deed alsof hij zijn tuintje water gaf. Ze bekeek de voorwerpen die uit de grond staken: pennen en potloden, een rietje, een ijslollystokje. Er was ook papier bij: oude enveloppen van reclamedrukwerk, de kaarten die uit tijdschriften vielen met antwoordcoupons, als tentjes gevouwen op de grond. Haar oog viel op een ander stuk papier, stijver dan de rest. Ze bukte zich om het te bekijken en herkende het handschrift van haar vader. Ze nam aan dat het een briefkaart was die haar vader haar had gestuurd en die Akash van de deur van de koelkast had gehaald of uit het mandje op de tafel in de gang. Maar deze briefkaart was niet afgestempeld, was niet verstuurd. Hij was in het Bengaals geschreven en in het Engels geadresseerd aan iemand op Long Island. Een mevrouw Meenakshi Bagchi.

Ze raapte hem op. 'Wat is dit, Akash?'

Hij stak zijn arm uit en probeerde de kaart van haar af te pakken.

'Hij is van mij.'

'Wat is dit?' vroeg ze, scherper nu.

'Die is voor mijn tuin.'

'Heeft Dadu je dit gegeven?'

Hij schudde nijdig zijn hoofdje en begon toen te huilen.

Ze keek naar de kaart en wist het meteen, zoals ze bij het zien van de gelaatsuitdrukking van de chirurg meteen geweten had wat er met haar moeder op de operatietafel was gebeurd. De vrouw in de video, de reden van haar vaders reizen, de reden van zijn goede humeur, de reden waarom hij niet in Seattle wilde komen wonen. De reden waarom hij vanochtend een postzegel nodig had gehad. Hier, in een handjevol zinnen die ze niet eens kon lezen, was de verklaring, het bewijs dat het niet alleen Akash was op wie haar vader verliefd was geworden.

In een boekwinkel op het vliegveld waar hij een krant kocht om bij de gate te lezen, zag hij op een metalen standaard bij de kassa een exemplaar van dezelfde gids van Seattle die bij Ruma thuis naast zijn bed had gelegen. Hij had overal naar het boekje gezocht, het hele bed overhoopgehaald, waarbij hij bijna Akash wakker had gemaakt. Hij had laden geopend die hij nooit had gebruikt, op de legplank in de diepe kast gekeken, met zijn hand zo ver als het ging onder alle kanten van de matras gevoeld, zichzelf uitgescholden omdat hij niet de tijd genomen had de kaart eerder te posten. Uiteindelijk had hij de gids gevonden op de vloer onder het bed, aan de kant waar Akash sliep. Hij had hem als een bezetene bladzijde voor bladzijde doorzocht, hem aan de rug uitgeschud, maar de briefkaart zat er niet in. Heel even kwam hij in de verleiding het jongetje te wekken, hem te vragen of hij de kaart had gezien, ergens had neergelegd. Hij zocht in de badkamer, in de wasmand, in het bad waarin hij die ochtend pas had gezeten. Ten slotte was hij, niet langer in staat zijn speurtocht te rechtvaardigen en beseffend dat hij anders zijn vliegtuig zou missen, toch maar vertrokken, met Ruma's ongebruikte postzegel nog los in het zakje van zijn overhemd, een postzegel die te duur was voor een briefkaart, een gewichtloos dingetje dat hem met angst vervulde.

Ze nam Akash mee naar binnen, droogde zijn tranen, hield hem in haar armen, en maakte, toen hij gekalmeerd was, zijn ontbijt klaar. Ze zei ja toen hij vroeg of hij televisie mocht kijken, zette hem met zijn kom cornflakes aan de salontafel en ging terug naar de keuken om de briefkaart opnieuw te bekijken. Haar eerste opwelling was hem te verscheuren, maar ze bedacht zich en staarde naar de Bengaalse letters die haar moeder haar ooit tevergeefs had geprobeerd te leren toen ze klein was. Het waren zinnen die haar moeder in een oogwenk zou hebben begrepen, zinnen die onweerlegbaarder dan de begrafenis, onweerlegbaarder dan alle dagen sindsdien, bewezen dat haar moeder niet meer bestond. Waar was haar moeder gebleven, terwijl het leven doorging, terwijl Ruma nog zoveel van haar had willen leren?

Ze liep weer naar buiten, over het gras, en keek naar de hortensia die haar vader had geplant, die roze of blauw zou bloeien, afhankelijk van de grond. Voor Ruma bewees dat niet dat haar vader van haar moeder had gehouden, of zelfs maar dat hij haar miste. En toch had hij hem daar geplant, had hij haar geëerd voordat hij zich tot een andere vrouw had gewend. Ruma streek de briefkaart in haar hand glad en krabde met haar nagel de aarde weg die een stukje van de postcode aan het oog onttrok. Ze keerde de kaart om en bekeek de voorkant, de algemene voorstelling die haar vader had gekozen als aandenken aan zijn bezoek. Toen ging ze weer naar binnen, naar het tafeltje in de gang. Uit de la nam ze de rol postzegels en plakte er een op de kaart, zodat de postbode hem later die dag mee kon nemen.

# Hel-hemel

Pranab Chakraborty was biologisch gezien niet mijn vaders jongere broer. Hij was een mede-Bengaal uit Calcutta die begin jaren zeventig was aangespoeld op de kale kust van het sociale leven van mijn ouders, die toen een huurflatje aan Central Square bewoonden en hun kennissen op de vingers van één hand konden tellen. Maar ik had in Amerika geen echte ooms, dus werd mij geleerd hem Pranab Kaku te noemen. Bijgevolg noemde hij mijn vader Shyamal Da en sprak hij hem altijd aan in de beleefde vorm; mijn moeder noemde hij Boudi, de naam waarmee Bengalen de vrouw van een oudere broer aanspreken, in plaats van bij haar voornaam, Aparna. Nadat Pranab door mijn ouders als vriend was binnengehaald, bekende hij dat hij op de dag dat we hem hadden ontmoet mijn moeder en mij bijna een hele middag lang door de straten van Cambridge achterna had gelopen, waar we samen graag rondzwierven als ik uit school kwam. Hij was ons gevolgd door Massachusetts Avenue en in en uit de Harvard Coop, waar mijn moeder dikwijls naar afgeprijsde huisraad ging kijken. Hij slenterde met ons naar Harvard Yard, waar mijn moeder op mooie dagen vaak in het gras ging zitten kijken naar de stroom studenten en docenten die bedrijvig langs de paden trok, tot hij uiteindelijk, toen we de trap van de Widener-bibliotheek beklommen omdat ik naar de wc moest, mijn moeder op de schouder tikte en haar in het

Engels vroeg of ze misschien een Bengaalse was. Het antwoord op die vraag was duidelijk, want mijn moeder droeg de rode en witte armbanden waaraan getrouwde Bengaalse vrouwen te herkennen zijn, en een gewone Tangail-sari, en ze had een dikke streep vermiljoenpoeder in de middenscheiding van haar haar en het volle, ronde gezicht met de grote, donkere ogen die zo typerend voor Bengaalse vrouwen zijn. Hij zag de twee of drie veiligheidsspelden, vastgemaakt aan de dunne gouden armbanden die ze achter de rode en witte droeg, waarmee ze een ontbrekend haakje aan een blouse kon vervangen of even snel een touwtje door een onderrok kon rijgen, een gebruik dat hij alleen van zijn moeder en zusters en tantes in Calcutta kende. Bovendien had Pranab Kaku mijn moeder Bengaals tegen mij horen spreken, toen ze zei dat ik bij de Coop geen nummer van de *Archie* mocht kopen. Maar hij was destijds, zo bekende hij ook, nog zo nieuw in Amerika dat hij niets als vanzelfsprekend aannam en zelfs twijfelde aan wat zonder meer voor de hand lag.

Mijn ouders en ik woonden toen al drie jaar aan Central Square; daarvoor woonden we in Berlijn, waar ik geboren was en waar mijn vader zijn studie in de microbiologie had voltooid alvorens een aanstelling als onderzoeker aan het Massachusetts General Hospital te aanvaarden. Vóór Berlijn hadden mijn vader en moeder in India gewoond, waar ze elkaar nog niet kenden en waar hun huwelijk was gearrangeerd. Central Square is de eerste plek waar ik me kan herinneren te hebben gewoond, en als ik me ons appartement in een donkerbruin huis met dakspanen in Ashburton Place voor de geest haal, is Pranab Kabu er altijd bij. Volgens het verhaal dat hij graag en dikwijls vertelde, nodigde mijn moeder hem uit om diezelfde middag met ons mee naar huis te gaan, en zette ze thee voor hen beiden; toen ze vervolgens hoorde dat hij al meer dan drie maanden geen behoorlijk Bengaals maal had gehad, gaf ze hem het restant van de makreelcurry met rijst die we de vorige avond hadden gegeten. Hij bleef ook die avond nog, voor een tweede maaltijd, nadat mijn vader thuis was gekomen; daarna kwam hij bijna elke avond eten en bezette hij de vierde stoel aan onze vierkante formica keukentafel, waarmee hij zowel in naam als in praktijk een deel van ons gezin werd.

Hij stamde uit een rijke familie in Calcutta en had zelfs nooit een glas water voor zichzelf hoeven inschenken voordat hij naar Amerika kwam om aan het MIT techniek te studeren. Het leven als doctoraalstudent in Boston viel hem zwaar tegen, en in de eerste maand was hij bijna tien kilo kwijtgeraakt. Hij was in januari aangekomen, midden in een sneeuwstorm, en na een week had hij zijn koffer gepakt en de bus terug naar het vliegveld Logan genomen, bereid om de kans op te geven waar hij zijn hele leven naartoe had gewerkt, om zich pas op het laatste moment te bedenken. Hij woonde in Trowbridge Street, bij een gescheiden vrouw met twee jonge kinderen die de hele dag schreeuwden en huilden. Hij huurde er een zolderkamer en mocht alleen op bepaalde tijden de keuken gebruiken, waarna hij altijd het fornuis moest afnemen met Windex en een spons. Mijn ouders waren het met hem eens dat dit een ondraaglijke toestand was, en als ze een kamer over hadden gehad, zouden ze hem die zeker hebben aangeboden. In plaats daarvan mocht hij bij ons komen eten en langskomen wanneer hij maar wilde, wat hij algauw tussen zijn colleges en op zijn vrije dagen begon te doen, waarna hij steevast een restje van zichzelf achterliet: een bijna leeg pakje sigaretten, een krant, een envelop die hij het openen niet waard had gevonden, een trui die hij tijdens zijn bezoek had uitgetrokken en vergeten was.

Ik herinner me nog levendig de klank van zijn uitbundige lach en de aanblik van zijn slungelige lijf, hangend of liggend op het grauwe allegaartje van meubilair waarvan ons appartement was voorzien. Hij had een markant gezicht met een hoog voorhoofd en een dikke snor, en lang, onverzorgd haar, waardoor hij volgens mijn moeder leek op de Amerikaanse hippies die je toen overal zag. Zijn lange benen wipten snel op en neer zodra hij ging zitten en zijn elegante handen trilden als hij een sigaret tussen zijn vingers hield en de as in een theekopje tipte dat mijn moeder al snel speciaal voor dit doel reserveerde. Hoewel hij een wetenschappelijke studie volgde, was er niets stars of voorspelbaars of ordelijks aan hem. Hij leek altijd uitgehongerd te zijn. Hij kwam 's middags binnenlopen met de mededeling dat hij nog niet had geluncht, begon dan gulzig te eten en griste achter mijn moeders rug de koteletjes weg voor ze de kans kreeg ze behoorlijk op een bord te leggen met rode-uiensalade erbij. In besloten kring merkten mijn ouders op dat hij een briljant student was, een ster aan de Jadavpur Universiteit in Calcutta, die met een indrukwekkend assistentschap naar het MIT was gekomen, maar Pranab Kaku nam zijn colleges niet al te serieus en sloeg ze regelmatig over. 'Die Amerikanen leren vergelijkingen die ik al kende toen ik zo oud was als Usha,' klaagde hij. Hij kon niet geloven dat ik in de tweede klas lagere school geen huiswerk kreeg en dat ik op mijn zevende nog niet had leren worteltrekken en nooit van pi had gehoord.

Hij verscheen onverwacht, belde nooit van tevoren op, maar klopte eenvoudigweg aan zoals men dat in Calcutta deed en riep 'Boudi!' waarna hij wachtte tot mijn moeder hem binnenliet. Voor we hem kenden, zat mijn moeder als ik thuiskwam uit school met haar handtas op schoot en haar regenjas aan op me te wachten, hunkerend om het appartement uit te komen waar ze de hele dag in haar eentje had doorgebracht. Maar nu vond ik haar in de keuken, bezig met het rollen van deeg voor luchi's, die ze anders alleen op zondag maakte voor mijn vader en mij, of met het ophangen van gordijnen die ze bij Woolworth's had gekocht. Ik wist toen nog niet dat de bezoeken van Pranab Kaku iets waren waar mijn moeder de hele dag naar uitkeek, dat ze een nieuwe sari aantrok en haar haar kamde in afwachting van zijn komst, en dat ze al dagen van tevoren de hapjes plande die ze hem zo achteloos zou serveren. Dat ze leefde voor het ogenblik dat ze hem in het portiek 'Boudi!' hoorde roepen, en dat ze niet te genieten was op de dagen dat hij verstek liet gaan.

Het moet haar plezier hebben gedaan dat ook ik me op zijn bezoeken verheugde. Hij deed mij trucjes met kaarten voor en een optisch grapje waarbij het leek alsof hij met enorm veel inspanning en kracht zijn eigen duim in tweeën trok, en hij leerde me de tafels van vermenigvuldiging te onthouden, lang voordat ik dat op school moest doen. Zijn hobby was fotograferen. Hij bezat een dure camera die denkwerk vereiste voordat je de sluiter bediende, en ik werd algauw zijn favoriete onderwerp, met mijn bolle gezicht, mijn ontbrekende tanden en mijn pony waar nodig de schaar in moest. Het zijn nog steeds de foto's van mezelf die me het dierbaarst zijn, want ze stralen het jeugdige zelfvertrouwen uit dat ik niet meer bezit, vooral niet oog in oog met een camera. Ik weet nog dat ik heen en weer moest hollen in Harvard Yard terwijl hij daar met zijn camera stond en probeerde mij in beweging vast te leggen, of poserend op de trappen van universiteitsgebouwen of op straat tegen een boomstam geleund. Er is maar één foto waar mijn moeder op staat; ze houdt mij vast terwijl ik schrijlings op haar schoot zit en ze heeft haar hoofd naar mij toe gebogen en haar handen op mijn oren gedrukt alsof ze mij wil beletten iets te horen. Op die foto zweeft Pranab Kaku's schaduw in de hoek van het beeld, zijn armen geheven met de camera voor zijn gezicht, zijn egaal donkere silhouet over één kant van mijn moeders lichaam heen geschoven. We waren altijd met ons drieën. Ik was er altijd bij als hij op bezoek was. Dat was iets vanzelfsprekends.

Ze hadden alles gemeen wat zij en mijn vader niet gemeen hadden: liefde voor muziek, film, linkse politiek, poëzie. Ze kwamen uit dezelfde buurt in Noord-Calcutta, haar ouderlijk huis lag op loopafstand van het zijne, de gevels waren aan beiden bekend als de exacte locatie ervan werd beschreven. Ze kenden dezelfde winkels, dezelfde bus- en tramroutes, dezelfde eettentjes met de beste jelabi's en moghlai paratha's. Mijn vader, daarentegen, kwam uit een voorstad dertig kilometer buiten Calcutta, een gebied dat mijn moeder als de rimboe beschouwde, en zelfs op momenten dat ze het ergst aan heimwee ten prooi was, bleef ze mijn vader dankbaar omdat hij haar althans een leven in het strenge huis van haar schoonfamilie had bespaard, waar ze altijd haar hoofd met de punt van haar sari had moeten bedekken, waar ze haar behoefte had moeten doen op een verhoging met een gat erin en waar in geen enkele kamer een schilderij aan de muur hing.

Binnen enkele weken had Pranab Kaku zijn bandrecorder meegenomen naar ons appartement en speelde hij voor mijn moeder de ene na de andere medley van liedjes uit de Hindifilms uit hun jeugd. Het waren vrolijke liedjes over verliefdheid en verkering, die in het rustige leven in ons appartement een ommekeer teweegbrachten en mijn moeder terugvoerden naar de wereld die ze had achtergelaten om met mijn vader te trouwen. Zij en Pranab Kaku probeerden zich dan te herinneren uit welke scène van welke film een liedje afkomstig was, wie de acteurs waren en wat ze aanhadden. Mijn moeder beschreef hoe Raj Kapoor en Nargis onder paraplu's in de regen liepen te zingen, of hoe Dev Anand op het strand van Goa gitaar zat te spelen. Zij en Pranab Kaku hielden hartstochtelijke debatten over deze kwesties, op gespeeld hoge toon, en daagden elkaar uit zoals zij en mijn vader dat nooit deden.

Omdat hij de rol van jongere broer speelde, kon zij hem met een gerust hart Pranab noemen, terwijl ze mijn vader nooit met zijn voornaam aansprak. Mijn vader was toen zevenendertig, negen jaar ouder dan mijn moeder. Pranab Kaku was vijfentwintig. Mijn vader hield van stilte en eenzaamheid. Hij was met mijn moeder getrouwd om zijn ouders tevreden te stellen; ze waren bereid zijn desertie voor lief te nemen als hij maar een echtgenote had. Hij was getrouwd met zijn werk, zijn wetenschappelijk onderzoek, en hij leefde in een kooi waarin noch mijn moeder noch ik kon doordringen. Een gesprek voeren vond hij een corvee, het vergde een inspanning die hij liever aan het laboratorium besteedde. Hij had een hekel aan overdaad op elk gebied, uitte geen verlangens of behoeften behalve de karige onderdelen van zijn dagelijkse routine: 's ochtends cornflakes met thee, een kop thee als hij thuiskwam, en twee verschillende groentegerechten bij het avondeten. Hij at niet met de roekeloze eetlust van Pranab Kaku. Mijn vader had een overleversmentaliteit. Van tijd tot tijd maakte hij graag, in gemengd gezelschap en vaak zonder directe aanleiding, de opmerking dat hongerige Russen onder Stalin het plaksel van de achterkant van hun behang hadden gegeten. Je zou gedacht hebben dat hij toch wel enigszins jaloers, of op zijn minst achterdochtig was geworden door die regelmatige bezoeken van Pranab Kaku en de uitwerking daarvan op mijn moeders gedrag en humeur. Maar ik vermoed dat mijn vader Pranab Kaku dankbaar was voor het gezelschap dat hij bood, dat hem bevrijdde van de verantwoordelijkheid die hij gevoeld moest hebben omdat hij haar gedwongen had India te verlaten, en opgelucht, misschien, om haar voor de verandering eens vrolijk te zien.

Die zomer kocht Pranab Kaku een marineblauwe Volkswagen Kever en ging hij met mijn moeder en mij toertjes maken door Boston en Cambridge, en algauw ook de snelweg op, naar buiten. Hij nam ons mee naar de India Tea and Spices in Watertown, en op een dag reed hij met ons helemaal naar New Hampshire om de bergen te zien. Toen het heter werd, gingen we één of twee keer per week naar Walden Pond. Mijn moeder maakte altijd een picknick klaar van hardgekookte eieren en komkommersandwiches, en vertelde weemoedig over de winterpicknicks in haar jeugd, grootscheepse uittochten met wel vijftig familieleden, allemaal met de trein naar het platteland van West-Bengalen. Pranab Kaku luisterde aandachtig naar die verhalen en nam de verdwijnende bijzonderheden van haar verleden in zich op. Hij toonde zich niet doof voor haar heimwee zoals mijn vader, of een niet-begrijpende luisteraar zoals ik. Bij Walden Pond leidde Pranab Kaku mijn moeder met zachte hand door het bos en de steile helling af naar de waterkant. Daar pakte ze het eten voor de picknick uit en ging ze zitten kijken hoe wij zwommen. Zijn borst was helemaal tot zijn middel begroeid met dik, zwart haar. Hij was een vreemde figuur, met zijn stakerige benen en slappe buikje, als een overigens slanke vrouw die een kind heeft gebaard en niets heeft gedaan om haar onderlijf weer strak te krijgen. 'Je maakt me dik, Boudi,' klaagde hij, nadat hij zich aan mijn moeders kookkunst te goed had gedaan. Hij zwom stuntelig, met veel misbaar, altijd met zijn hoofd boven water; hij slaagde er niet in bellen te blazen of zijn adem in te houden, zoals ik op zwemles had geleerd. Overal waar we kwamen zou iedereen die ons niet kende als vanzelfsprekend hebben aangenomen dat Pranab Kaku mijn vader was, en mijn moeder zijn vrouw.

Ik besef nu dat mijn moeder verliefd op hem was. Hij maakte haar het hof zoals geen andere man dat had gedaan, met de onschuldige genegenheid van een zwager. Voor mijn gevoel was hij gewoon een familielid, een kruising tussen een oom en een veel oudere broer, want in bepaalde opzichten beschermden en verzorgden mijn ouders hem vrijwel op dezelfde manier als mij. Hij behandelde mijn vader met respect en vroeg hem altijd om raad over het leven in het Westen, het openen van een bankrekening en het solliciteren naar een betrekking, en hij eerbiedigde zijn opinies over Kissinger en Watergate. Een enkele keer plaagde mijn moeder hem met het onderwerp vrouwen en vroeg ze hem naar de Indiase meisjesstudenten aan het MIT, of liet ze hem foto's zien van haar jongere nichtjes in India. 'Wat vind je van haar?' vroeg ze dan. 'Vind je haar niet mooi?' Ze wist dat ze Pranab Kaku nooit voor zichzelf zou kunnen hebben, en ik denk dat ze hem op deze manier in de familie probeerde te houden. Maar wat het voornaamste was: in het begin was hij totaal van haar afhankelijk en hij had haar in die maanden meer nodig dan mijn vader in alle jaren van hun huwelijk. Hij schonk mijn moeder het eerste, en naar ik vermoed enige, zuivere geluk dat ze ooit heeft gekend. Ik denk dat zelfs mijn geboorte haar niet zo gelukkig heeft gemaakt. Ik was een bewijs van haar huwelijk met mijn vader, een normaal onderdeel van het leven waarvoor ze was opgevoed. Maar Pranab Kaku was een ander verhaal. Hij was de enige volkomen onverwachte vreugde in haar leven.

In het najaar van 1974 maakte Pranab Kaku kennis met een studente aan het Radcliffe-instituut, een Amerikaanse met de naam Deborah, die hem naar ons huis begon te vergezellen. Ik noemde Deborah bij haar voornaam, net als mijn ouders deden, maar Pranab Kaku zei tegen haar dat ze mijn vader Shyamal Da moest noemen en mijn moeder Boudi, een verzoek waaraan Deborah graag voldeed. Voordat ze voor het eerst kwamen eten vroeg ik mijn moeder, die de woonkamer aan het opruimen was, of ik haar moest aanspreken met Deborah Kakima, waarmee ik van haar een tante zou maken, net zoals ik van Pranab een oom had gemaakt. 'Waarom zou je?' vroeg mijn moeder terwijl ze me vinnig aankeek. 'Over een paar weken is het uit met de pret en laat ze hem weer vallen.' Maar Deborah week niet van zijn zijde en nam ook deel aan de weekendfeestjes waarbij Pranab Kaku en mijn ouders meer en meer betrokken raakten, bijeenkomsten waaraan uitsluitend Bengalen deelnamen, met uitzondering van haar. Deborah was lang, langer dan mijn beide ouders en bijna zo lang als Pranab Kaku. Ze droeg haar lange, koperkleurige haar met een scheiding in het midden, net als mijn moeder, maar ze hield het bijeen in een lage paardenstaart in plaats van een vlecht, of liet het slordig los over haar schouders en op haar rug vallen op een manier die mijn moeder als onfatsoenlijk beschouwde. Ze droeg een klein brilletje met zilveren montuur, gebruikte geen spoor van make-up en studeerde filosofie. Ik vond haar zonder meer prachtig, maar volgens mijn moeder had ze vlekken in haar gezicht en waren haar heupen te smal.

Een tijdje kwam Pranab Kaku nog eens per week in zijn eentje bij ons eten, waarbij hij mijn moeder voortdurend vroeg wat ze van Deborah vond. Hij wilde haar goedkeuring en vertelde haar dat de ouders van Deborah docenten waren aan het Boston College, dat haar vader ook dichter was en dat ze allebei waren gepromoveerd. Als Pranab Kaku er niet was, klaagde mijn moeder over Deborah's bezoeken: dat ze het eten minder gekruid moest maken, ook al zei Deborah dat ze van gekruid eten hield, en dat ze zich geneerde om een gebakken vissenkop in de dal te doen. Pranab Kaku leerde Deborah *khub bhalo* en *aacha* te zeggen en sommige gerechten met haar vingers te eten en niet met een vork. Soms draaide het erop uit dat ze elkaar gingen voeren en daarbij hun vingers lang in elkaars mond lieten, waarbij mijn ouders hun ogen op hun bord gericht hielden tot het voorbij was. Tijdens grotere bijeenkomsten zoenden ze elkaar en hielden ze elkaars hand vast waar iedereen bij was, en als ze buiten gehoorsafstand waren, praatte mijn moeder erover tegen de andere Bengaalse vrouwen. 'Hij was eerst zo heel anders. Ik begrijp niet hoe iemand zo opeens kan veranderen. Het lijkt wel hel-hemel, zo'n verschil,' zei ze dan, en ze gebruikte altijd de Engelse woorden voor die zelfverzonnen, oudbakken metafoor.

Hoe meer mijn moeder tegen de bezoeken van Deborah op ging zien, hoe meer ik ernaar uitkeek. Ik werd verliefd op Deborah, zoals jonge meisjes vaak verliefd worden op vrouwen die niet hun moeder zijn. Ik hield van haar heldere, grijze ogen, van de poncho's en denim wikkelrokken en de sandalen die ze droeg, van haar sluike haar, dat ik tot allerlei malle kapsels mocht modelleren. Ik verlangde naar haar ongedwongen voorkomen; van mijn moeder moest ik op bijeenkomsten altijd een van mijn tot aan de enkels reikende, vaag victoriaanse jurken aan, die ze maxi's noemde, en moest ik feesthaar maken, dat wil zeggen, van weerszijden van mijn hoofd een streng haar nemen en die van achteren samenvoegen met een speld. Tijdens feestjes maakte Deborah zich meestal na een poosje beleefd uit de voeten, tot grote opluchting van de Bengaalse vrouwen met wie ze geacht werd te converseren, om met mij te gaan spelen. Ik was ouder dan alle kinderen van de vrienden van mijn ouders, maar in Deborah had ik een metgezellin. Ze wist alles van de boeken die ik las, van *Pippi Langkous* en *Anne van het groene huis*. Ze gaf mij het soort cadeautjes waarvoor het mijn ouders aan geld en ideeën ontbrak: een groot boek met de sprookjes van Grimm, geïllustreerd met aquarellen op dik zijdeglanspapier, houten poppetjes met haar van garen. Ze vertelde me over haar familie, drie oudere zussen en twee broers, van wie de jongste minder met mij van leeftijd verschilde dan met haar. Op een dag bracht ze na een bezoek aan haar ouders drie Nancy Drewboeken voor me mee, met haar naam in een bakvishand boven aan de eerste bladzij geschreven, en ook iets waar ze als kind mee speelde, een papieren theatertje met verwisselbare decors, het front van een kasteel, een balzaal en een open veld. Deborah en ik spraken vrijuit met elkaar in het Engels, een taal waarin ik mij op die leeftijd gemakkelijker uitdrukte dan in het Bengaals, dat ik thuis moest spreken. Soms vroeg ze me hoe je dit of dat in het Bengaals zei; eens vroeg ze me wat *asobbho* betekende. Ik aarzelde, en vertelde haar toen dat mijn moeder me zo noemde als ik iets buitengewoon ondeugends had gedaan, en Deborah's gezicht betrok. Ik wilde haar beschermen, want ik wist dat ze ongewenst was, dat ze een hekel aan haar hadden, dat er nare dingen over haar werden gezegd.

In de Volkswagen gingen we nu met ons vieren toeren, Deborah voorin, haar hand op Pranab Kaku's hand die op de versnellingspook rustte, mijn moeder en ik achterin. Het duurde niet lang of mijn moeder begon excuses te verzinnen om niet mee te gaan, hoofdpijn en een beginnende verkoudheid, en zo werd ik deel van een nieuwe driehoek. Tot mijn verrassing vond mijn moeder het goed dat ik hen vergezelde, naar het Museum of Fine Arts en de Public Garden en het Aquarium. Ze wachtte op het einde van de relatie, op de dag dat Deborah Pranab Kaku's hart zou breken en hij beschadigd en berouwvol bij ons terug zou keren. Ik zag geen tekenen van een mislukkende relatie. Hun openlijke genegenheid voor elkaar, hun onbekommerd getoonde geluk, was iets nieuws en romantisch voor mij. Met mij op de achterbank konden Pranab Kaku en Deborah alvast oefenen voor de toekomst, uitproberen hoe het voelde om zelf een gezin te hebben. Er werden talloze foto's genomen van Deborah en mij, van mij zittend op Deborah's schoot, aan Deborah's hand, een kusje gevend op haar wang. We schonken elkaar wat ik als verholen glimlachjes beschouwde, en op die momenten had ik het gevoel dat ze mij beter begreep dan wie ook. Iedereen zou hebben gezegd dat Deborah later een uitstekende moeder zou worden. Maar voor mijn moeder was zoiets onbestaanbaar. Ik wist toen nog niet dat mijn moeder mij toestond met Pranab Kaku en Deborah mee te gaan omdat ze voor de vijfde keer sinds mijn geboorte in verwachting was, en ze zo misselijk en moe was en bang om weer een kind te verliezen dat ze het grootste deel van de dag in bed doorbracht. Na tien weken had ze weer een miskraam en kreeg ze van haar huisarts de raad het niet meer te proberen.

Toen het zomer werd, prijkte er een diamant aan Deborah's linkerhand, iets wat mijn moeder nooit had gekregen. Omdat zijn eigen familie zo ver weg was, kwam Pranab Kaku op een dag alleen naar ons toe om de goedkeuring van mijn ouders te vragen alvorens Deborah de ring te geven. Hij liet ons het doosje zien, maakte het open en nam de diamant eruit. 'Ik wil graag zien hoe het is als iemand hem draagt,' zei hij, en hij probeerde mijn moeder over te halen de ring te passen, maar ze wilde niet. Ik was degene die mijn hand uitstak en het gewicht van de ring onder mijn vinger voelde hangen. Toen kwam hij met een tweede verzoek: hij wilde dat mijn ouders een brief aan zijn ouders zouden schrijven waarin ze zeiden dat ze Deborah hadden leren kennen en een hoge dunk van haar hadden. Hij zag er, begrijpelijk genoeg, tegen op om zijn familie te vertellen dat hij van plan was met een Amerikaans meisje te trouwen. Hij had zijn ouders over ons verteld, en op een dag hadden mijn ouders een brief van hen ontvangen, waarin ze hun waardering uitspraken voor het feit dat mijn ouders zo goed voor hun zoon hadden gezorgd en hem een echt thuis in Amerika hadden geboden. 'Het hoeft geen lange brief te zijn,' zei Pranab Kaku. 'Een paar regeltjes maar. Ze zullen het gemakkelijker accepteren als het van u komt.' Mijn vader dacht goed noch kwaad van Deborah en had nooit commentaar of kritiek zoals mijn moeder, maar hij beloofde Pranab Kaku dat er aan het eind van de week een brief met hun goedkeuring naar Calcutta onderweg zou zijn.

Mijn moeder knikte bevestigend, maar de volgende dag zag ik dat het theekopje dat Pranab Kaku altijd als asbak had gebruikt in scherven in de afvalbak in de keuken lag en dat mijn moeder drie pleisters op haar hand had .

Pranab Kaku's ouders reageerden met ontsteltenis op de gedachte dat hun zoon met een Amerikaanse vrouw wilde trouwen, en een paar weken later rinkelde midden in de nacht onze telefoon: het was meneer Chakraborty, die mijn vader meedeelde dat zo'n huwelijk onmogelijk hun zegen kon krijgen, dat er geen sprake van kon zijn, dat als Pranab Kaku het waagde Deborah te trouwen hij hem niet langer als zijn zoon zou erkennen. Daarna kwam zijn vrouw aan de telefoon. Ze vroeg mijn moeder te spreken en voer tegen haar uit alsof ze elkaar al jaren kenden; ze verweet haar dat ze niets gedaan had om de affaire te verhinderen. Ze vertelde dat ze al een vrouw voor hem hadden uitgekozen in Calcutta, dat hij naar Amerika vertrokken was op voorwaarde dat hij na het voltooien van zijn studie terug zou komen om met dit meisje te trouwen. Ze hadden in hun flat de woning naast de hunne voor Pranab en zijn verloofde gekocht en die stond leeg in afwachting van zijn terugkeer. 'We dachten dat we u konden vertrouwen, maar u hebt ons vertrouwen ten diepste beschaamd,' zei zijn moeder, die haar woede koelde op een vreemde zoals ze dat niet kon op haar zoon. 'Worden mensen zo in Amerika?' Ter wille van Pranab Kaku verdedigde mijn moeder de verloving en vertelde ze zijn moeder dat Deborah een beschaafd meisje uit een nette familie was. Pranab Kaku's ouders smeekten de mijne hem het huwelijk uit zijn hoofd te praten, maar mijn vader weigerde beslist, omdat het niet aan hen was zich in de kwestie te mengen. 'We zijn zijn ouders niet,' zei hij tegen mijn moeder. 'We kunnen hem vertellen dat ze ertegen zijn, maar verder niets.' Dus vertelden mijn ouders Pranab Kaku niet hoe zijn ouders hun de les hadden gelezen en hen hadden beschuldigd en gedreigd Pranab Kaku te verstoten, maar alleen dat ze geweigerd hadden hem hun zegen te geven. Bij het vernemen van die weigering haalde Pranab Kaku zijn schouders op en zei tegen mijn ouders: 'Dan maar niet. Niet iedereen kan zo ruimdenkend zijn als u. Uw zegen is zegen genoeg.'

Na de verloving begonnen Pranab Kaku en Deborah geleidelijk uit ons leven te verdwijnen. Ze gingen samenwonen in een appartement in Boston in het South End, een stadsdeel dat mijn ouders als onveilig beschouwden. Zelf verhuisden we ook, naar een huis in Natick. Hoewel mijn ouders het huis hadden gekocht, betrokken ze het alsof ze nog huurders waren; ze werkten slijtplekken weg met restjes verf en durfden nauwelijks gaten in de muren te boren. 's Middags, als de zon door het raam van de woonkamer scheen, liet mijn moeder de rolgordijnen neer zodat onze nieuwe meubels niet zouden verschieten. Een paar weken voor de huwelijksvoltrekking nodigden mijn ouders Pranab Kaku uit om alleen bij ons te komen en bereidde mijn moeder een speciale maaltijd voor hem ter gelegenheid van het einde van zijn vrijgezellenbestaan. Dat zou het enige Bengaalse onderdeel van de bruiloft zijn; voor de rest zou het uitsluitend Amerikaans toegaan, met een taart en een dominee en Deborah in een lange witte bruidsjurk met sluier. Er bestaat een foto van de maaltijd, genomen door mijn vader, de enige foto, zover ik weet, waar mijn moeder en Pranab Kaku samen op te zien zijn. De foto is licht onscherp; ik herinner me dat Pranab Kaku bezig was mijn vader te vertellen hoe hij de camera moest bedienen, zodat hij bij het nemen van de foto juist opkijkt van de keukentafel met de uitgebreide verzameling gerechten die mijn moeder te zijner ere heeft gekookt, met open mond, zijn lange arm uitgestrekt en met zijn vinger wijzend terwijl hij mijn vader uitlegt hoe hij de belichtingsmeter moet aflezen, of iets dergelijks. Mijn moeder staat naast hem, met haar hand op zijn hoofd in een zegenend gebaar, de eerste en laatste keer in haar leven dat ze hem aanraakte. 'Ze gaat bij hem weg,' zei mijn moeder later tegen haar vriendinnen. 'Hij vergooit zijn leven.'

De huwelijksvoltrekking vond plaats in een kerk in Ipswich, en de receptie in een country club. Het zou een kleine plechtigheid zijn, wat mijn ouders opvatten als iets met honderd à tweehonderd gasten in plaats van drie- tot vierhonderd. Tot mijn moeders ontsteltenis waren er minder dan dertig mensen uitgenodigd, en ze was eerder verbijsterd dan vereerd te horen dat van alle Bengalen die Pranab inmiddels had leren kennen, wij op de lijst de enigen waren. Op de huwelijksdag zaten we net als de andere gasten eerst op de harde houten banken van de kerk en daarna aan een lange tafel die voor de lunch was gedekt. Hoewel wij die dag voor Pranab Kaku nog het meest als familie fungeerden, stonden wij niet op de groepsfoto's die op het terrein van de country club werden genomen, met Deborah's ouders en grootouders en al haar broers en zusters, en noch mijn vader noch mijn moeder stond op om een toast uit te brengen. Mijn moeder had niet in de gaten dat Deborah ervoor had gezorgd dat mijn ouders, die geen rundvlees aten, vis kregen in plaats van filet mignon zoals de anderen. Ze bleef Bengaals spreken en klagen dat alles zo formeel toeging en dat Pranab Kaku, die in smoking was, amper een woord met ons sprak omdat hij het te druk had met over zijn nieuwe Amerikaanse schoonfamilie heen te hangen als hij zijn ronde om de tafel deed. Zoals gewoonlijk liet mijn vader mijn moeder praten en werkte hij zich kalm en methodisch door de maaltijd heen, waarbij zijn vork en mes zo nu en dan over het porselein knarsten doordat hij gewend was met zijn handen te eten. Hij at zijn bord leeg en daarna ook dat van mijn moeder, want ze had verklaard dat het eten oneetbaar was, waarna hij meldde dat hij te veel gegeten had en last had van zijn maag. De enige keer dat mijn moeder zichzelf tot een glimlach dwong, was toen Deborah achter haar stoel verscheen, haar een kus op haar wang gaf en vroeg of we het naar ons zin hadden.

Toen het dansen begon, bleven mijn ouders aan tafel thee zitten drinken, en na een stuk of drie nummers besloten ze dat het tijd was om naar huis te gaan, waarna mijn moeder blikken begon te werpen naar mij, die aan de andere kant van de zaal in een kring danste met Pranab Kaku en Deborah en de andere kinderen op het bruiloftsfeest. Ik wilde graag blijven en toen ik met tegenzin naar mijn ouders liep, kwam Deborah achter me aan. 'Boudi, laat Usha toch blijven. Ze heeft zo'n plezier,' zei ze tegen mijn moeder. 'Er gaan straks hopen mensen weer jullie kant uit, dus ze rijdt wel met iemand mee.' Maar mijn moeder zei nee, ik had al genoeg plezier gemaakt, en ze dwong me mijn jas aan te trekken over mijn jurk met lange pofmouwen. Onderweg naar huis zei ik tegen mijn moeder, voor het eerst maar niet voor het laatst in mijn leven, dat ik haar haatte.

Het volgende jaar ontvingen we een geboortekaartje van de Chakraborty's, een foto van een meisjestweeling, die mijn moeder niet in een album plakte of aan de deur van de koelkast hing. De meisjes heetten Srabani en Sabitri maar werden Bonny en Sara genoemd. Afgezien van een bedankkaartje voor ons huwelijkscadeau hoorden we niets meer van ze; we werden niet uitgenodigd in het nieuwe huis in Marblehead, gekocht toen Pranab Kaku een goedbetaalde baan bij Stone & Webster had gekregen. Nog een tijdje bleven mijn ouders en hun vrienden de Chakraborty's uitnodigen voor hun bijeenkomsten, maar omdat ze ofwel niet kwamen of maar een uurtje bleven, hielden ze daarmee op. Hun afwezigheid werd door mijn ouders en hun kring geweten aan Deborah, en men was het erover eens dat zij het was die Pranab Kaku niet alleen van zijn afkomst maar ook van zijn onafhankelijkheid had beroofd. Zij was de vijand en hij haar prooi, en hun voorbeeld werd aangehaald als een waarschuwing en als een bewijs dat gemengde huwelijken tot mislukken gedoemd waren. Zo nu en dan lieten ze zich tot ieders verrassing een paar uur op een pujo zien met hun eeneiige tweeling die er nauwelijks Bengaals uitzag en alleen Engels sprak en zo anders werd opgevoed dan ik en de meeste andere kinderen. Zij werden niet elke zomer meegenomen naar Calcutta, zij hadden geen ouders die vasthielden aan een andere manier van leven en hun kinderen aanspoorden dat ook te doen. Vanwege Deborah waren ze van dit alles vrijgesteld, en daarom benijdde ik hen.

‘Nee maar, Usha, wat ben je groot geworden, en wat ben je mooi!’ zei Deborah als ze me zag, waarmee ze, al was het maar heel even, onze band van jaren geleden nieuw leven inblies. Ze had inmiddels haar prachtige lange haar afgeknipt en droeg het nu kort. ‘Ik wed dat je al bijna zo oud bent dat je kunt komen babysitten,’ zei ze telkens. ‘Ik zal je bellen – de meisjes zouden het erg leuk vinden.’ Maar ze belde nooit.

Ik begon mijn meisjesjaren te ontgroeien; ik ging naar de middelbare school en werd verliefd op de Amerikaanse jongens in mijn klas. Die verliefdheden leidden tot niets; in weerwil van Deborah’s complimentjes werd ik op die leeftijd steevast over het hoofd gezien. Maar mijn moeder moest toch iets hebben gemerkt, want ze verbood me naar de dansavonden te gaan die elke laatste vrijdag van de maand in de schoolkantine werden gehouden, en het was een ongeschreven wet dat ik niet met jongens uit mocht gaan. ‘Denk maar niet dat we jou met een Amerikaan laten trouwen, zoals Pranab Kaku,’ zei ze zo nu en dan. Ik was dertien, de gedachte aan trouwen speelde in mijn leven geen rol. Toch schrok ik van haar woorden en ik voelde haar greep op mij sterker worden. Ze ontstak in woede als ik zei dat ik een beha wilde gaan dragen, of als ik naar Harvard Square wilde met een vriendin. Als we woorden hadden, voerde ze vaak Deborah op als haar tegenpool, het soort vrouw dat ze niet wilde zijn. ‘Als zij je moeder was, zou je van haar mogen doen wat je wilde, omdat het haar niets kon schelen. Is dat wat je wilt, Usha, een moeder die het niets kan schelen?’ Toen ik begon te menstrueren, de zomer voordat ik naar de derde klas ging, kreeg ik een preek van mijn moeder, dat ik geen jongen mocht toestaan me aan te raken, waarna ze me vroeg of ik wist hoe een vrouw zwanger werd. Ik vertelde haar wat ik in de biologieles had geleerd, van het zaadje dat het eitje bevrucht, en toen vroeg ze me of ik wist hoe dat precies in zijn werk ging. Ik zag de angst in haar ogen, en hoewel ik ook van dat aspect van de voortplanting op de hoogte was, loog ik dat ons dat niet was verteld.

Ik begon ook andere dingen voor haar te verzwijgen en met hulp van mijn vriendinnen aan haar toeziend oog te ontsnappen. Ik vertelde haar dat ik bij een vriendin overnachtte terwijl ik in werkelijkheid naar feestjes ging, bier dronk en toeliet dat jongens me zoenden en aan mijn borsten zaten en hun erecties tegen mijn heup drukten als we op de achterbank van een auto lagen te friemelen. Ik kreeg medelijden met mijn moeder; hoe ouder ik werd, hoe beter ik zag wat een troosteloos leven ze leidde. Ze had nooit gewerkt, en overdag keek ze naar soaps om de tijd te doden. Haar enige werk, elke dag, was het huis schoonhouden en koken voor mijn vader en mij. We aten zelden buiten de deur, omdat mijn vader zelfs in goedkope restaurants altijd opmerkte hoe duur het eten er was vergeleken met thuis. Als mijn moeder tegen hem klaagde hoe erg ze het leven in de voorsteden vond en hoe alleen ze zich voelde, deed hij geen poging haar te troosten. 'Als je zo ongelukkig bent, ga dan terug naar Calcutta,' stelde hij dan voor, op een toon die duidelijk maakte dat hun scheiding hem totaal onverschillig zou laten. Ik begon in mijn houding tegenover haar mijn vader te imiteren, waardoor haar isolement eens zo groot werd. Als ze tegen me schreeuwde omdat ik te lang telefoneerde, of te lang op mijn kamer bleef, schreeuwde ik terug en zei ik dat ze zielig was, dat ze niets van me wist en dat het ons allebei duidelijk was dat ik haar niet meer nodig had, nu niet en nooit meer, net als Pranab Kaku.

Toen, het jaar voordat ik ging studeren, kregen mijn ouders en ik een uitnodiging om bij de Chakraborty's thuis Thanksgiving te komen vieren. We waren niet de enige gasten uit de oude kennissenkring van mijn ouders in Cambridge; het bleek dat Pranab Kaku en Deborah een soort reünie wilden organiseren van alle mensen met wie ze destijds bevriend waren geweest. Normaal vierden mijn ouders nooit Thanksgiving; het ritueel van met veel mensen aan een grote tafel bepaalde gerechten te zitten eten was aan hen niet besteed. Voor hen was Thanksgiving hetzelfde als Memorial Day of Veterans Day – gewoon een Amerikaanse feestdag. Maar we reden naar Marblehead, naar een indrukwekkend natuurstenen huis met een halfcirkelvormige, met grind verharde oprijlaan stampvol auto's. Het huis lag een paar minuten lopen van zee; onderweg waren we langs de haven gereden met uitzicht over de koude, schitterende Atlantische Oceaan, en toen we uit de auto stapten hoorden we de meeuwen en de branding. Het meubilair uit de woonkamer was grotendeels verhuisd naar het souterrain, en extra tafels vormden samen met de hoofdtafel een enorme U. Op de tafellakens was gedekt met witte borden en zilveren bestek en sierstukken van pompoenen. Ik keek met verbazing naar het speelgoed en de poppen die overal slingerden, naar de honden die overal lange, blonde haren verloren, naar de foto's van Bonny en Sara en Deborah aan de wanden en nog meer kiekjes op de koelkastdeur. Bij onze aankomst werd er nog gekookt, iets wat mijn moeder ten zeerste afkeurde, in een chaotische keuken vol mensen, geuren en enorme vuile schalen.

Deborah's familie, die we ons nog vaag van de bruiloft herinnerden, was er: haar ouders en broers en zusters met hun vrouwen en mannen en vrienden en baby's. Haar zusters waren in de dertig, maar net als Deborah had je ze voor studenten kunnen aanzien, met hun spijkerbroeken en klompen en visserstruien, en haar broer Matty, met wie ik op het bruiloftsfeest in de kring had gedanst, was nu een eerstejaars op Amherst, met zijn ver uiteenstaande, groene ogen, zijn bruine piekhaar en zijn neiging tot blozen. Zodra ik Deborah's broers en zusters zag, bezig met hakken en roeren in de keuken terwijl de kwinkslagen over en weer vlogen, werd ik woedend op mijn moeder omdat ze voor ons vertrek van huis een scène had gemaakt en mij had gedwongen een salwaar-kamies te dragen. Ik wist dat ze uit mijn kleding zouden opmaken dat ik meer met de andere Bengalezen gemeen had dan met hen. Maar Deborah stond erop dat ik meedeed en zette me aan het appels schillen met Matty, en buiten het zicht van mijn ouders gaven ze me bier te drinken. Toen de maaltijd gereed was, kregen we onze plaatsen aangewezen, jongens en meisjes om en om, waardoor de Bengalezen zich slecht op hun gemak voelden. Er werden flessen wijn op tafel gezet. Twee kalkoenen werden binnengebracht, de ene gevuld met worst, de andere ongevuld. Het eten deed me watertanden, maar ik wist dat later, onderweg naar huis, mijn moeder zou klagen dat alles smakeloos was en flauw. 'Geen sprake van,' zei mijn moeder, terwijl ze haar hand boven haar glas heen en weer bewoog als iemand probeerde haar wat wijn in te schenken.

Deborah's vader, Gene, stond op om het gebed te doen en vroeg iedereen aan tafel elkaar bij de hand te nemen. Hij boog zijn hoofd en sloot zijn ogen. 'Heere, wij danken u voor deze spijzen die wij thans gaan ontvangen.' Mijn ouders zaten naast elkaar en ik zag tot mijn stomme verbazing dat ze gehoor gaven aan zijn verzoek, dat mijn vaders bruine vingers losjes de lichtgekleurde van mijn moeder omvatten. Ik zag Matty aan de andere kant van de kamer zitten en onder zijn vaders gebed naar mij gluren. Na het koor van amens hief Gene zijn glas en zei: 'Neem me niet kwalijk, maar ik had niet gedacht dat ik ooit nog eens de kans zou krijgen dit te zeggen: op Thanksgiving met de indianen.' Maar een paar mensen lachten om deze grap.

Toen stond Pranab Kaku op en dankte alle gasten voor hun komst. Hij was ontspannen door de alcohol en zijn eens zo magere lichaam was dikker geworden. Hij begon met een nostalgisch praatje over zijn begintijd in Cambridge en ging toen plotseling vertellen hoe hij mijn moeder en mij voor het eerst had ontmoet, nadat hij ons die middag was gevolgd. De mensen die ons niet kenden lachten, geamuseerd door de beschrijving van de ontmoeting en Pranabs radeloosheid destijds. Hij liep naar mijn moeder toe, drapeerde een slungelige arm om haar schouders en dwong haar om heel even op te staan. 'Deze vrouw,' verklaarde hij plechtig, terwijl hij haar dicht tegen zich aan trok, 'deze vrouw heeft mij mijn eerste echte Thanksgiving in Amerika bereid. Ook al was het op een middag in mei, voor mij was die eerste maaltijd aan Boudi's tafel Thanksgiving. Zonder die maaltijd zou ik terug zijn gegaan naar Calcutta. Mijn moeder wendde verlegen het hoofd af. Ze was achtendertig, begon al te grijzen en leek dichter bij mijn vaders leeftijd dan bij die van Pranab Kaku; afgezien van zijn taille had hij zijn knappe, zorgeloze uiterlijk behouden. Pranab Kaku nam zijn plaats aan het hoofd van de tafel naast Deborah weer in en besloot: 'En als ik dat gedaan had, zou ik jou nooit hebben ontmoet, lieveling,' waarna hij haar in ieders bijzijn op de mond kuste, onder veel applaus, alsof het weer hun trouwdag was.

Na de kalkoen werden er kleinere vorken uitgedeeld en bestellingen opgenomen voor drie verschillende soorten pasteitjes, door Deborah's zusjes op schrijfblokjes genoteerd, alsof ze serveersters waren. Na het dessert was het tijd om de honden uit te laten, en Pranab Kaku bood aan het te doen. 'Wie gaat er mee naar het strand?' stelde hij voor, en Deborah's familie vond dat een uitstekend idee. Van de Bengalen wilde niemand meegaan; zij bleven liever met hun kopje thee aan één kant van de kamer bij elkaar zitten, waar ze eindelijk vrijuit konden praten na het gedwongen gekeuvel met de Amerikanen tijdens de maaltijd. Matty kwam in de nu lege stoel naast mij zitten en vroeg of ik zin had om mee gaan. Toen ik aarzelde en op mijn ongeschikte kleding en schoenen wees, me bovendien bewust van mijn moeders stille woede bij het zien van ons samen, zei hij: 'Ik weet zeker dat Deb je wel iets kan lenen.' Ik ging dus naar boven, waar Deborah mij een spijkerbroek gaf en een dikke trui en gymschoenen, zodat ik er net zo uitzag als zijzelf en haar zusjes.

Ze ging op de rand van het bed zitten en keek toe terwijl ik me verkleedde, alsof we vriendinnen waren, en ze vroeg of ik een vriendje had. Toen ik ontkennend antwoordde, zei ze: 'Matty vindt je leuk.'

'Heeft hij dat gezegd?'

'Nee, maar dat zie ik gewoon.'

Toen ik de trap af kwam, na dit bemoedigende nieuws, in de spijkerbroek die ik had moeten oprollen en waarin ik me eindelijk mezelf voelde, zag ik dat mijn moeder opkeek van haar kopje thee en naar me staarde, maar ze zei niets, en daar ging ik dan, met Pranab Kaku en zijn honden en zijn schoonfamilie, langs een weg en een steile houten trap af naar het strand. Deborah en een van haar zusjes bleven achter, om vast met opruimen te beginnen en voor de achterblijvers te zorgen. Aanvankelijk liepen we allemaal bij elkaar, in enkel gelid door het zand, maar toen merkte ik dat Matty zijn pas inhield, zodat we beiden achteraan kwamen te lopen en steeds verder achterop raakten. We begonnen te flirten en te praten over dingen die ik me niet meer herinneren kan, tot we ergens een rotsachtige inham vonden en Matty een joint uit zijn zak haalde. We gingen met onze rug naar de wind staan en rookten hem op, waarbij onze koude vingers elkaar beroerden en onze lippen hetzelfde vochtige eindje van het vloei omklemden. Eerst voelde ik niets, maar toen ik hem hoorde vertellen over de band waarin hij speelde, merkte ik dat zijn stem mijlenver weg klonk en dat ik steeds moest lachen, hoewel wat hij zei niet bijzonder grappig was. Ik had het gevoel dat we uren van de anderen verwijderd waren, maar toen we weer op het zand liepen konden we ze nog steeds zien, op een vooruitspringend stuk strand, kijkend naar de ondergaande zon.

Het was donker toen we met ons allen naar het huis terugkeerden, en ik vreesde de ontmoeting met mijn ouders terwijl ik nog high was. Maar bij onze aankomst vertelde Deborah me dat mijn ouders, omdat ze moe waren, al waren vertrokken en ermee ingestemd hadden dat iemand me later thuis zou brengen. De open haard was aangestoken en ik mocht nog even rustig gaan zitten en een stuk taart eten terwijl het restant van de maaltijd werd opgeruimd en de woonkamer geleidelijk weer in zijn normale staat werd teruggebracht. Het was uiteraard Matty die me thuisbracht, en toen we op het tuinpad van mijn ouders stonden, kuste ik hem, tegelijk opgewonden en doodsbang dat mijn moeder in haar nachtpon naar buiten zou komen en ons zou zien. Ik gaf Matty mijn telefoonnummer en dacht een paar weken lang voortdurend aan hem, in de dwaze hoop dat hij me zou bellen.

Uiteindelijk kreeg mijn moeder gelijk, en veertien jaar na die Thanksgiving, na drieëntwintig jaar huwelijk, gingen Pranab Kaku en Deborah scheiden. Hij was degene die in de fout was gegaan, door verliefd te worden op een getrouwde Bengaalse vrouw en twee gezinnen kapot te maken. De andere vrouw was iemand die mijn ouders kenden, zij het vaag. Deborah was inmiddels in de veertig, en Bonny en Sara studeerden al. Degene tot wie Deborah zich in haar ontreddering en verdriet wendde, huilend aan de telefoon, was mijn moeder. Op de een of andere manier was zij ons in de loop der jaren als een soort schoonfamilie blijven zien; zo had ze bij het overlijden van mijn grootouders bloemen gestuurd en mij voor mijn afstuderen de compacte editie van de *Oxford English Dictionary* cadeau gedaan. 'U kende hem zo goed. Hoe kon hij zoiets nu doen?' vroeg Deborah mijn moeder. En toen: 'Wist u er misschien iets van?' Mijn moeder antwoordde naar waarheid dat dit niet het geval was. Hun beider hart was door dezelfde man gebroken, alleen was dat van mijn moeder lang geleden genezen, en merkwaardigerwijs waren mijn ouders bij het klimmen der jaren aan elkaar verknocht geraakt, al was het maar door de macht der gewoonte. Ik denk dat mijn vertrek uit huis, toen ik ging studeren, er iets mee te maken had, want mettertijd voelde ik, als ik op bezoek kwam, een warmte tussen mijn ouders die er vroeger niet was geweest, een rustig plagerijtje, een solidariteit, een bezorgdheid als een van beiden ziek was. Ook tussen mijn moeder en mij was de vrede getekend; ze accepteerde nu dat ik niet alleen haar dochter maar ook een kind van Amerika was. Langzaam had ze leren aanvaarden dat ik met een Amerikaanse man uitging, en daarna met een andere, en nog weer een andere, dat ik met ze naar bed ging, en zelfs dat ik met een van hen samenleefde ook al waren we niet getrouwd. Ze ontving mijn vriendjes bij ons thuis en als het niets werd met een vriend, zei ze dat ik wel een betere zou vinden. Na jaren van nietsdoen besloot ze, op haar vijftigste, aan een universiteit in de buurt voor bibliothecaresse te gaan studeren.

Door de telefoon bekende Deborah iets wat mijn moeder verraste: dat ze zich al die jaren hopeloos van een deel van Pranab Kaku's leven uitgesloten had gevoeld. 'Ik was toen zo vreselijk jaloers op jou, omdat jij hem kende, hem begreep zoals ik het nooit zou kunnen. Hij heeft zijn familie de rug toegekeerd, en eigenlijk ook jullie, maar toch voelde ik me nog steeds bedreigd. Ik heb dat nooit van me af kunnen zetten.' Ze vertelde mijn moeder dat ze jarenlang haar best had gedaan om Pranab Kaku met zijn ouders te verzoenen en dat ze hem ook had aangespoord om banden met andere Bengalezen te onderhouden, maar zonder resultaat. Het was Deborah's idee geweest ons op hun Thanksgivingfeest uit te nodigen; ironisch genoeg was die andere vrouw daar ook bij geweest. 'Ik hoop dat je 't me niet kwalijk neemt dat ik hem uit jullie leven heb weggehaald, Boudi. Daar ben ik altijd bang voor geweest.'

Mijn moeder verzekerde Deborah dat ze haar helemaal niets kwalijk nam. Ze vertelde haar niets over haar eigen jaloezie, tientallen jaren geleden, maar alleen dat ze het heel erg vond wat er was gebeurd, dat het vreselijk was voor haar gezin. Ze vertelde Deborah niet dat ze een paar weken na Pranab Kaku's huwelijksfeest, toen ik naar een padvindstersbijeenkomst en mijn vader naar zijn werk was, het hele huis was doorgegaan en alle veiligheidsspelden had verzameld die in laatjes en blikjes te vinden waren en die had toegevoegd aan de paar die al aan haar armbanden hingen. Toen ze er voldoende had, maakte ze ze een voor een aan haar sari vast, waarbij ze de bovenste laag aan die eronder vastmaakte, zodat niemand het kledingstuk van haar lijf zou kunnen trekken. Vervolgens pakte ze een blik wasbenzine en een doosje keukenlucifers en stapte ze naar buiten, onze kille achtertuin in, die vol bladeren lag die bijeengeharkt moesten worden. Over haar sari droeg ze een knielange lila regenjas, en elke buurman of buurvrouw die haar zo zag moest gedacht hebben dat ze alleen maar naar buiten was gekomen om een luchtje te scheppen. Ze deed de jas open, haalde de dop van het blik wasbenzine en goot die over zich heen, waarna ze de jas weer dichtknoopte en vastmaakte met de ceintuur. Ze liep naar de vuilnisbak achter ons huis, gooide het blik erin, en liep toen terug naar het midden van de tuin met het doosje lucifers in de zak van haar jas. Bijna een uur stond ze daar, moed verzamelend om een lucifer aan te steken. Het was niet ik die haar redde, noch mijn vader, maar onze buurvrouw, mevrouw Holcomb, met wie mijn moeder nooit bijzonder bevriend was geweest. Ze kwam naar buiten om de bladeren in haar tuin bijeen te harken en riep naar mijn moeder dat ze de zonsondergang zo mooi vond. 'Ik zie dat u er al een poosje van staat te genieten,' zei ze. Mijn moeder beaamde dat en ging naar binnen. Toen mijn vader en ik tegen zessen thuiskwamen, stond ze in de keuken rijst te koken voor ons avondeten, zoals elke dag.

Mijn moeder vertelde dit niet aan Deborah. Ze bekende het aan mij, toen mijn eigen hart gebroken was door een man met wie ik gehoopt had te zullen trouwen.

# Een keuze van accommodaties

Vanbuiten zag het hotel er veelbelovend uit, als een oude skilodge in de bergen: chocoladebruine beplanking, een steil puntdak, rode lijsten om de ramen. Maar zodra ze de lobby van de Chadwick Inn betraden, was Amit teleurgesteld: het interieur was karakterloos, in pastelkleuren geschilderd, met behang op de muren waarvan het dessin deels uit kriebellijntjes bestond, alsof iemand er herhaaldelijk zijn pen op had uitgeprobeerd en uiteindelijk niets te zeggen had gehad. Bij de receptiebalie stond een koperen draairek met toeristenfolders van de Berkshires, waarvan Megan er een handje meepakte terwijl Amit zich in liet schrijven. Nu lagen de folders verspreid over een van de twee tweepersoonsbedden in hun kamer. Toen Megan er een openvouwde, kwam er een kaart tevoorschijn. 'Waar zijn we precies?' vroeg ze, met haar vinger te ver naar het noorden.

'Hier,' zei Amit, de stad aanwijzend. 'Daar is het meer, zie je wel? Het meer dat iets weg heeft van een konijn.'

'Ik zie het niet,' zei Megan.

'Hier.' Amit pakte Megans vinger en zette die stevig op de juiste plek.

'Ik bedoel, ik zie niet dat het meer iets van een konijn weg heeft.'

Het was een lange rit geweest vanuit New York en Amit had

zin in een borrel. Maar er was geen minibar, en geen roomservice. Op de twee tweepersoonsbedden lagen bruine gebloemde spreien en ertegenover stond een lang, laag dressoir met in het midden een televisietoestel. Op een vierkant tafeltje tussen de bedden stond een papieren piramide waarop de plaatselijke kabeltelevisiekanalen waren aangegeven. Het enige aardige aan de kamer was een gotisch plafond met naakte balken. Desondanks was het donker in de kamer; ook met de balkongordijnen open moesten alle lampen aan.

Ze waren gekomen voor de bruiloft van Pam Borden, die die avond plaats zou vinden in de Langford Academy, een kostschool waarvan Pams vader de directeur was, en waaraan Amit achttien jaar geleden eindexamen had gedaan. Het was mogelijk om voor twintig dollar per persoon te overnachten in een van de studentenhuizen van Langford, die nu leegstonden omdat het augustus was, maar Amit had besloten zich te buiten te gaan aan de Chadwick Inn, die een eindje van de campus lag en die behalve een zwembad, een tennisbaan en een tweesterrenrestaurant ook toegang bood tot het schaduwrijke meer waarop hij als tiener had leren kajakken en kanovaren. Na enig overleg hadden Megan en hij besloten de meisjes naar haar ouders op Long Island te brengen en een hotelkamer te boeken voor zaterdag én zondag, en zo van Pams trouwerij een kleine vakantie te maken, voor hun tweetjes alleen.

Amit ontsloot de glazen schuifdeur en stapte het balkon op, een strook beton met twee plastic stoelen erop. Het noordoosten zat midden in een hittegolf en zelfs in de bergen heerste een drukkende warmte, maar de zuivere lucht met de prikkelende dennengeur deed niettemin weldadig aan. De stilte overviel hem. Geen meisjesstemmen die elkaar riepen, geen standjes of lieve woordjes van Megan. De autorit was hetzelfde geweest: een slapende Megan, de achterbank leeg, terwijl hij toch telkens in zijn achteruitkijkspiegel keek in de verwachting de gezichtjes van zijn dochters te zien, dommelend, ruziënd, of knabbelend op een bagel. Hij probeerde een stoel, die niet gemakkelijk zat.

Hij voelde zich genomen. 'Dat ze hier tweehonderdvijftig dollar voor durven vragen,' zei hij.

'Krankzinnig,' zei Megan, die bij hem kwam staan. 'Maar ze komen er kennelijk mee weg omdat we hier in de rimboe zitten.'

Het was waar, ze zaten in de rimboe, hoewel hij het niet zo ervoer. Na het verlaten van de snelweg had hij zonder een kaart te raadplegen de juiste wegen gekozen, had hij geweten waar het stadje lag. Maar hij was nooit in dit hotel geweest. Tijdens de ouderweekenden hadden zijn ouders hier niet gelogeerd; toen Amit op Langford zat woonden zij in India, in New Delhi. Ook voor zijn afstuderen waren ze niet overgekomen. Ze waren het wel van plan geweest, maar Amits vader, een oogspecialist in een van de beste ziekenhuizen van New Delhi, was gevraagd een parlementslid aan staar te opereren, en dus waren Bengaalse kennissen van zijn ouders uit Worcester in hun plaats aanwezig. Na zijn afstuderen had Amit met zijn vrienden uit Langford geen contact onderhouden. Hij had geen heimwee naar de school en als er brieven kwamen waarin om bijdragen van oud-studenten werd verzocht of waarin hij werd uitgenodigd voor een reünie, gooide hij ze ongeopend weg. Afgezien van zijn losse relatie met Pam, en een sweatshirt dat hij nog bezat met de naam van de school in verkreukelde letters over de borst, was er niets meer wat hem aan die periode van zijn leven herinnerde. Hij kon zich niet indenken dat hij zijn dochters naar Langford zou sturen – dat hij ze los zou laten zoals zijn ouders hem hadden losgelaten.

Hij liet zijn blik over het hotelterrein gaan. Vlak voor hun balkon stond een den die de directe omgeving grotendeels aan het oog onttrok. Het zwembad was klein en onaantrekkelijk, omheind met harmonicagaas, en er was geen zwemmer of zonnebader te bekennen. Rechts bevonden zich de tennisbanen, onzichtbaar achter nog meer dennen, maar hij hoorde de zachte *plop* van een heen en weer vliegende bal, een geluid waar hij moe van werd.

‘Jammer van die boom,’ zei hij.

‘Stond hij maar een paar meter die kant uit,’ beaamde Megan.

‘Zullen we een andere kamer vragen? Het zou de eerste keer niet zijn.’

Van hotelkamer veranderen was voor Amit en Megan in de loop van hun relatie een traditie geworden. Tijdens de eerste reis die ze na hun kennismaking samen hadden gemaakt, naar Porto Rico, hadden ze een kamer op de begane grond gekregen en in de badkamer een dode hagedis gevonden. Nadat Megan geklaagd had, waren ze verhuisd naar een luxesuite met uitzicht op de betoverende blauwgroene oceaan en het andere blauw van de lucht. Gedurende hun hele verblijf hielden ze de gordijnen voor dat uitzicht open, vreeën ze zijdelings op het bed om het te kunnen blijven zien, en was het ’s ochtends bij het ontwaken het eerste wat ze zagen, zodat het leek alsof de hele kamer, het bed en zijzelf ergens op de golven dobberden. Iets dergelijks was gebeurd in Venetië, waar ze de eerste verjaardag van hun trouwdag waren gaan vieren – na een nacht in een kamer met uitzicht op een muur waren ze verhuisd naar een kamer aan een kanaal waar elke ochtend een bootje aanlegde waaruit groenten en fruit werden verkocht. In dit geval, bedacht Amit, zaten ze al aan de goede kant van het hotel – de kamers aan de voorkant keken uit op de parkeerplaats.

‘Het is de moeite niet, voor die twee nachtjes,’ zei Megan. Ze boog zich iets naar voren in haar stoel en tuurde met gestrekte hals over de balustrade van het balkon. ‘Is die trouwerij hier in het hotel?’

‘Nee, op Langford, dat heb ik je verteld.’

‘Nou, er gaat nu een ander stel trouwen in dat prieeltje daar. Ik zie bruidsmeisjes.’

Amit keek langs de andere kant van de den en zag mensen over een tegelpad lopen dat vanaf het terras van het hotel-restaurant de tuin in leidde. Een fotograaf boog zich over een statief en voor hem poseerde een groepje jonge vrouwen in identieke, pruimkleurige jurken.

‘Bij Pams huwelijk gaat het anders toe.’

‘Hoezo?’

‘Daar zijn geen bruidsmeisjes bij.’

‘Hoe weet je dat?’

‘Daar is ze het type niet voor.’

‘Je weet maar nooit,’ zei Megan. ‘Veel vrouwen doen op hun trouwdag dingen die ze anders niet doen. Zelfs vrouwen als Pam.’

Haar lichte spot spoelde over hem heen zonder tot hem door te dringen. Hij wist dat het Megan had verrast dat hij de uitnodiging voor Pams trouwfeest had aanvaard, gezien het feit dat hij en Pam nauwelijks nog contact met elkaar onderhielden. En hoewel Megan niet had geprotesteerd besefte hij dat hij haar in zekere zin hierheen had meegesleept, naar een vreemde plek vol vreemde mensen, naar een stuk van zijn verleden dat niets te maken had met zijn leven met Megan, nu. Hij wist dat Megan, al weigerde ze het te beamen, onzeker was met betrekking tot Pam, dat ze de paar keer dat ze elkaar hadden ontmoet in het defensief was geweest, alsof Amit en Pam ooit een liefdesrelatie hadden gehad. Toen Amit en Megan elkaar leerden kennen, hadden ze elkaar hun levensgeschiedenis verteld, inclusief de reeks romantische betrekkingen die hen tot elkaar had gebracht, maar hij had in dat verband Pam nooit genoemd. Hij had van haar gehouden, weliswaar, maar omdat ze nooit zijn vriendin was geweest, viel er ook niets uit te leggen. Hij leunde achterover in zijn stoel met zijn nek op de harde plastic rand en sloot zijn ogen. ‘Ik heb zin in een borrel.’

Ze keerden terug naar de airconditioned kamer en hij opende de koffer die ze samen voor dit weekend hadden gepakt. Hij haalde er de dikke envelop uit die de uitnodiging bevatte en een routebeschrijving, een kaartje van het schoolterrein van Langford waarop de locaties van de huwelijksvoltrekking en de receptie met een markeerstift waren aangegeven. Hij ging op het bed zitten, met zijn rug tegen een stapel bijzonder zachte kussens waarin hij wegzakte. Hij keek op het digitale klokje dat naast de papieren piramide op het nachtkastje stond. 'Over een uur begint de trouwerij. Zulke kussens moeten we thuis ook hebben.'

'Dan is het tijd om ons klaar te maken.' Megan bekeek hem met een blik van professionele zorg, alsof hij een patiënt was die ze op haar ronde tegenkwam. 'Wat is er?'

'Niks. Maar ik had gehoopt dat we nog wat tijd hadden gehad om een stukje te gaan wandelen of te gaan zwemmen in het meer. Ik moest onderweg hierheen steeds aan zwemmen denken. Ik had niet gedacht dat het onderweg zo druk zou zijn.'

'Morgen gaan we zwemmen,' zei ze. 'We hebben een heel weekend.'

Hij knikte. 'Da's waar.' Hij stond op en ging naar de badkamer om zich te scheren en te douchen. Deze dagelijkse rituelen ervoer hij als een corvee. Hij zag ertegen op zich in een pak te steken en met de geesten uit zijn puberteit te gaan keuvelen. Hij kleedde zich uit en ging voor de spiegel staan om scheercrème op zijn gezicht te smeren. Sinds de geboorte van Monika, drie jaar geleden, was dit de eerste keer dat ze zonder kinderen van huis waren. Ze waren nodig aan vakantie toe. Anders huurden ze 's zomers voor twee weken een huisje in de Adirondacks. Maar Megan deed nu het laatste jaar van haar specialistenopleiding aan het Mount Sinai-ziekenhuis, en haar werkrooster liet het niet toe. Ze had net een coschap op de hartbewaking achter de rug waarvoor ze diensten van zesendertig uur aan één stuk moest draaien, waarna ze tegen de ochtend thuiskwam en in slaap viel op het moment dat Amit en de meisjes aan hun dag begonnen. Het was Amit, die een baan als eindredacteur van een medisch tijdschrift had, die zijn tijd wat flexibeler in kon delen. 's Zomers was er op de redactie weinig te doen en sinds juni had hij alleen voor de meisjes gezorgd, erop toegezien dat ze ontbeten en in bad gingen, speelafspraken gepland, Maya 's ochtends naar een kinderkamp gebracht en haar 's avonds weer opgehaald. In de zomermaanden op de oppas besparen was een van de manieren waarop hij en Megan hadden besloten hun kosten te drukken; na de aanbetaling op hun nieuwe appartement, twee verdiepingen van een herenhuis aan West 75th Street, was er van hun spaargeld weinig meer over.

Hij merkte aan Megan dat ze de afwezigheid van Maya en Monika als een opluchting ervoer, als een bevrijding. Amit wilde die opluchting met haar delen, dat gevoel van ontsnapping waarnaar hij de hele zomer had verlangd nadat ze de uitnodiging voor Pams trouwfeest hadden ontvangen en dit uitstapje hadden gepland. Maar nu ze alleen waren, liet de gedachte aan Monika's druipneus hem toch niet los en vroeg hij zich af of zijn schoonmoeder er wel aan zou denken dat Maya van aardbeien uitslag kreeg. Hij wilde het Megan vragen, maar hij hield zich in, wetend dat ze hem dan zou verwijten dat hij zijn schoonouders niet vertrouwde. Zij was als ouder minder pietluttig, minder voorzichtig dan hij. Als ze vrij was, verwende ze de meisjes, dan ging ze iets met ze bakken in de keuken en vond ze het niet erg als ze het avondeten oversloegen omdat ze al te vol zaten met koekjes en taart. Hij wist dat die toegeeflijkheid voor een deel op schuldgevoel berustte, maar het was ook haar aard. Ze was zich niet zoals hij doodgeschrokken toen Maya een platgetrapt stuk kauwgum op de speelplaats had gevonden en in haar mond gestopt, of toen Monika tijdens een picknick in Central Park aan de wandel was gegaan en met haar kleine vingertjes met een hondendrol zat te spelen. Bij zulke gelegenheden veegde Megan lachend de gezichtjes en handjes schoon, in de overtuiging dat haar kinderen overal tegen bestand waren. Ze was dagelijks in de weer met mensen die voor hun leven vochten, dus van een geschaafde elleboog of een graadje verhoging raakte ze niet in paniek.

Het was Amit, die zich voldoende in het menselijk lichaam had verdiept om te weten hoe kwetsbaar het is, die genoeg lijken had ontleed om te weten wat een horizontale borstincisie aan het licht kon brengen, die geen rust had in het besef van zijn dochters gevoeligheid voor ziekte en alles wat er maar mis kon gaan. Hij werd nog steeds gekweld door de herinnering aan een voorval in de kantine van het Museum of Natural History, toen

Monika, een jaar oud, bijna in een stukje gedroogde abrikoos was gestikt. Een vrouw aan een tafeltje naast hen, die verpleegster bleek te zijn, was opgesprongen toen ze Monika hoorde hoesten en had met haar vinger snel en doeltreffend het obstakel verwijderd; ondanks twee jaar medicijnenstudie ontbrak het Amit aan het simpele instinct, het zelfvertrouwen, om zoiets te doen. Hij was de rest van de dag niet in staat geweest zijn beide dochtertjes aan te kijken, of van hun bezoek aan het museum te genieten. Hij zag steeds maar dat stukje abrikoos in Monika's luchtpijp, en hoe dat haar dood kon hebben betekend. Als hij in de krant berichten las over taxi's die plotseling een trottoir op reden en een half dozijn voetgangers verpletterden, stelde hij zich altijd voor hoe hij daar zelf had kunnen lopen, met Monika en Maya aan de hand. Of het was Jones Beach, waar hij in de zomer eens per week met ze was geweest, waar ze voor zijn geestesoog door een grote golf werden meegesleurd of door een berg zand werden bedolven terwijl hij een paar meter verderop in een tijdschrift zat te bladeren. In al die gefantaseerde ongelukken was hij degene die het overleefde en waren het de meisjes die onder zijn toezicht het leven lieten. Megan zou hem uiteraard de schuld geven en vervolgens van hem scheiden, en dan zou alles, zijn leven met haar en de meisjes, voorbij zijn. Met één vluchtige blik in de verkeerde richting, wist hij, kon hij zijn hele leven vergooien.

Hij legde zijn scheerapparaat neer en zette de douche aan om de badkamer op te warmen. Er werd geklopt en Megan kwam binnen.

'Ik kan niet mee naar de bruiloft,' zei ze hoofdschuddend. Ze zei het op besliste toon, zoals ze tegen de meisjes zei dat ze geen televisie meer mochten kijken of onmiddellijk uit bad moesten komen.

'Wat bedoel je?'

'Kijk,' zei ze, wijzend naar de rok die ze aanhad. Erboven droeg ze alleen haar beha, vleeskleurig en smoezelig bij de bandjes. De rok reikte tot haar enkels en was gemaakt van een doorzichtige rookgrijze stof die in lagen over een zijden onderlaag van een iets donkerder kleur viel. Ze hield een deel ervan omhoog en zijn blik ging onmiddellijk naar een plek in de stof. Hij dacht eerst een vlek te zien, maar realiseerde zich toen dat het een brandplek was, een gaatje met verkoolde randen. De zijden voering eronder bood geen prettige aanblik; het deed hem denken aan het lichtgekleurde vlees dat tevoorschijn komt als je met geweld de korst van een wond trekt.

'Het is geen gezicht,' zei ze. 'En ik kan het niet verstoppen.'

'Heb je niks anders bij je?'

Ze schudde van nee en keek hem geërgerd aan. 'Jij wel?'

Amit droogde zijn handen aan een badhanddoek en ging op het deksel van de wc-bril zitten. Hij stak zijn handen tussen de twee lagen textiel en voelde aan de binnenkant de gaasachtige stof en aan de buitenkant de zijde. Tijdens zijn medicijnenstudie had hij overwogen chirurg te worden en te leren de meest minuscule stukjes van het lichaam met elkaar te verbinden. Maar hij was nooit aan coschappen toegekomen en had zijn kennis alleen uit de boeken en laboratoria. Voor zover hij kon zien was herstel van de rok niet meer mogelijk. De rok was zo simpel, zo transparant, dat het gaatje, waardoor het kussentje van een van zijn vingers nu zichtbaar was, hem voorgoed had bedorven.

'Ik snap niet dat ik het bij het pakken niet heb gezien,' zei Megan. 'Het moet zijn gebeurd toen ik hem voor het laatst aanhad. Een vonk van een sigaret of zoiets.'

Hij wist dat ze er niets aan kon doen, maar toch kon hij het niet laten het haar een beetje kwalijk te nemen, dat ze niet beter had opgelet. En wie weet, vroeg hij zich ondanks zichzelf af, was het wel een onbewuste poging van haar om onder Pams bruiloft uit te komen, om de zaak te saboteren. Hij bedacht opeens dat ze met Megans rok als excuus de hele bruiloftsvisite konden afblazen en de avond in het hotel doorbrengen met het kijken naar films in bed. Hun afwezigheid zou in zo'n groot gezelschap niet worden opgemerkt, en hun couverts aan de bruiloftsdis zouden door de kelners gewoon worden overgeslagen. Als de Chadwick

Inn een beter hotel was geweest, had hij het misschien in ernst overwogen.

'Is hier geen winkel in de buurt?' vroeg Megan. 'Waar ik snel iets anders kan gaan kopen terwijl jij je gereedmaakt?'

'Er was vroeger een winkelcentrum, maar dat was bijna een uur rijden hiervandaan. Ik kan me niet herinneren dat er hier in het dorp een kledingzaak was. Geen behoorlijke, tenminste.'

Ze draaide de rok opzij, zodat de brandplek van voren niet meer zichtbaar was. Toen ging ze naast hem voor de spiegel van de wastafel staan, haar blote arm tegen de zijne. Megan gebruikte normaal geen make-up, maar voor deze gelegenheid had ze haar lippen met een transparante perzikkleurige lippenstift geverfd. Hij vond het verwarrend en gaf de voorkeur aan de intelligente, ouderwetse schoonheid van haar gezicht. Het was het gezicht van iemand van wie hij zich kon voorstellen dat ze in een andere tijd leefde, een eenvoudiger tijd, in een Amerika dat zich het bestaan van India nog in het geheel niet bewust was. Haar donkerbruine haar was als altijd opgestoken, zonder omhaal weggetrokken uit haar gezicht en haar lange, blanke hals. Ze droeg, altijd, een bril – amandelvormige glazen zonder montuur die nodig leken om haar gevoelige grijze blik te beschermen. Ze waren even lang, één vijfenzeventig, groot voor een vrouw maar klein voor een man, en zij was vijf jaar ouder, tweeënveertig. Toch was van hun beiden Amit degene die op het eerste gezicht al van middelbare leeftijd leek, doordat zijn haar op zijn eenentwintigste volkomen grijs was geworden. Het was hier, op Langford, begonnen, toen hij in de zesde klas zat. Eerst waren het maar een paar strengen, goed verborgen in zijn zwarte haardos. Maar tegen de tijd dat hij derdejaars was aan Columbia waren het de zwarte haren die hij op de vingers van één hand kon tellen. Hij had gelezen dat het mogelijk was dat iemand na een traumatische ervaring in zijn jeugd grijs werd. Maar er was geen onverwacht sterfgeval of ongeluk dat hij als verklaring kon aanvoeren. Geen drastische ommekeer in zijn leven, afgezien van het feit dat zijn ouders hem naar Langford hadden gestuurd.

'Als je de hele avond vlak naast me blijft staan, zal niemand het merken,' zei Megan, terwijl ze zich tegen hem aan drukte. Hij voelde de warmte van haar armen en een vleugje begeerte, te verschraald door vermoeidheid om er iets mee te doen.

'Denk je echt dat je het daar een hele avond uithoudt zonder van mijn zijde te wijken?' vroeg hij haar.

'Als jij het kunt, kan ik het ook.'

Er klonk iets uitdagends in haar stem, en Amit glimlachte, geamuseerd door het idee, gemotiveerd om naar het trouwfeest te gaan nu hij een duidelijke taak te verrichten had. Tegelijkertijd bedacht hij dat dit in de begintijd van hun liefde geen punt zou zijn geweest, toen voortdurend lichamelijk contact tussen hen nog iets vanzelfsprekends was.

'Afgesproken,' zei hij.

Ze bekeken hun spiegelbeeld, zij in haar kapotte rok en smoezelige beha, hij naakt, zijn penis slap, zijn gezicht met helderwit scheerschuim bedekt. Megan schudde haar hoofd.

'We krijgen vast veel bekijks.'

Hij had gedacht dat ze te voet naar de school zouden gaan – die lag aan de overkant van de weg, een paar minuten lopen over een glooiend veld. Maar Megan droeg schoenen met hoge hakken en wilde die niet vuilmaken, dus namen ze de auto. Op de stoelen slingerde van alles dat aan hun dochters herinnerde – boekjes, popjes, de plastic paardjes die Maya verzamelde. Alleen de kinderzitjes waren verdwenen, overgezet in de auto van zijn schoonouders voor het weekend. Hij dacht aan de meisjes, die nu bij hun grootouders waren en in de boomhut speelden die zijn schoonvader met het oog op hun incidentele bezoeken had gebouwd, terwijl zijn schoonmoeder trakteerde op plakken cake en pakjes vruchtensap. Zijn dochters leken in niets op hem, in niets op zijn familie, en ondanks de verwijdering van zijn ouders zat dit feit hem dwars, dat zijn vader en moeder fysiek niets aan zijn kinderen hadden doorgegeven. Zowel Maya als Monika had Megans huidskleur geërfd zonder een spoor van Amits donkerbruine huid en zwarte ogen, zodat ze ondanks hun vaag Indiase namen een volledig Amerikaanse indruk maakten. ‘Zijn die van u?’ werd hem soms gevraagd wanneer hij alleen met ze was, in een winkel of in de speeltuin in het park.

Na een minuut of twee sloegen ze de brede, met bomen omzoomde oprijlaan in die naar het hek van de school voerde. Alles was glanzend, weelderig groen, maar hij herinnerde zich de vurige kleuren van de herfst en het paarsige licht van de bergen, de schaduwen die in de dalen en langs de hellingen groeiden, en de sneeuw die ’s winters de poort bedekte. De school zelf was min of meer zoals hij hem zich herinnerde, gênant groot en goed onderhouden, met ronde, abstracte sculpturen hier en daar op het gras.

‘Het ziet er hier beter uit dan waar ik heb gestudeerd,’ zei Megan toen ze over de campus liepen en de smetteloze gebouwen en sculpturen in zich opnamen.

‘Het is een beetje té,’ zei hij. Bij hun eerste kennismaking was Megan onder de indruk geweest van zijn privékostschoolopleiding, maar ze had hem er ook mee geplaagd. Ze koesterde geen wrok jegens de bevoorrechten, maar had vaak haar oordeel over mensen klaar; als hij geen Indiër was geweest, zou Megan iemand als hij waarschijnlijk hebben gemeden. Ze was de jongste van vijf kinderen; haar vader was politieagent en haar moeder kleuterleidster. Ze was na haar middelbare school gaan werken, overdag in een fotokopieerwinkel en ’s avonds als telefonisch verkoopster, en pas op haar twintigste gaan studeren, parttime, omdat ze erbij moest blijven werken. Welbeschouwd werkte ze harder dan iedereen die hij ooit had gekend, inclusief zijn eigen vader en de zonder uitzondering geslaagde Bengaalse vrienden van zijn ouders. Megans nederige afkomst was bij zijn ouders slecht gevallen, evenals het feit dat ze vijf jaar ouder was dan hij. Haar onopgesmukte schoonheid, haar weigering contactlenzen te dragen, haar lengte, kon hen niet bekoren. Het feit dat ze dokter was, maakte dat niet goed. Het maakte hun teleurstelling in hem alleen nog maar groter.

Hij zag dat er aan sommige gebouwen nieuwe vleugels waren

gebouwd, moderne eenheden van glas en staal naast de baksteen en witte koepeltjes. Zijn ouders hadden hem in Winchester, Massachusetts, waar hij was opgegroeid, van de openbare school gehaald en hem hierheen gestuurd, want ze hadden besloten om, als Amit in groep negen zat, naar India terug te gaan. Hij herinnerde zich nog goed hoe zijn ouders hem op een avond hun plan meedeelden. Ze zaten in een visrestaurant op de Cape, in Cotuit, met uitzicht op het water, aan een tafel vol helderrode scharen en schalen waaruit zijn vader moeiteloos voor hen allen het vlees had gehaald. Zijn vader begon met te zeggen dat hij zich als docent aan de medische faculteit van de Harvard Universiteit steeds ongemakkelijker ging voelen, dat er in Delhi een ziekenhuis was waar men hem, dacht hij, nodig had. Amit was totaal overrompeld door de beslissing van zijn ouders, die – in tegenstelling tot de meeste andere Bengalezen in Massachusetts – altijd geringschattend over India hadden gesproken, nooit nostalgisch of sentimenteel. Zijn moeder had kort haar en droeg broeken, terwijl ze haar sari's alleen voor speciale gelegenheden bewaarde. Zijn vader hield er een drankenkast op na en nam graag een gin-tonic voor het eten. Beiden kwamen uit rijke families, hadden zomervakanties in de bergen doorgebracht en zelf in India op kostschool gezeten. Van de betrekkelijke welvaart van Amerika waren ze nooit onder de indruk geweest; in veel opzichten was hun leven in India meer bevoorrecht geweest, maar ze hadden dat land verlaten en nooit meer omgezien.

In het restaurant haalde zijn vader het toelatingspakket voor Langford tevoorschijn, met foto's van de campus, lachende leerlingen aan tafeltjes in klaslokalen, leraren voor schoolborden, al pratend vastgelegd door de cameralens. Qua onderwijsniveau stak Langford met kop en schouders uit boven zijn vorige school, zei zijn vader, en hij noemde het percentage oud-leerlingen van Langford dat tot de elite-universiteiten werd toegelaten. Terwijl zijn vader aan het woord was, realiseerde Amit zich dat de betrekking in Delhi al was aanvaard en dat hun huis in Winchester al te koop stond. Er was geen sprake van dat hij in Delhi naar school zou gaan; het was niet de moeite waard om zich aan het onderwijs in een ander land aan te passen, zei zijn vader, omdat Amit later toch aan een universiteit in Amerika zou gaan studeren.

In de kerstvakanties en na afloop van elk schooljaar aan Langford ging Amit bij zijn ouders in Delhi logeren, in hun flat vol bedienden in Chittaranjan Park, waar een kale kamer voor hem apart werd gehouden. Hij had zich nooit prettig gevoeld in New Delhi, waar zijn gebroken Bengaals hem van geen nut was. Hij miste er Calcutta, waar al zijn familieleden woonden en waar hij anders altijd heen was gegaan. Zijn ouders waren naar Delhi verhuisd in het jaar dat Indira Gandhi er werd vermoord, en vanwege de rellen die daarop uitbraken, de uitgaansverboden en het feit dat zijn ouders constant waakzaam moesten zijn, moest Amit zijn tijd binnenshuis doorbrengen, zonder vrienden, zonder iets te kunnen doen. Wat dat betrof ervoer hij het als een opluchting dat hij elke september naar dit vredige oord terug kon keren. Vier jaar later waren zijn ouders weer terug in Amerika en gingen ze in Houston wonen. In Delhi had zijn vader een lasertechniek geperfectioneerd waarmee astigmatisme gecorrigeerd kon worden, waardoor hij uitnodigingen kreeg om in ziekenhuizen over de hele wereld te komen werken en doceren. Na vijf jaar in Houston waren ze nogmaals verhuisd, naar Lausanne, in Zwitserland. Nu woonden ze in Saudi-Arabië.

Op Langford was Amit de enige Indiase student, en er werd altijd aangenomen dat hij in India geboren en getogen was en niet in Massachusetts. Men complimenteerde hem met zijn uitspraak, met het goede Engels dat hij sprak. Hij was er gekomen toen hij vijftien was, in het tweede jaar, dat op Langford de vierde klas werd genoemd, en toen waren de vriendschappen en bondgenootschappen tussen de jongens van zijn klas al gevormd. Op zijn middelbare school in Winchester was hij een uitblinker geweest, maar nu moest hij opeens hard blokken om zijn goede cijfers te houden. Hij moest elke ochtend in een colbertje naar de les en 'meester' tegen zijn leraren zeggen, en

’s zondags moest hij naar de kerk. Al snel merkte hij dat de rijkdom van zijn ouders lachwekkend was vergeleken bij die van de meeste jongens op Langford. Aan het eind van de dag was er geen ontsnapping mogelijk, en hoewel hij het aan niemand wilde toegeven, vooral niet aan zijn ouders als ze hem in het weekend vanuit Delhi belden, werd hij verlamd door heimwee en miste hij zijn ouders zo erg dat hij die eerste maanden vaak plotseling tranen in zijn ogen kreeg. Hij zocht sporen van hun gezichten en stemmen bij de mensen die hem omringden en voor hem zorgden, maar er was absoluut niemand en niets op Langford dat hem aan hen herinnerde. Na dat eerste semester was hij zo goed als hij kon deze wereld binnen gegleden, was hij gaan wedstrijdzwemmen, jongens bij hun achternaam gaan noemen, kakibroeken gaan dragen omdat spijkerbroeken verboden waren. Hij leerde te leven zonder zijn moeder en vader, zoals alle anderen, leerde, zo jong als hij was, zijn dagelijkse afhankelijkheid van hen af te schudden en daar zelfs behagen in te scheppen. Desondanks weigerde hij hen te vergeven.

Met Thanksgiving werden hij en de andere studenten die nergens heen konden opgevangen door de ouders van Pam – jongens uit Santiago en Teheran en andere probleemgebieden, of zoons van diplomaten en journalisten die nog vaker van standplaats veranderden dan de ouders van Amit. Ze aten bij de Bordens thuis, aan de rand van de campus, met Pam en haar drie broers, die allemaal op verschillende kostscholen zaten maar met de feestdagen altijd naar huis kwamen. Voor Amit was dit het hoogtepunt van het jaar. Hij en al de andere jongens waren verliefd op Pam, het enige meisje in het gezin, het enige meisje op de campus en, zo had het toen gevoeld, het enige meisje op de wereld. Ze hoopten allemaal op een plaats naast haar aan tafel en praatten nog weken nadien over haar, stelden zich voor wat voor leven ze op Northfield Mount Hermon had, hoe haar borsten eruitzagen, of hoe haar steile, rossige haar aanvoelde en vroegen zich af hoe het er ’s ochtends uitzag als het ongekamd op haar rug hing. Ze vroegen zich af hoe de kamer boven eruitzag waar Pam sliep als ze thuis was. Ze merkten op of ze wit vlees at of rood, en wisten in welk jaar ze geen kalkoen had gegeten.

Ze scheen zich volledig bewust te zijn van hun bewondering, gevleid maar onbereikbaar. Ze was dat zeldzame, verwarrende verschijnsel: een tiener die zich al bewust is van haar macht over mannen, maar nog niet in mannen is geïnteresseerd. Ze was bij het andere geslacht op haar gemak zoals de meeste meisjes dat niet waren, misschien doordat ze in een huis vol jongens was opgegroeid. De Bordens waren opgewekte, openhartige mensen die allemaal, inclusief de kinderen, geleerd hadden een gastvrij onthaal te bieden aan de studenten die in de vakanties aan hun tafel belandden. Pam praatte met Amit en de anderen over hun studieprogramma's alsof ze een vrouw van haar moeders leeftijd was, en geen meisje van vijftien. En daarna verdwenen ze uit haar bewustzijn tot het volgende jaar. Na het eten nam Borden, het schoolhoofd, hen mee naar buiten voor een spelletje touch football met Pams broers. Of ze bleven binnen, waar mevrouw Borden, die op de school Frans gaf, ingewikkelde woordspelletjes of charades met hen deed.

Tijdens zijn laatste jaar op Langford werd Amit toegelaten tot de Columbia Universiteit. Niemand anders uit zijn klas ging daarheen, maar op een dag vertelde meneer Borden hem dat Pam ook voor Columbia had gekozen. 'Let een beetje op haar, voor mij,' zei het schoolhoofd, maar het was Pam die hem het eerst had opgebeld, op diezelfde ambassadoriale toon als haar ouders daarna, ook al was New York City en de universitaire wereld voor haar even vreemd als voor hem. Ze gingen twee keer per week samen eten, na het godsdienstcollege dat ze allebei liepen, bij Café Pertutti, waar ze zichzelf trakteerden op romige pastagerechten, of bij La Rosita voor caffè con leche en bonen met rijst. Daarna studeerden ze samen in het kleine zaaltje van de Butler Library, tegenover elkaar in leunstoelen zittend, en lazen ze Milton en Marx. Het waren kleine eigenaardigheden die maakten dat hij van haar hield. Het feit dat ze haar boeken nooit in een tas of een rugzak deed, maar ze aan haar borst drukte. Dat ze altijd op de een of andere manier te dun gekleed was en nog steeds een suède jasje met franje droeg als iedereen gehuld ging in wol en dons. Dat de laatste twee letters van haar naam de eerste twee van de zijne waren, een onnozel feitje waarop hij haar nooit attent had gemaakt, maar dat hem deed geloven dat ze met elkaar verbonden waren.

Hij had zich eerst afgevraagd of het meer dan vriendschap was, maar bedacht al snel dat ze affaires had, dat hij alleen maar een vriendje was. Ze was gewend om mannen om zich heen te hebben die haar, evenals haar broers, in bescherming namen, die haar trouw waren en haar het hof maakten zonder haar te verleiden. En ze had Amit aangesteld om die rol te spelen zolang ze samen studeerden. Ze vroeg hem om onderzoek te doen naar jongens naar wie ze nieuwsgierig was, om iets te weten te komen over hun reputatie, hun voorgeschiedenis, alvorens te besluiten werk van ze te maken. In ruil daarvoor adviseerde zij hem hoe hij andere meisjes moest benaderen, hoe hij het beste met ze kon flirten. Het was Pam die Amit als student in zijn eerste relatie, met Ellen Craddock, had gecoacht, nadat ze speciaal voor hem vriendschap met Ellen had gesloten zodat ze een ontmoeting tussen haar en Amit kon arrangeren op College Walk. Eén keer maar had Amit de moed kunnen verzamelen om een versierpoging bij Pam te wagen, in hun tweede studiejaar, toen hij haar tijdens een feestje in een dronken bui had gekust en zijn hand op haar borst had gelegd, op de donkergroene coltrui die ze droeg. Ze had zijn kus beantwoord, toegelaten dat hij haar betastte, maar zich toen teruggetrokken, alsof ze altijd al geweten had dat dit op een dag zou gebeuren. 'Zo, nu weten we hoe dat voelt,' had ze gezegd, en toen wist hij dat het onmogelijk was, dat ze zich niet op die manier tot hem aangetrokken voelde. Ze had het hem naar de zin gemaakt, zoals haar familie het hem eens per jaar in hun huis naar de zin had gemaakt. Ze had hem een klein stukje van haarzelf geboden en toen de deur dichtgedaan.

Hoewel Pam nog in New York woonde, waar ze als literair agent publicatierechten aan het buitenland verkocht, zagen ze elkaar tegenwoordig hoogstens één of twee keer per jaar, meestal bij toeval, in de metro, op een straathoek of in de drukte van een tentoonstelling in het Metropolitan. Maar hij stond blijvend op haar adressenlijst, zodat hij met Kerstmis een kaart van haar kreeg, en zelfs op zijn verjaardag – ze was het soort vrouw dat daaraan dacht. Toen ze hoorde dat Amit en Megan getrouwd waren, had ze hun kaarsen van Tiffany gestuurd. En bij de geboorte van de meisjes waren er dure cadeaus gekomen, Europese kleertjes en kasjmier dekentjes voor in de wandelwagen. Ze had niet opgebeld om te zeggen dat ze ging trouwen, alleen een uitnodiging gestuurd. En na al die jaren ervoer Amit zowel een bedaarde opwinding als een lichte bezorgdheid, zoals hij dat in het contact met Pam en de Bordens altijd had gevoeld, waardoor hij alles waar hij mee bezig was uit zijn handen liet vallen om hun zijn volle aandacht te geven.

De gasten verzamelden zich onder een prachtige boom, waar een bar was ingericht waaraan men voor de plechtigheid iets kon drinken. Er stonden rijen witte klapstoeltjes op het gazon, dat uitzicht bood op de bedrieglijk lieflijke, zachtblauwe bergen. Erboven maakte de zon juist aanstalten om onder te gaan. Hier, op deze zelfde plek, had hij zijn einddiploma gekregen. Hij had er anders uitgezien, die dag, magerder, zijn haar nog overwegend zwart. Pam had hem later op de universiteit verboden het te verven, met als argument dat het voornaam stond, dat vrouwen het aantrekkelijk zouden vinden. Hij geloofde haar niet, maar ze had gelijk: elke vrouw met wie hij ooit iets had gehad, had op een gegeven moment bekend dat ze zijn grijze haar sexy vond.

'Andere kant,' zei Megan toen ze de gasten naderden. Hij verplaatste zich naar haar linkerkant en ging met haar in de pas lopen. Naast elkaar sloten ze aan in de rij voor de bar. Er stond de gebruikelijke rij flessen en er waren twee punchkommen met kwast. 'Met of zonder tic?' vroeg de barman. Ze namen elk een glas met tic en wandelden naar het gazon, nippend aan hun zoete, sterke drankje. Hij bekeek de gezichten om hem heen, mannen met peuters op hun schouders, moeders die baby's susten in een draagdoek, kindermeisjes die oudere kinderen achternazaten. De kindermeisjes leken erg jong; middelbare-scholieren, vermoedde hij, voor de gelegenheid ingehuurd. De vaders wezen naar de bomen en naar de wolken, die breed uitwaaierden boven het dal. Hij herkende niemand en miste zijn dochters.

'Heel veel kinderen hier,' zei Megan.

'De meisjes zouden het leuk hebben gevonden.'

'Maar dan hadden we er zelf niets aan gehad. Proost.'

'Proost.' Omdat ze naast elkaar stonden, hieven ze hun glazen voor zich in de lucht, zonder elkaar aan te kijken.

Het was een vreemd gevoel, drinken op school. Hij herinnerde zich de stiekeme feestjes, de flessen die de slaapzalen werden binnen gesmokkeld en op vrijdag- en zaterdagavond werden leeggedronken, altijd beducht voor de supervisor op zijn ronde.

'Ik voel me oud,' zei hij tegen Megan. Hij zag een gezicht dat hem bekend voorkwam naar hem glimlachen en naar hem toe komen. De modieuze bril met schildpadmontuur was nieuw, maar hij herkende de vriendelijke blauwe ogen, het golvende bruine haar, het kuiltje in de kin. Ze hadden samen lessen gevolgd, samen practicum gedaan, herinnerde hij zich opeens, bij scheikunde. Zijn vader en Pams vader waren samen opgegroeid; hij had het schoolhoofd altijd 'oom Borden' genoemd. Hij herinnerde zich 's mans achternaam, Schultz, maar niet zijn voornaam.

'Sarkar,' zei Schultz. 'Amit Sarkar, nietwaar?'

Amit stak zijn hand uit en op dat moment schoot Schultz' voornaam hem te binnen. 'Goed om je weer te zien. Dit is mijn vrouw, Megan. Megan, dit is Tim.'

De glimlach verdween van Schultz' gezicht. 'Ik heet Ted.'

‘Ted, ach, natuurlijk, Ted. Neem me niet kwalijk. Ted, dit is mijn vrouw, Megan.’ Hij geneerde zich dood, even uit het veld geslagen door zijn vergissing als hij in zijn eerste jaar op Langford zou zijn geweest, toen hij zo zijn best had gedaan om in de smaak te vallen. Hij schold zichzelf uit omdat hij überhaupt een naam had genoemd, in plaats van te wachten tot die in de loop van het gesprek vanzelf zou vallen. ‘Het spijt me,’ zei hij weer, toen Ted en Megan elkaar een hand gaven. ‘Het is een lange dag geweest. Een lange rit.’

‘’t Is niet erg,’ zei Ted, op een toon die maakte dat Amit zich nog meer geneerde. ‘Zijn je ouders nog steeds in India?’

‘Ze zijn teruggekomen. En daarna weer weggegaan.’

‘Waar woon jij tegenwoordig?

Het bleek dat Ted ook in Manhattan woonde. Hij was gescheiden en werkte bij een advocatenkantoor.

‘Weten jullie wie die knul is met wie Pam gaat trouwen? Voor wie ze uiteindelijk gekozen heeft in plaats van een van ons?’

‘Ik heb Ryan nooit ontmoet,’ zei Amit, en hij vroeg zich af wat Megan van Teds opmerking zou denken.

‘Ik weet alleen dat hij voor de televisie schrijft,’ zei Ted. ‘Voor zo’n advocatenserie waarin mijn werk wordt verheerlijkt. Daarom verhuizen ze ook naar L.A. Het schijnt dat er een acteur uit de serie hier is.’

Ze keken rond of er ergens een beroemdheid viel te ontdekken. Het was een aantrekkelijk gezelschap, veel vrouwen in zwarte cocktailjurken. Amit herinnerde zich Megans rok, deed een stap naar haar toe en legde zijn arm om haar middel.

‘Hoe hebben jullie elkaar leren kennen?’ vroeg Ted.

‘Bij de medicijnenstudie,’ zei Megan.

‘Zozo, dokter Sarkar, alle respect.’

‘Alleen zij,’ zei Amit. ‘Zij heeft het afgemaakt. Ik niet.’

Er begon een strijkkwartet te spelen en de mensen zochten geleidelijk aan hun stoelen op. Amit en Megan gingen achteraan zitten, omdat Megan klaagde dat haar hoge hakken wegzakten in het gras. Ze zetten hun lege glazen onder hun stoel. Iedereen draaide zich om toen de man met wie Pam ging trouwen tussen de stoelen door liep en zijn plaats innam in het midden, waar een dominee stond. Ryan zag eruit als ruim in de veertig, lang, gebruind, met een peper-en-zoutkleurig baardje, een knap, doorgroefd gezicht. Toen kwam Pam door het middenpad gelopen, gevolgd door haar vader, haar moeder en haar broers. Mevrouw Borden was niet veranderd, haar korte, zandkleurige haar nog op dezelfde praktische manier geknipt, haar figuur nog steeds slank. Ze draaide haar hoofd van links naar rechts en lachte de gasten geruststellend toe. Hun hele leven hadden de Bordens de scepter gezwaaid over dit soort grote bijeenkomsten, wekelijkse vergaderingen, reüniewedstrijden en diploma-uitreikingen, en in zekere zin was dit niet anders. De enige gast die hij niet herkende was een meisje van een jaar of twaalf met een lang, knap, somber gezichtje, dat een boeket bloemen droeg. Hij vermoedde dat het een nichtje van Pam was. Pam droeg een mouwloze jurk met een sleep van een gerimpelde, ivoorkleurige stof. Het geheel leek minder op een jurk dan op een lang beddenlaken waarin ze zich gewikkeld had, een nonchalant maar geraffineerd geheel. Ze hield in haar ene hand achteloos een bosje fresia's, terwijl ze met de andere naar mensen wuifde. Ze was nog steeds de mooiste vrouw die hij ooit had gekend.

Het bruidspaar bleef staan met de rug naar de gasten en het gezicht naar de dominee, de bergen en de ondergaande zon. Het was een korte, sobere plechtigheid, zonder bruidsmeisjes of getuige, zoals Amit had voorspeld. Iemand stond op en las een gedicht voor dat hij niet kon verstaan doordat er geen microfoon was. Toch was het in visueel opzicht spectaculair, met een hemel die verkleurde tot een combinatie van donker perzik en paars boven de bergen en het weelderig groene terrein van de school onbevolkt, met uitzondering van de plek waar het huwelijk werd voltrokken. Hij zag dat slierten van Pams haar waren losgeraakt in de wind die was opgestoken, de koude bergwind die altijd volgde op de hitte van de dag, en veel vrouwen sloegen een sjaal om hun schouders. Ze was nu zevenendertig, even oud als hij, maar op de rug gezien leek ze een meisje van negentien. Toch trouwde ze laat, veel later dan hij.

Tijdens de plechtigheid voelde hij zich dankbaar voor de vluchtige band die hij en Pam hadden onderhouden, voldoende om hier te mogen zitten en getuige te zijn van haar huwelijk, van het eerste begin van die fase van haar leven. Amit verwachtte alleen een voortzetting van wat hij al kende: Megan, zijn werk, het leven in New York, de meisjes. Het meest ingrijpende, de komst van Maya en Monika, was al gebeurd; niets zou zijn leven meer kunnen veranderen dan dat. Er was ook niets wat hij anders wilde, alleen wilde een deel van hem soms terug naar het begin van zijn relatie met Megan, al was het maar om het genot van alles weer opnieuw te kunnen beleven.

Er klonk applaus toen Pam en Ryan elkaar kusten, de ogen open in hun opwinding, waarna de muziek inzette en het bruidspaar door het grazige middenpad terugliep. Amit ging staan en stelde zich ditmaal uit eigen beweging links van Megan op, en samen namen ze hun plaats in achter de anderen in de receptierij. Pam gooide haar hoofd naar achteren, lachte om dingen die mensen zeiden, boog zich voorover om iemand te kussen of legde opbeurend een hand op een bovenarm. 'Waar zijn je prachtige dochters?' riep ze toen ze Amit zag en, ze strekte haar hals zodat hij haar eerst op de ene en toen op de andere wang kon kussen. Haar huid was niet veranderd, nog verontrustend zacht, maar nu hij tegenover haar stond zag hij hoe om haar ogen de kraaienpootjes van mevrouw Borden zichtbaar werden.

'Die hebben we bij Megans ouders gestald. Dit weekend gaan we roekeloos van onze vrijheid genieten.'

'Ik wil voor vijf uur morgenochtend niet naar bed,' verkondigde Megan vrolijk. 'Ik wil de hele nacht feestvieren en de zon zien opkomen vanaf ons balkon.'

Amit keek haar tersluiks aan, verwonderd omdat ze dit nooit tegen hem had gezegd. Hij was ervan uitgegaan dat ze dit weekend vooral ongestoord wilde slapen. 'O ja?'

Megan antwoordde niet, maar zei in plaats daarvan tegen Pam: 'Je ziet er beeldschoon uit. Wat een prachtige jurk!' Ze meende het oprecht; ze was niet geïntimideerd door Pam, zoals ze dat vroeger was geweest. Amit vroeg zich af of dit kwam doordat Pam nu getrouwd was, aan een andere man toebehoorde, dus zelfs geen klein beetje meer aan Amit.

Ze gaven Ryan een hand. 'Pam heeft me zoveel over je verteld,' zei Ryan tegen Amit.

'Gefeliciteerd,' zei Amit op zijn beurt. 'Veel geluk.'

'We zullen zien of ik geen Californisch meisje van haar kan maken.'

'Ryans kinderen rennen hier ergens rond,' zei Pam. 'Dat meisje dat de bloemen droeg was Claire.' Ze corrigeerde zichzelf en kuste Ryan op zijn wang. 'Neem me niet kwalijk, schatje. Onze kinderen.' Ze schonk Amit een blik van verstandhouding, als wilde ze zeggen: dat hou je toch niet voor mogelijk, ik ben stiefmoeder! Voor Ryan was dit dus een tweede huwelijk; hij had kinderen van een andere vrouw. Het meisje met het lange gezicht in de bruiloftsstoet was nu Pams stiefdochter. Het was niet wat Amit zou hebben voorspeld, zulke complicaties, voor Pam, die elke man had kunnen krijgen.

'Ik had me er echt op verheugd jullie meiden te zien,' zei Pam. 'Heb je geen foto?'

Megan zocht in haar tas, maar ze droeg een klein met kralen bestikt avondtasje en had haar portefeuille in het hotel gelaten.

'Ik heb hier wel wat,' zei Amit. Hij haalde twee kiekjes tevoorschijn, elk genomen toen Maya en Monika pas geboren waren, met kraaloogjes en tot puntjes samengeknepen mondjes. 'Ze zien er nu heel anders uit.'

'Jullie moeten ze meenemen naar L.A. Jullie moeten met z'n allen bij ons komen logeren in Ryans strandhuis.' Ze lachte. 'Ons strandhuis, bedoel ik.'

'Heel graag,' zei Megan. Maar Amit wist dat het nooit zou gebeuren, dat het nu einde verhaal was, dat er nooit meer een reden zou zijn waarom hij weer in Pams wereld zou stappen.

‘Er is morgen een brunch op de campus,’ zei Pam. ‘Zien we jullie daar?’ Ze zei het op haar oude manier, waarbij ze Amit aankeek alsof ze heel dringend iets met hem moest bespreken – aantekeningen voor een examen dat ze allebei moesten doen, of een analyse van zijn nieuwste vlam.

‘Natuurlijk,’ antwoordde hij.

‘Ik vind het fijn dat je gekomen bent, Amit. Ik ben erg blij je te zien,’ zei Pam. Heel even voelde hij een vonkje van hun oude band, hun vreemde vriendschap. Hij was altijd aan haar verknocht geweest, nog meer, zo had ze eens toegegeven, dan haar eigen broers, en hij voelde dat ze dat nu opnieuw erkende, met haar blik.

‘We hadden het niet willen missen,’ zei hij.

De rij duwde hen voort, naar de drukte van het feest. Megan zei dat ze naar het toilet moest. ‘Weet jij er een, hier?’

Hij keek om zich heen. Aan de overkant van het gazon, waar mensen hors-d’oeuvres stonden te eten, bevond zich het toegangsgebouw, een imposant victoriaans herenhuis met veranda’s rondom. De dubbele deuren aan de achterkant stonden open en kelners haastten zich met hun dienbladen in en uit. Hij herinnerde zich dat hij hier met zijn ouders was geweest voor een gesprek met een onaangename man, meneer Plotkin genaamd. Meneer Plotkin had Amit gevraagd waarom hij naar Langford wilde, en omdat zijn ouders in een andere kamer zaten had Amit naar waarheid geantwoord dat zijn ouders naar India gingen en niet wilden dat hij daar naar school zou gaan. ‘Ik vrees dat dit geen antwoord is dat een leerling van Langford betaamt, meneer Sarkar,’ had meneer Plotkin hem toegevoegd vanachter het bureau waarop Amits schoolrapporten en getuigschriften lagen. En vervolgens had hij zijn handen gevouwen en gewacht tot Amit met een geschikter antwoord op de proppen kwam.

‘Waarschijnlijk zijn daar wel wc’s,’ zei hij tegen Megan. Hij liep met haar mee, nog steeds trouw aan haar linkerzijde, naar het gebouw, maar eenmaal binnen ontwaarden ze een lange rij voor het damestoilet.

‘Wat nu?’ fluisterde Megan.

‘Tja, ik kan niet met jou in die rij gaan staan. ’t Zijn allemaal vrouwen. Ik weet zeker dat niemand het merkt van je rok.’

‘Denk je?’ Ze friemelde wat met haar tasje en hield haar pols zo dat het tasje voor de brandplek kwam te hangen. Over de rok droeg ze een witte blouse met knoopjes waaronder een roze topje zichtbaar was. Haar hals was onbedekt. Ze droeg nooit de sieraden die zijn moeder haar uiteindelijk gegeven had en die ze te overdadig vond.

‘Je ziet er fantastisch uit,’ zei hij. Hij meende het, maar had het haar nog niet gezegd. ‘Ik ga nog wat te drinken halen en dan zie ik je hier weer. Nog een kwast?’

‘Oké.’

Hij liet haar daar achter, nog friemelend met haar tasje. Het halen van de drankjes duurde langer dan hij had verwacht. In de rij voor de bar stonden enkele van zijn oude leraren, de meesten van laat-middelbare leeftijd, een paar op de rand van pensionering. Daar was mevrouw Randall, zijn natuurkundelerares, naar wie hij zwaaide, en meneer Plotkin, wiens blik hij meed. Toen zag hij meneer Nagle, een van zijn leraren Engels, die ook adviseur was geweest van de schoolkrant, *The Langford Legend*, waar Amit voor schreef en ten slotte hoofdredacteur van was geworden. Meneer Nagle was destijds een van de jongste docenten, net afgestudeerd toen Amit op school kwam, en hij zag er nog steeds verfrissend jong uit met zijn donkere haar en de druipsnor die Amit aan een kortere, magerder versie van Ringo Starr deden denken. Meneer Nagle kwam oorspronkelijk uit Winchester, waar hij op de middelbare school had gezeten, en Amit had daarom altijd een band met hem gevoeld.

‘Laat me ’s raden. Jij schrijft nu voor *The New York Times*,’ zei meneer Nagle.

‘Nee, ik werk bij een medisch tijdschrift.’

‘O ja? Ik wist niet dat je zo in wetenschap was geïnteresseerd.’

Dat was hij ook niet. Hij had graag journalist willen worden, dat was waar. Hij had het heerlijk gevonden om aan het acht pagina's grote weekblaadje te werken, om met meneer Nagle en de rest van de redactie naar het kantoor van de plaatselijke krant te gaan om de opmaak te doen. Hij herinnerde zich dat hij in de bibliotheek ideeën voor artikelen bedacht en interviews maakte met leraren en de beroemde mensen die soms op Langford kwamen spreken. Door zich als verslaggever actief in het reilen en zeilen van de school te verdiepen was het hem gelukt met het feit te leven dat hij het er afschuwelijk vond. Maar hij wist dat de journalistiek als carrière geen optie voor hem was, dat zijn ouders daar nooit mee akkoord zouden gaan. Het was het enige gevecht dat hij niet had durven aangaan – de verwachting van zijn ouders dat hij medicijnen ging studeren, hun veronderstelling dat hij arts zou worden, net als zijn vader.

Hij was goed in de bètavakken, dus had hij het maar gedaan, aan de Columbia Universiteit biologie als hoofdvak gekozen en daarna medicijnen. Twee jaar hield hij het vol, voornamelijk doordat hij Megan ontmoette en verliefd op haar werd. Maar hoe beter hij haar leerde kennen, des te duidelijker werd het hem dat hij haar toewijding, haar gedrevenheid miste. Op een avond, toen hij voor een tentamen farmacie zat te studeren, was hij de deur uit gelopen om een kop koffie te gaan drinken. Hij liep een paar blokken om zijn benen te strekken, en toen nog een paar. Hij liep verder en verder over Broadway, wel honderd blokken van zijn kamer in Washington Heights tot Lincoln Center, en vandaar helemaal naar Chinatown, waar hij, in het ochtendgloren, bijna uitzinnig, ten slotte bleef staan. Er werd vis en groente van vrachtwagens geladen en de straten kwamen langzaam tot leven. Hij liep een bakkerij binnen, dronk hete thee en at kokosbrood, keek naar een groepje Chinese vrouwen aan een ronde tafel achterin die een berg spinazie sorteerden. Hij nam de trein terug naar het centrum en sliep door zijn tentamen heen. Hij liet een college vallen, en toen nog een. Er ging een week voorbij, en ondanks zijn totale passiviteit had hij het gevoel dat hij de belangrijkste daad van zijn leven aan het stellen was. Hij staakte zijn studie, en vertelde het pas aan zijn ouders toen het semester voorbij was. Hij had verwacht dat Megan het uit zou maken met hem, maar ze respecteerde zijn besluit en bleef bij hem. Voor de gein had hij zich na het staken van zijn medicijnenstudie opgegeven voor de studie journalistiek aan Columbia, maar hij werd afgewezen. Megan spoorde hem aan om toch te gaan schrijven, om freelance te gaan werken en een knipselmap samen te stellen. Maar de baan bij het medische tijdschrift was gemakkelijker, voorspelbaarder werk. Het vergde minder van hem en hij kon zich niet meer voorstellen dat hij iets anders zou doen.

'Ik wist niet beter of jij zou journalist worden,' zei meneer Nagle. 'In het jaar dat jij afstudeerde wonnen we die prachtige prijs. Dat is ons later nooit meer gelukt. De plaquette hangt nog steeds in de bibliotheek.'

Er kwam nog iemand bij hen staan, iemand die aan Amit werd voorgesteld als de pasbenoemde directeur van oud-leerlingenzaken. Hij toonde onmiddellijk belangstelling voor Amit, vroeg of hij voornemens was de volgende reünie bij te wonen en sprak over de plannen voor Langfords nieuwe sportzaal.

'Neem me niet kwalijk,' zei Amit toen het gesprek even stokte, 'ik moet op zoek naar mijn vrouw.' Hij merkte dat hij in de loop van het gesprek met meneer Nagle zijn glas leeg had gedronken en nu alleen nog dat van Megan had. Hij ging dus weer in de rij staan en haalde nog een glas kwast met tic. Hij zigzagde tussen de gasten door en ging het toegangsgebouw in om haar te zoeken. Maar daar was ze niet. Hij bedacht dat ze waarschijnlijk naar buiten was gegaan om hem te zoeken. Het werd al donker en de enige plek met verlichting was de tent waarin ze zouden dineren. Toen hij Megan vond, stond ze met Ted Schultz te praten, haar hand nog steeds strategisch op haar rok. Bij het zien van Ted bekroop Amit opnieuw een gevoel van schaamte, omdat hij hem met een verkeerde naam had aangesproken.

'Ik heb dit voor je gehaald,' zei Amit, terwijl hij Megan de kwast aanreikte.

'O.' Ze keek naar het glas en schudde haar hoofd. Ze hield in haar andere hand een glas champagne. 'Ik heb dit van een dienblad gepakt.'

'Ik vertel Megan net hoe het hier was toen we hier op school zaten,' zei Ted. 'Voordat deze lelijke nieuwe gebouwen er waren. In welk gebouw sliep jij?'

'Ingalls, in mijn eerste jaar. En daarna Harkness.' De namen maakten hem onzeker, alsof ze ook wel eens fout konden zijn.

'Zal ik je 's wat vertellen?' zei Megan. 'Ons mobieltje doet het hier niet. Ik probeerde de meisjes te bellen, maar er is geen signaal.'

'Er is hier vast wel ergens een telefooncel,' zei Amit. 'Ik bel ze wel even voor ze naar bed gaan.' Hij was moe van het staan en verlangde ernaar te kunnen zitten en zijn maag met iets stevigs te vullen. In de tent zaten al wat oudere mensen, en moeders die hun baby's verzorgden, en hij vroeg zich af of het onfatsoenlijk zou zijn als hij ook alvast daar ging zitten. Hij wachtte tot er in het gesprek van Ted en Megan een stilte zou vallen waarin hij kon voorstellen dat ze naar hun tafel zouden gaan, maar op dat moment werd er op zijn rug getikt en zag hij, toen hij zich omdraaide, Pams ouders. Hij liep achter hen aan om hen te feliciteren en trok opnieuw zijn portefeuille om de kiekjes van de meisjes te laten zien. 'Ze zijn sprekend hun moeder,' zei mevrouw Borden, rechtdoorzee als altijd.

Toen hij naar Megan terugliep, zag hij dat haar champagneglas leeg was. Ze was dichter bij Ted gaan staan en haar hand speelde met haar diamanten oorbel, wat ze altijd deed als ze nerveus was. Was het mogelijk dat Megan flirtte met Ted? In plaats van jaloers te zijn, voelde Amit zich vreemd bevrijd, ontslagen van zijn verantwoordelijkheid jegens Megan, zijn plicht haar een leuke dag te bezorgen. Zijn hoofd bonsde. Hij moest een glas water hebben, moest de alcohol verdunnen die hem te snel naar het hoofd was gestegen. De avond was amper begonnen, maar het was alsof hij al uren gedronken had. Toen zag hij dat de hand bij Megans oor dezelfde was waarmee ze de brandplek had bedekt. Nu ze zelf een paar glazen gedronken had kon het haar niet meer schelen, en Amit besefte dat hij ontheven was van zijn taak aan haar zijde te staan.

Tijdens het diner zaten ze met drie andere stellen aan een tafel. Twee daarvan waren vrienden van Ryan uit Californië, en na zich te hebben voorgesteld praatten ze met elkaar verder. De vrouwen waren in de vijftig, droegen beiden een zijden jasje en zware zilveren sieraden, en Amit vermoedde dat ze iets met televisie te maken hadden. De mannen waren donkerharig en rad van tong en schenen elkaar al heel lang te kennen. Het andere stel was verloofd. De vrouw, Felicia, was een vriendin van Pam en haar verloofde heette Jared. Jared was architect, een man met hoogblond, piekerig haar die tegen alles en iedereen flauwtjes leek te glimlachen, tot Amit begreep dat het zijn normale gelaatsuitdrukking was, doordat de hoeken van zijn dunne mond blijvend teruggetrokken waren. Jared was bezig met het ontwerpen van een nieuwe vleugel aan een ziekenhuis, en tussen hem en Megan ontspon zich meteen een gesprek, waarin Megan hem vertelde wat er volgens haar in het ontwerp van een ziekenhuis allemaal verbeterd moest worden.

Terwijl hun wijn- en waterglazen werden gevuld en er een zalmpaté werd opgediend, praatte Felicia met Amit over haar en Jareds trouwplannen. Ze was een tenger vrouwtje, met een meisjesachtig figuur dat gehuld was in een hooggesloten beige jurkje zonder mouwen. Haar gelaatstrekken leken, hoewel op zich plezierig, te klein voor haar gezicht, alsof ze het nog niet naar behoren hadden gevuld, zodat de afstand tussen de onderkant van haar neus en haar bovenlip nog opvallend groot was. Ze sprak alsof ze vermoeid was, met een zware nadruk op elk woord. Ze waren nu naar een geschikte locatie aan het zoeken, zei Felicia, maar ze wisten nog niet op hoeveel gasten ze moesten rekenen.

'Deze bruiloft is iets kolossaals,' zei ze. 'Hoeveel mensen, had jij gedacht?'

Hij keek om zich heen naar de tafels en telde aan elk acht personen. 'Ik denk zo'n tweehonderd.' Hij dronk zijn waterglas leeg. Zijn blik ging naar Megan, wier geanimeerde gezicht geen spoor van ongemak vertoonde.

'Waar ben jij getrouwd?' vroeg Felicia.

'Wij zijn acht jaar geleden in het geheim getrouwd. Op het stadhuis.' Het had destijds het verstandigst geleken – in plaats van zijn ouders te vragen om over te komen uit Lausanne en Megans ouders op kosten te jagen en te proberen het iedereen naar de zin te maken. Hij was negenentwintig, Megan vierendertig. Het was heel opwindend geweest – de vreugde van het trouwen, gevoegd bij het feit dat het allemaal in het geheim moest gebeuren, niet gepland, zonder bemoeienis van wie dan ook. Zijn ouders hadden haar nog niet eens ontmoet. Hij besefte hoe kwetsend het voor hen was. Ondanks hun progressieve westerse manieren wist hij dat ze wilden dat hij een Bengaals meisje zou trouwen, opgevoed en gevormd zoals hij.

'Heb je er nooit spijt van?' vroeg Felicia.

'Onze dochters wel, denk ik.' Ze hadden nu de leeftijd waarop ze verhalen wilden horen over een bruidstaart en foto's van hun moeder wilden zien in een lange witte jurk.

Felicia vroeg hoe oud de meisjes waren, en opnieuw haalde hij, onhandig, de kiekjes uit zijn portefeuille. 'Megan heeft betere foto's. Recentere, bedoel ik. Maar die liggen in het hotel.'

'Heeft het even geduurd voordat het lukte?'

Hij vond de vraag vrijpostig, uit de mond van een onbekende. Maar hij antwoordde haar eerlijk, nog wat zorgeloos door de kwast met tic. 'Ik zal je vertellen, met Maya was het meteen de eerste keer raak,' zei hij. Hij wist nog hoe trots hij was geweest, hoe machtig hij zich had gevoeld. De eerste keer in zijn leven dat hij het zonder voorbehoedsmiddel had gedaan, was er een leven ontstaan.

'Zou je nog voor een derde gaan?' vroeg Felicia.

'Ik kan het me nauwelijks voorstellen.' Hij dacht terug aan de tijd dat zijn dochters peuters waren, toen hij struikelde over de schommelstoeltjes en de *playsaucers*, en het plakkerige blad van de kinderstoel elke avond onder de douche moest worden schoongeschrobd. Zijn dochters, allebei uit de luiers, waren al raadseltjes geworden die zich op hun kamer terugtrokken om te lezen of spelletjes te doen, in geheimtalen praatten en aan tafel schijnbaar zonder reden gierden van het lachen. Hij was er meer dan Megan op gebrand geweest een gezin te stichten. Het was iets wonderlijks, het ouderschap, het schonk hem een voldoening die hij in zijn werk miste. Het was Amit die op een tweede had aangedrongen. Megan was met één kind tevreden, ze wist wat het betekende om lid van een groot gezin te zijn. Maar Amit wilde niet dat Maya enig kind zou blijven en eenzaam zou opgroeien, zoals hijzelf. Megan had toegegeven, was weer in verwachting geraakt hoewel ze de veertig naderde, maar droeg sinds Monika's geboorte een spiraaltje.

Er werd met een lepel tegen een glas getikt en ieders aandacht richtte zich op de voorkant van de tent, waar het eerste rondje toespraken begon. Ze luisterden naar vrienden uit Pams middelbareschooltijd en daarna uit haar studietijd, van wie hij zich er vaag een paar herinnerde uit de Marlin Bar. Daarna kwamen leden van beide families aan het woord, gevolgd door collega's van Pam en Ryan. Amit werd afgeleid door een lichtgrijze spin die tegen de zijkant van het tafelkleed naar boven kroop en in de mouw van Jareds colbert verdween. Hij wilde iets zeggen, maar Jared had niets gemerkt; hij bleef gewoon zitten, met dezelfde flauwe glimlach op zijn gezicht, ongetwijfeld in afwachting van de dag dat mensen aan zijn eigen bruiloftsmaal zouden opstaan om hem toe te spreken.

Het hoofdgerecht werd opgediend: entrecôte met asperges en aardappelen.

'Hoe ging dat, van één kind naar twee?' vroeg Felicia, het gesprek oppakkend waar ze gebleven waren. 'Een vriendin van me zei eens dat een plus een drie is. Is dat zo?' Ze zette het mes in haar entrecôte zodat er bloed uit het vlees in de aardappels sijpelde.

Hij dacht een ogenblik na. 'Eigenlijk kun je zeggen dat na de tweede ons huwelijk zo'n beetje' – hij zweeg even, zoekend naar het juiste woord – 'verdween.' Hij realiseerde zich dat het een raar woord was in dit verband, maar er was iets verloren geraakt, er was iets door hun vingers geglipt, en hij kon het niet anders verwoorden.

'Wat bedoel je?' vroeg Felicia. Ze legde haar vork neer en keek hem met haar kleine oogjes van terzijde aan. Haar stem klonk opeens kil.

Hij keek naar Megan, die deze avond leek te stralen en nog steeds met Jared praatte. In het hotel hadden ze plechtig beloofd niet van elkaars zijde te wijken, maar nu was ze mijlen van hem vandaan. Hij voelde dezelfde wrevel in zich opkomen die hem vaak beving als hij de keuken had schoongemaakt, Maya en Monika in bad had gedaan en in bed gestopt, en dan in zijn eentje voor de televisie zat in de wetenschap dat hij zijn kinderen weer door een dag heen had geholpen en dat Megan er weer niet bij was geweest. Ze woonde in het appartement, ze sliep in zijn bed, haar hart behoorde niemand anders toe dan hem en de meisjes, en toch kon Amit zich soms net zo alleen voelen als hij aanvankelijk op Langford was geweest. En soms haatte hij Megan, alleen om die reden. Als hij nuchter was geweest zou hij die gedachte hebben onderdrukt en zichzelf hebben voorgehouden dat het in zijn belang was en dat van de meisjes, dat ze zo hard werkte. Hij zou zichzelf hebben voorgehouden dat hun leven over een jaar of wat heel anders zou worden, dat Megan een baan in een particuliere praktijk zou gaan zoeken, zodat ze weer als vroeger met het gezin op vakantie konden gaan en hun vrienden te eten konden vragen. Maar vanavond werd zijn chagrijn door niets gecensureerd; hij gaf zich eraan over, voelde zich gerechtvaardigd doordat hij nu des te beter in staat was de waarheid onder ogen te zien.

'Het is verdwenen,' herhaalde hij, nog nadrukkelijker nu. 'Ik denk dat het vroeg of laat iedereen overkomt.'

Maar Felicia's gezicht had zich verhard. 'Hoe kun je zoiets

afschuwelijks zeggen,' zei ze met onverholen afkeer. 'En nog wel op een bruiloftsfeest.'

Toch vond hij dat hij gelijk had. Was het niet zo dat hij en Megan sinds de geboorte van Monika zoveel energie besteedden aan het vinden van manieren om voor elk van hen een beetje tijd vrij te maken, bijvoorbeeld doordat zij op haar vrije dagen de meisjes voor haar rekening nam zodat hij kon gaan joggen in het park, of omgekeerd, zodat zij in een boekwinkel kon gaan grasduinen of haar nagels kon laten doen? En was het niet verschrikkelijk zoals hij naar die momenten verlangde, zo erg dat een ritje alleen met de metro soms het hoogtepunt van zijn dag was? Was het niet vreselijk dat je, na zoveel moeite te hebben gedaan om iemand te vinden met wie je je leven wilde delen, na met die iemand een gezin te hebben gesticht, ook al miste je die iemand, zoals Amit avond aan avond Megan miste, nog het meest van het alleen-zijn genoot, het alleen-zijn dat het enige was wat je, zelfs al was het maar in kleine, kortstondige doses, geestelijk gezond hield?

Hij overwoog of hij dit aan Felicia zou uitleggen, maar zag dat ze niet langer met hem wilde praten. Ze had eerst aan zijn lippen gehangen, maar nu richtte ze haar aandacht op een van de vrouwen met zilveren sieraden. Hij keek op zijn horloge en zag dat het bijna halfacht was. De meisjes hadden nu hun nachtponnetjes aan en lazen een verhaaltje voor het slapengaan. Hij was nog niet klaar met eten, was eigenlijk nog maar nauwelijks begonnen, maar zijn bord was al weggehaald en vervangen door een aardbeientaartje. Hij keek op en zag dat de meeste tafels leeg waren. Het dansen was begonnen. In een naburige tent dansten paren dicht tegen elkaar aan, omringd door de bergen en het avondlijk duister. De band speelde een Gershwin-melodie. Jared kwam Felicia halen en hoewel Amit wist dat hij haar nooit meer terug hoefde te zien, was hij toch opgelucht haar te zien vertrekken, samen met de deprimerende herinnering aan hun gesprek. Jared bukte zich om iets te horen wat Felicia hem toefluisterde en Amit vroeg zich af of ze hem overbriefde wat hij haar had verteld. Wat ongepast, dachten ze natuurlijk, om zoiets te zeggen tegen iemand die trouwplannen had. En ze beloofden elkaar natuurlijk dat ze zoiets in hun eigen huwelijk nooit zouden laten gebeuren, dat ze zo nooit zouden worden, ook al kregen ze twaalf kinderen.

Hij zag Ted naar Megan toe slenteren en hoorde hem vragen of ze er bezwaar tegen had dat hij op de lege stoel naast haar kwam zitten. 'Dat was een puik maaltje,' zei hij. 'Ik heb op mijn eigen bruiloft niet half zo lekker gegeten.'

'Ik moet even de meisjes bellen,' zei Megan. 'Dat hadden we beloofd.'

'Ik doe het wel,' bood Amit aan. 'Blijf jij maar hier, Meg. Neem het ervan.'

'Ik ga niet met haar aan de haal,' zei Ted met een knipoog. 'Dat beloof ik.'

'Gaat het wel goed met je?' vroeg Megan aan Amit. Aan de manier waarop ze naar hem keek zag hij, zonder iets te hoeven zeggen, dat ze wist dat hij te veel gedronken had, dat ze toch op hem had gelet ook al had ze de hele avond met andere mannen gepraat.

'Met mij gaat het prima. Ik zoek even een telefooncel en ik ben zo weer terug. Een eindje lopen zal me goeddoen.'

'En dan gaan we dansen tot het ochtendgloren en kijken naar de zonsopgang, oké?' Ze lachte hem toe en hij voelde opeens haar liefde voor hem – dat onwrikbare geloof in hem en in hun huwelijk dat ze nooit in twijfel trok, nooit kleineerde, zoals hij vanavond had gedaan.

'Oké.' Hij liep naar haar toe, bukte zich, kuste haar op de wang en ging toen op weg naar het toegangsgebouw waar de toiletten waren. Er waren twee grote kamers opengesteld waarin de kinderen konden spelen. Sommige renden er rond, sommige huilden, andere lagen in diepe slaap op de leren clubfauteuils en banken. Hij zocht overal naar een betaaltelefoon. Met de telefoons die hij vond kon je niet buiten de campus bellen, of het waren privételefoons op schrijfbureaus. Hij zag ze door de glazen deuren van werkkamers, maar de deuren zaten allemaal op slot.

Hij liep naar buiten om te zien of daar misschien een telefoon was. Tevergeefs. Maar hij moest de meisjes bellen, hij wilde hun stemmen horen, het was het enige waaraan hij kon denken. Hij zette over het donkere veld koers naar het hotel, vergetend dat de auto bij de school stond. Struikelend vervolgde hij zijn weg in de stilte, waarin de verre klanken van de muziek en zijn eigen ademhaling de enige geluiden waren. Hij bleef staan en keek omhoog naar de lucht, naar de sterrenhemel die buiten de stad zo helder was. Hij dacht aan Megan; misschien kon hij beter teruggaan om haar te zeggen dat hij naar het hotel ging. Maar hij liep verder, door het donker waarin hij niet eens meer zijn voeten kon zien.

De sterren vormden het enige licht en hij wist niet precies in welke richting het hotel lag. Weer stond hij stil, om te luisteren naar de serenade van de kikkers die om het meer leefden, alsof de strijkers van een orkest eindeloos aan hun snaren zaten te plukken om te stemmen voor een concert. Het was een geluid dat hij vergeten was, een geluid dat hem tijdens zijn eerste nachten op een slaapzaal van Langford geplaagd en uit zijn slaap gehouden had, aan het eind van augustus van een ander jaar, toen hij vijftien was. Alle nieuwe leerlingen hoorden het op hun nieuwe slaapzalen, in hun vreemde bedden, vol heimwee naar hun ouders, naar hun thuis; tijdens de eerste bijeenkomst in de aula werd hun verteld dat de kikkers hun wijfjes riepen en hun territorium aan de waterkant verdedigden alvorens zich in de modder te begraven om te overwinteren. Voor Amit was het oorverdovende getokkel vanavond, net als toen, de stem van alles ter wereld wat buiten zijn gezichtsveld krioelde, van alles waar hij geen greep op had.

Hij zag het hotel. Het had hem nauwelijks tijd gekost; Megan zou niet eens merken dat hij weg was geweest. Hij liep naar hun kamer en ging zitten op het bed dat leeg was, in tegenstelling tot het andere waar ze hun overtollige kleren en bagage op hadden gelegd, en pakte de telefoon. Hij keek de kamer rond en wat hem eerder was tegengevallen, beurde hem nu op. Hij toetste het kengetal van zijn schoonouders in. Maar hij kon zich de rest van het nummer niet herinneren.

Lang zat hij daar met de telefoon op zijn schoot, trachtend zich de cijfers voor de geest te halen. Maar hij kende ze niet uit zijn hoofd, het was altijd Megan die belde. Hij bekeek de papieren piramide van alle kanten, alsof daarop stond wat hij zocht. Maar nee, dat waren de televisiekanalen. Hij moest terug naar de bruiloft om Megan het nummer te vragen, en dan weer terug naar het hotel. Er zat niets anders op. Hij stond op en liep door de kamer naar de deur. Toen schoot hem te binnen dat hij ook inlichtingen kon bellen. Hij ging terug naar de telefoon en wilde het nummer intoetsen. Maar zijn hoofd bonsde en alles om hem heen begon te draaien, de papieren piramide op het nachtkastje was niet meer waar hij zo-even nog was en de behoefte om te gaan liggen overviel hem en trok hem omlaag naar de kussens op het bed.

Hij werd wakker, gekleed in zijn pak, gepoetste zwarte schoenen aan zijn voeten. Het licht in de donkere kamer was aan en het gordijn voor de balkondeur dichtgetrokken. Zijn eerste gedachte was dat het nog avond was en dat hij terug moest naar het bruiloftsfeest. Maar toen keek hij naar het digitale klokje op het nachtkastje en zag dat het elf uur 's ochtends was.

'Megan?' riep hij. Hij kon het woord nauwelijks uitbrengen. Zijn stem was hees en hij realiseerde zich dat hij in zijn slaap al een hele tijd naar een glas water had gesnakt. Hij ging half overeind zitten en werd zich bewust van een ondraaglijk knellende band om zijn hoofd. Hij keek naar het andere bed en zag dat het niet beslapen was, dat de open koffer en de kleren niet opzij waren geschoven.

Hij ging rechtop zitten en daarna staan. 'Megan?' riep hij weer. Hij trok zijn jasje uit, liep naar de badkamer en dronk water uit de wastafelkraan. Hij kon zich er niet toe brengen het licht aan te doen. Bij stukjes en beetjes kwamen de gebeurtenissen van de vorige avond bij hem boven. Hij herinnerde zich dat hij op het deksel van de wc-bril zat, een paar minuten geleden leek het wel, en Megans rok inspecteerde. Daarna herinnerde hij zich Pam Bordens trouwplechtigheid en het wachten in de lange rij voor de bar, en dat hij tijdens het diner had gesproken met een vrouw die verloofd was. Ook herinnerde hij zich dat hij Megan aan tafel had achtergelaten met een andere man. Hij knipte snel het licht aan en zag dat haar bril niet naast de wastafel lag waar ze hem anders altijd voor het slapengaan parkeerde, dat ze niet naar het hotel was teruggekeerd.

Hij ging terug naar het bed waarin hij geslapen had en zocht naar een teken van haar aanwezigheid aan de andere kant. Maar de deken was niet teruggeslagen geweest; hij zag alleen kreukels op de plaats waar hij gelegen had. Weer liep hij de kamer door. Hij rukte de garderobekast open, maar zag alleen een paar lege hangers aan de stang. Hij besloot bij de receptie te gaan vragen of ze terug was gekomen. Hij kreeg het koud en trok zijn jasje weer aan. Toen zag hij dat de deur naar het balkon een stukje openstond.

Ze zat in een stoel, in spijkerbroek en een fleecetrui die ze wijselijk van huis had meegebracht omdat het in de bergen wel eens koud kon zijn. In haar oren schitterden de diamanten knopjes die hij haar na de geboorte van Maya gegeven had. Ze dronk koffie uit een kartonnen bekertje en staarde naar de den die het uitzicht versperde.

'Tja, ik ben wakker gebleven om de zon te zien opkomen, zoals ik had beloofd,' zei ze. 'Alleen kon je de zon vandaag niet zien.' Hij keek naar de lucht. Die was licht, maar effen grijs. Het was koel en er was kennelijk regen op komst.

Hij keek naar de lege stoel naast Megan, wetend dat hij niet welkom was. Ze had zich niet omgedraaid om hem aan te kijken, had niet opgekeken, en hij stond daar half achter haar, rillend, zijn armen gekruist voor zijn borst. 'Wanneer ben je teruggekomen?' vroeg hij.

'O, ik denk om een uur of drie. Toen was het feest eindelijk afgelopen. Ik heb gewoon geen voeten meer. Ik heb in geen jaren meer zo gedanst.'

Haar woorden gaven hem weer hoop; misschien maakte wat hij zich herinnerde alleen maar deel uit van een boze droom. 'Hebben we gisteravond op het trouwfeest gedanst?'

'Ik ben maar een uurtje gek van ongerustheid geweest. We hebben je overal gezocht. Ik heb vreemde mannen gevraagd om onder wc-deuren te kijken. Ik heb zelfs overwogen de politie te bellen. Maar iemand vertelde me dat je hier was, en toen ik het hotel belde konden ze dat bevestigen.' Ze zei dit alles heel kalm, alsof ze het tegen de boom had die voor haar stond, maar hij voelde in elk woord haar woede.

'Ik kon geen telefoon vinden,' zei hij.

Ze keerde zich naar hem toe, met stoel en al. 'Ik evenmin. Maar ik ben naar Pams vader gegaan en die heeft een werkkamer voor me opengemaakt.'

Amit keek omlaag naar zijn voeten, naar zijn bemodderde molières. 'Ik heb de auto daar laten staan. Heb jij hem teruggereden?'

'Hoe had ik dat moeten doen? Jij had de sleutels in je zak.'

'Maar hoe ben je dan hier gekomen?' Hij voelde zich misselijk worden, want hij moest opeens denken aan Ted, die haar misschien in het holst van de nacht naar het hotel had gebracht.

'O, dat aardige stel aan onze tafel heeft me een lift gegeven. Jared en Felicia.'

Hij wist dat ze hem trouw was geweest, dat ze de waarheid vertelde. Maar tegelijkertijd werd hij weer misselijk bij de gedachte dat Felicia aan Megan kon hebben verteld wat hij had gezegd. 'Hoe was het met de meisjes?'

'Heel goed, die hebben het fantastisch naar hun zin. Ik heb tegen mijn ouders gezegd dat we tegen de middag terug zijn.'

'Maar we blijven hier tot morgen. Dat hadden we afgesproken.'

'Een beetje dom, vind je niet, met het oog op het weer? De portier zei dat het alleen nog maar slechter zal worden.'

Tien jaar geleden zou het geen punt zijn geweest. Toen zouden ze hebben gelachen om de regen, gewoon een wandeling hebben gemaakt en naar hun kamer zijn gegaan om te vrijen.

'Het spijt me, Meg. Die drank was me naar het hoofd gestegen. Ik weet niet eens meer hoeveel glazen ik heb gehad. Het was niet mijn bedoeling je alleen te laten.'

Ze reageerde niet op zijn excuus. In plaats daarvan zei ze: 'Ik heb al ontbeten. Ik kan nu de auto gaan halen voordat het gaat regenen, terwijl jij de koffers pakt. Het restaurant hier is niet slecht. Ik denk dat je maar beter eerst iets kunt eten. Ik ben moe, en ik wil dat jij in staat bent om terug te rijden.'

Jij bent altijd moe, wilde hij tegen haar zeggen. De enige keer in jaren dat je niet moe was, was gisteravond. Maar hij wist dat hij niet in een positie was om haar verwijten te maken.

'Nou?' zei ze.

'Er is een brunch,' herinnerde hij zich, en opeens kreeg hij weer hoop, dat er nog iets van de bruiloft over was, dat hij daar nog kon verschijnen, iets van zijn schade kon inhalen. 'Ik kan daar eten. Ik zou er graag heen gaan en afscheid nemen van Pam en Ryan,' zei hij. 'Laten we samen gaan. Alsjeblieft.'

Ze opende haar mond om iets te zeggen, maar hield zich in. Zijn hart bonsde en zijn stem haperde, en aan de treurige blik in haar ogen kon hij zien dat ze hem zielig vond, dat het uit medelijden was dat ze haar stem niet verhief, hem geen uitbrander gaf. Ten slotte zei ze: 'Als jij dat graag wilt.'

'Ga je dan mee?'

'Ik ben lang genoeg in m'n eentje op dat trouwfeest geweest.'

Ze bleef op het balkon het plaatselijke krantje lezen terwijl hij zijn kostuum voor zijn gewone kleren verruilde. Daarna pakte hij hun bagage in en gooide hij al de toeristenfolders in de afvalbak. Ze staken de weg en het veld over naar Langford. Ze waren halverwege toen het begon te regenen. Het was een miezerige motregen, een bijna onhoorbaar ruisen, maar toen ze de rand van de campus bereikten was hun haar vochtig en waren hun voeten kletsnat en koud. Ze stonden even stil om naar het meer te kijken. Ondanks de regen zwom er een man in het donkergrijze water, vrij ver van de kant.

Ze liepen langs de kleine begraafplaats op het terrein van de school, over een pad dat hen naar een paal voerde waaraan met plakband een bordje was bevestigd met daarop het woord BRUNCH en een pijl. Ze liepen in de aangegeven richting en keken uit naar een volgend bordje. De tenten waarin de gasten hadden gedineerd en gedanst stonden nog overeind, leeg nu, de tafels ingeklapt en opgestapeld. De stoelen waarop ze getuige van de plechtigheid waren geweest, stonden nog in slordige groepjes op het gazon. Er stond een vrachtauto voor het oudleerlingengebouw, waar twee onderhoudsmannen in overall aan het opruimen waren.

'Is de brunch hierbinnen?' vroeg Amit.

'Ik weet niks van een brunch,' zei een van de mannen.

Ze liepen in de richting van de kapel en de sterrenwacht. Ze kwamen langs de parkeerplaats, waar een paar auto's stonden, waaronder die van henzelf. Ze bereikten het hek aan de voorkant van de school en liepen toen weer terug.

'Ik zie geen andere bordjes,' zei Megan. 'Zei ze niet welk gebouw?'

Amit schudde zijn hoofd, en ze zochten verder. Met haar verenigd in hun queeste, vroeg hij zich af of haar woede al minderde. Ze liepen nog niet naast elkaar; zij liep voorop, ging hem voor, al wist ze niet waarheen. Als ergens een deur openstond, gingen ze naar binnen, dwaalden ze door muffe, met tapijt beklede gangen, in kale trappenhuizen, langs lege klaslokalen met schone schoolborden en de ronde houten tafels waaraan leerlingen van Langford vanouds zaten. Over nog geen maand zouden er weer leerlingen aan die tafels zitten. Hij was bevrijd van de school, die was van geen enkele invloed meer op zijn leven. Maar in plaats van zich dankbaar te voelen, verlangde hij ernaar die tijd van verwarring opnieuw te beleven, die tijd van ontdekkingen, dat regime van ronde tafels, lessen, tentamens. Er waren dingen waarvan hij altijd meer had willen weten: de geschiedenis van Rusland, de opeenvolging van Romeinse keizers, de Griekse filosofie. Hij wilde 's avonds lezen wat hem was opgedragen, doen wat hem gezegd werd. Er waren de grote schrijvers die hij nooit had gelezen, nooit zou lezen. Algauw zouden zijn dochters ook aan die reis beginnen, zou de wereld in heel haar ontzagwekkende totaliteit voor hen opengaan. Maar nu was er geen tijd, zelfs niet om 's zondags de krant uit te lezen.

In het muziekgebouw vonden ze een kamer met een verzameling banken en oefenstandaards. In de hoek stond een kleine vleugel en ervoor twee prullenbakken vol koffiebekertjes en geplette gebaksdozen. Op een lange vouwtafel stond een koffiezetapparaat naast een stapel ongebruikte bekertjes.

'We hebben het gevonden,' zei Amit triomfantelijk. Maar tegelijkertijd had hij het gevoel te zijn gedwarsboomd. Hij zag een open gebaksdoos op de tafel met een paar eclairs erin. Zijn maag begon te knorren en hij pakte er een, die hij in één keer naar binnen werkte.

'Zo te zien hebben we de brunch gemist,' zei Megan. En even later: 'Je hebt chocola om je mond.'

Omdat hij geen servetje of zakdoekjes bij zich droeg, nu hij de meisjes niet bij zich had, haalde hij de rug van zijn hand over zijn mond. De klokken van de kapel luidden als was het alleen voor hun tweeën. Hij dacht aan Pam en Ryan, jonggehuwden nu, onderweg naar het vliegveld, op huwelijksreis naar Schotland. Hij dacht aan de andere gasten die nu, aangenaam katterig, op weg naar huis waren, en aan de Bordens die thuis in alle rust napraatten over de avond en zichzelf feliciteerden met hun geslaagde karwei.

Ze gingen op weg naar de parkeerplaats om de auto op te halen. Het regende nu hard, met een roffelend geluid op het loof van de bomen. Als de bruiloft vandaag was geweest in plaats van gisteren, dacht Amit bij zichzelf, zou alles anders zijn geweest; dan zouden ze allemaal in de kapel hebben gezeten en zou iedereen hebben geroepen hoe jammer het was. Het was een heel eind lopen naar de parkeerplaats. Het begon nog harder te regenen en ze gingen allebei steeds sneller lopen, tot ze naast elkaar een sukkeldrafje volhielden, Megan met een hand op haar hoofd gedrukt. Ze naderden Standish Hall, het studentenhuis waarin ze hadden kunnen logeren. De voordeur stond open, op zijn plaats gehouden door een grote steen.

'Laten we hier even schuilen,' zei Amit hijgend. 'Ik moet nodig naar de wc.'

In de hal van het gebouw, op een mededelingenbord, hing een lijst van kamernummers met de namen van de bruiloftsgasten aan wie ze waren toegewezen. Megan bleef staan om de namen te lezen, terwijl hij doorliep naar de wc's. In de gang waren alle deuren open, de bedden afgehaald, het beddengoed gevouwen erop. In de badzaal blonken in de douches, gescheiden door grijsmarmeren platen, nog de waterdruppels van het gebruik van die ochtend. Toen hij terugkwam, was Megan niet meer in de hal. Hij liep het resterende stuk van de gang in en vond haar in een van de kamers, zittend op de rand van een bureau. Ze bekeek een gekopieerd vel papier waarop iemands schoenzool een stoffige afdruk had achtergelaten. 'De brunch was om elf uur afgelopen,' zei ze. De inrichting van de kamer kwam hem bekend voor, maar sinds zijn tijd hier was er wel het een en ander veranderd. Er was een nieuw brandalarm en nieuw, blankhouten meubilair. De matras zag er steviger uit, en de zwart-witte tijk van vroeger was verdwenen. Op de vloer lag zandkleurig tapijt. Het halfopen rolgordijn voor het raam was nieuw, en het trekkoord voorzien van een ring. Het resultaat was sterieler, minder gezellig, net als het interieur van de Chadwick Inn. Hij opende de ingebouwde kleerkast, die amper diep genoeg was voor een hangertje.

'Weet je, we hadden gewoon hier moeten slapen,' zei Megan. 'Dan hadden we tweehonderd dollar uitgespaard en zou ik niet de halve nacht bang zijn geweest dat je in rook was opgegaan.'

Hij sloot de kast en deed de kamerdeur dicht. Die kon niet vanbinnen worden afgesloten. 'Het is mijn schuld, omdat ik een romantisch weekendje wilde.'

'Maar dit is toch veel romantischer.' Het klonk als een feitelijke constatering, maar hij hoorde ook iets van spijt. Hij wendde zich tot haar, maar ze was in gedachten, haar voorhoofd licht gefronst. Ze had haar bril afgenomen en haar fleecetrui opgelicht, en poetste de kwetsbare glazen met het T-shirt eronder schoon. Haar naar achteren gekamde haar lag plat tegen haar hoofd, haar wangen waren nog rood van het rennen. Ze hield de bril voor haar gezicht en bekeek hem nauwkeurig alvorens hem weer op te zetten. 'Was het in een kamer als deze dat je voor het eerst seks hebt gehad?'

Het was iets wat ze, na al die jaren, niet van hem wist. Hij realiseerde zich dat zij, ondanks haar woede, nog steeds door zijn verleden werd gekweld, al was het alleen maar omdat ze er geen rol in had gespeeld. 'Ik heb op Langford geen seks gehad. Het was toen trouwens een jongensschool.'

'Ik weiger te geloven dat het toen onmogelijk was een meisje naar binnen te smokkelen.'

'Dat was niet onmogelijk, maar ik heb het nooit gedaan. Ik heb je al zo vaak verteld dat ik hier diep ongelukkig was.'

'En Pam?' vroeg Megan. Ze sloeg haar armen over elkaar en wierp een blik op het bed. 'Heb je met haar wel eens seks gehad?'

'Nee.'

Ze deed een stap naar hem toe, keek naar het overhemd dat kil aan zijn lichaam kleefde, en toen recht in zijn gezicht. 'Wat dan? Er is iets tussen jullie gebeurd, dat is duidelijk.'

'Het had niets te betekenen, Meg. We waren met elkaar bevriend en ik ben ook een poosje verliefd op haar geweest. Maar er is niets gebeurd. Is dat nu zo erg?'

Het feit viel tussen hen in, waardevol gedurende de jaren waarin hij het voor haar verborgen had gehouden, onbeduidend nu hij het haar had verteld. Door het raam zag hij de werklui in de regen de stoelen inklappen en op een kar laden. Hij ging naar het raam en trok het rolgordijn helemaal omlaag, zodat het donker werd in de kamer. Toen keerde hij zich weer om naar

Megan, dicht bij haar, nu. Hij knielde neer op de vloer, sloeg zijn armen om haar benen en drukte zijn gezicht tegen haar spijkerbroek. Ze liep niet weg zoals hij had gevreesd, maakte zich niet los uit zijn stuntelige omhelzing. Toen voelde hij haar hand op zijn hoofd, voelde haar lange vingers door zijn grijze haren strijken, voelde, onmiddellijk, een krachtige erectie opkomen. Hij begon haar benen te kussen, greep haar riemlussen en trok haar omlaag zodat ook zij op het tapijt geknield zat. Hij legde zijn hand tegen de dikke binnenzoom van haar spijkerbroek, hij wist precies wat het betekende om haar daar aan te raken, de combinatie van huid en been en haar. Hij keek naar haar en zag dat ze, hoewel haar gezicht van hem was afgewend, haar lichaam had ontspannen en haar houding had aangepast aan zijn hand.

'We kunnen dit hier niet doen,' fluisterde ze, maar ze hield toch haar hoofd achterover zodat hij haar fleecetrui omhoog kon duwen.

'Waarom niet?' Hij kuste haar hals, en toen haar mond, krachtige kussen met open mond, die zij beantwoordde. Hij pakte haar hand en duwde die onder zijn broekriem.

Ze keek hem nu aan, met iets van tederheid, en schudde haar hoofd. 'Dit is een scholierenkamer, Amit. Hier wonen kinderen.'

Maar hij ging door en leidde haar hand naar de gesp van zijn broekriem terwijl hij haar kleren uittrok, de fleecetrui, het zachte T-shirt eronder. Haar haar kwam los. Hij trok haar spijkerbroek omlaag; haar dijen waren koud en rood, als door de zon verbrand. Ze deden hun schoenen en sokken uit, strooiden het tapijt vol stukjes nat gemaaid gras, en installeerden zich op het bed. Hij kon zich niet herinneren wanneer ze dit voor het laatst hadden gedaan buiten hun appartement, buiten hun slaapkamer, waar ze altijd op hun hoede waren voor het geval de meisjes binnen zouden komen. Ze waren nu ook op hun hoede, maar opgewonden, door het besef dat ze konden worden betrapt. Hij ging bij haar naar binnen en voelde haar handen warm op zijn rug, haar enkels om zijn benen geklemd en de schok van haar tong in zijn oor. Ze bood aan zich om te draaien, wetend dat dit de snelste manier was. Maar hij wilde haar gezicht zien. Hij legde zijn handen op haar heupen, over de zwangerschapsstriemen die leken op ingelegde strookjes parelmoer die nooit zouden vervagen, waarvan de glans alleen maar duidde op lichamelijk verval. Hij bracht zijn mond naar een van haar borsten, plat en leeg na het zogen van twee kinderen, en proefde het waasje transpiratie dat zich daar had gevormd. Haar ademhaling werd hoorbaar en toen schreeuwde ze het uit, luid genoeg om iemand in de aangrenzende kamer te laten weten wat er gebeurde. Maar niemand ontdekte hen, geen schoonmakers kwamen hun werk doen, geen achtergebleven bruiloftsgasten wandelden naar binnen, geen kleine meisjes kwamen giechelend de kamer in. Hij kwam in haar klaar en ging overeind zitten, wetend dat ze hier niet konden blijven. Hij keek naar de kleren die ze weer aan moesten trekken. Megans ogen waren op zijn gezicht gericht, ze hield een arm gestrekt voor zich uit en een hand tegen zijn borst gedrukt, als wilde ze hem beletten, nu ze klaar waren, om nogmaals op haar neer te zijgen. Maar hij hoopte dat ze hem vergeven had, en nog even bleven ze samen op het smalle bed in het kamertje, zijn hart snel kloppend, krachtig, duidelijk voelbaar tegen de huid van haar hand.

# Alleen goedheid

Het was Sudha die Rahul liet kennismaken met alcohol, toen hij haar in het weekend opzocht aan de Universiteit van Pennsylvania – met zijn eerste dronk uit een vaatje, en daarna, de ochtend daarop in de eetzaal, zijn eerste kop koffie. Hij had beide dranken smerig genoemd, de voorkeur gegeven aan Amerikaanse Schnapps boven bier en wel een dozijn suikerzakjes in zijn koffiekop geleegd. Hij zat toen in het derde jaar van de high school. Toen ze de zomer erna thuis was, vroeg hij haar een aantal sixpacks bier voor hem te kopen, omdat hij een feestje wilde geven tijdens een weekend waarin hun ouders een nacht over zouden blijven in Connecticut. Hij was nu één meter tachtig lang, droeg geen beugel meer, kreeg al een snor en een baard en zo nu en dan donkere puistjes op zijn jukbeenderen, alleen nog in naam haar kleine broertje. Ze ging naar een slijterij in de buurt en hielp Rahul de blikjes te verdelen tussen zijn kamer en de hare zodat hun ouders ze niet zouden ontdekken.

Toen haar ouders sliepen bracht ze wat blikjes naar Rahuls kamer. Hij sloop naar beneden en kwam terug met een beker ijsklontjes om het warme Budweiser-bier mee te koelen. Ze dronken samen een beker leeg, en nog een, terwijl ze luisterden naar The Clash en The Doors op Rahuls pick-up en sigaretten rookten bij het open raam en de rook door de hor naar buiten bliezen. Het was alsof Sudha weer op de high school zat en dingen deed waarvoor ze destijds niet slim of dapper genoeg was geweest. Ze ervoer een nieuwe band met haar broer, het gevoel dat ze, nadat ze hem jarenlang als nog maar een kind had beschouwd, nu eindelijk vrienden waren.

Sudha had gewacht tot ze ging studeren alvorens haar ouders ongehoorzaam te worden. Tot die tijd had ze geleefd zoals van haar verwacht werd, haar imago studieus, haar sociale leven beperkt tot andere ingetogen meisjes van haar klasse, maar alleen om er zeker van te zijn dat ze op een goede dag de vrijheid kon verkiezen. Uit het zicht van haar ouders in Philadelphia studeerde ze ijverig, zowel economie als wiskunde, maar in de weekenden leerde ze de teugels te vieren, ging ze naar feesten en liet ze jongens toe in haar bed. Ze begon te drinken, iets wat haar ouders niet deden. Hun preutsheid met betrekking tot alcohol was bij het puriteinse af; ze stonden afkeurend tegenover de leden van hun Bengaalse kring – de mannen, met name – die op hun bijeenkomsten graag een slokje whisky dronken. Als eerstejaarsstudente was ze soms 's avonds zo dronken geworden dat ze op de campus op straat had staan overgeven en na het bespetteren van het trottoir met vrienden naar haar kamer was teruggestrompeld. Maar ze leerde waar haar grenzen lagen. Het idee van onmatigheid, van jezelf niet in de hand hebben, sprak Sudha niet aan. Bekwaamheid, dat was de eigenschap die haar in diepste wezen kenmerkte.

Toen Rahul zijn eindexamen had gehaald, waren zijn ouders dolgelukkig, omdat ze naar hun mening nu twee kinderen met succes in Amerika hadden grootgebracht. Rahul ging naar de Cornell Universiteit en Sudha studeerde in Philadelphia nog voor haar doctoraal in internationale betrekkingen. Hun ouders organiseerden een feest waarvoor ze bijna tweehonderd mensen uitnodigden en kochten een auto voor Rahul, met als rechtvaardiging dat hij die voor zijn leven in Ithaca niet kon missen. Ze pochten over de universiteit daar, waarvan ze meer onder de indruk waren dan van die van Pennsylvania. 'Ons werk is volbracht,' verklaarde haar vader aan het eind van het feest, toen hij voor de foto poseerde, tussen Rahul en Sudha in. Jarenlang waren ze vergeleken met andere Bengaalse kinderen, moesten ze verhalen aanhoren over gouden medailles die op wetenschapsdagen gewonnen waren, over universiteiten die volledige studiebeurzen verstrekten. Soms knipte Sudha's vader krantenartikelen uit over buitengewoon begaafde pubers – de jongen die op zijn twintigste promoveerde, het meisje dat op haar twaalfde naar Stanford ging – en plakte die op de koelkastdeur. Toen Sudha veertien was had haar vader de medische faculteit van Harvard schriftelijk om een aanmeldingsformulier verzocht, en dat op haar bureau gelegd.

Sudha's voorbeeld had haar ouders geleerd dat ze zonder angst een kind naar de universiteit konden sturen. Ook Rahul tilde er niet zwaar aan, niet gehinderd door de angst voor het onbekende die Sudha de zomer voor haar vertrek had geplaagd. De te verwachten veranderingen lieten hem vrijwel onverschillig, en door zijn houding herinnerde hij haar eraan dat hij altijd de bijdehandste van hun tweeën was geweest. Sudha had hard gewerkt om haar plaats op de erelijst van haar jaar te behouden, om voor haar klas het welkomstwoord te mogen spreken. Maar Rahul stak nooit een vinger uit, opende nooit een boek tenzij het hem aansprak, en was zo voorlijk dat hij de derde klas mocht overslaan.

Aan het eind van de zomer ging Sudha naar Wayland om hem te helpen met pakken, maar bij haar aankomst zag ze dat er voor haar niets meer te doen was. Hij had zijn koffers al volgepropt, een paar opbergkratten met grammofoonplaten gevuld, lakens en badhanddoeken uit de linnenkast gegraaid, het snoer om zijn elektrische typemachine gewonden. Hij zei dat ze niet helemaal mee naar Ithaca hoefde te gaan, maar ze stond erop en reed naast hem mee in zijn nieuwe auto, terwijl hun ouders hen volgden. De campus lag boven op een heuvel omringd door boerderijen, meren en watervallen, heel anders dan Penn. Ze hielp met het uitladen van zijn spullen en droeg dozen over het binnenplein, samen met de families van de andere eerstejaars.

Toen het tijd was om afscheid te nemen, was hun moeder in tranen, en ook Sudha huilde een beetje bij de gedachte haar kleine broertje, nog geen achttien jaar oud, te moeten achterlaten in dat verre, majesteitelijke oord. Maar Rahul gedroeg zich niet alsof hij in de steek gelaten dan wel bevrijd werd. Hij stak het geld in zijn zak dat hun vader bij het afscheid uittelde en hem overhandigde, en hij liep al terug naar zijn studentenkamer voordat Sudha en haar ouders waren weggereden.

De volgende keer dat ze hem zag was met Kerstmis. Onder het eten had hij niets bijzonders te vertellen over zijn colleges, of zijn docenten, of de nieuwe vrienden die hij had gemaakt. Zijn haar was zo lang geworden dat het zijn nek aan het oog onttrok en achter zijn oren kon worden gestopt. Hij droeg een geblokt flanellen overhemd en om zijn pols een geknoopte en geweven armband. Hij at niet meer de enorme hoeveelheden die Sudha nog naar binnen werkte als ze bij haar moeder aan tafel zat. Hij maakte een afwezige indruk en keek werkeloos toe terwijl Sudha en haar moeder de boom optuigden met de versieringen die zij en Rahul hadden gemaakt toen ze klein waren. Sudha herinnerde zich dat ze altijd griep scheen te krijgen in de kerstvakantie, als de examendruk even voorbij was, en ze dacht dat het ook Rahul zo zou vergaan. Maar later die avond, toen hij haar boven opzocht terwijl ze in haar kamer cadeautjes aan het inpakken was, scheen hij weer wat te zijn opgekikkerd. 'Hoi. Waar heb je 't verstopt?' vroeg hij.

'Wat verstopt?'

'Vertel me nou niet dat je met lege handen bent gekomen.'

'O,' zei ze, zich realiserend wat hij bedoelde. 'Ik heb er niet aan gedacht. Ik dacht eigenlijk, omdat je nu ook studeert – ' Het was waar. Ze had er ditmaal niet aan gedacht een sixpack in haar koffer te doen. Ze dronk nu liever wijn, een glas bij het eten als ze uitging met vrienden in Philadelphia, maar ze verwachtte het niet als ze thuiskwam in Wayland.

'Ik ben nog niet oud genoeg om hier zelf iets te kopen.' Hij keek de kamer rond alsof daar te vinden was wat hij zocht, in haar diepe kast of haar ladekast, of op het bed dat schuilging onder het cadeaupapier en een doos van Filene waarin een nachtjapon voor haar moeder zat.

'Ritje naar de slijterij?' stelde hij voor, terwijl hij op het bed ging zitten, boven op een vel cadeaupapier dat ze had afgerold. Hij speelde wat met de naamkaartjes en het lint, pakte alles even op en liet het weer vallen.

'Nu?' vroeg ze.

'Heb je vanavond dan nog andere plannen?'

'Nou, nee. Maar Ma en Baba zullen het wel raar vinden als we opeens de deur uitgaan.'

Hij rolde met zijn ogen. 'Jezus, Didi. Je bent zowat vierentwintig. Kan het je nog steeds wat schelen wat zij vinden?'

'Ik ging net mijn pyjama aantrekken.'

Hij pakte de schaar en deed hem voor zijn ogen langzaam open en dicht, alsof hij er voor het eerst de werking van ontdekte. 'Sinds wanneer ben jij zo'n saaie piet?'

Ze wist dat hij een grapje maakte, maar ze voelde zich toch gekrenkt. 'Morgen, ik beloof het je.'

Hij stond op, weer afstandelijk zoals onder het eten, en ze voelde zichzelf weifelen. 'Hij zal nog wel open zijn,' zei ze, met een blik op haar horloge. En dus was ze gegaan, nadat ze tegen haar ouders had gelogen dat ze nog gauw iets moest hebben uit het winkelcentrum en Rahul had gezegd dat ze wel even met zijn auto konden gaan.

'Je bent geweldig,' zei Rahul tegen haar, onderweg naar de stad. Hij draaide het raampje aan zijn kant omlaag, zodat het ijskoud werd in de auto, en zocht in zijn jaszak naar een pakje sigaretten. Hij drukte de aansteker op het dashboard in en hield haar het pakje voor, maar ze schudde haar hoofd en zette de verwarming hoog. Ze vertelde hem dat ze een aanvraag had ingediend om het volgende jaar naar Londen te gaan, om een tweede doctoraalstudie te doen aan de London School of Economics.

‘Ga je dan voor een heel jaar naar Londen?’

‘Je kunt me daar opzoeken.’

‘Waar heb je een tweede doctoraal voor nodig?’ In zijn stem klonk verdriet, maar ook afkeuring. Het was het soort reactie dat ze van haar ouders verwachtte. Die hadden haar niet toegestaan een buitenlands ‘junior year’ in Oxford te doen, met als argument, toen, dat ze te jong was om alleen in een vreemd land te wonen. Maar nu waren ze verrukt van het idee dat Sudha naar Londen zou gaan, waar ze na hun huwelijk eerst hadden gewoond en waar Sudha geboren was, en praatten ze over het bezoeken en hernieuwen van banden met vroegere vrienden.

Ze legde uit dat de LSE een van de beste opleidingen had in ontwikkelingseconomie en dat ze erover dacht om uiteindelijk voor een hulporganisatie te gaan werken. Maar Rahul was er kennelijk met zijn hoofd niet bij en ze werd boos op hem, of eigenlijk op zichzelf, omdat ze zich had laten overhalen zo laat nog de deur uit te gaan. ‘Wil je een sixpack?’ vroeg ze hem toen ze in de drankwinkel stonden.

‘Liever een doos.’

Vroeger had ze zonder na te denken voor hem betaald, maar nu viel het haar op dat hij niet naar zijn portemonnee greep.

‘En een fles wodka,’ zei hij.

‘Wodka?’

Hij trok een nieuwe sigaret uit het pakje. ‘Het is een lange vakantie.’

Toen ze thuiskwamen waren hun ouders al naar bed, maar Sudha stond erop dat ze net als vroeger de spullen verstopten. Met het oog op de mogelijkheid dat hun moeder het nodig zou vinden om tijdens de weken dat hij thuis was zijn kamer in te gaan, om schoon te maken of zijn wasgoed op te bergen, bewaarde ze de drank in haar kamer: een paar blikjes achter in haar diepe kast, een paar in een open ruimte achter een boekenkast, de fles Smirnoff in een oude pluizige trui gerold in haar ladekast. Ze zei tegen Rahul dat het zo veiliger was, en hij scheen het niet erg te vinden. Hij nam een paar blikjes mee voor de nacht en gaf haar voor het weggaan nog een vluchtig kusje op haar wang, zonder verder aan te dringen toen ze zei dat ze te moe was om met hem mee te gaan.

Hij was geboren toen Sudha zes jaar was, en de avond dat haar moeder moest bevallen vormde de eerste samenhangende herinnering van haar leven. Ze wist nog dat ze op een feestje was bij een van de Bengaalse vrienden van haar ouders in Peabody en dat ze daar moest blijven slapen omdat haar vader direct met haar moeder naar Boston moest, zonder de koffer die Sudha had helpen pakken met de tandenborstel en dagcrème en peignoir die haar moeder in het ziekenhuis nodig zou hebben. Hoewel Sudha begreep dat er een kindje op komst was en het soms met haar hand had gevoeld als het dwars door haar moeders buik dreigde te schoppen, was ze doodsbang dat haar moeder, die met haar voorhoofd tegen een muur gedrukt stond te kreunen, zou sterven. 'Ga weg,' had haar moeder gezegd, toen Sudha haar hand probeerde te strelen, op een toon die haar pijn had gedaan. 'Ik wil niet dat je me zo ziet.' Na het vertrek van haar ouders ging het feest door en Sudha werd geacht in het souterrain met de andere kinderen te spelen, tussen de wasmachine en de wasdroger, terwijl de volwassenen de maaltijd gebruikten. De gastheer en gastvrouw hadden zelf geen kinderen. Sudha had op een veldbed geslapen in een logeerkamer waarvan het enige vaste meubilair bestond uit een strijkplank en een kast met schoonmaakspullen. De volgende ochtend kreeg ze geen graanvlokken op haar bord, alleen toast met margarine, en toen, tijdens dat sobere en teleurstellende volwassen ontbijt, kwam het telefoontje met het nieuws van de komst van haar broer.

Ze had op een zusje gehoopt, maar was niettemin dolgelukkig dat ze nu geen enig kind meer was, dat ze iemand had die haar zou helpen de leegte te vullen die ze in haar ouderlijk huis ervoer. De paar dingen die ze bezaten kwamen nooit van hun plaats, de laatste twee nummers van *Time* hadden hun vaste plek op de salontafel. Sudha was liever bij haar Amerikaanse vriendinnetjes thuis, waar je struikelde over de spullen, waar tandpasta aan de wastafels koekte en de zachte bedden onopgemaakt bleven. Uiteindelijk bracht de komst van Rahul een soortgelijke wanordelijke drukte: zijn verzameling lotions en stapels luiers op de commode, pannetjes kokend water met rammelende flesjes erin op het fornuis, de sterke, melkachtige babygeur die in alle kamers hing. Ze herinnerde zich nog het enthousiasme waarmee ze haar spulletjes naar één kant van haar kamer had verhuisd om plaats te maken voor Rahuls mandenwieg, zijn commode, zijn mobile van pluchen hommels. In het bedje waarin hij later zou slapen, hoopten speelgoed en andere cadeautjes zich op; haar favoriet was een wit pluchen konijn dat een wijsje speelde als er een sleuteltje in zijn keel werd omgedraaid. Ze had het niet erg gevonden dat haar moeder midden in de nacht Rahul in slaap kwam sussen en zittend in een schommelstoel een Bengaals liedje zong, iets over een jongetje dat zijn voetje aan een visgraat had geprikt, een liedje waarvan ook Sudha weer in slaap viel. Bij de drugstore werden geboortekaartjes gekocht, door Sudha uitgezocht, en ze hielp haar vader die in de enveloppen te doen en de postzegels te bevochtigen met een natte spons. Er werden ontelbaar veel foto's gemaakt – Rahul slapend in zijn wieg, Rahul in een plastic badje – en ze belastte zich met de taak die netjes in te plakken in een apart album, met een blauwe denim kaft omdat hij een jongetje was.

Sudha's eigen prille jeugd was niet op die manier gedocumenteerd. In Londen hadden haar ouders twee kamers gehuurd van een Bengaalse huisbaas, meneer Pal, en die had de weinige foto's genomen die er bestonden van Sudha als baby, gekleed in een wit kanten jurkje, dat voor een doopplechtigheid was bedoeld maar dat haar moeder gewoon mooi vond staan. Meneer Pal had haar ouders onderdak geboden toen haar moeder in verwachting was van Sudha, nadat ze op straat waren gezet door hun vorige hospita, een Engelse vrouw op leeftijd die geen kinderen duldde in haar huis. Haar ouders vertelden haar dat de helft van alle kamerverhuurders in Londen in de jaren zestig 'alleen blanken' wilden, en de combinatie van Indiaas en zwanger zijn maakte haar ouders zo kansloos dat haar vader erover dacht haar moeder naar India terug te sturen om daar te bevallen, tot ze meneer Pal ontmoetten. Voor Sudha klonk dit verhaal als een episode uit een Griekse mythe, of de Bijbel, vol zegenrijke, profetische betekenis, waarin hun gezinnetje figureerde als overlevenden in een vreemde, intolerante zee.

Vier jaar later verhuisden ze naar Massachusetts en stapte haar vader over van Badger naar Raytheon, zonder enig bewijs mee te nemen van hun jaren in Londen, geen spoortje, behalve haar moeders verknochtheid aan McVitie-kaakjes die ze elke ochtend bij de thee at, en haar levenslange geloof in de kwaliteit van Britse beha's, die ze zich regelmatig door vriendinnen in Engeland liet toesturen. Geen stukje speelgoed van Sudha had de reis over de Atlantische Oceaan gemaakt, geen babykleertjes of beddengoed of welk soort aandenken ook. Toen Sudha op de lagere school haar levensgeschiedenis moest vertellen, een project waarvoor de andere kinderen met dekentjes, versleten schoentjes en zwart uitgeslagen lepels kwamen aandragen, had zij alleen maar een envelop meegebracht met de kiekjes die meneer Pal had genomen, en had ze, toen ze voor de klas moest komen, haar klasgenootjes niet kunnen boeien.

Na Rahuls komst deed niets van dit alles er meer toe. Voor Sudha had niemand aandacht gehad, maar ze was vastbesloten dat haar kleine broertje als kind zijn stempel op Amerika zou drukken. Om hem van het juiste speelgoed te voorzien, stroopte ze de rommelverkopen af en wist zo de Fisher Price-stal, de Tonka-truck en de leesplank met dierengeluiden te bemachtigen, naast andere dingen die ze in de kinderkamers bij haar vriendinnetjes had gezien. Ze vroeg haar ouders om de boeken voor hem te kopen die haar door haar kleuterleidsters waren voorgelezen: *Pieter Konijn* en *Kikker en Pad*. 'Wat heeft het voor zin om boeken te kopen voor iemand die niet kan lezen?' vroegen haar ouders, niet onterecht, dus leende ze ze uit haar schoolbibliotheek en las ze zelf aan Rahul voor. Ze zei tegen haar ouders dat ze sproeiers op het gazon moesten zetten zodat hij 's zomers door de straal kon rennen, en ze wist haar vader zover te krijgen dat hij een schommel installeerde in de tuin. Ze verzon ingewikkelde kostuums voor Halloween, waarmee ze een olifant van hem maakte, of een koelkast, terwijl haar kostuums destijds uit een doos waren gekomen, een voddig schortje en een maskertje dat niets woog. Soms was ze meer met Rahuls opvoeding bezig dan hijzelf – was zij het die na schooltijd, toen al te zwaar voor de stoeltjes, in de tuin ging schommelen, en die uren bezig was met het bouwen van steden met Lincoln Logs, die hij lachend met één handgebaar verwoestte.

Hoewel ze dol op hem was en hem adoreerde, begon ze hem ook een beetje te benijden. Ze benijdde hem om zijn slanke postuur terwijl ze zelf ietwat mollig werd toen ze ging menstrueren, en ook benijdde ze hem omdat de mensen hem Raoul konden noemen en hij zich in gezelschap kon voorstellen zonder dat er vragen werden gesteld. Ze benijdde hem om zijn schoonheid; zelfs als kind vertoonde hij al duidelijke trekken van de mooie man die hij zou worden. Zijn gezicht tartte het familiepatroon. Sudha, met haar vaders ronde kin en haar moeders lage haargrens, was zichtbaar hun kind, maar Rahul vertoonde met geen van beiden veel gelijkenis, zodat het leek of zijn genen niet uit een recente, maar een diepere, vergeten bron afkomstig waren. Zijn huidskleur was donkerder, onmiskenbaar bruin, zijn geprononceerde gelaatstrekken misten het onbestemde karakter dat zij en haar ouders gemeen hadden. Hij mocht 's zomers een korte broek dragen en sporten op school, dingen die haar moeder voor een meisje ongepast vond. Sudha veronderstelde dat het kwam doordat hij een jongen was, en jonger dan zij, gecombineerd met het feit dat haar ouders inmiddels meer vertrouwd waren met de zeden en gewoonten in Amerika. Sudha koesterde geen genegenheid voor haar jongere zelf, ze keek niet met vertedering terug op hoe ze eruitzag of wat ze had gedaan. Wat ze voelde was een allesoverheersend besef van spijt, maar waarover precies, dat wist ze niet. Ze had er natuurlijk heel gewoon uitgezien, met haar zwarte haar in staartjes of vlechten, het ene jaar tot haar middel, het jaar daarop kort zoals dat van de kunstrijdster Dorothy Hamill. En ze had gewone dingen gedaan: naar pyjamafeestjes geweest en klarinet gespeeld in het schoolorkest en chocoladerepen verkocht aan de deur. En toch kon ze zichzelf niet vergeven. Zelfs als volwassene wilde ze niets anders dan teruggaan en dingen veranderen: de onooglijke kleren die ze had gedragen, de onzekerheid die ze had gevoeld, al de onnozele fouten die ze had gemaakt.

Dankzij Rahul was er ook iemand anders getuige van het ondoorgrondelijke fenomeen van het huwelijk van haar ouders. Het was niet gelukkig en niet ongelukkig, en het gebrek aan emotie zowel in gunstige als ongunstige zin, was wat Sudha nog het meest verontrustte. Voor ruzies zou ze begrip hebben gehad; ze geloofde dat ze zelfs een scheiding zou hebben begrepen. Ze had altijd gehoopt dat er zich een teken van liefde zou voordoen; het enige wat haar troost bood waren een paar foto's uit hun Londense tijd. Haar moeder zag er onherkenbaar slank uit, was modieus gekapt en droeg een geweven tasje in de vorm van een hoorntje van overvloed aan haar arm. Zelfs haar sari's waren elegant, strak gewonden om haar figuur te laten uitkomen en bedrukt met een ragfijn bruin batikpatroon. Haar vader had vaag iets van een *mod*: hij droeg kostuums met smalle zwarte stropdasjes en een zonnebril. Dat was de tijd, veronderstelde Sudha, dat immigreren nog een avontuur was, de tijd van petroleumkachels en de eerste kennismaking met sneeuw.

In Wayland kwam de schok. Opeens zaten ze klem en beseften haar ouders dat ze een vonnis van levenslang vreemdeling zijn tegemoet konden zien. In Londen had haar moeder voor een montessori-onderwijsakte gestudeerd, maar in Amerika werkte ze niet en reed ze geen auto. Na Rahuls geboorte kwam ze tien kilo aan, en haar vader borg zijn mod-kostuums op en kocht zijn kleren bij Sears. In Wayland werden ze passief, behoedzaam, want de rituelen van het kleinsteedse New England waren nog veeleisender dan het leven in twee van 's werelds grootste steden.

Ze steunden op hun kinderen, vooral op Sudha. Zij moest haar vader uitleggen dat hij de dorre bladeren in zakken moest doen in plaats van ze gewoon onder de bomen tegenover het huis te harken. Zij, met haar perfecte Engels, belde de reparatieafdeling van Lechmere als er een apparaat stuk was. Rahul had het nooit als zijn plicht gezien zijn ouders op die manier te helpen. Terwijl Sudha het heimwee van haar ouders naar India als een kwaal zag die fluctueerde als een kankergezwel, liet ook dat aspect van hun leven Rahul volkomen koud. 'Niemand heeft ze hierheen gesleept,' zei hij. 'Baba is uit India vertrokken om rijk te worden en Ma is met hem getrouwd omdat ze niks anders te doen had.' Dat was Rahul, altijd een scherp oog voor de zwakheden van de familie, nooit bereid Sudha iets te besparen van wat ze het minst onder ogen wilde zien.

Er verstreek een semester voor ze hem weer zag. Ze werd toegelaten op de London School of Economics en kwam in juni voor een week naar Wayland. Tijdens die week gaf Sudha zich helemaal aan haar ouders; ze keek met haar vader naar Wimbledon op de televisie, ze hielp haar moeder met koken en het bestellen van nieuwe rolgordijnen voor de slaapkamers. Ze was altijd thuis, terwijl Rahul zonder iets te zeggen thuiskwam en weer verdween. Hij werkte als parttime kelner in een visrestaurant in Scituate, zestig kilometer van Wayland, en sliep meestal overdag, na 's avonds te hebben gewerkt en 's nachts met vrienden te zijn gaan stappen. Het waren geen vrienden van high school meer, jongens die Sudha gekend had sinds Rahul naar de kleuterschool ging. Het waren mensen die hij tijdens zijn werk in het restaurant had ontmoet, mensen die hij liever niet thuis uitnodigde.

Zijn afstandelijkheid zat Sudha dwars, maar haar ouders zeiden niets. Hij maakte altijd een wat humeurige indruk en moest altijd ergens nodig naartoe – naar zijn werk, naar een sportschool waar hij met gewichten trainde, naar de videotheek waar hij de buitenlandse films huurde die hij bekeek als iedereen sliep. Zij en Rahul hadden nooit ruzie, maar er waren momenten, als ze hem in de gang tegenkwam of hem vroeg haar de afstandsbediening aan te geven, dat ze de indruk had dat hij haar verachtte. Het was niet door iets wat hij zei of deed – zelfs als hij haar ontweek deed hij dat altijd op een koele, beleefde manier – maar ze voelde dat zijn mening over haar was veranderd, dat de Rahul die ooit tegen haar had opgekeken en haar in vertrouwen nam, nu iemand was die zij alleen nog maar kon irriteren. Ze vroeg zich af wanneer hij haar weer zou vragen met hem naar de drankwinkel te rijden, maar het kwam niet meer ter sprake. Ze vermoedde dat hij nu ergens zijn eigen voorraadje had; op een avond, toen ze nog laat in een tijdschrift zat te lezen, hoorde ze het geluid van de ijsmachine in de koelkast, van ijsblokjes die in een glas vielen.

Ze hoorde van haar moeder dat zijn studieresultaten in het tweede semester slecht waren; in het eerste semester was zijn laagste cijfer een zeven, maar nu had hij bijna alleen nog zesjes. Hij had biologie en organische scheikunde laten vallen en in plaats daarvan film en literatuur gekozen. 'Wil jij niet eens met hem praten?' vroeg haar moeder aan Sudha. 'Vragen wat eraan scheelt?' Sudha nam het voor Rahul op, betoogde dat het een enorme overgang was, van de middelbare school naar de universiteit, dat heel veel studenten het er moeilijk mee hadden. Haar vader stopte zijn afkeuring niet onder stoelen of banken, en hoewel hij Rahul er niet direct op aansprak, zei hij op een dag tegen Sudha: 'Hij is de weg kwijt.' Hij voelde er niets voor een astronomisch bedrag aan collegegeld neer te tellen om Rahul in een collegezaal naar Franse films te laten kijken. Haar vader had geen begrip voor mislukking, voor gemakzucht. Hij liet nooit na zijn kinderen eraan te herinneren dat niemand hem ooit geholpen had zoals hij hen, en dat Sudha, hoe goed ze het ook deed, altijd voor ogen moest houden dat ze haar succes aan hem te danken had en niet aan zichzelf. Haar ouders waren beiden van bescheiden komaf; hun beider grootmoeders hadden het goud aan hun armen opgeofferd om hun gezinnen een dak boven hun hoofd en eten op hun bord te geven. Voor Sudha was die mentaliteit, hoe irritant soms ook, tegelijk een geruststelling, omdat het iets was wat haar ouders in elkaar begrepen en respecteerden, en ze vermoedde dat dit het bindmiddel was dat hen bijeenhield.

Laat op een avond klopte ze op Rahuls deur. Hij lag in bed met zijn koptelefoon op naar muziek te luisteren en te bladeren in een verfomfaaid exemplaar van Becketts toneelwerk. Hij legde het boek op zijn borst toen ze binnenkwam, maar hield de koptelefoon op. Ze zag een beker op de vloer naast zijn bed, gevuld met ijsblokjes en een heldere vloeistof. Hij bood haar niets aan, speelde hun oude spel zonder haar.

‘En, hoe gaat ’t met de studie?’ vroeg ze.

Hij keek naar haar op. Zijn ogen waren bloeddoorlopen. ‘Ik heb nu vakantie.’

‘Je cijfers waren niet goed, Rahul. Je moet wat harder gaan werken.’

‘Ik heb hard gewerkt,’ zei hij.

‘Ik weet dat het eerste jaar moeilijk kan zijn.’

‘Ik heb hard gewerkt,’ herhaalde hij. ‘Mijn docenten hebben de pest aan me. Wat kan ík daaraan doen?’

‘Ik weet zeker dat ze niet de pest aan jou hebben,’ zei ze. Ze overwoog naar hem toe te lopen en op de rand van het bed te gaan zitten, maar bleef waar ze was.

‘Wat weet jij daarvan, godverdomme?’ zei hij. Sudha schrok van zijn toon.

‘Hoor eens, ik probeer je alleen maar te helpen.’

‘Ik vraag niet of je me wilt helpen. Je hoeft helemaal niks te doen. Is het wel eens bij je opgekomen dat mijn leven gewoon prima is zoals het is?’

Zijn woorden legden haar het zwijgen op, krenkten haar tot op het bot. Ze had zich altijd intensief met zijn leven bemoeid, dat was waar, niet om het te beheersen, maar om het op de een of andere manier beter te maken. Ze had altijd gevonden dat ze dat aan hem verplicht was. Ze had nooit geweten hoe ze anders zijn zusje moest zijn.

'Je woont hier niet eens,' ging hij verder. 'Denk je dat je hier maar even naar binnen kunt wandelen om orde op zaken te stellen voordat je weer naar Londen verdwijnt? Is dat je bedoeling?'

Ze keek naar hem en naar de beker naast zijn bed, en ze vroeg zich af hoeveel hij in de loop van de avond al gedronken had en waar hij de fles had verstopt. Ze dacht aan haar ouders, die aan de andere kant van de gang sliepen en geen idee hadden waar hij mee bezig was, en ze was verontwaardigd namens hen. 'Je bent intelligent, Rahul. Je bent veel intelligenter dan ik. Ik snap het niet.'

Hij boog zich opzij en pakte de beker van de vloer. Hij nam een slok, slikte en schoof de beker onder het bed, uit het zicht. 'Je hoeft het niet te snappen, Didi. Je hoeft niet altijd alles te snappen.'

Op Sudha's laatste avond voor haar terugkeer naar Philadelphia verraste hij hen door mee te gaan naar een restaurant om haar aanstaande vertrek naar Engeland te vieren. Hun ouders waren goed geluimd, praatten over hun tijd in Londen, probeerden zich te herinneren hoeveel stations er waren op de Piccadillylijn. Ook Rahul was opgewekt, hij vertelde Sudha over al de huizen en graven van schrijvers die ze moest bezoeken als ze in Londen was. Hij sprak met een agressief soort autoriteit, alsof hij zelf naar het graf van Marx was geweest, en voor het eerst kwam bij Sudha de gedachte op dat Rahul misschien wel jaloers op haar was vanwege de jaren die zij met haar ouders in Engeland had gewoond, de jaren waarin Rahul nog niet bestond. Hij bestelde een Singapore Sling en koesterde die de hele maaltijd. Hij zei niets over andere plannen die avond, maar voor de rekening kwam keek hij op zijn horloge en sprong hij van tafel op met de mededeling dat hij nodig ergens heen moest, waarna hij er in zijn eigen auto vandoor ging.

Sudha ging met haar ouders naar huis en zat nog laat naar de film *Spellbound* op video te kijken, toen de telefoon ging.

Het was Rahul, die belde vanuit het plaatselijk politiebureau. Hij was aangehouden op een stille weg bij Mill Pond omdat hij slingerde. Zijn bloedalcoholgehalte was niet extreem hoog, maar omdat hij nog geen eenentwintig was, werd hij toch gearresteerd. Hij vroeg Sudha om alleen naar het politiebureau te komen met driehonderd dollar in contanten. Maar het was na middernacht, en bovendien zaten de sleutels van de auto van haar ouders in haar vaders broekzak, in hun slaapkamer. Ze wekte haar vader en zei dat hij zich moest aankleden. Samen gingen ze naar het politiebureau om de borgsom te betalen en Rahul uit de cel te halen. Haar vader reed, zijn gezicht gerimpeld van de slaap, schijnbaar de weg kwijt in de stad waar hij al jaren woonde. Ze stopten bij een geldautomaat om te pinnen. 'Ga jij maar alleen,' zei haar vader toen ze bij het bureau aankwamen. 'Ik blijf liever in de auto.' Zijn stem haperde toen hij het zei, zoals op de dag dat hij Sudha op de universiteit had gebeld om te zeggen dat zijn vader gestorven was. Dus bespaarde ze haar vader de vernedering, de pijn, van een ruimte te moeten betreden waar geboeide misdadigers werden binnengebracht. Toen ze Rahul zag, was hij nuchter en zijn vingertoppen zagen zwart van de inkt. Het was zondagnacht en de volgende dag moest hij voorkomen. 'Ga je dan mee?' vroeg hij toen ze samen naar de auto liepen, en hij was zo timide dat ze het hem beloofde.

'Belachelijk,' zei haar moeder de volgende ochtend, toen Rahul nog sliep. Ze vond dat de politie overdreef. 'Hij heeft toch geen ongeluk veroorzaakt? Hij reed maar zeventig per uur. Ze hebben hem natuurlijk alleen maar aangehouden omdat hij Indiaas is.' Haar vader zei niets. Hij dronk thee en las de *Sunday Globe*. Onderweg naar huis had hij ook niets gezegd.

'Dat was niet het probleem,' zei Sudha langzaam, terwijl ze probeerde koude boter op haar toast te smeren.

'Wat bedoel je, Sudha?' vroeg haar moeder. Er klonk ongerustheid in haar stem. Haar vader legde zijn krant niet neer, maar ze voelde dat hij was opgehouden met lezen. Sudha wist dat wat ze ging zeggen iets was wat ze verwachtten en intuïtief vreesden, als kinderen die op het punt staan een tik te krijgen. En dat het haar plicht was die tik uit te delen.

'Ik denk dat Rahul een drankprobleem heeft.'

'Sudha, alsjeblieft,' zei haar moeder. Ze zweeg even en zei toen: 'Volgens mij drinkt iedereen hier die studeert.' Ze zei het alsof drinken een hobby van studenten was, een stadium dat je ontgroeide.

'Niet zo.'

'Jij dronk toch ook toen je pas studeerde?'

'Niet zo,' herhaalde Sudha. Niet zo dat ze me arresteerden, wilde ze eigenlijk zeggen.

'Dat is wat er mis is met dit land,' zei haar moeder. 'Te veel vrijheid, te veel pretmakerij. Toen wij jong waren, ging het in het leven niet alleen om de pret.'

Sudha had medelijden met haar moeder, met haar weigering een feit onder ogen te zien dat zo onaangenaam voor haar was en zo vreemd, met haar behoefte om de schuld bij Amerika en zijn wetten te leggen en niet bij haar zoon. Ze voelde dat haar vader het wel begreep, maar hij weigerde zich in het gesprek te mengen, weigerde Rahul aan te spreken toen hij ten slotte naar beneden kwam, gedoucht en berouwvol, en beloofde het nooit meer te zullen doen. Hun ouders waren altijd blind geweest voor wat hun kinderen het leven zuur maakte: geplaagd worden op school vanwege hun huidskleur, of vanwege de rare dingen die hun moeder zo nu en dan in hun broodtrommeltje stopte, aardappelcurryboterhammen waar het witbrood groen door verkleurde. Wat viel er in vredesnaam nog te klagen? 'Depressie' was een vreemd woord voor hen, iets Amerikaans. Naar hun mening waren hun kinderen gevrijwaard van de problemen en het onrecht dat ze in India hadden achtergelaten, alsof de inentingen die de kinderarts Sudha en Rahul als baby gegeven had hun een leven zonder lijden garandeerden.

Ze vond het opwindend in Londen te zijn, het land te leren kennen waar ze geboren was. Voor haar vertrek had ze haar Britse paspoort aangevraagd, iets wat haar ouders bij haar geboorte hadden verzuimd, en toen ze het op Heathrow liet zien, zei de douanebeambte: 'Welkom thuis.' Haar ouders vergezelden haar en bleven tien dagen, waarin ze haar installeerden in haar studentenverblijf in een zijstraat van Tottenham Court Road. Ze drukten haar op het hart bij het oversteken eerst naar rechts te kijken, kochten wintertruien voor haar bij Marks & Spencer. Ze namen met haar de metro naar Balham om haar te laten zien waar ze haar prille jeugd had doorgebracht. Samen reisden ze naar Sheffield, drie uur met de trein door het platteland, waar hun vroegere huisbaas, meneer Pal, nu woonde met zijn gezin. Ze spraken niet over Rahul tenzij ze daar door vrienden toe genoodzaakt werden, en als dat het geval was, waren het altijd dezelfde onaanvechtbaar indrukwekkende feiten – dat hij aan Cornell studeerde, nu voor het tweede jaar. Aan deze feiten ontleenden zijn ouders een flauwe hoop: alsof de universiteit, waar zijn teloorgang was begonnen, hem er ook als door een wonder weer bovenop zou helpen.

Toen haar ouders vertrokken waren, kreeg ze het druk met haar colleges, en met de nieuwe vrienden die ze maakte, die uit alle delen van de wereld kwamen en met wie ze studeerde, de stad ging bekijken en naar de pub ging. Misschien omdat ze er geboren was, had ze een intuïtieve band met Londen, het gevoel dat ze er thuishoorde, ook al wist ze er amper de weg. Ondanks de oceaan die er nu tussen hen lag, voelde ze zich dichter bij hen, maar ook voelde ze zich voor het eerst van haar leven bevrijd van de last van haar familie. Maar ze kon niet meer drinken zonder aan Rahul te denken, altijd in het besef dat de tweede pint die ze leegdronk, voldaan na een avondje uit, voor hem niet genoeg zou zijn geweest. Toen hij voor moest komen had ze naast hem gezeten in de volle rechtszaal, wachtend tot zijn naam werd afgeroepen, luisterend naar de aanklacht die werd voorgelezen. Ze was er om hem terzijde te staan, hem te steunen, maar in die plaats des oordeels stond ze niet aan zijn kant. Zijn rijbewijs werd voor een halfjaar ingenomen en hij moest in Ithaca een verplichte cursus alcohol en verkeer volgen. Uiteindelijk moest haar vader bijna tweeduizend dollar aan boetes en honoraria betalen. Het vonnis werd vermeld in *The Wayland Town Crier*, een krant waarop haar ouders geabonneerd waren.

In november ontmoette ze in de National Gallery een man. Ze had staan kijken naar het schilderij *Portret van Giovanni Arnolfini en zijn vrouw* van Van Eyck en was blijven staan toen een groepje mensen al was doorgelopen. Het was een olieverfschilderij van een echtpaar dat in een slaapkamer stond, hand in hand, met een klein hondje aan hun voeten. De man droeg een met bont afgezette paarse cape en een bovenmaatse zwarte hoed van stro. De vrouw was gekleed in een smaragdgroene japon die als een zwaar gordijn op de vloer neerhing en waarvan ze een punt in haar linkerhand hield. Ze droeg een witte sluier en was mogelijk in verwachting, dat kon Sudha niet met zekerheid zeggen. Achter de man bevond zich een raam, met op de vensterbank een vrucht, een abrikoos of een mandarijntje. Aan de muur hing een bolle spiegel waarin alles wat op het schilderij te zien was, werd weerkaatst.

'Kom eens dichterbij staan,' zei de man naast Sudha en hij leidde haar een paar passen naar voren, zodat niemand meer voor hen langs kon lopen. 'Anders kun je het niet goed zien.' Hij begon te praten over de spiegel, die volgens hem het middelpunt van het schilderij was en waarin de vloer, het plafond, de kamer en de wereld erbuiten stonden afgebeeld, en toen zag ze dat er behalve het echtpaar ook nog twee mannen in te zien waren, die net als zijzelf, maar dan vanuit de deuropening, de kamer in keken. 'Een van die twee is Van Eyck,' zei de man. 'Dat is wat het opschrift boven de spiegel zegt. Dat is Latijn voor "*Van Eyck was hier*".' Hij zei het zacht, als was het alleen voor Sudha bedoeld, met de zangerige Britse intonatie die ook Sudha's uitspraak begon te beïnvloeden. Zijn donkere haar was aan de lange kant, en hij harkte het voortdurend met zijn vingers uit zijn gezicht. Zijn huid rook naar licht geparfumeerde zeep. Hij was gekleed in een tweed blazer en corduroy broek, en droeg een regenjas over zijn arm. Hij vertelde haar dat de twee mannen in de deuropening op het schilderij getuigen waren van het huwelijk van het paar, en dat het schilderij bedoeld was om als huwelijksakte dienst te doen. 'Dat is natuurlijk maar één interpretatie,' zei de man. 'Er zijn ook mensen die er een verlovingsscène in zien.'

Ze bekeek de details waarover hij sprak, de gloed van de verf, zich bewust van hun gezamenlijke blik. 'En de schoenen? Betekenen die ook iets?' hoorde Sudha zichzelf vragen, terwijl ze wees naar een paar houten klompen dat op de voorgrond slingerden en daarna naar twee rode muiltjes naast het tapijt.

De man wendde zich nu tot Sudha. Hij was ouder dan ze had verwacht, dicht bij de veertig, aan zijn ogen te zien, helderblauwe ogen die kalm op verschillende plaatsen van haar gezicht bleven rusten. Zijn gelaatsuitdrukking was serieus, evenwichtig, maar zijn mondhoeken krulden nu omhoog in een glimlach. 'Ik vermoed dat het betekent dat ze op heilige grond staan. Ofwel dat, of ze heeft net gewinkeld.'

Ze wist toen niet hoe beroemd het schilderij was, maar de man maakte nooit dat ze zich dom voelde. Ze bekeken nog meer schilderijen, en de man boog zijn hoofd naar het hare toe en vertelde erover, en na een poosje vroeg hij haar of ze thee met hem wilde gaan drinken. Zijn naam was Roger Featherstone. Hij was doctor in de kunstgeschiedenis en redacteur van een kunsttijdschrift en hij had een boek geschreven over de portretkunst van de renaissance. Hij maakte Sudha consequent, romantisch het hof: bloemen wanneer hij ook maar bij haar aanklopte; handschoenen, oorbellen, parfum. Hij was een enig kind dat op Engelse kostscholen was opgegroeid; zijn vader had voor Singer naaimachines in het buitenland gewerkt en nu waren zijn ouders allebei dood. Roger was geboren in India, had zijn eerste drie levensjaren in Bombay doorgebracht, maar herinnerde zich daar niets meer van. Hij was, toen hij in de twintig was, getrouwd met een meisje dat hij in Cambridge had leren kennen; na twee jaar verliet ze hem, deed afstand van alles wat ze bezat en trok in een boeddhistisch klooster in Tibet.

Hij nam bij alles de leiding, bestelde kaartjes voor het theater, reserveerde tafels in restaurants, pakte picknickmanden in en sleepte Sudha mee naar Hampstead Heath. Hij was de eerste man met wie ze uitging die nooit te laat kwam, nooit vergat haar op te bellen als hij het had beloofd, en Sudha herkende in hem al snel het soort competentie dat zij zelf bezat. Hij hield van eten en koken, zag er niet tegen op om vroeg op te staan en naar een favoriete bakkerij te lopen om gebakjes te kopen, en hij verraste Sudha, de eerste ochtend dat ze wakker werd in zijn flat in Shepherd's Bush, met ontbijt op bed. Hij had jarenlang alleen gewoond, maar opende snel zijn leven voor haar, gaf haar een sleutel, maakte laden in zijn bureau en een glazen plankje in zijn medicijnkastje voor haar leeg. In zijn jeugd had hij ervan gedroomd om schilder te worden, maar nadat een leraar hem had verteld dat hij het niet ver zou brengen, had hij nooit meer een schilderdoek aangeraakt. Hij was er niet bitter om dat het zo was gelopen; net als Sudha was hij iemand die wist waar zijn grenzen lagen. Tegelijkertijd kon hij veeleisend zijn, schreef hij vernietigende kritieken voor zijn kunsttijdschrift, nam hij alleen genoegen met de beste tafel in een restaurant, stuurde hij wijn terug. Net als Sudha was hij een matige drinker die altijd een fles bij de maaltijd bestelde, maar er zelden meer dan twee glazen van dronk.

Toen Kerstmis voor de deur stond, zei ze tegen haar ouders dat ze het te druk had en niet naar huis kwam, terwijl ze in werkelijkheid met Roger op reis ging, eerst naar Sevilla en daarna naar de Costa del Sol. Toen ze uit Spanje terugkwam, lag er bij de telefooncentrale van haar studentenhuis een boodschap van haar ouders met het verzoek hen terug te bellen. Toen ze dat deed, uit een telefooncel in de hal van haar studentenhuis, vertelden ze haar dat Rahuls cijfers niet beter waren geworden, dat er een brief van zijn mentor was gekomen waarin die zijn bezorgdheid uitsprak. Hij was nu in Wayland voor de kerstvakantie; na een knetterende ruzie sprak hij niet meer met hen. Ze was blij dat Roger het gesprek niet kon horen, dat hij haar in de taxi een afscheidszoen had gegeven en was teruggegaan naar zijn flat. Ze had een wazige beschrijving van haar familie gegeven, die hij in zich had opgenomen als was het een eindnoot in een boek, iets wat van haar afkomstig was maar veilig was weggestopt. 'Ik hoop ze heel gauw te ontmoeten,' zei hij tegen haar, woorden die, zo hoopte ze, zijn bedoelingen duidelijk maakten. Verder dan naar de hoofdzaken had hij niet doorgevraagd. Dus had ze Roger niet verteld over Rahuls drankprobleem, over zijn arrestatie, over het feit dat ze haar broer in geen maanden gesproken had.

Haar ouders vroegen haar of zij met Rahul wilde praten, zeiden dat hij een eindje was gaan lopen en vroegen of ze het over een poosje wilde proberen. Ze wachtte een paar dagen. Het verwonderde haar na al die maanden hoe geërgerd ze was. En haar ergernis gold ook haar ouders, omdat die nog steeds afhankelijk waren van haar hulp. Ze belde vanuit Rogers flat, en zette de kosten op een kaart omdat Roger naar zijn werk was. Rahul was in de eerste week van januari twintig geworden, iets wat ze had laten passeren zonder iets van zich te laten horen. Hij nam de telefoon op en ze feliciteerde hem alsnog met zijn verjaardag. Het was twaalf uur 's middags in Massachusetts, vroeg in de avond in Londen. Buiten Rogers keukenraam was het donker; op het aanrecht zette Sudha kaas, crackers en olijven klaar voor Roger en haarzelf als hij thuiskwam.

'Alles goed?' vroeg ze.

'Niks aan de hand. Ma en Baba zijn totaal hysterisch om niks.' Rahul praatte alsof er tussen hen geen spanning bestond, en vroeg haar hoe het in Londen was.

'Ze vertelden me dat je voor twee vakken onvoldoende hebt.'

'Dat waren klotevakken.'

'Loop je eigenlijk nog wel college?'

'Hou op, Didi,' zei hij, zijn goede humeur verliezend.

'Nou?' hield ze aan.

Het bleef even stil. Ze hoorde de knip van een aansteker, de eerste teug rook die werd uitgeblazen. 'Ik heb hier geen zin in.'

'Waar heb je dan wel zin in?' vroeg ze, geen moeite doend om haar irritatie te verbergen.

'Ik schrijf een toneelstuk.'

Zijn mededeling verraste haar en ze vond het bemoedigend dat hij werkelijk iets deed. Hij had altijd al goed kunnen schrijven; ooit, toen hij nog op de middelbare school zat, had hij een antwoord geschreven op een vraag waarover zij thuis een opstel moest schrijven voor een filosofietentamen op Penn, een vraag over Plato's *Eutyphro*, waaraan haar docent een lang, lovend commentaar had gewijd.

Ze stak een olijf in haar mond, haalde de dunne paarse pit eruit en legde die op een geschilderde schotel die zij en Roger samen in Sevilla hadden gekocht. 'Dat is mooi, Rahul. Maar je moet ook studeren.'

'Ik wil stoppen.'

'Dat zullen Ma en Baba je niet in dank afnemen. Maak eerst je studie af, daarna kun je doen wat je wilt.'

'Ik ben het zat om mijn tijd te verspillen. En ik wil mijn auto terug. Ik heb de pest in dat ik niet kan rijden. Ik heb het gevoel dat ik in de val zit.'

Ze wist zich te beheersen, en zei niet dat het belachelijk was van hun ouders te verwachten dat ze hem weer de weg op lieten gaan. 'Het is maar twee jaar van je leven, Rahul. Probeer het nog even vol te houden. Anders kun je je later wel voor je kop slaan.'

'Jezus, je klinkt net als zij,' zei hij en verbrak de verbinding.

Ze keerde naar Boston terug in april, in de voorjaarsvakantie, met een diamanten ring van Roger aan een ketting verborgen onder haar trui, wat haar het gevoel gaf in een cocon te zitten waarin ze veilig voor haar familie was. Na januari hadden haar ouders haar niet meer lastiggevallen over Rahul, maar haar, die ene keer dat ze naar hem had gevraagd, verteld dat hij weer was gaan studeren. Ze voelde zich schuldig omdat ze zich had gedistantieerd, maar niet genoeg om haar ouders van advies te willen dienen, en niet genoeg om met Rahul te willen praten. Ze moest voor haar doctoraal een scriptie van tienduizend woorden schrijven over deregulatie, en ze had Roger en was inmiddels bij hem ingetrokken. Ze was verrast toen ze op het vliegveld Rahul bij haar ouders zag staan. Ze maakten alle drie een bedrukte, tobberige indruk, en haar ouders leefden pas op toen ze haar zagen aankomen achter haar karretje vol bagage.

'Hoi,' zei ze, terwijl ze naar hem toe liep en hem omhelsde, hoewel zijn lange armen aanvankelijk langs zijn lichaam bleven hangen. 'Fijn je weer te zien.'

'Welkom thuis,' zei hij, en toen hij een pas terug deed, zag ze dat hij niet lachte.

'Is je semester al afgelopen?'

Hij schudde zijn hoofd, nog steeds weigerend haar aan te kijken, en stootte toen een vreemd, kort lachje uit. 'Ik woon nu hier.'

Ze was naar huis gekomen om haar familie over Roger te vertellen, hun te vertellen dat ze van plan was om blijvend naar Londen te verhuizen en met hem te trouwen, maar ze moesten eerst praten over Rahul. Tijdens de rit van het vliegveld naar huis reconstrueerde ze wat er was gebeurd. Het was haar moeder die het woord deed; haar vader reed, zo nu en dan in zichzelf iets mompelend over het verkeer, terwijl Rahul maar wat uit het raam zat te kijken, alsof hij achter in een taxi zat. Hoewel hij na de kerstvakantie naar Ithaca was teruggegaan, was hij gestopt met colleges lopen, en twee weken geleden was hij, na officieel van de universiteit te zijn gestuurd, naar Wayland teruggekomen.

Voor zover Sudha kon zien, woonde hij thuis alsof het gewoon een vakantie betrof. Hij zat op zijn kamer of keek de hele dag televisie. Hun ouders hadden zijn auto verkocht, dus hij ging nooit meer uit. Vroeger als hij hen meed had er iets in hem gebroeid, iets wat op springen stond. Die energie was er niet meer. Hij scheen zich niet meer aan hen te storen, of aan het feit dat hij thuis was. Een tijdlang vertelden haar ouders hun vrienden dat hij een poosje vrij had genomen, en daarna dat hij bezig was over te stappen naar de universiteit van Boston. 'Rahul gedijt alleen in een stad,' zeiden ze, maar hij schreef zich nooit in voor een andere studie. Ze vertelden dat Rahul op zoek was naar een baan, en daarna werd de leugen uitgebreider en had Rahul inderdaad een baan, werkte hij thuis als adviseur, terwijl hij in werkelijkheid de hele dag thuis was en niets deed. Hun moeder, die altijd gehoopt had dat haar kinderen bij haar in huis zouden wonen, schaamde zich nu dit het geval was.

Uiteindelijk kreeg hij een baantje in Wayland als wasserettebaas voor drie dagen per week. Haar ouders kochten een goedkope tweedehandsauto voor hem waarmee hij naar de stad kon rijden. Sudha wist dat haar ouders zich voor dat baantje geneerden. Ze hadden het vroeger niet erg gevonden dat hij borden waste, maar nu leefden ze in angst voor het moment dat iemand die ze kenden hun zoon een zak vuil goed zag wegen in een wasserette. Andere Bengalen praatten over hem en wensten vurig dat hun eigen kinderen niet zoals hij hun leven zouden vergooien. En zo werd hij dat waar alle ouders bang voor zijn: een schandvlek, een mislukkeling, iemand die niet bijdroeg aan de grote cirkel van prestaties die overal in het land geleverd werden door Bengaalse kinderen, als chirurgen, advocaten of geleerden, of als schrijvers van artikelen voor de voorpagina van *The New York Times*.

Sudha was nu een van die succesvolle kinderen; haar verzameling academische onderscheidingen vulde ingelijst en wel de gang op de bovenverdieping van haar ouderlijk huis. Ze werkte als projectleidster voor een organisatie in Londen die hielp bij het verstrekken van microkredieten in arme landen. En ze was ten huwelijk gevraagd. In de zomer vlogen zij en Roger naar Massachusetts zodat zij hem aan haar familie kon voorstellen en hij formeel om haar hand kon vragen. Op verzoek van Roger logeerden ze niet in Wayland maar in een hotel in Boston; ze kende hem inmiddels goed genoeg om te accepteren dat hij het contact met haar familie beperkt wilde houden, zoals hij op het strand zijn lichaam tegen de zonnestraling beschermde. 'Beter om dit soort dingen maar meteen eerlijk te zeggen,' had Roger op zijn vriendelijke maar besliste manier gezegd, en ze beschouwde dit als een teken te meer van zijn gewetensvolle karakter, van zijn zorg om hun leven samen. Het hotelarrangement werd door haar ouders zonder tegenwerping aanvaard; Rahul had hen beroofd van hun vermogen terug te vechten. Ze accepteerden dat zij en Roger voor de wet zouden trouwen in Londen, dat ze in Massachusetts alleen een receptie wilden houden, dat Roger eerder getrouwd was geweest en dat er tussen hem en Sudha een leeftijdsverschil van veertien jaar bestond. Ze waren ingenomen met zijn academische status, met het feit dat hij, dankzij zijn verstandig belegde erfenis, in staat was voor zichzelf en Sudha een huis te kopen in Kilburn. Het was een voordeel dat hij in India was geboren, dat hij een Engelsman was en geen Amerikaan, geen koffie dronk maar thee, en geen *from a to zee* zei maar *from a to zed*, kleinigheden waardoor haar ouders zich vertrouwd met hem voelden. Sudha had het gevoel dat ze niet zozeer ruimte maakten in de familie voor Roger als wel hem toestonden haar eruit weg te halen. Maar Rahul liet zich niet inpakken. Hij stelde Roger vragen, ging met een stofkam door het laatste nummer van Rogers kunsttijdschrift, dat haar ouders vol bewondering hadden bewaard, en leverde zo zijn aandeel in het onderzoek naar mogelijke gebreken in zijn zusters toekomstige echtgenoot.

'Roger is een prima kerel,' zei Rahul tegen haar toen ze samen in de keuken de vaat opruimden. 'Gefeliciteerd.'

'Dank je wel. Dank je wel dat je hier bent,' zei ze. Ze meende het; ze was nog nooit met een man thuisgekomen, had zich niet gerealiseerd hoe nerveus ze zou zijn.

'Ik kan nergens anders heen.'

'En hoe staan de zaken?' vroeg ze. 'Word je er niet gek van, om op deze manier thuis te wonen?'

'Het valt wel mee.'

Ze was dankbaar dat hij met haar wilde praten, bang om hem onder druk te zetten. Ze was zich bewust van een vreselijke wanverhouding tussen hen tweeën. Ze voelde zich beschuldigd, eenvoudig omdat haar eigen leven niet net als het zijne was geruïneerd.

'Hoe gaat het met de wasserette?'

Hij haalde zijn schouders op.

'Schrijf je nog aan je toneelstuk?'

'Dat stelde niks voor.'

Niet wetend wat ze anders moest doen, deed ze een pas naar voren om haar armen om hem heen te slaan, en op dat moment rook ze de dranklucht, zoet, sterk, onmiskenbaar. Tijdens de lunch was hij een keer van tafel opgestaan; ze bedacht nu dat hij ergens heen was gegaan waar hij de fles had verstopt. Hij was niet dronken, er was niets in zijn gedrag wat erop wees dat hij meer dan één glas gedronken had. Maar het feit dat hij de alcohol stiekem had geconsumeerd, dat hij zonder dat het gezelschap van haar familie niet kon verdragen, deed haar beseffen dat Rahul niet gewoon dronk omdat hij het lekker vond, of gezellig vond, of eens graag wilde doorzakken – al de manieren waarop ze het tot nu toe had gerationaliseerd.

'Je kunt ons altijd in Londen komen opzoeken,' bood ze aan, in de trieste wetenschap dat ze het niet meende.

'Ik heb geen geld.'

'Ik weet zeker dat Baba wel een ticket voor je zou kopen.'

'Ik wil zijn geld niet,' zei Rahul.

Je woont in zijn huis, had ze hem willen zeggen. Je eet wat Ma voor je op tafel zet. Je laat ze de benzine voor je auto betalen. Maar ze zei niets van dit alles, omdat ze wist dat hij dan de deur die hij omwille van haar heel voorzichtig had opengezet weer voor haar neus dicht zou slaan.

In de maanden voor Sudha's huwelijksreceptie, die in de herfst was gepland, kreeg Rahul een relatie met een vrouw die Elena heette. Elena wilde actrice worden en werkte als serveerster in een wegrestaurant in Waltham. Hij had dit aan Sudha verteld toen ze tien dagen voor de receptie in Wayland arriveerde, zonder Roger, die alleen voor het feest overkwam. 'Ik heb dit nooit eerder gevoeld, Didi,' vertelde hij haar. Een paar dagen voor de receptie nam hij Elena mee naar huis. Sudha was nu een getrouwde vrouw, maar zonder Roger was ze onzeker, doordat de beschermende laag die hij om haar heen vormde opeens wegviel. Elena was dertig, acht jaar ouder dan Rahul. Maar ze had voor een middelbarescholier kunnen doorgaan, in haar strakke spijkerbroek en topje, met haar lange bruine haar dat ze aan één kant met een haarspeld had vastgezet, en haar donker omrande ogen. Ze was stil, sprak alleen als haar iets werd gevraagd, deed niet haar best om Sudha's ouders te charmeren zoals Roger had gedaan. Ze vertelde hun dat ze was opgegroeid in Mattapoisett en aan het Emerson College had gestudeerd. Ze at de rijst niet die Sudha's moeder bij de lunch serveerde, omdat ze er een opgeblazen gevoel van kreeg. Rahul hield zijn arm om haar smalle schouders en kuste haar dromerig waar iedereen bij was. Hij deed het woord voor Elena en vertelde dat ze ooit in een reclamespotje voor een medicijn tegen allergie had gespeeld. Hij praatte steeds over iemand die Crystal heette; Crystal bleek het dochtertje te zijn van Elena en een vroegere vriend.

Sudha's ouders zeiden niets toen dit feit werd meegedeeld. Ze hadden Elena verwelkomd, hun tafel ter ere van haar gevuld zoals ze het ook voor Roger hadden gedaan, en gebabbeld over de Big Dig, de grote graafpartij in het centrum van Boston, en over het menu voor de receptie van Sudha en Roger. Maar toen, op het moment dat Sudha en haar moeder binnenkwamen met thee en een kom pantua's in siroop, deed Rahul de aankondiging dat hij en Elena zich hadden verloofd.

Sudha verstarde achter een stoel, en omklemde de lepels die ze bezig was uit te delen. Het was of de kamer kantelde; ze drukte haar beide handen op het tafelkleed alsof er een krachtige wind in aantocht was die alles weg zou blazen. Ze keek omlaag naar de diamant aan haar vinger en vroeg zich af hoe haar broer in hemelsnaam aan het geld voor een ring moest komen. De darjeelingthee voor bijzondere gelegenheden werd te sterk in de pot en de roodbruine pantua's dromden nog samen in de schaal waaruit ze moesten worden opgediend.

'Dat is onmogelijk,' zei hun vader ten slotte, het zwijgen verbrekend dat hij, dacht Sudha, meer dan een jaar had bewaard.

'Wat is er onmogelijk aan?' vroeg Rahul. Hij had nog steeds zijn arm om Elena heen en streelde met zijn wijsvinger de zijkant van haar hals.

'Je bent nog een jongen. Je hebt geen carrière, geen doel, geen richting in je leven. Je bent niet in een positie om te trouwen. 'En deze vrouw,' zei hun vader, Elena's aanwezigheid maar een ogenblik in zich opnemend alvorens zich af te wenden, 'is praktisch oud genoeg om je moeder te zijn.'

Ze stonden quitte, en het evenwicht, als men het zo kon noemen, hersteld was in de kamer. Maar Sudha wist dat het allesbehalve een evenwicht was, dat het in werkelijkheid oorlog was.

'Je bent een snob,' zei Rahul. 'Je bent gewoon een zielige, ouwe snob.' Er klonk geen woede in zijn stem, niets van de heftigheid die Sudha had verwacht. Hij stond in één vloeiende beweging op, waarbij hij ook Elena overeind leek te tillen, alsof zijn arm als een magneet haar gestalte aantrok, en daarop verlieten ze samen het huis. Sudha en haar ouders wachtten tot ze Elena's auto achteruit de oprit hoorden afrijden, en toen begon haar moeder de thee in te schenken.

'Ik heb een vraag,' zei haar vader, zich tot Sudha wendend en het zwijgen voor de tweede maal verbrekend. 'Het restaurant waar we de huwelijksreceptie gaan houden, is daar een bar?'

'Alle restaurants hebben een bar, Baba.'

'Ik maak me zorgen om Rahul. Hij kan zich niet beheersen als het gaat om...' Hij zweeg even, zoekend naar het woord dat hij wilde gebruiken. 'Als het daarom gaat.'

Sudha sloot haar ogen, bang dat ze in tranen zou uitbarsten. Al die tijd had ze zich afgevraagd wanneer haar ouders het drankprobleem van Rahul onder ogen zouden zien, maar nu ze het haar vader hoorde uitspreken, na wat er zojuist was gebeurd, werd het haar even te veel.

'Misschien moeten we het ergens anders doen,' opperde haar moeder. 'Ergens waar geen drank is.'

'Daar is het nu te laat voor. En het is ook niet redelijk,' zei Sudha. Sudha en Roger mochten op hun eigen huwelijksreceptie toch wel iets drinken, meende ze. Waarom zou iedereen moeten lijden vanwege Rahul?

'Kun je hem niet vragen om die dag niet zoveel te drinken?' vroeg haar moeder.

'Nee,' zei Sudha. Ze schoof haar stoel naar achteren en stond op. Ze had al die tijd met haar theelepeltje zitten spelen en smeet het nu met een machteloos gebaar op de met tapijt bedekte eetkamervloer, waar het geluidloos neerkwam. 'Ik kan niet meer met hem praten. Ik kan hem niet rechtbreien. Ik kan niet blijven rechtbreien wat er mis is met dit gezin,' zei ze, en net als haar broer een paar minuten eerder, stormde ze de kamer uit.

Tijdens de receptie hield Rahul een toespraak. Het was een eerbetoon aan Sudha en Roger, maar Sudha hield haar adem in en wenste dat hij zo snel mogelijk weer ging zitten. Hij was zonder Elena. De dag nadat hij er samen met haar vandoor was gegaan, was hij moedeloos en alleen weer thuisgekomen. Sudha vroeg zich af of Elena het had uitgemaakt, maar ze vroeg niets. Ze wist niet of hij wel bij de receptie zou zijn, maar hij was al een uur voor aanvang in het restaurant, waar hij zijn rechtmatige plaats als lid van de familie innam, mensen begroette en hen wees waar ze het gastenboek konden tekenen. Het waren bijna allemaal vrienden van Sudha's ouders, bijna allemaal Bengalen. Van Rogers kant was er niemand gekomen.

Rahul ging door. Hij begon onduidelijk te spreken. Vóór de receptie had haar vader met de barkeeper gesproken en hem iets extra's betaald om een oogje op Rahuls drankgebruik te houden; Sudha durfde haar vader niet te vertellen dat dit soort maatregelen bij Rahul niets meer uithaalden, dat in de zakken waar de meeste mannen hun portefeuille droegen bij hem alcohol te vinden was, dat de twee glazen champagne die hij openlijk gedronken had, alleen voor de show waren. Rahul begon aan een anekdote uit Sudha's kinderjaren, een gebeurtenis tijdens een vakantie, lang geleden, in Bar Harbor, toen Sudha nodig naar de wc moest en er in geen velden of wegen een benzinestation te bekennen was. Hun vader stond op, liep naar Rahul toe, fluisterde iets in zijn oor en gebaarde dat hij moest gaan zitten.

'Neem me niet kwalijk, maar ik ben nog niet klaar.' Er werd gelachen, men realiseerde zich niet dat Rahul geen grapje wilde maken, dat het geen komisch nummer was. De microfoon maakte een krijsend geluid.

Hun vader nam Rahul bij de elleboog, maar hij rukte zich los en gaf hem een duw. 'Jij... blijf van me af,' siste Rahul; de microfoon versterkte zijn woorden.

Een vriend van Sudha's ouders stond op om de volgende toespraak te houden, maar Sudha hoorde hem niet. Ze zag haar gasten achter hun borden met roze tandoori met elkaar praten en haar broer naar de bar lopen. Toen ze opstond om naar hem toe te gaan, was hij verdwenen. Zijn auto stond niet meer op de parkeerplaats. Ze waarschuwde haar ouders, bereidde zich voor op weer een telefoontje van de politie. Maar niemand was in de positie om hem midden onder de receptie te gaan zoeken, en zonder zijn aanwezigheid kwamen haar ouders, vreemd genoeg, tot rust. Maar Sudha kwam niet tot rust. Roger, die zelf een beetje te veel champagne gedronken had, zei dat ze zich geen zorgen moest maken. 'Hij heeft een moeilijke tijd achter de rug,' zei hij kalm terwijl hij haar naar de dansvloer leidde. 'Hij is nog jong.'

Ze keek haar echtgenoot met grote ogen aan, had zin om tegen hem te schreeuwen omdat hij in Rahul bleef geloven zoals zijzelf het niet meer kon. Ze had Roger nooit verteld van hun vroegere spelletje van bierblikjes verstoppen, iets waar ze nu vreselijk spijt van had. Maar opnieuw besloot ze het Roger niet te vertellen, uit angst dat hij haar de schuld zou geven, dat hij

Rahul zou veroordelen. Het deed haar denken aan het schilderij dat ze toen samen hadden bekeken in Londen, met dat spiegeltje achterin waarin meer te zien was dan de kamer op het eerste gezicht leek te bevatten. En wat had het voor zin om Roger van dichtbij te laten kijken, hem te laten zien waar zij al met haar neus op werd gedrukt?

Het bleek dat Rahul niet ver weg was gegaan, alleen maar terug naar hun ouderlijk huis, waar ze hem, aan het eind van de avond, slapend in zijn kamer aantroffen. De volgende ochtend begonnen Roger en Sudha aan hun huwelijksreis. Hoog in de lucht voelde ze zich geneutraliseerd, veilig opgesloten in de vliegtuigcabine, waarin het onnatuurlijk sterke zonlicht de gebeurtenissen van de vorige avond deed verbleken, maar zodra ze in St. Thomas waren geland voelde ze zich weer opnieuw bezoedeld, hoorde ze Rahul weer sissen in de microfoon, haar vader beledigen en hem voor de ogen van al hun vrienden van zich af duwen. Het leven ging door. Sudha en Roger keerden naar Londen terug, installeerden zich in hun nieuwe huis, schreven kaarten aan hun gasten met bedankjes voor hun bijdrage aan een heel bijzondere dag. Maar Sudha kon Rahul niet vergeven voor wat er had plaatsgevonden, en die vreselijke minuten toen hij bij de microfoon stond waren het enige waaraan ze kon denken als ze de foto's van haar receptie bekeek, al die geposeerde portretten op het gazon waar iedereen lachend op stond, voordat het was gebeurd.

En toen verdween hij voorgoed. Zonder een briefje, zonder verklaring. Hij was gewoon op een avond vertrokken, zeiden haar ouders, en niet meer thuisgekomen. Inmiddels was zijn komen en gaan zo ongeregeld geworden dat hun ouders pas volledig van zijn afwezigheid waren doordrongen nadat er een paar dagen verstreken waren. Toen pas merkten ze op dat zijn tandenborstel uit de badkamer verdwenen was en dat een van de grote koffers die normaal voor de reizen naar India werden gebruikt niet meer in de kelder stond. Hij zal wel naar een vriend toe zijn, zeiden haar ouders, maar ze kenden geen van zijn nieuwe vrienden en konden niemand bellen. Ze deden aangifte van de vermiste auto, die de volgende dag werd teruggevonden, achtergelaten bij het busstation in Framingham. Roger, die graag wilde helpen, stelde voor contact te zoeken met Elena, maar ze kenden Elena's achternaam niet.

Na een week kwam er een brief die was afgestempeld in Columbus, Ohio. Hij was niet aan iemand geadresseerd; hij had zelfs hun achternaam niet op de envelop geschreven. 'Zoek maar niet naar mij,' had hij geschreven, 'ik blijf hier maar één nacht. Ik wil van niemand van jullie iets horen. Laat me alsjeblieft met rust.' Ze vroegen zich af hoe hij zonder geld in Ohio was gekomen, of hij misschien had gelift. Er ging een week voorbij voordat haar moeder ontdekte dat de zakjes met ritssluiting die ze achter in haar laden had verborgen, achter haar wirwar van Engelse beha's, waarin ze alle gouden sieraden bewaarde die ze in de loop der jaren had gekregen, al de stukken die het succes van haar man in Amerika vertegenwoordigden, waarvan het merendeel bestemd was voor de vrouw met wie Rahul uiteindelijk zou trouwen, verdwenen waren.

Twee maanden na zijn vertrek merkte Sudha dat ze in verwachting was; op een nacht tijdens haar trieste wittebroodsweken was haar lichaam begonnen een leven te maken. Plotseling was er naast de verschrikking ook het wonder, het goede nieuws dat haar ouders deed opleven. Tijdens haar zwangerschap dacht Sudha dikwijls aan Rahul, als ze werd overvallen door herinneringen en dromen uit haar kindertijd, uit het bestaan dat hen beiden had voortgebracht, een ervaring die zowel in haar leefde als achter haar lag en die Roger nooit zou begrijpen. In de eerste drie maanden sloegen haar stemmingen zonder waarschuwing om van euforisch naar depressief. Op goede dagen geloofde ze dat Rahul wel weg moest gaan, om zijn leven weer op de rails te krijgen. Op slechte dagen was ze bang dat de politie haar ouders zou opbellen met de boodschap dat zijn lichaam ergens in een greppel was gevonden. Hij was er niet met de kerst, die Sudha en Roger in Wayland doorbrachten, en evenmin in het Londense ziekenhuis op de avond dat ze van Neel beviel. En ze raakte eraan gewend een broer te hebben die ze nooit zag.

Nu ze konden opgaan in Neel, raakten ook haar ouders eraan gewend; ze kwamen ze nu bij elke gelegenheid naar Londen, waar hun piepkleine kleinzoon het enorme gat vulde dat Rahul had achtergelaten. Urenlang staarden ze in de mandenwieg naar het strenge, donzige wezentje met Rogers lichte huid en Sudha's donkere haar en een heel eigen toekomst. Na een paar maanden ging Sudha weer werken, eerst drie dagen per week, toen vijf; 's ochtends om half negen de deur uit en 's avonds om zes uur terug, waarna ze Neel van het kindermeisje overnam en nog twee uurtjes met hem doorbracht, eerst in bad en daarna in de schommelstoel, met hem wiegend tot hij sliep. Ze vond het vreselijk, altijd, dat ze maar zo'n klein stukje van haar dag echt voor Neel kon zorgen, maar ze hield zichzelf voor dat hij nog te jong was om haar dat te verwijten; zijn gezichtje klaarde op zodra hij haar zag en hij sprong in haar armen alsof ze het meest fantastische wezen op aarde was.

Het was toen, in die meest veeleisende en bevredigende periode van haar leven, dat ze op een koude zaterdag thuiskwam van het boodschappen doen en op de deurmat een envelop uit Amerika vond, geadresseerd in het handschrift van Rahul.

Ze stond in het halletje van het huis, met het bruingouden behang dat zij en Roger steeds van plan waren van de muur te scheuren, en staarde naar dat simpele maar zekere bewijs van Rahuls bestaan. Ze vroeg zich af hoe hij aan haar nieuwe adres was gekomen, maar herinnerde zich toen dat ze het op een papiertje had geschreven en met tape op de koelkast van haar ouders had geplakt toen ze thuis was voor haar huwelijksreceptie. Neel zat te dutten in zijn wandelwagentje, onkundig van het bestaan van zijn oom, onkundig van de schok die zijn moeders ogen met tranen vulde. De envelop droeg een vaag poststempel uit New York en op de achterkant stond een postbusnummer van ergens uit het noorden van de staat. Alvorens de envelop open te maken, haalde ze een atlas uit de kast. Het plaatsje lag ten noorden van Ithaca. Ze was stomverbaasd – ze had gedacht dat hij zo ver mogelijk was weggegaan, naar Oregon of Californië. Ze had niet gedacht dat hij ooit nog terug zou willen keren naar de plek waar hij zo opzienbarend had gefaald. In de envelop zat een enkel blaadje papier dat hij in een typemachine had gestoken.

*Lieve Didi,*

*Ik hoop dat jij het bent. Eerst wil ik zeggen dat het me spijt. Van alles. Ik weet dat ik het verknald heb, maar het gaat nu beter. Ik heb een baan in een restaurant, als chef de partie. Ik heb ontdekt dat ik echt van koken hou. Niets bijzonders, maar ik ben heel goed geworden in omeletten. Ik schrijf ook weer een toneelstuk. Ik heb het laten lezen aan iemand die ik hier heb ontmoet, een man die een paar dingen heeft geregisseerd in Syracuse, en die zei dat er nog wel iets aan moet gebeuren, maar dat ik het niet moet opgeven! Ik woon samen met Elena – weet je nog wel? We zijn weer bij elkaar en ik heb haar zover gekregen dat ze hierheen is verhuisd. Crystal zit in de vijfde en Elena werkt op de personeelsafdeling van de universiteit. Je mag van Elena denken wat je wilt, maar op haar aandringen doe ik nu een ontwenningskuur. Dus, zoals ik al zei, het gaat nu beter met me. Hoe dan ook, het spijt me van alles en ik hoop dat jij (en Roger) me kunnen vergeven dat ik op jullie trouwfeest zo'n klootzak ben geweest. Ik ben echt blij dat het zo goed met jullie gaat. En ik zou graag eens naar Londen komen om jullie op te zoeken, als dat jullie schikt. Ik heb wat gespaard en ik krijg deze zomer een poosje vrij van het restaurant. Ik vertrouw erop dat je hiervan niets tegen onze ouders zegt.*

*Rahul*

Ze antwoordde per omgaande, zonder de brief te herlezen of de moeite te nemen Roger te vragen of het goed was dat Rahul kwam logeren. Ze scheurde een blaadje uit het kladblok dat ze bij de telefoon hadden liggen om berichten te noteren, en schreef:

*Beste Rahul,*

*Ja, ik ben het. Ik heb een kind, een jongetje, hij heet Neel. Hij is tien maanden oud en ik wil graag dat je met hem komt kennismaken.*

Ze stopte en zette haar naam eronder. Verder had ze niets te zeggen.

Ze had Rahul sinds de avond van haar huwelijksreceptie niet meer gezien, iets wat haar ongelooflijk voorkwam. 'Dag, Didi,' zei hij toen ze opendeed. Hij gebruikte nog steeds de traditionele aanspreektitel die hun ouders hem hadden geleerd. Het gaf haar geen ongemakkelijk gevoel, hem na meer dan anderhalf jaar in het portiek van het huis te zien staan, de hereniging met een deel van haar dat ontbroken had, zoals de kleren die ze weer dragen kon nu het gewicht van haar zwangerschap was verdwenen.

'Dit is hem,' zei ze tegen Rahul, terwijl ze Neel in haar armen verschikte. Neel stak zijn handje uit; in zijn vingertjes hield hij een volkorenkoekje. Hij brabbelde zachtjes en nam de nieuwe verschijning die voor hem stond in zich op.

'Inderdaad,' zei Rahul, en hij streelde met de rug van zijn wijsvinger Neels wang. 'Hier is je ome kluns, die jou eindelijk eens komt opzoeken.' Hij schudde ongelovig zijn hoofd terwijl hij de bijzonderheden van Neels gezichtje in zich opnam, de neus, de ogen, de mond en de plukjes haar die Sudha voor haar gevoel al haar hele leven kende. Het was Rahul die veranderd was. Hij was zwaarder geworden, zoveel zwaarder dat zijn eens fijne gelaatstrekken nu gewoon leken, en zijn nek en middel waren dik. Hij had de ronde rug gekregen van een oudere, onzekere man. Zijn haar was achterovergekamd en week al terug boven de slapen. Hij liet zijn bakkebaarden groeien. Zijn spijkerbroek had zijn stijfheid verloren en was gerafeld aan de zomen. Het sportjasje van streepjesstof leek gekocht in een uitdragerij en was een beetje te kort in de mouwen.

'Dat jij zomaar geboren bent, zonder dat ik het wist! Je bent absoluut volmaakt,' zei hij tegen Neel. Hij keek naar Sudha, toen naar Neel, toen weer naar Sudha. 'Hij heeft jouw gezicht, helemaal.'

'Vind je? Ik zie er meer Roger in.'

Rahul schudde zijn hoofd. 'Geen sprake van, Didi. Deze jongen is een Mukherjee in hart en nieren.'

Ze leidde hem rond door het huis: de keuken en een klein toilet in het souterrain, de woonkamer boven, daarboven twee slaapkamers en een badkamer, Rogers werkkamer op de zolder. Ondanks al die verdiepingen was het een heel klein huisje en ze moesten voortdurend trappen op en af, iets wat Neel ook al begon te proberen. De trappen waren te veel voor Sudha's vader, die onlangs een slijmbeursontsteking in zijn knie had gekregen, en de laatste keer dat haar ouders in Londen waren, hadden ze bij vrienden in een buitenwijk gelogeerd. Maar Roger had goedgevonden dat Rahul de slaapbank in zijn werkkamer gebruikte, die normaal vol kranten lag.

'Als je een dutje wilt doen, ga dan gerust je gang,' zei ze tegen Rahul, maar hij bedankte, lokte Neel in zijn armen en hield hem daar terwijl Sudha aardappels schilde en voorbereidingen trof om een kip te braden. Hij nam de lage ruimte in zich op, met de zwart-witte dambordvloer, een eeuwig rommelige eettafel, en porseleinen borden van Spode en koperen bakvormen hangend aan gele muren. Roger had zelf de muren geverfd en de laatste laag aangebracht met een spons. Rahul bleef staan voor een wandrekje waarin de kookboeken stonden, naast wat ingelijste foto's. De meeste foto's waren van Neel, genomen kort na zijn geboorte, in de armen van Sudha's ouders, in zijn wandelwagentje voor het huis. Er waren geen foto's van Rahul bij. 'Wanneer is die genomen?' vroeg hij.

'Welke?'

'Het ziet eruit als een annaprasan.'

'O, die,' zei ze, terwijl ze een vork in een citroen stak en terugdacht aan de dag, een paar maanden geleden, dat Neel voor het eerst vast voedsel kreeg en haar ouders speciaal voor die gelegenheid waren overgekomen. 'Het was maar een kleinigheidje, hier thuis,' vertelde ze hem, alsof dat Rahuls afwezigheid kon goedpraten. Het was traditie dat de oom van moederskant het kind voerde. In het geval van Neel had Sudha's vader het gedaan.

Rahul liep door de keuken naar het hakblok waar ze bezig was en trok zijn portemonnee uit zijn achterzak. Met één hand schudde hij hem open zodat er een schoolfoto zichtbaar werd van een lachend meisje met sproeten en het haar in twee lange staarten. 'Dit is Crystal,' zei hij trots, en hij vertelde dat hij ervoor zorgde dat hij elke dag thuis was als Crystal uit school kwam en dan een hapje voor haar maakte en haar avondeten kookte voordat Elena terugkwam en hij zijn dienst ging draaien in het restaurant. Hij liet geen portret van Elena zien, maar Sudha herinnerde zich haar nog goed van die ene keer dat ze was komen lunchen. Sudha vroeg Rahul niet of hij en Elena getrouwd waren en of ze ook nog een kind van hen beiden wilden. Sudha had geprobeerd haar broer te helpen, maar het was Elena die erin was geslaagd. 'Het is een geweldige meid,' zei hij, voordat hij de foto van Crystal weer opborg. 'Ik wou haar een theeserviesje cadeau doen, weet je wel, iets echt Engels? Dat zal ze prachtig vinden.'

Hij tilde Neel hoog in de lucht, schudde hem speels en wreef zijn gezicht tegen zijn buik. Neel kraaide hysterisch van pret.

'Voorzichtig,' waarschuwde Sudha.

Rahul hield op haar verzoek op met het spelletje en gaf Neel een stevige knuffel, waarna hij hem begon te kietelen, zodat het gekraai opnieuw begon. 'Rustig maar, Didi. Ik ben nu zelf ook vader.'

Sudha en Roger dronken witte wijn bij het eten, maar Rahul had alleen om een spa rood gevraagd met wat sinaasappelsap erin. Ze aten buiten, aan een kleine tafel op de patio, uitkijkend op de rozen die bloeiden, ook al werden ze door Sudha en Roger verwaarloosd. Ze had geaarzeld over de wijn, of ze die wel of niet zouden drinken in het bijzijn van Rahul. Er waren een paar flessen whisky en wodka overgebleven van een feestje dat zij en Roger hadden gegeven, en die stopte ze achter in haar diepe kast en in de truienkist aan de voet van hun bed, zichzelf verzekerend dat Roger het niet zou merken. Neel zat bij Rahul op schoot en at kleine kluitjes aardappelpuree van Rogers uitgestoken vinger.

'Voor het eerst in Londen?' vroeg Roger aan Rahul.

'Behalve de tientallen keren dat ik op Heathrow heb gezeten onderweg naar Calcutta,' zei Rahul, en Sudha moest denken aan al die reizen die ze als kinderen samen hadden gemaakt om hun familie te bezoeken, reizen die nu voorgoed tot het verleden behoorden. Ze hadden naast elkaar in één bed geslapen, vaak samen gebaad, alles met één paar ogen in zich opgenomen.

Rahul noemde dingen op die hij in de loop van de week wilde bezoeken – het British Museum, het huis van Freud, het Victoria & Albert Museum – en vroeg of het mogelijk was een dagtocht naar Stratford-upon-Avon te maken. Hij leek opeens met alle geweld met de wereld in contact te willen komen, na zich al die jaren in zijn kamer te hebben opgesloten. Roger vertelde hem de openingstijden van de musea, welke tentoonstellingen er waren, en het viel Sudha op hoe slecht haar man en haar broer elkaar kenden, dat ze vrijwel onbekenden voor elkaar waren. 'Maar het liefst doe ik iets met Neel,' zei Rahul. 'Ik kan met hem naar het park of de dierentuin, of wat dan ook.'

Sudha zei tegen Rahul dat hij zich zo goed mogelijk moest vermaken, dat ze voor Neel overdag een kindermeisje had, maar dat hij 's avonds zijn neefje helemaal voor zich alleen mocht hebben.

'En wanneer komt het volgende?' vroeg Rahul, terwijl hij Neel over zijn benen drapeerde en ze op en neer liet schommelen.

‘Het volgende wat?’ vroeg Roger.

‘Het volgende kind.’

‘Heb je soms met Ma gepraat?’ zei Sudha. Ze begon te lachen, maar hield zich plotseling in.

‘Wat had je gedacht, maatje?’ vroeg Rahul, omlaag kijkend naar Neels omhooggerichte gezichtje. ‘Een broertje zoals ik, of een zusje?’

Nu hun ouders ter sprake waren gekomen, besloot ze Rahul ook maar hun nieuws te vertellen, dat hun vader aan het eind van het jaar met pensioen ging en dat hun ouders een flat in Calcutta aan het zoeken waren. ‘Daar zijn ze nu,’ zei ze.

‘Zijn ze dan niet in Wayland?’

‘Nee.’ Het was een feit dat het voor Sudha gemakkelijker had gemaakt Rahuls verzoek in te willigen en haar ouders niet te vertellen dat hij bij haar op bezoek was geweest.

‘Gaan ze voorgoed terug?’

‘Misschien.’ Ze vertelde hem van hun vaders knieprobleem, dat hij geopereerd moest worden om het vocht eruit te halen. Eens, wist ze, zou het iets ernstigers zijn, en als dat gebeurde en Rahul was er niet bij, zou ze weer enig kind moeten zijn.

Na het eten bracht Roger de restanten van de maaltijd naar de keuken en ging Sudha naar boven om Neels bad gereed te maken. Rahul ging met haar mee en begon, zittend op de wc, bellen te blazen uit een potje dat hij voor Neel had meegebracht, terwijl zij, gehurkt op de vloer, hem inzeepte en afspoelde. Neel was verrukt van de bellen en keek met grote ogen hoe ze uit het plastic toverstokje tevoorschijn kwamen, waarbij hij ze pakte en liet springen, roepend om meer.

‘Oké, kleine man, nu naar bedje toe,’ zei ze na een paar minuten. Ze trok de rubber stop uit het afvoergat en liet het water uit de van klauwpoten voorziene badkuip stromen. Ze pakte Neels badhanddoek, gooide die over haar schouder en tilde hem uit het bad. Ze wikkelde hem in de handdoek en wreef zijn hoofdje droog. ‘Zeg Mamu welterusten,’ zei ze.

‘Hoe noemt hij ze?’ vroeg Rahul.

‘Wie?’

‘Onze ouders.’

Ze aarzelde, al hoefde ze niet naar het antwoord te zoeken. ‘Dadu en Dadi.’

‘Net als wij vroeger,’ zei hij, terwijl zijn stem zachter werd. ‘Ik wed dat ze jou als een koninkje behandelen,’ zei hij tegen Neel.

‘Zeg dat wel, ja. We hebben nog niet eens al zijn kerstcadeautjes uitgepakt.’

‘En de volgende kerst? Weten jullie al wat jullie dan gaan doen?’

‘Het is de bedoeling dat ze naar Londen komen,’ begon Sudha, kijkend hoe hij zou reageren. ‘Je bent natuurlijk welkom,’ ging ze verder, al wist ze dat het een belachelijke suggestie was. ‘Jullie alle drie: jij, Elena en Crystal. Jullie kunnen in een hotel logeren.’

Ze zweeg en realiseerde zich dat ze haar adem inhield, in de verwachting dat hij weer uit haar leven zou verdwijnen. In plaats daarvan zei hij: ‘Ik zal erover nadenken,’ wat haar nog meer de adem benam, omdat ze besefte dat de strijd zonder een formele wapenstilstand was beëindigd, dat hij terug wilde komen.

Rahul was al op toen ze de volgende ochtend beneden kwam. Hij zat aan tafel met Roger, in een T-shirt dat kleefde aan zijn dik geworden lijf, zijn zweterige haar tegen zijn gezicht geplakt. Hij droeg een korte broek en het haar op zijn donkere benen was krulliger dan ze zich van vroeger herinnerde. Roger dronk zijn thee en wees Rahul op een kaart van de metro welke lijn waarheen ging en waar hij een park kon vinden waar hij kon joggen.

‘Waar ben je geweest?’ vroeg ze aan Rahul. Ze maakte een pot koffie en warmde de melk voor Neels Weetabix, wetend dat hij gauw wakker zou zijn.

‘Geen idee,’ zei hij. ‘Ik loop gewoon een uur. Joggen is mijn nieuwe verslaving.’ Het was de eerste keer sinds zijn aankomst dat hij in welke vorm dan ook aan zijn drankprobleem refereerde. ‘Dat en koffie.’

Toen de koffie klaar was, schonk ze hem een kop in en keek toe terwijl hij er drie scheppen suiker in deed, denkend aan de tijd dat hij haar op de universiteit had opgezocht en zij hem zijn eerste blik bier had gegeven. 'Wat ga je vandaag doen?'

Rahul haalde zijn schouders op. 'Naar een museum, misschien. Ik heb zin om gewoon maar wat rond te lopen.'

'Als je over twintig minuten klaarstaat, zet ik je af bij de metro,' bood Roger aan.

Op haar werk vroeg Sudha zich af wat haar broer aan het doen was, of hij de verleiding van de honderden pubs in Londen zou kunnen weerstaan. Een deel van haar was bang dat iets hem kon doen terugvallen en dat hij dan weer zou verdwijnen. Maar toen ze die avond thuiskwam zag ze Rahul achter Neel aan de trap op kruipen, spelend dat hij een leeuw was die honger had. Die avond gingen ze naar een Indiaas restaurant en weer dronk hij geen alcohol, maar tekende hij het papieren tafelkleed vol ingewikkelde figuren. Weer zat hij bij Sudha in de badkamer terwijl ze Neel in bad deed, en de volgende ochtend ging hij weer joggen. Gedurende de rest van de week werkte hij zijn lijstje met bezigheden af en hij kwam altijd thuis met een presentje voor Neel. Het gaf Sudha een vreemd gevoel tijdens Rahuls bezoek zo vaak aan het werk te zijn, maar ze vond het toch beter, veiliger, dat hun samenzijn beperkt bleef tot de ochtenden en avonden, als Roger en Neel erbij waren.

Op zaterdagmorgen maakte Rahul omeletten, waarvoor hij heel professioneel de champignons en uien hakte zoals de televisiekoks het doen, en daarna gingen ze op voorstel van Rahul naar de London Zoo. Hij had aangeboden alleen met Neel te gaan, maar hoewel zowel Sudha als Roger in de loop van de week van Rahuls aanwezigheid had geprofiteerd door hem een minuut of vijf, tien te laten oppassen als ze even naar de hoek moesten voor eieren of brood, kon daar geen sprake van zijn. En toch, eenmaal in de dierentuin, voelde zowel Roger als Sudha zich overbodig. Rahul droeg Neel de hele tijd op zijn schouders; het wandelwagentje dat Sudha voortduwde bevatte alleen haar handtas. Neel, even dol op zijn oom als zijn oom op hem, barstte in tranen uit toen Rahul naar het toilet moest. Rahul had erop gestaan alles te betalen – de kaartjes, de broodjes, de frisdrank, het ijsje voor Neel, de limoengroene ballon die de hele middag boven hun hoofden zweefde.

'Ik wou eigenlijk nog naar de bioscoop,' zei Rahul toen ze weer thuiskwamen, hij nog steeds met Neel op zijn schouders. 'Maar ik denk dat ik liever thuisblijf bij deze knul.'

'Doe niet zo gek,' zei Sudha. 'Je bent al de hele dag met hem bezig. Je hebt wel een verzetje verdiend.'

Rahul schudde zijn hoofd. 'Morgen vertrek ik, en we hebben nog heel wat in te halen.' En toen zei hij: 'Jullie zijn zelf aan een verzetje toe. Wanneer hebben jullie voor het laatst samen een film gezien?'

Het idee diende zich aan. Een volmaakt plan dat totaal verkeerd aanvoelde. Ze keek Roger aan en Rahul zag haar kijken. 'Wat nou jongens, vertrouwen jullie me niet?'

'Natuurlijk wel,' zei Roger. Hij wendde zich tot Sudha. 'Doen, Su?'

Ze bedacht dat ze een mobieltje hadden; de bioscoop was tien minuutjes met de auto. Als ze naar de vroege voorstelling gingen waren ze weer thuis voor Neel in bad moest. 'Ik bel even om te horen wat er draait,' zei ze.

'Wij wachten hier op jullie,' beloofde Rahul haar, opkijkend van de woonkamervloer waar hij met Neel aan het blokken bouwen was, en ze dwong zichzelf hem te geloven. Ze hadden hem geen sleutel gegeven, hij kon nergens heen. Ze had eten voor Neel klaargezet, melk in een tuitbeker, overgare macaroni waarin hij onmogelijk kon stikken. Ze had Rahul gewaarschuwd voorzichtig met Neel te zijn op de trap. Tijdens de film liet ze het geluid van haar mobieltje aan omdat ze de trilfunctie in haar broekzak niet vertrouwde. Na het eerste uur stond ze op en belde vanuit de foyer naar huis.

'Alles oké?'

‘Alles gaat geweldig,’ zei Rahul. ‘Het leek me dat hij honger had, dus ik geef hem nu wat te eten.’ Op de achtergrond hoorde ze Neel met iets, een beker of een lepel, op het blad van zijn kinderstoel slaan.

‘Mooi. Bedankt. Tot zo dan,’ zei ze.

‘Haast je maar niet,’ zei Rahul. Dus stopten ze op de terugweg, op voorstel van Roger, bij een supermarkt om kaas en jam te kopen en nog een paar dingen die ze nodig hadden. Ze kochten drie mooie biefstukken voor het avondeten en Roger zei dat hij een taart zou bakken.

Rahul en Neel zaten niet in de woonkamer zoals ze verwacht had, tussen het speelgoed dat over het tapijt verspreid lag. Op de televisie stond een kinderprogramma aan, maar er was niemand die keek. Beneden in de keuken was de kinderstoel niet schoongemaakt en kleverige stukjes pasta lagen in een plas water op het blad. De ballon uit de dierentuin was aan de zijkant vastgebonden en raakte bijna het plafond. Alle keukenkastjes stonden open, maar er was niets uit verdwenen. Sudha deed ze snel dicht; er vormden zich koude zweetdruppels om haar mond.

‘Ze zijn niet de deur uit, want het wandelwagentje staat er nog.’

Toen ze de trap op rende, hoorde ze gespetter van water en verweet ze zichzelf haar paniek. ‘Het is oké,’ riep ze. ‘Hij doet Neel in bad.’

Ze vond Neel in de badkuip, bezig zijn tuitbeker met water te vullen en hem weer leeg te gieten. Hij zat niet in de plastic band die ze hem normaal omdeden zodat hij niet om kon vallen. Hij rilde maar was overigens goedgeluimd, ingespannen bezig met zijn werkje, tot halverwege zijn borst in het water, en alleen al bij het zien van het zittende kind, onbewaakt, stootte Sudha spontaan een reeks kreten uit terwijl een golf van angst door haar heen sloeg. Het water was niet warm meer. Eén verkeerde beweging en hij zou voorover hebben gelegen, zijn fijne zwarte haar uitwaaierend als een stralende zon boven zijn stille lijfje.

‘Waar is je oom?’ vroeg Roger, ook al kon Neel nog niet antwoorden. Hij rukte Neel uit het bad, zodat die in huilen uitbarstte.

Ze vonden Rahul in Rogers werkkamer, slapend, en een glas weggestopt onder de slaapbank. In hun slaapkamer stond de truienkist open en staken de halzen van de flessen uit de wollen mouwen omhoog. Ze gingen terug naar Rogers werkkamer en probeerden vergeefs Rahul te wekken, Sudha schuddend aan zijn schouder met Neel op haar arm. Roger stond gebogen over Rahuls weekendtas en stopte er kleren in.

‘Wat doe je?’ vroeg ze.

‘Wat denk je, Sudha?’

‘Dat doet hij zelf wel, als hij wakker is.’

Roger kwam overeind, zijn gezicht verre van vriendelijk. ‘Ik maak het gemakkelijker voor hem. Ik wil niet dat je broer ooit nog een voet in ons huis zet of in de buurt van ons kind komt.’

Omdat ze niet tegen Rahul tekeer konden gaan, deden ze het tegen elkaar, en de vreemde kalmte die op hun ontdekking in de badkuip was gevolgd, lag nu aan scherven.

‘Jij hebt tegen hem gezegd dat we hem vertrouwden,’ zei ze. ‘Jij wilde graag uitgaan.’

‘Dat kun je mij niet verwijten,’ zei Roger. ‘Ik ken hem amper. Waag het niet dit mij in de schoenen te schuiven.’

‘Dat doe ik ook niet,’ zei ze, en ze begon te huilen. ‘Het spijt me. Ik had het je moeten vertellen.’

‘Me wat moeten vertellen?’

Ze snikte het nu uit, zo heftig dat ze geen woord meer kon uitbrengen en Neel van de weeromstuit ook weer begon te huilen. Roger liep naar haar toe en pakte haar bij de schouders, zijn armen gestrekt. ‘Me wat moeten vertellen?’

Toen, zo goed en zo kwaad als het ging tussen haar huilbuien door, vertelde ze het hem, van de allereerste keer dat Rahul haar had opgezocht op de Penn, dat hij toen bier niet eens lekker vond, en daarna van al de blikjes die ze in de loop der jaren hadden verstopt en dat het op den duur geen spelletje meer voor hem was maar een manier van leven, een manier van leven die hem van haar familie had vervreemd en hem te gronde had gericht.

Roger keek om zich heen in zijn werkkamer met de wanden vol boeken, zijn kasten vol archiefmappen, zijn briefkaarten met nobele portretten aan de muur boven zijn bureau. Een uitdrukking van afkeer verscheen op zijn gezicht. En toen keek hij naar Sudha, zijn afkeer voor haar overduidelijk. 'Je hebt tegen mij gelogen, Sudha. Ik heb nooit tegen jou gelogen. Ik zou zoiets als dit nooit voor jou verzwegen hebben.'

Ze knikte. Ze huilde nog steeds, met Neel in haar armen geklemd. Roger nam hun zoon van haar over en liet haar achter bij Rahul, die plat op zijn rug lag, met één been over de rand van de slaapbank, zijn ontspannen gezicht naar de muur gekeerd.

Ze bleef de hele nacht wakker, naast Roger die stijf als een plank op zijn zij lag. Ze waren zonder eten naar bed gegaan, hadden de drie biefstukken in de vriezer gegooid. Rahul was niet meer wakker geworden. Ze wist dat Roger gelijk had, dat zij, als het zijn broer was geweest, hetzelfde zou hebben gezegd en gedaan. Ze dacht aan haar ouders, die hadden geloofd dat hun kinderen voor het succes geboren waren en zich geen raad wisten toen er een faalde. Na alles wat Rahul hun had aangedaan hadden ze hem nooit verstoten, hem nooit de deur gewezen. Ze waren niet in staat hem buiten te sluiten. Maar Roger was er wel toe in staat, en Sudha realiseerde zich, in de loop van haar slapeloze nacht, dat ook zij het kon.

Tegen het aanbreken van de dag dommelde ze in en toen ze een uur later wakker werd, hoorde ze de douche. Het geluid hield lang aan. Ze werd ongerust en wilde gaan kloppen, maar toen hoorde ze de deur opengaan en even later het geluid van voetstappen die de trap afdaalden.

'Ik had de kinderstoel nog willen schoonmaken,' zei Rahul toen ze de keuken in kwam. Hij had een badjas van Roger aan en tuurde door zijn wimpers, alsof het souterrain baadde in het licht. Zijn stem klonk nors en het effect van de drank was duidelijk in de behoedzame maar onhandige manier waarop hij zich bewoog. Hij had de ketel met water gevuld, het gas aangezet en koffie afgemeten in de glazen pot. 'Het spijt me.'

'Ik dacht dat je genezen was.'

Hij keek haar tersluiks, heel even, aan. Hij kwam haar voor als een idioot, duf en traag.

'Wat is er in godsnaam gebeurd, Rahul?'

Hij antwoordde niet.

'Komt het door mij?' vroeg ze. Want dat had ze zich afgevraagd, in de lange uren die ze wakker had gelegen, of hij bij het zien van haar aan het verleden was herinnerd, aan die avonden dat ze samen hun ouders hadden getrotseerd, warm bier in bekers met ijs hadden geschonken en een heel eigen band hadden gesmeed. Het water kwam aan de kook en de ketel begon zachtjes te fluiten. Ze draaide het gas uit en schonk het water in de koffiepot. 'Je moet naar het vliegveld,' zei ze.

'Mijn vliegtuig vertrekt pas vanavond.'

'Nu, Rahul. Je moet je aankleden en nu weggaan. Je hebt Neel in het bad laten zitten.' Haar stem begon te beven en werd tegelijkertijd luider, terwijl het afschuwelijke beeld haar opnieuw overspoelde.

'O ja?'

'Ja, Rahul,' zei ze, en weer stroomden de tranen haar over de wangen. 'Je bent in slaap gevallen en hebt ons kind alleen in het bad laten zitten. Hij had kunnen verdrinken, begrijp je dat wel?'

Hij wendde zich af, met zijn rug naar haar toe. Hij drukte zijn hoofd tegen een kastje en bewoog het langzaam heen en weer, zachtjes vloekend in zichzelf. Toen, zonder haar aan te kijken, zei hij: 'Maar hij mankeert niks, toch, Didi? Ik heb vanochtend even in zijn kamer gekeken en hij lag lekker te slapen in zijn bedje.'

'Je moet nu weggaan.' Ze zei het bijna fluisterend. Ze was zich ervan bewust dat ze klonk als een kapotte grammofoonplaat. De hele nacht had er een onweersbui in haar gewoed; die bui had zich ontladen en nu was ze simpelweg uitgeput.

‘Ik ben er maanden van afgebleven,’ zei hij. ‘Ik weet niet wat er is gebeurd. Ik nam maar een heel klein…’

‘Stil,’ zei ze, en hij zweeg. ‘Ik wil je uitleg niet horen. Heb je me begrepen? Ik wil het niet horen.’

Hij hield verder zijn mond. Hij ging naar boven om zich aan te kleden en zijn weekendtas te halen en bleef toen in de woonkamer staan wachten terwijl ze een minitaxi voor Heathrow belde. Ze stak hem vijftig pond toe voor de rit en hij nam het van haar aan. Daarna ging hij de deur uit, om buiten op de taxi te wachten. Toen die voor de deur stopte, liep ze naar het raam, trok de vitrage opzij en zag hem achter instappen. De taxi reed weg en ze bleef achter, starend in het grauwe ochtendlicht. Ze wist niet meer wanneer ze was opgehouden met huilen. Opeens voelde ze zich klaarwakker. Ze hoorde Neel boven in zijn bedje. Nog even en hij zou gaan roepen omdat hij haar nodig had, omdat hij zijn ontbijt wilde; hij was nog zo jong dat Sudha nog alleen maar goedheid voor hem betekende, anders niets. Ze keerde terug naar de keuken, opende een kastje, haalde er een pak Weetabix uit, warmde melk in een pannetje. Er wreef iets langs haar enkels en ze zag dat de ballon die aan de rugleuning van Neels kinderstoel zat vastgebonden niet meer aan zijn lintje zweefde. Hij was naar de vloer gezakt, een verschrompeld ding dat niet meer kon klappen. Ze knipte met een schaar het lint door en stopte het hele geval in de vuilnisbak, verrast omdat het zo weinig plaats innam, denkend aan de echtgenoot die haar niet langer vertrouwde, aan de zoon wiens kreet haar nu onderbrak, aan het jonge gezin dat die ochtend was opengebroken, even typisch en even angstaanjagend als elk ander.

# Het gaat niemand wat aan

Om de haverklap belden er mannen voor Sang die met haar wilden trouwen. Meestal kende Sang deze mannen niet. Ze had soms nooit van ze vernomen. Maar die mannen hadden gehoord dat ze mooi was en intelligent en dertig en Bengaals en nog ongetrouwd, en dus kregen die mannen, die voor het merendeel zelf ook Bengaals waren, haar nummer van iemand die iemand kende die haar ouders kende, die haar, aldus Sang, liever vandaag dan morgen getrouwd wilden zien. Volgens Sang haalden die mannen altijd de feiten door elkaar als ze met haar spraken en zeiden ze bijvoorbeeld dat ze gehoord hadden dat ze fysica studeerde, in plaats van filosofie, of dat ze was afgestudeerd aan Columbia, in plaats van de NYU, of ze noemden haar Sangeeta, in plaats van Sang, wat haar roepnaam was. Ze vonden het een grote prestatie dat ze ging promoveren aan Harvard, terwijl ze in werkelijkheid al na een semester aan Harvard was afgehaakt en nu parttime werkte in een boekwinkel aan het plein.

Sangs huisgenoten, Paul en Heather, wisten altijd wanneer er een huwelijkskandidaat aan de telefoon was. 'O. Hallo,' zei Sang dan, zittend aan de imitatie-notenhouten keukentafel, rollend met haar ogen, koperkleurige ogen, die soms groen werden. Ze zat onderuitgezakt op haar stoel, met een geïrriteerde maar berustende uitdrukking op haar gezicht, alsof ze in een metro zat die stilstond tussen twee stations. Tot Pauls lichte teleurstelling bleef Sang altijd beleefd tegen die mannen. Ze luisterde als ze uitlegden welke ingewikkelde, vergezochte connectie er tussen hen en haar bestond, connecties waar Paul vaag jaloers op was, ondanks het feit dat hij met Sang een huis deelde, en een keuken, en een abonnement op de *Globe*. De huwelijkskandidaten belden uit het verre Los Angeles, of het naburige Waterton. Eén keer, zo vertelde ze aan Paul en Heather, had ze er werkelijk in toegestemd zo'n man te ontmoeten, en die was met haar via de Interstate 93 naar het noorden gereden en had haar vanaf de snelweg het bedrijf gewezen waar hij werkte. Daarna was hij met haar naar een Dunkin' Donuts gegaan, waar hij haar bij krullen en koffie ten huwelijk had gevraagd.

Soms maakte Sang tijdens deze gesprekken aantekeningen op het notitieblok dat altijd naast de telefoon lag. Dan schreef ze de naam van de man op, of 'Carnegie Mellon gedaan', of 'houdt van detectiveromans', waarna haar pen verstrooiing zocht in krabbels en sterren en spelletjes boter-kaas-en-eieren. Beleefdheidshalve stelde ze ook een paar vragen: of de man hield van zijn werk als econoom, of tandarts, of metallurgisch ingenieur. Het leugentje om bestwil waarmee ze deze mannen met hun uitnodigingen voor dure diners afscheepte, was onveranderlijk: ze had het te druk met haar studie, met Harvard, dus. Soms, als Paul aan tafel zat, schreef ze hem tijdens zo'n telefoongesprek een kattebelletje: 'hij praat als een jochie van twaalf' of 'onvoorstelbaar ei' of 'deze jongen heeft ooit overgegeven in het zwembad van mijn ouders', en hield ze met de telefoon tegen haar oor gedrukt het notitieblok voor Pauls neus.

Pas als Sang had opgehangen, begon ze te klagen. Hoe haalden die mannen het in hun hoofd haar te bellen? Hoe haalden ze het in hun hoofd haar op te sporen? Het was een inbreuk op haar privacy, een belediging van haar volwassenheid. Het was zielig. Paul en Heather zouden het eens moeten horen, hoe ze zaten te zeuren over zichzelf. Op zo'n moment zei Heather wel eens: 'God, Sang, ik snap niet wat er te klagen valt. Tientallen mannen, geslaagde mannen, misschien wel mooie mannen, willen met je trouwen, ongezien. En jij wilt dat we medelijden met je hebben?' Heather, die rechten studeerde aan het Boston College, was al vijf jaar tegen haar zin alleen. Ze hield Sang voor dat de aanzoeken romantisch waren, maar Sang schudde haar hoofd. 'Het is geen liefde.' Volgens Sang kwam het eigenlijk neer op een gearrangeerd huwelijk. Die mannen waren niet echt in haar geïnteresseerd. Ze waren geïnteresseerd in een mythisch wezen dat gecreëerd was door een gecompliceerd roddelcircuit, een spinsel van wishful thinking binnen de Indiase gemeenschap waarin zij figureerde als overjarig, vergeten affichemodelletje voor jaren traditioneel Indiaas dansonderricht, met volmaakte toetsresultaten. Als ze ook maar enige notie hadden van wie ze werkelijk was en hoe ze haar kost verdiende, haar toetsresultaten ten spijt, namelijk met het bedienen van een kassa en het in piramidevorm stapelen van pocketboeken, zouden ze dan ook maar iets met haar te maken willen hebben? 'En bovendien,' hield ze Paul en Heather altijd voor, 'ik heb al een vriend.'

'Jij bent net Penelope,' waagde Paul het op een avond te zeggen. Hij had onlangs de Homerusvertaling van Lattimore gelezen, als voorbereiding op zijn mondeling examen Engelse literatuur het volgend voorjaar.

'Penelope?' Ze stond bij de magnetron, waarin ze rijst opwarmde. Paul keek toe terwijl ze het bord eruit haalde en door de dampende rijst een lepel van de donkergekleurde, gloeiend hete limoenchutney mengde die naast zijn pindakaas in de deur van de koelkast stond.

'Uit de *Odyssee*?' zei Paul minzaam, een vraag die paste bij haar vraag. Hij was lang zonder slungelig te zijn, met stevige vingers en kuiten, en fijn, strokleurig haar. Het meest opvallende aan zijn verschijning was een dure, trendy bril met volmaakt ronde glazen gevat in een roodbruin montuur, die een aantrekkelijk verkoopstertje in een brillenwinkel in Beacon Street hem had aangepraat. Paul had de bril bij het passen al lelijk gevonden, en hij vond hem nog steeds niet mooi.

‘Precies, de *Odyssee*,’ zei Sang, terwijl ze aan tafel ging zitten. ‘Penelope. Ik kan alleen niet breien.’

‘Weven,’ corrigeerde hij haar. ‘Penelope weefde een lijkkleed en haalde het telkens weer uit, om zich haar vrijers van het lijf te houden.’

Sang bracht een vork rijst naar haar mond en blies erop om hem te laten afkoelen. ‘Maar wie is dan die vrouw die zit te breien?’ vroeg ze. Ze keek Paul aan. ‘Dat hoor jij te weten.’

Paul zweeg. Hij wilde graag indruk op haar maken, maar hij tastte in het duister. Hij wist dat het iemand in Dickens was, hij had de pockets boven op zijn kamer. ‘Ik ben zo terug,’ zei hij. Toen bleef hij staan, opgelucht. ‘*A Tale of Two Cities*,’ zei hij. ‘Madame Defarge’.

Paul had de telefoon opgenomen toen Sang voor de eerste keer belde, op een zaterdag om negen uur ’s ochtends, om te reageren op de advertentie voor een huisgenoot die hij en Heather in de *Phoenix* hadden gezet. Hij was door de telefoon gewekt en vroeg zich slaapdronken in zijn badjas af wat Sang voor soort naam was, half verwachtend dat ze een Japanse zou zijn. Pas toen ze aan het eind van haar bezoek een cheque uitschreef voor haar waarborgsom, zag hij dat ze officieel Sangeeta Biswas heette. Dat was de naam die hij zou zien op haar post, op de etiketten van de dikke, duur geurende nummers van *Vogue* die ze maandelijks ontving, en in het adresvenster van de elektriciteitsrekening die ze op haar conto wilde nemen. Heather stond onder de douche toen Sang arriveerde en op de bel drukte die plechtig twee gongtonen voortbracht, dus begroette Paul haar alleen. Ze had haar haar los gedragen, iets wat ze zelden deed, zoals Paul later merkte, en toen hij achter haar liep had hij met plezier gekeken naar de manier waarop het zich beschermend aan haar lichaam hechtte, over de verhoging van haar schouderbladen heen. Ze had de spectaculaire centrale trap bewonderd, zoals vrijwel iedereen, en haar hand over de leuning laten glijden. De trap maakte zes keer na zes treden een hoek van negentig graden en was gemaakt van glad, donker hout met de glans van cognac. Het was het enige in het huis wat van duurzame schoonheid was, een valse belofte van wat zich boven bevond: foeilelijke bruine keukenkasten, muffe badkamers waarin tegels ontbraken, alomtegenwoordige beigegrijze vloerbedekking ter bescherming van de oren van de huiseigenaars, die beneden woonden.

Ze had opgemerkt hoe ruim het was, en de overloop afgepast voordat ze de lege kamer betrad waar Paul op haar wachtte. In de hoek bevond zich een ingebouwde kast met Dorische pilasters en deuren met glazen ruitjes, die Sang open- en dichtdeed. Paul vertelde haar dat de kamer oorspronkelijk de eetkamer was geweest en dat de kast als servieskast was bedoeld. Aan de overkant van de overloop was een badkamer; Paul en Heather deelden de grotere badkamer boven. 'Ik heb het gevoel dat ik in een lege ijskast sta,' had ze gezegd, doelend op het feit dat de muren, vroeger blauw, waren overgeschilderd met een enkele laag witte verf; het effect, in het felle licht van de plafonnière, was kil en kaal. Ze wreef met haar hand over een muur en plukte er voorzichtig een stuk plakband af. Er had tussen de kamer en de keuken ooit een boogvormige deuropening gezeten die later was weggewerkt, maar Sang zag dat de boog nog steeds zichtbaar was, als een litteken in het pleisterwerk.

Tijdens haar bezoek ging de telefoon; nog iemand die op de advertentie reageerde, maar inmiddels had ze haar waarborgsom al overhandigd. Ze had kennisgemaakt met Heather en nu zaten ze met hun drieën te babbelen in de woonkamer met de verveloze erker en de zachte, smoezelige bank en gele papasan-stoel. Ze vertelden haar volgens welk systeem ze het corvee verdeelden, en over de verhuurders, beiden arts in Brigham and Women's, het academisch ziekenhuis van de Harvard Universiteit. Ze vertelden haar dat er in het hele huis maar één telefoonaansluiting was, in de keuken. De telefoon zat aan een snoer dat zo lang was dat iedereen het toestel naar zijn kamer kon slepen, al werd het te ver slepen van het snoer soms gestraft met een hardnekkig gekraak.

'We willen eigenlijk een tweede aansluiting laten maken, maar dat is nogal duur,' zei Heather.

'Ik vind het geen punt,' zei Sang.

Paul, die maar zelden belde of gebeld werd, zei niets.

Ze had praktisch niets aan het huis bij te dragen, geen pannen of apparaten, niets voor de keuken behalve een kwijnende hangplant die gele, hartvormige bladeren verloor. Een vriend hielp haar op een zondag met verhuizen, een vriend die niet, concludeerde Paul, haar vriend was (want ze had het bij haar eerste bezoek over haar vriend gehad en verteld dat die de zomer bij zijn ouders in Cairo doorbracht, dat hij een Egyptenaar was en aan Harvard geschiedenis van het Midden-Oosten doceerde). De vriend die haar hielp heette Charles. Hij droeg hoge sportschoenen en een feloranje bowlingshirt en had zijn haar bijeengebonden in een kort, dik staartje. Hij vertelde Sang over een afspraakje dat hij de vorige dag had gehad, onder het uitladen van een futon, twee grote gehavende koffers, een reeks boodschappentassen en een paar dozen, uit de laadbak van een pick-uptruck. Paul had vanaf de veranda, waar hij probeerde de *Canterbury Tales* te lezen, geroepen dat hij graag wilde helpen, maar Sang zei nee, het was niet de moeite. Hun gepraat leidde hem af en toch bleef hij door de balustrade naar Sang zitten kijken. Charles zei plagerig dat ze niet te veel spullen mocht kopen, zodat haar volgende verhuizing net zo gemakkelijk zou zijn. Sang had om hem gelachen, maar nu zweeg ze opeens en er verscheen een peinzende uitdrukking op haar gezicht. Ze keek op naar het huis, een samengebald dekbed in haar armen. 'Ik weet het niet, Charles. Ik weet niet hoe lang ik hier blijf.'

'Wil hij nog steeds niet met je samenwonen voordat jullie getrouwd zijn?'

Ze schudde haar hoofd.

'Wat zegt hij dan?'

'Dat hij het niet wil bederven.'

Charles verschikte het gewicht van de doos die hij droeg. 'Maar hij zegt wel met zoveel woorden dat jullie gaan trouwen.'

Ze liep terug naar de truck. 'Hij zegt dingen als: "Als we kinderen krijgen kopen we een groot huis in Lexington".'

'Jullie zijn al drie jaar samen,' zei Charles. 'Hij is dus een beetje ouderwets. Dat waardeer je toch in hem, of niet?'

De eerste paar nachten sliep Sang op de bank in de woonkamer en stonden haar spullen zolang in de hoek, zodat ze haar kamer kon schilderen. Zowel Paul als Heather was verrast; zij hadden geen van beiden de moeite genomen veel aan hun kamer te doen toen ze erin trokken. Voor de muren had ze een rustgevend saliegroen gekozen; voor het houtwerk een heel licht lavendelblauw, een kleur die door de verffabriek als 'mol' werd bestempeld. Volgens haar zag een mol er heel anders uit, zei ze tegen Paul, terwijl ze stevig in de verfpot op het aanrecht roerde. 'Hoe zou jij het genoemd hebben?' vroeg ze hem opeens. Hij kon niets bedenken. Pas toen hij weer boven alleen aan zijn multiplex bureau zat, achter stapels dikke boeken van dundrukpapier, herinnerde hij zich het ijs dat zijn moeder altijd bestelde bij de Newport Creamery als hij daar met zijn ouders op zondagavond hamburgers ging eten. Zijn moeder was jaren geleden gestorven, zijn vader niet lang na haar. Ze hadden Paul laat in hun leven geadopteerd, toen ze al in de vijftig waren, zodat ze vaak voor zijn grootouders waren aangezien. Toen Sang die avond de keuken in kwam, zei Paul: 'Zwarte frambozen.'

'Pardon?'

'De verf.'

Op haar gezicht verscheen een licht bezorgd lachje, alsof ze te maken had met een verward kind. 'Wat grappig.'

'Die naam?'

'Nee. Het is gewoon een beetje grappig zoals jij een gesprek weer oppakt dat we, zeg maar, zes uur geleden hebben gehad en dan van mij verwacht dat ik nog weet waar je het over had.'

Zodra Paul de volgende morgen zijn kamerdeur opendeed, rook hij de verse maar weeïge geur van verf en hoorde hij het geluid van de verfroller die op en neer ging over een muur. Nadat Heather de deur uit was gegaan, had Sang muziek aangezet, de ene Billie Holiday-cd na de andere. Het was broeierig, drukkend weer en Paul zat te werken in de betrekkelijke koelte van de woonkamer, een paar passen via de overloop van Sang verwijderd.

'O, god,' riep ze toen ze hem, onderweg naar de wc, zag zitten. 'Je wordt zeker gek van die muziek.' Ze droeg een afgeknipte spijkerbroek en een zwart topje met bandjes als van een beha. Ze liep op blote voeten en haar kuiten en dijen zaten onder de verfspatten.

Hij loog dat hij dikwijls met muziek aan studeerde. Omdat hij merkte dat ze het vaakst in de keuken moest zijn, om haar kwasten schoon te spoelen of een paar happen yoghurt te eten uit een grote pot, verhuisde hij de tweede dag daarheen, waar hij thee zette en tot haar grote pret het alarm op zijn horloge instelde om te weten wanneer hij de blaadjes eruit moest halen. 's Middags belde haar zuster uit Londen, met een stem die hetzelfde klonk als die van Sang. Een ogenblik geloofde Paul werkelijk dat het Sang zelf was die hem op mysterieuze wijze vanuit haar kamer belde. 'Ik heb nu geen tijd, ik schilder mijn kamer salie en mol,' vertelde ze haar zuster opgewekt, en toen ze de hoorn van de donkerbruine telefoon op de haak legde, zaten er een paar molkleurige vingerafdrukken op.

Hij studeerde graag in haar vluchtige gezelschap. Ze was onder de indruk van hoe ver hij al met zijn doctoraal was – ze vertelde hem dat toen ze een jaar eerder aan Harvard was afgehaakt haar moeder zich een week in haar slaapkamer had opgesloten en haar vader niet tegen haar wilde praten. Ze had het helemaal gehad met de academische wereld, het prestatiegerichte karakter ervan, het monnikenleven waartoe het je dwong. Dat was wat haar vriend deed, die altijd stukken van zijn dag afbakende en thuis met de telefoonstekker uit de muur zijn voordrachten voor de volgende conferentie schreef. 'Jij wordt daar goed in,' verzekerde ze Paul. 'Jij gaat er echt voor, dat kan ik zien.' Toen ze hem vroeg wat zijn examen inhield, vertelde hij haar dat het drie uur zou duren, dat er drie examinatoren zouden zijn en dat het over drie eeuwen Engelse en Europese literatuur zou gaan.

'En kunnen ze je alles vragen?' wilde ze weten.

'Binnen redelijke grenzen.'

'Wauw.'

Hij vertelde haar niet de waarheid – dat hij het examen al het jaar daarvoor had gedaan en ervoor was gezakt. Zijn examencommissie en een handjevol medestudenten waren de enigen die het wisten, en de reden dat hij nu liever thuisbleef was dat hij die niet tegen het lijf wilde lopen. Hij was niet gezakt doordat hij zich niet goed had voorbereid, maar doordat zijn brein hem die mooie ochtend in mei in de steek had gelaten, op onverklaarbare wijze was verkrampt, als een onwillige spier die in zijn slaap zijn tenen kromde. Vijf ondraaglijke minuten lang, terwijl de professoren hem aanstaarden met hun schrijfblokken vol vragen, terwijl op Commonwealth Avenue de treinen af en aan reden, was hij niet in staat geweest de eerste vraag te beantwoorden, over de komische schurkenstreken in *Richard III*. Hij had dat toneelstuk zo vaak gelezen dat hij zich elke scène voor de geest kon halen, niet zoals het op het toneel kon worden gespeeld maar als de bleke gedrukte kolommen in zijn Pelican Shakespeare. Hij voelde zichzelf vuurrood worden; het was de nachtmerrie die hij al maanden voor het examen had gehad. Zijn ondervragers waren geduldig, probeerden het met een andere vraag, waar hij zich stotterend doorheen worstelde, halverwege een gedachte bleef steken en niet meer in staat was om verder te gaan, tot uiteindelijk een van de professoren, met wit haar als een krans van sneeuw om zijn overigens kale hoofd, zijn hand opstak als een politieagent die het verkeer tegenhield en zei: 'De kandidaat is gewoon nog niet klaar.' Paul was naar huis gelopen, met de stropdas die hij voor de gelegenheid had gekocht in zijn zak, en was een week het huis niet uit gekomen. Toen hij naar de universiteit terugging was hij vijf kilo afgevallen en had de secretaresse van de vakgroep hem gevraagd of hij verliefd was.

Een week nadat Sang bij hen was ingetrokken, belde er een huwelijkskandidaat. Inmiddels was het schilderwerk klaar, de sombere kamer herschapen. Ze was bezig afplakband van de raamsponningen te halen toen Paul kwam zeggen dat er iemand met de naam Asim Bhattacharya in Genève aan de telefoon was. 'Zeg maar dat ik niet thuis ben,' zei ze zonder te aarzelen. Hij noteerde de naam, zorgvuldig gespeld door de beller, die voor hij ophing gezegd had: 'Zeg maar dat Pinkoo heeft gebeld.'

Er belden meer mannen. Een van hen vroeg Paul, mismoedig, of hij Sangs vriend was. De mogelijkheid alleen al, uitgesproken door een vreemde, bezorgde hem een schok. Iets dergelijks was al eens eerder in dit huis gebeurd, het eerste jaar dat Paul er woonde – twee huisgenoten waren verliefd op elkaar geworden en waren toen het huis uit gegaan om met elkaar te trouwen. 'Nee,' antwoordde hij de beller, 'ik ben alleen maar haar huisgenoot.' Toch voelde hij zich de hele dag bezwaard door de vraag, bang dat hij alleen maar door de telefoon aan te nemen op de een of andere manier zijn boekje te buiten was gegaan. Een paar dagen later vertelde hij het aan Sang. Ze lachte. 'Hij zal wel in alle staten zijn, nu hij weet dat ik met een man samenwoon,' zei ze. 'De volgende keer,' adviseerde ze, 'moet je ja zeggen.'

Een week later waren ze gedrieën in de keuken; Heather vulde een thermosfles met echinaceathee omdat ze verkouden was en de hele dag colleges moest volgen; Sang zat gebogen over de krant en haar koffie. Ze had zich de avond ervoor in de badkamer opgesloten en nu zaten er rossige plukjes in haar haar. Toen de telefoon ging en Paul opnam, nam hij aan dat er weer een huwelijkskandidaat aan de lijn was, omdat de beller, zoals vele van Sangs huwelijkskandidaten, een licht buitenlands accent had, hoewel dit eerder verfijnd klonk dan onbeholpen.

Het enige verschil was dat hij niet naar Sangeeta vroeg, maar zei dat hij Sang wilde spreken. Toen Paul vroeg wie hij kon zeggen dat er belde, antwoordde hij op enigszins geïrriteerde toon: 'Ik ben haar vriend.' De woorden troffen Paul als het doffe maar pijnlijke kloppen van een doktersinstrument. Hij zag dat Sang afwachtend naar hem keek en haar stoel al een stukje achteruitgeschoven had.

'Voor mij?'

Hij knikte en Sang nam de telefoon mee naar haar kamer.

'Vriend,' meldde Paul aan Heather.

'Hoe heet hij?'

Paul haalde zijn schouders op. 'Zei hij niet.'

'Nou, ze zal wel dolgelukkig zijn,' zei Heather met iets van bitterheid in haar stem, terwijl ze haar thermosfles dichtschroefde.

Paul had met Heather te doen, met haar rode, ruwe neus en haar plompe figuur, maar dat woog niet op tegen zijn behoefte Sang in bescherming te nemen. 'Hoe bedoel je?' vroeg hij.

'Omdat haar vrijer terug is en ze dus tegen al die andere kerels kan zeggen dat ze op kunnen lazeren.'

De vriend stond met Sang op het trottoir naar het huis te kijken, toen Paul op zijn fiets terugkwam van een dag fotokopiëren in de bibliotheek. Een donkergroene BMW was aan de stoeprand geparkeerd. Het stel stond daar wat gewild intiem, hun donkere hoofden naar elkaar toe gebogen.

'Blijf bij het raam vandaan als je je verkleedt,' hoorde Paul hem zeggen. 'Ik kan door het gordijn heen kijken. Kon je geen kamer aan de achterkant krijgen?' Paul stapte op korte afstand van hen van zijn fiets en verstelde de schouderbanden van zijn rugzak. Hij was zich onaangenaam bewust van zijn sjofele kleding – korte broek, Birkenstocks en een oud Dartmouth-T-shirt – zijn bleke benen bedekt met warrig blond haar. De vriend droeg een als gegoten zittende gebleekte spijkerbroek, een wit overhemd, een marineblauwe blazer en bruinleren schoenen. Zijn scherpe gelaatstrekken dwongen bewondering af zonder te imponeren. Zijn haar, daarentegen, was aan de lange kant en omlijstte zijn gezicht op een overdadige, onverwachte manier. Hij zag er een aantal jaren ouder uit dan Sang, constateerde Paul, maar in bepaalde opzichten leek hij sterk op haar, want ze waren even lang, hadden dezelfde gouden huidskleur, hetzelfde groepje moedervlekjes boven en onder hun mond. Toen Paul naar hen toe liep, stond Sangs vriend nog steeds het huis te inspecteren. Hij tastte met zijn blik de geel- en okerkleurige victoriaanse gevel af alsof hij naar gebreken zocht, tot hij plotseling opzij keek, afgeleid door het blaffen van een hond.

'Is er een hond in huis?' vroeg de vriend. Hij deed een vreemd, dansachtig pasje naar links, waardoor hij half achter Sang kwam te staan.

'Nee, gekkie,' zei Sang plagerig, met haar hand over zijn achterhoofd strijkend. 'Geen honden, geen rokers. Dat waren de enige adressen die ik heb gebeld, vanwege jou.' Het blaffen hield op en de stilte die viel leek haar woorden te onderstrepen. Ze had een ketting van lapis kralen om haar hals, die ze nu betastte op een manier die Paul het idee gaf dat het een cadeautje was. 'Paul, dit is Farouk. Farouk is bang voor honden.' Ze gaf Farouk een kus op zijn wang.

'Freddy,' zei Farouk, terwijl hij knikte in plaats van zijn hand uit te steken en zich meer tot Sang richtte dan tot Paul. Ze schudde haar hoofd.

'Voor de miljoenste keer, ik noem je geen Freddy.'

Farouk keek haar aan zonder humor in zijn blik. 'Waarom niet? Jij wilt dat mensen je Sang noemen.'

Ze liet zich niet uit het veld slaan. 'Dat is wat anders. Dat is echt een deel van mijn naam.'

'Nou, ik ben Paul, en daar moet ik het wel zo'n beetje mee doen,' zei Paul. Niemand lachte.

Opeens was ze nooit meer thuis. Als ze wel thuis was, zat ze op haar kamer, vaak met de telefoon, de deur gesloten. Tegen etenstijd was ze meestal alweer weg. De spullen op haar plank van de koelkast, de grote potten yoghurt en de crackers en de tabouleh, bleven onaangeroerd. Op de yoghurt prijkte op den duur een muts van groen dons, die aan Sang, toen ze uiteindelijk het deksel eraf haalde, kreten van afschuw ontlokte. Het was niet meer dan normaal, zo hield Paul zichzelf voor, dat die twee samen alleen wilden zijn. Tot zijn verrassing liep hij haar op een dag tegen het lijf in het delicatessenwinkeltje in de buurt, met haar mandje boordevol etenswaren die ze nooit naar het huis meenam: paarse netjes met sjalotjes, geitenkaas in olie, vlees verpakt in slagerspapier. Omdat het regende, bood Paul, die met de auto was, haar een lift aan. Ze zei nee dank je wel, en zette koers naar het station van de metro, met een honkbalpet van Harvard op haar hoofd en de zak met boodschappen tegen haar borst gedrukt. Hij had geen idee waar Farouk woonde; hij stelde zich een prachtig huis voor in Brattle Street, met openslaande tuindeuren en fraai lijstwerk.

Het was altijd even schrikken om Farouk in het huis aan te treffen. Hij kwam sporadisch op bezoek en scheen ongezien te verschijnen en weer te verdwijnen. Tenzij Paul uit het raam keek en de BMW zag, altijd precies in de schaduw van een berk geparkeerd, kon hij niet zeggen of hij er was. Hij groette nooit als hij aankwam of wegging; hij gedroeg zich alsof Sang de enige bewoner van het huis was. Ze zaten nooit in de woonkamer, of in de keuken. Eén keer maar, toen Paul van een fietstocht terugkwam, zag hij ze boven zitten, lunchend op de veranda. Ze zaten zij aan zij, met de benen over elkaar, en Sang bracht een vork naar Farouks mond terwijl ze haar andere hand als een kommetje eronder hield. Toen Paul het huis binnen kwam, waren ze naar haar kamer gegaan.

Als ze niet met Farouk samen was, deed ze dingen voor hem. Ze las de drukproef van een artikel dat hij geschreven had, om de tikfouten eruit te halen. Ze maakte zijn doktersafspraken. Ze was een keer een hele ochtend bezig met de gouden gids om de prijzen van tegels uit te zoeken; Farouk dacht erover zijn keuken op te knappen.

Eind september constateerde Paul dat er zich een vast patroon had ontwikkeld: op maandag, als Sang vrij had van de boekwinkel, kwam Farouk tussen de middag eten. Ze aten samen op haar kamer; soms hoorde hij hen praten onder het eten, of het tikken van hun lepels tegen soepkommen, of de Nocturnes van Chopin. Ze vreeën in stilte, gelukkig, vergeleken met andere stellen die hij in de loop der jaren in het huis bezig had gehoord – maar hun aanwezigheid noopte hem al snel om 's maandags naar de bibliotheek uit te wijken, want hij had zich toch geërgerd, zelfs gegeneerd, toen haar deur een keer half openstond en hij Farouk zijn spijkerbroek dicht had zien ritsen.

Er waren drie jaar verstreken sinds Theresa, de enige vriendin die hij ooit had gehad. Daarna was hij niet meer met een meisje uit geweest. Omwille van Theresa was hij in Boston gaan studeren. Een paar maanden had hij met haar samengewoond in haar appartement in St. Botolph Street. Met Thanksgiving had hij met haar een bezoek aan haar ouders in Deerfield gebracht. Daar was het geëindigd. 'Het spijt me, Paul, ik kan er niets aan doen, maar ik hou gewoon niet van de manier waarop je me kust,' zei ze tegen hem toen ze in bed lagen. Hij zag zichzelf nog naakt aan één kant van de matras zitten, in een kamer die hij, zo wist hij opeens, nooit meer terug zou zien. Hij had geen tegenwerpingen gemaakt; na zijn afgang werd hij vreemd gemakkelijk en meegaand, met haar, met iedereen.

Op een nacht lag Paul in bed te lezen toen hij een auto voor het huis hoorde stoppen. De klok op zijn bureau wees twintig over twee. Hij knipte zijn lamp uit en stond op om uit het raam te kijken. Het was november. Een volle maan verlichtte de brede, verlaten straat die geflankeerd werd door vuilniszakken en biobakken. Voor het huis stond een taxi, met draaiende motor. Uit de taxi stapte Sang, alleen. Bijna een minuut lang stond ze daar op het trottoir. Hij wachtte bij het raam tot ze de stoep naar de voordeur beklom en luisterde hoe ze de trap op ging en haar kamerdeur sloot. Farouk had haar die middag opgehaald; Paul had haar in zijn auto zien stappen. Hij dacht dat ze misschien ruzie hadden gehad, hoewel hij de volgende dag geen teken van onenigheid kon bespeuren. Hij hoorde haar opgewekt tegen Farouk praten door de telefoon, over welke film ze zouden huren. Maar die nacht, rond dezelfde tijd, gebeurde hetzelfde. De derde nacht bleef hij expres wakker om er zeker van te zijn dat ze thuiskwam.

De volgende morgen, een zondag, zaten Paul, Heather en Sang samen in de keuken pannenkoeken te eten. Sang draaide Louis Armstrong op de cd-speler in haar kamer terwijl Paul de pannenkoeken bakte.

'Vanavond blijft Kevin slapen,' zei Heather. Ze kende hem nog niet lang. Hij doceerde natuurkunde aan het MIT. 'Hopelijk is dat oké.'

'Natuurlijk,' zei Paul. Hij mocht Kevin graag. Kevin kwam vaak eten, bracht dan bier mee en hielp na afloop met de afwas, waarbij hij evenveel met Paul praatte als met Heather.

'Ik vind het jammer dat ik hem steeds misloop,' zei Sang. 'Hij lijkt me heel aardig.'

'We zullen zien,' zei Heather. 'Volgende week vieren we dat we elkaar een maand kennen.'

Sang lachte, alsof deze bescheiden mijlpaal eigenlijk iets van veel groter betekenis was. 'Gefeliciteerd.'

Heather hield haar vingers gekruist. 'Het volgende stadium is zeker als je besluit de weekenden samen te gaan doorbrengen.'

Paul keek naar Sang, die zweeg. Ze stond op en kwam vijf minuten later uit de kelder terug met een mand wasgoed.

'Leuke boxers,' zei Heather, doelend op een paar onderbroeken die opgevouwen boven op de berg lagen.

'Die zijn van Farouk,' zei Sang.

'Heeft hij zelf geen wasmachine?' wilde Heather weten.

'Jawel,' zei Sang, zonder Heathers misprijzende blik op te merken, 'maar die werkt met muntjes.'

Rond Thanksgiving begonnen de ruzies. Paul hoorde Sang in haar kamer huilen aan de telefoon, waarvan het grijze plastic snoer over het linoleum en de overloop liep en onder haar deur verdween. Een van de ruzies hield verband met een feestje waarvoor Sang was uitgenodigd en waar Farouk niet heen wilde. Een andere ging over Farouks verjaardag. Sang was de dag ervoor bezig geweest met het bakken van een taart. Het huis rook naar sinaasappels en amandelen en Paul hoorde nog laat in de avond het geluid van de elektrische mixer. Maar de volgende middag vond hij de taart in de afvalbak.

Op een dag zag hij, thuiskomend van college, dat Farouk er was, omdat de BMW voor het huis stond. Het was een vinnig koude decemberdag; vroeg die ochtend was de eerste sneeuw van de winter gevallen. Toen hij langs Sangs kamer kwam, hoorde Paul haar schreeuwen. Ze beschuldigde hem: waarom wilde hij nooit haar vrienden ontmoeten? Waarom nodigde hij haar niet uit om met Thanksgiving mee te gaan naar zijn nicht? Waarom wilde hij nooit dat ze bij hem bleef slapen? Waarom bracht hij haar dan ten minste niet met zijn auto thuis?

'Ik betaal de taxi voor je,' antwoordde Farouk kalm. 'Wat maakt dat nu uit?'

'Ik vind het vreselijk, Farouk. Het is niet normaal.'

'Je weet toch dat ik niet goed slaap als jij er bent.'

'Hoe moet dat dan als we ooit gaan trouwen?' wilde ze weten. 'Moeten we dan altijd apart blijven wonen?'

'Sang, toe nou,' zei Farouk. 'Doe een beetje rustig, alsjeblieft. Je huisgenoten kunnen alles horen.'

'Hou op over mijn huisgenoten,' schreeuwde Sang.

'Doe niet zo hysterisch,' zei Farouk.

Ze begon te huilen.

'Ik heb je gewaarschuwd, Sang,' zei Farouk. Zo te horen was hij ten einde raad. 'Ik wil mijn leven niet delen met een vrouw die scènes maakt.'

'Val dood, jij.'

Iets, een bord of een glas, vloog tegen een muur aan scherven.

Daarna werd het stil in de kamer. Na lang wikken en wegen klopte Paul zacht op de deur. Er kwam geen antwoord. Een paar uur later botste Paul bijna tegen Sang op toen ze uit haar badkamer tevoorschijn kwam, gehuld in een grote donkerroze badhanddoek. Haar natte haar was ongekamd en verward, en een grote klit zat als een nestje aan één kant van haar hoofd. Wekenlang had hij gehoopt zo eens een glimp van haar op te vangen, en toch voelde hij zich totaal niet voorbereid op het zien van haar blote benen en armen, haar vochtige gezicht en schouders.

'Hoi,' zei hij, snel zijdelings langs haar heen schuivend.

'Paul,' riep ze even later, alsof zijn aanwezigheid pas toen tot haar doordrong. Hij keerde zich om en keek haar aan; het was nog maar even na vieren, maar de zon ging al onder in het woonkamerraam en wierp een gouden lichtvlek naast haar in de gang.

'Wat is er?' zei hij.

Ze kruiste haar armen voor zich, met elke hand een schouder bedekkend. Op haar voorhoofd zat iets wat op tandpasta leek. 'Het spijt me van daarstraks.'

'Geeft niet.'

'Geeft wel. Je zit voor een examen.'

Haar ogen schitterden, ze had een vreemd, star lachje op haar gezicht, en haar mond stond een beetje open. Hij wilde teruglachen, maar zag toen dat ze op het punt stond te gaan huilen. Hij knikte. 'Het is niet erg.'

Een week lang belde Farouk niet op, maar als de telefoon ging, vloog ze erheen. Ze was elke dag met het avondeten thuis. Ze voerde lange gesprekken met haar zuster in Londen. 'Vind jij zoiets normaal?' hoorde Paul haar zeggen, toen hij de keuken in kwam. 'We zaten een keer in de auto en toen zei hij dat ik stonk. Naar zweet. Ik moest me onder mijn oksels wassen, zei hij. Hij zei steeds dat het geen kritiek was, maar dat mensen die van elkaar hielden zoiets tegen elkaar moesten kunnen zeggen.'

Op een dag nam Charles haar mee uit en kwam ze 's avonds terug met boodschappentassen van de Kittery. Een andere avond nam ze een uitnodiging aan om met Paul, Heather en Kevin in het Coolidge-theater een film te gaan zien, maar toen ze bij de kassa stonden zei ze dat ze hoofdpijn had en liep ze weer naar huis. 'Ik wil wedden dat ze uit elkaar zijn,' zei Heather, toen ze zaten.

Maar de week daarop belde Farouk toen Sang naar haar werk was. Hoewel Farouk niet de moeite nam zijn naam te noemen, belde Paul de boekwinkel om de boodschap over te brengen.

De relatie hernam zijn loop, maar het viel Paul op dat Farouk geen voet meer in het huis zette. Hij weigerde zelfs om aan te bellen. Hij stopte bij het trottoir, liet de motor draaien en claxonneerde drie keer ten teken dat hij op haar wachtte, waarna ze met hem verdween.

In de kerstvakantie ging ze naar Londen. Haar zuster had pas een zoontje gekregen. Sang liet Paul zien wat ze allemaal voor de baby had gekocht: speelpakjes met drukkertjes, een pluchen octopus, een miniatuur Frans matrozentruitje, een mobile van sterren en planeten die licht gaven in het donker. 'Ze gaan me straks Sang Mashi noemen,' vertelde ze opgewonden, en ze legde uit dat Mashi het Bengaalse woord voor 'tante' was. Het woord klonk vreemd uit haar mond. Ze sprak nog maar zelden Bengaals – niet met haar zuster, niet met haar huwelijkskandidaten, alleen een woordje zo nu en dan tegen haar ouders in Michigan, met wie ze in het weekend belde.

'Hoe zeg je "goede reis"?' vroeg Paul.

Ze antwoordde dat ze het niet wist.

Zonder haar in huis was het gemakkelijker voor Paul om te studeren, nu hij weer ruim en helder kon denken. Over nog geen halfjaar moest hij examen doen. Een datum en tijd waren al vastgesteld: de eerste dinsdag van mei, om tien uur, gemarkeerd met een 'X' op de kalender boven zijn bureau. Sinds de zomer had hij zich opnieuw door de lijst van gedichten, kritische essays en toneelstukken heen gewerkt en er op zijn computer uittreksels van getypt. Hij had die uittreksels uitgeprint, ze met drie gaten geperforeerd en in ringbanden gestopt. Hij schreef uittreksels van de uittreksels op systeemkaarten, die hij voor het slapengaan overlas en opborg in schoenendozen. Voor Kerstmis was hij zoals altijd uitgenodigd door een tante in Buffalo, maar dit jaar sloeg hij, met zijn examen als excuus, de uitnodiging af en stuurde hij cadeautjes met de post. Ook Heather was weg; ze was met Kevin naar de wintersport in Vermont.

Ter gelegenheid van het nieuwe jaar stelde Paul een nieuw schema in, waarbij hij zich over het hele huis verspreidde. 's Ochtends repeteerde hij poëzie aan de keukentafel. Na de lunch literatuurkritiek in de woonkamer. Een toneelstuk van Shakespeare voor het slapengaan. Hij liet gaandeweg zijn spullen, zijn mappen, schoenendozen en boeken slingeren op de keukentafel, bepaalde treden van de trap, op de salontafel in de woonkamer. Hij lag op een sneeuwachtige middag in de papasan-stoel zijn aantekeningen bij Aristoteles' *Poëtica* te lezen, toen er werd aangebeld.

Het was de pakketpost met een pakje voor Sang, iets van J. Crew. Paul tekende ervoor en bracht het naar boven. Hij zette het tegen haar kamerdeur, die als gevolg daarvan iets openging. Hij trok hem stevig dicht en bleef toen een ogenblik staan met zijn hand nog op de knop. Ook al was ze in Londen, hij klopte voordat hij naar binnen ging. De futon was netjes opgemaakt, met een rode gebatikte sprei eroverheen. De groene muren waren kaal op twee ingelijste Indiase miniaturen van paleistaferelen na, mannen die liggend op kussens waterpijpen rookten en vrouwen met blote buiken dansend in een kring. Er was geen sprake van de wanorde die hij zich om de een of andere reden voorstelde als hij langs haar kamer liep; alleen buiten, door de ramen, was er de stille chaos van de sneeuwjacht. De sneeuw viel in ordeloos wervelende slierten, maar vormde toch een keurige laag op de bruine verandaleuning beneden, als was het een geschilderde sierlijst. Eén helft van het witte seersucker gordijn was losjes opgebonden met een perzikkleurige zijden sjaal die Sang soms om haar hals knoopte, waardoor de gordijnstof de vorm van een slanke zandloper had. Paul knoopte de sjaal los, zodat het gordijn voor de vensterruit viel. Zonder de sjaal met zijn gezicht aan te raken snoof hij de geur van het parfum op die in het weefsel was blijven hangen. Hij liep naar de futon en ging zitten, met zijn benen gestrekt op het beigegrijze tapijt. Hij trok zijn schoenen en sokken uit. Op een wijnkrat naast de futon stond een glas water waarin zich luchtbelletjes hadden gevormd, en een potje vaseline. Hij maakte de gesp van zijn broekriem los, maar opeens was de begeerte verdwenen, afwezig uit zijn lichaam zoals zij uit de kamer afwezig was. Hij maakte zijn riem weer vast en tilde toen langzaam de sprei op. De lakens waren van flanel, blauw en wit, met een fleur-de-lis-patroon.

Hij was in slaap gesukkeld toen hij de telefoon hoorde gaan. Hij strompelde blootsvoets Sangs kamer uit en de keuken in, over het kille linoleum.

'Hallo?'

Aan de andere kant van de lijn bleef het stil en hij wilde net ophangen toen hij een hond hoorde blaffen.

'Hallo?' zei hij weer. Het kwam bij hem op dat het Sang kon zijn, een slechte verbinding met Londen. 'Ben jij dat, Sang?'

De beller hing op.

Die avond, na het eten, ging de telefoon weer. Toen hij de hoorn opnam, hoorde hij dezelfde hond die hij eerder had horen blaffen.

'Balthazar, koest!' zei een vrouw, zodra Paul hallo had gezegd. Haar stem klonk aarzelend. Was Sang thuis? wilde ze weten.

'Ze is er niet. Kan ik een boodschap aannemen?'

Ze gaf haar naam, Deirdre Frain, en een telefoonnummer. Paul noteerde het op het notitieblok, onder Partha Mazoomdar, een huwelijkskandidaat die die ochtend uit Cleveland had gebeld.

De volgende dag belde Deirdre opnieuw. Weer vertelde Paul haar dat Sang er niet was, en dat ze pas in het weekend thuis zou komen.

'Waar is ze dan?' vroeg Deirdre.

'Ze is in het buitenland.'

'In Cairo?'

Dit overrompelde hem. 'Nee, Londen.'

'In Londen,' herhaalde ze. Ze klonk opgelucht. 'Londen. Oké. Bedankt.'

Het vierde telefoontje kwam diep in de nacht, toen Paul al in bed lag. Hij haastte zich naar beneden en vond op de tast de telefoon.

'Met Deirdre.' Ze klonk lichtelijk buiten adem, alsof zij en niet hij zojuist naar de telefoon was gesneld.

Hij knipte het licht aan en wreef in zijn ogen achter de brillenglazen. 'Eh, zoals ik al zei, Sang is nog niet terug.'

'Ik wil Sang niet spreken.' Ze sprak onduidelijk, terwijl ze de uitspraak van Sangs naam op een ietwat vileine manier overdreef.

Paul hoorde muziek, een zacht croonende trompet. 'O nee?'

'Nee,' zei ze. 'Ik heb eigenlijk een vraag.'

'Een vraag?'

'Ja.' Er viel een stilte, hij hoorde een ijsblokje in een glas vallen. Er klonk iets flirterigs in haar stem. 'En hoe heet jij?'

Hij nam zijn bril af, waardoor hij de kamer onscherp liet worden. Hij kon zich niet meer herinneren wanneer een vrouw hem voor het laatst zo had toegesproken. 'Paul.'

'Paul,' zei ze hem na. 'Mag ik je nog wat vragen, Paul?'

'Wat dan?'

'Iets over Sang.'

Hij verstarde. Weer sprak ze de naam op een onvriendelijke manier uit. 'Wat is er met Sang?'

Deirdre zweeg even. 'Ze is toch je huisgenoot?'

'Inderdaad.'

'Nou, ik vroeg me alleen af of jij wist of – zijn ze neef en nicht?'

'Wie?'

'Sang en Freddy.'

Hij zette zijn bril op, zodat de kamer weer scherp werd. Die vrouw met haar vragen werkte op zijn zenuwen. Het ging haar niets aan, wilde hij antwoorden. Maar voor hij dat kon doen, begon Deirdre zachtjes te huilen.

Hij keek naar de klok op het fornuis: bijna drie uur in de ochtend. Het was zijn eigen schuld. Hij had niet zo laat nog de telefoon moeten opnemen. Hij wilde dat hij de vrouw niet zijn naam had gezegd.

'Deirdre,' zei hij na een poosje, toen hij het beu was naar haar te luisteren. 'Ben je er nog?'

Ze hield op met huilen. Ze ademde onregelmatig, recht in zijn oor.

'Ik weet niet wie je bent,' zei Paul. 'Ik begrijp niet waarom je mij opbelt.'

'Ik hou van hem.'

Hij hing op, met bonzend hart. Hij had zin om een douche te nemen. Hij wilde haar naam uit het notitieblok schrappen. Hij staarde naar de hoorn van de telefoon, waarop hier en daar nog restjes van Sangs molkleurige vingerafdrukken te zien waren. Voor het eerst sinds het begin van de kerstvakantie voelde hij zich eenzaam in het huis. Het telefoongesprek moest stom toeval zijn. Die vrouw bedoelde natuurlijk een andere Sang. Misschien was het een truc van een van haar Indiase huwelijkskandidaten, om haar van Farouk weg te lokken. Voordat Sang naar Londen vertrok waren de ruzies geluwd en voor zover Paul wist was tussen Sang en Farouk alles weer bij het oude. In de woonkamer had ze een bruinleren tas en een paar handschoenen ingepakt. De avond voor haar vertrek had ze nog een tafel voor hen beiden gereserveerd bij Biba. Farouk had haar naar het vliegveld gebracht.

De volgende ochtend werd Paul gewekt door het gerinkel van de telefoon. Hij bleef er in bed naar luisteren, kijkend naar de asgrauwe takken van de boom voor het raam. Hij telde twaalf belsignalen voordat de telefoon zweeg. Een halfuur later ging hij weer, en hij nam ook ditmaal niet op. Bij de derde keer was hij in de keuken. Toen het bellen ophield, trok hij de telefoonstekker uit de muur. Hoewel hij de rest van de dag ongestoord kon studeren, was hij toch rusteloos. Toen hij die avond met een dikke pil van Spenser in de keuken zat, kon hij zijn hoofd er niet bij houden, geïrriteerd door de voetnoten, door hoeveel er nog te leren viel. Hij vroeg zich af hoe vaak Deirdre nog had geprobeerd hem te bellen nadat hij de stekker eruit had getrokken. Had ze het opgegeven? Het bellen had iets obsessiefs, vond hij. Hij vroeg zich af of ze het type was dat zichzelf iets zou aandoen. Een flesje pillen slikken, bijvoorbeeld.

Na het avondeten sloot hij de telefoon weer aan. Er werd niet meer gebeld. Toch bleef het onrustig in zijn hoofd. Iets zei hem dat ze het opnieuw zou proberen. Hij was zo stom geweest haar te vertellen wanneer Sang weer terug zou zijn. Misschien wachtte Deirdre tot het moment dat ze haar persoonlijk kon spreken. Misschien zou Deirdre aan Sang hetzelfde vertellen wat ze aan hem had verteld, dat ze van Farouk hield. Voordat hij naar bed ging, schonk hij zich een glas Dewar's in, een cadeautje van zijn tante in Buffalo. Toen belde hij het nummer dat Deirdre hem had gegeven. Ze nam meteen op, met een zangerig hallo.

'Deirdre, met Paul.'

'Paul,' zei ze langzaam.

'Je hebt me gisteravond gebeld. Ik ben de huisgenoot van Sang.'

'Ja, natuurlijk, Paul. Je gooide de hoorn op de haak, Paul.' Ze was waarschijnlijk weer dronken, maar in een zonniger humeur.

'Hoor eens, dat spijt me. Ik wou alleen even weten of alles goed met je is.'

Deirdre slaakte een zucht. 'Dat is lief van je, Paul.'

'En je vragen of je me alsjeblieft niet meer wilt bellen,' zei hij na een aanzienlijke stilte.

'Waarom?' Er klonk paniek in haar stem.

'Omdat ik je niet ken,' zei hij.

'Zou je me graag leren kennen, Paul?' zei ze. 'Ik ben erg aardig.'

'Ik moet nu ophangen,' zei hij resoluut, in de hoop haar niet voor het hoofd te stoten. 'Is er niet iemand anders met wie je kunt praten? Een vriend?'

'Freddy is mijn vriend.'

Het noemen van Farouk, het gebruiken van zijn bijnaam, bracht Paul, net als de vorige avond, van zijn stuk. Gisteren had hij gedacht dat Deirdre een studente van Farouk aan Harvard kon zijn, praktisch een tiener, verliefd op een oudere man. In gedachten zag hij haar achter in een collegezaal zitten, hem opzoeken in zijn werkkamer, de werkelijkheid uit het oog verliezen. Er kwam een simpele, redelijke vraag bij hem op, die tegelijkertijd een strikvraag was.

'Hoe heb je Farouk eigenlijk leren kennen?' vroeg Paul luchtigjes, alsof ze op een feestje met elkaar babbelden.

Hij geloofde niet dat ze het hem zou vertellen, dacht zelfs dat ze de hoorn erop zou gooien zoals hij dat gisteren bij haar had gedaan, maar ze raakten heel gemakkelijk in gesprek. Het was Deirdre die het meest aan het woord was. Ze vertelde Paul dat ze oorspronkelijk uit Vancouver kwam en na haar twintigste naar Boston was verhuisd om binnenhuisarchitectuur te studeren. Anderhalf jaar geleden had ze op een zondagmiddag Farouk ontmoet, toen ze in het South End uit een café kwam. Hij had haar een half blok gevolgd, haar toen op de schouder getikt en haar met onverholen begeerte van top tot teen opgenomen. 'Je kunt je niet voorstellen,' zei Deirdre bij de herinnering, 'hoe zoiets voelt.' Niettemin had hij zich als een heer gedragen. Bij hun eerste afspraakje waren ze naar Walden Pond geweest. Na afloop hadden ze maïs en tomaten gekocht en zalm gegrild in haar achtertuin. Farouk was dol op haar huis, een oude boerderij op twee hectare grond. Hij vroeg haar een ontwerp te maken voor de renovatie van zijn keuken. Op Labor Day hadden ze samen Mount Sunapee beklommen. Ze vertelde nog meer, en Paul luisterde, niet wetend wat hij ervan moest geloven. Want het was ofwel waar, en dan hadden Farouk en Deirdre een regelrechte affaire, of Deirdre zoog het allemaal uit haar duim, zoals eenzame, dronken mensen dat kunnen doen. Op een gegeven moment drentelde hij de gang in en opende hij Sangs deur, om zich ervan te vergewissen dat het gordijn weer net zo was opgebonden als eerst.

'En hoe zit het met jou?' vroeg Deirdre opeens.

'Met mij?'

'Ja, ik klets maar een eind weg en jij hebt nog niks gezegd. Wat ben jij voor iemand, Paul? Ben je gelukkig?'

Hij had deze vrouw een uur van zijn tijd gegeven. Hij hield de telefoon al zo lang tegen zijn oor dat zijn oorschelp er pijn van deed. 'Het gaat niet over mij.' Hij slikte en deed Sangs kamerdeur dicht. 'Het gaat over Sang.'

'Ze zijn toch neef en nicht, hè?' zei Deirdre. Hij kon haar amper verstaan. 'Ja toch?'

De radeloosheid in haar stem bracht hem een verpletterende zekerheid. Hij wist dat alles wat ze hem verteld had waar was, en de wetenschap dat er iets totaal fout was gegaan vloerde hem, net zoals zijn examen dat had gedaan. Zoals Theresa's woorden dat hadden gedaan.

'Sang en Farouk zijn geen nicht en neef,' zei hij. Hij voelde een vreemde, innerlijke macht toen hij het zei, wetend dat die mededeling haar kon verpletteren.

Ze zweeg.

'Ze zijn vriend en vriendin, Deirdre,' zei hij. 'Een serieus stel.'

'O ja?' Haar toon was uitdagend. 'Hoe serieus dan?'

Hij dacht een ogenblik na. 'Ze zien elkaar vier à vijf avonden per week.'

'Echt waar?' Tot Pauls voldoening hoorde hij aan Deirdres stem dat deze mededeling haar pijn deed.

'Ja,' zei hij, en hij voegde eraan toe: 'Ze zijn al meer dan drie jaar samen.'

'Drie?' Het woord stierf weg en Paul dacht dat ze misschien weer zou gaan huilen. Maar toen ze weer sprak, klonk haar stem helder. 'Nou, wij zijn ook een serieus stel. Ik heb hem gisteren van het vliegveld afgehaald toen hij uit Cairo terugkwam. Ik heb hem vanavond gezien. Hij heeft hier gegeten, hier in mijn huis. Hij heeft met me gevreeën op mijn trap, Paul. Een uur geleden voelde ik hem nog langs mijn dijen druipen.'

Sang kwam uit Londen terug met cadeautjes voor het huis: Kit-Kats in rode wikkels, thee van Harrods, marmelade, koekjes met chocolade. Een kiekje van haar neefje werd op de koelkast geplakt, zijn lachende gezichtje tegen het gezicht van Sang. Paul zag vanuit zijn kamer dat Farouk haar voor het huis afzette. Uiteindelijk was Paul naar beneden gegaan, de prachtige trap af die hij nu niet meer afdalen kon zonder in een flits een naakte Farouk op een vrouw te zien liggen die Sang niet was. In de keuken deed hij zijn kastje open en pakte de fles Dewar's.

'Wauw. Er is hier echt iets veranderd,' zei Sang lachend, met opgetrokken wenkbrauwen, toen ze hem de borrel zag inschenken.

'Wat bedoel je?'

'Jij, aan de whisky. Als ik dat had geweten, had ik in de taxfreeshop een single malt voor je gekocht, in plaats van de KitKats.'

Het idee dat zij een cadeautje voor hem kocht, stemde hem triest. Ze gingen vriendschappelijk met elkaar om, maar ze waren geen vrienden. Hij bood haar een glas whisky aan en ze zei ja. Ze gingen samen aan de tafel zitten en ze tikte met haar glas het zijne aan.

Ze begon de post uit te zoeken die Paul voor haar had opgespaard. Haar haar was een stukje korter en ze rook sterk naar een kruidig parfum.

'Ik ken geen Deirdre,' zei ze, bij het lezen van haar boodschappen op het notitieblok. 'Zei ze ook waarom ze belde?'

Hij had zijn glas geleegd en was al bedaard door de drank. Hij schudde zijn hoofd.

'Ik vraag me af wat ik eraan moet doen.'

'Aan wat?'

'Nou, of ik haar terug moet bellen.'

Hij stond op en opende het vriesvak om ijsblokjes te pakken voor een tweede glas. Toen hij naar de tafel terugkeerde, streepte ze de naam met een potlood door. 'Laat maar zitten. Het zal wel zo'n telefonische verkoopster zijn.'

Sang uit de weg gaan was niet moeilijk. De universiteitsbibliotheek, die Paul anders zo onaantrekkelijk vond, met de betonnen vloeren en grijze metalen rekken en studiecellen vol anonieme ballpointfilosofie, was de plek waar hij zijn dagen begon door te brengen. Thuis ontdekte hij dat hij net zo gemakkelijk met een boterham naar zijn kamer kon gaan. De winter maakte plaats voor een natte, onwillige lente, met veel wind en striemende regen die het raam bij Pauls bed geselde. Als de telefoon ging, nam hij niet op. De eerste paar dagen na Sangs terugkeer wist hij elke keer zeker dat het Deirdre zou zijn, die Sang wilde spreken. Maar Deirdre belde niet meer. Hij wachtte tot haar stem, en de dingen die ze hem verteld had, uit zijn herinnering zouden verdwijnen. Maar de gesprekken hadden zich stevig in zijn brein genesteld, samen met al de toneelstukken, gedichten en essays. Hij zag twee mensen zwemmen in Walden Pond, met het hoofd boven water. Maar dan was er Sang, dag na dag, zittend aan de keukentafel, bezig Farouks tickets voor zijn zomervakantie in Cairo te boeken, met zijn creditcardnummer op een blaadje papier. Na twee maanden had Deirdre nog niet gebeld, en ten slotte verloor Paul zijn angst dat ze het toch nog zou doen.

Paul nam de week van de voorjaarsvakantie vrij van zijn studie. 'Hou op met stampen. Dat heeft je waarschijnlijk de eerste keer genekt. Ga naar een eiland in de zon,' had zijn studiebegeleider hem aangeraden. In plaats daarvan bleef Paul thuis, maar verklaarde zichzelf officieel met vakantie. Hij ging naar de film in de Brattle-bioscoop en besteedde twee dagen aan het bereiden van een cassoulet. Hij ging een dag met de auto naar het strand van Wellfleet, en verbood zichzelf een boek mee te nemen. Hij besloot een fietstocht te maken naar Concord, om het huis van Emerson te bezichtigen; op zaterdagochtend merkte hij dat de ketting gerepareerd moest worden en nam hij de fiets mee naar de veranda. Toen hij opkeek, stond Sang daar, met de telefoon in haar hand, het snoer zo ver uitgerekt als mogelijk.

'Er is zojuist iets heel raars gebeurd,' zei ze.

'Wat dan?'

'Het was dat mens, die Deirdre. Van wie je die boodschap hebt aangenomen toen ik weg was.'

Paul bukte zich en deed net of hij iets zocht in zijn gereedschapskist. 'Ze vroeg naar Farouk,' ging Sang verder. 'Ze zegt dat ze een vriendin van hem is, dat ze niet hier woont maar nu op bezoek is.'

'O. Dan was dat zeker waarom ze belde,' zei hij, opgelucht te horen dat Deirdre verder niets meer had gezegd.

'Hij heeft het nooit over een Deirdre gehad.'

'O.'

Sang zette zich in een ligstoel, de telefoon op haar schoot, haar bovenlichaam eroverheen gebogen. Ze ging rechtop zitten, staarde naar de telefoon en drukte willekeurig wat toetsen in zonder de hoorn eraf te nemen. 'Farouk heeft geen vrienden of vriendinnen,' zei ze. 'Al die tijd dat ik hem ken, heeft hij me nog nooit aan één vriend of vriendin voorgesteld. Ik ben echt zijn enige vriendin.' Ze keek Paul indringend aan, en een ogenblik vreesde hij dat ze op het punt stond een vergelijking te trekken en erop te wijzen dat ook hij, Paul, geen vrienden of vriendinnen had. Maar in plaats daarvan zei ze: 'Hoe komt ze eigenlijk aan mijn nummer?'

Ze had het opgezocht in Farouks adresboekje; Deirdre had dit aan Paul bekend. Farouk had het haar gemakkelijk gemaakt door het onder de S van Sang te schrijven, de naam van de nicht die hij had genoemd op een manier die haar achterdocht had gewekt. Paul schudde zijn hoofd, ging rechtop staan en kneep in de remmen van de fiets. 'Geen idee. Ik zou het aan Farouk vragen.'

'Goed. Aan Farouk vragen.' Ze stond op en ging naar binnen.

Toen Paul die avond uit Concord terugkwam, vond hij Sang aan de keukentafel. Ze zei niets, en hij liep naar de koelkast om het restant van de cassoulet eruit te halen.

'Farouk is niet thuis,' zei ze, alsof ze op een vraag van Paul reageerde. 'Hij is al de hele dag niet thuis.'

Paul haalde het deksel van de ovenschotel en sprenkelde een paar druppels water op de cassoulet. 'Wil je hier ook iets van?'

'Nee, dank je wel.' Ze keek somber.

Paul zette de cassoulet in de oven en schonk zich een whisky in. De spieren van zijn armen en bovenbenen deden aangenaam pijn. Hij wilde voor het eten een douche nemen.

'Maar wanneer heeft die Deirdre nu precies gebeld?' vroeg Sang, net toen hij de keuken uit wilde lopen.

Hij draaide zich op zijn hakken om en keek haar aan. 'Ik weet het niet meer. Toen je weg was.'

'En zei ze iets tegen je?'

'Wat bedoel je?'

'Wat zei ze precies tegen je?'

'Niks. Ik heb niet met haar gepraat,' zei hij, met kloppend hart; hij was blij dat hij al bezweet was. 'Ze vroeg alleen of jij haar terug wilde bellen.'

'Nou, dat gaat dus niet lukken. Ze heeft me haar nummer niet gegeven. Het was heel raar. Vond jij het geen raar mens, toen ze belde?'

Hij herinnerde zich Deirdres tranen. 'Ik hou van hem,' had ze tegen Paul, een volslagen vreemde, gezegd. Hij keek Sang aan en trok zijn gezicht in een niet-begrijpende plooi. 'Ik weet niet wat je bedoelt.'

Ze zuchtte geïrriteerd. 'Kun je me dat even aangeven?' vroeg ze, wijzend naar het notitieblok.

Paul keek toe terwijl Sang door de beschreven bladzijden begon te bladeren en met haar vinger langs de regels ging.

'Wat zoek je?' vroeg hij.

'Haar nummer.'

'Waarom?'

'Ik wil haar terugbellen.'

'Waarom?'

Ze keek naar hem op, geërgerd. 'Omdat ik dat wil, Paul. Heb je daar een probleem mee?'

Hij liep naar boven om te douchen. Het ging hem niet aan, hield hij zichzelf voor, onder het hete stromende water en later, toen hij zich afdroogde en zijn haar naar achteren kamde, gehuld in damp. Toen hij weer beneden kwam, trof hij haar aan op haar handen en knieën bij de inhoud van de papierbak, omringd door kranten en tijdschriften.

'Verdomme!' zei ze.

'Wat zoek je nu weer?'

'Het nummer. Ik herinner me dat ik om de een of andere reden dat blaadje eruit heb gescheurd. Ik denk dat ik het heb weggegooid.' Ze begon de kranten en tijdschriften in de papierbak terug te stoppen. 'Verdomme!' zei ze weer. Ze stond op en gaf een schopje tegen de bak. 'Ik kan me haar achternaam niet eens herinneren. Jij wel?'

Hij ademde in, alsof hij die informatie binnen wilde houden, maar schudde toen zijn hoofd, opgelucht omdat hij eindelijk de kans kreeg open kaart met haar te spelen. Ook hij was Deirdres achternaam vergeten. Het was een naam van één lettergreep, maar dat was het enige wat hem ervan was bijgebleven.

'Hé, Paul,' zei Sang even later. 'Het spijt me dat ik daarstraks zo cru tegen je deed.'

Hij liep naar de oven en opende die. 'Geeft niet.'

Haar maag knorde, zo luid dat Paul het kon horen. 'Goh, ik bedenk net dat ik vandaag nog helemaal niks gegeten heb. Ik denk dat ik toch maar wat van die cassoulet neem. Zal ik sla maken?' Het zou de eerste keer zijn dat ze samen aten, zonder Heather. Vroeger had hij naar zo'n gelegenheid gehunkerd. Vroeger voelde hij zich stuntelig als Sang in de kamer was, en wist hij niets te zeggen. Nu vreesde hij wat er ging komen.

'Ze deed wel een beetje raar, ja,' zei hij langzaam, starend naar het achterhoofd van Sang, die over de gootsteen gebogen stond waarin ze de slabladen scheurde. Ze draaide zich om.

'Hoezo? Hoezo deed ze raar?'

Hij was zo zenuwachtig dat hij een ogenblik doodsbang was in lachen te zullen uitbarsten. Sang keek hem onbeweeglijk aan. De kraan liep nog. Ze draaide hem achter zich dicht en het werd stil in de keuken.

'Ze huilde,' zei hij.

'Ze huilde?'

'Eh... ja.'

'Hoe huilde ze dan?

'Gewoon... ze huilde. Alsof ze van streek was door iets.'

Sang opende haar mond alsof ze iets wilde zeggen, maar even hing hij alleen maar open. 'Nog even vanaf het begin. Die vrouw, Deirdre, belde op en vroeg naar mij.'

Paul knikte. 'Ja.'

'En jij zei dat ik er niet was.'

'Ja.'

'En toen begon ze te huilen?'

'Eh, ja.'

'En toen?'

'Dat was alles. Toen hing ze op.'

Even leek Sang tevreden met deze informatie. Ze knikte langzaam. Toen schudde ze resoluut haar hoofd, als wierp ze alles van zich af. 'Waarom heb je me dat niet verteld?'

Het speet hem dat hij haar de cassoulet had aangeboden. Het speet hem dat hij die dag de telefoon had aangenomen. Het speet hem dat Sang en niet iemand anders in de kamer, in zijn huis, in zijn leven was gekomen. 'Dat heb ik gedaan,' zei hij kalm, terwijl hij in gedachten een lijn tussen hen tweeën trok. 'Ik heb je verteld dat ze had gebeld.'

'Maar dit heb je me niet verteld.'

'Nee.'

Ze zette grote, ongelovige ogen op. 'Kwam het niet bij je op dat ik dat misschien wel graag zou willen weten?'

Hij kneep zijn lippen samen en wendde zijn hoofd af.

'Nou?' drong ze aan, schreeuwend nu. 'Ja of nee?'

Toen hij ook nu nog geen antwoord gaf, stapte ze naar hem toe, haar handen tot vuisten gebald, en hij bereidde zich voor op een klap door zijn gezicht opzij te draaien. Maar ze sloeg hem niet. In plaats daarvan greep ze zich met beide handen naar het hoofd, alsof ze zichzelf tot bedaren wilde brengen. 'Jezus, Paul.' Haar stem klonk zo schril dat hij bijna onhoorbaar was. 'Wat mankeert jou in godsnaam?'

Nu was zij het die hem begon te mijden. Een paar nachten was ze niet thuis. Paul zag haar bij Charles in de pick-up stappen met een weekendtas. Omdat Heather inmiddels alleen nog niet in naam bij Kevin woonde, was Paul weer alleen thuis. Er ging een week voorbij voor hij Sang weer zag. Omdat hij zich alleen waande, had hij niet de moeite genomen zijn deur dicht te doen. Ze kwam naar zijn kamer, gekleed in een mooie jurk die hij nog nooit had gezien, een witkatoenen getailleerde jurk met korte mouwtjes. De vierkante hals liet haar sleutelbeenderen vrij.

'Hoi,' zei ze.

'Hoi.' Hij had haar totaal niet gemist.

'Hoor eens, ik wil je alleen even vertellen dat het allemaal op een groot misverstand berust. Deirdre is gewoon een oude vriendin van Farouk, van lang geleden. Uit zijn studententijd.'

'Je hoeft het me niet uit te leggen,' zei Paul.

'Ze woont in Canada,' vervolgde Sang. ' In Vancouver.'

'O.'

'Ze spreken elkaar zo'n beetje één keer per jaar. Farouk heeft haar jaren geleden van mij verteld, toen we pas samen waren en hij in een ander appartement woonde, en ze had mijn naam onthouden. Ze probeerde met Farouk in contact te komen omdat ze gaat trouwen en ze hem een uitnodiging wilde sturen. Ze had zijn nieuwe adres en telefoonnummer niet, en hij staat niet in het telefoonboek. Daarom belde ze ons hier.'

Ze leek merkwaardig opgewonden door haar ingewikkelde verklaring. Ze had weer wat kleur op haar wangen.

'Er is maar één ding dat ik niet begrijp, Paul.'

Hij keek op. 'En dat is?'

'Farouk heeft Deirdre opgebeld om opheldering te vragen over wat jij zei.'

'Wat ik zei?'

'Over het huilen.' Sang haalde haar schouders op en liet ze onverschillig weer zakken. 'Hij zei dat ze geen idee had waar jij het over had.' Haar stem klonk gecomprimeerd, de woorden gingen snel in elkaar over.

'Wil je zeggen dat ik het verzonnen heb?'

Ze zweeg.

Ter wille van haar had hij haar van het huilen verteld. Die avond in de keuken, toen hij haar de sla zag klaarmaken, had hij haar wereld voelen instorten. Hij had haar op de een of andere manier willen waarschuwen. Nu had hij zin haar uit de deuropening te duwen waar ze stond.

'Waarom zou ik zo'n verhaal verzinnen?' Hij voelde aan één kant van zijn hoofd een zenuw kloppen.

In plaats van met hem in debat te gaan, schonk ze hem een begrijpende blik waarbij ze haar hoofd tegen de deurpost liet rusten. 'Ik weet het niet, Paul.' Hij bedacht dat dit de eerste keer was dat ze hem in zijn kamer bezocht. Even leek ze op zoek naar een plek waar ze kon zitten. Ze rechtte haar hoofd.

'Dacht je nu werkelijk dat ik daarom bij hem weg zou gaan?'

'Ik dacht niet dat je wat dan ook zou doen.' Hij klemde nu zijn kiezen op elkaar. Zijn lichaam voelde zwaar door haar beschuldiging, verdoofd. 'Ik heb het niet verzonnen.'

'Ik bedoel, ik begrijp best dat je me aardig vindt, Paul,' ging ze verder. 'Ik begrijp best dat je verliefd op me bent. Maar om dan zo'n verhaal te verzinnen...' Ze zweeg en haar mond vertrok zich nu tot iets wat geen glimlach was. 'Het is zielig, eigenlijk. Echt zielig!' Daarmee liep ze de kamer uit.

Toen hun wegen elkaar weer kruisten, verontschuldigde ze zich niet voor haar uitbarsting. Ze leek niet kwaad, alleen onverschillig. Hij zag dat een nummer van de *Phoenix*, dat ze op de magnetron had laten liggen, was opengevouwen bij het onroerendgoedkatern, en dat een paar advertenties omcirkeld waren. Ze kwam van Farouk of ze ging naar hem toe. Als ze Paul tegenkwam, keek ze even met een werktuiglijk glimlachje naar hem op en dan weer van hem weg, alsof hij onzichtbaar was.

De volgende keer dat Sang in de boekwinkel ging werken, bleef Paul in zijn kamer tot hij haar de deur uit hoorde gaan. Toen ze weg was, ging hij naar de keuken en keerde hij de papierbak om die de hele winter nog niet buiten was gezet. Hij bladerde alle tijdschriften door en vouwde alle kranten open in de hoop het blaadje met Deirdres nummer te vinden. Het was net iets voor Sang, dacht hij, om het niet te kunnen vinden. Maar Paul kon het evenmin vinden. Hij pakte de telefoongids en sloeg die op een willekeurige plaats open, zonder zich erom te bekommeren hoe absurd het was wat hij deed. Toen herinnerde hij hem zich weer. Haar achternaam. Hij kwam moeiteloos bij hem boven, vergezeld van Deirdres stemgeluid toen ze zich maanden geleden door de telefoon aan hem voorstelde. Hij ging naar de F en daar vond hij haar, D. Frain, met een adres in Belmont. Hij tekende met de nagel van zijn wijsvinger een ondiep gleufje onder het adres.

Hij belde haar de volgende dag en sprak een boodschap in op haar antwoordapparaat met het verzoek hem terug te bellen. Het duizelde hem, nu hij het gedaan had. Eigenlijk was het zijn angst dat Deirdre hem niet terug zou bellen, het feit dat hij wist dat ook zij zich nu op een afstand hield, waaraan hij de moed ontleende om haar te blijven bellen en boodschappen te blijven inspreken. 'Deirdre, met Paul. Wil je me bellen?' zei hij telkens weer.

En op een dag nam ze op.

'Ik moet je spreken,' zei hij.

Ze herkende zijn stem. 'Ik weet het. Luister, Paul – '

Hij onderbrak haar. 'Het is niet eerlijk,' zei hij. Hij zat in een telefooncel in de hal van de bibliotheek en zag studenten hun legitimatiebewijzen omhooghouden voor de veiligheidsbeambte. Hij zocht in zijn zak naar extra kleingeld.

'Ik heb naar je geluisterd, ik ben aardig voor je geweest. Ik was niet verplicht je te woord te staan.'

'Ik weet het. Het spijt me. Het was verkeerd van me.' Ze klonk niet meer dronken, of flirterig, of wanhopig, of op de een of andere manier uit haar evenwicht. Ze was volkomen normaal, beleefd maar afstandelijk.

'Ik heb haar niet eens verteld wat je allemaal nog meer hebt gezegd.' Hij zag dat er een student voor de telefooncel stond te wachten tot hij klaar was. Paul ging zachter praten. Hij voelde zich licht hysterisch. 'Weet je nog wel?'

'Hoor eens, ik heb al gezegd dat het me spijt. Eén momentje graag.' Paul hoorde een deurbel gaan. Even later was ze terug. 'Ik moet ophangen. Ik bel je terug.'

'Wanneer?' vroeg Paul, bang dat ze hem voorloog, dat het een trucje was om van hem af te komen. In januari, toen Paul het telefoongesprek met Deirdre graag zou hebben verbroken, had ze hem gesmeekt aan de lijn te blijven.

'Later. Vanavond,' zei ze.

'Ik wil graag weten hoe laat.'

Ze beloofde hem om tien uur te bellen.

Onmiddellijk nadat hij het gesprek beëindigd had, terwijl hij nog met de hoorn in zijn hand zat, kwam het idee bij hem op. Hij ging de bibliotheek uit en liep naar de dichtstbijzijnde RadioShack. 'Ik heb een telefoontoestel nodig,' zei hij tegen de verkoper. 'En een adapter met twee stekkers.'

Sang werkte die avond in de boekwinkel en zoals gewoonlijk was ze om negen uur thuis. Ze zei niets tegen Paul toen ze de keuken in kwam om haar post op te halen.

'Ik heb Deirdre gebeld,' zei Paul.

'Waarom blijf je je er toch mee bemoeien?' zei Sang koel, in een catalogus bladerend.

'Ze belt me om tien uur terug,' zei Paul. 'Als je wilt kun je meeluisteren zonder dat zij het weet. Ik heb een tweede toestel op onze lijn aangesloten.'

Bij het zien van het tweede toestel liet ze de catalogus uit haar handen vallen. 'Jezus, Paul,' siste ze. 'Waar ben je in godsnaam mee bezig.'

Ze ging naar haar kamer; om vijf voor tien kwam ze tevoorschijn en ging naast Paul zitten. Hij had de telefoons naast elkaar op tafel gezet. Precies om één minuut over tien gingen ze alle twee over. Paul nam er een op. 'Hallo?'

'Met mij,' zei Deirdre.

Hij knikte en wenkte Sang die langzaam, behoedzaam, de andere hoorn opnam en naar haar oor bracht zonder het aan te raken. Ze hield de hoorn op een onnatuurlijke manier vast, met het spreekgedeelte van haar mond af naar haar schouder gekeerd.

'Zoals ik zei, Paul, het spijt me dat ik je heb gebeld. Dat had ik niet moeten doen,' zei Deirdre.

Ze leek ontspannen, bereid om te praten, kennelijk ongehaast. Ook Paul ontspande zich enigszins. 'Maar je deed het wel.'

'Ja.'

'En je huilde om Farouk.'

'Ja.'

'En toen maakte je mij tot leugenaar.'

Ze zweeg.

'Je ontkende alles.'

'Dat was Freddy's idee.'

'En jij ging ermee akkoord,' zei Paul. Hij keek naar Sang. Ze perste haar boventanden in haar onderlip op een manier die hem pijnlijk leek.

'Wat moest ik dan, Paul?' zei Deirdre. 'Hij was woest toen hij erachter kwam dat ik jou had gebeld. Hij wilde me niet zien. Hij trok de telefoon eruit. Hij deed niet open.'

Sang zette haar handpalm tegen de rand van de tafel, alsof ze die weg wilde duwen, met het gevolg dat ze zichzelf in haar stoel achteruitduwde, schrapend over het linoleum. Paul drukte een vinger op zijn lippen, maar bedacht toen dat, voor Deirdre, hij het was die het geluid had gemaakt. Ze praatte door.

'Hoor eens, Paul, het spijt me dat ik je hierbij betrokken heb. Het spijt me heel erg dat ik je heb opgebeld. Het kwam gewoon doordat Freddy maar volhield dat Sang zijn nicht was, en dat hij nee zei toen ik hem vroeg of hij me aan haar voor wilde stellen. Eerst kon het me niet zoveel schelen. Ik wist wel dat ik niet de enige vrouw in zijn leven was. Maar toen werd ik verliefd op hem.' Ze wilde hem geloven, legde ze uit. Ze was een vrouw van vijfendertig, al getrouwd geweest en gescheiden. Ze had hier geen zin meer in.

'Maar ik heb er een punt achter gezet,' zei ze zakelijk. 'Weet je, op een gegeven moment ging ik echt geloven dat hij niet zonder me kon. Dat doet hij met vrouwen. Hij leunt op ze. Hij vraagt ze om duizend-en-een dingen voor hem te doen, brengt ze in de waan dat zijn leven zonder hen niet functioneert. Dat was hij, vanmiddag, toen jij belde. Hij wil me nog steeds zien, wil me nog steeds erbij houden. Hij heeft geen vrienden, zie je. Alleen minnaressen. Ik denk dat hij die nodig heeft zoals andere mensen familie of vrienden nodig hebben.' Ze klonk nu redelijk en bedachtzaam, alsof ze een affaire beschreef die ze jaren geleden had gehad. Sang hield haar ogen gesloten en schudde haar hoofd langzaam heen en weer. De hond blafte.

'Dat is mijn hond,' zei Deirdre. 'Hij heeft altijd de pest aan Freddy gehad. Hij heeft het formaat van een voetbal, maar als Freddy hier komt moet ik van hem altijd een hekje voor de trap doen.'

Sang ademde scherp in. Ze legde de hoorn zachtjes op tafel neer en pakte hem toen weer op.

'Ik moet ophangen,' zei Paul.

'Ik ook,' zei Deirdre. 'Ik vind dat je het haar nu moet vertellen.'

Hij schrok. Had Deirdre zijn list ontdekt en wist ze dat Sang meeluisterde? 'Dat ik haar wát moet vertellen?'

'Van mij en Farouk. Ik vind dat ze het hoort te weten. Ik heb de indruk dat je een goede vriend van haar bent.'

Deirdre hing op, en Paul en Sang bleven nog lang zitten, luisterend naar de stilte. Hij had zich bij Sang van verdenking gezuiverd, maar voelde geen opluchting, geen voldoening. Uiteindelijk legde Sang haar hoorn op de haak en stond op, langzaam, maar zonder verder iets te doen. Ze leek van de wereld afgesloten, en gedroeg zich alsof ze haar aanwezigheid nog steeds strikt geheim moest houden, alsof het minste geluid of de kleinste beweging haar zou verraden.

'Het spijt me,' zei Paul ten slotte.

Ze knikte, ging naar haar kamer, en deed de deur achter zich dicht. Even later volgde hij haar en bleef voor haar deur staan. 'Sang? Kan ik iets voor je doen?'

Hij bleef daar staan, wachtend op een antwoord. Hij hoorde haar door de kamer lopen. Toen de deur openging, zag hij dat ze zich verkleed had, in een zwarte top met lange, nauwsluitende mouwen. Haar roze regenjas hing over haar arm en haar tas aan haar schouder. 'Ik heb een lift nodig.'

In de auto zei ze hem wat hij moest doen en hoe hij moest rijden, maar steeds op het laatste nippertje. Ze reden door Allston en langs Storrow Drive. 'Daar,' zei ze, wijzend. Het was een lelijke torenflat, gespeend van elke charme en toch duidelijk chic, aan de Cambridge-kant van de rivier. Ze stapte uit en begon te lopen.

Paul volgde haar. 'Wat ga je doen?'

Ze meerderde vaart. 'Ik moet met hem praten.' Haar stem klonk monotoon.

'Ik weet het niet, Sang.'

Ze ging nog sneller lopen, haar schoenen klakten op het trottoir.

De hal stond vol beige zitbanken en bomen in potten. Aan een bureau zat een Afrikaanse portier die hen toelachte, omdat hij Sang herkende. Hij luisterde naar een radio die was afgestemd op nieuws in het Frans.

'Goeienavond, juffrouw.'

'Hallo, Raymond.'

'Het wordt weer fris, juffrouw. Misschien krijgen we nog regen.'

'Misschien.'

Ze hield haar vinger op de liftknop gedrukt tot hij kwam, terwijl ze in de spiegel ertegenover haar haar in orde maakte. Op de negende etage stapten ze uit en ze liepen naar het eind van gang. De deuren waren donkerbruin en zaten dik in de vernis. Ze gebruikte de klopper, die veel weg had van een koperen schilderijlijstje dat scharnierend aan de deur was bevestigd. Binnen hoorden ze het geluid van een televisie. Toen werd het stil.

'Ik ben het,' zei ze.

Ze klopte nogmaals. Vijf keer. Tien keer. Ze drukte haar kruin tegen de deur. 'Ik heb haar gehoord, Farouk. Ik heb Deirdre gehoord. Ze belde Paul op en ik heb haar gehoord.' Haar stem trilde.

'Doe alsjeblieft open.' Ze probeerde de deurknop, een zware metalen knop, die niet meegaf.

Er klonken voetstappen, er werd een ketting losgemaakt. Farouk deed open, een stoppelbaard van een dag op zijn gezicht. Hij droeg een gespikkelde visserstrui, een corduroy broek en zwarte espadrilles aan blote voeten. Hij zag er allesbehalve als een versierder uit, meer als een tengere boekenwurm.

'Jou heb ik niet uitgenodigd,' zei hij bits toen hij Paul zag.

Ondanks alles wat hij wist, was Paul door die woorden diep gekrenkt, niet in staat voor zichzelf op te komen.

'Ga weg, alsjeblieft,' zei Farouk. 'Probeer alsjeblieft één keer onze privacy te respecteren.'

'Ik ben hier op haar verzoek,' zei Paul.

Farouk sprong naar voren, zijn armen gestrekt voor zich uit, en duwde Paul weg als was hij een groot stuk meubilair. Paul deed een stap terug, verzette zich en greep Farouk bij de polsen. De twee mannen vielen op de vloer van de hal en Pauls bril vloog over het tapijt. Paul hield Farouk moeiteloos tegen de grond en drukte zijn vingers in zijn schouders. Paul kneep er hard in, door de dikke wol van de trui, en voelde de pezen verslappen, een teken dat Farouk geen weerstand meer bood. Een ogenblik lag Paul met zijn volle gewicht boven op hem en onderwierp hij hem als een minnaar. Hij keek op, zoekend naar Sang, maar ze was nergens te zien. Hij keek weer naar de man onder hem, een man die hij amper kende, een man die hij haatte. 'Ze wil alleen maar dat jij het toegeeft,' zei Paul. 'Ik vind dat je haar dat wel schuldig bent.'

Farouk spuugde Paul in het gezicht, een koude druppelregen die maakte dat Paul hem losliet. Farouk duwde hem van zich af, ging zijn appartement binnen en sloeg de deur dicht. In de hal gingen andere deuren open. Paul hoorde dat Farouk de ketting vastmaakte. Hij vond zijn bril en stond op, drukte zijn oor tegen het geverniste hout. Hij hoorde iemand huilen en daarna het vallen van een aantal voorwerpen. Op een gegeven moment hoorde hij Farouk zeggen: 'Hou op alsjeblieft. Alsjeblieft, het is niet zo erg als je denkt.' En toen Sang, die zei: 'Hoeveel keer? Hoeveel keer heb je 't met haar gedaan? Heb je 't hier op het bed gedaan?'

Een minuut later ging de liftdeur open en liep er een man naar Farouks appartement toe. Het was een magere man met grijs haar en een grote bos sleutels in zijn hand. 'Ik ben de conciërge van dit gebouw. En wie bent u?' vroeg hij aan Paul.

'Ik woon bij de vrouw daarbinnen,' zei hij, wijzend naar Farouks deur.

'Bent u haar man?'

'Nee.'

De conciërge klopte aan en zei dat de buren hadden geklaagd. Hij bleef kloppen, met zijn knokkels op het hout, tot er werd opengedaan.

Binnen was er een halletje, door spotjes verlicht. Paul zag een glimp van een helderwitte keuken zonder ramen, een stapel kookboeken op het aanrecht. Aan de rechterkant was een eetkamer, in hetzelfde saliegroen geschilderd als Sangs kamer. Paul volgde de conciërge de woonkamer in. Daar stonden een gebroken witte bank en een salontafel; een glazen schuifdeur gaf toegang tot een balkon. In de verte zag hij een neonreclame van Citgo, die zich vulde met kleur en weer leegliep. Aan één kant van de kamer was een boekenkast omgevallen; de boeken lagen op een hoop op de vloer. De hoorn van een telefoon op een wandtafeltje hing zacht piepend aan het snoer. Ondanks dit alles had de kamer iets kaals, alsof de bewoner aan het verhuizen was.

Sang zat geknield op het oosterse tapijt de scherven op te rapen van wat een vaas van kleurloos glas was geweest. Ze beefde. Haar haar hing los omlaag en bedekte gedeeltelijk haar gezicht. Overal lag water en wat er over was van een boeket irissen, tijgerlelies en narcissen. Ze pakte heel voorzichtig de stukjes glas van de vloer en maakte er een hoopje van op de salontafel. Er zaten bloemblaadjes in haar haren en op haar gezicht en hals, en geplakt aan de huid boven haar laag uitgesneden zwarte top, alsof ze zichzelf er als met een crème mee had ingesmeerd. Boven haar halslijn verschenen striemen, vers en duidelijk.

De mannen stonden naar haar te kijken, en niemand zei iets. Er kwam een politieagent binnen die met zijn zwarte laarzen, zijn revolver en zijn radio de kamer vulde en met het gekraak van zijn radio de stilte verdreef. Iemand in het gebouw had het bureau gebeld wegens geluidsoverlast, zei hij. Hij vroeg Sang, die nog steeds op de vloer zat, of Farouk haar geslagen had. Sang schudde haar hoofd.

'Woont u hier?' vroeg hij.

'Ik heb de muren geschilderd,' zei Sang, alsof dat alles verklaarde. Paul herinnerde zich hoe ze ook haar eigen kamer geschilderd had, blootsvoets, luisterend naar Billie Holiday.

De politieagent bukte zich, bekeek het gebroken glas en de bloemenresten op het tapijt, en zag de striemen op haar huid.

‘Wat is er gebeurd?’

‘Ik heb ze gekocht,’ zei ze, en de tranen biggelden over haar wangen. Haar stem klonk verstikt, beschaamd. ‘Ik heb het zelf gedaan.’

Daarna verliep alles op een ordelijke manier; mensen gingen hun eigen gang, zonder op iemand anders te reageren. De politieagent vulde een formulier in, waarna hij Sang zijn arm bood en haar naar de badkamer bracht. De conciërge vertrok, na tegen Farouk iets te hebben gezegd over een boete. Farouk ging naar de keuken, kwam terug met een keukenrol en een vuilniszak en knielde neer bij de knoeiboel die Sang had gemaakt. De politieagent keek Paul aan, alsof hij hem voor het eerst opmerkte. Hij vroeg of Paul een betrokken partij was.

‘Ik ben haar huisgenoot,’ antwoordde Paul. ‘Ik heb haar alleen maar een lift gegeven.’

De volgende ochtend werd Paul gewekt door het geluid van een dichtslaand autoportier. Hij liep naar het raam en zag hoe de kofferbak van een taxi door de chauffeur werd dichtgedrukt. Sang had een briefje op de keukentafel gelegd: ze ging naar haar zuster in Londen. ‘Paul, bedankt voor gisteren,’ luidde het. Het ging vergezeld van een getekende cheque voor haar deel van de huur.

Een paar dagen gebeurde er niets. Hij bewaarde haar post. De boekwinkel belde om te vragen waar ze was. Paul zei dat ze griep had. Twee weken later belde de boekwinkel weer, ditmaal om haar te ontslaan. De derde week begon Farouk te bellen: hij wilde haar spreken. Hij noemde zijn naam niet en drong niet aan als Paul hem avond aan avond antwoordde: ‘Sang is er niet.’ Hij was beleefd tegen Paul zoals hij dat nooit eerder was geweest; hij bedankte hem en zei dat hij het later nog eens proberen zou. Paul genoot van die telefoontjes. Hij hield Farouk graag onwetend van Sangs verblijfplaats. Maar toen hij op een dag weer belde, was het toevallig Heather, die zich een week in het huis had opgesloten om voor een tentamen te leren, die de telefoon opnam en zei: 'Ze is in het buitenland,' en zo een eind maakte aan Farouks telefoontjes.

Aan het eind van de maand was het tijd voor de huur. Paul en Heather hadden niet genoeg om het hele bedrag te voldoen. In plaats van Sangs ouders te benaderen zocht hij in een oude telefoonrekening het nummer van haar zuster in Londen op. Hij kreeg een vrouw aan de lijn die precies zo klonk als Sang.

'Sang?'

De telefoon ging in andere handen over en er kwam een man aan de lijn.

'Met wie spreek ik?'

'Ik ben haar huisgenoot in Amerika, in Brookline. Paul. Ik probeer Sang te bereiken.'

Het bleef lang stil. Na een paar minuten vroeg hij zich af of hij niet beter kon ophangen en het later opnieuw proberen. Maar toen pakte de man de hoorn weer op. Hij verontschuldigde zich niet voor het lange wachten. 'Ze kan u op dit moment niet te woord staan. Maar ze stelt het vast zeer op prijs dat u gebeld heeft.'

Charles kwam dat weekend Sangs spullen ophalen. Hij stopte haar kleren in vuilniszakken, haalde de lakens van de futon en vroeg Paul hem te helpen alles op de stoep te zetten. Terwijl hij aan de keukentafel de ingelijste Indiase miniaturen in kranten verpakte, vertelde hij Paul dat hij Sang aan de telefoon had gehad en dat ze de hele zomer bij haar zuster in Londen bleef wonen. 'Weet je, ik heb zo vaak tegen haar gezegd dat ze bij hem weg moest gaan. Wil je wel geloven dat ik die vent zelfs nooit heb ontmoet?'

Charles laadde alles in de bak van zijn pick-up, tot er van Sang in het huis niets meer restte dan de saliegroene en molkleurige verf op haar kamermuren en de hangplant boven het afdruiprek. 'Ik denk dat dit het wel is,' zei Charles.

De pick-up vertrok, maar Paul bleef nog even staan kijken naar de huizen in de straat. Hoewel Charles haar vriend was, had ze het hem niet verteld. Ze had Charles niet verteld dat Paul al maanden van Deirdre op de hoogte was geweest. Die avond bij Farouk thuis was Sang, na zich in de badkamer te hebben gewassen, op handen en voeten in Farouks gangkast gekropen, onbedaarlijk huilend, en had ze zichzelf met een schoen geslagen. Ze had geweigerd uit de kast te komen tot een politieagent haar onder de oksels had gepakt, haar met geweld het appartement uit had gesleept en Paul had opgedragen haar naar huis te brengen. Kleine stukjes van bloemen en bladeren zaten nog in haar haar. Ze had in de lift Pauls hand gegrepen en die onderweg naar huis niet meer losgelaten. In de auto had ze onafgebroken gehuild met haar hoofd tussen haar knieën en was ze Pauls hand blijven vasthouden, zelfs als hij schakelde. Hij had haar de veiligheidsgordel omgedaan; haar lichaam was star, onbuigzaam geweest. Ze scheen te weten, zonder op te kijken, wanneer ze hun straat insloegen. Ze was inmiddels opgehouden met huilen. Haar neus liep en ze veegde hem af met de rug van haar hand. Het was licht gaan regenen, en binnen een paar seconden leken de ramen en de voorruit, doordat de druppeltjes zich tot schuine streepjes aaneenregen, vol krassen te zitten die veel gelijkenis vertoonden met die waarmee ze zichzelf had toegetakeld.

De dag dat Paul voor zijn examen slaagde, namen twee van zijn professoren hem mee naar de Four-Seasons-bar voor een borrel. Hij dronk die middag meerdere borrels, ijskoude martini's op een abnormaal warme lentedag. Hij dronk ze snel op een lege maag en een bijna slapeloze nacht, en opeens was hij dronken. Hij had alle vragen beantwoord en de drie uur durende beproeving cum laude doorstaan. 'Laten we doen of het niet is gebeurd,' hadden zijn examinatoren gezegd, op zijn vroegere afgang doelend. Nadat ze afscheid van hem hadden genomen, hem voor de laatste maal de hand hadden geschud en hem nog eens op de schouder hadden geklopt, ging hij naar het toilet en spatte hij water in zijn gezicht. Hij drukte een zachte witte handdoek tegen zijn slapen en bestoof zichzelf met eau de toilette uit een fles in een leren foedraal die naast de wastafel stond.

Toen hij terugkwam in de foyer was alles – de receptiebalie, het reusachtige bloemstuk, de goedgeklede gasten, de koperen karretjes volgestapeld met dure bagage – als een carrousel om hem heen gaan draaien, om vervolgens een voor een in een grote boog voor hem langs te zweven. Een poosje bleef hij naar deze beelden staan kijken, die als vuurwerk verschenen en weer verdwenen, hopend dat er geen eind aan zou komen. Hij verlangde opeens naar geld, zoveel geld dat hij naar de balie zou kunnen stappen en vragen om een kamer, een groot wit bed, stilte.

Buiten sloeg hij een hoek om, stak hij een straat over. Hij liep naar Commonwealth Avenue, aan deze kant zo anders dan bij de universiteit. Hier was het een stijlvolle, met bomen omzoomde boulevard, geflankeerd door spectaculaire herenhuizen met banken ervoor waarop je zittend van de architectuur kon genieten. De zijstraten waren alfabetisch gerangschikt – Berkeley, Clarendon, Dartmouth. Hij liep langzaam, nog dronken, zo nu en dan uitkijkend naar een taxi die hem thuis kon brengen. Bij Exeter Street zag hij een stelletje op een bank. Het was Farouk met een vrouw, lang, slank, maar ietwat verlopen. Haar benige neus was iets te groot voor haar gezicht. Ze zat met haar slanke benen over elkaar geslagen. Haar ogen waren helder turquoise van kleur onder wimpers voorzien van mascara, en ze knipperde voortdurend met haar ogen, alsof ze last had van een korreltje zand.

Tegenover hen stond een lege bank. Paul liep erheen en ging zitten. Hij deed zijn stropdas los en keek Farouk recht in de ogen. Voor deze man had Deirdre een volslagen onbekende opgebeld en zich belachelijk gemaakt. Voor deze man had Sang zich het vuur uit de sloffen gelopen, had ze al haar huwelijkskandidaten afgewezen. Omdat de huwelijkskandidaten haar niet kenden, hadden ze geen schijn van kans gehad. 'Het is geen liefde,' had ze altijd gezegd. Ze belden nog steeds voor haar op, zo nu en dan, met gretige stemmen en duidelijke bedoelingen. 'Weet u haar nummer in Londen?' werd er wel eens gevraagd, maar Paul had het weggegooid. Met zijn hoofd nu eens schuin naar links en dan weer naar rechts bestudeerde hij Farouk nauwlettend. Paul had boven op deze man gelegen. Hij had die benen, die borstkas onder de zijne gevoeld, had zijn huid, zijn haar, zijn adem geroken. Het was een kennis die hij deelde met Sang en Deirdre, een kennis die elk van hen als haar eigendom had beschouwd. Farouk en de vrouw wisselden blikken van verstandhouding. Laat ze, dacht Paul, glimlachend, en hij moest even grinniken. Farouk kon hem niets maken, niet met die nieuwe vrouw aan zijn zijde. Hij zakte onderuit, vlijde zijn hoofd tegen het hout van de bank en liet de middagzon zijn lijf, zijn gezicht verwarmen. Hij had zin om languit te gaan liggen.

Hij voelde een por in de zijkant van zijn arm. Het was Farouk, die voor hem stond.

'Je mag van geluk spreken dat ik geen eis tot schadevergoeding tegen je heb ingesteld,' zei Farouk. Hij sprak zorgvuldig, maar zonder wrok, alsof hij zomaar een praatje maakte.

Paul wreef zich in zijn ogen en verschoof daardoor zijn bril. 'Wat?'

'Je hebt mijn schouder beschadigd. Ik moest een MRI-scan laten maken. Ik moet misschien geopereerd worden.'

De vrouw, die nu een meter of twee achter Farouk stond, zei iets wat Paul niet verstond.

'Hij mag het best weten,' zei Farouk tegen de vrouw, met een onaangename stemverheffing. Toen haalde hij zijn schouders op en liepen ze samen weg. Er was iets vreemds aan de manier waarop ze liepen, naast elkaar, maar toch met een ruimte tussen hen in. Toen pas zag Paul een klein, geel hondje aan een heel lange lijn, strakgetrokken in de hand van de vrouw, dat haar voorttrok over het pad.

# Deel 2

# Hema en Kaushik

# Maar eens in je leven

Ik had je eerder gezien, ontelbare keren, maar een afscheidsfeest dat mijn familie gaf voor de jouwe, bij ons thuis in Inman Square, is mijn eerste herinnering aan jouw aanwezigheid in mijn leven. Je ouders hadden besloten uit Cambridge te vertrekken, niet naar Atlanta of Arizona, zoals sommige andere Bengalen, maar om helemaal terug te gaan naar India en de strijd op te geven waaraan mijn ouders en hun vrienden net waren begonnen. Het was 1974. Ik was zes jaar. Jij was negen. Wat ik me nog het duidelijkst kan herinneren zijn de uren voor het feest, waarin mijn moeder zich op de komst van de gasten voorbereidde: het meubilair werd geboend, de papieren borden en servetten werden op tafel gezet, de kamers vulden zich met de geur van lamscurry en pullao en de L'Air du Temps die mijn moeder bij bijzondere gelegenheden gebruikte en waarmee ze eerst zichzelf bestoof en daarna mij, een flinke wolk die tijdelijk alles verdonkerde wat ik aanhad. Ik droeg die avond een kostuum dat mijn grootmoeder ons uit Calcutta had gestuurd: een witte pyjama met smal toelopende broekspijpen en een taille waar ik twee keer in kon, een turquoise kurta en een zwartfluwelen vestje, met plastic parels bestikt. De drie kledingstukken waren op het bed van mijn ouders uitgestald terwijl ik in bad zat, en ik stond te bibberen, mijn vingertoppen gerimpeld en wit, terwijl mijn moeder met behulp van een veiligheidsspeld een eind trekkoord door de enorme taille van de pyjamabroek reeg, de stijve stof stukje bij beetje bij elkaar frommelde en het koord strak op mijn buik vastknoopte. Op de binnennaad van de pyjamabroek stond met paarse letters het logo van de fabrikant gestempeld. Ik weet nog dat ik daarover mopperde en iets anders aan wilde, maar mijn moeder verzekerde me dat het logo er in de was wel uit zou gaan, en dat trouwens niemand het zou zien omdat de kurta zo lang was.

Mijn moeder had dringender zaken aan haar hoofd. Behalve over de kwaliteit en de hoeveelheid van het eten maakte ze zich zorgen over het weer: er was voor later die avond sneeuw voorspeld, en in die tijd hadden mijn ouders en hun vrienden nog geen auto. De meeste gasten, onder wie ook jij, woonden minder dan een kwartier lopen van ons vandaan, ofwel in de wijken tussen Harvard en het MIT of net over de Mass Avenue Bridge. Maar sommigen kwamen van verder weg, met de bus of de metro uit Malden, Medford of Waltham. 'Ik denk dat dr. Choudhuri wel mensen naar huis kan rijden,' zei ze over jouw vader terwijl ze mijn haar ontwarde. Jouw vader en moeder waren iets ouder – doorgewinterde immigranten, in tegenstelling tot de mijne. Ze waren in 1962 uit India vertrokken, voordat het aanmoedigingsbeleid voor buitenlandse studenten werd teruggedraaid. Toen mijn vader en de andere mannen nog tentamens deden, was jouw vader al afgestudeerd en reed hij in een auto, een zilverkleurige Saab met kuipstoelen, naar zijn werk bij een technisch bedrijf in Andover. Ik was menig keer in die auto naar huis gebracht, als een feestje was uitgelopen en ik in een vreemd bed in slaap was gevallen.

Onze moeders ontmoetten elkaar toen de mijne in verwachting was. Ze wist het op dat moment nog niet; ze voelde zich duizelig en ging zitten op een bank in een klein plantsoen. Jouw moeder zat op een schommeltje en zwaaide zachtjes heen en weer terwijl jij hoog boven haar uit vloog, toen ze een jonge Bengaalse vrouw zag, in een sari en met vermiljoen in haar haar. 'Voelt u zich wel goed?' vroeg jouw moeder haar. Ze zei tegen jou dat je van de schommel af moest komen en daarna brachten je moeder en jij haar naar huis. Het was tijdens die wandeling dat jouw moeder opperde dat de mijne misschien in verwachting was. Ze werden op slag vriendinnen, die elkaar overdag gezelschap hielden terwijl onze vaders naar hun werk waren. Ze praatten over het leven dat ze achter zich hadden gelaten in Calcutta: het prachtige huis van jouw moeder in Jodhpur Park, met bloeiende hibiscus en rozenstruiken op het dak, en mijn moeders bescheiden flatje in Maniktala, boven een groezelig Punjaabs restaurant, waar zeven mensen in drie kamertjes woonden. In Calcutta was de kans dat ze elkaar hadden leren kennen niet groot geweest. Jouw moeder ging naar een kloosterschool en was de dochter van een van de meest vooraanstaande advocaten van Calcutta, een pijprokende anglofiel en lid van de Saturday Club. Mijn moeders vader was beambte op het hoofdpostkantoor en ze had nog nooit aan een tafel gegeten of op een wc gezeten voor ze naar Amerika kwam. Die verschillen betekenden niets in Cambridge, waar ze beiden even alleen waren. Hier gingen ze samen boodschappen doen, klaagden tegen elkaar over hun echtgenoten en kookten ofwel op jullie fornuis of het onze, waarna ze de gerechten over hun respectievelijke gezinnen verdeelden. Ze breiden samen en ruilden van patroon wanneer een van beiden verveeld raakte. Toen ik geboren werd, waren jouw ouders de enige vrienden die in het ziekenhuis op bezoek kwamen. Ik werd gevoerd in jouw oude kinderstoel en over straat geduwd in jouw oude kinderwagen.

Tijdens het feest begon het te sneeuwen, zoals voorspeld, en laatkomers arriveerden in natte, wit aangekoekte jassen die we aan de stang van het douchegordijn moesten hangen. Nog jaren vertelde mijn moeder dat toen het feest was afgelopen, je vader talloze ritten maakte om mensen thuis te brengen – één echtpaar zelfs helemaal naar Braintree – en beweerde dat het geen enkele moeite was, dat dit zijn laatste kans was om met die auto te rijden. In de dagen voor je vertrek kwamen je ouders weer bij ons langs, om potten en pannen te brengen, kleine huishoudelijke apparaten, dekens en lakens, aangebroken pakken meel en suiker, flessen shampoo. We bleven naar die dingen verwijzen als waren ze nog van je moeder. 'Geef me Paruls koekenpan eens aan,' zei mijn moeder dan. Of: 'Ik denk dat we Paruls broodrooster wat lager moeten zetten.' Je moeder kwam ook aanzeulen met boodschappentassen vol kleren die ik volgens haar misschien wel kon gebruiken en die vroeger van jou waren geweest. Mijn moeder borg de zakken weg en nam ze mee toen we een paar jaar later van Inman Square naar een woning in Sharon verhuisden en nam daar de kleren geleidelijk, als ik erin groeide, in mijn garderobe op. Het waren voornamelijk winterkleren, dingen die je in India niet meer nodig zou hebben, zoals dikke T-shirts en coltruien in marineblauw en bruin. Ik vond die kleren lelijk en droeg ze zo min mogelijk, maar mijn moeder weigerde andere te kopen. En zo werd ik gedwongen jouw truien te dragen en jouw rubberlaarzen als het regende. Eén winter moest ik jouw overjas aan, waar ik zo'n hekel aan had dat ik aan jou ook een hekel kreeg. Hij was blauw-zwart met een oranje voering en een kriebelig grijsbruin garneersel om de capuchon. Ik kon er nooit aan wennen de rits aan de rechterkant vast te haken en er zo anders uit te zien dan de andere meisjes van mijn klas met hun bolle roze en paarse jacks. Toen ik mijn ouders vroeg of ik een nieuwe jas mocht, zeiden ze nee. Een jas was een jas, zeiden ze. Ik wilde ervanaf. Ik wilde dat hij weg zou raken. Ik wenste dat een van de jongens van mijn klas, van wie velen een jas hadden die precies op de mijne leek, hem per ongeluk mee zou nemen uit de smalle alkoof waar we aan het eind van de schooldag heen renden om onze spullen aan te trekken. Maar mijn moeder had het zelfs bestaan een label in de kraag te strijken met mijn naam erop, een ideetje dat ze aan haar abonnement op *Good Housekeeping* te danken had.

Ik liet de jas een keer in de schoolbus liggen. Het was een zachte dag aan het eind van de winter, de raampjes van de bus stonden open, iedereen had zijn dikke winterkleding uitgedaan en op de stoelen neergegooid. Ik zat in een andere bus dan gewoonlijk, die me afzette in de buurt van mijn pianolerares, mevrouw Hennessey. Ik stond op toen de bus mijn halte naderde en liep naar voren. De chauffeur waarschuwde me voorzichtig te zijn bij het oversteken. Ze trok aan de hendel waarmee de deur openging en frisse lucht stroomde de bus in. Ik wilde net uitstappen, zonder jas, toen iemand riep: 'Hé, Hema, je vergeet wat!' Ik was stomverbaasd dat iemand in die bus wist hoe ik heette; ik was het naamlabeltje vergeten.

Het jaar daarop was ik uit de jas gegroeid en werd hij tot mijn grote opluchting aan een goed doel geschonken. De andere voorwerpen die je ouders aan ons hadden nagelaten, de broodrooster en het serviesgoed en de Teflon potten en pannen, werden ook geleidelijk aan vervangen, tot er geen tastbaar spoor van jou meer in huis over was. Jarenlang was er tussen onze families geen contact. De vriendschap verdiende niet dezelfde inspanning die mijn ouders aan hun familieleden besteedden, voor wie ze op het postkantoor stapels luchtpostbladen kochten die ze trouw elke week verstuurden, waarbij ze mij vroegen aan elk stel grootouders onder aan de brief dezelfde drie zinnetjes te schrijven. Mijn ouders spraken zelden over jou en ik denk dat ze ervan uitgingen dat onze wegen elkaar waarschijnlijk niet meer zouden kruisen. Je was verhuisd naar Bombay, een stad ver van Calcutta, waar mijn ouders en ik nooit zijn geweest. En dus zagen we je niet en hoorden we niets van je, tot de eerste dag van 1981, toen je vader ons 's ochtends heel vroeg opbelde om ons een gelukkig nieuwjaar te wensen en te vertellen dat jullie naar Massachusetts terugkwamen, waar hij een nieuwe baan had gekregen. En hij vroeg of jullie bij ons mochten logeren tot hij een huis had gevonden.

Nog dagen daarna konden mijn ouders over niets anders praten. Ze vroegen zich af wat er mis was gegaan: was je vaders betrekking bij Larsen & Toubro, destijds te goed om te weigeren, op een mislukking uitgelopen? Kon je moeder de stank en de hitte van India niet meer aan? Hadden ze besloten dat de scholen daar niet goed genoeg voor jou waren? Internationale telefoongesprekken werden kort gehouden in die tijd. Vanzelfsprekend waren jullie welkom, zeiden mijn ouders en ze noteerden de datum van jullie komst op de kalender in onze keuken. Wat de reden van jullie komst ook mocht zijn, uit de gesprekken van mijn ouders maakte ik op dat het gezien werd als wankelmoedigheid, als zwakte. 'Ze hadden toch moeten weten dat teruggaan onmogelijk is,' zeiden ze tegen hun vrienden, en veroordeelden daarmee je ouders omdat die aan beide kanten hadden gefaald. Wij hadden het als immigranten volgehouden terwijl jullie waren gevlucht; als wij naar India waren teruggekeerd, schenen mijn ouders te suggereren, zouden wij het ook daar hebben volgehouden.

Tot je terugkeer had ik me jou voorgesteld als een jongen van acht of negen, bevroren in de tijd, zo groot als de kleren die ik had geërfd. Maar je was nu twee keer zo lang, zestien, en mijn ouders vonden dat je het beste maar mijn kamer kon krijgen en dat ik dan op een veldbed in hun kamer kon slapen. Je ouders zouden dan de logeerkamer aan het eind van de gang kunnen gebruiken. Mijn ouders hadden vaak vrienden uit New Jersey of New Hampshire te gast voor het weekend, om uitgebreid te eten en tot laat in de avond te praten over de Indiase politiek. Maar tegen zondagmiddag waren die gasten altijd weer vertrokken. Ik was eraan gewend dat er kinderen op de vloer naast mijn bed sliepen, in slaapzakken. Als enig kind vond ik zulk gezelschap zo nu en dan best leuk. Maar er was mij nog nooit gevraagd mijn kamer helemaal af te staan. Ik vroeg mijn moeder waarom ze jou dat veldbed niet gaven in plaats van mij.

'Waar zou dat dan moeten staan?' vroeg ze. 'We hebben maar drie slaapkamers.'

'Beneden,' stelde ik voor. 'In de woonkamer.'

'Dat zou een beetje raar zijn,' zei mijn moeder. 'Kaushik moet nu al bijna een man zijn. Hij heeft zijn privacy nodig.'

'En het souterrain?' zei ik, doelend op de kleine studeerkamer die mijn vader daar had ingericht, met stalen boekenkasten langs de muren.

'Zoiets doe je je gasten niet aan, Hema. En vooral deze niet. Dr. Choudhuri en Parul Di waren zo'n zegen voor ons toen jij geboren werd. Ze reden ons van het ziekenhuis naar huis, ze brachten ons wekenlang eten. Nu is het onze beurt om hen te helpen.'

'Wat voor soort dokter is hij eigenlijk?' vroeg ik. Hoewel ik altijd gezond was geweest, had ik destijds een irrationele angst voor dokters, en het idee dat er een in ons huis kwam wonen maakte me nerveus, alsof alleen al zijn aanwezigheid een van ons ziek kon maken.

'Hij is geen dokter die zieken geneest. Hij is *doctor*, dat wil zeggen dat hij is gepromoveerd.'

'Baba is ook gepromoveerd, maar niemand noemt hem doctor,' bracht ik naar voren.

'Toen we elkaar leerden kennen, was dr. Choudhuri de enige. We toonden zo ons respect.'

Ik vroeg hoe lang je bij ons kwam logeren – een week? Twee? Mijn moeder wist het niet; het hing er helemaal van af hoe lang het zou duren voor jouw familie alles geregeld had en een huis had gevonden. Het vooruitzicht mijn kamer te moeten opgeven maakte me woest. Wat mijn misnoegen nog verergerde, was het feit dat ik tot voor kort nog regelmatig op het veldbed bij mijn ouders op de kamer had geslapen, en niet in de kamer waar ik mijn kleren en spullen bewaarde. Mijn moeder beschouwde het alleen laten slapen van een kind als een hardvochtig Amerikaans gebruik en moedigde het daarom niet aan, ook niet toen we er de ruimte voor hadden. Ze vertelde me dat ze zelf bij haar ouders in bed had geslapen tot de dag dat ze trouwde en dat dit volkomen normaal was. Maar ik wist dat het niet normaal was, dat mijn vriendinnen op school het niet deden, en dat ze me zouden uitlachen als ze het wisten. De zomer voordat ik naar de middenschool ging, stond ik erop alleen te slapen. In het begin kwam mijn moeder 's nachts telkens even naar me kijken, alsof ik nog een baby was die plotseling kon ophouden met ademen. Ze vroeg of ik bang was en herinnerde me eraan dat ze zich aan de andere kant van de muur bevond. Ik was inderdaad bang, die eerste nacht; de volslagen stilte in mijn kamer maakte me doodsbenauwd. Maar ik wilde dat voor geen goud bekennen, want wat ik nog meer vreesde was iets niet te kunnen wat ik had moeten leren toen ik een jaar of drie, vier was. Op het laatst bleek het gemakkelijk; ik viel in slaap uit pure angst dat ik niet in slaap zou vallen, en de volgende ochtend werd ik in mijn eentje wakker, met mijn ogen knipperend tegen het oostelijk licht, dat in de kamer van mijn ouders niet kon komen.

Het huis was voorbereid op jullie komst. Voor de zitbank in de woonkamer waren nieuwe losse kussens gekocht, fel oranje op de bruine tweed bekleding. De planten en de bibelots waren opnieuw geschikt, mijn schoolfoto ingelijst en boven de open haard gehangen. De kerstkaarten die mijn moeder en ik een voor een in volgorde van binnenkomst met plakband om de voordeur hadden bevestigd, werden verwijderd. Mijn ouders, het feit indachtig dat je vader gewend was zich goed te kleden, schaften zich ochtendjassen aan, mijn moeder een van velours, mijn vader een in de stijl van een huisjasje. Op een dag kwam ik thuis uit school en zag dat de roze-witte sprei op mijn bed was vervangen door een taankleurige deken. In de badkamer lagen nieuwe badhanddoeken voor jou en je ouders, dikker dan die wij gebruikten en van een mooiere tint blauw. Mijn kleerkast was uitgedund, er hingen lege hangers aan de stang. Ik moest twee laden uitruimen en haalde zoveel spullen weg dat ik niet in de kamer hoefde te zijn als jij er was. Ik nam mijn pyjama mee, wat kleren om naar school aan te doen en mijn gymschoenen. Ik pakte het bibliotheekboek dat ik aan het lezen was, en de andere boeken op mijn nachtkastje. Ik wilde dat je zo weinig mogelijk dingen van me zag, dus haalde ik mijn bijouteriedoos, gevuld met een wirwar van goedkope kettingen, en mijn flesjes Avon-parfum weg. Ik nam het afgesloten dagboek uit mijn bureaula, al had ik er maar twee keer iets in geschreven sinds ik het voor Kerstmis had gekregen. Ik nam ook het jaarboek van de zevende klas mee, waarin mijn foto stond, de schutbladen vol malle boodschappen van mijn klasgenoten. Het was of ik moest kiezen welke van mijn bezittingen ik wilde meenemen op een lange reis naar India, alleen ging ik ditmaal nergens heen. Toch stopte ik mijn spullen in een koffer vol afbladderende labels en stickers die meerdere malen over de wereld heen en weer was gereisd en sleepte die de kamer van mijn ouders in.

Ik bekeek kiekjes van je ouders; we hadden er een paar in een album, die genomen waren op de avond van het afscheidsfeest. Daar was mijn vader, die met zijn steile, gitzwarte haar toen al een verrassing voor me was. Hij droeg een pullover, had de mouwen van zijn overhemd opgerold en wees dringend naar iets buiten de foto. Jouw vader was zoals altijd gekleed in pak met stropdas; zijn knappe bebrilde gezicht was al sprekend naar iemand toegewend, zijn groene ogen hadden hun gelijke niet. De middenscheiding in je moeders haar accentueerde de lengte van haar smalle gezicht; het uiteinde van haar ruwzijden sari was als een sjaal om haar schouders geslagen. Naast haar stond mijn moeder, een hoofd kleiner en minder verzorgd, met losse pieken haar langs haar oren. Ze zagen er allebei verhit uit, met hoogrode wangen, alsof ze wijn hadden gedronken, hoewel ze in die tijd niets anders dronken dan leidingwater en thee; de band tussen hen was duidelijk zichtbaar. Er was nergens een glimp te zien van jou, degene naar wie ik het nieuwsgierigst was. Wie weet waar je je in die drukte ergens schuilhield? Ik stel me voor dat je in de slaapkamer van mijn ouders aan het bureau in de hoek een boek zat te lezen dat je had meegebracht, wachtend tot het feest afgelopen was.

Mijn vader ging op een avond naar het vliegveld om jullie af te halen. Ik moest huiswerk maken. De tafel stond al sinds het middaguur gedekt voor het avondmaal. Mijn moeder deed dit altijd als ze een feestje gaf, maar ze had nog nooit midden in de week zo'n uitgebreide maaltijd bereid. Een uur voor jullie verwacht werden, zette ze de oven aan. Ze had een pan olie heet gemaakt en was begonnen schijfjes aubergine te frituren om bij de dal te serveren, waardoor de keuken vol damp stond toen mijn vader belde om te zeggen dat jullie vliegtuig was geland maar dat een van jullie koffers niet was aangekomen. Ik had inmiddels honger gekregen, maar ik wilde mijn moeder niet vragen de oven open te doen en er alleen voor mijn plezier alle gerechten uit te halen. Mijn moeder zette de olie uit en ik ging met haar op de bank naar een film op de televisie zitten kijken, iets over de Tweede Wereldoorlog, waarin een groepje vermoeide mannen over een donker veld liep. Film uit een bepaalde periode was het enige in het Westen waar mijn moeder onverdeeld van hield. Zelf droeg ze nooit een rok – dat vond ze onfatsoenlijk – maar ze kon van scène tot scène opnoemen wat Audrey Hepburn aanhad in al haar films.

Ik viel naast haar in slaap en toen ik wakker werd, merkte ik dat ik alleen op de bank lag, dat de televisie uit was en dat er stemmen klonken in een ander deel van het huis. Ik stond op, met een verhit gezicht en zware, verkrampte armen en benen. Jullie zaten allemaal in de eetkamer, aan de maaltijd. Pannen met gerechten stonden op tafel en behalve de waterkan was er ook een fles Johnnie Walker, waarvan alleen je ouders dronken, tussen hun borden neergezet. Daar was je moeder, haar gladde donkere haar tot schouderlengte afgeknipt, gekleed in pantalon en tuniek, een zijden sjaaltje om haar hals geknoopt, maar vaag gelijkend op de vrouw van de kiekjes. Met haar helderrode lippenstift en matte oogschaduw zag ze er minder uitgeput uit dan mijn moeder. Ze was slank gebleven, haar jukbeenderen nog fraai geprononceerd, onbezwaard door het gewicht van de middelbare leeftijd dat mijn moeders gelaatstrekken nu vulde. Je vader zag er min of meer hetzelfde uit, nog steeds knap, nog steeds in pak met stropdas, alleen met een moderne bril zijn tol betalend aan de nieuwe tijd. Jij zag bleek, net als je vader; je had je haar in lange lokken naar één kant van je gezicht gekamd en hoewel je blik afwezig leek, ontging je niets. Ik had niet verwacht dat je knap zou zijn. Ik had niet verwacht dat ik je ook maar in het minst aantrekkelijk zou vinden.

'Nee maar, Hema, al een hele dame. Je kent ons zeker niet meer, hè?' zei je moeder. Ze sprak me aan in het Engels, op een plezierige, ongehaaste manier, met een stem die geamuseerd klonk. 'Kom maar, arm kind, we hebben je ook zo lang laten wachten. Je moeder vertelde dat je door onze schuld honger hebt geleden.'

Ik ging zitten, verlegen, omdat je mij slapend op de bank had gezien. Terwijl jullie net de halve wereld over waren gevlogen, was ik degene die zich moe voelde, ondanks mijn dutje. Mijn moeder schepte een bord eten voor me op, maar haar aandacht was gericht op jou en het feit dat je geen tweede portie wilde.

'We hebben voor onze aankomst nog gegeten,' antwoordde je, met iets van een accent in je Engels, maar niet het sterke accent van onze ouders. Je stem was zwaarder geworden, niet meer de stem van een kind.

'Het is buitengewoon, wat je in de eerste klas allemaal te eten en te drinken krijgt,' zei je moeder. 'Champagne, bonbons, en zelfs kaviaar. Maar ik heb nog een plekje vrijgehouden. Ik was je kookkunst niet vergeten, Shibani,' voegde ze eraan toe.

'Eerste klas!' riep mijn moeder uit, en ze haalde diep adem. 'Hoe raakten jullie daarin verzeild?'

'Een cadeautje voor mijn veertigste verjaardag,' legde je moeder uit. Ze keek lachend je vader aan. 'Maar eens in je leven, hè?'

'Wie weet?' zei hij, duidelijk trots op zijn gulle gebaar. 'Het zou wel eens een heel slechte gewoonte kunnen worden.'

Onze ouders praatten over de oude kennissenkring in Cambridge; de mijne vertelden de jouwe over wat mensen hadden gedaan en gepresteerd, over de vrijgezellen die getrouwd waren, de kinderen die waren geboren. Ze praatten over de verkiezingsoverwinning van Reagan, over alles wat Carter fout had gedaan. Jouw ouders vertelden over Rome, waar jullie een stop van twee dagen hadden gemaakt om de stad te bezichtigen. Je moeder beschreef de fonteinen en het plafond van de Sixtijnse Kapel, waarvoor jullie drie uur in de rij hadden gestaan. 'Al die prachtige kerken,’ zei ze. ‘Stuk voor stuk net musea. Ik kreeg gewoon zin om katholiek te worden, alleen maar om in zo’n kerk te kunnen bidden.’

‘Eerst het Pantheon zien en dan sterven,’ zei je vader, en mijn ouders knikten zonder te weten wat het Pantheon was. Ik wist het wel – toevallig waren we met Latijn net bezig met het oude Rome en schreef ik een lang verslag over de Romeinse kunst en architectuur, alles aan de hand van encyclopedie-artikelen en andere boeken uit de schoolbibliotheek. Je ouders vertelden over Bombay en het huis dat jullie daar hadden achtergelaten, een flat op de tiende verdieping, met een balkon dat uitkeek op palmen en de Arabische Zee. ‘Jammer dat jullie nooit op bezoek zijn geweest,’ zei je moeder. Later, in de beslotenheid van hun slaapkamer, wees mijn moeder mijn vader erop dat we nooit waren uitgenodigd.

Na het eten moest ik je het huis laten zien en je wijzen waar je zou slapen. Normaal gesproken vond ik het heerlijk om dit voor gasten te doen en schiep ik er een bezitterig genoegen in om uit te leggen dat dit de bezemkast was en dat het toilet met fonteintje op de begane grond. Maar nu bleef ik nergens bij stilstaan, want ik voelde hoe verveeld je was. Ik was ook zenuwachtig omdat ik met jou op pad werd gestuurd, van mijn à propos door de aantrekkingskracht die je onmiddellijk op mij als bakvisje had. Ik was er inmiddels aan gewend jongens te bewonderen, jongens in mijn klas die zich van mijn bestaan niet bewust waren en dat nooit zouden zijn. Maar nog nooit iemand zo oud als jij, nog nooit iemand die tot de wereld van mijn ouders behoorde. Jij was het die mij leidde, die me voorging op de trap, deuren opendeed, je hoofd in kamers stak, zonder ergens van onder de indruk te zijn.

‘Dit is mijn kamer. Jouw kamer,’ corrigeerde ik mezelf. Na er zo lang tegen op te hebben gezien, was ik nu heimelijk opgewonden bij de gedachte dat jij hier zou slapen. Je zou mijn aanwezigheid in je opnemen, dacht ik. Zonder dat ik er iets voor hoefde te doen, zou je mij leren kennen en waarderen. Je liep door de kamer naar het raam, opende het en leunde naar buiten in het donker, zodat er koude lucht binnenstroomde.

'Wel eens op het dak geklommen?' vroeg je. Je wachtte mijn antwoord niet af en voor ik wist wat er gebeurde had je de hor opgehaald en was je verdwenen. Ik rende naar het raam, maar toen ik me naar buiten boog zag ik je niet meer. In gedachten zag ik je uitglijden op de dakspanen en in de struiken vallen, waarna ik de schuld van het ongeluk zou krijgen omdat ik er stom bij stond te kijken terwijl jij de waaghals uithing. 'Ben je er nog?' riep ik. Het zou voor de hand hebben gelegen je naam te noemen, maar ik voelde me geremd en deed het niet. Na een poosje kwam je weer in zicht; je ging op het schuine dak van de garage zitten en keek omlaag naar het gazon.

'Wat is er achter het huis te zien?'

'Bos. Maar daar mag je niet in.'

'Van wie niet?'

'Van iedereen. Mijn ouders en alle leraren op school.'

'Waarom niet?'

'Er is vorig jaar een jongen verdwaald. Hij wordt nog steeds vermist.' De jongen heette Kevin McGrath en hij zat twee klassen onder mij. Een week lang hoorden we niets anders dan helikopters en geblaf van honden die naar hem zochten.

Je reageerde niet op deze mededeling. In plaats daarvan vroeg je: 'Waarom binden de mensen gele linten aan hun brievenbussen?'

'Die zijn voor de gijzelaars in Iran.'

'Ik wil wedden dat de meeste Amerikanen hiervoor nog nooit van Iran hadden gehoord,' zei je, zodat ik me zowel voor de vaderlandsliefde als de onwetendheid van mijn buren verantwoordelijk voelde.

'Wat is dat ding daar, rechts?'

'Een schommel.'

Je vond het kennelijk een grappig woord. Je keek me aan en glimlachte, maar niet vriendelijk, alsof ik de term had uitgevonden.

‘Ik heb de kou gemist,’ zei je. ‘Deze kou.’ Je opmerking herinnerde me eraan dat niets van dit alles nieuw voor je was. ‘En de sneeuw. Wanneer gaat het weer sneeuwen?’

‘Dat weet ik niet. Er was met de kerst niet veel sneeuw dit jaar.’

Je klom in de kamer terug, teleurgesteld, vreesde ik, door mijn gebrek aan informatie. Je wierp een blik naar jezelf in mijn spiegel, waarvan de witte lijst bijna je hoofd afsneed. ‘Waar is de wc?’ vroeg je, al half buiten de deur.

Die nacht, op het veldbed in de kamer van mijn ouders, nog klaarwakker hoewel het al ver na middernacht was, hoorde ik mijn moeder en vader in het donker praten. Ik was bang dat jij hen misschien ook zou horen. Het bed waarin je sliep stond aan de andere kant van de muur en als ik er mijn hand doorheen had kunnen steken, had ik je aan kunnen raken. Mijn ouders waren zowel kritisch over, als geïntimideerd door de jouwe, verbijsterd omdat ze zo waren veranderd. Bombay had hen Amerikaanser gemaakt dan Cambridge, zei mijn moeder, iets wat ze niet had verwacht en waar ze niets van begreep. Er waren opmerkingen over je moeders korte haar, haar pantalon, de Johnnie Walker die zij en je vader na de maaltijd bleven drinken en die ze uit de eetkamer meenamen naar de woonkamer. Het was voornamelijk mijn moeder die aan het woord was, terwijl mijn vader luisterde en zo nu en dan vermoeid-instemmend iets mompelde. Mijn ouders, die nog nooit een voet in een drankwinkel hadden gezet, vroegen zich af of ze een nieuwe fles moesten kopen – als je ouders zo doorgingen zou deze morgen wel leeg zijn, zei mijn moeder. Ze merkte op dat je moeder ‘modieus’ was geworden, een ongunstige term in haar vocabulaire, die een genotzucht inhield waar ze niets van moest hebben. ‘Voor de prijs van één eersteklasticket hadden er twaalf mensen mee gekund,’ zei ze. Mijn moeders verjaardagen kwamen en gingen zonder dat mijn vader er iets aan deed. Ik was degene die elk jaar op de eerste juni een kaart maakte en hem die mede liet ondertekenen. Plotseling ging mijn moeder rechtop zitten en snoof in de lucht. ‘Ik ruik rook,’ zei ze. Mijn vader vroeg of ze eraan gedacht had de oven uit te zetten. Mijn moeder zei dat ze zeker wist dat ze dat had gedaan, maar vroeg hem toch op te staan en te gaan kijken.

'Je ruikt een sigaret,' zei hij toen hij weer in bed stapte. 'Iemand heeft in de badkamer gerookt.'

'Ik wist niet dat dr. Choudhuri rookte,' zei mijn moeder. 'Hadden we geen asbak moeten neerzetten?'

De volgende morgen sliepen jullie uit, slachtoffers van jetlag, wat ons eraan herinnerde dat jullie ondanks jullie aanwezigheid, jullie koffers die de gangen verstopten, jullie tandenborstels op de rand van de wastafel, elders thuishoorden. Toen ik 's middags uit school kwam, sliepen jullie nog, en bij het avondeten – voor jullie het ontbijt – bedankten jullie voor de curry die wij aten en wilden jullie graag toast en thee. Zo ging het die eerste paar dagen: jullie waren wakker als wij sliepen, en sliepen als wij wakker waren; we leidden antipodische levens onder hetzelfde dak. Het gevolg was dat er, afgezien van het feit dat ik niet in mijn eigen kamer sliep, weinig veranderde. Ik dronk mijn sinaasappelsap, at mijn kom cornflakes en liep naar de bushalte zoals ik gewend was. Ik praatte met niemand over je komst; ik vertelde vrijwel nooit iets over mijn leven thuis aan mijn Amerikaanse vrienden. Als kind had ik altijd al tegen mijn verjaardagen opgezien, omdat er dan tien, twaalf meisjes bij ons thuis verschenen die konden zien hoe wij leefden. Ik heb geen idee hoe ik je genoemd zou hebben. 'Een huisvriend', denk ik.

Op een dag kwam ik uit school en trof ik je ouders wakker, met hun benen over elkaar op de salontafel, de bank vullend waarop ik anders naar *The Brady Bunch* en *Gilligan's Island* ging zitten kijken. Ze babbelden met mijn moeder, die in de leunstoel met een kom op haar schoot aardappels zat te schillen. Jouw moeder had een nylon sari van mijn moeder aan, paars met rode stippen van verschillende grootte. Er was vervelend nieuws gekomen over je moeders vermiste koffer: hij was in Rome gesignaleerd, maar op een vliegtuig gezet naar Johannesburg. Ik weet nog dat ik vond dat de sari jouw moeder beter stond dan de mijne; de dieppaarse kleur kwam flatteuzer uit bij haar huid. Jij was in de tuin, zeiden ze. Maar in plaats van je buiten op te zoeken, ging ik piano studeren. Het was bijna donker toen je binnenkwam en de thee aannam waar ik nog te jong voor was. Je ouders dronken ook thee, maar om zes uur stond de fles Johnnie Walker weer op de salontafel zoals elke avond, zolang jullie bij ons logeerden. Jij was in je trui naar buiten gegaan, met je vaders kostbare camera om je hals. Aan je gezicht was te zien dat het koud was; je ogen schitterden, je oren waren rood omrand, je huid gloeide van binnenuit.

'Er loopt daar een riviertje,' zei je, 'in dat bos.'

Mijn moeder kreeg toen de zenuwen en waarschuwde je daar niet heen te gaan, zoals ze mij al zo vaak gewaarschuwd had en ik jou, de avond dat je aankwam, maar je ouders deelden haar bezorgdheid niet. Wat je had gefotografeerd, vroegen ze in plaats daarvan.

'Niks,' antwoordde je, en ik trok het me persoonlijk aan dat niets je had kunnen boeien. De buitenwijken waren nieuw voor jou en je ouders. Alles wat jij je van Amerika herinnerde was Cambridge, een plaats die ik me nauwelijks meer voor de geest kon halen.

Je dronk je thee en verdween naar mijn kamer alsof het de jouwe was, en kwam pas weer tevoorschijn toen je geroepen werd voor het eten. Je at snel, zonder iets te zeggen, en ging toen weer naar boven. Het waren je ouders die me het hof maakten, die me vragen stelden en me complimenteerden met mijn manieren, met mijn pianospel, met wat ik allemaal deed om mijn moeder te helpen in het huishouden. 'Kijk, Kaushik, hoe Hema haar lunch klaarmaakt,' zei je moeder als ik na het eten een boterham met ham of kalkoen belegde en in een papieren zakje deed om de volgende dag mee naar school te nemen. Ik was nog grotendeels een kind, terwijl jij, maar drie jaar ouder, je al aan de greep van je ouders had ontworsteld. Je lag nooit met ze overhoop, maar veel met ze praten deed je ook niet. Toen je buiten was, hoorde ik dat ze mijn moeder vertelden hoe naar je het vond om terug te zijn. 'Hij was woedend toen we vertrokken, en nu is hij woedend omdat we weer hier zijn,' zei je vader. 'Zelfs in Bombay is het ons gelukt een typische Amerikaanse tiener te kweken.'

Ik maakte mijn huiswerk aan de eettafel, omdat ik mijn eigen bureau niet gebruiken kon. Ik werkte aan mijn verslag over het oude Rome, een onderwerp dat me had geboeid tot jij kwam. Nu leek het me onbenullig toe, gezien het feit dat jij er zelf was geweest. Ik wilde er graag ongestoord aan werken, maar je vader gaf me een lange verhandeling over de bouwkundige aspecten van het Colosseum. Zijn hoog-technische uitleg ging mij boven de pet, was voor mijn werkstuk niet relevant, maar beleefdheidshalve bleef ik luisteren. Ik was bang dat hij zou willen zien of ik de dingen die hij verteld had wel had verwerkt, maar daar viel hij me niet meer mee lastig. Hij zocht in zijn bagage en liet me prentbriefkaarten zien die hij had gekocht, en hoewel het niets met mijn verslag te maken had, gaf hij me een muntje van tien lire.

Toen jullie jetlag wat was gezakt, reden we naar het winkelcentrum in de stationcar van mijn ouders. Je moeder moest beha's hebben, want die kon ze niet lenen van mijn weelderig bedeelde moeder. In het winkelcentrum gingen onze vaders samen in een verlaagd gedeelte met banken en potplanten zitten wachten, en kreeg jij wat geld waarmee je iets mocht gaan doen, terwijl ik onze moeders vergezelde naar de lingerieafdeling van Jordan Marsh. Je moeder liep voor ons uit, met de creditcard die je vader haar voor het uiteengaan had gegeven. Wij gingen altijd naar Sears. Onderweg naar de beha's kocht ze zwartleren handschoenen en een paar laarzen met ritssluitingen tot de knie, zonder naar de prijs te kijken voor ze iets van de plank pakte. Op de lingerieafdeling kwam de verkoopster op mij af. 'We hebben heel mooie oefenbehaatjes, net binnengekregen,' zei ze tegen jouw moeder, in de veronderstelling dat ik haar dochter was.

'O, nee, ze is nog veel te jong,' zei mijn moeder.

'Maar kijk toch eens, wat lief,' zei jouw moeder, het modelletje bevoelend dat de verkoopster op een hangertje liet zien, van wit kant met een rozenknopje in het midden. Ik menstrueerde nog niet en droeg, in tegenstelling tot veel meisjes op mijn school, nog gebloemde onderhemdjes. Ik werd meegetroond naar het pashokje, waar je moeder goedkeurend toekeek terwijl ik mijn jas en trui uittrok en de beha aanpaste. Ze stelde de bandjes en maakte het haakje van achteren vast. Ze paste zelf ook dingen, topless naast mij, zonder gêne, hoewel ik me wel wat opgelaten voelde bij het zien van haar grote, paarsrode tepels, het verrassende hangen van haar borsten, de donkere plukken okselhaar die ietwat scherp, maar toch niet helemaal onaangenaam roken. 'Prima,' zei je moeder, terwijl ze met haar vinger onder het elastiek over mijn huid streek, en ze voegde eraan toe: 'Hopelijk besef je dat je later een heel mooi meisje wordt.' Ondanks mijn moeders protesten kocht jouw moeder mijn eerste drie beha's, onder de uitdrukkelijke vermelding dat het een presentje was. Onderweg naar de uitgang kocht ze op de make-upafdeling een lippenstift, een flesje parfum en een assortiment dure crèmes die beloofden haar hals strak te maken en haar ogen meer glans te verlenen; ze was niet geïnteresseerd in de Avon-producten die mijn moeder gebruikte. De beloning voor haar aankopen op de make-upafdeling was een grote rode draagtas. Die gaf ze aan mij, met de suggestie dat ik er mijn boeken in kon doen, en de volgende dag nam ik hem mee naar school.

Na een week begon je vader aan zijn nieuwe baan, bij een constructiebedrijf zestig kilometer bij ons vandaan. In het begin stond mijn vader vroeg op om hem weg te brengen en dan terug te rijden naar de Northeastern Universiteit om zijn colleges economie te geven. Toen kocht je vader een Audi met pookversnelling. Jij bleef thuis bij onze moeders – je ouders wilden wachten tot ze hun huis hadden gekocht alvorens te bekijken naar welke school je kon gaan. Ik was stomverbaasd, en jaloers – een halfjaar niet naar school! Tot mijn nog grotere ergernis werd er niet van je verwacht dat je ook maar een vinger uitstak in huis, ooit je bord of drinkglas naar de keuken bracht, ooit mijn bed opmaakte, dat ik zo nu en dan door de halfopen deur van mijn kamer in een staat van totale wanorde kon zien, de deken op de vloer, jouw kleren op een hoop op mijn witte bureau. Je at enorme hoeveelheden fruit, hele trossen druiven, appels met klokhuis en al, wat ik fascinerend vond. Ik lustte in die tijd geen vers fruit; van de substantie en de intense smaak moest ik kokhalzen. Je klaagde over de smaak, of de smakeloosheid, maar verslond desondanks alles wat mijn ouders uit de Star Market meebrachten. Als ik 's middags uit school kwam, trof ik je altijd aan dezelfde kant van de bank, de tenen van je magere blote voeten om de rand van de salontafel geklemd, lezend in de boeken van Isaac Asimov die je uit mijn vaders boekenkast in het souterrain had gepakt. Ik had een bloedhekel aan *Doctor Who*, het enige televisieprogramma dat jou kon boeien.

Ik wist niet wat ik van je moest denken. Omdat je in India had gewoond, had je voor mijn gevoel meer gemeen met mijn ouders dan met mij. En toch was je heel anders dan mijn neefjes in Calcutta, die zo onschuldig en gezeglijk leken als ik op bezoek was, en die me vragen stelden over mijn leven in Amerika alsof het de maan was, en in alles even wonderbaarlijk. Jij was niet in het minst nieuwsgierig naar mij. Een keer nodigde een vriendinnetje op school mij uit om op zaterdagmiddag naar *The Empire Strikes Back* te komen kijken. Mijn moeder vond het goed, maar alleen als jij ook mee mocht. Ik protesteerde en zei dat mijn vriendinnetje jou niet kende. Al was ik verliefd op je, ik had geen zin om mijn vriendinnetje uit te leggen wie je was en waarom je bij ons in huis woonde.

'Jij kent hem toch,' zei mijn moeder.

'Maar hij mag me niet eens,' wierp ik tegen.

'Natuurlijk mag hij je wel,' zei mijn moeder, blind voor de volle betekenis van wat ik had gezegd. 'Hij moet zijn draai nog vinden, Hema. Dat is iets wat jij nooit hebt hoeven doormaken.'

Daarmee waren we uitgepraat. Later bleek dat de film je niet interesseerde, omdat je *Star Wars* niet eens had gezien.

Op een dag vond ik je aan mijn piano, bezig met je wijsvinger zomaar wat noten aan te slaan. Toen je me zag, stond je op en ging je weer op de bank zitten.

'Vind je het rot om hier te zijn?' vroeg ik.

'Ik had het naar mijn zin in India,' zei je. Ik hield mijn mening voor me, dat ik de bezoeken aan India vervelend vond, dat ik een hekel had aan de gekko's die 's avonds tegen de muren zaten en de tl-armaturen in en uit kropen, of de reusachtige kakkerlakken die soms naar me zaten te kijken als ik een bad nam. Ik hield niet van de op- en aanmerkingen die mijn familieleden openlijk maakten waar ik bij was – dat ik niet mijn moeders sierlijke handen had geërfd, dat mijn huid sinds mijn kindertijd donkerder was geworden.

'Bombay is heel anders dan Calcutta,' zei je, alsof je mijn gedachten kon lezen.

'Is het dicht bij de Taj Mahal?'

'Nee.' Je keek me oplettend aan, alsof mijn aanwezigheid voor het eerst helemaal tot je doordrong. 'Heb je nog nooit een landkaart bekeken?'

Bij ons bezoek aan het winkelcentrum had je een grammofoonplaat gekocht, iets van de Rolling Stones. De hoes was wit, met een soort taart erop. Je had geen belangstelling voor de paar platen die ik bezat – Abba, Shaun Cassidy, een compilatie van disconummers uit een tv-reclame die ik van mijn zakgeld had gekocht. Evenmin was je bereid je plaat af te spelen op de plastic pick-up in mijn kamer. Je opende de kast waarin mijn vader zijn platenspeler en tuner-versterker had staan. Mijn vader was bijzonder zuinig op zijn stereo-installatie. Voor mij, en zelfs voor mijn moeder, was het verboden terrein. Die stereo-installatie was de enige financiële uitspatting die hij zich ooit had veroorloofd. Hij onderhield alles zelf, en wreef op zaterdagochtend de onderdelen met een speciale doek schoon voor hij naar zijn collectie Indiase vocalisten luisterde.

'Daar mag je niet aankomen,' zei ik.

Je keerde je om. Het deksel van de platenspeler stond al omhoog, de plaat draaide al. Je had de arm met de toonkop al in je hand en liet het gewicht op je vinger rusten. 'Ik weet hoe ik een plaat moet afspelen,' zei je, zonder nog een poging te doen je ergernis te verbergen. En toen liet je de naald zakken.

Wat moet je je hebben verveeld in mijn kamer vol meisjesdingen. Je moet wel stapelgek geworden zijn, de hele dag opgescheept met twee vrouwen die kookten en naar soaps keken. Eigenlijk was het alleen nog mijn moeder die kookte. Hoewel jouw moeder haar gezelschap hield en zo nu en dan ook iets schilde of sneed, was ze niet meer in koken geïnteresseerd zoals vroeger in Cambridge. Ze was verwend door Zareen, zei ze, de fantastische Parsi kokkin die jullie in Bombay hadden. Van tijd tot tijd beloofde ze dat ze een Engelse trifle voor ons zou maken, het enige wat ze, zei ze, altijd per se zelf wilde doen, maar het kwam er niet van. Ze leende nog steeds sari's van mijn moeder en ging naar het winkelcentrum om nog meer broeken en truien voor zichzelf te kopen. Haar vermiste koffer kwam niet meer terug; ze aanvaardde dit feit gelaten en zei dat het haar een excuus verschafte om nieuwe spullen te kopen, terwijl je vader namens haar nog door bleef vechten en een reeks verbolgen telefoongesprekken met de luchtvaartmaatschappij voerde voordat ook hij er de brui aan gaf.

Je bleef zo weinig mogelijk thuis en liep vaak in de kou door de bossen en langs straten waar je de enige voetganger was. Ik zag je een keer, toen ik in de schoolbus naar huis reed, en schrok ervan, zo ver als je gelopen had. 'Je wordt nog eens ziek, Kaushik, als je steeds maar zo buiten loopt,' zei mijn moeder. Ze sprak nog steeds Bengaals tegen je, ook al antwoordde je haar consequent in het Engels. Het was jouw moeder die verkouden werd en dit als excuus gebruikte om dagen in bed te blijven. Ze weigerde te eten wat mijn moeder voor ons allemaal kookte, en wilde alleen kippensoep uit blik. Je liep naar de minimart, anderhalve kilometer van ons huis, en kwam terug met de soep en nummers van *Vogue* en *Harper's Bazaar*. 'Ga jij Parul Mashi eens vragen of ze thee wil,' zei mijn moeder op een middag, dus liep ik de trap op naar de logeerkamer. Onderweg moest ik naar de wc, dus ging ik de badkamer in. Daar zat je moeder, gehuld in een ochtendjas, mistroostig op de rand van het bad met haar benen over elkaar een sigaret te roken.

'Oh, Hema!' riep ze, terwijl ze bijna in het bad viel, zo geschrokken dat ze de sigaret tegen het porselein uitdrukte en niet in het roestvrijstalen asbakje in de kom van haar hand, dat ze uit Bombay moest hebben meegebracht.

'Neem me niet kwalijk,' zei ik, en ik wilde weer weggaan.

'Nee, nee, alsjeblieft, ik was net klaar,' zei ze. Ik keek toe terwijl ze de sigaret door de wc spoelde, aan de wastafel haar mond spoelde, haar lippen opnieuw stiftte, en ze droogde met een kleenex die ze in de afvalbak liet dwarrelen. Behalve haar bindi gebruikte mijn moeder geen make-up, en ik observeerde het ritueel van jouw moeder nauwlettend, met des te meer ontzag omdat ze al die moeite deed terwijl ze ziek was en het grootste deel van de dag in bed doorbracht. Ze keek aandachtig in de spiegel, zonder zich aan mij te storen. Het snel even aanbrengen van wat lippenstift scheen het zelfvertrouwen te hebben hersteld waarvan mijn onverwachte verschijning haar had beroofd. Ze zag me naar haar spiegelbeeld kijken en lachte. 'Van één sigaretje per dag ga ik toch niet dood, hè?' zei ze opgewekt. Ze deed het raam open, haalde een flesje parfum uit haar make-uptasje en spoot er wat van in de lucht. 'Ons geheimpje, Hema?' zei ze. Het was minder een vraag dan een bevel. Ze liep naar buiten en deed de deur achter zich dicht.

's Avonds gingen we soms met jullie op huizenjacht. We namen de stationcar; in de fraaie auto die je vader had gekocht, konden we met z'n allen niet behoorlijk zitten. Mijn vader reed, aarzelend, naar onbekende buurten waar de gazons allemaal iets groter waren dan bij ons en waar de huizen iets verder uit elkaar stonden. Je ouders zochten eerst in Lexington en Concord, waar de beste scholen waren. Sommige huizen die we zagen stonden leeg, andere waren nog gevuld met bewoners en hun bezittingen. Geen van deze huizen, hoorde ik 's nachts als ik probeerde te slapen, waren van het soort dat mijn ouders konden betalen. Ze gingen een eindje uit de buurt staan als je ouders met de makelaar de vraagprijs bespraken. Maar het was niet het geld dat het obstakel vormde. De huizen zelf waren het probleem, het schaarse licht, de onpraktische kamers, concludeerden je ouders steevast als we naar ons huis terugreden. Anders dan mijn ouders hadden de jouwe een mening over vormgeving, wilden ze graag iets moderns, waren ze vol bewondering toen we langs een witte doosconstructie kwamen die schuilging achter een groepje hoge bomen. Ze zochten een ingegraven zwembad, of de ruimte om er een te maken; je moeder miste het zwemmen bij haar club in Bombay. 'Uitzicht op water, daar moeten we naar zoeken,' zei je moeder, toen ze op een middag de kleine annonces in *The Globe* zat te lezen, en dit maakte het zoeken nog moeilijker. We reden naar Swampscott en Duxbury om huizen te zien met uitzicht op zee, en naar huizen in de bossen met uitzicht op een eigen plas. Je ouders deden een bod op een huis in Beverly, maar trokken het weer in bij een tweede bezoek, omdat je moeder de indeling te krap vond.

Mijn ouders voelden zich door de buitensporige visioenen van jouw ouders gekleineerd, beschaamd om het bescheiden huis dat wij bezaten. 'Wat moeten jullie je hier ongemakkelijk voelen,' zeiden ze, maar jouw ouders klaagden nooit, zoals de mijne elke nacht voor het slapengaan. 'Ik had niet gedacht dat het zo lang zou gaan duren,' zei mijn moeder, toen er bijna een maand was verstreken. Zolang jullie er waren, was er voor iemand anders geen plaats. 'De Dasguptas wilden het komende weekend komen, maar ik heb nee moeten zeggen,' zei mijn moeder. Keer op keer moest ik horen dat je ouders zo waren veranderd, dat we zonder het te weten ons huis hadden opengesteld voor vreemden. Ik hoorde haar klagen dat je moeder niet hielp afruimen en afwassen na het eten, dat ze maar naar bed ging wanneer het haar uitkwam en bijna tot het middaguur sliep.

Mijn moeder zei dat je vader te toegeeflijk was, te gedienstig voor je moeder, dat hij voortdurend vroeg of ze nog iets wilde drinken, een vest voor haar ging halen als ze het koud had.

'Het komt door haar dat ze nog steeds hier zijn,' zei mijn moeder. 'Voor haar is alleen een paleis goed genoeg.'

'Het is geen gemakkelijke opgaaf,' zei mijn vader diplomatiek, 'met een nieuwe baan beginnen, en een hele nieuwe manier van leven. Volgens mij wilde zij niet terug en probeert hij dat nu goed te maken.'

'Jij zou zoiets van mij niet pikken.'

'Trek het je niet aan,' zei mijn vader, terwijl hij zich van haar af keerde en de dekens tot onder zijn kin optrok. 'Het duurt niet eeuwig. Ze gaan binnenkort weg en dan wordt alles weer als vanouds.'

Ergens werd er in dat te kleine huis een lijn getrokken tussen onze beide families. Aan de ene kant was er het leven dat we altijd hadden geleefd, waarin mijn ouders elke donderdagavond met mij in de Star Market gingen winkelen en me na afloop op McDonald's trakteerden. Elke zondag leerde ik voor mijn wekelijkse dictee en overhoorde mijn vader mij als *60 Minutes* was afgelopen. Jouw familie begon ook dingen afzonderlijk te doen. Soms kwam je vader vroeg thuis van zijn werk en nam hij je moeder mee uit, om naar huizen te kijken of naar het winkelcentrum te gaan, waar ze langzaam en systematisch alle spullen aanschafte die ze voor haar eigen huishouden nodig zou hebben: lakens, dekens, borden en glazen, kleine huishoudelijke apparaten. Ze kwamen dan thuis met volle tassen, die ze in ons souterrain opstapelden, en waarvan ze de inhoud soms aan mijn moeder lieten zien, en soms ook niet. Op vrijdag namen je ouders ons vaak mee uit eten, in een van de te dure middelmatige restaurants in de stad. Zij hielden van de afwisseling, want ze hadden op mysterieuze wijze leren houden van dingen als biefstuk en gebakken aardappelen, terwijl dat voor mijn ouders niet gold. Die uitjes waren bedoeld om mijn moeder zo nu en dan van het koken te ontlasten, maar ook daar klaagde ze over.

Ik was de enige die het niet erg vond dat jullie bij ons logeerden. Op mijn stille, gecompliceerde manier bleef ik je graag mogen, vond ik het gewoon prettig je elke dag te kunnen zien. En ik vond je ouders aardig, vooral je moeder; de aandacht die ik van haar kreeg maakte bijna goed wat ik van jou niet kreeg. Op een dag liet je vader de foto's van jullie verblijf in Rome ontwikkelen. Ik bekeek de afdrukken met veel plezier en hield ze heel voorzichtig aan de randen vast. De foto's waren bijna allemaal van jou en je moeder, poserend op piazza's of zittend op de rand van een fontein. Er waren twee foto's van de Trajanuszuil, bijna identiek. 'Neem er maar een voor je werkstuk,' zei je vader terwijl hij me een van de foto's gaf. 'Daar zal je leraar van opkijken.'

'Maar ik ben er zelf niet geweest.'

'Geeft niks. Zeg maar dat je oom naar Rome is geweest en een kiekje voor je heeft gemaakt.'

Jij stond ook op de foto, naast de zuil. Je keek omlaag, je gezicht verborgen achter een zonneklep. Je had iedereen kunnen zijn, een van de vele toeristen die door het beeld liepen, maar het hinderde me dat je daar was, omdat je aanwezigheid dreigde de heimelijke gevoelens aan het licht te brengen die ik voor je had en nog steeds op de een of andere manier beantwoord hoopte te zien. Je had alle andere verliefdheden die ik op school koesterde in één klap weggevaagd, zodat ik alleen nog kon denken aan thuis en waar in de loop van de middag en avond onze wegen elkaar zouden kruisen, en of je mij 's avonds aan tafel een blik waardig zou keuren. Urenlang was ik bezig, liggend op het veldbed in de kamer van mijn ouders, me voor te stellen hoe het zou zijn als je me kuste. Ik was te jong, te onervaren, om in mijn fantasie nog verder te gaan. Ik bedankte je vader en plakte de foto in mijn werkstuk, maar niet voordat ik het stukje waar jij op stond eraf had geknipt. Dat bewaarde ik, verstopt tussen de lege blaadjes van mijn dagboek, nog jaren achter slot en grendel.

Je wens dat het zou gaan sneeuwen was sinds je komst nog niet in vervulling gegaan. Er kwam zo nu en dan een buitje, waar niets van bleef liggen. Maar op een dag begon het echt te sneeuwen, eerst nauwelijks zichtbaar, maar in de loop van de middag al harder en harder, zodat er al een centimeter of drie op de straten lag toen ik met de bus uit school kwam. Het was geen gevaarlijke bui, maar belangrijk genoeg om de monotonie van de winter te breken. Mijn moeder, in een vrolijk humeur die avond, besloot een grote pan khichuri te maken, haar vaste recept voor als het regende, en voor de verandering wilde jouw moeder per se helpen en stond ze in de keuken stukken aardappel en bloemkool te frituren en repen boter in een koekenpan te smelten voor de ghee. Ook besloot ze om, ten langen leste, de beloofde trifle te maken, en toen mijn moeder haar vertelde dat er niet genoeg eieren waren, ging je vader ze halen, met nog wat andere ingrediënten die ze nodig had. 'Het is om middernacht pas klaar,' zei ze, terwijl ze hete melk met eieren klopte boven het fornuis, een karweitje waar ze moe van werd, waarna ik het mocht overnemen. 'Het moet minstens vier uur opstijven.'

'Dan kunnen we het eten als ontbijt,' zei je, en je brak een stuk van het viervierdengebak dat ze had afgesneden en stopte dat in je mond. Je vertoonde je zelden in de keuken, maar die avond hing je er alsmaar in rond, in het vooruitzicht van de trifle, waar je zo te zien heel dol op moest zijn en die ik nog nooit had geproefd.

Na het eten gingen we allemaal naar de woonkamer en keken we naar het nieuws terwijl de sneeuw maar bleef vallen, dolblij om te horen dat ik morgen geen school had en mijn vaders colleges waren afgelast. 'Neem jij dan ook een vrije dag,' zei je moeder tegen je vader, en tot ieders verrassing stemde hij toe.

'Het doet me denken aan de winter toen we uit Cambridge vertrokken,' zei je vader. Hij en je moeder zaten aan hun Johnnie Walker, en hoewel mijn moeder nog steeds bedankte, besloot mijn vader die avond een slokje met ze mee te drinken. 'Dat feest dat jullie voor ons gaven,' ging je vader verder, zich tot mijn ouders wendend. 'Weet je nog wel?'

'Zeven jaar geleden,' zei mijn moeder. 'Het was een ander leven, toen.' Ze herinnerden elkaar eraan hoe jong jij en ik toen nog waren, hoeveel jonger iedereen toen was.

'Wat een heerlijke avond was dat,' zei je moeder, met een melancholie in haar stem die ze alle vier schenen te delen. 'Het was toen allemaal zo anders.'

De volgende morgen hingen er ijspegels aan de ramen en lag er een pak sneeuw van dertig centimeter. De trifle, waarvoor we de vorige avond maar niet waren opgebleven, verscheen als ontbijt op tafel, samen met toast en thee. Het was niet wat ik ervan had verwacht; het hete mengsel dat ik op het fornuis had helpen kloppen was nu koud en glibberig, maar jij verslond bord na bord, tot je moeder het ten slotte opborg uit angst dat je maagpijn zou krijgen. Na het ontbijt hanteerden onze vaders om beurten de schop om de oprit sneeuwvrij te maken. Toen de wind was gaan liggen, mocht ik naar buiten. Gewoonlijk maakte ik sneeuwpoppen in mijn eentje, schriel en scheef, en als ik om een wortel vroeg, sputterden mijn ouders dat het verspilling van eten was. Maar ditmaal deed jij met me mee, pakte je met blote handen de sneeuw, keek je voor het eerst sinds je aankomst vrolijk. Je maakte van wat sneeuw een bal en gooide die in mijn richting. Ik ontweek hem en gooide er een terug, me bewust van de camera om je hals, en raakte je been.

'Ik geef me over,' zei je, en je stak je armen omhoog. 'Dit is prachtig,' zei je daarna, om je heen kijkend naar ons gazon, dat door de sneeuw was herschapen. Ik voelde me gevleid, ook al had ik niets te maken met het weer. Je begon in de richting van het bos te lopen, en ik aarzelde. Er was daar iets wat je mij wilde laten zien, zei je. In de sneeuw, op die zonnige winterdag waarop de bomen met hun kale takken zo weinig konden verbergen, leek het bos wel veilig. Ik dacht niet aan de jongen die daar verdwaald was en nooit meer gevonden. Zo nu en dan stond je stil en richtte je ergens je camera op. Nooit vroeg je mij om te poseren. We liepen een heel eind, tot ik geen geluiden van sneeuwscheppen meer hoorde en ons huis niet meer zag. Ik wist eerst niet wat je aan het doen was – je zat op je knieën de sneeuw weg te duwen. Eronder lag een soort steen. En toen zag ik dat het een grafsteen was. Je legde een hele rij ervan bloot, plat op de grond. Ik begon je te helpen, op te graven wat begraven lag, eerst met mijn in wanten gestoken handen, daarna met mijn hele arm. De grafstenen waren van mensen die Simonds heetten, een gezin van zes personen. 'Ze liggen hier allemaal bij elkaar,' zei je. 'Moeder, vader, vier kinderen.'

'Ik heb nooit geweten dat dit er was.'

'Ik betwijfel of íemand het weet. Het lag onder de bladeren toen ik het ontdekte. De laatste, Emma, stierf in 1923.'

Ik knikte, geschrokken door de gelijkenis van de naam met de mijne, en vroeg me af of het ook jou was opgevallen.

'Ik wou dat we geen hindoes waren, zodat mijn moeder ook ergens begraven kon worden. Maar ze heeft ons laten beloven dat wij haar as in de Atlantische Oceaan zullen strooien.'

Ik keek je aan, in verwarring, en dus ging je door en legde je me uit dat er een kankergezwel in haar borst zat dat zich door haar hele lichaam had uitgezaaid. Daarom waren jullie uit India weggegaan. Niet zozeer om de behandeling, maar om met rust gelaten te worden. In India wist men dat ze stervende was, en als jullie daar gebleven waren zouden vrienden en familie zich onvermijdelijk om haar verzameld hebben in jullie mooie flat aan zee, om te proberen haar te beschermen tegen iets waaraan ze niet kon ontsnappen. Omdat je moeder aan die verstikkende aandacht wilde ontkomen en niet wilde dat haar ouders haar aftakeling zouden zien, had ze je vader gevraagd met haar en jou naar Amerika terug te gaan. 'Ze is onder behandeling bij een nieuwe dokter in het Mass General. Daar gaat ze vaak met mijn vader naartoe als ze zeggen dat ze naar huizen gaan kijken. Ze wordt in het voorjaar geopereerd, maar daar koopt ze alleen maar wat uitstel mee. Ze wil niet dat iemand hier het weet. Niet voor het zover is.'

De mededeling viel tussen ons in, even schokkend als wanneer je me een klap in het gezicht had gegeven, en ik begon te huilen. Eerst biggelden de tranen geluidloos over mijn bijna bevroren gezicht, maar toen begon ik te snikken, werd ik lelijk voor jouw ogen, met een lopende neus van de kou en rode ogen. Ik stond daar, met mijn handen tegen mijn jukbeenderen gedrukt om de tranen op te vangen, kwaad op mezelf omdat ik je van dit gênante schouwspel getuige liet zijn. Ook al had je nog nooit van je leven een foto van me genomen, toch was ik bang dat je nu je camera op me zou richten en me in deze toestand zou vastleggen. Natuurlijk deed je niets en zei je niets; je had genoeg gezegd. Je bleef waar je was, kijkend naar de grafsteen van Emma Simonds, en na een poosje, toen ik was gekalmeerd, begon je aan de terugtocht naar onze tuin. Ik volgde je langs het pad dat je had ontdekt en daarna gingen we elk ons weegs, geen van beiden de ander tot troost, jij naar de oprit om sneeuw te scheppen, ik naar binnen voor een hete douche, terwijl onze moeders aannamen dat mijn gezicht door de kou zo rood en gezwollen was. Misschien geloofde je dat ik huilde voor jou, of voor je moeder, maar dat was niet zo. Ik was te jong, die dag, om verdriet of medeleven te voelen. Ik voelde alleen een enorme angst om een stervende vrouw in ons huis te hebben. Ik moest denken aan die keer dat ik naast je moeder in het pashokje stond, allebei topless, toen ik mijn eerste beha paste, en was geschokt omdat ik zo dicht bij haar ziekte was geweest. Ik was woedend omdat je het mij had verteld, en omdat je het me niet had verteld, waardoor ik me tegelijkertijd belast en verraden voelde, en ik haatte je weer helemaal opnieuw.

Twee weken later was je weg. Je ouders kochten een huis aan de North Shore, ontworpen door een bekende architect in Massachusetts. Het had een volkomen plat dak en hele muren van glas. De kamers op de eerste verdieping lagen om een inpandig balkon gegroepeerd, zodat het plafond van de woonkamer wel zes meter hoog was. Er was geen uitzicht op water, maar wel een zwembad voor je moeder, zoals ze zo graag had gewild. Op jullie eerste avond daar bracht mijn moeder eten naar jullie toe, zodat je moeder niet hoefde te koken, zonder te weten hoeveel plezier ze haar daarmee deed. We bewonderden het huis en de tuin, de lege, hol klinkende kamers die spoedig gevuld zouden zijn met ziekte en verdriet. Er was een slaapkamer met een dakkapel; daaronder, zei je moeder, zou haar bed komen te staan. Alles was bedoeld om haar nog twee goede jaren te geven. Toen mijn ouders ten slotte het nieuws vernamen en naar het ziekenhuis gingen waar je moeder op sterven lag, liet ik niets los van wat jij me verteld had. In die zin bleef ik je trouw. Onze ouders waren inmiddels niet meer dan kennissen, doordat ze na de weken van gedwongen intimiteit elk hun eigen weg waren gegaan. Je moeder had beloofd dat we in de zomer mochten komen zwemmen, maar toen haar gezondheid sneller achteruitging dan de dokters hadden verwacht, zonderden je ouders zich af, nog steeds zwijgend over haar ziekte, en ontvingen ze nog maar zelden bezoek. Een poosje bleven mijn moeder en vader zich beklagen, omdat ze zich afgewezen voelden. 'Na alles wat we voor ze hebben gedaan,' zeiden ze, alvorens in slaap te vallen. Maar ik lag toen weer in mijn eigen kamer, aan de andere kant van de muur, in het bed waarin jij had geslapen, en hoorde hen niet meer.

# Eindejaar

Ik was er niet bij toen mijn vader trouwde. Ik wist niet eens dat mijn vader getrouwd was tot hij me op een zondagochtend belde tijdens mijn laatste jaar aan het Swarthmore College. Ik werd gewekt door het bonzen van een vuist op mijn deur, gevolgd door de stem van een halgenoot die mijn achternaam zei. Ik wist al voor ik de hoorn pakte dat het mijn vader was; niemand anders zou me voor negen uur bellen. Mijn vader was altijd matineus geweest; hij geloofde dat de uren tussen vijf en zeven het vruchtbaarste deel van de dag waren. Hij gebruikte die tijd om de krant te lezen en daarna een eind te gaan wandelen, langs de Marine Drive toen we in Bombay woonden en op de stille wegen van onze stad aan de North Shore, en hoezeer hij mijn moeder en mij ook aanspoorde om mee te gaan, ik wist dat hij het liefst alleen was. Dat was nu heel anders, natuurlijk; die eenzame uren waarvan hij vroeger genoten had, waren nu een gevangenis voor hem geworden, een alledaags iets. Ik wist dat hij niet langer de moeite nam te gaan wandelen en dat hij sinds mijn moeders dood nauwelijks meer sliep. Ik had mijn vader al in geen weken gesproken. Hij had in Calcutta mijn grootouders bezocht, die alle vier nog in leven waren, en toen ik de telefoonhoorn pakte, die ondersteboven op mij te wachten hing, verwachtte ik dat hij zou zeggen dat hij veilig in Massachusetts was teruggekeerd, niet dat ik nu een stiefmoeder en twee stiefzusjes had.

‘Ik moet je iets vertellen wat je niet leuk zult vinden,’ begon hij, en ik vroeg me af of een van mijn grootouders misschien ziek was geworden en, meer in het bijzonder, of de ouders van mijn moeder het verlies van hun enige dochter op tweeënveertigjarige leeftijd niet langer konden verdragen. Dat was het moeilijkste geweest in die eerste maanden na haar dood: naar Calcutta gaan met mijn vader en het huis betreden waar mijn moeder kind was geweest, de man en vrouw te moeten zien die haar hadden grootgebracht, die haar hadden gekend en liefgehad lang voor mijn vader en ik dat deden. Mijn grootouders hadden al in een staat van lichte rouw geleefd sinds 1962, toen mijn ouders waren getrouwd. Zo nu en dan ging mijn moeder naar hen terug, eerst vanuit Boston en daarna uit Bombay, zoals Persephone in de mythe, en vulde en fleurde ze tijdelijk de kamers op, strooide ze haar potjes crème en haar poeders over de toilettafel uit, dronk ze thee uit kopjes die ze al als kind had gekend, sliep ze in de kamer waarin ze klein was geweest. Nadat we mijn grootouders uit Massachusetts hadden gebeld en gezegd dat mijn moeder gestorven was, bleven ze hopen dat het maar een kwestie van tijd zou zijn voor ze weer als vanouds het vliegtuig zou nemen en de deur binnenstappen. Zelfs toen mijn vader en ik binnenkwamen, vroeg mijn grootmoeder of mijn moeder nog in de taxi zat, die al was weggereden; dit ondanks het feit dat er een foto van mijn moeder, meer dan levensgroot en omhangen met een krans van tuberozen, aan de muur van hun woonkamer hing. ‘Ze is er niet meer, Didun,’ zei ik, en pas toen stortten mijn beide grootouders in en rouwden ze opnieuw om mijn moeder zoals noch mijn vader noch ik dat had gedaan. Doordat we dag in dag uit bij haar waren geweest tijdens haar ziekte was ons dat voorrecht ontzegd.

Maar met mijn grootouders ging het goed, wist mijn vader nu te melden. Ze misten mij en lieten mij groeten, zei hij, en toen vertelde hij me over Chitra. Ze had twee jaar geleden haar man verloren, niet aan kanker maar aan hersenontsteking. Chitra was onderwijzeres en met haar vijfendertig jaar bijna twintig jaar jonger dan mijn vader. Haar dochters waren zeven en tien. Hij verschafte deze gegevens als gaf hij gedienstig antwoord op vragen die ik niet had gesteld. 'Ik vraag je niet van haar te houden, of haar zelfs maar aardig te vinden,' zei mijn vader. 'Je bent een volwassen man, je hebt haar niet nodig in je leven zoals ik. Ik vraag je alleen, uiteindelijk, om begrip te hebben voor mijn beslissing.' Het was duidelijk dat hij zich had voorbereid op mijn verontwaardiging – harde woorden, beschuldigingen, het neersmijten van de telefoon. Maar er ging geen heftige emotie door me heen terwijl hij aan het woord was, alleen maar een afgezwakte versie van het misselijkmakende gevoel dat me beving die dag in Bombay toen ik hoorde dat mijn moeder niet lang meer te leven had, een gevoel dat zich in mij verankerd had en me nooit helemaal had verlaten.

'Is ze bij je, daar?' vroeg ik. 'Wil je graag dat ik iets tegen haar zeg?' zei ik, meer om hem uit te dagen dan uit beleefdheid, omdat ik hem niet helemaal geloofde. Sinds de dood van mijn moeder twijfelde ik dikwijls aan dingen die mijn vader in de loop van onze telefoongesprekken zei: dat hij op een willekeurige avond gegeten had in het Italiaanse restaurant waar hij me meestal mee naartoe nam als ik thuis was, en niet gewoon weer een blik amandelen met een paar Johnnie Walkers naar binnen had gewerkt voor de tv.

'Ze komen over twee weken. Je zult ze zien als je met Kerstmis naar huis komt,' zei mijn vader. 'Haar Engels is niet zo goed,' voegde hij eraan toe.

'Slechter dan mijn Bengaals?'

'Mogelijk. Maar ze pikt het wel op, als ze hier is.'

Ik zei niet wat me voor op de tong lag, dat mijn moeder als meisje Engels geleerd had, dat ze het niet had hoeven oppikken in Amerika.

'De meisjes zijn er beter in,' ging mijn vader verder. 'Die zijn naar Engelstalige scholen geweest. Ik heb ze hier ingeschreven op de basisschool, zodat ze in januari kunnen beginnen.'

Hij kende Chitra nog maar een paar weken, had haar maar

twee keer ontmoet voordat ze trouwden. Het was een burgerlijk huwelijk gevolgd door een etentje in een hotel. 'Het was allemaal georganiseerd door de familie,' legde hij uit, op een toon die suggereerde dat hij er niets aan kon doen. Die opmerking maakte me meer van streek dan alles wat mijn vader tot dan toe had gezegd. Mijn vader was geen plooibare man, en ik wist dat niemand het gewaagd zou hebben een nieuwe vrouw voor hem te zoeken als hij er niet zelf om had gevraagd.

'Ik was het beu, Kaushik,' zei hij. 'Ik was het beu om elke avond thuis te komen in een leeg huis.'

Ik wist niet wat erger was – de gedachte dat mijn vader hertrouwd was uit liefde, of dat hij metterdaad een vreemde had uitgezocht om hem gezelschap te houden. Mijn ouders hadden een gearrangeerd huwelijk, maar het had ook iets romantisch gehad, want toen mijn vader mijn moeder bij de huwelijksvoltrekking voor het eerst zag, voelde hij zich zo tot haar aangetrokken dat hij een week later alsnog haar hand had gevraagd. Ze waren altijd al lief voor elkaar geweest, maar pas toen ze ziek werd scheen hij totaal, roekeloos verliefd op haar te zijn geworden, zodat ik getuige was van een hofmakerij die al geluwd had moeten zijn voordat ik geboren werd. Hij verafgoodde haar toen, bracht bloemen mee naar onze flat in Bombay, bleef 's ochtends bij haar in bed liggen en ging dan te laat naar zijn werk, wilde zo graag met haar alleen zijn dat ik, toen een tiener, me te veel voelde.

'Ik had gedacht,' ging hij verder, 'omdat jouw kamer nogal ruim is uitgevallen, om die aan de twee meisjes te geven. Zou je het heel erg vinden om de logeerkamer te gebruiken als je op bezoek komt, Kaushik? Je hebt het grootste deel van je spullen toch al meegenomen. Het is alleen nog een kwestie van waar je wilt slapen. Maar als je het vervelend vindt, moet je het zeggen.' Hij leek zich drukker te maken om mijn reactie op een verandering van kamer dan om het feit dat ik er zojuist een nieuwe familie bij had gekregen.

'Ik vind het best.'

‘Eerlijk waar?’

‘Ik zei dat ik het niet erg vind.’

Ik liep terug naar mijn kamer in het studentenhuis. Er lag die ochtend een meisje in mijn bed; ze had doorgeslapen toen ik mijn kleren aantrok en blootsvoets de gang op was gestrompeld om de telefoon aan te nemen. Nu lag ze op haar buik met een pen in haar hand een cryptogram op te lossen waar ik mee was gestopt. Ze heette Jessica en ik had haar tijdens mijn college Spaans leren kennen.

‘Wie was dat?’ vroeg ze, terwijl ze zich omdraaide om me aan te kijken. Door het raam achter haar scheen fel zonlicht schuin de kamer in, zodat in haar donkere silhouet haar gelaatstrekken niet zichtbaar waren.

‘Mijn vader,’ zei ik, en ik wurmde me weer naast haar in bed. Even bleef ze nog puzzelen terwijl ik opgerold naast haar lag. Ik vond haar onbekende geur nog steeds opwindend. Ze wist niets van mijn familie, van mijn vaders recente bezoek aan Calcutta, noch van mijn moeders dood de zomer voor ik ging studeren. Tijdens onze paar weekenden samen had ik Jessica niets van dat alles verteld. Toen ik die ochtend even tegen haar lichaam aan gehuild had, deed ik dat wel.

Na mijn tentamens reed ik naar Massachusetts en zette onderweg Jessica af bij de boerderij van haar ouders in Connecticut. Toen ik besloot aan Swarthmore te gaan studeren gaf mijn vader mij de Audi die hij had gekocht nadat we uit Bombay waren teruggekeerd. Hij zei dat ik zo gemakkelijker in het weekend en met de feestdagen uit Pennsylvania naar huis kon komen, maar ik wist dat het in werkelijkheid een voorwendsel was om weer van iets af te komen wat mijn moeder had aangeraakt, gekend of anderszins beziggehouden. De dag dat we voor het laatst uit het ziekenhuis thuiskwamen, had hij alle foto’s van haar uit lijstjes en albums gehaald en in een schoenendoos gedaan. ‘Kies er maar een paar uit, ik weet dat foto’s belangrijk voor je zijn,’ zei hij tegen mij, waarna hij de doos met plakband verzegelde en ergens in een kast opborg. Hij had zo gauw hij kon haar kleren, haar handtassen, haar doosjes met cosmetica en haar parfums weggegeven. Dat is waarschijnlijk de laatste herinnering die ik uit die tijd aan je heb, dat jij en je moeder op een dag naar het huis kwamen en een middag in mijn moeders laden neusden zoals veel mensen dat al eerder hadden gedaan, haar spullen betastten, haar truitjes en sjaals voor hun borst hielden om te zien of die hun stonden, en uitprobeerden of Chanel No. 5 ook zo gunstig reageerde met hun huid. De dingen die jij en je moeder en de andere Bengaalse vrouwen niet konden gebruiken werden naar liefdadige organisaties in India gestuurd, omdat er in New England voor al die sari's met bijpassende blouses en onderjurken nergens belangstelling was. Dit was overeenkomstig mijn moeders instructies. 'Ik wil niet dat al die prachtige stoffen tot gordijnen worden vermaakt,' had ze ons vanuit haar ziekenhuisbed op het hart gedrukt. Haar as werd voor de kust van Gloucester verstrooid vanaf een boot waarvoor een collega van mijn vader, Jim Skillings, had gezorgd, maar haar goud ging terug naar Calcutta, waar het werd verdeeld onder arme vrouwen die voor mijn uitgebreide familie als kindermeisje, kokkin of dienstmeid hadden gewerkt.

Het kon mij niets schelen dat haar bezittingen verdwenen waren. Na Bombay had ze nog maar weinig gelegenheid gehad om sieraden en sari's te dragen, omdat ze voor de meeste feestjes waarvoor zij en mijn vader werden uitgenodigd bedankte. Kort voor het einde vond ik haar, als ik uit school kwam, in een deken gehuld bij het raam, starend naar het zwembad waarin ze niet meer kon zwemmen omdat ze er te zwak voor was. Soms nam ik haar mee naar buiten voor wat frisse lucht; dan wandelde ik voorzichtig met haar tussen de berken en dennen achter het huis en ging ik met haar op een laag muurtje zitten. Soms, in een ambitieuze bui, vroeg ze of ik met haar naar zee wilde rijden. 'Denk eraan dat je mijn robijnen choker en de set met parels en diamanten bewaart voor degene met wie je gaat trouwen,' zei ze tijdens een van die wandelingen. 'Ik ben voorlopig niet van plan om te trouwen,' antwoordde ik, en ze zei dat ze wilde dat zij hetzelfde van sterven kon zeggen. Uiteindelijk was ik haar toch ongehoorzaam. Toen ze gestorven was, had ik niet de moed om al die platte rode dozen die ze had verborgen in een koffer boven in haar diepe kast open te maken en te kijken wat erin zat, laat staan er iets van opzij te zetten voor mijn toekomstig geluk.

Laat in de middag beklom ik de weg die naar onze oprit voerde. Ons huis was kilometers in de omtrek de enige bron van licht, tussen geïsoleerde plekken verharde sneeuw. Het was niet bepaald een uitnodigend huis. In de oneffen grond was een stenen trap gebouwd die, geflankeerd door verwilderde rododendrons, naar de entree voerde. Ik zag aan de andere auto op de oprit dat mijn vader thuis was, en hij stond achter de tochtdeur te wachten tot ik binnenkwam met mijn bagage.

'We hadden je eerder verwacht,' zei hij. 'Je zei dat je hier tegen twaalven zou zijn.'

Ik wist toen dat het waar was, dat er een andere persoon in huis was, een persoon die het mijn vader mogelijk maakte om zonder aarzeling 'wij' te zeggen in plaats van 'ik'. Ik vertelde hem niet van mijn omweg naar Jessica's huis en de twee uur die ik daar had doorgebracht. In plaats daarvan zei ik dat het erg druk op de weg was geweest. Ik vroeg me af of mijn vader voor mij eerder naar huis was gegaan, of dat hij misschien niet naar zijn werk was geweest. Ik kon het niet aan zijn kleding zien. Hij droeg geen kostuums meer en was gekleed zoals hij dat voor het weekend kon zijn, in een donkerblauwe broek en een roomkleurige trui. Er zat meer grijs in zijn haar dan ik me kon herinneren, en hoewel hij nog krachtig en knap was om te zien, begon de ouderdom toch zijn gezicht te bekruipen, in de plooien aan weerszijden van zijn neus, en in de lichtgroene ogen – een trek die naar mijn moeders vaste overtuiging verband hield met Iers bloed aan zijn kant van de familie – die minder nieuwsgierig keken dan vroeger. Ik probeerde me hem voor te stellen, nog maar een paar weken geleden, als bruidegom in een zijden kurta en met een topor op zijn hoofd. Ik vroeg me af wie er foto's van de huwelijksvoltrekking had genomen en of mijn vader me die zou laten zien.

Ik moest, bij het betreden van het huis, weer wennen aan de zware kooklucht die er hing. Overigens leek er niets veranderd. De zwart-witfoto's die ik van de bossen in de omgeving genomen had en die op aandringen van mijn moeder waren ingelijst, hingen nog steeds aan één kant van het halletje. Het huis had altijd iets onpersoonlijks gehouden, met al zijn ingebouwde kasten die de sporen van ons dagelijks leven aan het oog onttrokken. Nu ik er niet meer woonde, verbaasde het me hoe kolossaal het was, met dat twee verdiepingen hoge plafond in de woonkamer en die enorme glazen wand met uitzicht op de bomen, die eerder bij een instituut dan bij een privéwoning paste. Er stond een bank langs de hele lengte van de glazen wand waarop wel twintig mensen naast elkaar konden zitten, zoals dat bij mijn moeders begrafenis ook was gebeurd.

Zodra ik mijn jas had uitgetrokken hing mijn vader hem in een kast, waarna hij me voorging naar de eettafel. Mijn moeder had erop gestaan dat het huis werd ingericht met meubels die recht deden aan de modernistische architectuur: een zitmeubel bestaande uit zwartleren elementen opgesteld in een U, een verchroomde staande lamp met een boogarm, een niervormige salontafel met een glazen blad en een eettafel van wit fiberglas met bijpassende stoelen eromheen. Er mocht van haar nooit een kleed op de tafel, maar nu lag er wel een, iets met een Indiaas dessin wat evengoed een beddensprei had kunnen zijn en in de lengte te kort was. In het midden stond, in plaats van de royale uitstalling van verse vruchten of bloemen die mijn moeder zou hebben verzorgd, een roestvrijstalen bord met daarop een gewone zoutstrooier en twee potten chutney, hete mango en zoete limoen, zonder deksel, met besmeurde etiketten en de lepels erin. Aan één kant van de tafel was voor mij alleen gedekt, met een bord vol doorzichtige luchi's en een aantal kleinere kommen met dal en groenten, opgesteld in een halve cirkel.

‘Ga zitten,’ zei mijn vader. ‘Je zult wel honger hebben.’ Hij was zenuwachtig, net als ik. Hij had geen glas in zijn hand, er stond geen fles Johnnie Walker op de salontafel, zoals gewoonlijk om deze tijd.

Ik bleef, niet geïnteresseerd in het eten, naar de tafel staan staren. Ik was het Indiase eten ontwend. Op de universiteit at ik in de kantine, en na de dood van mijn moeder ging ik, als ik thuis was, met mijn vader uit eten of pizza’s halen, zodat het imposante gasfornuis waar mijn moeder zo blij mee was toen we verhuisden, met de ingebouwde grill waarmee ze kebab zou maken, alleen gebruikt werd om water te koken voor thee. Ik keek boven de tafel naar een hoek van het plafond en zag dat die verkleurd was door een lek.

‘Wanneer is dat gebeurd?’ vroeg ik.

‘Een poosje terug.’

‘Ga je dat niet repareren?’ Mijn vader, die gevoel had voor de constructie van gebouwen, was in dit soort dingen altijd bijzonder kieskeurig geweest.

‘Het is een groot karwei,’ zei hij. ‘In dit deel van de wereld zijn de daken niet voor niets schuin.’

Ik hoorde geen stemmen of voetstappen, geen geluiden van koken of stromend water in de keuken. Het was alsof Chitra en haar dochters discreet uit het zicht werden gehouden, alsof ze in een van de vele kasten van het huis waren verstopt, opgeslokt, zoals zoveel andere dingen. ‘Waar zijn ze?’ vroeg ik ten slotte.

Toen verscheen ze, door de klapdeuren die toegang gaven tot de keuken. Ze verschilde minder in leeftijd met mij dan met mijn vader. Ik had dit van tevoren geweten, maar toch schrok ik toen ik haar zag. Ze had lang, donker haar en een brede neus in een overigens prettig gezicht, hoewel het naar mijn smaak te rond was om mooi te zijn. Ze was langer dan ik had verwacht, iets langer dan mijn moeder. Ze had vermiljoen in haar haar, een traditioneel gebruik waar mijn moeder niets van moest hebben, en de poederachtige rode vlek was wat het meest opviel aan haar verschijning.

'Ik zou graag willen dat je mij Mamoni noemt,' zei ze in het Bengaals. Haar stem was lager dan die van mijn moeder, met een lichte heesheid die vreemd rustgevend werkte. 'Heb je daar bezwaar tegen?' Ze vroeg het vriendelijk, glimlachend, op haar hoede voor mijn reactie, en ik schudde mijn hoofd zonder haar glimlach te beantwoorden.

'Ga je gang,' zei ze, nu in het Engels, naar de stoel wijzend.

Ik wendde me tot mijn vader en vroeg: 'Gaan we niet me z'n allen eten?'

'Wij hebben al gegeten,' zei Chitra, weer overgaand op Bengaals. 'Je hebt een lange rit achter de rug. Er komt nog meer.'

Ze liep abrupt naar de keuken terug en ik ging zitten. Ondanks mijn onwil om te eten liep het water me in de mond en ik was opeens dankbaar voor de enorme hoeveelheid voedsel voor mijn neus. Het laatste wat ik gegeten had was een plak vruchtencake, gebakken door Jessica's moeder, met wie ik had kennisgemaakt toen ik Jessica thuisbracht. De cake was verrukkelijk en Jessica's moeder had nog wat plakken voor me afgesneden en in folie verpakt voor onderweg, maar ik had ze op de salontafel in hun woonkamer laten liggen, afgeleid doordat Jessica me op het hemelbed in haar voormalige kinderkamer had gekust.

'Tast toe, Kaushik,' zei mijn vader terwijl hij op een stoel naast me ging zitten. 'Anders wordt het koud.'

De schikking van de kommen, kleine glazen kommen waaruit we anders ijs aten, deed mij te formeel aan. Dit was de ouderwetse, vormelijke stijl waarin ik in Calcutta mijn grootvaders had zien eten, die dagelijks na hun ochtendbad als koningen werden bediend. Ik vroeg me af hoe ik het het beste kon aanpakken; of ik van elk gerecht achtereenvolgens een hap moest nemen, of alles in één keer op mijn bord scheppen. Ondertussen at ik de luchi's, nog warm en indrukwekkend gerezen, apart op. Ik moest denken aan de zondagochtenden in Bombay toen ik de luchi's at van onze Parsi kokkin, Zareen. Ik hoorde mijn moeder opgewekt mopperen en Zareen opdragen een nieuw baksel te proberen, en ditmaal te wachten met frituren tot de olie heet genoeg was.

Toen Chitra terugkwam werd ze gevolgd door haar dochters, twee meisjes die op het eerste gezicht, afgezien van een klein verschil in lengte, niet van elkaar te onderscheiden waren. Voor ons gerieflijk verwarmde huis hadden ze veel te veel kleren aan: dikke truien en sokken, misplaatste Indiase spullen die, wist ik, al snel zouden worden afgedankt ten gunste van kleren uit het winkelcentrum. De truien waren gebreid van dezelfde weerzinwekkend felroze kleur wol. De meisjes leken niet bijzonder veel op Chitra. Ze waren donkerder en liever van uiterlijk, met hartvormige gezichtjes en twee zwarte staartjes met rode linten aan weerszijden van hun hoofd.

'Willen jullie misschien ook wat hiervan?' vroeg ik, wijzend naar de luchi's die nog op mijn bord lagen, en tot mijn verrassing stapten ze naar voren en staken ze beiden een hand uit terwijl ze met de andere hun giechelende mond bedekten. Ik zag dat een van de meisjes, de kleinste, een voortand miste.

'Laat Dada eens rustig eten,' zei Chitra. Ze had voorzichtigheid betracht waar het erom ging hoe ik haar zou aanspreken, maar duidde me nu zonder te aarzelen aan als de oudere broer van de meisjes.

'Noemen jullie me maar Kaushik,' zei ik tegen de meisjes, waarop ze weer hun hand op hun mond legden en nog harder begonnen te giechelen.

'Wat zou je zeggen van KD?' opperde mijn vader.

We keken hem allemaal vragend aan, die man voor wie we nu waren samengekomen.

'Als afkorting van Kaushik Dada,' legde hij uit. Ik vroeg me af of dit iets was wat hem nu net was ingevallen, of dat hij er vooraf over had nagedacht. Hij had altijd een vruchtbare fantasie gehad als het op taal aankwam; in het weekend schreef hij gedichten in het Bengaals die hij voorlas aan mijn moeder. Uit haar commentaar maakte ik op dat ze geestig waren. Het was een van onze familiegeheimen geweest, het feit dat mijn vader de civiel ingenieur ook een dichter was. Hoewel ik het hem nooit had gevraagd, had ik aangenomen dat hij na mijn moeders dood geen gedichten meer schreef, zoals hij zoveel dingen niet meer deed.

'Dat is knap,' zei Chitra. Voor de eerste keer sinds mijn aankomst richtte ze zich direct tot mijn vader. Ze zei het goedkeurend, met de toon van iemand die gewend is kleine prestaties te prijzen, en ik herinnerde me dat ze in haar vorige leven onderwijzeres was geweest. 'Ja, KD is beter.'

Ik vond het een nietszeggende roepnaam, maar mijn vader scheen er trots op te zijn en hij was te verkiezen boven Chitra's alternatief. En hoe moet ik jullie noemen?' vroeg ik mijn stiefzusjes.

'Ik ben Rupa,' zei de grootste, met een wat hese stem, net als haar moeder.

'En ik ben Piu,' zei het meisje dat een tand miste.

'Wij zijn heel blij dat wij in jouw kamer mogen,' voegde Rupa eraan toe. Ze sprak stijfjes, een beetje afstandelijk, alsof ze iets opzei dat ze uit haar hoofd had moeten leren. 'Wij stellen heel erg op prijs.'

Ze spraken Engels tegen me, met een even dik accent en verkeerde intonatie als ik in jouw volledig Amerikaanse oren gehad moet hebben toen wij als vluchtelingen in jouw ouderlijk huis aankwamen. Ik wist dat het accent snel minder zou worden en dan zou verdwijnen, net als hun onflatteuze truien en malle haardracht.

'Rupa en Piu willen graag het Aquarium en het Wetenschapsmuseum zien,' zei mijn vader. 'Misschien kun jij eens een keertje met ze gaan, Kaushik.'

Ik gaf hier geen antwoord op. 'Bijzonder smakelijk,' zei ik in plaats daarvan in het Bengaals, doelend op het eten, iets wat mijn moeder me geleerd had te zeggen als ik bij anderen thuis at. Ik stond op om mijn bord naar de keuken te brengen.

'Je hebt niet gegeten,' zei Chitra, die me de pas afsneed. Ze probeerde het bord uit mijn hand te nemen, maar ik bleef het vasthouden en ging naar de keuken om mezelf een glas Johnnie Walker in te schenken uit de fles die mijn vader in het kastje boven de vaatwasser bewaarde.

‘Wat wil je hebben? Ik pak het wel voor je,’ zei Chitra, die me was gevolgd. Opeens walgde ik van haar, van haar verschijning in onze keuken. Ik had mijn moeder daar niet zien koken, maar het vertrek had haar aanwezigheid beter vastgehouden dan elk ander deel van het huis. De dikblad- en sprietenplanten die ze water had gegeven gedijden nog op de vensterbank, de oranje-witte sunburstklok met zijn bevende secondewijzer, waarvan ze het model zo prachtig vond, tikte nog steeds aan de muur. Hoewel ze zelden had afgewassen en ik het in feite was die destijds meestal de afwas deed, zag ik in gedachten haar handen op de gootsteenkranen, haar slanke gestalte tegen het aanrecht gedrukt. Ik negeerde Chitra en opende een kastje om een glas te pakken en een ander voor de whisky, maar het enige wat ik aantrof waren dozen met cornflakes en pakken chanachur, meegebracht uit Calcutta.

Mijn vader kwam ook de keuken in. ‘Waar is de whisky?’ vroeg ik hem.

Hij keek naar Chitra en na een korte zwijgende gedachtewisseling tussen hen ging ze weg. ‘Ik heb hem opgeborgen,’ zei hij toen we alleen waren.

‘Waarom?’

‘Ik ben ermee gestopt. Ik merk dat ik nu beter slaap.’

‘Sinds wanneer?’

‘Al een poosje. En daar komt bij dat ik Chitra niet ongerust wilde maken.’

‘Ongerust maken?’

‘Ze is wat ouderwets.’ Hij trok het keukentrapje tevoorschijn dat in een ruimte naast de koelkast stond en vouwde het open. Hij klom erop, opende een kastje boven de koelkast dat zelfs met het trapje moeilijk te bereiken was en pakte er een halflege fles uit.

Ik wilde mijn vader vragen wat hem in godsnaam bezield had om te trouwen met een ouderwets meisje dat half zo oud was als hijzelf. In plaats daarvan zei ik, terwijl ik de fles van hem aanpakte: ‘Hopelijk vind je het niet erg dat ík haar ongerust maak.’

'Doe het zo stil mogelijk, vooral als de meisjes erbij zijn.'

Mijn ouders hadden hun liefde voor Johnnie Walker nooit verborgen voor mij of voor wie dan ook. Na mijn moeders dood, toen ik net achttien was geworden, was ik het die in haar voetspoor trad en 's avonds een met water aangelengd glas en dan nog eentje leegdronk om mijn vader gezelschap te houden voordat we ons beiden gerechtvaardigd voelden om naar bed te gaan. Op de universiteit dronk ik het spul vrijwel nooit en gaf ik de voorkeur aan bier, maar telkens als ik thuiskwam verlangde ik weer naar de smaak en kon ik geen whiskyreclame op een aanplakbord of in een tijdschrift zien zonder dat ik aan mijn moeder moest denken.

'Als je morgen als ik naar mijn werk ben eens een boom ging halen,' zei mijn vader. 'Er is een zaak aan de 128, niet zo ver hier vandaan. Misschien willen de meisjes wel met je mee. Ze verheugen zich er enorm op.'

Ik keek hem aan, ietwat beduusd. Tot dusver was het nog niet helemaal tot me doorgedrongen dat mijn vader overdag naar zijn werk zou gaan en ik alleen thuis zou zijn met Chitra en haar dochters.

'Een kerstboom, bedoel je?' De laatste drie jaar, sinds mijn moeders dood, hadden we thuis geen kerstfeest meer gevierd. In plaats daarvan waren we vervallen in een patroon van jaarlijks uitgenodigd worden bij vrienden thuis, waar we 's ochtends geheel gekleed verschenen terwijl de andere familie nog in pyjama liep. Ik kreeg dan één enkel pakje met een trui of overhemd erin en keek toe hoe de kinderen van het gezin tientallen cadeaus uitpakten. In Bombay had mijn moeder met Kerstmis altijd een feestje gegeven, met lichtslingers door heel onze flat en cadeautjes onder een hibiscus in een pot. In deze tijd van het jaar sprak ze met genegenheid over Cambridge, over jouw familie en de anderen die we hadden achtergelaten, en zei ze dat Kerstmis toch niet hetzelfde was zonder het koude weer, de versierde winkels en de kaarten die met de post kwamen.

'Ik denk dat we ook wat cadeautjes moeten kopen,' zei mijn

vader. 'We hebben nog een paar dagen de tijd. Het hoeft niet overdadig te zijn.'

Ik wist dat Chitra en haar dochtertjes waarschijnlijk op een kluitje in de eethoek zaten te luisteren naar elk woord dat mijn vader en ik wisselden, maar dat weerhield me er niet van te zeggen: 'Die meisjes zijn amper half zo oud als ik. Verwacht je van mij dat ik met ze ga spelen?'

'Ik verwacht helemaal niets van je,' antwoordde mijn vader kalm. Hij was niet geschokt door mijn opmerking, misschien zelfs wel opgelucht, omdat we nu officieel tegenstanders waren en we niet meer hoefden te doen alsof. Het was alsof deze scène zich al meermalen in zijn hoofd had afgespeeld en hij er genoeg van had. 'Ik vraag je alleen maar of je een boompje wilt halen.'

Ik had mijn borrel nog niet ingeschonken. Ik stond met mijn rug naar het aanrecht, met een glas in mijn ene hand en in de andere de fles die mijn vader voor mij uit zijn geheime bergplaats had gehaald. Ik schonk nu in, en deed, net als mijn moeder, één ijsblokje in het glas en geen water. Ik dronk op wat ik had ingeschonken en schonk een tweede glas in.

'Rustig aan,' zei mijn vader.

Ik wierp een blik in zijn richting. Na mijn moeders dood was er een uitdrukking op zijn gezicht verschenen die zijn gelaatstrekken blijvend had veranderd. Het was minder een uitdrukking van verdriet dan van geïrriteerde berusting, de manier waarop hij vroeger, toen ik klein was, keek als ik een glas uit mijn handen liet vallen, of als de lucht betrokken was op de dag dat we zouden gaan picknicken. Dat was de uitdrukking die zijn gezicht had aangenomen op de ochtend dat we voor het laatst mijn moeders kamer in het ziekenhuis binnen gingen, de uitdrukking die mij vervolgens elke keer dat ik van de universiteit thuiskwam begroette, en die nog steeds voor mijn moeder bedoeld scheen, omdat ze hem in de steek had gelaten. Maar die uitdrukking ontbrak nu. 'Het is niet gemakkelijk,' zei ik, mijn hoofd schuddend tegen mijn eigen spiegelbeeld, zwevend voor de donkere achtergrond van de avond. 'Het is niet gemakkelijk voor mij.'

Toen ik de volgende morgen wakker werd, was mijn vader al naar zijn werk. Ik bleef nog even in bed, niet wetend hoe laat het was, me afvragend, aanvankelijk, waarom ik in de logeerkamer lag en waarom het geluid van gedempt meisjesgegiechel via het plafond tot me doordrong. De logeerkamer was op de begane grond van het huis, in een aparte uitbouw aan een gang achter de keuken. Ik lag in een tweepersoonsbed, bestaande uit een matras die op een laag platform lag. In de muur tegenover mij zat een glazen schuifdeur die uitzicht bood op de achtertuin en het zwembad, dat met een zwart zeil was afgedekt. Toen we in het huis trokken had mijn moeder onevenredig veel aandacht besteed aan de inrichting van de logeerkamer; ze had voor het bed een sprinkhaangroene doorgestikte deken gekocht, gordijnen voor de glazen schuifdeur, een wekker voor op het nachtkastje, een zeepbakje voor de aangrenzende badkamer, en ze had mij gevraagd een roze en paars Madhubani-schilderij boven de ladekast te hangen. Ik wist niet wie ze dacht dat er zou komen logeren, maar destijds lieten we haar in alles begaan wat haar nog een beetje kon opbeuren. Nu was ik er dankbaar voor, blij dat ik niet in mijn oude slaapkamer lag, die direct aan de kamer van mijn ouders grensde. Het was afschuwelijk genoeg geweest om 's nachts mijn moeders raspende ademhaling te horen, haar gekreun. Nu waren het Chitra en mijn vader die ik voor het inslapen zou hebben horen praten, en hun lichamen die ik me naast elkaar onder een deken had moeten voorstellen.

Bij mijn weten was de enige gast die ooit van onze logeerkamer gebruik had gemaakt een verpleegster geweest, mevrouw Gharibian, die mijn moeder was komen verzorgen toen mijn vader en ik het niet meer aankonden, en voordat mijn moeder besloot dat ze in het ziekenhuis wilde sterven en niet thuis. Mevrouw Gharibian was van middelbare leeftijd; ze had kort bruin haar en een zachte zuidelijke tongval. Ze was met een Armeniër getrouwd en had van haar schoonmoeder allerhande hapjes leren maken. Ze bracht Tupperware-dozen mee vol lamsvleesbeignets en dolma's, etenswaren die mij nu nog aan het sterven van mijn moeder herinneren, en zette die in de koelkast voor mijn vader en mij, terwijl ze bovendien het huis ongevraagd van melk en brood voorzag. Normaal ging ze 's avonds naar huis, maar twee weken lang bleef ze bij ons slapen, gaf ze morfine-injecties en leegde ze ondersteken, waarbij ze aantekeningen maakte in een boekje met linnen band dat eruitzag alsof er kookrecepten in hoorden te staan. Iets in haar rustige, optimistische manier van doen deed mij geloven dat mevrouw Gharibian de kracht bezat om mijn moeder te ondersteunen, niet om haar te genezen, maar om haar voor onbepaalde tijd in leven te houden. 'Dit is het ergste,' zei ze eens tegen me. 'Je houdt je adem in, je denkt dat het nog moet komen, maar dit is echt het ergste, voor jullie en voor haar.' Destijds hadden haar woorden mij niet kunnen troosten; ik kon me niets ergers voorstellen dan het moment dat mijn moeders longen geen adem meer zouden halen, dat haar vermoeide ogen ons niet meer zouden zien. Ik kon me niets ergers voorstellen dan dat ik niet meer elke dag haar gezicht zou kunnen zien, waarvan de schoonheid, hoewel zwaar misvormd, haar nooit had verlaten. Maar in de dagen na haar dood besefte ik dat mevrouw Gharibian gelijk had gehad, dat het wachten het ergste was geweest, dat de leegte die erop volgde beter te dragen was dan de zware last van die dagen.

Ik trok een trui aan, trok de schuifdeur open en stak een sigaret op. De gevallen bladeren waren niet weggeharkt, maar lagen her en der verspreid en woeien op in de wind. Het zwembad had mijn zomervakanties van de universiteit draaglijk gemaakt, maar de afgelopen zomer, waarin ik met een vriend op het huis van zijn ouders had gepast die naar Europa waren, had mijn vader niet meer de moeite genomen het te vullen, en gisteravond onder het eten had hij gezegd dat het filter vervangen moest worden. Tijdens onze eerste zomer in het huis had mijn moeder het zwembad consequent elke dag gebruikt: veertig baantjes heen en weer voor het ontbijt. Aan het begin van de volgende zomer was ze verzwakt door de chemotherapie en kon ze alleen nog wat waden of haar benen in het water laten hangen; aan het eind van die zomer was ze gestorven.

Binnen hoorde ik de televisie – zodra ik de logeerkamer uit zou komen, zou ik ze moeten zien. Ik trok mijn spijkerbroek aan, geïrriteerd omdat ik niet gewoon in mijn boxershort door het huis kon lopen. In de badkamer poetste ik mijn tanden en schoor ik me op mijn gemak. Ik had zin in koffie maar niet in eten. Het avondeten van gisteren was weer een embarras des richesses geweest. Chitra fladderde om mijn vader en mij en de meisjes heen en at in haar eentje toen wij klaar waren, zoals onze dienstmeisjes in Bombay dat deden. Ik verwachtte weer een overvol bord op de eettafel te vinden, maar er was geen ontbijt klaargemaakt en er werd me niets aangeboden toen ik Chitra en haar dochters in de woonkamer trof. Ze zaten met hun voeten omhoog op het zitmeubel te kijken naar een aflevering van *Family Feud*. Ze leken klein onder het hoge plafond en gebleekt door het licht van de ochtendzon in de kamer. De meisjes waren aangekleed, maar Chitra droeg een duster met ritssluiting van goedkoop, in rood en geel bedrukt katoen. Zonder make-up en sieraden leek ze zelfs nog jonger. Ze dronk een kop thee en mijn moeders koekjestrommel stond open naast haar.

'Goeiemorgen,' zei ik.

'Goeiemorgen,' antwoordden Piu en Rupa in koor, waarna hun ogen weer snel naar het tv-scherm terugkeerden.

'Ik zal thee voor je halen,' zei Chitra. Ze zette haar kop op de salontafel en maakte aanstalten om op te staan. 'Ik heb niet op je gerekend. Je vader zei dat je graag uitslaapt als je thuis bent.'

'Het geeft niet,' zei ik. 'Blijf maar zitten. Ik hoef geen thee.'

Ze sprak Bengaals tegen me, ik Engels tegen haar, net als de vorige avond. Ik dacht dat mijn nonchalante veramerikaanste uitspraak haar boven de pet zou gaan, maar ze scheen me goed te kunnen volgen.

Chitra fronste haar voorhoofd, in verwarring gebracht. 'Geen thee 's ochtends?' Ook de meisjes keken op van de televisie, benieuwd naar mijn antwoord.

'Ik wil graag koffie. Dat drink ik altijd op de universiteit. Ik ben eraan gewend.'

'Maar er is geen koffie in de keuken. Niet zover ik weet.'

'Het is niet erg. Ik drink wel een kop bij Dunkin' Donuts.' Voor ze de kans kreeg het te vragen, vervolgde ik: 'Dat is een zaak waar ze donuts verkopen. Donuts zijn een soort koeken met een gat in het midden.'

'Is die winkel ver weg?'

'Een paar minuten.'

'Maar moet je dan met de auto?'

Ik knikte, en ze keek teleurgesteld. 'Kun je zonder auto nergens naartoe?'

'Eigenlijk niet. Kun je autorijden?'

Ze schudde haar hoofd.

'Het is niet moeilijk. Je kunt best je rijbewijs halen.'

'O, nee,' zei ze, niet op een toon alsof ze het niet zou kunnen, maar alsof autorijden beneden haar waardigheid was. 'Ik zou het niet willen leren.'

'Ik ben zo terug,' zei ik. Ik merkte dat de meisjes naar me keken, en aarzelde. 'Willen jullie misschien mee?'

'Ja, graag,' zeiden Rupa en Piu tegelijk. Ze keken naar Chitra, die instemmend knikte.

Ik liep terug naar de logeerkamer om mijn portemonnee en sleutels te halen en toen ik terugkwam hadden de meisjes hun jas al aan, allebei dezelfde rode parka, die mijn vader na hun aankomst voor hen moest hebben gekocht. Door de dikke ritssluitingen en het felgekleurde nylon van de jassen waren ze op slag veranderd en leken ze nu authentiek Amerikaans. Ze gingen samen achter in mijn auto zitten tussen de kranten, lege frisdrankflessen, studieboeken en cassettebandjes. 'Sorry voor de troep,' zei ik, en ik veegde alles van de achterbank op de vloer. Ze maakten zorgvuldig hun veiligheidsgordels vast, waarvoor ze een van de gespen tussen de zitting en de leuning uit moesten peuteren, en waarbij Rupa Piu hielp. Chitra stond in haar duster door de tochtdeur toe te kijken. Ze vertrouwde mij toe dat ik haar kinderen ergens heen bracht waarvan ze nog nooit had gehoord en dat ze zelf nooit zou kunnen vinden. Toch zwaaide ze en dwong ze zich tot een lachje. Ik trapte de koppeling in en wilde net achteruitrijden toen Chitra de tochtdeur opende en haar hoofd naar buiten stak. 'En ik ben hier oké?'

'Wat bedoel je?'

'Ben ik hier veilig, alleen in dit huis?'

'Natuurlijk,' zei ik, verbluft dat dit de eerste keer was, en ik lachte haar bijna uit. 'Veel plezier.'

'Wij mogen van haar niet naar buiten,' zei Piu, 'als zij er niet bij is.'

'Ze is bang omdat ze geen buren ziet,' voegde Rupa eraan toe.

'En omdat ze denkt dat we in het zwembad zullen vallen.'

Ik wist niet wat ik op dit alles moest zeggen, dus reed ik zwijgend achteruit de lange oprit af en zette koers naar de stad. De dichtstbijzijnde Dunkin' Donuts was nog geen kwartier rijden, en ik was er te snel voor mijn gevoel. Ik wilde blijven rijden, dus ging ik door naar het volgende stadje, dat in de buurt van een strand lag waar mijn moeder graag heen ging als ze aan een verzetje toe was. Daarvoor moest ik de snelweg op, en het gaf me voldoening om even flink gas te kunnen geven op die lege, onpersoonlijke weg. De meisjes vroegen niet waar we naartoe gingen en keken onafgebroken uit de achterraampjes, terwijl het ritje kort genoeg was om het ontbreken van conversatie niet vreemd te laten worden. Ik reed het volgende stadje in en nam een weg vanwaar de grijze streep van de oceaan zichtbaar was. Ik maakte Rupa en Piu erop attent, maar ze zeiden niets. 'We kunnen de drive-in nemen, maar we kunnen ook naar binnen,' zei ik toen we voor de donutwinkel stonden. 'Wat doen jullie liever?'

'Wat is het beste?' vroeg Rupa.

'Bij de drive-in krijg ik mijn koffie mee en die drink ik dan op als we thuis zijn. Anders gaan we binnen zitten.'

Rupa stemde voor de drive-in en Piu wilde naar binnen.

'Weet je wat,' zei ik, 'we gaan naar binnen en als we straks naar huis gaan haal ik een tweede bakje bij de drive-in.'

Ze schenen blij te zijn dat geen van beide mogelijkheden hun zou worden ontzegd. Ze stapten uit en liepen hand in hand over de parkeerplaats. De Dunkin' Donuts maakte deel uit van een winkelcentrum waartoe ook een slijterij, een Bed and Bath en een feestartikelenwinkel behoorden. De parkeerplaats stond vol auto's van mensen die op de valreep nog kerstinkopen kwamen doen, maar in Dunkin' Donuts zat niemand. Uit de luidsprekers klonken kerstliedjes, waarvan Rupa en Piu de afgezaagde wijsjes nog niet kenden. Ik bestelde mijn koffie en vroeg de meisjes wat zij wilden. Ze staarden naar het donutassortiment, Piu op haar teentjes, Rupa met haar mond een ietsje open en haar tong in een mondhoek geplant. Voor mijn fatsoen moest ik Piu nu optillen zodat ze het beter kon zien, en toen ik het aanbood stak ze haar handen omhoog en kwam ze in mijn armen. Ze was zwaarder dan ik dacht, en ik zette haar op de toonbank, waar ze doorging met kijken.

'Welke heb jij het liefst, KD?'

'Boston Cream.'

'Dan wil ik die ook.'

'Ik ook,' zei Rupa.

'Drie stuks graag,' zei ik tegen de kassier.

We gingen in een nis zitten, ik aan de ene kant van de formica tafel, mijn stiefzusjes aan de andere. Ze begonnen vol enthousiasme te eten en rustten niet voor ze klaar waren, terwijl ze blikken wisselden, en een zusterlijk commentaar dat mij ontging. Ik at ook mijn donut op, me verbaasd realiserend hoeveel kleiner hun mondjes waren, hoeveel langer ze over hun donut deden dan ik. Ik voelde me in alle mogelijke opzichten van hen gescheiden, maar kon niet ontkennen dat er ook dingen waren die ons verbonden. Zoals mijn vader, natuurlijk, maar ergens leek hij het minst relevant. Net als zij had ik de reis van India naar Massachusetts gemaakt, te oud om de schok ervan niet te voelen, te jong om er iets over te zeggen te hebben. Zij zouden zich dit later allemaal herinneren, misschien niet zo duidelijk als ik die eerste maanden bij jouw ouders thuis, maar ze zouden het zich wel herinneren. Net als zij had ik een ouder verloren en werd me nu gevraagd een plaatsvervanger te accepteren. Ik vroeg me af hoe goed zij zich hun vader herinnerden. Piu moest pas vijf zijn geweest. Zelfs mijn herinneringen aan mijn moeder waren in de drieënhalfjaar sinds haar dood al aan het verbrokkelen, en de duizenden dagen die ik met haar had doorgebracht waren tot een handjevol archiefbeelden geslonken. Vergeleken met Rupa en Piu had ik geluk dat ik mijn moeder nog zo lang had gehad. De kennis van de dood leek in beide zusjes aanwezig – het was iets in de manier waarop ze zich gedroegen, iets wat te vroeg gebroken was en niet hersteld, iets wat hen tekende ondanks hun opgewektheid.

'Was het lekker?' vroeg ik.

Beide meisjes knikten, en Piu zei: 'Er is weer een tand los.' Ze opende haar mond en duwde met haar tong een piepklein met chocolade besmeurd ondertandje naar voren.

De koffie was te heet om te drinken, dus haalde ik het deksel van de beker en zette hem op de balie. Piu keek uit het raam naar de auto's die het parkeerterrein op en af reden. Rupa bekeek de donuts in de vitrine, de koffieapparaten, de reservoirs met borrelende rode punch.

'Wil je er nog een?'

Ze schudde haar hoofd en ontweek mijn blik. Ze was gereserveerder dan Piu en leek soms niet onder de indruk te zijn van haar nieuwe omgeving. 'Ik wil er graag eentje meenemen voor Ma.'

'Die met die kleuren erop,' zei Piu terwijl ze op haar knieën ging zitten en wees. 'Dat is de mooiste.'

Rupa was het hier niet mee eens. 'Ik vind die met sneeuw erop het mooiste.'

'Hier hebben jullie een dollar,' zei ik, en ik lichtte mijn heupen op om bij mijn portemonnee te kunnen. 'Willen jullie er nog een paar kopen?'

‘We mogen geen geld aanraken,’ zei Rupa.

‘Het is maar een dollar. Zelfs als je hem zou verliezen tussen hier en daar,’ zei ik, omkijkend naar de kassa, ‘zou het geen ramp zijn.’

‘Geen ramp?’ vroeg Piu, haar donkere wenkbrauwtjes samenknijpend.

‘Niet erg.’

Ze lieten zich van de bank glijden en liepen naar de balie toe, elk met een kant van het dollarbiljet in de hand, als was het een miniatuurspandoek in een optocht. Ik zat met mijn rug naar de balie, dus ik moest me half omdraaien om te kunnen kijken. Ik zag Rupa wijzen, één keer en nog een keer, waarna ze getweeën de dollar naar de kassier toe schoven. Hij vouwde de zak van boven dicht en bewoog hem heen en weer, niet wetend aan wie hij hem moest geven, tot hij hem voor Rupa op de balie zette.

‘Waarom zei je niks?’ vroeg ik toen ze terugkwamen.

Rupa gaf me het wisselgeld en keek defensief. ‘Wij hebben iets verkeerds gedaan?’

‘Nee. Maar je kon ook zeggen welke donuts je wilde hebben in plaats van te wijzen, en je kon de bediende bedanken toen hij ze aan je gaf. En om te beginnen hoor je altijd te groeten.’

Rupa sloeg haar ogen neer. ‘Sorry.’

‘Je hoeft je niet te verontschuldigen. Ik wil alleen maar zeggen dat jullie niet zo verlegen hoeven te zijn. Hoe meer je je Engels gebruikt in dit soort situaties, hoe beter het wordt. Het is nu al goed.’

‘Niet zoals jouw Engels,’ zei Rupa. ‘Op school gaan ze ons uitlachen.’

‘Ik durf niet naar school,’ zei Piu. Ze schudde haar hoofd en sloeg haar handen voor haar ogen.

Het was niet mijn bedoeling hen gerust te stellen, maar het leek me hardvochtig om het niet te doen. ‘Hoor eens, ik weet hoe het voelt. In het begin zijn er een paar kinderen die lachen, maar dat is niet erg. Om mij hebben ze ook gelachen. Ik kwam hier uit Bombay toen ik zestien was en ik moest alles weer van voor af aan uitzoeken. Ik ben hier geboren, maar toch was het moeilijk, weggaan en dan weer terugkomen.'

'Het was voor je moeder doodging?' vroeg Piu. Ze vroeg het eerbiedig, een beetje bedroefd, alsof ze mijn moeder echt had gekend, of misschien omdat het haar aan haar vader deed denken, dat viel niet te zeggen.

Ik knikte.

'Hoe was jouw moeder?'

'Ze was... ze was mijn moeder,' zei ik, overrompeld door de vraag. Opeens voelde ik me kwetsbaar tegenover twee kleine meisjes die ik nog geen dag kende, maar die me beter begrepen, in veel opzichten, dan vrienden van jaren. Vier jaar geleden zou het mijn moeder geweest zijn die tegenover me zat met haar kopje thee, klagend hoe smakeloos het was na een van onze winderige wandelingen langs het strand.

'Heb je een foto van haar?' vroeg Rupa. Haar blik hield even de mijne vast.

'Nee,' loog ik, want ik had geen zin hun de foto te laten zien die ik verstopt achter de identiteitspapieren in mijn portefeuille bij me droeg. Hij was genomen tijdens een feestje in onze flat in Bombay, lang voor haar ziekte, van zo veraf dat haar gezicht er maar vaag op te zien was. Ik had de foto, op maat geknipt, na haar dood in mijn portefeuille gestopt, maar hem sindsdien nooit meer tevoorschijn gehaald.

'Waarom is er geen foto van haar in het huis?' vroeg Rupa.

'Dat wilde mijn vader niet.'

'Ma heeft gezocht,' zei Piu. 'Ze heeft in alle kamers gekeken. Maar ze kan er niet één vinden.'

Chitra zat op de bank voor het raam toen we terugkwamen, op de uitkijk naar mijn auto. Hoewel de ongerustheid op haar gezicht te lezen stond, vroeg ze niet waar we zo lang waren gebleven. Daar gaven Piu en Rupa haar ook de kans niet toe. Ze holden op haar af alsof ze haar in dagen niet hadden gezien, gaven haar de donuts en vertelden haar wat een leuk uitstapje het was geweest en hoe gul ik was, waarbij Piu vermeldde dat ze de donuts zelf hadden betaald. Het was duidelijk dat de meisjes me aardig vonden en dat, dankzij de goedkeuring van haar dochters, ook Chitra bereid was me aardig te vinden. Maar ik wilde alleen zijn. De open indeling van het huis maakte het onmogelijk om televisie te kijken of naar muziek te luisteren zonder met hen in contact te zijn. Dus ging ik op het bed in de logeerkamer wat in de *Globe* liggen bladeren. Daarna ging ik joggen, acht koude kilometers over de kronkelwegen. Toen ik terugkwam zaten ze uitgebreid Bengaals te lunchen, gebogen over borden rijst en dal en de resten van het avondmaal van de vorige dag. Ik bedankte voor Chitra's aanbod om mee aan te schuiven, en nam na te hebben gedoucht de telefoon mee naar de logeerkamer, waar ik Jessica belde.

'Waarom kom je niet gewoon hierheen?' stelde ze voor. Ik wenste dat ik het kon, dat ik simpelweg in mijn auto kon stappen en naar het huis van haar ouders kon rijden. Maar ik was niet in staat om weg te lopen, nog niet, althans. Toen ik de telefoon naar zijn plaats in de gang terugbracht, merkte ik dat ze alle drie boven een dutje aan het doen waren, zoals mijn familie dat deed in India. Voor het eerst sinds mijn aankomst strekte ik me uit op het zitmeubel om televisie te kijken, en zonder dat het mijn bedoeling was, viel ik zelf ook in slaap. Toen ik wakker werd, waren ze weer beneden, binnen armbereik, maar ze deden alsof ik er niet was. Buiten werd het al donker en de booglamp verspreidde zijn licht over de salontafel. De televisie stond op een ander kanaal, waarop een talkshow aan de gang was. Chitra was bezig het haar van de meisjes te kammen en weer in staartjes te binden, en begon daarna haar eigen haar te kammen. Ze haalde haar vingers door een verbazingwekkende massa haar, die tot dan toe bijeen was gehouden in een vlecht en nu in zachte, gladde strengen bijna tot haar middel omlaag golfde. De aanblik stond me tegen; het deed me denken aan het haar van mijn moeder, dat met plukken tegelijk was uitgevallen, en aan de afschuwelijke pruik die ze zelfs in het ziekenhuis, tot de dag van haar dood, had gedragen, dat kunstmatige deel van haar dat er gezonder uitzag dan al het andere.

Rupa ging achter Chitra zitten en begon haar moeders hoofdhuid te masseren en er wat grijze haren uit te plukken, terwijl Chitra met gesloten ogen achteroverleunde. Ik nam aan dat dit een vast gebruik was, iets wat zich voltrok zonder dat er een aanwijzing of commentaar aan te pas kwam. Ik ging rechtop zitten toekijken en stelde me voor dat Chitra's haar op een dag helemaal grijs zou zijn en dat ze aan mijn vaders zijde oud zou worden zoals mijn moeder dat had moeten doen. Die gedachte maakte me er concreet van bewust dat ik haar haatte. Alsof ze wist wat ik dacht, opende Chitra haar ogen en keek me aan, gegeneerd, waarna ze snel haar haar bijeen nam. Ze stond op en ging naar de keuken, waaruit ze een paar minuten later tevoorschijn kwam met een pot thee en koppen Ovaltine op een dienblad. Er waren twee soorten chanachur in ontbijtkommen en, op een bordje, een donut die in vieren was gesneden.

'Wil je nu wél thee?' vroeg ze mij.

Ik zei ja en pakte van het dienblad de kop die ze al had klaargemaakt, met apart verwarmde melk en te veel suiker.

'Dit komt van Haldiram,' zei ze, en ze reikte me een ontbijtkom aan. 'De beste van heel Calcutta.'

'Nee, dank je.'

'Het is koud in deze kamer,' vervolgde ze. 'De wind komt dwars door het glas heen. Waarom zijn er geen gordijnen?'

'Dat zou het uitzicht bederven,' zei ik.

'En de trap is glad.' Ze wees naar de zwevende trap die naar de eerste verdieping leidde. 'En er is geen leuning. Ik ben bang dat Rupa en Piu zullen vallen.'

Ik draaide me om en keek naar de dikke plakken hout die als lege kastplanken langs de witte muren omhoog klommen. Zelfs in haar zwakste toestand was mijn moeder zonder morren die trap op en af gegaan.

'Waarom is er geen leuning?' drong Chitra aan.

‘Omdat we dat graag wilden,’ zei ik, beseffend dat het pedant klonk. ‘Omdat dat het juist mooi maakt.’

We hadden elkaar niets anders te zeggen. We zaten daar en keken naar een programma en nog een, terwijl Chitra met een haaknaald in de weer was, en ik vroeg me af hoe ik de volgende vier weken in haar gezelschap moest doorkomen. We wachtten allemaal op mijn vader, wachtten tot hij zou thuiskomen en uitleggen, al was het alleen door zijn aanwezigheid, waarom wij samen thee zaten te drinken. Toen hij arriveerde, vroeg hij of ik hem buiten kwam helpen; op het dak van zijn auto was een kerstboom vastgebonden. ‘Ik was van plan morgen te gaan,’ zei ik, terwijl ik hem hielp het touw los te maken. Ik had geen handschoenen aan, wat het karwei in de vrieskoude avondlucht zowel gemakkelijk als pijnlijk maakte. We sleepten de boom naar binnen en zetten hem in een hoek van de woonkamer tegen de muur, naast de hoge natuurstenen open haard. Chitra en de meisjes kwamen eromheen staan.

‘Maar hij is hetzelfde als alle andere bomen buiten,’ zei Chitra, wijzend door de glazen wand.

‘Hij is toch anders,’ zei ik. ‘Hier om het huis hebben we dennen. Dit is een spar.’

Ergens in het souterrain stond een doos, zei mijn vader, waarin de standaard, de lampjes en de versieringen zaten. Ze dateerden van onze eerste winter in het huis, het laatste kerstfeest dat mijn moeder had gevierd, en het verbaasde me dat mijn vader ze niet had weggegooid. Hij vroeg me naar beneden te gaan om de doos te zoeken. Ons souterrain leed niet aan het bezinksel van afgedankte rommel dat zich daar gewoonlijk vormt, gegeven het feit dat we nog maar een paar jaar in het huis hadden gewoond en dat gedurende het grootste deel van die tijd mijn moeder dood was geweest en ik naar de universiteit. Er had zich geen periode van ongecontroleerde aanwas voorgedaan, alleen maar gebeurtenissen als gevolg waarvan er dingen verdwenen waren. Niettemin stond er nog een aantal dozen tegen de muur gestapeld, lege dozen waarin de televisie en de luidsprekerboxen hadden gezeten, andere die nog dichtgeplakt waren, vol onbelangrijke dingen die mijn ouders uit Bombay hadden meegenomen maar nooit hadden uitgepakt.

Ik ritste met mijn autosleutel het plakband van een paar dozen open. In een ervan zaten oude studieboeken van mijn vader. Een andere bevatte een eetservies, verpakt in pagina's van *The Times of India*, borden waarvan ik jaren had gegeten maar die ik tot nu toe vergeten was, met een patroon van oranje ruitjes langs de rand. Ik vond mijn vergrotingsapparaat, een stel ontwikkelschalen, een oude fles fixeer voor de donkere kamer die ik in mijn laatste jaar op de high school had ingericht. Soms kwam mijn moeder naar beneden om me gezelschap te houden; dan zat ze daar rustig in het pikkedonker terwijl ik de film op de ontwikkelspiraal probeerde te winden. Samen ademden we de geuren van de chemicaliën in waarvan de bijtende werking, waartegen mijn handen door rubberhandschoenen werden beschermd, onschuldig was vergeleken met wat er in haar lichaam gaande was. Ze hield op haar horloge de tijd voor me bij, en maakte zich voldoende vertrouwd met het proces om me te kunnen vertellen wanneer ik de reeks vloeistoffen in en uit de ontwikkeltank moest gieten, terwijl we beiden wisten dat ik ooit een tijdklok zou moeten kopen. 'Het moet zoiets zijn als dit hier,' zei ze eens in die volmaakt donkere, stille, hermetisch afgesloten ruimte, en ik begreep zonder dat ze het zei dat ze zich voorstelde hoe het was om dood te zijn. 'Zo wil ik eraan denken.'

De doos die ik zocht droeg het opschrift 'kerst' in mijn moeders handschrift, niet aan de zijkant zodat hij gemakkelijk herkenbaar was, maar in een hoek bovenop. Ik had geen emotionele band met de dingen in de doos, maar ik wilde ze toch niet zien. De gedachte dat Chitra de inhoud van de doos zou bekijken, dat ik haar alles zou zien uitpluizen, maakte me van streek, zoals het me de hele dag al van streek had gemaakt om haar met het tafelbestek in haar handen te zien, met de theeketel, en op een gegeven moment met de telefoon, toen ze met mijn vader sprak en hoorde dat hij onderweg was naar huis. Toen mijn vader zijn best deed alles wat aan mijn moeder herinnerde uit huis te verwijderen, had ik hem verweten dat hij overdreef, maar nu verweet ik hem dat hij niet grondig genoeg was geweest.

'Ik kan hem niet vinden,' zei ik, toen ik weer boven was. Mijn vader drong niet verder aan en wilde ook niet zelf gaan kijken. Hij gedroeg zich anders in Chitra's nabijheid, had eerder vrede met de kleine nederlagen des levens. Ik bood aan naar een drugstore te gaan en te kopen wat we nodig hadden, blij met een nieuwe reden om de deur uit te gaan. Toen ik terug was, tuigden mijn vader en ik samen de boom op, terwijl Chitra en de meisjes vanaf het zitmeubel toekeken. We zetten de boom in de standaard en draaiden de schroeven aan. Daarna drapeerden we de lampjes over de takken. We hadden niets persoonlijks of eigens om in de boom te hangen, alleen een doos saffierblauwe ballen, zodat hij meer weg had van een kerstboom in de hal van een bank of kantoor dan van een kerstboom bij iemand thuis. Maar Rupa en Piu waren opgetogen en riepen dat ze nog nooit zoiets moois hadden gezien. Mijn vader ging naar boven en kwam terug met een boodschappentas vol cadeaus. Ze waren allemaal ingepakt in de winkels waar hij ze gekocht had, in hetzelfde groengouden papier en professioneel dichtgeplakt en met linten versierd. Hij verspreidde ze onder de boom, acht pakjes in totaal. 'Voor iedereen twee,' zei hij tegen niemand in het bijzonder. Rupa en Piu stonden op om ze te bekijken en zagen tot hun opwinding dat er etiketjes op zaten met hun naam erop.

'Mogen we ze al openmaken?' vroeg Piu aan Chitra, die het antwoord niet wist.

'Nee, pas op kerstmorgen,' zei ik. 'Tot die tijd mag je er alleen maar naar kijken. En er misschien een beetje aan schudden.'

'Wat mooi,' zei Chitra, onder de indruk nu de boom was opgetuigd.

'Kaushik, wat zou je zeggen van een foto?' opperde mijn vader.

Ik schudde mijn hoofd. Ik had mijn camera, mijn vaders oude Yashica, op mijn studentenkamer laten liggen.

'Maar je hebt hem anders altijd bij je.' De blik van geïrriteerde teleurstelling, die zijn intrede had gedaan op de dag dat mijn moeder gestorven was en die verdwenen was nu hij met Chitra was getrouwd, nam een ogenblik bezit van mijn vaders gezicht.

'Ik ben hem vergeten,' zei ik. Het was waar, ik had de camera altijd bij me. Zelfs in stille weekenden als ik naar huis kwam en mijn vader en ik niemand zagen, bracht ik hem mee en nam ik hem mee als ik ging wandelen. Ditmaal had ik hem achtergelaten, omdat ik wist dat ik niets zou willen vastleggen.

'Ik begrijp er niks van,' zei mijn vader.

'Ik evenmin,' antwoordde ik. 'Je hebt al jarenlang nergens een foto van willen hebben.'

'Dat is niet waar.'

'Wel waar.'

We stelden feiten vast en maakten er ruzie over, een ruzie waarvan alleen hij en ik de diepe drijfveren kenden. Ik ging naar de keuken om mezelf een whisky in te schenken en bracht die mee naar de eettafel toen Chitra een paar minuten later zei dat het eten klaar was. Tijdens de maaltijd zei niemand iets. Toen we klaar waren, haalde Chitra alle borden weg en bracht ze naar de keuken, zodat mijn vader en ik ons na het eten konden ontspannen zoals we dat tijdens de laatste jaren van mijn moeders leven nooit meer hadden gekund. We waren nu niet meer verplicht zelf de borden af te schrapen en de vaatwasser te vullen zodat mijn moeder kon uitrusten. Ik bleef zitten met het restant van mijn whisky, en Rupa en Piu lieten zich van hun stoelen glijden en keerden terug naar het zitmeubel om weer televisie te gaan kijken. Mijn vader stond op en volgde hen, waarna hij zich met de krant in zijn leunstoel installeerde. Hij sloeg de krant open bij een grote advertentie van Lechmere met aanbiedingen van camera's, waarin hij dingen met een balpen omcirkelde.

Twee dagen later was het de dag voor Kerstmis, en mijn vader, die een dag vrij had genomen, stelde voor om met ons vijven naar Boston te gaan om Chitra en de meisjes de stad te laten zien. Ik had geen excuus dus ging ik maar mee, op de achterbank van mijn vaders auto, tussen Rupa en Piu in. Hoewel het maar een klein eindje rijden was, had het uitstapje iets vreemd gewichtigs. In de laatste twee jaar van mijn moeders leven, toen ze altijd ofwel naar het ziekenhuis moest of er net uit was, waren we nergens heen gegaan, hadden we geen pleziertochtjes meer gemaakt, behalve zo nu en dan een wandeling langs het strand. De laatste keer in mijn leven dat ik iets in de geest van een vakantie had beleefd, was een tussenstop in Rome toen ik met mijn ouders uit Bombay terugkwam. Alles wat ik van New England had leren kennen was de directe omgeving van ons huis en de route naar het Mass General-ziekenhuis, die we heen en terug aflegden tot het niet meer nodig was.

Mijn vader reed eerst met ons naar Cambridge om ons Harvard en het MIT te laten zien, waarna Chitra me vroeg waarom ik zo ver van huis was gaan studeren als ik het ook zo dicht bij huis had kunnen doen. Ik negeerde haar vraag, zoals ik zoveel negeerde van wat ze tegen me zei. 'Hij wilde weg uit Massachusetts,' legde mijn vader uit.

Ik had verwacht dat we zo nu en dan zouden uitstappen om een eindje te lopen, maar Chitra zei dat het te koud was en mijn vader was het met haar eens. Na Kendall Square te zijn rondgereden ging hij de Mass Avenue Bridge over en sloeg hij Commonwealth Avenue in, die met lichtjes en kerstkransen was versierd, om vervolgens om de Public Garden en de Common heen te rijden. Hij wees ons de gouden koepel van het State House en de prachtige huizen aan weerszijden van de steile straten van Beacon Hill. Achter die huizen lag het Mass General, waar mijn vader en ik zo vaak waren geweest. Op een ochtend waren we in alle vroegte door een telefoontje gewekt en door Boston gereden toen het eerste licht met harde oranje strepen de hemel kleurde. Ze zag er hetzelfde uit als de avond ervoor, zoals ze daar lag met gesloten ogen, alleen stonden nu alle apparaten uit, waardoor de kamer waarin we zoveel uren in stilte hadden doorgebracht, nu nog stiller was. Haar huid voelde koud aan toen ik haar aanraakte, alsof ze zojuist van een flinke winterse wandeling was teruggekeerd. Ik keek nu op naar de ramen van het ziekenhuis, maar mijn vader wendde zich tot Chitra. 'Hier wonen de brahmanen van Amerika,' zei hij, lachend om zijn eigen grapje, en naast hem glimlachte Chitra op een manier die me zei dat ze bezig was verliefd te worden.

Voor Kerstmis kreeg ik van mijn vader een trui en een overhemd, maar later gaf hij me ook een envelop met tien briefjes van honderd dollar. 'Die heb je vast wel nodig voor het een en ander,' antwoordde hij, toen ik zei dat het te veel was. Mijn vader had ook een vijfdaags bezoek aan Disney World geregeld; dit was, samen met het speelgoed onder de kerstboom, zijn kerstcadeau voor de meisjes. 'Je mag best mee, als je wilt,' zei mijn vader toen hij dit nieuws op kerstmorgen bekendmaakte, maar ik zei nee, en verzon iets over een wintercursus op Swarthmore. Mijn vader probeerde me niet over te halen toch mee te gaan, maar Rupa en Piu waren diep teleurgesteld. 'Waarom wil je niet mee?' vroegen ze voortdurend, en hun onbegrip werd nog groter toen ze erachter kwamen dat ik nooit in Disney World was geweest. Ik vermoedde dat ze mijn steun zochten, zoals ik de hunne, in de strijd met het meer en meer onmiskenbare feit dat Chitra en mijn vader een echtpaar waren. Mijn aanwezigheid vormde het bewijs dat mijn moeder ooit had bestaan, net zoals zij de fysieke erfenis waren van hun overleden vader. 'Vind je het niet erg om alleen hier te blijven?' vroeg Chitra me meer dan eens. Ondertussen had ik de indruk dat zij, evenals mijn vader, opgelucht was te horen wat ik van plan was. Ik was natuurlijk niets van plan, behalve dat ik alleen thuis wilde zijn.

Toen ik eenmaal wist dat ze weggingen, voelde ik me ook welwillender tegenover de meisjes, en om goed te maken dat ik niet meeging naar Disney World nam ik ze op een dag mee naar het Wetenschapsmuseum en iets later ook naar het Aquarium. Ze gedroegen zich voorbeeldig tijdens deze uitstapjes, zonder een moment te klagen of te zeuren, dolblij toen ik voor elk een goedkope rubberen kreeft kocht. Ze zaten met mij een ijsje te eten bij Herrell's in Harvard Square, waar ik een plaat was gaan kopen, toen Piu's losse tand bij het bijten op haar hoorntje uit haar mond viel en ik het bloed in haar mond met papieren servetjes opdepte en het plakkerige tandje in mijn zak opborg, waarna ik ze onderweg naar huis in de auto van de tandenfee vertelde. Hoewel ik nog maar eenentwintig was, vroeg ik me op dat moment al af hoe het zou zijn om een kind te hebben. Ik nam het ze niet kwalijk dat ze mijn vader papa waren gaan noemen. Ze praatten nooit over hun eigen vader, maar op een nacht werd ik wakker doordat Piu gilde, gevangen in een nachtmerrie, en keer op keer om haar Baba vroeg.

Een paar dagen voor oudjaar kregen mijn vader en Chitra een uitnodiging voor een feestje bij vrienden thuis. Het was heel vreemd om Chitra voorzichtig de zwevende trap af te zien komen, gekleed in een donkergroene sari met een granaten halsketting, en daarna mijn vader, achter haar, naast haar, altijd naast haar nu, zijn haar keurig gekamd, met een tweed sportcolbert aan dat ik sinds de dood van mijn moeder niet meer had gezien. Er werd niet van mij verwacht dat ik meeging, maar Rupa en Piu gingen wel en waren voor de gelegenheid gekleed in dezelfde jurkjes met rood en zwart geruite rokjes en zwartfluwelen banden in hun haar. Op het laatste moment, net toen mijn vader de jassen uit een kast haalde, wendde Rupa zich tot Chitra en vroeg: 'Mogen we thuisblijven?'

'Natuurlijk niet,' zei Chitra. 'Dat zou heel onbeleefd zijn.'

'Maar KD gaat ook niet.'

'Welbeschouwd is het misschien wel wat saai voor ze,' zei mijn vader. 'Ik geloof niet dat er kinderen van hun leeftijd zullen zijn.'

'Ik heb geen eten voor ze gemaakt,' zei Chitra. 'Ze hebben nog niet gegeten.'

'Ik haal wel een pizza,' bood ik aan. Ik knipoogde naar Rupa en Piu. 'Dan bouwen we zelf een feestje.'

De meisjes klapten in hun handen en Piu liet lachend het

nieuwe gat tussen haar tandjes zien. Chitra zei tegen me dat ze om negen uur in bed moesten liggen, waarna zij en mijn vader hun jassen dichtknoopten en vertrokken naar het feest. Het was de eerste keer dat ze samen uitgingen, en het viel me in, toen ze vertrokken waren, dat ik hun evenzeer een dienst had bewezen als Rupa en Piu. De meisjes deden hun schoenen uit, maar hielden hun maillots en feestjurkjes aan, en samen keken we televisie. We gaven een zak chips aan elkaar door en toen die leeg was, bestelde ik telefonisch een pizza. Ik trok mijn jas aan om naar het restaurant te gaan. Rupa en Piu staarden me aan.

'Waar ga je naartoe?' vroeg Piu.

'Eten halen voor ons drietjes.'

'En laat je ons dan alleen?'

'Het is maar tien minuutjes hier vandaan. Voor je 't weet ben ik alweer terug.'

Ze zeiden niets, maar in hun ogen stond echte angst te lezen. Het ergerde me dat Chitra ze zo bang had gemaakt. 'Nou, kom dan maar mee, als jullie willen.'

We reden naar het restaurant en besloten de pizza dan daar maar op te eten. Ik dronk er een biertje bij en rookte een paar sigaretten, en Rupa en Piu lurkten cola uit hoge kartonnen bekers. Ze vroegen me weer of ik met hen meeging naar Disney World. Ik zei dat ik erover na zou denken en dat leugentje volstond om hun nieuwe hoop te geven. Bij onze thuiskomst ging de telefoon. Het was Jessica, dus ik schonk mezelf een borrel in en nam de telefoon mee naar de logeerkamer. Toen ik haar vertelde dat mijn vader met Chitra en de meisjes naar Disney World ging, stelde Jessica voor bij mij te komen logeren zolang ze er niet waren. Ik miste haar, ik dacht aan haar en wilde haar 's nachts bij me in bed, maar in het huis van mijn ouders wilde ik haar niet zien. Ik zei het niet, maar toch voelde ze mijn terughoudendheid en voor het eerst kregen we woorden. Het was een ongemakkelijk gesprek, vol lange stiltes, ook al ontaardde het niet in een echte ruzie. Ik voelde me schuldig omdat ik haar op een afstand hield, zoals ik me ook schuldig voelde omdat ik nee had gezegd tegen Disney World, maar ik wist dat toegeven in beide gevallen zou hebben betekend dat ik me nog beroerder had gevoeld. Ik vertelde Jessica hetzelfde leugentje waarmee ik de meisjes had afgescheept, dat ik erover na zou denken, en maakte een eind aan het gesprek.

Toen ik de deur opendeed om mezelf nog eens in te schenken, zag ik dat Rupa en Piu niet meer voor de televisie zaten, iets wat ik al die tijd had aangenomen. Ik riep ze, keek in de keuken, de badkamer, en liep toen naar boven, naar de deur van mijn oude kamer. Ik hoorde ze niet praten en omdat ik op mijn horloge zag dat het al tien uur was, dacht ik dat ze misschien al sliepen. Ik opende de deur en keek voor het eerst sinds mijn aankomst de kamer in. Het licht was aan en ik zag mijn oude bed en een vouwbed dat er zonder tussenruimte tegenaan was gezet. De dingen die ik aan de muur had, het affiche van Jimi Hendrix en een kopie van Paul Strands 'Blinde vrouw' die ik uit een tijdschrift had gescheurd, waren niet weggehaald. De deur van de diepe kast was open en er stond een stoel voor, alsof die gebruikt was om iets van de legplank te halen. Ik had gedacht dat de kamer door de spullen van Rupa en Piu helemaal veranderd zou zijn, maar er was niets van te zien, afgezien van het extra bed en de speelgoedjes die ze voor Kerstmis hadden gekregen, netjes opgestapeld in een hoek. Dicht bij dat stapeltje zaten Rupa en Piu in hun feestjurkjes. Ze zaten met hun rug naar mij toe gebogen over iets op het tapijt wat ik niet kon zien. 'Ze kijkt droevig op deze,' hoorde ik Piu in het Bengaals fluisteren, en Rupa zei daarop: 'Zij en KD lachen hetzelfde.'

'Wat doen jullie daar?' zei ik.

Ze sprongen op, dodelijk verschrikt, zich plotseling bewust van mijn aanwezigheid. Uitgespreid op het grijze tapijt, gerangschikt als een spelletje patience, lag een dozijn foto's van mijn moeder uit de doos die mijn vader had dichtgeplakt en verstopt na haar dood. Zelfs van een afstand vlogen de verbannen beelden me aan: mijn moeder in badpak aan de rand van het zwembad van onze oude club in Bombay. Mijn moeder met mij op haar schoot zittend op de bruinhouten trap van ons huis in Cambridge. Mijn moeder en mijn vader staand voor een besneeuwde heg voor ik geboren was.

'Wat heeft dit verdomme te betekenen?' vroeg ik.

Rupa keek me aan, haar zwarte ogen schitterden, en Piu begon te huilen. Ik liep de kamer in, raapte de foto's op en legde ze ondersteboven op mijn oude ladekast. Toen greep ik Rupa, die in elkaar gedoken op de vloer zat, bij de schouders en schudde haar krachtig door elkaar. Haar lichaam was slap, haar dunne beentjes bungelden heen en weer in haar zwarte bekabelde maillot. Ik had zin haar tegen de muur te smijten, maar in plaats daarvan lukte het me haar naar het veldbed te dirigeren en te dwingen te gaan zitten, wetend dat ik haar te hard in haar schouders kneep. 'Zeg op, waar heb je ze gevonden?' vroeg ik, mijn gezicht vlak bij het hare.

Rupa begon nu ook te huilen, maar ze wees naar de diepe kast. Ik liep erheen, maar Piu, nog snikkend op het tapijt, zei hoofdschuddend: 'Daar is het niet meer.' Ze kroop naar het veldbed waarop haar zusje zat en trok een zwarte schoenendoos tevoorschijn, wit aan de randen, het afplakband waarmee hij afgesloten was geweest eraf getrokken. Ditmaal was het Piu die ik beetpakte; ik sleurde haar bij de schoenendoos vandaan alsof die door haar nabijheid zou worden besmet, en duwde haar opzij.

'Jullie mogen niet naar die foto's kijken,' zei ik. 'Die zijn niet van jullie, begrepen?'

Ze knikten, Rupa rillend als van de kou, Piu met haar lippen stijf op elkaar geperst. Er biggelden tranen over hun wangen, maar er bleven woorden uit mij stromen, woorden die niet gesproken hadden mogen worden, woorden die niet hadden mogen worden gehoord. 'Goed, nu hebben jullie het zelf kunnen zien, hoe mooi mijn moeder was. Hoeveel knapper en gedistingeerder dan die van jullie. Jullie moeder is niets vergeleken bij haar. Gewoon een dienstmeid die mijn vaders kleren moet wassen en eten voor hem moet koken. Dat is de enige reden waarom ze hier is en waarom jullie hier zijn.'

Nu huilden de meisjes niet meer; ze staarden met hun glanzende zwarte hoofdjes gebogen naar het tapijt, zonder te bewegen, zonder iets terug te zeggen. Ik pakte de schoenendoos en de overige foto's van mijn moeder en liep de kamer uit. Ik wilde de foto's zo ver mogelijk het huis uit hebben. Ik keerde terug naar de logeerkamer, pakte haastig mijn spullen in en stapte in mijn auto, mezelf voorhoudend dat mijn vader en Chitra binnenkort wel van hun feestje terug zouden zijn. Ik handelde voor mijn gevoel spontaan, bijna onwillekeurig, aangedreven door de adrenaline van een noodtoestand, maar achteraf realiseer ik me dat ik ergens in mijn achterhoofd al dagen aan vluchten had gedacht. Rupa en Piu kwamen hun kamer niet uit, deden hun deur niet open om te kijken of te vragen wat ik aan het doen was, en toen ik de auto startte kwamen ze niet naar buiten rennen om me te smeken niet weg te gaan.

Ik had geen idee waar ik heen zou gaan, maar ik reed de snelweg op en zette koers naar het noorden. Ik was al snel Massachusetts uit en reed door een stukje van New Hampshire en over de brug Maine in. Bij het naderen van Portland sloeg ik een kleinere weg in, een tweebaansweg die zo nu en dan vlak langs de zee liep. Ik reed door donkere stukken land waarvan de leegte zo nu en dan werd onderbroken door een groepje kerken, restaurants en woonhuizen. Ik kon de zee niet zien, maar rook wel de zilte geur en hoorde het loeien van de wind, een geluid als van een grote brand dat door de dichte deuren en ramen van mijn auto heen drong. Ik was eerst van plan om de hele nacht door te rijden, maar ik begon op den duur moe te worden en ging op zoek naar een plek om te overnachten. De meeste hotels en motels hadden nog wintersluiting en de rest was gesloten vanwege het late uur. Ik overwoog al ergens de berm in te rijden om even wat te slapen toen ik een motel in het oog kreeg dat blijkens een lichtgevend bord op het parkeerterrein vierentwintig uur open was.

De volgende dag werd ik gewekt door meeuwengekrijs. Ik ging overeind zitten in een doorgezakt koperen ledikant en zag voor het eerst de zee, buiten mijn raam. Ik herinner me dat het raam naar verhouding te klein was voor de kamer, alsof het motel zelf een schip was. De zee was ruw en grijs, een gradatie of twee donkerder dan de lucht; van de nabijheid en activiteit van de golven had ik al slapend niets gemerkt. De kamer was klam en bedompt, het behang aan de muren vertoonde blauwe ankertjes op een witte ondergrond en het lege medicijnkastje in de badkamer was met roest omrand. De receptionist vertelde me dat er een paar kilometer verderop een restaurant was, en dat ik me ergens aan de Penobscot Bay bevond.

Na het ontbijt wandelde ik door het stadje en de haven, langs dichtgetimmerde neringen en huizen van mensen die er 's zomers werkten en woonden. Maar ik bracht het grootste deel van de dag door in het hotel, kijkend naar de oceaan vanuit de leunstoel in mijn kamer, of met een borrel beneden aan de bar, doodziek van wat er de avond tevoren was gebeurd, bang van mezelf en beschaamd. Ik zag nog steeds Rupa en Piu zitten, met gebogen hoofdjes, hun lijfjes gereed om opnieuw door elkaar te worden geschud, alles over zich heen krijgend wat ik mijn vader en Chitra niet durfde zeggen. En ik zag ze in het huis nadat ik ze daar had achtergelaten, wetend hoe bang ze waren om alleen te zijn. Ik vroeg me af hoe het gegaan was toen mijn vader en Chitra van het feestje terugkwamen; wat Rupa en Piu hun hadden verteld. Ik nam aan dat ze alles hadden verteld, dat zij het vuile werk hadden gedaan en hadden gezegd wat ik niet zeggen kon. Ik besefte dat ik met mijn verdwijning mijn vader ongerust had gemaakt, maar wat me meer kwelde was de manier waarop ik de meisjes behandeld had. Het waren Rupa en Piu voor wie ik het diepst door het stof moest, maar ik wist ook dat gedane zaken geen keer namen, dat ik kon zeggen wat ik wilde, maar nooit meer goed kon maken wat ik had gedaan.

's Middags ging ik naar een telefooncel en belde mijn vader op zijn werk. 'Ik weet dat je niet gelukkig bent, dat dit moeilijk voor je is,' zei hij, alsof mijn verdwijning iets was waarop hij voorbereid was geweest. 'Maar je had het ook correct kunnen doen en tot de volgende morgen kunnen wachten. Je had nog afscheid kunnen nemen.'

Ik probeerde geen verklaring te geven. Ik had geen verklaring. In plaats daarvan vroeg ik hoe het met de meisjes was toen mijn vader en Chitra thuiskwamen. 'Ze sliepen,' zei mijn vader. 'Maar je had ze niet zo aan hun lot moeten overlaten, Kaushik, zo laat op de avond. Er had van alles kunnen gebeuren. Chitra was erg van streek. Ze is bang dat het haar schuld is dat je bent weggelopen, dat ze iets heeft gezegd of gedaan waar je kwaad om bent. Ze doet erg haar best, moet je weten.'

Ik realiseerde me toen dat de meisjes niets hadden verteld. Chitra had geen idee dat ik tegen haar dochters tekeer was gegaan, dat ik ze had beschadigd en doodsbang had gemaakt.

'We vertrekken overmorgen naar Florida,' zei mijn vader. 'Ben je tegen die tijd terug?'

'Dat denk ik niet.'

'Ga je op tijd terug naar de universiteit?'

'Ja.'

'Dan spreken we elkaar over een paar weken.'

Hij hing op. Hij had me niet eens gevraagd waar ik was.

De volgende ochtend stapte ik weer in mijn auto, en dagenlang deed ik hetzelfde: langs de kust rijden, eten in restaurants als ik honger had, een motel opzoeken als ik moe werd, betalen met het geld dat mijn vader me voor Kerstmis had gegeven. Ik nam niet de moeite een wegenkaart te kopen. Een pompbediende vertelde me dat ik uiteindelijk in Canada terecht zou komen. Zo nu en dan zag ik het water, kleine eilandjes en gestreepte vuurtorens en landtongetjes. Het was te gemeen koud om uit de auto te stappen, maar toch deed ik dat zo nu en dan, om naar de zee te kijken of een voetpad te volgen. Het leek op geen enkele plek die ik had gezien, heel anders dan de North Shore van Massachusetts. De lucht was er anders, kleurloos, strak en meedogenloos. Maar het water was het meest meedogenloos van alles, bijna zwart soms, koud genoeg, wist ik, om me te doden, heftig genoeg om me aan flarden te slaan. De golven waren gigantisch en beukten op rotsachtige stranden zonder zand. Hoe verder ik kwam, hoe troostelozer het werd, troostelozer dan enige andere streek waar ik was geweest, maar juist daarom trok het landschap me aan, legde het beslag op mij zoals niets dat in lange tijd had gedaan.

De meeste vissersdorpen lagen er werkeloos bij, de kreeftenboten waren opgelegd voor de winter, de houten kreeftenfuiken op elkaar gestapeld, leeg. Soms wenste ik dat ik mijn camera had meegenomen, maar er bestaat geen documentatie van deze periode. Het eten was doorgaans abominabel, maar als ik eraan terugdenk geniet ik weer van de smaak van de wegrestaurantkoffie, bitter en slap tegelijk, van de wafels die zwommen in de stroop, de kleverige vissoep en vette eieren, alsof geen ander eten me voor die tijd had gevoed. De cafés vormden het enige constante teken van leven, vreemde etablissementjes die eerder als huiskamers aandeden, met strandgaperschelpen als asbakken en visnetten aan de muren. Ik had niets te zeggen tegen de vissers en de andere mensen die er zaten en hun hele leven in die dorpen hadden doorgebracht, met hun gezichten verstopt achter tabaksbruine baarden, hun ruwe, gekloofde handen, hun ondoorgrondelijke tongval. Ze waren noch vriendelijk noch onvriendelijk, en ik hield me afzijdig, me ervan bewust dat ik opviel in hun gezelschap, en keek naar wat er toevallig op de televisie was, naar het partijtje pool dat er toevallig werd gespeeld. Ik zocht niemands gezelschap. Ik had nooit eerder alleen gereisd en het beviel me uitstekend. Niemand ter wereld wist waar ik was, niemand kon me bereiken. Het leek veel op dood zijn, en mijn vlucht liet me proeven van de enorme macht die mijn moeder voor eeuwig bezat.

Ik was vijf dagen onderweg naar de Canadese grens, en vier om weer terug te komen, waarbij ik mijn vaders geld vrijwel tot de laatste cent opmaakte. Ergens in die periode eindigde het jaar; ik merkte het alleen doordat me op een avond in een café een gratis glas whisky werd aangeboden. Ik wist zeker dat als mijn moeder dat deel van de wereld had kunnen zien, ze mijn vader zou hebben overgehaald een van de honderden huizen te kopen waar ik langsreed, die uitkeken op de open zee en waarvan er veel op een eigen eilandje stonden. In de cafés en wegrestaurants lagen altijd stapels folders van huizen aan de kust, variërend van eenvoudige deeltijdvakantiewoninkjes tot villa's met torens, en als ik niets anders te lezen had, keek ik ze wel eens in. Ze deden me denken aan de huizenjacht van mijn ouders na ons vertrek uit Bombay. En toen, op mijn eenzame zwerftocht langs de kust van Maine die winter, dacht ik aan jou en ons wekenlange verblijf in jouw huis tijdens een andere winter, vijf jaar geleden.

Waarschijnlijk studeerde je toen al, en had je net als ik kerstvakantie. Maar in mijn herinnering was je niet veel ouder dan Rupa, en ik wist nog dat ik op een dag na een sneeuwstorm iets had gezegd waardoor je, net als Rupa en Piu, moest huilen. Ik had elke dag gehaat die ik in het huis van je ouders doorbracht, maar nu dacht ik met heimwee aan die tijd terug. Hoewel we daar niet thuishoorden, was het de laatste plek die als een thuis had gevoeld. Door net te doen of mijn moeder niet ziek was, en bij mensen te wonen die het niet wisten, was een klein stukje van mij in staat geweest te geloven dat het waar was, dat ze, net als jouw moeder, zou blijven leven. Het tweede huis was anders. Daar werd openlijk met dokters getelefoneerd, daar stonden overal medicijnflessen, daar werd elke hoek van elke kamer door de attributen van haar ziekte beheerst. Ondanks alle geld en moeite die mijn moeder in dat huis investeerde, hadden we nooit kans gezien het behoorlijk te bewonen, en door wat er met haar gebeurde voelden we ons er nooit op ons gemak. Het was daar dat mijn moeder zich voorbereidde op haar vertrek naar een heel andere bestemming, waarheen wij haar niet konden vergezellen en vanwaar geen terugkeer mogelijk was.

Op een dag, dicht bij de grens met Canada, toen ik langs steile rotsen liep die uitkeken over de Bay of Fundy, vond ik een plek die me bijzonder trof. Op een bord las ik dat ik me in het meest oostelijke natuurpark van de staat bevond. Het pad was niet gemakkelijk en voerde door zwaar geurende dennenbossen. De boomtoppen waren spichtig, de lagere takken bestoven met sneeuw. De wind gierde overal dwars doorheen en de zee lag in de diepte recht onder mij. Ik kwam niemand tegen. Een hele tijd keek ik naar het komen en gaan van de golven, die met hun dikke kuiven stuksloegen op de rotsen, en die eeuwige, rusteloze beweging werkte op mij van de weeromstuit kalmerend. De volgende dag keerde ik terug naar die plek, en ditmaal nam ik de schoenendoos met foto's van mijn moeder mee. Ik ging op de grond zitten, maakte de doos open en begon de foto's een voor een door te nemen, alsof het poststukken waren die ik snel even bekeek om ze later te gaan lezen. Maar het waren er te veel en na een paar foto's kon ik, net als mijn vader, de aanblik ervan niet meer verdragen. Een lichte vermindering in de druk van mijn vingertoppen en de foto's die ik vasthield zouden die wilde zee in zijn gewaaid, omlaag zijn gedwarreld naar waar mijn moeders as al een plaats had gevonden. Maar ook dat kon ik niet over mijn hart verkrijgen, dus deed ik ze terug in de doos en begon in de harde grond te graven. Ik had alleen een stok en een scherpe steen om mee te werken en het gat was niet indrukwekkend, maar diep genoeg om er de doos in te doen. Ik bedekte hem met aarde en stenen. Toen ik klaar was brak net de maan door de wolken, en geholpen door dat licht liep ik naar mijn auto terug.

Een paar weken voor mijn afstuderen belde mijn vader me om te zeggen dat hij ons huis ging verkopen en dat hij met Chitra en de meisjes in een traditioneler huis in een minder afgelegen buitenwijk van Boston ging wonen. Er woonden daar nog meer Bengalen en er was een Indiase kruidenier, dingen die Chitra belangrijker vond dan de nabijheid van de zee en de moderne bouwstijl voor mijn moeder waren geweest. Ik ging niet mee naar dat nieuwe huis; ik was van plan na mijn afstuderen een reis door Zuid-Amerika te gaan maken. Wat er in de kerstvakantie was gebeurd was nooit besproken, nooit onder ogen gezien. Samen met mijn vader waren Chitra, Rupa en Piu getuige van mijn buluitreiking, gezeten op klapstoeltjes op het gazon, klappend toen het mijn beurt was om naar het podium te gaan, naast me poserend voor foto's van mij in baret en toga. De meisjes waren beleefd tegen me, het feit in acht nemend dat het mijn grote dag was, maar tegelijkertijd was het alsof we elkaar in het geheel niet kenden. Ik wist dat ze tegenover Chitra of mijn vader nooit iets hadden losgelaten over wat ik die avond had gezegd en gedaan, dat dat altijd onder ons drieën zou blijven, dat ze mij met hun stilzwijgen zowel bleven beschermen als straffen. De herinnering aan die avond was nu de enige band tussen ons, die al het andere overschaduwde. Op hun uiterst beleefde manier maakten ze mij dat duidelijk. Ze spraken alleen met elkaar, en hoewel hun uitspraak veramerikaanst was, leken mijn stiefzusjes, de enige zusjes die ik had, ontoegankelijker voor mij dan vlak na hun aankomst in Amerika. 'Allemaal dichter bij elkaar,' riep mijn vader van achter zijn nieuwe camera, en Rupa en Piu spanden hun schouders toen ik om elk van hen een arm legde. 'We gaan allebei voorwaarts, Kaushik,' zei mijn vader na de plechtigheid. 'We slaan nieuwe wegen in.' En zonder het te hoeven zeggen waren we allebei Chitra dankbaar omdat ze niet kon leven met wat er van mijn moeders geest nog restte in het huis dat ze het laatst haar thuis had genoemd, en ons zo gedwongen had de deuren te sluiten.

# Aan land gaan

Weer had ze gelogen over wat haar naar Rome had gebracht. Een studiebeurs had haar dit najaar van het lesgeven aan Wellesley bevrijd. Maar Hema was niet in Italië in enige officiële hoedanigheid; alleen om te profiteren van het lege appartement van een collega in het Ghetto. Ze had iets verzonnen wat heel indrukwekkend klonk, een gastdocentschap aan een instituut voor klassieke studies, en noch Navin noch haar ouders hadden doorgevraagd. Haar wetenschappelijke leven was hun een raadsel, iets wat tegelijkertijd indrukwekkend was en er niet toe deed. Ze had er een doctorstitel mee verdiend en een baan met uitzicht op een vaste aanstelling, dat was het voornaamste. De collega, Giovanna, had voor haar een bibliotheekpasje geregeld bij de American Academy en haar de nummers gegeven van een paar mensen in Rome die ze kon bellen, en in oktober had Hema haar laptop en haar kleren gepakt en was ze de oceaan overgevlogen voor een geïmproviseerd verlof. Even voor Kerstmis zou ze naar Calcutta gaan, waarnaar haar ouders waren teruggekeerd na een mensenleven in Massachusetts te hebben doorgebracht en waar ze in januari met Navin zou trouwen.

Het was nu november, de week voor Thanksgiving. Als Hema dacht aan het bestaan dat ze dit semester was ontlopen, zag ze de bomen op de campus van Wellesley zonder bladeren, Lake Waban al gedeeltelijk bevroren, en de vallende schemering achter de ramen van de collegezaal waar haar studenten worstelden met zinnen uit Wheelocks Latijn: *id factum esse tum negavit*. Ook in Rome vielen de bladeren, aan weerszijden van de Tiber hoopten slordige koperen bergen zich op. Maar het weer was loom, het was warm genoeg om in een vestje over straat te lopen, en het terras van het restaurant waar Hema elke middag at, zat nog vol.

Het restaurant, vijf minuten van Giovanna's appartement, was naast de Portico di Ottavia. Natuurlijk waren er honderden andere restaurants die ze had kunnen proberen, en honderden versies van cacio e pepe en carbonara en gefrituurde artisjokken die ze had kunnen eten. Maar de weinige keren dat ze elders haar geluk had beproefd was ze ofwel teleurgesteld in het eten of in verlegenheid gebracht door haar gebrekkige Italiaans, dus bleef ze trouw aan het restaurant dat ze kende en waar haar niets meer werd gevraagd. In dit restaurant brachten de obers haar zonder vragen een fles acqua gassata en een halve liter vino bianco, en haalden ze snel het tweede couvert op haar tafel weg. Ze lieten haar met rust met het boek dat ze meebracht, hoewel ze meestal alleen naar de resten van de Portico zat te kijken, naar de aangevreten, met buiswerk omgorde zuilen, het zware timpaan waaraan grote stukken ontbraken. Goedgeklede Romeinen kwamen kwebbelend voorbij zonder op of om te kijken, terwijl toeristen stilstonden en naar de opgravingen keken alvorens door te lopen naar het Theater van Marcellus. Voor de Portico lag een pleintje waarvandaan, volgens de gedenkplaat die Hema had weten te vertalen, in oktober 1943 meer dan duizend joden waren gedeporteerd.

Ze kon niet zeggen dat ze het restaurant helemaal zelf had ontdekt. Ze had er jaren geleden al eens gegeten met Julian, de andere keer dat ze onder valse voorwendsels naar Rome was gegaan. En hoewel het niet haar opzet was geweest er weer te gaan eten, was ze er tijdens haar eerste, door jetlag geplaagde wandeling in Giovanna's buurt op zoek naar voedsel, toch beland. Ze had Julian stiekem vergezeld, nog in het vertrouwen, destijds, dat zijn scheiding alleen nog maar een kwestie van tijd was. Het was toen mei, de stad overvol mensen, al te warm voor de kleren die ze bij zich had. Julian en zij logeerden in een hotel achter het Colosseum, en hij hield een voordracht voor een conferentie, een opgewarmd hoofdstuk uit zijn studie over Petronius. Onder normale omstandigheden had Hema haar eigen voordracht kunnen houden. Dat had ze ook aan haar ouders verteld en ze hadden haar verder niets gevraagd. Maar ze had pas haar proefschrift verdedigd en was nu vastbesloten een paar maanden vrij te nemen.

Hema was voordien maar één keer in Rome geweest, samen met een vriendin, nadat ze aan het Bryn Mawr College was afgestudeerd. Dat eerste bezoek, toen zij en haar vriendin, beiden student klassieke talen, ijverig van monument naar monument liepen, opschriften vertaalden en zich in leven hielden met panini en gelato, had op Hema een blijvende indruk gemaakt. Maar de reis met Julian was een puinhoop die niets had opgeleverd. Ze herinnerde zich de keren dat ze met hem had ontbeten op het dak van het hotel onder een felblauwe hemel, en verse ricotta, mortadella en salami had gegeten, terwijl kleine bruine vogeltjes om haar voeten hipten. Al dat zoute, vette vlees zo vroeg op de dag had haar verontrust, maar ze had er nooit weerstand aan kunnen bieden. Ze herinnerde zich de hotelkamer, het roze damasten behang, het brede bed. Om de paar dagen belde Julian zijn vrouw en zijn dochters om te vragen hoe het met ze ging in Vermont, aan Lake Dunmore, waar hij elke zomer met zijn gezin vakantie hield. Hun affaire had zich dus grotendeels afgespeeld in hotel- en motelkamers, in plaatsjes die Julian opzocht aan de Noord-Atlantische kust; hij prefereerde ze boven de appartementen die Hema deelde met andere postdoctorale studenten aan de City University of New York. Het was nooit mogelijk elkaar te ontmoeten bij Julian thuis in Amherst. Zelfs hun eerste afspraakje had zich in een hotel afgespeeld, toen Julian haar had gevraagd of ze iets met hem ging drinken in The Mark, nadat haar vakgroep hem na afloop van zijn lezing op een diner had getrakteerd.

Het was uitgesloten dat Navin met haar mee naar Rome

ging. Voor hun verloving hadden ze net drie weekenden met elkaar doorgebracht, verdeeld over evenveel maanden, en was Navin elke keer uit Michigan gekomen om Hema te zien. Ze hadden samen kuis door Boston gewandeld, waren naar musea, films, concerten en restaurants geweest en toen, aan het begin van het tweede weekend, had hij Hema welterusten gekust bij de deur van haar huis en was hij gaan slapen bij een vriend. Hij bekende haar dat hij vroeger minnaressen had gehad, maar nu het een toekomstige echtgenote betrof was hij ouderwets. En het ontroerde haar om op haar zevenendertigste als een tiener te worden behandeld. Ze had geen vriend gehad tot ze aan haar postdoctoraalstudie was begonnen, en toen was ze voor zulke voorzichtige avances van mannen te oud.

In Rome hield ze contact met Navin per e-mail en sprak ze hem een paar keer door de telefoon, gesprekken die zwaar waren van het gewicht van de dingen die komen gingen, maar het fundament misten van een gezamenlijk geleefd verleden. Ze praatten over hun huwelijksreis naar Goa, die Navin aan het plannen was, en overlegden over de keuze van het hotel. Ze miste hem niet, maar verheugde zich erop naar Calcutta te vliegen, met hem te trouwen en met hem terug te vliegen om haar colleges aan Wellesley te hervatten. Navin was wat haar ouders een 'niet-Bengaal' noemden, dat wil zeggen, iemand uit willekeurig welke Indiase deelstaat behalve West-Bengalen. Zijn ouders waren Hindoe-Punjabi's die in Calcutta woonden, en Navin was naar Amerika gekomen om te promoveren. Hij gaf ook colleges, in natuurkunde, aan Michigan State. Maar er was hem een baan beloofd aan het MIT in de herfst, en daarom ging hij verhuizen naar Massachusetts, om bij Hema te zijn.

Ze weigerde het als een gearrangeerd huwelijk te beschouwen, maar wist in haar hart dat het dat wel was. Hoewel ze Navin eerder had ontmoet dan haar ouders, hadden zij hem voor haar gevonden. Ze hadden Hema gevraagd of hij haar mocht opbellen, en uiteindelijk, na jarenlang soortgelijke verzoeken te hebben afgewezen, na jarenlang geloofd te hebben dat Julian van zijn vrouw zou scheiden, had ze toegestemd. Haar ouders namen aan dat ze ongetrouwd was gebleven omdat ze verlegen was, te veel opging in haar studie om nog tijd te hebben voor mannen. Haar moeder had zelfs gevraagd, op Hema's vijfendertigste verjaardag, of ze de voorkeur aan vrouwen gaf. Ze hadden al die jaren geen idee gehad dat ze iets had met een man, laat staan met een getrouwde man. Zelfs toen ze het huis bekeek dat ze met hulp van haar ouders in Newton had gekocht, zelfs toen ze het koopcontract tekende bij de notaris en haar eenzame handtekening zette waarnaast altijd ruimte was voor een tweede, geloofde ze nog dat ze er op den duur Julians naam bij zou moeten zetten. Het was haar onvermogen, uiteindelijk, om de middelbare leeftijd onder ogen te zien zonder echtgenoot, zonder kinderen, terwijl haar ouders aan de andere kant van de wereld woonden, en niettemin een huis te bezitten en de sneeuw van de oprit te scheppen en haar hypotheek op tijd te betalen – hoewel ze aan zichzelf, aan haar ouders, aan iedereen had bewezen dat ze tot al die dingen in staat was – het was haar weigering dat leven nog voor onbepaalde tijd vol te houden, die haar naar Navin had gevoerd.

Vanaf het begin werd ervan uitgegaan dat als zij en Navin zich maar tot elkaar aangetrokken voelden, als ze maar met elkaar overweg konden, ze met elkaar zouden trouwen. En na jaren van onzekerheid met Julian ervoer Hema juist deze zekerheid, een opvatting van liefde die ze vroeger minachtte, als bevrijdend, en evenzeer in staat haar te verleiden als Julian dat eens was. Die zekerheid gaf haar de vrijheid Navin fysiek aantrekkelijk te vinden, zijn rustige bruine ogen, zijn lange, geelbruine gezicht, het zwarte snorretje dat het onderstreepte. Na Navin waren er geen onverwachte bezoeken van Julian meer, geen deurbel die halverwege de middag ging en de rest van haar dag naar de haaien holp. Niet meer wachten tot er een keer iets veranderde. Na bijna tien jaar had een simpel telefoongesprek er een eind aan gemaakt. 'Ik heb me verloofd,' had ze Julian verteld, de laatste keer dat hij een weekendje weg wilde regelen, en hij had haar van bedrog beschuldigd, haar harteloos genoemd, en daarna niet meer gebeld.

Nu was ze van beiden bevrijd, bevrijd van haar verleden en bevrijd van haar toekomst in een stad waar zoveel verschillende tijdperken elkaar verdrongen, als gasten op een druk feest. Ze was alleen met haar werk, alleen in het buitenland voor de eerste keer van haar leven, zich ervan bewust dat aan haar eenzame bestaan weldra een einde zou komen. In Rome genoot ze van haar leven alleen, haar moeiteloze opgaan in de stille regelmaat van haar dagen. 's Avonds, na een bad, sliep ze als een roos in Giovanna's bed, in een kamer die krap van oppervlakte was maar van een adembenemende hoogte, met reusachtige ramen met luiken ervoor die haar beschermden tegen de zon maar alle geluiden doorlieten: de scooters en auto's op de Via Arenula, de rolluiken van winkels die werden opgehaald, het onafgebroken tweetonige sirenegeloei van de ziekenauto's, dat ze als vreemd kalmerend ervoer. Bepaalde dingen in Rome herinnerden haar aan Calcutta: de imposante verweerde gebouwen, de palmen, de onmogelijkheid de hoofdstraten over te steken. Net als Calcutta, waar ze als kind vaak was geweest, was Rome een stad die haar enerzijds vertrouwd was en anderzijds vreemd – een stad die haar totaal in zich opnam en haar ook op een afstand hield. Ze kende de oude taal van Rome, zijn heersers en schrijvers, zijn geschiedenis van stichting tot val. Maar ze was een toeriste in het alledaagse Italië, en behalve Giovanna, die in Berlijn met sabbatical was, had ze in Rome geen enkele vriendin of vriend.

's Ochtends maakte ze espresso, warmde ze melk en smeerde ze jam op vierkantjes toast uit een pakje, en rond acht uur zat ze aan Giovanna's bureau, nu gekoloniseerd door de warboel van Hema's boeken, haar aantekenschriften, haar laptop, haar Latijnse grammatica en woordenboek. Ondanks de honderden dingen die ze in de stad had kunnen doen of zien, was dit tot één uur 's middags haar vaste programma. Dit was haar houvast, dit was jaren haar houvast geweest. Ze was nu professor, haar proefschrift over Lucretius was gebonden, gepubliceerd en kalm geprezen. En toch was het de kant van haar werk die van haar vergde dat ze uren alleen aan een bureau zat, die haar meer dan wat ook bevredigde. Sinds haar dertiende was het lezen van Latijn een verslaving voor haar, elke zin een puzzel waaraan een betekenis moest worden ontlokt. De kennis die ze langzaam maar zeker had opgebouwd, de oude woorden en verbuigingen en syntaxis die ze in haar hoofd had, voelden aan als een heilig bezit dat haar in staat stelde een dode wereld tot leven te brengen.

De Etrusken hadden nu haar belangstelling. Een paar maanden geleden had ze in Boston een lezing gehoord over verwijzingen naar de Etrusken bij Vergilius, en sindsdien had ze zich halsoverkop in die geheimzinnige beschaving gestort die van voor de Romeinen dateerde, van mensen die mogelijk van Klein-Azië naar Midden-Italië waren getrokken, en die daar vier eeuwen had gebloeid, die een eeuw lang Rome had geregeerd alvorens in vergetelheid te raken. Ze hadden geen literatuur, van hun taal was weinig bekend. Hun voornaamste nalatenschap waren graven en de dingen die daarin werden gelegd: sieraden, vaatwerk en wapens die de gestorvenen moesten meenemen naar het dodenrijk. Ze leerde over de haruspices, zieners die de wil der goden lazen in de ingewanden van dieren, in bliksemschichten, de dromen van zwangere vrouwen, de vlucht van vogels. Ze wilde na haar terugkeer naar Wellesley een werkgroep opzetten over de invloed van de Etrusken op de oude Romeinen en, mogelijk, op basis van haar onderzoek, een voorstel voor een tweede boek. Ze was naar het Vaticaan geweest om de Etruskische collectie in het Gregoriaans Museum te zien, en ook naar de Villa Giulia. Ze ploos Cicero, Seneca, Livius en Plinius uit, las fragmenten van de occultistische senator Nigidius Figulus, typte aantekeningen op haar laptop en schreef kanttekeningen bij de vele boeken die ze las.

En zo kwam het dat Hema nog niemand had opgebeld, nog met geen van Giovanna's vrienden en vriendinnen contact had gezocht om samen koffie te gaan drinken of naar Tivoli of Ostia te rijden, wat ze volgens Giovanna zeker zouden doen. Ze bracht haar dagen tevreden in eenzaamheid door, werkend, lezend, en dan lunchen bij de Portico. 's Middags wandelde ze kerken in en uit, door nauwe, donkere straten die uitkwamen op enorme, zonverlichte pleinen. Ze deed alles te voet; de bus of de metro gebruikte ze vrijwel nooit. 's Avonds bleef ze thuis en kookte ze voor zichzelf, eenvoudige gerechten die ze at terwijl ze naar de Italiaanse televisie keek. Ze ging 's avonds niet graag alleen uit, voelde zich 's avonds in haar eentje in een restaurant minder op haar gemak dan 's middags. Tijdens haar jaren met Julian hadden mannen, ook als ze alleen was, gevoeld dat haar hart iemand toebehoorde, dat ze hen niet zag staan, als was ze een taxi die langs kwam rijden met zijn bordje 'buiten dienst' op het dak.

Maar nu was ze zich, ook al was ze verloofd, bewust van de Romeinse mannen die naar haar keken, haar soms nariepen. En hoewel ze gevleid was door hun aandacht, herinnerde het haar eraan dat haar hart niet op dezelfde manier aan Navin toebehoorde.

Op zaterdagochtend ging ze in plaats van te werken naar de Campo de' Fiori, en keek ze naar de modieuze moeders op hun hoge hakken en met hun sieraden en gewatteerde jasjes aan achter wandelwagentjes, die groenten kochten met kilo's tegelijk. Die vrouwen, met hun volle, losse bossen haar, hun zonnebrillen die geen rimpels verborgen, waren jonger dan Hema, maar ze voelde zich onervaren in hun gezelschap, onkundig van de verantwoordelijkheden van het grootbrengen van kinderen en een huishouden runnen en flirterig pingelen bij de groenteverkopers. Ze was in de loop der jaren met Julian aan dat gevoel gewend geraakt – haar positie als de andere vrouw, waarin ze zich zo mondain had gevoeld toen hun affaire begon, was in werkelijkheid een kooi gebleken die haar belet had volwassen te worden. Ze had zich het genot ontzegd openlijk haar leven te delen met degene van wie ze hield, zich zelfs de mogelijkheid ontzegd aan kinderen te denken. Maar Navin had ook dat veranderd. Ze realiseerden zich beiden hoe oud ze was, en zodra ze getrouwd waren, zei Navin, wilde hij een gezin stichten.

Op een dag na de lunch, toen ze zich bijzonder energiek voelde, liep ze helemaal naar de Piazza del Popolo, en vandaar naar de Villa Giulia voor een tweede bezoek. In het museum was ze weer ontroerd bij het zien van de oude kopjes en lepeltjes, nog intact, die ooit de lippen van mensen hadden aangeraakt, de fibulae waarmee ze hun kleren hadden vastgemaakt, de dunne stokjes waarmee ze parfum op hun huid hadden aangebracht. Maar ditmaal, kijkend naar de enorme sarcofaag van de bruid en bruidegom in een glazen kast, kon ze haar tranen niet bedwingen. Ze moest steeds maar aan Navin denken. Zoals bij het jonge, glimlachende echtpaar dat met wederzijdse genegenheid op hun gezamenlijke doodskist zat, was er iets doods aan het huwelijk dat ze van plan was te beginnen. En hoewel ze wist dat het alle kans had om in de loop der jaren tot leven te komen, was ze zich onderweg naar huis in het gele avondlicht alleen van die doodsheid bewust. Ze deed in een alimentari aan de Via dei Giubbonari inkopen voor haar avondeten en droeg nu een tas met daarin een krop sla, een pak spaghetti, en champignons en room voor een saus. Ze liep door de van ijzeren beslag voorziene voordeur van Giovanna's woongebouw, langs het raam van een soort kaartverkooploket waar een van de twee portiers haar dagelijks, als ze wegging of binnenkwam, begroette. Op de binnenplaats stond een stenen leeuw die zonder onderbreking water spuugde. En dan kwam de stenen trap, onverlicht, onverbiddelijk onder haar vermoeide voeten, drie royale verdiepingen hoog, die aanvoelden als tien.

In de lange gang van Giovanna's appartement zag ze het antwoordapparaat knipperen. Ze speelde het bandje af. Het was niet de stem van Navin maar die van een vriend van Giovanna. Normaal spraken die vrienden Italiaanse boodschappen in die Giovanna in Berlijn afluisterde. Maar deze boodschap, in het Engels, was voor Hema bestemd. Het was een zekere Edo, een naam die ze herkende van Giovanna's lijstje met mensen die ze kon bellen. Edo zei dat hij al weken op een telefoontje van Hema wachtte. Ging alles naar wens? Hij klonk vriendelijk, en zo oprecht bezorgd dat Hema besloot hem terug te bellen. Ze verzekerde Edo dat alles in orde was, en omdat ze geen ander excuus had, nam ze zijn uitnodiging aan om de zondag daarop bij hem en zijn vrouw te komen lunchen.

Edo's vrouw, Paola, was fotoredactrice bij *L'Espresso*, maar Kaushik had haar ontmoet in Netanya, een badplaats aan de Israëlische kust, waar ze beiden waren voor een reportage over de bomaanslag in een feestzaal van een hotel, waar de slachtoffers juist aan hun paasmaal zouden beginnen. Het kwam zelden voor dat hij iets in Italië deed, een keer een fotoverslag over Senegalese immigranten in Brescia, of opnamen van de negentien kisten met soldaten uit Irak die langs het Colosseum werden gedragen. In de afgelopen vijf jaar was Rome voor hem voornamelijk een plaats geweest van waaruit hij vertrok naar waar hij moest zijn, en als hij zijn zakagenda's erop nasloeg, elk met driehonderdvijfenzestig hemelsblauwe bladzijden, en de dagen telde, kon hij bevestigen dat hij de meeste ervan had doorgebracht met het nemen van foto's in Gaza en op de Westoever.

Zijn leven als fotojournalist was bijna twintig jaar geleden begonnen. In 1987 zwierf hij door Latijns-Amerika, levend van het geld dat zijn vader hem bij zijn afstuderen had gegeven. Hij reisde samen met zijn vriend Douglas, en ze begonnen in Tijuana met de bedoeling te eindigen in Patagonië. Ze brachten een paar maanden in Mexico door en trokken toen verder naar het zuiden, door Guatemala en vervolgens El Salvador. Daar besloot Douglas dat hij genoeg had van Midden-Amerika, van het voortdurende getreiter vanwege zijn opvallend Amerikaanse uiterlijk, en kocht hij een vliegticket naar Madrid. Evenals de Mexicanen en Guatemalteken wisten de Salvadoranen nooit wat ze van Kaushik moesten denken, noch de soldaten die door de straten patrouilleerden met wapens bijna zo groot als zijzelf, noch de kinderen, die allemaal dolgraag op de foto wilden als ze hem zagen met zijn camera. Hij begon in zijn eentje het land te verkennen, een land dat volgens zijn reisgids kleiner was dan

Massachusetts. Hij nam foto's van de vulkaan die ten westen van de hoofdstad oprees, van gebouwen gehavend door kogelgaten en in tweeën gescheurd door de aardbeving eerder dat jaar.

Hij was nooit in een land geweest dat zo zichtbaar in oorlog was met zichzelf. Hij had begrepen, in Guatemala, dat er een guerrillabeweging actief was, en van andere rugzaktoeristen gehoord dat je bepaalde delen van het land maar beter kon mijden. Een nachtbus waarmee hij en Douglas naar Tikal reisden werd aangehouden, en zij en de andere passagiers moesten uitstappen en hun paspoort laten zien terwijl een groepje dronken wachtposten met zaklantaarns in hun gezicht schenen. Eén wachtpost wilde Douglas' portefeuille zien, haalde het geld eruit en gooide hem de portefeuille in het gezicht. In Guatemala was dat het ergste geweest. Maar in El Salvador ging het nog gewelddadiger, nog gruwelijker toe en waren de toeristen nog schaarser. In Santa Ana raakte Kaushik bevriend met een Nederlandse journalist, Espen genaamd, en begon hij rond te reizen en de geschiedenis van het conflict in zich op te nemen, de verhalen die Espen hem vertelde over de doodseskaders, onthoofde lichamen neergesmeten op autowegen, tieners die aan bomen hingen zonder vingernagels en met hun duimen achter hun rug gebonden. Met Espen zag hij vliegtuigen van de luchtmacht bommen gooien op gebied van de FMLN, bezocht hij een vluchtelingenkamp over de grens met Honduras. Hij absorbeerde de angst van het land en zijn volk, raakte gewend aan het geluid van machinegeweervuur, accepteerde als iedereen het feit dat hij elk moment, waar dan ook, bij het oversteken van een weg of 's nachts in zijn slaap, kon worden vermoord. Maar hij was in die tijd nooit bang voor zichzelf.

Toen hij op een middag met Espen zat te lunchen in een dorp bij Morazán, begon de tafel te schudden en spatte er donkergekleurde stoofpot uit de borden. Hij was inmiddels gewend aan incidentele aardschokken, het geweld van de aarde dat even te denken gaf. Ze raapten hun lepels op en vervolgden hun maaltijd, maar toen klonk er geschreeuw en renden er mensen over het pleintje langs hen heen. Hij en Espen sprongen op en volgden de menigte, in de veronderstelling dat er misschien een gebouw was ingestort, maar de opschudding had met de aardschokken niets te maken. Ze sloegen een hoek om en zagen een jongeman op straat liggen. Hij was in zijn hoofd geschoten en uit zijn schedel stroomde een langzaam breder wordende rivier van bloed, maar geen spatje bloed, zelfs geen plekje vuil, wist Kaushik nog, was er te zien op zijn lichtbruine overhemd en broek. Hij lag ineengerold op het trottoir, zijn ogen gesloten alsof hij was ingedommeld, bijna onhoorbaar mompelend, een goedkoop gouden horloge om zijn pols.

Mensen dromden samen om het lichaam, riepen om een dokter, terwijl een jonge vrouw, een echtgenote of vriendin, in een mouwloos roze bloesje op de grond zat te huilen met haar vuist in haar mond. Kaushik had als gewoonlijk zijn camera om zijn hals hangen, en Espen zei dat hij een foto moest nemen. Hij had geen telelens bij zich en moest dus dichtbij zien te komen, bij elke stap verwachtend dat iemand hem tegen zou houden, zou uitvloeken, zou wegjagen. Maar niemand lette op hem, dus kroop hij naar voren en bracht de camera voor zijn gezicht. Als hij terugdacht aan die middag, herinnerde hij zich dat zijn handen trilden, maar dat hij zich verder niet geraakt voelde door wat er gebeurd was, onbewogen toen hij eenmaal achter zijn camera stond en knipte tot zijn rolletje vol was. Toen hij klaar was, was het geroep om een dokter verstomd; de man was dood.

Kaushik was de enige aanwezige die had vastgelegd wat er was gebeurd. En hoewel hij niet het leven van de man had gered, had hij toch het gevoel dat hij iets nuttigs had gedaan, dat hij de misdaad iets had verzacht. Toch geloofde hij niet dat de foto's ooit gepubliceerd zouden worden, totdat Espen ze naar de juiste mensen stuurde. Een week later stond een van de foto's in een katholieke krant die werd uitgegeven in Amsterdam. Hij ontving een cheque voor een klein bedrag, en daarna, toen een groot Europees tijdschrift de foto overnam, voor een groter bedrag. En zo begon hij te fotograferen voor zijn brood. In het begin stond hij 's ochtends op en volgde hij het nieuws, dicht in

Espens buurt. Hij bleef in El Salvador tijdens de verkiezingen, de vervoersstaking, de moord op de zes jezuïeten en hun huishoudsters. Hij fotografeerde lijken met verbrijzelde gezichten, doorgesneden kelen en afgehakte penissen, en stelde de foto's ter beschikking van een mensenrechtenorganisatie zodat familieleden konden proberen de vermisten te identificeren. Dankzij een connectie van Espen werd hij ingehuurd als correspondent voor AP, en dus bleef hij in Latijns-Amerika, eerst in Mexico en vervolgens in Buenos Aires, waar hij werkte voor persbureaus en Engelstalige kranten. Op zijn dertigste trad hij in dienst van *The New York Times*, die hem naar Afrika stuurde en daarna naar het Midden-Oosten. Hij wist niet meer hoeveel lijken hij had gefotografeerd, met gezwollen gezichten, monden volgepropt met aarde, lege ogen waarin zich de wolken weerspiegelden die boven hun hoofden voorbijdreven.

Dankzij de eisen van zijn beroep kon hij permanent buiten de Verenigde Staten verblijven. Een enkel bezoekje aan New York om een redacteur te spreken of apparatuur op te halen – dat was alles wat hij in Amerika te zoeken had, en het kwam voor dat hij zijn vader niet eens liet weten dat hij in het land was, zodat hij niet de treurige dagreis naar Massachusetts hoefde te maken om van zijn vaders nieuwe leven getuige te zijn, hoewel dat leven inmiddels in jaren het oude overtrof. Zijn vader was nu in de zeventig, genoot van een royaal pensioen en besteedde het grootste deel van zijn tijd aan golf. Uit sporadische e-mailtjes vernam Kaushik dat Rupa, de oudste van de twee meisjes, met een Amerikaan was getrouwd die Peter heette, en dat ze tekenles gaf aan een basisschool in Colorado. Hij had een uitnodiging voor de bruiloft gekregen, maar met een beroep op zijn werk, zijn excuus voor zoveel dingen, was hij niet gegaan. De jongste, Piu, studeerde medicijnen aan Tufts. Toch, eveneens door zijn werk, bleef Kaushik bij zijn vader over de vloer komen, in de vorm van zijn fotocredits in een van de nieuwsbladen die zijn vader las, waaruit die kon opmaken dat hij in leven was en waar hij was geweest en wat hij had gezien.

Hij had een pied-à-terre in Trastevere, een piepklein appartementje in een zijstraat van de Piazza di San Cosimato met een ruim terras, waar hij tussen de opdrachten door op adem kwam. Een vrouw had Kaushik naar Italië gebracht. Tot Franca had hij aan Latijns-Amerika de voorkeur gegeven boven Europa, en ook nu nog stond het Spaans dat hij in al die jaren had opgedaan zijn gebruiks-Italiaans in de weg. Franca had hem overgehaald met haar terug naar Milaan te gaan. Ze kwam uit een familie van kleine adel en haar hartvormige gezicht en diepliggende grijze ogen verrieden een verfijning die ze niet had kunnen verbergen toen hij haar voor het eerst ontmoette in Kameroen, waar ze voor een hulporganisatie werkte. Hij had jarenlang over de aardbol gezworven zonder betekenisvolle banden aan te gaan, en opeens deelde hij een appartement met Franca en reed hij 's zondags naar Bergamo om polenta en gebraden konijn te eten bij haar nonna thuis, in de wetenschap dat haar grootmoeder, die jaren bezig was geweest een bruidsschat van nachtjaponnen en bedjasjes voor Franca te stikken en te borduren, hem had goedgekeurd. Het einde was bitter geweest; hoewel hij destijds nooit een reden kon bedenken om het niet te doen, kon hij zich er niet toe brengen haar ten huwelijk te vragen. Ze had geen vat op hem gekregen; hij zag nu in dat dit het probleem was. En zo liet hij de tranen en de razernij achter in Milaan en nam hij de trein naar Rome. Eerst was hij van plan geweest maar een weekje te blijven, om wat van de stad te zien, en dan naar Buenos Aires terug te gaan. Maar de Tweede Intifada bracht hem terug naar het Midden-Oosten en hij bleef in Europa, zonder Franca te vertellen dat hij in haar land woonde, zonder haar ooit nog tegen het lijf te lopen.

Hij herinnerde zich Rome, natuurlijk, van de enige andere keer dat hij er was geweest, toen hij met zijn ouders uit Bombay terugvloog naar Massachusetts. Zijn moeder was ongeneeslijk ziek, maar behalve haar magerte was er toen nog niets aan haar te zien. Ze was net veertig geworden, Kaushiks leeftijd bij zijn volgende verjaardag. Hij wist nog hoe het hotel eruitzag waar ze hadden gelogeerd, de marmeren trap die ze op gingen naar de ontbijtzaal. De felle lichtbundel die door de koepel van het Pantheon viel, en de bewonderende blikken die de obers niet konden verbergen als zijn moeder een menu bestudeerde. Hij wist nog dat hij langs het Janiculum liep en troepen zwaluwen zag die als reusachtige duimafdrukken langs de hemel zwiepten. En nu was hij als een pelgrim naar die plaatsen teruggekeerd, had hij zich herinnerd dat het hotel dicht bij de Spaanse Trappen lag en was het hem op de een of andere manier gelukt het te vinden.

Vorig jaar hadden zijn vader en Chitra hem in Rome bezocht en er vier dagen doorgebracht alvorens door te vliegen naar Calcutta. Hij was hun ter wille geweest, had een kamer voor hen gereserveerd in het Hotel d'Inghilterra en hun de hele stad laten zien. Hij stond met hen in de rij voor het Colosseum en liep met hen door het Forum. Hij nam foto's van hun verblijf en gaf voor hun vertrek zijn vader de filmrolletjes alsof het een gewone opdracht betrof. Hij bestelde voor Chitra thee met melk in elk restaurant en elk café, omdat ze niet van Italiaanse koffie hield. Maar ze hadden geen blijvende indruk achtergelaten en hij dacht nooit aan hun aanwezigheid in de straten van Rome zoals hij nog steeds, zo nu en dan, aan zijn moeders aanwezigheid dacht.

Het was tijdens dat bezoek van zijn vader en Chitra dat er een vaag grijs vlekje, kleiner dan een speldenknop, voor zijn linkeroog begon te zweven. Hij merkte het voor het eerst op de middag dat ze naar Testaccio gingen waar zijn vader het graf van Keats wilde zien. Daar, wandelend tussen het weelderige groen van het protestantse kerkhof, had Kaushik gedacht dat er een mug om zijn hoofd cirkelde, en hij sloeg er telkens met gespreide vingers naar om hem te verjagen. Maar het vlekje bleef hem vergezellen waar hij ook ging, een stille kwelling, en hij realiseerde zich dat het in hem zat, dat het niet mogelijk was het weg te halen of het te laten ophouden. Een optometrist legde hem uit dat het vlekje werd veroorzaakt doordat glasvocht in de oogbol verschrompelt en gedeeltelijk loskomt van het netvlies, en dat dit een onschuldig symptoom van het ouder worden was. Hij kreeg te horen dat hij er wel aan wennen zou, en hij had er de laatste tijd ook min of meer vrede mee gehad, tenzij hij zich in een hel verlicht vertrek met witte muren bevond of zonder zonnebril buiten liep. Hij ging er niet slechter door rijden, of fotograferen, maar ervoer het desondanks als een schending van het deel van zijn lichaam, van het zintuig dat hem het dierbaarst was: iets wat hem verried en hem tegelijkertijd niet wilde verlaten.

Op zondag reed hij in zijn Fiat naar Edo en Paola, in een zuidelijke buitenwijk van Rome. Het idee dat hij de stad ging verlaten, de straten waar hij nu moeiteloos zijn weg in vond, stemde hem neerslachtig. Want zijn vertrek stond vast; in het nieuwe jaar zou hij weg zijn. Een internationaal opinieweekblad zocht een fotoredacteur voor zijn bureau in Hongkong, en hij had het aanbod aanvaard. Afgezien van Tokyo, waar hij een paar keer was geweest, wist hij weinig van Oost-Azië. Het zou de eerste keer van zijn leven zijn dat werken voor hem betekende dat hij zich elke ochtend op dezelfde plek moest melden, de eerste keer dat hij een kantoor zou hebben, een bureau, en een assistente die zijn afspraken regelde en de telefoon voor hem aannam. De eerste keer dat hij 's ochtends bij het ontwaken zou weten wat hij die dag ging doen, in plaats van daar pas achter te komen als hij ernaar onderweg was. Op die manier zou hij zelf iets ervaren van het soort beroepsleven dat zijn vader tientallen jaren had geleid. Hij voorzag dat het een kwelling zou zijn. Paola waarschuwde hem dat het een foute keuze was, dat het voor een fotograaf de dood in de pot betekende, dat zij zelf sinds ze redacteur was geworden geen behoorlijke foto meer had gemaakt. Hij zou meer gaan verdienen, maar dat was niet wat Kaushik aantrok. Het was zijn behoefte aan een ander leven die hem naar Azië voerde. De belofte dat hij, althans de eerstvolgende paar jaar, niet hoefde te reizen.

Het weekblad betaalde zijn verhuizing, maar behalve de Fiat, die hij beloofd had aan een vriend te verkopen, bezat hij weinig. Het leek in niets op de keren dat hij met zijn ouders was verhuisd, die twee kolossale omwentelingen die hij als jongen had meegemaakt, eerst weg uit Amerika, en toen weer terug, zeven jaar later, waarbij de meubels en schilderijen en theeserviezen, die zijn moeder voor haar leven onmisbaar vond, hen beide keren langzaam volgden, aan boord van een vrachtschip. Zijn moeder had keer op keer in haar leven een nieuw huishouden ingericht. Het deed er niet toe waar ter wereld ze was, en of ze wel of niet stervende was, ze had altijd alles gegeven om haar huis mooi te maken, altijd kracht geput uit haar dingen, haar muren. Maar Kaushik vertrouwde de plaatsen waar hij had gewoond nooit helemaal en hij had er ook nooit meer zijn toevlucht gezocht. Al van kindsbeen af, realiseerde hij zich nu, was hij altijd het liefst buiten geweest, weg van het privéslib des levens. Dat was zijn eerste drijfveer geweest om te gaan fotograferen – het was een manier om het huis uit te komen. Zijn vroegste herinneringen, aan Cambridge, Massachusetts, waar hij geboren was, waren van dingen in de buitenlucht. Een omheining van harmonicagaas doorvlochten met forsythia. Het visgraatpatroon van bakstenen in een trottoir. De stem van zijn moeder, die hem riep als hij over de meent rende.

Telkens als hij een vluchtelingenkamp bezocht, telkens als hij een familie in het puin naar zijn bezittingen zag graven, moest hij denken aan de verhuizingen die hij met zijn ouders had meegemaakt. Als het erop aankwam, was dat het leven: een paar borden, een lievelingskammetje, een paar pantoffels, een kralenkettinkje van een kind. Hij wilde graag geloven dat hij anders was, dat hij in tien minuten onderweg kon zijn naar elke willekeurige plek ter wereld. Maar hij wist dat het onmogelijk was om, waar hij ook terechtkwam, geen banden aan te gaan. Hij zou de korte, getinte wijnglazen in zijn kast in Trastevere missen, het krimpende trapezium van zonlicht 's middags op zijn bed. En hij wist dat ook hij op zijn eigen manier, met zijn camera, afhankelijk was van de materiële wereld, ervan stal, er dingen van koesterde, er geen afstand van wilde doen. De verhuizing naar Azië was nu officieel. Zijn huisbaas, de eigenaar van de gelateria op de hoek, had al een nieuwe huurder gevonden. En gisteren had hij zijn vlucht geboekt, met een tussenstop in Thailand, waar hij de laatste week van december wilde doorbrengen alvorens door te vliegen naar Hongkong.

Edo hield van koken, zijn specialiteit was de keuken van zijn geboortestreek Cremona. Kaushik stelde zich een bijeenkomst voor zoals Edo en Paola ze graag organiseerden, een internationaal gezelschap van journalisten, fotografen en academici, altijd met een tafelconversatie in drie à vier talen. Vandaag, had Paola gezegd, kwam er een Amerikaanse romanschrijver, iemand die heimwee had naar Thanksgiving en een appeltaart mee zou brengen. Ook zou er een Indiase vrouw komen, zei Paola – een academica, een vriendin van een vriendin van Edo. Hij stelde zich een vrouw van middelbare leeftijd voor met een bril en in een sari, een archeoloog net als Edo. Hij had zo weinig te maken met India. Sinds het jaar dat zijn moeder stierf was hij er niet meer terug geweest; hij was er nooit heen gegaan voor werk. Voor zijn werk als fotograaf deed het er niet toe waar hij vandaan kwam. Maar toch was hij in Rome, in heel Europa, altijd eerst als Indiër gezien.

Een paar blokken van Edo en Paola's huis parkeerde hij zijn auto en stapte uit. De buurt was spectaculair op zijn eigen manier: brede lanen met aan weerszijden cipressen, naoorlogse betonnen gebouwen met glazen entrees en uitstekende balkons. Hij bedacht dat hij hier voor zijn vertrek uit Italië waarschijnlijk niet meer zou komen en wilde een foto nemen, maar hij had zijn camera thuisgelaten. Paola en Edo woonden op een hoge verdieping, in een fris appartement dat uitkeek op een park. Toen hij hun straat in liep, zag Kaushik een vrouw staan op het trottoir. Ze bestudeerde een plattegrond en haar gezicht ging schuil achter haar lange haar. *'Signorina, dove deve andare?'* vroeg hij.

De vrouw keek op, verward, en hij realiseerde zich dat ze, ondanks haar donkere haar en op maat gemaakte leren jas, geen Italiaanse was. Dat ze Indiase was. Dat hij geen beleefdheidsvorm had hoeven gebruiken, dat hij haar gezicht van vroeger kende.

Vanaf het moment dat ze samen bij Paola en Edo aankwamen, namen de andere gasten aan dat ze oude vrienden waren. Een van de gasten dacht zelfs dat ze geliefden waren en vroeg hoe lang ze al samen waren en hoe ze elkaar hadden leren kennen. 'Onze ouders,' had Kaushik luchtigjes geantwoord, maar Hema ging in gedachten terug, bedroefd, door die twee simpele woorden. Ze was zich ervan bewust dat hij de veronderstelling van de gast niet had gecorrigeerd. Bewust ook van de manier waarop hij haar over de tafel had aangekeken tijdens de lunch, verrast door de bekoorlijkheid die haar zo laat nog eigen was geworden. Voor haar gevoel zag hij er nog precies zo uit als vroeger, dat was wat haar het meest verbaasde. De jongen met het scherpgetekende gezicht die met tegenzin het huis van haar ouders had betreden. Alleen maakten de ogen nu een vermoeide indruk en was de huid eromheen donkerder en licht geïrriteerd. Hij was gekleed als een Italiaan, in spijkerbroek en een dunne zwarte trui, bruinwitte sportschoenen met klittenbandsluiting. Ze herinnerde zich nog haar eerste indruk van hem, een zwijgzame tiener in colbert en stropdas, die haar moeders eten weigerde. Ze herinnerde zich hoe bespottelijk ze zich die avond tot hem aangetrokken had gevoeld, toen ze dertien was, een gevoel dat ze in stilte had gekoesterd in de weken dat ze onder één dak hadden gewoond. Het was of de tijd had stilgestaan.

Na de lunch bracht hij haar met de auto terug en vroeg hij haar met hem mee te gaan naar zijn appartement, in een rustige buurt waar wasgoed tussen abrikooskleurige huizen te drogen hing en oude mannen op klapstoeltjes buiten zaten. Ze keken zwijgend toe terwijl Kaushik de deurgrendels ontsloot, met Hema wachtend naast hem. Het sprak vanzelf dat ze nog niet uit elkaar zouden gaan, dat ze, ook al hadden ze bijna vijfentwintig jaar elkaar niet gezien, niet aan elkaar gedacht en elkaar niet opgezocht, op iets kostbaars waren gestuit, een nieuwe connectie die niet verwaarloosd mocht worden, die hun uiterste zorg vereiste. Het gebouw leek in niets op dat van Giovanna; de entree was onopvallend, een inpandige trap die direct naar zijn kleine wereld voerde. Het appartement bestond uit een kamer met badkamer en een tweepits gasstel. Hij ging haar voor naar het terras, dat uitkeek op de daken in de buurt en de Romaanse klokkentoren van de kerk op de piazza. 'Jij woont daar,' zei hij, terwijl hij zijn handen licht op haar schouders legde om haar in de juiste richting te draaien. Hij vertelde haar dat hij pas in Rome terug was, dat hij een week geleden in Ramallah was om de begrafenis van Arafat te verslaan. Er waren twintigduizend mensen op afgekomen, zei hij, die over muren waren geklauterd en prikkeldraadversperringen hadden afgebroken om een glimp van de lijkkist op te vangen.

Ze bleven op het terras zitten en praatten tot het avond werd. Ze vertelde hem over haar doctoraal- en postdoctoraalstudie, en hoorde van hem dat hij tijdens haar eerste jaar aan Bryn Mawr daar in de buurt, aan Swarthmore, had gestudeerd. Ze vertelde hem over haar jaren in New York, waar ze was gepromoveerd, over haar baan aan Wellesley. En terwijl ze met geen woord repte over Julian – die langdurige relatie, waardoor ze zich soms een gescheiden vrouw was gaan voelen, speelde in de officiële kroniek van haar verleden geen enkele rol meer – vertelde ze hem aan het eind van haar relaas dat ze ging trouwen met Navin.

Kaushik boog zich over het ijzeren tafeltje naar haar toe. Ze hadden lang geleden Edo's pompoentortellini en bollito misto met mostarda gegeten, en waren na vele glazen wijn weer helder van geest, maar er zat niets eetbaars in Kaushiks koelkast, behalve een pak gezouten biscotti dat hij tussen hen in had gezet met twee glazen en een fles mineraalwater. Hij rookte een paar sigaretten. Ze had haar handen plat op de tafel gelegd alsof ze zich eraan wilde warmen, en hij haakte een vinger lichtjes maar bezitterig om de gouden armband om haar pols, zodat haar hand iets in zijn richting verschoof.

'Die droeg je al als kind.'

Het was een geschenk van haar grootmoeder, gekregen toen ze tien was. Het was het enige sieraad dat ze nooit af had willen doen. Ze had altijd van het motief gehouden, kleine vierbladige bloempjes aan een rank, en toen haar pols te dik werd had ze de armband laten doorknippen en vergroten. 'Je weet het nog.'

'Maar je draagt geen verlovingsring.'

'Die heb ik niet.'

Hij bestudeerde de armband, draaide hem langzaam rond. 'Welke man doet er nu een huwelijksaanzoek zonder ring?'

Ze legde hem uit dat er nog geen aanzoek was gedaan, dat ze Navin nog maar nauwelijks kende. Ze keek van hem weg, naar een verdroogde plant op het terras, maar voelde zijn ogen op haar gericht, geïntrigeerd, onbevreesd.

'Maar waarom trouw je dan met hem?'

Ze vertelde hem de waarheid, een waarheid die ze nog aan niemand had verteld. 'Ik dacht dat ik zo mijn leven op orde kon krijgen.'

Hij ondervroeg haar niet verder. Anders dan haar vrienden in Amerika, die vonden dat ze ofwel iets ongelooflijk stoms of opwindend dappers ging doen, veroordeelde of prees Kaushik haar niet, en de formele presentatie van de feiten, de verklaring dat ze bezet was, opende de deur. Alleen zijn kussen, zijn ruwe agressieve kussen, zo totaal anders dan Navins schuchtere schooljongensgedrag aan haar voordeur, maakten dat Hema zich schuldig voelde. Wat ze die avond verder deden, was voor haar een verse, nieuwe ervaring, omdat ze het met Navin nog nooit had gedaan en er niets was waarmee ze het vergelijken kon. Navin had haar nooit zonder kleren gezien, haar nooit met zijn handen verkend, haar nooit verteld dat ze mooi was. Hema herinnerde zich dat het Kaushiks moeder was die haar voor het eerst dat compliment had gemaakt, in een paskamer toen ze beha's gingen kopen, en ze vertelde het Kaushik. Het was de eerste keer dat ze over zijn moeder praatten en toch was er geen sprake van een pijnlijk moment. Integendeel, het bracht hen dichter bij elkaar, en Hema wist zonder dat iemand het haar hoefde te vertellen dat zij de eerste was met wie hij naar bed ging die zijn moeder had gekend, die zich haar kon herinneren zoals zij. Zijn blote voeten waren warm, verrassend glad tegen haar voetzolen, toen ze na afloop naast elkaar lagen. Hij sliep op zijn rug en op een gegeven moment schrok hij wakker van een nachtmerrie, schoot naar voren en sprong uit bed, waarna hij weer in slaap viel. Het was Hema die wakker bleef en naar zijn ademhaling luisterde, verlangend naar zijn aanraking toen het licht werd. Toen ze later in het spiegeltje boven de wastafel in Kaushiks badkamer keek, zag ze dat de huid rond haar lippen, aan weerszijden van haar mond, vol kleine rode bultjes zat. En ze was blij met dat onflatteuze bewijs, blij dat hij haar nu al zijn stempel had opgedrukt.

Aanvankelijk probeerde Hema haar ochtendschema aan Giovanna's bureau vol te houden. Maar tegen elf uur ging de telefoon, en twintig minuten later liep ze over de Ponte Garibaldi om hem te ontmoeten, of stopte hij in zijn Fiat voor Giovanna's woongebouw om met haar de dag door te brengen. Dus borg ze haar boeken maar op en klapte haar laptop dicht in het besef dat ze die niet meer zou aanraken tot ze weer op Wellesley terug was. 's Avonds nam hij haar mee naar onbekende restaurants en cafés, naar fonteinen op verlaten pleintjes waar ze als twee tieners zaten te zoenen. Ze reden de stad uit naar plekken die zij nog nooit had gezien en die hij voor het laatst wilde zien. Het was Kaushik die haar meenam naar Ostia en Tivoli, en naar Cerveteri om de grafheuvels van de Etruskische dodenstad te zien.

Hema vertelde hem over de geschiedenis van deze plaatsen, wie ze hadden gebouwd en waarom. Ze vertelde hem wat ze over de Etrusken te weten kwam, dat zij het waren die de Romeinen hadden geleerd hoe ze hun wegen moesten aanleggen en hun akkers moesten bevloeien. Ze vertelde hem van hun liefde voor de natuur, hun geloof in tekenen en voorboden, hun obsessie met de reis naar het hiernamaals. Ze spraken niet over hun eigen toekomst, over waar hun samenzijn toe zou leiden. En evenmin hadden ze het over het verleden, de maanden dat hij bij haar thuis had gewoond, de vriendschap tussen hun ouders die toen al stervende was, net als zijn moeder. Hun ouders hadden elkaar alleen maar gemogen vanwege hun afkomst, vanwege een tijd en een plaats waarmee ze het contact waren verloren. Hema had zich om die reden nooit tot iemand aangetrokken gevoeld, tot nu toe.

Vrijwel altijd stond er een internationale nieuwszender aan op de kleine televisie in Kaushiks appartement, met het geluid uit. Zijn werk berustte helemaal op het heden, en op wat er komen ging. Het was niet het telkens weer laten herleven van teksten die al waren geschreven, van een tijd en een volk die verdwenen waren, en het maakte Hema bewust van het beschermde karakter, niet alleen van haar leven maar ook van haar geest. Op een dag liet hij haar, op haar verzoek, zijn website zien. Hij liet haar met zijn laptop alleen terwijl hij boodschappen voor het avondeten ging doen. Ze ging op zijn bed zitten, met een laken om zich heen, de laptop zoemend op haar benen.

Er waren talloze beelden, verschrikkelijke dingen waarover ze gelezen had en waar ze nooit meer over na had hoeven denken. Bussen die door bommen uiteen waren gereten, lichamen op brancards, jongens die met stenen gooiden. Hij was van die dingen getuige geweest, ongezien en onbetrokken, maar met een directheid die zij nooit had gevoeld. Omdat hij haar minnaar was geworden, maakten deze beelden haar overstuur. Kaushik had haar verteld over collega-fotografen die tijdens hun werk waren omgekomen, over die keer dat een Israëlische politieman zijn camera in zijn gezicht had geramd. En heimelijk was ze blij, zoals zijn moeder dat zou zijn geweest, dat hij binnenkort ander werk zou gaan doen, dat hij achter een bureau in Hongkong besprekingen zou leiden. Dat hij niet voortdurend in gevaar zou verkeren.

Ze zag ook foto's van stoffige straten en dorpen, markten en woonhuizen en winkeletalages, van dorre, kale landschappen, foto's van mensen. Een oude man die onder een boom een sinaasappel zat te schillen met een scharminkelige hond slapend aan zijn voeten. Een groepje vrouwen met hoofddoeken gooiden lachend hun hoofden in hun nek. Een meisje stak haar hoofd door een met spijkers beslagen ijzeren hek en ontblootte lachend een gehavend gebit. Kijkend naar de foto's begon ze zich bewust te worden van zijn vermogen, misschien wel zijn behoefte, om op deze manier contact te maken met vreemden, en de bereidheid van vreemden om contact te maken met hem. Ze begon iets te begrijpen van zijn bereidheid – en ze dacht ook dat die misschien wel een behoefte was – om op elk moment te verdwijnen. Hij bewoonde een huurkamer met gehuurd meubilair, gehuurde lakens en dekens en badhanddoeken. Zijn cameratassen en statieven stonden altijd gepakt in de hoek, zijn paspoort zat altijd in zijn zak. Behalve een gedetailleerde kaart van de Westoever hing er niets aan de muren. Ze vermoedde dat, ook als het mogelijk zou zijn de klok terug te draaien en nooit Navin ontmoet te hebben en te wachten tot ze in Rome Kaushik tegen het lijf zou lopen, het geen verschil zou hebben gemaakt. Ze vermoedde dat hij vluchtige contacten met veel vrouwen had gehad, dat ze niet moest denken dat het met haar anders was. En ze weigerde naar die ellendige plek te gaan waar Julian haar zo vaak heen had gesleept, waar ze op iets hoopte wat onveranderlijk was.

De sleutel werd omgedraaid in het slot, en Kaushik was weer bij haar. Hij zette de tassen met etenswaren op een vierkant tafeltje waar twee stoelen bij stonden, het enige meubilair, behalve het bed, dat zijn appartement rijk was. Voor het eerst leek hij onzeker in haar bijzijn en kuste hij haar niet meteen. Hij hing zijn jas aan een haakje en maakte het dunne rode sjaaltje om zijn hals los.

'Ze zijn verbijsterend,' zei ze.

'Ze zijn niet allemaal lucratief.'

'Doet het je wat, als je die dingen ziet?'

Hij haalde zijn schouders op, opende de kast en nam er twee wijnglazen uit. 'Niemand heeft er wat aan als het mij iets doet.'

Ze bleven die avond thuis en aten het brood dat hij gekocht had met de kaas, de vleeswaren en de wijn. Kaushik was een poosje bezig met het uploaden van foto's van zijn camera naar zijn website en er onderschriften bij te maken. Ze hielp hem stapels contactvellen in verhuisdozen te doen en oude fototijdschriften bij elkaar te zoeken voor de vuilnisman. Hij liet haar een portfolio zien met foto's waarvan hij later een boek wilde maken. Voor het eerst vielen ze in slaap zonder seks, niet door gebrek aan begeerte, maar omdat er een zekere vertrouwdheid aan het groeien was. Maar toen voelde ze dat hij zich tegen haar aan drukte, voelde ze zijn adem en zijn lippen in haar nek, en ze draaide zich naar hem toe en gaf hem haar mond. Hij kon in bed even afstandelijk zijn als erbuiten en zich op een bepaald deel van haar lichaam richten terwijl het leek of hij haar verder vergat. Maar die afstand ervoer ze niet meer als bedreigend. Alleen in bed zei hij haar naam, het hoge woord dat haar oor vulde. Het was zaterdagnacht; op het plein gingen de laatste stemmen over in stilte en het verre geblaf van een hond.

'Het doet me wel wat,' zei hij na afloop, toen ze in het donker naast elkaar lagen.

'Wat?'

'Foto's nemen. Niet altijd, maar soms. Soms zo dat ik er last van heb.' Hij stak een sigaret op en vertelde haar toen dat hij de afgelopen zomer op een dag uit Fregene terug reed en langs een plek kwam waar een ongeluk was gebeurd: twee auto's waren op een kruising op elkaar gebotst. Er stond al wat volk omheen, maar de politie was nog niet ter plaatse. In een van de auto's huilde een kind. Het bleek dat de inzittenden niet ernstig gewond waren. Kaushik was gestopt en uit zijn auto gesprongen, maar het eerste wat hij gedaan had, was een foto nemen. 'Vóór alles,' vertelde hij Hema. 'Nog voor ik ze gevraagd had hoe het met ze was.'

Er waren drie weken voorbijgegaan. Op een avond in december, toen ze naar Giovanna's appartement terugkeerden, belde Navin. De telefoon ging over en daarna sprak Navin een boodschap in op het antwoordapparaat, dat hij even belde om te vragen hoe het met haar ging, terwijl Kaushik haar tegen de deur drukte en haar jasje losknoopte en de bovenkant van haar blouse, waarna hij haar borsten ontblootte en ze de sleutels uit haar handen liet vallen op de terracotta vloer. Vanaf het eerste begin had ze zich geen illusies gemaakt, had ze geweten dat het over een paar weken voorbij zou zijn. Na nog een paar weken zou alles zijn uitgewist – ze zouden in verschillende landen zijn en de sleutels van zowel Kaushiks als Giovanna's appartement zouden in andere handen zijn. En deze wetenschap stelde haar in staat nogmaals uit haar spijkerbroek te stappen terwijl Navins stem in de kamer klonk. Ook het feit dat Kaushik een condoom moest gebruiken, hielp hem zijn plaats te kennen en haar, telkens als hij het pakje openscheurde, eraan te herinneren dat ze, in weerwil van wat ze nu deden, straks elk weer hun eigen weg zouden gaan. Dit besef dankte ze aan Julian, dat wist ze. Van al die jaren dat ze van iemand had gehouden die geen open kaart met haar had gespeeld, had ze wel iets geleerd.

Ze vertelde Navin dat ze tijdens haar laatste week in Italië nog een reisje ging maken, weer een leugentje om te voorkomen dat hij haar nog eens zou bellen, en dat bracht Hema en Kaushik op het idee om samen een tocht te maken. Ze besloten naar het noorden te gaan, naar Volterra, een stad die door de Etrusken was gesticht, en in dit sobere, grimmige, eenzame oord beleefden ze de laatste dagen van hun samenzijn. Ze gingen in Kaushiks auto, noordwaarts langs de kust naar Toscane, dan landinwaarts door de nevelig blauwe Maremma en de witte kalkheuvels van de Cecina-vallei, klimmend en dalend over een smalle weg die amper die naam verdiende. In de verte doemde Volterra op, gelegen op een heuvel als op een eiland omringd door land. De ruwe, sobere architectuur, de wapenschilden en de harde, donkere muren waren nieuw voor Hema. De middeleeuwse gebouwen waren minder oud dan het Forum, en toch deed Volterra vreemder aan, leek het ongevoelig voor toeristen en de tand des tijds. In Rome waren ze onzichtbaar geweest, vrij in hun doen en laten, en was hun affaire er een van duizenden, maar hier wist ze zich bekeken, onbeschut. Ze bespeurde ook een soort onverschilligheid; ze behoorden hier tot een handjevol mensen die niet in Volterra thuishoorden, en ze voelde dat de mensen die hier woonden beleefd maar vastberaden wachtten tot ze weer vertrokken zouden zijn.

Er heerste een bijna volmaakte stilte, alleen verstoord door het scherpe geluid van hun voetstappen, de gekoppelde klanken van de kerkklokken, het gieren van de wind. Op deze grote hoogte woei het constant, in hun gezicht en door hun haar. Het was de week voor Kerstmis en het stadje was discreet versierd; in de restaurants waren de antipastitafels met takjes hulst gedecoreerd. Ze bezochten de ateliers waar albast werd gezaagd en gepolijst, de doorschijnende kalksteen die in Volterra al duizenden jaren werd gewonnen.

Het was er kouder dan in Rome, een kou die uit steen kwam, en in plaats van haar leren jasje droeg Hema nu een jopper van Kaushik, dankbaar voor het gewicht om haar schouders, terugdenkend aan die andere jas van Kaushik die ze als kind met zoveel tegenzin had gedragen, vroeger, toen ze nog niets, maar al wel iets voor elkaar betekenden.

Ze logeerden in een hotel dat ooit een klooster was geweest, sliepen in het voormalige verblijf van een non. Het eten was eenvoudiger, kommen ribollita, zoutloos brood, ’s middags bitterzoete warme chocolademelk. Als ze aten en uitrustten van hun wandelingen, voelden ook zij zich gesterkt en kalm, zoals het stadje. Kaushik nam een paar foto’s, niet veel, niet één van Hema, minder van het stadje zelf dan van de spectaculaire uitzichten die het bood, het Carrara-gebergte in het noorden en de Ligurische Zee, blinkend in het westen op een wolkeloze middag, vijftig kilometer ver. Ze keken neer op de ruïne van een Romeins amfitheater en over de stadsmuren naar de Balze, een steile rotswand waaronder de aarde was weggevallen, die eens een kerk had opgeëist en altijd dreigde meer van de stad te verslinden. Onder de Porta all’Arco, de Etruskische poort, keken drie gezichtsloze, geblakerde hoofden als schildwachten op hen neer, en op de wereld die ze hadden achtergelaten.

Omdat het zo koud was, namen ze meestal hun toevlucht

tot de kerken en musea. Ze bewaarden het Etruskisch Museum Guarnacci voor het laatst en zagen daar, aaneengerijd op planken, honderden urnen waarin de vroegere bewoners van Volterra de as van hun doden bewaarden. Ze werden urnen genoemd, maar leken in werkelijkheid meer op doodskistjes, van albast of terracotta, de deksels versierd met figuren met grote hoofden en naar verhouding veel te kleine lijfjes, grotesk maar ontegenzeglijk levend. De vrouwen waren gesluierd en hielden waaiers of granaatappels in hun handen. Op de zijkanten waren voorstellingen gebeiteld van volksverhuizingen over land en van huifkarren die naar de onderwereld vertrokken, vergezeld van fantasiebeesten en zeegoden met vissenstaarten. Hema en Kaushik waren die dag de enige bezoekers, alleen met de hitte die van de radiatoren siste en de suppoosten die geduldig op hun klapstoeltjes zaten. Ook in dit museum stond een sarcofaag van een echtpaar. Maar ze leken in niets op het ontspannen, liefhebbende koppel dat Hema in Rome had gezien. Deze man en vrouw waren ouder, grover, nog prikkelbaar na jaren huwelijk, slecht op hun gemak.

Na het museum gingen ze lunchen in een restaurant aan de Piazza dei Priori dat ze al hadden geprobeerd en goed bevonden. Na het eten zouden ze terugrijden naar Rome en de volgende dag zou Hema naar India vliegen. Ze waren die ochtend al uit het hotel vertrokken en hadden hun koffers in de auto gezet. De padrone bracht hen naar het tafeltje in de hoek waar ze eerder hadden gezeten. Ze bestelden bruschetta met zwarte kool en zachte pappardelle met wildzwijnragout. Hema bekeek de ansichtkaarten die ze in het museum hadden gekocht en legde ze naast elkaar op tafel terwijl ze hun eerste glas wijn dronken. Eén ding dat ze daar gezien hadden was volstrekt uniek: een bronzen beeldje van een sterk uitgerekte jongensfiguur, meer geraamte dan vlees, staande met de armen langs het lichaam. Midden in het restaurant, aan een lange, rommelige tafel, zat een wat luidruchtige groep mensen, voornamelijk mannen van in de dertig, gekleed in pak.

'Een feestje van kantoor,' legde Kaushik uit, nadat hij even naar de gesprekken had geluisterd. 'Ze werken bij een bank.' Hij luisterde nog even en zei toen: 'Ze hebben hier, met elkaar, hun hele leven gewoond. Ze zullen ook hier sterven.'

'Daar benijd ik ze om,' zei Hema.

'Serieus?'

'Ik heb nooit op die manier ergens thuisgehoord.'

Kaushik lachte. 'Je beklaagt je bij de verkeerde.'

'En als je het in Hongkong niet uithoudt, wat doe je dan?'

'Geen idee.'

'Kom je dan terug naar Italië?'

'Nee.'

'Waarom niet?'

Hij schonk haar glas bij, en daarna het zijne. Hij boog zich licht voorover en keek haar aan alsof hij iets wilde gaan zeggen, scheen zich toen te bedenken en zei: 'Ik heb hier een eindpunt bereikt, daarom.'

Het etentje eindigde zonder conversatie, met vino santo en een plak kastanjetaart. Ze gingen naar buiten, in de vroege avondschemering, om voor het laatst iets van de stad te zien. Het was het uur van de *passeggiata*, van de oudere mensen die gearmd door de straten wandelden. De mannen liepen met mannen, de vrouwen met vrouwen, gescheiden zoals Hema's en Kaushiks ouders dat meestal waren bij feestjes. Er was een grote eenvormigheid van uiterlijk, in hun gezichten en hun kleding, de platte wollen petten van de mannen, de rechte rokken en de zwarte en marineblauwe schoenen met lage hak van de vrouwen. Bij hen, naast hen, liepen kinderen en kleinkinderen, de generaties losjes en tegelijk innig met elkaar verbonden.

'Ga met me mee,' zei Kaushik.

'Waarheen?'

'Naar Hongkong.' En toen zei hij: 'Trouw niet met hem, Hema.'

Ze bleef staan. Ze bevonden zich in een straat in de vorm van een trap met aan weerszijden cipressen, bezig met de afdaling. Mensen die in de collectieve optocht achter haar liepen, mompelden permesso en drongen voorbij. Het duizelde haar opeens. De jongen die haar vroeger niet zag staan, de man die een affaire was begonnen in de wetenschap dat ze nooit de zijne kon worden, op het laatste moment vroeg hij om meer. Een deel van haar was in de wolken. Maar ze was ook getroffen door zijn egoïsme, door het feit dat hij haar vertelde wat ze moest doen. In tegenstelling tot Navin bood hij niet aan naar haar toe te komen.

'Je hoeft nu niet te antwoorden,' zei hij, haar naar zich toe trekkend en nog een paar treden omlaag leidend, met zijn arm om haar middel geslagen. 'Ga eerst maar naar India en zet alles op een rijtje. Ik kan wachten.'

Ze maakte zich los, voor het eerst door zijn aanraking geïrriteerd. 'Het is te laat, Kaushik.'

Hij raakte met een vinger haar wang aan en beduidde haar zachtjes hem aan te kijken, in de vermoeide ogen waarvan ze was gaan houden. Zijn gezicht gloeide van genegenheid voor haar, van hoop, en ze wist toen dat het niet alleen door de wijn kwam maar dat hij meende wat hij zei. 'Over een paar weken, ja. Nu nog niet.'

Hij zocht weer haar hand, en ze liepen door. Ze kwamen op een kleine piazza waar ze werden omringd door kinderen, jongens en meisjes van vijf en zeven, acht en tien, die om hen heen zwermden alsof er zojuist een school was uitgegaan. Ze had Kaushik gekend op die leeftijd, zijn jas gedragen, hem haar bed gegeven, gedroomd dat hij haar kuste, en deze feiten uit het verleden waren haar zowel een kwelling als tot steun. De Italiaanse kinderen, verlangend naar Kerstmis, riepen elkaar *Buon Natale* toe bij wijze van groet, omhelsden elkaar in de kou, hun jeugdige opwinding zo aanstekelijk en zuiver dat Hema's hart tegelijk met het hunne een sprongetje maakte. Over tien jaar, dacht ze, zouden deze jongens en meisjes verliefd op elkaar worden; na nog eens vijf jaar zouden ze zelf kleine kinderen hebben.

Tijdens de rit terug uit Volterra, terwijl het landschap verdween en ze door het donker reden, gaf ze hem haar antwoord. Ze gaf hem haar redenen, die niets van doen hadden met Navin. Ze legde Kaushik uit dat ze haar leven niet kon opgeven, hem niet op die manier kon volgen. En dat ze dat ook niet van hem verwachtte. Ze zei dat ze hem niet wilde veranderen, er niet op een dag van beschuldigd wilde worden dat ze zijn vrijheid beknotte.

'Het betekent niet dat we elkaar niet kunnen blijven ontmoeten,' zei ze, bang om het voor te stellen, nog banger om het niet te doen.

'Ik ben niet in wat voor regeling dan ook geïnteresseerd,' zei hij, op de kille toon die ze niet meer had gehoord sinds ze tieners waren. Het was het enige wat hij tijdens de rit nog zei, tot hij midden in de nacht voor Giovanna's appartement stopte. Toen zei hij: 'Je bent een lafaard.' Ze begon te huilen, niet in staat zich te beheersen, zich ervan bewust dat hij haar deze afwijzing nooit zou vergeven, dat hij, zelfs al zou ze van gedachte veranderen, zijn uitnodiging al had ingetrokken. Hij had haar gezegd niet met Navin te trouwen, maar haar niet gevraagd met hem te trouwen, en Hema wist dat dit geen eerlijke ruil was. Terwijl ze huilde, zat hij daar, onaangedaan, zoals hij geweest moest zijn toen hij zijn foto's nam, zoals hij geweest was die ochtend toen hij dertien was en graven had blootgelegd in de sneeuw. Ze besefte dat hij niets meer te zeggen had, dat hij alleen maar wachtte tot ze uit zou stappen. Ze sliepen die nacht niet bij elkaar en ze verwachtte niet hem nog eens te zien. Maar de volgende morgen belde hij op om te vragen of ze reisklaar was en zei dat hij over een uur bij haar zou zijn.

Hij bracht haar naar Fiumicino en vergezelde haar naar de incheckbalie, waar hij in het Italiaans het woord voor haar deed. Hij liep met haar naar de beveiliging en kuste haar luchtig op de mond. En toen was hij weg, en kon ze haar tranen drogen en haar schoenen uittrekken en de mooie muntjes uit haar zakken halen waar ze straks niets meer voor kon kopen. Ze reed met het treintje naar haar gate. Daar ging ze bij een raam zitten kijken naar de Alitalia-vliegtuigen die langzaam kriskras over het platform reden en zag ze hoe andere passagiers, meest Italianen, de stoelen vulden. Ze zat daar in haar eentje wat in Italiaanse modetijdschriften te bladeren tot haar vlucht werd omgeroepen.

Pas in de slurf naar het vliegtuig schoot haar te binnen wat ze had achtergelaten. Haar armband, de armband die ze nooit had afgedaan, waar Kaushik die eerste avond zijn vinger door had gehaakt om haar hand naar zich toe te trekken. Ze zag hem nu voor zich, liggend in de grijze plastic bak waar ze hem in had gelegd voordat ze door de beveiligingspoortjes was gegaan. Ze keerde zich om en begon terug te lopen, naar de vrouw die haar instapkaart had ingenomen. 'Iedereen gaat nu aan boord,' zei de vrouw in het Engels. 'Het vliegtuig gaat zo vertrekken.'

'Ik heb iets laten liggen,' zei Hema. 'Een sieraad.'

De vrouw keek haar aan, vaag geïnteresseerd. 'Wat voor sieraad?'

'Een armband,' zei ze. Een hand ging naar haar lege pols.

'Wilt u dat we voor u gaan kijken waar u hebt gezeten?'

'Nee.' Ze herinnerde zich de rit in het treintje, al de winkels onderweg. 'Hij ligt bij de beveiliging. Daar ben ik vanmorgen doorheen gekomen.'

De vrouw schudde haar hoofd. Ondertussen ging ze door met haar werk, het innemen van instapkaarten van de andere passagiers. 'Ik kan de beveiliging nu niet bereiken. Als u wilt kunnen we u een berichtje sturen.'

Ze liep terug door de slurf, het vliegtuig in en vond haar stoel. Ze maakte haar veiligheidsgordel vast. Haar rechterarm voelde vreemd aan, zonder het geluid dat de armband in aanraking met de metalen gesp zou hebben gemaakt. Hij zou tijdens haar huwelijksceremonie tienvoudig vervangen worden. En toch was het alsof ze een deel van haar lichaam had achtergelaten. Ze had als kind van haar moeder gehoord dat het verliezen van goud een slecht voorteken was, en toen het vliegtuig begon te stijgen, op de momenten dat ze het nog voelde bewegen, ging er een angstige gedachte door haar heen, dat het zou neerstorten of in de lucht zou ontploffen. Toen doofde de angst. Op het scherm midden in het vliegtuig was al een kaart te zien met een witte lijn die uit Rome vertrok en naar India kroop. En dit eenvoudige plaatje kalmeerde haar, toonde haar de enige nog mogelijke weg.

Hij was ergens waar hij niemand kende. Hij logeerde in een klein resort iets ten noorden van Khao Lak, in een eenkamerbungalow op palen met een rieten dak. Het was zijn derde dag aan het strand, en nu al had de slaapverwekkende sleur hem in zijn greep: opstaan, ontbijten met fruit en kleffe broodjes, in zwembroek liggen zonnen op het hete zand. Hij bekeek wat oude nummers van het tijdschrift waarvoor hij ging werken. Maar meestal lag hij wat te dommelen. Hij schoor zich niet meer en er begon zich een onregelmatige baard op zijn gezicht te ontwikkelen. Het eten deed hem een beetje aan zijn kinderjaren denken: gestoomde rijst, machtige bruine en gele curry's, hele rode en gele pepers zwemmend in saus. Normaal koesterde hij geen heimwee naar de ingrediënten van zijn opvoeding, nadat hij zich in zijn volwassen leven al aan zoveel verschillende keukens had aangepast. Maar door dit eten voelde hij zich vreemd sentimenteel. Zijn oog hinderde hem, de bewegende stip werd zichtbaar zodra hij zijn zonnebril afdeed en in het volle daglicht keek.

Het strand lag op het westen, en elke avond bestelde hij een biertje en keek hij naar de zonsondergang boven zee. Het water was kalm en ondiep, maar hij zwom toch liever in het zwembad. Toen hij jaren geleden eens voor de kust van Venezuela zwom, had hij een waar gevecht moeten leveren tegen de onderstroom en had hij het door het zoute water in zijn keel zo benauwd gekregen dat hij bang was geweest het strand niet meer te zullen halen. Een zwemmer in de buurt had hem geholpen, maar sinds die tijd had hij niet meer in zee gezwommen omdat hij die niet meer vertrouwde, ook al wist hij dat zijn moeder, die zo dol op water was dat ze zelfs in een bad vol algen zou hebben gezwommen, hem zou hebben uitgelachen. Achter het strand waren de heuvels dicht begroeid met rubberbomen. Ergens aan de overkant van het water, voorbij de Andamanse Zee, lag de Golf van Bengalen en Calcutta, waar Hema was.

In het vliegtuig uit Italië was zijn woede geluwd en nu, in Thailand, was er alleen nog zijn verlangen naar haar. Hij vroeg zich af of hij er niet eerder over had moeten beginnen, of hij niet een te lauwe indruk had gemaakt. Hij had spijt van zijn botte gedrag toen ze nee had gezegd. Ze was de enige mens die hij in zijn volwassen leven was tegengekomen die iets van zijn verleden begreep, de enige vrouw met wie hij een blijvende band zou willen hebben. Hij wilde het niet aan het toeval overlaten of hij haar weer zou vinden, wilde haar niet delen met een andere man. Die laatste dag in Volterra had hij naar een manier gezocht om haar dit te vertellen. Zij had hem niet, zoals Franca, van lafheid beschuldigd, van een onvermogen om banden aan te gaan. Maar Hema's weigering hem te beschuldigen maakte dat hij zich nog beroerder voelde, en zonder haar was hij verloren.

In de bungalow naast de zijne logeerde een Zweeds gezin, met een jongen en een meisje die allebei in hun onderbroek zonnebaadden en zwommen, alsof ze vergeten waren hun zwemkleding mee te brengen. De kinderen waren groot voor hun leeftijd; hij hoorde tot zijn verbazing, toen de moeder het aan een van de vrouwen vertelde die in het strandhotel de drankjes serveerden, dat ze nog maar vijf en zeven jaar oud waren. De moeder was aantrekkelijk, met een mager gezicht en kortgeknipt haar, en ze leek om de paar uur een nieuw badpak te dragen. 's Ochtends zat ze in een dunne badjas met de kleur van het vlees van een watermeloen aan hun ronde tafeltje voor de bungalow fruit te schillen en stukjes kokosnoot en papaja aan de kinderen uit te delen. Terwijl de kinderen speelden en elkaar door het zand achternazaten, lag ze in haar stoel te lezen en sloeg voor de grap naar ze met haar tijdschrift als ze probeerden haar in hun spel te betrekken. De vrouw en haar echtgenoot vormden een ongelijksoortig paar. De man was forsgebouwd, bruinverbrand, met stroblond haar tot op zijn schouders, langer dan dat van zijn vrouw, en een gezicht als een ham. Hij bracht het grootste deel van de dag slapend door in een hangmat die tussen twee bomen gespannen was en waarvan de knopen die hem droegen gevaarlijk strak stonden. Zover Kaushik wist waren alleen hijzelf er en het Zweedse gezin; de derde bungalow aan deze kant van het resort, aan het eind van een pad vanaf het centrale hotelgebouw, stond leeg.

Hij was van plan geweest wat uitstapjes te maken, na Kerstmis een kijkje in Phuket te nemen, maar voorlopig ontbrak hem de lust ergens anders heen te gaan. Hij had een paar foto's genomen, van het uitzicht uit de bungalow, van langstaartboten op het water, de Zweedse kinderen spelend in het zand. Hij had geen zin om door het beboste heuvelland te gaan lopen om de tempels te fotograferen, of om een boottocht te maken naar de Similan-eilanden. In drie dagen kwam hij maar één keer het resort uit en liep hij naar een rijtje winkeltjes met souvenirs en duikartikelen die hem niet konden boeien. Hij zag een internetcafé en overwoog naar binnen te gaan en te kijken of Hema hem had gemaild. Maar toen bedacht hij dat hij haar zijn e-mailadres niet had gegeven. In plaats daarvan zette hij nieuwe foto's op zijn website, van Volterra, waar Hema dicht tegen hem aan had gestaan, haar haren wapperend in de wind, zodat er soms slierten voor de lens zichtbaar waren, en een paar kiekjes van de Andamanse Zee.

Hij bracht Kerstmis als alle andere dagen door op het strand. Het restaurant van het resort had een kleine kunstboom opgetuigd. Hij at 's avonds op de patio bij een volle maan die zijn zilveren schijnsel uitgoot over het water. Aan de tafel naast hem zat het Zweedse gezin, pratend, lachend te eten. De lange benen en armen van de kinderen waren donker gebruind. Het gezin had een hele serie gerechten besteld en zat knoeierig te prikken in een grote, met kerrie bereide vis. Kaushik dacht aan Hema en er welde woede in hem op bij de gedachte dat ze nu de wereld van het huwelijk ging betreden, van kinderen, van reisjes maken, en voor de rest van haar leven het bed zou delen met iemand van wie ze niet hield.

Toen het gezin naast hem klaar was, stond de vrouw op, kuste haar man op zijn voorhoofd en nam de kinderen mee. 'Zin in een borrel?' riep de man naar Kaushik toen ze weg waren.

Ze liepen naar de airconditioned bar en bestelden whisky. Een orkestje zette zijn spullen klaar om te gaan spelen. De Zweedse man, Henrik, werkte als filmeditor voor een televisiestation in Stockholm. Ze praatten over de pers in Zweden en Italië, en over de oorlog in Irak. 'Ons werk lijkt op elkaar,' zei Henrik. 'Onze namen ook.'

Kaushik knikte.

Het was al de vierde Kerstmis die het gezin in dit resort had doorgebracht, vertelde Henrik. 'Het eerste jaar was Lars nog een baby.'

'Vinden jullie families dat niet erg?'

'Wat?'

'Dat jullie met Kerstmis naar Thailand gaan?'

'De ouders van mijn vrouw klagen wel. Maar we gaan toch. Ze wonen in Stockholm, tegenover ons. Mijn ouders zijn gescheiden en allebei hertrouwd.' Henrik schudde zijn grote hoofd. 'Te veel mensen om op te zoeken. En jij, waar is jouw familie?'

'Mijn moeder is dood. Mijn vader woont in de Verenigde Staten.'

'Maar je bent toch een Indiër?'

'Ja.'

'Woon je in India?'

'Ik woon op het ogenblik nergens. Ik verhuis binnenkort naar Hongkong.'

'Getrouwd?' vroeg Henrik.

Hij schudde zijn hoofd.

'Maar je denkt aan iemand. Dat zegt mijn vrouw. Je mist haar.'

Hij had niet gedacht dat hij zo doorzichtig was, dat het gezin op hem had gelet. Hij overwoog het te ontkennen. 'Zo nu en dan.'

'Zie je haar binnenkort?'

'Nee.'

Henrik haalde zijn schouders op. 'Alleen is ook goed.' Hij leegde zijn whiskyglas.

Kaushiks stemming versomberde. Hoe graag hij Hema nu ook bij zich had gehad, hij wist heel goed dat het gemakkelijker zou zijn om zijn leven in Hongkong alleen te beginnen. Hij wist dat er voor haar niets te doen viel, daar, dat de verhuizing haar van haar werk, van haar wereld, zou hebben beroofd. Het orkestje begon te spelen, de afgezaagde covers werkten op zijn zenuwen. Hij wilde alleen zijn, gaan liggen om na te denken. 'Ik ga naar bed,' zei hij.

'Welterusten,' zei Henrik. Hij bestelde nog een whisky. 'Een laatste voor mij.'

Weer een stralende dag. Kaushik stond op en liep naar het restaurant om te gaan ontbijten. Henrik zat aan de bar waar Kaushik hem de vorige avond had achtergelaten, maar hij zat fris gedoucht, gekleed in zwembroek en een hawaïhemd koffie te drinken en broodjes te eten. 'Heb je vanochtend je bed voelen schudden?'

Kaushik schudde zijn hoofd.

'In het hotel hadden ze het over een kleine aardbeving,' zei Henrik. 'Maar die is nu voorbij.'

Wat er ook was gebeurd, Kaushik was erdoorheen geslapen. Hij dacht terug aan de dag in El Salvador dat hij zijn eerste echte foto had genomen, en de aardschok die eraan vooraf was gegaan: de stoofschotel die uit de borden spatte, de jongeman in zijn smetteloze lichtbruine pantalon die op straat lag in een plas bloed.

'Er is niet ver hiervandaan een ondiep koraalrif. Zin om mee te gaan? Mijn vrouw en de kinderen willen gaan winkelen in het dorp.'

Kaushik keek uit over zee. 'Ik ben niet zo'n beste zwemmer.'

Henrik lachte. 'Dat zwemmen doet iemand anders voor ons.' Hij wees naar een vissersboot die op de vloedlijn lag. 'Ik heb een zacht prijsje bedongen. Als we daar zijn kun jij je gemak ervan nemen terwijl ik wat rondscharrel.'

Na het ontbijt liepen ze naar de boot. De eigenaar, een Thaise tiener met bloot bovenlijf en een rode bemudashort, was bezig bladeren en verdorde frangipanibloemen uit zijn boot te vegen. Twee limoenkleurige kikkers sprongen uit de boot in het zand. Henrik schepte er in elk van zijn grote handen een op en ging ermee naar zijn kinderen, die in kringetjes achter de kikkers aan begonnen te hollen, hun hoofden gebukt naar de grond. De Thaise jongen trok de boot het water in, en Kaushik liep erachteraan. Wit schuim siste als zeepsop om zijn enkels. Hij had een camera meegenomen, die aan een riem om zijn hals hing. Henrik nam een extra snorkeluitrusting mee, voor het geval Kaushik van gedachten zou veranderen.

Ze stapten in de boot en de jongen zette zich voorin. Op het strand stak Henriks vrouw een magere arm omhoog en zwaaide een lome groet. De kinderen keken heel even op terwijl Henrik en Kaushik het zich gemakkelijk maakten. Er was meer dan genoeg ruimte aan boord, en toen Henrik zijn vrouw riep en iets zei in het Zweeds, waarbij hij op de lege zitplaatsen wees, maakte Kaushik daaruit op dat hij haar en de kinderen uitnodigde mee te gaan. Maar ze schudde van nee en trok zich achter haar tijdschrift terug.

Hij zag het heel even donker in omdat Henrik zo zwaar was, maar de boot droeg hun gezamenlijke gewicht met gemak. De Thaise jongen hief zijn roeiriem en ze kwamen in beweging. Kaushik voelde de deining onder de boot, dicht bij zijn lichaam, die dwars door hem heen ging zonder hem aan te raken. Het resort verdween langzaam uit het zicht, de bungalows onder de palmen en de heen en weer schietende figuurtjes van Henriks kinderen slonken tot stipjes en de vertrouwde kustlijn boog weg als een plat glimlachend beest. De jongen sprak een beetje Engels en vertelde Henrik van een school papegaaivissen die hij de vorige dag had gezien. De ochtendzon had al kracht, en na een poosje trok Henrik zijn shirt uit. Kaushik keek naar zijn brede roze rug die glinsterde van het zweet. Ze voeren langs een verlaten inham. 'Het wordt heet,' zei Henrik. Hij tikte de jongen op de schouder. 'Ik duik er even in hier, om af te koelen.'

De jongen knikte en liet zijn riem rusten. Henrik dook overboord en begon te zwemmen; zijn lompe lichaam werd opeens sierlijk, zoals het door het water sneed met snelle, vaardige slagen. En naast Henrik zag Kaushik, een ogenblik, zijn moeder zwemmen, haar lichaam nog vitaal, een kortstondig, wazig beeld dat even moeiteloos voorbijgleed als de regenboogkleurige vissen die zo nu en dan onder de boot door schoten. Zijn torso wierp een schaduw op de zee. Hij dacht aan het magere bronzen jongensfiguurtje dat hij met Hema in het Etruskisch Museum in Volterra had gezien. Het heette 'L'Ombra della Sera': de avondschaduw. Maar in Khao Lak was het ochtend; de zon brandde op Kaushik neer en zijn schaduw stond nog in de juiste verhouding tot zijn lichaam.

Toen hij opkeek, zag hij dat de jongen hen dicht bij land had gebracht. Henrik kwam uit het water en waadde stuntelig naar de verlaten inham. Het witte zand was vlekkeloos schoon, erachter rezen kalkstenen kliffen op. Kaushik bracht de camera voor zijn gezicht, nam een foto en zette de camera bij zijn voeten neer. Hij doopte zijn handen in het water en koelde zijn hals en zijn gezicht, verrast door de zoute smaak. Daarna knoopte hij zijn hemd los en voelde de zon op zijn huid. Hij wilde naar de inham zwemmen, net als Henrik, om zijn moeder te laten zien dat hij niet bang was. Hij nam zijn zonnebril af en legde die naast zijn camera in de boot. Het vlekje in zijn gezichtsveld rees en daalde en wiste zijn grillige spoor. Hij greep de rand van de boot, zwaaide zijn benen eroverheen en liet zich zakken. De zee ontving hem als een warm bad. Zijn voeten raakten de bodem, dus liet hij los.

Ik was me de hele dag van niets bewust. Ik winkelde met mijn moeder en twee tantes: mijn maat werd genomen voor blouses, ik moest sieraden uitzoeken. We hadden uren op een dunne gewatteerde deken gezeten en cola gedronken en broodjes schapenvlees gegeten terwijl verkopers in een sariwinkel het grootste deel van hun voorraad voor ons ontrolden. Ik vond alles goed, koos een rode Benarasi om aan te trekken. Maar al die tijd dacht ik aan jou, bang vanwege de fout die ik maakte. Ik had nog een beetje last van jetlag, verlangde naar maaltijden die we vaak samen aten, naar de smaak van goede koffie en wijn. In de drukke straat, teruglopend naar de flat van mijn ouders in de buurt van Triangular Park, zocht ik, dwaas genoeg, jouw gezicht. 'Er is iets verschrikkelijks gebeurd,' zei de portier bij onze aankomst.

Op de televisie, in een roze zitkamer met harde tl-verlichting zag ik beelden van de kust van India en Sri Lanka, flitsen van amateuropnamen met videocamera's die nooit voor dergelijke taferelen waren bedoeld. Ik zag een reusachtige vloedgolf die zo snel ging dat het leek of de beelden versneld werden afgespeeld. Eerst was het alleen de verwoesting in Zuid-India en Sri Lanka waarvan ik me bewust was, de vissersdorpjes die waren weggevaagd, de toeristen die vastzaten op de Rots van Vivekananda. Maar toen hoorde ik dat ook Thailand zwaar was getroffen.

Ik wist niet waar in Thailand je was, alleen maar dat je naar een strand wilde. Ik had je niet naar tijd en plaats gevraagd, omdat ik van plan was je te verlaten en ik bang was dat die informatie het alleen nog maar erger zou maken. De volgende morgen ging ik naar de kiosk en kocht ik de kranten, waarin ik alle foto's bekeek om te zien of jouw naam eronder stond, in de hoop dat je geluk had gehad en door was gegaan met je werk. Ik ging naar een internetcafé en bezocht je website. Ik zag de laatste beelden die je erop had gezet. Een vaag streepje kustlijn dat we vanaf Volterra hadden gezien. Drie geblakerde koppen, vermoedelijk Etruskische godheden, die boven ons hoofd hingen. En dan, beelden van een andere kust. Twee spelende kinderen, een vriendelijke, turquoise zee.

Aan het eind van die week arriveerde Navin om met me te trouwen. Zijn aanblik vervulde me met afkeer, niet omdat ik hem bedrogen had, maar omdat hij nog ademde, omdat hij er voor me was en nog talloze dagen te leven had. En toch, zonder het zelf te weten, resoluut maar geweldloos, trok Navin me van jou weg, zoals de laatste windvlaag in de herfst de laatste bladeren van de bomen trekt. We werden getrouwd, we werden gezegend, mijn hand werd op de zijne gelegd en de uiteinden van onze kleren werden aan elkaar geknoopt. Onze huwelijksreis naar Goa werd geannuleerd. Navin zei dat het geen goed gevoel gaf te gaan zwemmen in de vervuilde wateren die India destijds omringden.

Ik pakte mijn bestaan weer op, het bestaan dat ik gekozen had in plaats van jou. Het was weer winter in Massachusetts, dertig jaar nadat jij en je ouders voor het eerst hier waren weggegaan. In februari belde Giovanna om te zeggen dat ze het nieuws van Paola had gehoord. In *The New York Times* stond een korte necrologie. Ik had inmiddels geen bewijs meer nodig dat je er niet meer was; ik voelde het even duidelijk en onverbiddelijk als de cellen die in mijn lichaam groeiden en vorm aannamen. Die koude, donkere dagen die ik in bed doorbracht, sprakeloos, gloeiend van nieuw leven maar rouwend om jou, wekten geen argwaan bij Navin, die in stilte al trots was op mijn toestand. Mijn moeder, die dikwijls vanuit India belde om te vragen hoe het met me ging, had het ook gehoord. ‘Kun jij je de Choudhuri’s nog herinneren,’ begon ze, ‘die familie die vroeger bij ons heeft gelogeerd?’ Het had jouw kind kunnen zijn, maar het was niet zo. We waren voorzichtig geweest en je had niets achtergelaten.

CW01621488

# PROTECTION OF ASSETS

## LEGAL ISSUES

# PROTECTION OF ASSETS

## LEGAL ISSUES

ASIS INTERNATIONAL
Advancing Security Worldwide®

**ASIS International** | 1625 Prince Street | Alexandria, VA 22314 USA | *www.asisonline.org*

Copyright © 2012 by ASIS International

ISBN 978-1-934904-38-1

*Protection of Assets* is furnished with the understanding that the publisher is not engaged in rendering legal, accounting, or other professional services. It is designed as a ready reference and guide to the covered subjects. While every effort has been made to ensure accuracy of contents herein, it is not an official publication and the publisher can assume no responsibility for errors or omissions.

All rights reserved. No part of this publication may be reproduced, translated into another language, stored in a retrieval system, or transmitted, in any form or by any means, electronic, mechanical, photocopying, recording, or otherwise without the prior written consent of the copyright owner.

Printed in the United States of America.

10 9 8 7 6 5 4 3 2

FSC
www.fsc.org
MIX
Paper from responsible sources
FSC® C015782

## ACKNOWLEDGMENTS

ASIS International (ASIS), the world's leading society for security professionals, originally founded in 1955 as the American Society for Industrial Security, acquired *Protection of Assets* in December 2003. The acquisition of this work underscores the Society's leadership role in professional education. It is the sincere desire of ASIS and its editorial staff to continue to enhance the value of this important reference.

*Protection of Assets,* which has been in existence since 1974, is recognized as the premier reference for security professionals and the publisher wishes to acknowledge the two founding authors and subsequent editors.

**Timothy J. Walsh, CPP** **Richard J. Healy, CPP**

---

**Timothy L. Williams, CPP**
Managing Editor

Editorial Associates

**David G. Aggleton, CPP**
**Milton E. Moritz, CPP**
**Mike Hodge, J.D.**
**Sanford Sherizon, Ph.D., CISSP**
**Timothy J. Walsh, CPP, Editor Emeritus**

As we move forward, confronted with issues that present a challenge to the security industry, our mission is to ensure that *Protection of Assets* provides the strategic solutions necessary to help professionals meet the demands of the $21^{st}$ century and beyond. We also pledge to assemble a group of subject matter experts who will enhance this reference as necessary to achieve our mission.

**Michael E. Knoke, CPP**
Managing Editor

**Eva Giercuszkiewicz, MLS,** Project Manager
**Evangeline Pappas,** Production Manager
**Peter E. Ohlhausen,** Technical Editor

# PREFACE

## OBJECTIVES OF *PROTECTION OF ASSETS*

*Protection of Assets (POA)* is intended for a security professional to find current, accurate, and practical treatment of the broad range of asset protection subjects, strategies, and solutions in a single source.

The need for such a comprehensive resource is quite widespread according to the editors, writers, and many professional colleagues whose advice has been sought in compiling this text. The growing size and frequency of all forms of asset losses, coupled with the related increasing cost and complexity of countermeasures selection, demand a systematic and unified presentation of protection doctrine in all relevant areas, as well as standards and specifications as they are issued. Of course, it would be presumptuous to assume that any small group of authors could present such material unaided. It is, therefore, a fundamental objective of *Protection of Assets* to draw upon as large a qualified source base as can be developed. The writers, peer reviewers, and editors attempt to distill from the available data, common or recurrent characteristics, trends, and other factors, which identify or signal valid protection strategies. The objective is to provide a source document where information on any protection problem can be obtained.

## READERSHIP

*Protection of Assets* is intended for a wide readership: all security professionals and business managers with asset protection responsibility. The coherent discussion and pertinent reference material in each subject area should help the reader conduct unique research that is effective and organized. Of particular significance are the various forms, matrices, and checklists that give the reader a practical start toward application of the security theory to his or her own situation. *POA* also serves as a central reference for students pursuing a program in security or asset protection.

## DIALOGUE

We hope that *Protection of Assets* becomes an important source of professional insight for those who read it and that it stimulates serious dialogue between and among security professionals. Any reader who is grappling with an unusual, novel, or difficult security problem and would appreciate the opinions of others is encouraged to write a succinct statement describing the problem and send it to us at ASIS [protectionofassets@asisonline.org]. At the reader's request his identity will not be disclosed, but the problem will be published with invitations for comment. Readers are also encouraged to communicate agreement or disagreement with strategies or applications recommended in *POA* and to suggest alternatives. We reserve the right to publish or refrain from publishing submitted material. The editors also solicit statements of reader opinion on matters of asset protection policy in which a cross-sectional view would be helpful.

## SUPPLEMENTAL TRAINING

Readers with supervisory or management responsibility for other security and asset protection personnel will find *POA* to be a useful resource from which to assign required readings. Such readings could be elements of a formal training syllabus and could be assigned as part of related course sessions.

With all these objectives in mind, we present to you *Protection of Assets*, in the sincere belief it will enhance your expertise in the security field.

**Michael E. Knoke, CPP**
Managing Editor



**Protection of Assets** • Copyright © 2012 by ASIS International

## CONTRIBUTORS

The success of this publication is directly related to the peer review process recognized by most professions. Security professionals, members of academia, and other subject matter experts were involved in contributing current information, conducting research, reviewing submissions, and providing constructive comments so that we are able to provide a publication that is recognized as the "go to" reference for security professionals worldwide.

It is with sincere appreciation that I wish to thank the below-named individuals who contributed to *Protection of Assets.*

Teresa M. Abrahamsohn, CPP
Sean A. Ahrens, CPP
Marene N. Allison
Randy I. Atlas, CPP
George J. Barletta, CPP
Mark H. Beaudry, CPP
Regis W. Becker, CPP
Brent Belcoff, CPP
Howard J. Belfor, CPP
Adolfo M. Benages, CPP
Lawrence K. Berenson, CPP
Alexander E. Berlonghi
Raymond J. Bernard, PSP
Henri A. Berube
Martin T. Biegelman, J.D.
Daniel E. Bierman, CPP, PSP
Patrick C. Bishop, CPP
Dennis R. Blass, CPP, PSP
Keith C. Blowe, CPP
Paul F. Boyarin, CPP, PCI
Tom Boyer
Pete Brake, Jr., CPP
Darryl R. Branham, CPP
Joseph P. Buckley, III
Jason Caissie, CPP, PSP
Lucien G. Canton, CPP
James P. Carino, Jr., CPP
Sue Carioti
James S. Cawood, CPP, PCI, PSP
Steve Chambers, CPP, PSP
Richard E. Chase, CPP
John C. Cholewa, III, CPP
Tom M. Conley, CPP
Geoffrey T. Craighead, CPP
Michael A. Crane, J.D., CPP
Bruce A. Dean, CPP
Fritz X. Delinski
Edward P. De Lise, CPP
David A. Dobbins, PSP
Colin Doniger, CPP, PSP
Clifford E. Dow, CPP
Christina M. Duffey, CPP
Brandon Dunlap
Nick Economou
Cheryl D. Elliott, CPP, PCI
James W. Ellis, CPP, PSP
William R. Etheridge
Gregory Alan Ewing, CPP, PSP
Kenneth G. Fauth, CPP
Lawrence J. Fennelly
Donald J. Fergus
Eugene F. Ferraro, CPP, PCI
James H. Fetzer, III, CPP
Michael T. Flachs, CPP
Linda F. Florence, Ph.D., CPP
Richard H. Frank, CPP
Kenneth M. Freeman, CPP
Peter J. French, CPP
Mary Lynn Garcia, CPP
John W. Gehrlein, CPP
Eva Giercuszkiewicz, MLS
Gregory A. Gilbert, CPP
Frederick G. Giles, CPP
Timothy D. Giles, CPP, PSP
David H. Gilmore, CPP
Christopher Giusti, CPP
Leo Gonnering, PSP
Brian D. Gouin, PSP
Richard P. Grassie, CPP
Benjamin P. Greer
Steven R. Harris
Ronald D. Heil, CPP
Ed Heisler, CPP, PSP
Richard J. Heffernan, CPP
Chris A. Hertig, CPP

William T. Hill, CPP
Ronald W. Hobbs, CPP
Mark D. Hucker, CPP
W. Geoffrey Hughes, PCI
John L. Hunepohl
Gregory L. Hurd, CPP
Gregory W. Jarpey, PSP
Sheila D. Johnson, CPP, PSP
Thomas R. Jost
Diane Horn Kaloustian
Cathy M. Kimble, CPP
R. Michael Kirchner, CPP
Glen W. Kitteringham, CPP
Michael E. Knoke, CPP
Terrence J. Korpal
James M. Kuehn, CPP
David Lam, CPP
Rich LaVelle, PSP
Robert F. Leahy, CPP, PSP
Robert E. Lee
Jeff Leonard, CPP, PSP
Todd P. Letcher
Emblez Longoria, CPP, PSP
Cynthia Long
Richard E. Maier, CPP
Loye A. Manning, CPP, PSP
Robert L. Martin, CPP
Ron Martin, CPP
Roger B. Maslen, CPP
Judith G. Matheny, CPP
Edward F. McDonough, Jr., CPP
Richard A. Michau, CPP
Bonnie S. Michelman, CPP
Owen J. Monaghan, CPP
Wayne Morris, CPP, PSP
Patrick M. Murphy, CPP, PSP
Carla Naude, CPP
James W. Nelson
Robert L. Oatman, CPP
Gerald A. O'Farrell, CPP
Peter E. Ohlhausen
Leonard Ong, CPP
Harm J. Oosten, CPP
S. Steven Oplinger
Denis A. O'Sullivan, CPP
Jaime P. Owens, CPP
Gerard P. Panaro, J.D.
James F. Pastor, Ph.D.
David G. Patterson, CPP, PSP
John T. Perkins, CPP
Karl S. Perman
Kevin E. Peterson, CPP
Charlie R. A. Pierce
Doug Powell, CPP, PSP
Patrick K. Quinn, CPP
Roy A. Rahn, CPP
John D. Rankin, CPP
William G. Rauen, CPP
David L. Ray, LL.B.
Joseph Rector, CPP, PCI, PSP
Ty L. Richmond, CPP
Lisa M. Ruth
Jeffrey J. Ryder, Jr., CPP, PSP
Mark A. Sanna, CPP
Stephen Saravara, III, J.D., CPP
Charles A. Sennewald, CPP
Dennis Shepp, CPP, PCI
Shari Shovlin
Marc Siegel, Ph.D.
Laurie Simmons, CPP, PSP
Dennis Smith, CPP
Stan Stahl, Ph.D.
Paul J. Steiner, Jr., CPP
Pamela M. Stewart, PCI
Dan E. Taylor, Sr., CPP
Lynn A. Thackery, CPP, PSP
Mark L. Theisen, CPP
Dave N. Tyson, CPP
Joann Ugolini, CPP, PSP
Darleen Urbanek
Mike VanDrongelen, CPP, PCI, PSP
Karim Vellani, CPP
Barry J. Walker, CPP
Michael W. Wanik, CPP
Roger D. Warwick, CPP
Fritz Weidner
Richard C. Werth, CPP
Allan R. Wick, CPP, PSP
Anthony S. Wilcox, CPP
Donald S. Williams, CPP
Reginald J. Williams, CPP
Richard F. Williams, CPP
Timothy L. Williams, CPP
Gavin Wilson, PSP
Coleman L. Wolf, CPP
Richard P. Wright, CPP
Allison Wylde
Richard Y. Yamamoto, CPP
Scott S. Young, CPP

# TABLE OF CONTENTS

**PREFACE**
**CONTRIBUTORS**

**PART I: ETHICS** . . . 1

Chapter 1. **ETHICS IN THE SECURITY PROFESSION** . . . 3

1.1 Historical Perspective . . . 3
1.2 The Ethics Dilemma: A Widespread Problem . . . 4
1.3 What Is Ethics? . . . 5
1.4 What Is Business Ethics? . . . 5
1.4.1 Ethical Versus Legal . . . 7
1.5 Causes of Poor Ethical Choices . . . 7
1.6 The Dichotomy of Ethics . . . 8
1.6.1 Can Ethics and Success Be Reconciled? . . . 8
1.7 Business Ethics Made Simple . . . 9
1.8 Business Ethics Codes and Programs . . . 10
1.8.1 Relationship Between an Ethics Code and an Ethics Program . . . 10
1.8.2 Developing an Ethics Code and Program . . . 11
1.8.3 Integrating an Ethics Code and Program into the Organization . . . 13
1.9 ASIS International Code of Ethics . . . 14
1.10 The Future: A More Ethical Business Community? . . . 15
Appendix A: ASIS International Code of Ethics . . . 16
References . . . 19

**PART II: UNITED STATES** . . . 21

Chapter 2. **LABOR LAW AND STRIKE SECURITY** . . . 23

2.1 U.S. Labor Legislation . . . 23
2.1.1 Federal Labor Relations Laws . . . 23
2.1.2 State Labor Relations Laws . . . 25
2.2 Security and Labor Relations . . . 26
2.2.1 Unfair Practices . . . 26
2.2.2 Practical Guidelines . . . 29
2.2.3 Security and the Existing Labor Contract . . . 31
2.3 Strikes and Other Labor Disturbances . . . 36
2.3.1 Prestrike Planning . . . 37
2.3.2 Strike Operations . . . 43
2.3.3 Poststrike Issues . . . 56
2.4 The Future . . . 57
Appendix A: Strike Security Checklist . . . 58
Appendix B: Model Security Operations Strike Plan . . . 61
References . . . 76

Chapter 3. **CRIMINAL LAW AND PROCEDURE** . . . 79
3.1 Sources of Legal Information . . . 79
3.1.1 Primary Sources . . . 79
3.1.2 Secondary Sources . . . 81
3.2 Differences Between Federal and State Law . . . 82
3.2.1 Supremacy Clause and Minimum Standards . . . 82
3.2.2 Judicial Rulings and Settlement Agreements . . . 82
3.3 Definition and Classification of Crimes . . . 83
3.3.1 Federal Criminal Law . . . 83
3.3.2 Definitions . . . 84
3.4 Relevance to Asset Protection . . . 86
3.4.1 Crimes Based on Unauthorized Entry or Presence . . . 86
3.4.2 Crimes Based on Theft or Larceny . . . 87
3.4.3 Crimes Based on Force or Threats of Force Against Persons . . . 88
3.4.4 Crimes Based on Damage or Threat of Damage to Property . . . 89
3.4.5 Computer-Related Crimes . . . 89
3.4.6 Environmental Crimes. . . . 90
3.4.7 Other Issues . . . 91
3.5 Criminal Procedure . . . 94
3.5.1 Government Action Versus Private Action . . . 94
3.5.2 Arrests . . . 94
3.5.3 Interviews and Interrogations . . . 96
3.5.4 Searches and Seizures . . . 97
3.5.5 Entrapment . . . 98
3.5.6 Use of Force . . . 99
3.6 Criminal Statutes Relevant to Security . . . 101
3.6.1 Economic Espionage Act . . . 101
3.6.2 Eavesdropping Statutes . . . 101
3.6.3 Deception Detection Instruments . . . 104
References . . . 114

Chapter 4. **CIVIL AND ADMINISTRATIVE LAW** . . . 117
4.1 Civil Statutory Law . . . 117
4.1.1 Federal Statutory Law . . . 117
4.1.2 State Statutory Law. . . . 118
4.1.3 Important Subjects In Statutory Law. . . . 118
4.2 Civil Common Law . . . 119
4.2.1 Contract Law . . . 119
4.2.2 Tort Law . . . 129
4.3 Civil Rights . . . 133
4.3.1 Federal Statutes . . . 133
4.3.2 State Statutes . . . 133
4.3.3 Test for Discrimination . . . 134

 **Protection of Assets** • Copyright © 2012 by ASIS International

4.3.4 Trends in Civil Rights . . . . . 134
4.4 Administrative Law . . . . . 135
4.4.1 Nature of an Independent Agency . . . . . 136
4.4.2 Functions of an Independent Agency . . . . . 137
4.4.3 Judicial Review . . . . . 142
4.4.4 Requirements and Restrictions on Disclosure . . . . . 143
4.5 Future Effects of Civil Law on Security . . . . . 149
References . . . . . 151

Chapter 5. **HUMAN RESOURCES ISSUES IN SECURITY MANAGEMENT** . . . . . 153
5.1 The Workplace Environment and the Disabled . . . . . 153
5.1.1 Legislation and Significant Court Decisions . . . . . 154
5.1.2 Key Definitions . . . . . 155
5.2 Requirements . . . . . 157
5.2.1 Architectural Issues . . . . . 157
5.2.2 Management Issues . . . . . 159
5.2.3 Enforcement and Sample Settlements . . . . . 159
5.3 Equal Employment Opportunity and Security . . . . . 164
5.3.1 History . . . . . 164
5.3.2 Enforcement Bodies . . . . . 164
5.3.3 Disparate Treatment and Adverse Impact . . . . . 167
5.3.4 Common Misconceptions . . . . . 168
5.4 The Security Role in Equal Employment Opportunity and Affirmative Action . . . . . 169
5.5 Gender Discrimination and Sexual Harassment . . . . . 170
5.5.1 Legislative and Political History . . . . . 171
5.5.2 The Mechanics of Gender Discrimination . . . . . 172
5.5.3 "Reverse" Gender Discrimination and "Sex Plus" Discrimination . . . . . 173
Appendix A: Equal Employment Opportunity Legislation . . . . . 175
References . . . . . 181

Chapter 6. **SECURITY REGULATION** . . . . . 183
6.1 Policy and Perception . . . . . 183
6.2 Self-Regulation . . . . . 185
6.2.1 Security Industry Standards and Guidelines . . . . . 185
6.2.2 Case Studies in Self-Regulation Failure . . . . . 186
6.3 Government Regulation . . . . . 187
6.3.1 Early Regulatory History . . . . . 188
6.3.2 Regulatory Methods . . . . . 190
6.3.3 Regulated Industry Sectors . . . . . 191
6.3.4 Federal Regulation . . . . . 192
6.3.5 State Regulation . . . . . 193
6.3.6 Local Ordinances . . . . . 194
References . . . . . 195

Chapter 7. **OSHA AND THE SECURITY PRACTITIONER** . . . . . 197

7.1 History and Purpose . . . . . 197
7.1.1 Legislative Background . . . . . 198
7.1.2 General Purpose of the Act . . . . . 198
7.1.3 National Consensus Standards . . . . . 199
7.2 Requirements of the Act . . . . . 200
7.2.1 Employer Requirements. . . . . . 200
7.2.2 Security Industry-Specific Requirements . . . . . 201
7.2.3 Standards Variances . . . . . 201
7.2.4 Recognition of Employees' Rights . . . . . 202
7.2.5 Recognition of Employers' Rights . . . . . 204
7.2.6 Record-Keeping Requirements . . . . . 204
7.2.7 Regulations on the Log . . . . . 205
7.2.8 Special Record-Keeping Requirements . . . . . 205
7.2.9 Developing a Self-Inspection Program . . . . . 205
7.3 Enforcement. . . . . . 206
7.3.1 Safety Citations . . . . . 207
7.3.2 Basic Tools of the OSHA Compliance Officer . . . . . 208
7.3.3 Types of Citations . . . . . 209
7.3.4 When OSHA Issues Citations . . . . . 210
7.3.5 Penalties. . . . . . 211
7.3.6 Criminal Violations and OSHA . . . . . 211
7.3.7 Employer Defense to Criminal Liability . . . . . 212
7.3.8 Citation Appeals Process . . . . . 213
References . . . . . 215

Chapter 8. **POLYGRAPH** . . . . . 217

8.1 History . . . . . 217
8.2 Applications . . . . . 218
8.3 Operation of the Instrument. . . . . . 219
8.4 Conducting the Test . . . . . 220
8.4.1 Physical Conditions . . . . . 220
8.4.2 Pre-Test Questioning . . . . . 221
8.4.3 Interviewing Techniques . . . . . 222
8.4.4 Dos and Don'ts . . . . . 223
8.5 Behavior of Untruthful and Truthful Individuals . . . . . 225
8.6 Polygraph Examiners . . . . . 226
8.7 Voice Stress Analyzer . . . . . 227
8.7.1 History. . . . . . 227
8.7.2 Applications. . . . . . 227
8.8 Reliability and Accuracy . . . . . 227
References . . . . . 228

Chapter 9. **EVIDENCE** . . . 229
9.1 Oral Evidence . . . 230
9.1.1 Initial Report and First Response . . . 230
9.1.2 Interviews by the Follow-Up Investigator . . . 233
9.2 Documentary Evidence . . . 236
9.2.1 Handwriting and Hand Printing . . . 236
9.2.2 Typewriting . . . 237
9.2.3 Photocopies . . . 238
9.2.4 Other Materials and Images . . . 239
9.2.5 Shipping Documentary Evidence . . . 240
9.3 Physical Evidence . . . 241
9.3.1 Evidence Searches . . . 241
9.3.2 Requesting Evidence Examinations . . . 247
9.3.3 Shipping Evidence . . . 248
9.3.4 Handling Physical Evidence . . . 249
9.4 Incident Scene Safety . . . 275
9.4.1 Routes of Exposure . . . 275
9.4.2 Safety . . . 276
9.4.3 Personal Protective Equipment . . . 279
Appendix A: Crime Lab Organizations . . . 282
Appendix B: Sample Policy on Computer Evidence . . . 283
References . . . 285

Chapter 10. **TESTIMONY** . . . 287
10.1 The Journey . . . 288
10.1.1 Procedure . . . 288
10.1.2 Report . . . 288
10.1.3 Testimony Preparation . . . 288
10.2 Courtroom Participants . . . 289
10.2.1 Judges . . . 289
10.2.2 Jurors . . . 289
10.2.3 Counsel . . . 290
10.2.4 Witnesses . . . 290
10.3 Testifying . . . 290
10.3.1 Pre-Testimony Review . . . 290
10.3.2 Incident Site and Courtroom . . . 291
10.3.3 Public Place Discussions . . . 291
10.3.4 Demeanor and Attire . . . 291
10.3.5 Questioning and Response Techniques . . . 292
10.3.6 Inconsistencies . . . 294
10.4 Expert Witnesses . . . 294
References . . . 296

**PART III: CANADA** . . . . . 297

Chapter 11. **CANADIAN CHARTER OF RIGHTS AND FREEDOMS** . . . . . 299

11.1 The Development of the Charter . . . . . 299

11.1.1 The Balance Between Truth and Fairness . . . . . 300

11.2 Rights under the Charter . . . . . 303

11.3 The Charter and Private Relationships . . . . . 305

11.3.1 When Security Acts on Behalf of the Justice System . . . . . 306

11.3.2 The Charter and Arrest . . . . . 307

11.3.3 Duties after an Arrest . . . . . 310

11.3.4 Necessary Degree of Force . . . . . 311

11.3.5 Search and Seizure in Conjunction with an Arrest . . . . . 311

11.3.6 Searches at the Work Site . . . . . 312

11.4 The Charter and Human Rights . . . . . 314

Appendix A: Example of a Charter Caution . . . . . 315

References . . . . . 316

Chapter 12. **REGULATION: PROVINCIAL STATUTES AND THEIR REQUIREMENTS** . . . . . 317

12.1 History of Security Regulations . . . . . 317

12.2 Powers of the Registrar . . . . . 318

12.3 Applications for Security Licences . . . . . 318

12.4 Training . . . . . 318

12.5 Weapons . . . . . 319

12.6 Duties of the Licensee . . . . . 319

12.7 Self-Regulation . . . . . 320

12.8 Privacy Legislation . . . . . 320

12.9 Provincial Trespass Legislation . . . . . 322

12.10 Occupiers' Liability Acts . . . . . 322

Appendix A: Regulations Governing the Security Industry by Province or Territory . . . . . 323

Appendix B: Provincial Licensing Registrars . . . . . 327

References . . . . . 329

Chapter 13. **CANADIAN OCCUPATIONAL HEALTH AND SAFETY REGULATION** . . . . . 331

13.1 History . . . . . 331

13.2 Components of a Health and Safety Program . . . . . 333

13.2.1 Definitions . . . . . 334

13.2.2 Safety Statistics . . . . . 335

13.2.3 Identification of Cause . . . . . 336

13.2.4 Proactive Approach . . . . . 336

13.2.5 Enforcement . . . . . 336

13.2.6 Inspectors' Orders . . . . . 337

13.2.7 Offences and Penalties . . . . . 337

13.2.8 WHMIS . . . . . 338

13.2.9 Working Alone Legislation . . . 338
13.2.10 Workplace Violence . . . 339
13.2.11 Criminal Code Sanctions . . . 344
Appendix A: Comparison of Occupational Health and Safety Legislation . . . 346
Appendix B: Workplace Violence Risk Assessment . . . 347
Appendix C: Violent Incident or Threat Report . . . 348
Appendix D: Working Alone Policy . . . 350
References . . . 358

Chapter 14. **CANADIAN LAW OF EVIDENCE** . . . 359
14.1 Basic Principles of the Law of Evidence . . . 360
14.2 Introduction of Evidence at a Trial or Hearing . . . 360
14.2.1 Examination in Chief . . . 360
14.2.2 Cross-Examination . . . 361
14.3 Competence and Compellability . . . 361
14.4 Types of Evidence . . . 362
14.5 The Rule Against Hearsay . . . 363
14.5.1 Decision to Caution the Accused During a Security Investigation . . . 366
14.5.2 Judges' Rules . . . 367
14.6 Disclosure Requirements . . . 368
14.7 Burden of Proof . . . 368
14.8 Polygraph Evidence . . . 370
14.9 Entrapment . . . 370
14.10 Video and Photographic Evidence . . . 372
14.10.1 Reliability . . . 372
14.10.2 Relevance . . . 372
14.10.1 Prejudicial Effect Versus Probative Value and Privacy Issues . . . 373
14.11 Admissibility of Computer Evidence . . . 377
14.12 Admissibility of Recordings of Private Communication . . . 377
14.13 Reliability of Physical Evidence . . . 378
References . . . 379

**INDEX** . . . 383

## TABLE OF FIGURES


2-1 Reducing the Number of Entrances in Use During a Strike . . . . . . . . . . . . . . . . . . 44
2-2 Using Internal Routing for Vehicle Movement During a Strike . . . . . . . . . . . . . . . . 45
2-3 Two-Level Central Strike Planning Organization. . . . . . . . . . . . . . . . . . . . . . . . . . 49
2-4 Three-Squad Police Gate Control During a Strike . . . . . . . . . . . . . . . . . . . . . . . . 53
2-5 Buffer Zone for Protection of Vehicles and Personnel During a Strike . . . . . . . . . . . 54

5-1 Sample Topics Covered in Standards and Guidelines for ADA and Related Laws . . . . 158
5-2 Standards Applicable as of Various Dates . . . . . . . . . . . . . . . . . . . . . . . . . . . . 159

13-1 Canadian Occupational Health and Safety Statutes . . . . . . . . . . . . . . . . . . . . . . 332
13-2 Key Terms in Occupational Health and Safety . . . . . . . . . . . . . . . . . . . . . . . . . 334
13-3 Accident Classifications . . . . . . . . . . . . . . . . . . . . . . . . . . . . . . . . . . . . . . . 335
13-4 Cause-Finding Process . . . . . . . . . . . . . . . . . . . . . . . . . . . . . . . . . . . . . . . 336

14-1 Burden of Proof. . . . . . . . . . . . . . . . . . . . . . . . . . . . . . . . . . . . . . . . . . . . 369

# PART I

# ETHICS

# CHAPTER 1
# ETHICS IN THE SECURITY PROFESSION

## 1.1 HISTORICAL PERSPECTIVE

Business ethics rests on five core, foundational values: honesty, responsibility, respect, fairness, and compassion (Kidder, 2006). These values are esteemed across the world's nations, religions, and political systems. A person who breaches even one of these values may be judged by peers as having behaved unethically (Kidder, 2006, pp. 6–8).

Some believe that business was generally conducted more ethically in the past—that is, that Kidder's values were by and large honored then and now are not. Blake (2006, p. 4) observes:

> In the fall of 2004 ... [regarding] the topic of business ethics as a result of corporate scandals ... we and others had hoped that these were aberrations, flagrant enough to have caused the fear of God, the disapproval of colleagues, or the threat of jail to mend the ways of those who were pushing the envelope too far. Sadly, the scandals have kept occurring ...

Many major ethical violations have made the news in recent years. One reads about Enron and WorldCom in the United States and about the fall of Peruvian President Alberto Fujimori' s government after a videotaped act of bribery by the country's intelligence chief. However, history suggests that there have always been unethical practices in business. (The use of slave labor is one major example.)

Recent high-profile cases have brought more attention to business ethics. The reason may be that the unethical behavior has caused widespread harm. One ill effect is the vicarious liability employers bear for the negligent action of employees. Another is the damage that such cases can cause to corporate reputations and to the image of business in general. The public focuses on employees left without their hard-earned pensions and on investors whose stock portfolios have collapsed in value. A firm's past successes are clouded from view when a major ethical lapse becomes public.

Companies often implement measures to prevent ethical breaches. They may establish policies against falsifying expense reports, accepting gratuities from suppliers, and misrepresenting facts in financial statements. Industries try to enforce better stewardship by imposing more effective corporate governance on their members. Likewise, some political entities, such as the government of Toronto, have instituted ethics hot lines to address malfeasance or fiduciary breaches.

When the public begins to doubt the business world's ethics, dire legal and economic effects may follow. Confidence in any organization suffers when its ethical failings become known. An entire government (such as that of the Soviet Union) can fall if the majority of the population believes that unfair, unethical behavior has become its hallmark.

Society looks skeptically at business and asks these questions: Why have these ethical breaches happened? How could they happen? Who allowed them to happen? Do all businesses operate unethically? These are hard questions, asked with greater frequency and urgency by victims of bad business practices, by governments, and by business leaders.

## 1.2 THE ETHICS DILEMMA: A WIDESPREAD PROBLEM

Ethics problems are not confined to the business world; they can be found in almost any field of endeavor. Desire, rationalization, and opportunity are the three factors that psychologists indicate commonly motivate individuals to commit unethical or dishonest acts. Consider the following situations gleaned from recent headlines:

- Churches have been inundated by allegations of sexual abuse because some did not follow established rules of conduct.
- Athletes face stringent drug testing because of allegations of widespread use of prohibited substances.
- Professional writers have been accused of plagiarism, falsification, and embellishment and in some cases have had to return awards.
- Teachers have been accused of giving passing grades to students who do not deserve them.
- Nurses have been accused of withholding medications from terminally ill patients who are thought to be using up valuable resources.

Further examples can be found in news accounts in every country, involving every occupation and profession. However, it is unclear whether ethical lapses are becoming more common or are simply better reported.

 Protection of Assets • Copyright © 2012 by ASIS International

## 1.3 WHAT IS ETHICS?

Ethics is a discipline or system of moral principles governing human action and interactions. It deals with the rightness or wrongness of actions and the goodness or badness of motives and ends (*Random House Webster's College Dictionary*, 1995). The concept of ethics can become complicated. Given the multitude of world cultures, philosophies, and values, some believe that what is right for one person may be wrong for another—that what is moral, ethical, or legal in one part of the world may be the opposite in another. Where values and morals are considered subjective, contextual interpretations, not objective absolutes, determining what is ethical in a given circumstance is no easy task.

One can ask three questions as a test for ethical conduct (Blanchard & Peale, 1988):

- Is it legal?
- Is it balanced?
- How will it make me feel about myself?

Members of the security profession must answer these questions throughout their work. Doing so, however, is a challenge, given the many competing interests and demands security professionals face.

Ethics as a discipline is divided into several types. Descriptive ethics attempts to explain or describe ethical events. Analytical ethics attempts to examine ethical concepts to achieve a deeper understanding of their meaning and justification. Applied ethics—the type most relevant to business—is active (not descriptive or prescriptive), applying ethical concepts in specific business situations. This form of ethics makes specific judgments about right and wrong and prescribe types of behavior as ethical in the context of the activity. It makes claims about what should be done and what may not be done.

## 1.4 WHAT IS BUSINESS ETHICS?

Some people believe professional or business ethics is not a separate branch of ethics. They contend that ethics is ethics and morality is morality, no matter where they may be applied. If people employ different ethical principles in their business lives, personal lives, family lives, and spiritual lives, they are merely using arbitrary distinctions to give themselves additional leeway in difficult situations. This chapter, however, treats business ethics as a distinct branch of ethics in order to show the application of appropriate codes of conduct within the context of professional endeavors.

Business ethics, then, is the field of ethics that examines moral controversies relating to business practices in any economic system. It looks at various business activities and asks whether they are right or wrong.

Business ethics can be applied at three levels:

- the individual employee
- the organization
- society

Ethical considerations at the three levels may conflict. For example, taking environmental risks may be good for the employee and the company but bad for society. One use of ethics is to help find the overall best solution. In fact, some ethicists see the role of business ethics as the reconciliation of these three conflicting levels in a way that optimizes the good for all concerned. One of the intrinsic roles of security professionals—keeping things honest within the organization—makes business ethics a fitting topic for them.

Several challenging questions arise in the study of business ethics:

- Is the business world, or even society as a whole, more unethical today than it was in the past?
- Can an organization be ethical and still compete?
- Should anyone care about conducting business in an ethical manner?

The answer to the first question is "probably not." There has always been a degree of unethical behavior in business. Perhaps such behavior is now better documented and more often exposed by employees. (In the past, employees may have been more loyal and thus hesitant to expose unethical behavior.) Moreover, media scrutiny today puts virtually every facet of life in front of the public. Whatever the case, public knowledge of unethical choices by the business world has caused the problem to receive much attention.

In a perfect world, the answers to the second and third questions would be an unequivocal "yes." However, the world is far from perfect. It can be a challenge to conduct business ethically when the person with whom one is doing business has a very different concept of ethics. In some cases, conducting business ethically may lead to the loss of essential business opportunities. It may be hard to stay competitive when the other side is ignoring the rules.

 Copyright © 2012 by ASIS International

### 1.4.1 ETHICAL VERSUS LEGAL

Disagreements exist within the field of business ethics regarding whether ethical requirements imply only compliance with legal standards or go much further. If the role of business is to maximize shareholders' returns, then only activities that increase profitability should be encouraged. This would include obeying all laws because the consequences of failing to do so could be very costly in terms of fines and damage to a company's reputation. If, however, a company is seen as having a social responsibility, then going beyond legal requirements makes sense. Some businesses skirt the ethical dilemma by philosophizing that, in a competitive business environment, the companies that survive are the ones that recognize that their only role is to maximize profits. Others believe that only those businesses that at least appear to exercise corporate governance and social responsibility will survive.

A related problem arises when a company faces multiple legal standards because it operates in numerous jurisdictions (especially in different countries). For example, American law forbids American companies to offer bribes domestically or overseas, but in some parts of the world bribes are standard practice. Likewise, it may be illegal to sell expired baby food in developed countries, while developing countries may not ban that practice. The question of selling the food would be a matter of applied ethics if doing so could hurt those who used the product.

## 1.5 CAUSES OF POOR ETHICAL CHOICES

Three key reasons lead businesspeople to make unethical choices:

- **Convenience.** Most invention grows from the quest for convenience. Everything has to be faster or easier, and expedience is the modern watchword. People have a tendency to distill decisions to their simplest components: what is right and what is easiest. The right act is not necessarily the easiest. However, human nature often leads people to choose the easy route over the right route.
- **Winning.** Society has created a permanent state of competition in which people are taught to revere winners. Second place is not good enough; it simply represents the first loser. Most businesses strive to be the best they can be and to be better than all their competitors. In some cases, the expedient route to first place is to trample on the core values that led to initial success, such as a sound corporate culture of ethics. Simply put, for many, winning is everything.
- **Relativism.** With enough effort, one can rationalize almost any act as right in a given situation. When convenience and winning are already the prime motivators, making an unethical choice becomes easier and, for some, a justifiable, logical option. This philosophy, also called situation ethics, posits that there are no true ethical values that

prescribe behavior. With this philosophy, a business may simply do what is legal. However, people know how they want to be treated and do not think highly of those who behave unfairly.

## 1.6 THE DICHOTOMY OF ETHICS

Another factor in ethical decision making is perspective. While people generally have no problem distinguishing ethical from unethical behavior in others, it is more difficult to make that distinction when they themselves confront an ethical dilemma. People seldom hold themselves to the same standards to which they hold others. The following examples illustrate that inconsistency:

- A survey of college students found that 84 percent believe the United States is experiencing a business crisis with regard to ethics and 77 percent believe chief executive officers should be held responsible for it. However, 59 percent of those same students admit to having cheated on a test (Woellert, 2002).
- In a workplace study, 43 percent of respondents admitted to having engaged in at least one unethical act in the last year, and 75 percent observed such an act and did nothing about it (Copeland, 2002).
- A business may publicly espouse ethical behavior, demand such from its employees, and condemn the unethical behavior of competitors, yet its own organizational decisions may not always be ethical. The existence of a corporate code of ethics is not a sure sign of ethical altruism.

### 1.6.1 CAN ETHICS AND SUCCESS BE RECONCILED?

Ethics seems to be a problem primarily in that the right thing to do is sometimes the more difficult choice. However, there is little evidence to support the contention that a "dog eat dog" or "win at any cost" business philosophy leads to greater long-term success. To the contrary, strong evidence suggests that being ethical leads to greater long-term success.

*The Hidden Costs of Unethical Behavior*, a report from the Josephson Institute of Ethics (2004), shows the downside of unethical business behavior. The following are among the problems encountered by organizations with a culture of unethical behavior:

- decrease in company sales and stock prices
- decrease in productivity, both organizational and personal
- decrease in efficiency


Protection of Assets • Copyright © 2012 by ASIS International

- decrease in communication and trust
- decrease in recruiting and retention
- increase in the risk from scandal
- increase in employee misconduct and fraud
- increase in damaging or sabotaging behaviors

For an organization to conduct its business in a truly ethical manner, ethical behavior must be firmly instilled in the corporate culture. Embedding anything new into an established business culture is a laborious and not always successful venture. Employees in many types of enterprises are reluctant to embrace change, especially if they find the current modus operandi satisfactory or beneficial. One way to instill ethics as a corporate value is to enforce codes of conduct. The codes must apply to everyone in the organization, from the CEO down. Nothing undermines efforts to instill ethics more than applying the rules to some employees only. For employees to embrace change, they must see it as beneficial and equitable. If a new value does not apply to everyone in the organization, it will ultimately apply to no one.

## 1.7 BUSINESS ETHICS MADE SIMPLE

While making an ethical decision can be difficult because of the variety of considerations and options available, the basic ethical premise on which a business can base its ethics program is simple. Aristotle observed that one becomes just by performing just actions, temperate by performing temperate actions, and brave by performing brave actions. In brief, a business can become ethical by performing only ethical actions.

In most cultures the closest thing to a universal guideline for ethics is the Golden Rule: to treat others the way one would want to be treated. This guiding principle works for both individuals and organizations. It appears simple, but applying it requires a little more thought.

The concept of deciding to do the right thing begins with individuals who bring their personal values into their business dealings. As the Josephson Institute of Ethics observes (2004):

> Ethics is about how we meet the challenge of doing the right thing when that will cost more than we want to pay. There are two aspects to ethics: The first involves the ability to discern right from wrong, good from evil, and propriety from impropriety. The second involves the commitment to do what is right, good and proper. Ethics entails action; it is not just a topic to mull and debate.

Therein lies the crux of the problem in making ethical decisions. Determining the right thing to do in a given situation is not always easy. Differences between persons, cultures, laws, circumstances, and business rules and obligations mean that there is often more than one right thing to do, depending on one's perspective. Deciding what is right and being willing to do it may take a significant amount of resolve because doing what is right may not be the easiest or most popular choice.

That conflict may make it seem impossible to conduct business ethically. However, there is a way for businesses to set and promulgate ethical standards: an ethics code such as the *ASIS International Code of Ethics.*

## 1.8 BUSINESS ETHICS CODES AND PROGRAMS

Ethics is of particular concern to security professionals for several reasons. The first reason is that a security professional is an employee (or an agent or representative) of the organization for which he or she provides protective services and therefore is bound by the same ethical standards that apply to other organizational employees and representatives. In fact, it can be argued that the nature of a security professional's duties holds him or her to a higher ethical standard than that of fellow employees. Any person entrusted with evaluating the actions of others should meet or exceed the standards imposed on others. Another reason for a security professional's concern for ethics is that he or she may be tasked with developing a company's ethics program and code or monitoring compliance with the existing program and code. In general, part of any security professional's responsibility is to do the right thing for his or her employer or client.

### 1.8.1 RELATIONSHIP BETWEEN AN ETHICS CODE AND AN ETHICS PROGRAM

Establishing a company ethics code is a fundamental step in setting the correct standards of ethical behavior. However, the mere existence of a code cannot ensure that the organization will operate ethically or that company decisions will be based on ethical considerations. Ethics case books are filled with instances where a firm espoused ethical principles through published codes and claimed corporate governance but failed to do the right thing.

It takes more than words to bring about ethical behavior in an organization, but the right words stated forcefully by leaders can certainly support ethical conduct. An ethics code or business code of conduct can form the basis by which employees conduct their business and make business decisions. However, there must also be an effective structure for ongoing



Protection of Assets • Copyright © 2012 by ASIS International

support and oversight—that is, an ethics program. Without such a program, a code of ethics may ultimately be ignored and forgotten.

A structured program is necessary to flesh out the reason for an organization's concern for ethics and to provide the guidance by which that concern is transformed into everyday operational behavior. A company may have diverse reasons for wanting to be considered ethical. These range from the altruistic (a belief that it is the right way to do business) to the practical (a belief that being perceived as ethical is a good business decision, or a belief that conducting business ethically will avoid problems caused by unethical behavior).

In simplistic terms, a code of ethics states the underlying principles and an ethics program provides the guidance and structure for compliance. The principles and structure may be addressed separately or, as is the case with the ASIS International Code of Ethics, they may be combined.

## 1.8.2 DEVELOPING AN ETHICS CODE AND PROGRAM

An ethics code is a statement of the organization's shared values—accepted concepts and beliefs related to the organization's responsibilities and ethical ambitions. It should be built on the traditions and personality of the organization, also known as the corporate culture.

In general, an ethics code contains the following kinds of information:

- statement from the chief executive describing and supporting the purpose and importance of the code
- statement of the specific nature of the business
- enumeration of organizational values, including reference to
  - employees
  - customers
  - shareholders or stakeholders
  - partners (vendors, contractors, etc.)
  - society and the community
- statement of commitment to the code (including implementation, training, oversight, etc.) to show that the code is underpinned by a structure for implementing it

Regardless of its form, a company ethics code can be described as follows (Hall, 1993):

> A good statement of values ... which is sometimes referred to as a mission statement or a credo should be the cornerstone of a company's ethics program. It tells the organization, and the world, what the company stands for. It is positive, dealing with goals—obligations to employees, to customers, to suppliers, to the community. You might call it a compass.

The development of an ethics code requires much thought and research. Because of its intended audience—namely, virtually anyone having business dealings with or interest in the organization—it must convey not only the organization's values but also its credibility. The code should be concise and straightforward. If it is too short and simple, it may not be taken seriously. If it is too long and complicated, it may not be understood or observed. Because the code may be displayed publicly, it should convey standards that appropriately represent the organization.

Regardless of the nature or scope of an ethics code, the following concepts should be considered in its development:

1. There must be support from the top of the organization, both senior corporate executives and others, such as the board of directors or governing bodies. Without active support from the top, an ethics code and ethics program will not be successful.
2. Sufficient examination and consideration must be given to the known issues of greatest importance to the company. The code must specifically reflect the values of the organization, not just generic concepts.
3. Other organizations' codes can provide useful models. Many are available online. For example, the Center for the Study of Ethics in the Professions at the Illinois Institute of Technology (http://ethics.iit.edu/research/codes-ethics-collection) provides many examples of ethics codes.
4. A code of conduct should be created to provide the behavioral guidance needed to ensure compliance with the ethics code.
5. The ethics code should be field tested to ensure that it is as complete, thorough, and understandable as possible prior to organization-wide dissemination.
6. Once finalized, the ethics code should be widely announced and distributed to persons associated with the organization. Employees and others must be made aware of the code's existence and importance.

Once the code of ethics is in place, the next step is to develop an ethics program. A code alone is not enough, as the quality and intentions of managers cannot be guaranteed. An ethics program guides and supports employees in adhering to the code. As long as human beings are involved in ensuring that an organization operates ethically, there will always be a need for an ethics program. Mid-level and operating-level managers may tend to favor economic performance over ethical considerations because their performance is measured by economic criteria (Hosmer, 1987). Their ethics should be a factor in any appraisal of their performance, but that is not always the case.

Moreover, individuals' moral and ethical values do not always predict their behavior in an organizational environment. Rather, the ethical level of their behavior is most often determined by the following factors:

- climate (environment) of the organization
- role of "significant others," such as executives, superiors, and peers
- availability of resources
- corporate culture regarding social linkages and corporate governance
- intellectual underpinnings of the business system

The weight of empirical literature discounts the individual as the determining element of an ethical business environment. Business principles and executive behavior are more influential than the individual conscience. Therefore, ethical direction is provided by corporate leadership, guided by the ethics program. In an organizational setting, most employees use the published script—the ethics code and program—as a substitute for their conscience (Reilly, 1990). However, an employee's claim that he or she was just following orders does not justify conduct that hurts others.

## 1.8.3 INTEGRATING AN ETHICS CODE AND PROGRAM INTO THE ORGANIZATION

The organization should always follow these concepts in implementing its ethics code and program:

- The organization should have a well-written ethics statement that is publicized to everyone with whom the organization interacts (including, for example, stakeholders and customers).
- The organization should have a well-written code of ethical conduct by which the organization and its employees and representatives accomplish their business tasks.

These two rules may be developed as separate documents or combined into a single, comprehensive document. However, without a statement of ethics and a code of conduct, an organization faces the risk of operating in ways that are contrary to its goals, resulting in dire consequences. Even after ethical conduct is integrated into the corporate culture and becomes the standard way of doing business, the documents will serve as a visible proof of intent and a visible reminder for guidance.

A distinction must be drawn between a code of conduct that provides the framework for ethical behavior through reasonable guidelines and a code that impedes business operations with narrowly defined rules. Since business changes constantly due to a variety of factors, employees and others included under the cognizance of the code must be aware of the principles by which their conduct will be measured. Also, those covered by the code must feel they have the latitude to make decisions based on the factors of each case.

## 1.9 ASIS INTERNATIONAL CODE OF ETHICS

ASIS International (originally known as the American Society for Industrial Security) grew from the industrial security programs that developed during and after World War II. Therefore, it is not surprising that its first code of ethics focused on the professional responsibilities of security practitioners dedicated to the defense of the United States. The first code was simple, espousing general principles rather than specific behavioral guidelines or rules.

After the initial ethics code was crafted, ASIS and the security industry grew significantly, expanding into other facets of business worldwide. Also, business and industry structures became more sophisticated and professional, so it became evident that the original focus of the ASIS Code of Ethics needed to be broadened. Thus, the next version of the code not only dealt with principles for conduct but also laid out more detailed examples of the kinds of behavior that constituted ethical conduct. The revised code was developed using codes and precepts from similar organizations. The current ASIS International Code of Ethics combines a statement of ethics with a code of conduct. It not only delineates values but also prescribes specific behavioral guidelines. It is normative, stating what is expected from an ASIS International member and providing standards that show that the expectation has been achieved. The ASIS International Code of Ethics is intended to define the guidelines by which ASIS International members conduct their business in relation to employers, clients, colleagues, and ASIS as an organization.

While directed to members of ASIS International, the code also serves as a guideline for ethical conduct by security professionals in general. It is currently the most comprehensive standard of ethics for security professionals, based on content and the number of individuals subject to its standards.

The ASIS International Code of Ethics uses such terms as "honorable," "rights of others," "faithful and diligent," "legal," etc. All these terms have recognized definitions that anyone in any culture can understand. The code's intent is unambiguous: it is an effort to steer security practitioners in the direction of doing the right thing. To strengthen the code's effect, the society offers ethics training to those who request it.

The ASIS International Code of Ethics is presented in this chapter's appendix and may also be found at http://www.asisonline.org/membership/resources/codeofethics.pdf.

 Protection of Assets • Copyright © 2012 by ASIS International

## 1.10 THE FUTURE: A MORE ETHICAL BUSINESS COMMUNITY?

The high-profile problems of the past have perhaps started a trend toward improved ethical behavior. The indiscretions and excesses of some large corporations have focused so much attention on ethics that many organizations are being forced to manage ethical issues more formally. In the boardroom, at shareholders' meetings, and within governments, more and more emphasis is being placed on honesty and integrity. For example, in the United States, federal guidelines provide for reduced fines for companies convicted of wrongdoing if they have ethics programs (Ryan, 2002).

During executive hiring interviews, ethical perspectives are often weighed as much as technical competence and performance. Executives are being asked to define their own philosophies regarding doing the right thing. The notion that an organization is responsible only to its shareholders is too simplistic in today's environment. An organization has many other constituencies to consider: employees, customers, vendors, the community, etc. Pressure is growing for companies to maintain their excellence and profitability in an ethical, sensitive manner.

Instilling or reaffirming ethics as a core organizational value is a process, not a one-time event. The application of ethical considerations must be reviewed continuously to address rapid business changes. The global economy all but ensures that businesses must deal with customers holding different ethics. Even a "mom-and-pop" grocery store may have to make ethical adjustments when neighborhood residents of different backgrounds become customers. For example, a marketing display featuring a bikini-clad model may be offensive to persons from some cultures.

As many firms show, it is certainly possible to conduct business ethically and still be successful. However, to some extent that phenomenon depends on the definition of success. The pendulum may soon swing back to a time when totally maximized financial gain was not the be-all and end-all. In the final analysis, it is the expectation of fair play and doing the right thing that sets the optimal environment wherein business can be conducted fairly and appropriately. The application of business ethics is fundamental to establishing that environment.

# APPENDIX A

## ASIS INTERNATIONAL CODE OF ETHICS

I. **Preamble**

Aware that the quality of professional security activity ultimately depends upon the willingness of practitioners to observe special standards of conduct and to manifest good faith in professional relationships, ASIS adopts the following Code of Ethics and mandates its conscientious observance as a binding condition of membership in or affiliation with ASIS.

II. **Code of Ethics**

**A. Article I**

A member shall perform professional duties in accordance with the law and the highest moral principles.

**B. Article II**

A member shall observe the precepts of truthfulness, honesty, and integrity.

**C. Article III**

A member shall be faithful and diligent in discharging professional responsibilities.

**D. Article IV**

A member shall be competent in discharging professional responsibilities.

**E. Article V**

A member shall safeguard confidential information and exercise due care to prevent its improper disclosure.

**F. Article VI**

A member shall not maliciously injure the professional reputation or practice of colleagues, clients or employers.



**Protection of Assets** • Copyright © 2012 by ASIS International

## III. Ethical Considerations

### A. Article I

A member shall perform professional duties in accordance with the law and the highest moral principles.

1. A member shall abide by the law of the land in which the services are rendered and perform all duties in an honorable manner.
2. A member shall not knowingly become associated in responsibility for work with colleagues who do not conform to the law and these ethical standards.
3. A member shall be just and respect the rights of others in performing professional responsibilities.

### B. Article II

A member shall observe the precepts of truthfulness, honesty, and integrity.

1. A member shall disclose all relevant information to those having a right to know.
2. A "right to know" is a legally enforceable claim or demand by a person for disclosure of information by a member. This right does not depend upon prior knowledge by the person of the existence of the information to be disclosed.
3. A member shall not knowingly release misleading information, nor encourage or otherwise participate in the release of such information.

### C. Article III

A member shall be faithful and diligent in discharging professional responsibilities.

1. A member is faithful when fair and steadfast in adherence to promises and commitments.
2. A member is diligent when employing best efforts in an assignment.
3. A member shall not act in matters involving conflicts of interest without appropriate disclosure and approval.
4. A member shall represent services or products fairly and truthfully.

### D. Article IV

A member shall be competent in discharging professional responsibilities.

1. A member is competent who possesses and applies the skills and knowledge required for the task.
2. A member shall not accept a task beyond the member's competence nor shall competence be claimed when not possessed.

**E. Article V**

A member shall safeguard confidential information and exercise due care to prevent its improper disclosure.

1. Confidential information is nonpublic information, the disclosure of which is restricted.
2. Due care requires that the professional must not knowingly reveal confidential information or use a confidence to the disadvantage of the principal or to the advantage of the member or a third person unless the principal consents after full disclosure of all the facts. This confidentiality continues after the business relationship between the member and his principal has terminated.
3. A member who receives information and has not agreed to be bound by confidentiality is not bound from disclosing it. A member is not bound by confidential disclosures of acts or omissions that constitute a violation of the law.
4. Confidential disclosures made by a principal to a member are not recognized by law as privileged in a legal proceeding. In a legal proceeding, the member may be required to testify to information received in confidence from his principal over the objection of his principal's counsel.
5. A member shall not disclose confidential information for personal gain without appropriate authorization.

**F. Article VI**

A member shall not maliciously injure the professional reputation or practice of colleagues, clients, or employers.

1. A member shall not comment falsely and with malice concerning a colleague's competence, performance, or professional capabilities.
2. A member who knows, or has reasonable grounds to believe, that another member has failed to conform to Code of Ethics of ASIS should inform the Ethical Standards Council in accordance with Article VIII of the Bylaws.

Revised November 2006


**Protection of Assets** • Copyright © 2012 by ASIS International

## REFERENCES

Blake, D. H. (2006, Fall). Ethical business leadership. *BGS International Exchange.* Vol.5, No.3.

Blanchard, K., and Peale, N. V. (1988). *The power of ethical management.* New York: William Morrow.

Copeland, J. D. (2002). Business ethics: Three critical truths. Available: http://www.soder-quist.org [2006, November 26].

Hall, W. D. (1993). *Making the right decision: Ethics for managers.* New York: John Wiley& Sons.

Hosmer, L. T. (1987). *The ethics of management.* Homewood, IL: Irwin.

Josephson Institute of Ethics. (2004). The hidden costs of unethical behavior. Available: http://josephsoninstitute.org/pdf/Report_HiddenCostsUnethicalBehavior.pdf [2012, May 21].

Kidder, R. M. (2006, Fall). Moral courage and how good people make tough choices: Resolving the dilemmas of ethical living. *BGS International Exchange.* Vol. 5, No. 3.

Reilly, B. J., and Kyl, M. J. (1990, November-December). Ethical business and the ethical person. *Business Horizons.*

Ryan, J. (2002, November 10). Corporations need honorable leaders, not remedial ethics. *Atlanta Journal-Constitution.*

Woellert, L. (2002, December 9). You mean cheating is wrong? *Business Week.*

# PART II

# UNITED STATES

# CHAPTER 2

# LABOR LAW AND STRIKE SECURITY

This chapter examines U.S. labor law and describes measures that security managers can employ in response to strikes and other labor disturbances. The chapter focuses on situations in which the work force is represented by, or seeking to be represented by, a collective bargaining agent (i.e., a union). However, some elements of the chapter, especially the legal discussion, also apply to workplaces without unions. In either a union or nonunion setting, security managers should realize that their departments may play a significant role in labor relations.

## 2.1 U.S. LABOR LEGISLATION

### 2.1.1 FEDERAL LABOR RELATIONS LAWS

#### National Labor Relations Act

The foundational federal statute in labor relations was the 1935 National Labor Relations Act (NLRA) (29 U.S.C. 151, et seq.). Generally called the Wagner Act after its sponsor, Senator Robert Wagner of New York, the act did the following:

- It gave workers the right to representation in what has become the classic language of collective bargaining. The NLRA, as amended in 1947 by the Taft-Hartley Act, reads (29 U.S.C. 157.):[1]

  > Employees shall have the right to self-organization, to form, join, or assist labor organizations, to bargain collectively through representatives of their own choosing, and to engage in other concerted activities for the purpose of collective bargaining or other mutual aid or protection, and shall also have the right to refrain from any or all of

[1] Most significant federal labor laws are found in Title 29 of the U.S. Code.

> such activities except to the extent that such right may be affected by an agreement requiring membership in a labor organization as a condition of employment as authorized in section 158(a)(3) of this title.

This language remains the fundamental charter of organized labor. Other provisions of the Wagner Act and later labor-management legislation develop and elaborate this charter.

- It defined the following management activities as "unfair labor practices" (29 U.S.C. 158):
  - — interfering with, restraining, or coercing employees in the exercise of their rights
  - — dominating or interfering with the formation of any labor organization or contributing financial or other support to it
  - — encouraging or discouraging membership in any labor organization by discriminating in regard to hire, tenure, or terms or conditions of employment
  - — discharging or discriminating against an employee because he or she filed charges or gave testimony under the NLRA
  - — refusing to bargain collectively with representatives of a majority of the employees in the bargaining unit
- It outlawed the *closed shop*, permitting only the *union shop* (29 U.S.C. 158(a) (3)). Closed shops require union membership as a precondition to employment. Union shops are those in which workers must join (and remain in) the union within a specified time (not less than 30 days) after hiring.

The NLRA also created the National Labor Relations Board (NLRB) to oversee elections, certify majority bargaining representatives, and adjudicate charges of unfair labor practice.

### Labor Management Relations Act

The Labor Management Relations Act of 1947, also known as the Taft-Hartley Act, amended the NLRA in several respects. Under the NLRA, only management or employer practices had been prohibited. The Taft-Hartley Act forbade unions to engage in the following activities (29 U.S.C. 158(b)):

- restraining or coercing employees in the exercise of their rights, or employers in the selection of their own collective bargaining or grievance adjustment representatives
- coercing employers to discriminate against employees
- refusing to bargain
- engaging in secondary boycotts
- coercing employers or self-employed persons to join a labor organization


**Protection of Assets** • Copyright © 2012 by ASIS International

- striking to force an employer to bargain with one union when a different union has been certified as the bargaining agent
- charging excessive or discriminatory initiation fees for union membership
- coercing an employer to pay for work not performed (featherbedding)

### Labor Management Reporting and Disclosure Act

In 1959, in response to widespread discontent with the internal management of a number of labor organizations, Congress passed the Labor Management Reporting and Disclosure Act, also known as the Landrum-Griffin Act. This act established safeguards and restrictions on the conduct of union management and officers with regard to their own memberships. It also added another unfair labor practice to both the employer and union lists, namely entering into "hot cargo" agreements (29 U.S.C. 158(e)). A hot cargo agreement is a voluntary agreement between a union and a neutral employer by which the employer agrees to cease handling or otherwise dealing with the products of a company with which the union has a dispute.

Taken together, the Wagner Act, the Taft-Hartley Act, and the Landrum-Griffin Act make up the bulk of the national labor relations law in the United States.

## 2.1.2 STATE LABOR RELATIONS LAWS

State laws that regulate labor relations do so in matters purely intrastate. Some are closely patterned after the Wagner Act and are referred to as "little Wagner Acts." Others dealt with unfair labor practices by unions even before the Taft-Hartley federal amendments. In general, federal and state labor relations acts exist simultaneously and operate separately within the boundaries of particular states. In cases of conflict, i.e., where both purport to regulate the same parties or the same activities, the federal law prevails under the preemption doctrine.

If an enterprise is engaged in purely intrastate activity, the security manager should take care to become familiar with the provisions of relevant state labor law, if any.

## 2.2 SECURITY AND LABOR RELATIONS

It is important for a security department to help its employer avoid charges of unfair labor practices. If such charges are sustained, the consequences to the employer, both short- and long-term, can be serious.

### 2.2.1 UNFAIR PRACTICES

The basic test of an unfair labor practice is whether it results in, or is likely to result in, the kind of coercion or discrimination prohibited by the NLRA. It is unlikely that a security department would be involved in refusal to bargain or making hot cargo agreements, so this analysis focuses on the remaining unfair practices.

#### Interfering, Restraining, or Coercing

Various normal security department activities could form the basis of a charge that the employer was interfering with, restraining, or coercing employees in the exercise of their collective bargaining rights (addressed in 29 U.S.C. 158(a) (1)). Such activities include controlling admittance to the work site through checkpoints, addressing the presence or distribution of union literature on employer property, and investigating the background or activities of job applicants or current employees.

A consideration in most unfair labor practice cases is whether the person whose conduct is the basis for the charge was actually the employer or an authorized or apparently authorized employer representative. In civil law, if the one acting has actual or apparent authority, or if the employer ratifies or adopts the action taken, it will be the employer's action. This point is noteworthy because, unless the act is the act of the employer, it cannot constitute an unfair labor practice. That is, one employee cannot commit an unfair labor practice against another — the act must be the act of the employer or its agent.

A uniformed security officer or a security investigator is clearly an agent of the employer insofar as security duties go. If, in the course of those duties, facts are present creating actual or highly probable coercion or interference with workers in the exercise of their collective bargaining rights, the act of the security officer or investigator will be the act of the employer. In this context, statements are also considered acts.

Here is how the law would apply to an enterprise that does not currently have a union. If a labor union wants to distribute union literature to the workers, depending on the federal circuit in which the property lies, the union may distribute it, even on the employer's property, during break and lunch periods but may not distribute it during usual working

 **Protection of Assets** • Copyright © 2012 by ASIS International

hours.[2] However, a rule that simply forbade distribution of union literature during working hours would be presumptively invalid. The employer would have to word the rule to clearly permit distribution during breaks or meal periods.

If nonemployees are generally prohibited from the premises due to safety or security considerations, union representatives may also be denied entrance, even during meal breaks. However, it may be necessary to allow them into parking lots and other neutral territory on company property. If the union peacefully and without creating a disturbance attempts to distribute literature in such spaces, and the security force ejects them, prevents them from reaching the employees, or confiscates the literature, such conduct will likely be deemed an unfair labor practice. If the employer ordered the guards to take those steps or knew about the actions and did not stop or repudiate them, the charge would stick. However, some exceptions apply. For example, union activity can be prevented in the selling areas of department stores and in patient care areas of hospitals. These exceptions are usually for situations where the health, safety, or welfare of others may be harmed or where the disruption to the general public outweighs the rights of the union. Similarly, if the company already has a union and a contract establishes the manner and times for distribution of union literature, the union must abide by that agreement or the company may prevent the distribution.

A related issue is when and to what extent either party to a collective bargaining agreement may resort to self-help to correct violations by the other party. If the investigations unit of the security department conducts an inquiry into a rumor that factory employees will hold a mass meeting on a future day to consider forming or joining a union, the fact of that investigation, if known to the workers, could be alleged as the basis of an unfair practice charge of interference. Even if not known to the workers until after the meeting, the investigation by or on behalf of the employer would probably be deemed an unfair practice.[3]

---

[2] In a 1992 decision, the U.S. Supreme Court held that nonemployees can be prevented from distributing union literature on an employer's premises unless its employees can be reached in no other way (*Lechmere, Inc., v. National Labor Relations Board*, 1992). However, since then, the 9th Circuit Court, along with other circuits and the NLRB, have found Lechmere to be inapplicable to cases where an employer excluded nonemployee union representatives in the absence of a state property right to do so. See, e.g., *National Labor Relations Board v. Calkins* (1999); *UFCW, Local 400 v. National Labor Relations Board* (2000); and *O'Neil's Mkts. Inc. DBA Food for Less v. United Food & Commercial Workers Union, Meatcutters Local 88* (1995), enforced (in relevant part) by *O'Neil's Mkts. v. United Food and Commercial Workers' Union, Meatcutters Local 88* (1996) and *Bristol Farms, Inc. v. United Food and Commercial Workers Int'l Union, Local 1442*(1993). An employer's state property right controls whether an employer may ban nonemployee union representatives because "state property law is what creates the interest entitling employers to exclude organizers in the first instance. Where state law does not create such an interest, access may not be restricted consistent with Section 8(a)(1) [of the NLRA]"(*Calkins*). See also *Bristol Farms* ("Although employers' property rights must be given appropriate respect, an employer need not be accorded any greater property interest than it actually possesses.").

[3] See, e.g., *Pikeville United Methodist Hospital v. United Steelworkers* (1997), where the employer's decision to hire a consulting firm to conduct a survey of employee attitudes and grievances one week after employees informed the administration of their intent to seek union representation constituted an unfair labor practice.

Undercover investigations may present challenges in this context. For example, it could happen that an employer reasonably suspects a large theft ring among employees. The employer places an undercover investigator among employees, some of whom are represented or seeking to be represented by a collective bargaining agent. The investigator learns a good deal about the theft operations, including the names of those involved and their method of operating, and he reports all his observations, including remarks he heard. The employer fires the identified thieves. The workers in the unit then file unfair labor practice charges against the employer, alleging that the undercover investigator was engaged in spying and thus was intimidating or restraining and coercing them in their collective bargaining activities. Several outcomes are possible.

The NLRA says, in Section 10(c), that the NLRB may not order reinstatement of a worker terminated for cause. Theoretically, the theft activity reported by the undercover investigator would constitute cause if not credibly rebutted. However, whether a dismissal, when coupled with a charge of unfair labor practice, is for cause or not is a question on which the NLRB has initial jurisdiction. In this example, the employer claims theft is the sole reason for the terminations. If, in hearings before the NLRB examiner, evidence is introduced that the undercover investigator overheard much that was directly related to the organizing efforts of the workers, the NLRB will determine whether it was really the theft that motivated the employer or whether the theft was a convenient explanation for conduct essentially aimed at discouraging the organizing efforts of the workers.

Depending on the evidence (the NLRB being the trier of fact), the employer may be found not to be motivated by any antiunion purpose, to be partly motivated by antiunion and partly by security considerations, or primarily by antiunion purposes. If credible evidence is introduced that an employer is even partly motivated by antiunion sentiment or purpose, that will often be sufficient to characterize employer acts as unfair labor practices. In the sample case, the evidence of theft might be sufficient to prevent a reinstatement order for the terminated worker, but any evidence of antiunion purpose might persuade the NLRB that an unfair practice had been committed in the undercover surveillance. The NLRB need only show substantial evidence for its findings to be supported in court.

If the company had otherwise been fighting the union organizing effort, it would be even harder to defend the undercover investigation as properly motivated. Consequently, the use of undercover investigations during periods of labor turmoil or during an organizing campaign is particularly perilous. In any use of undercover techniques, it would be wise for the employer to instruct the investigators (in writing) to avoid learning about collective bargaining activities and to avoid reporting them if learned.

 **Protection of Assets** • Copyright © 2012 by ASIS International

### Encouraging or Discouraging by Discrimination

Another possible security exposure to unfair practice charges involves the charge of discrimination (29 U.S.C. 158(a) (3)). The discrimination can be in hire, tenure, or terms or conditions of employment for the purpose of encouraging or discouraging participation in protected activities. Thus, an employer may not reject applicants because of union histories or accept only those without them. The employer may not give poor assignments to pro union employees and good assignments to antiunion or nonunion employees, and may not establish wage differentials even partly on the basis of union affiliation. An employer who does any of the prohibited activities has committed an unfair labor practice if there is credible evidence to indicate that the action tended to discriminate.

In the theft ring termination example, the workers could have argued that the separation of the worker was discriminatory. The NLRB might have found that it was not, that he was truly terminated for theft. However, if the employer committed coercive acts through use of the undercover operative, the finding that the separation itself was nondiscriminatory would not deflect the other charge of coercive behavior.

In a different context, if background investigations are conducted by the security department, and those investigations inquire (even indirectly) about an applicant's prior union membership, and if subsequent hiring decisions by that employer can be shown to result in more than random rejections of applications with union background, the investigations may constitute unfair labor practices. Even if there were no specific instructions to the security department (or outside contract investigative agency) to develop union activities information, but such information was developed simply in an effort to be thorough, it would still be enough to establish the unfair practice. Once the charge is made and the NLRB is convinced that a full-fledged complaint hearing is in order, the files of the employer and the testimony of the security investigators could be compelled under subpoena, and the facts would undoubtedly emerge. If the files or testimony showed that the union membership or history data was available to the people making the employment decisions, even if they testified that they did not rely or act on it, it is probable that an unfair practice would be found.

## 2.2.2 PRACTICAL GUIDELINES

Planned security actions should always be evaluated with labor relations in mind. In a climate of bad labor relations, security actions are especially likely to be construed as unfair labor practices.

Once a charge has been made, it will be investigated by a local NLRB representative in a fairly informal way. If the evidence supports the charge, a formal complaint will be issued and the matter adjudicated at a regular hearing. In both cases, the finder of the fact will be an officer of an administrative agency. Any impurity of motive will color the employer's conduct. While the burden of proving the unfair practice is on the one charging it, once antiunion spirit has been shown, the real burden is on the employer, and it is often impossible to meet.

To avoid putting the employer in the position of being charged with unfair labor practices, the following guidelines are suggested for the security department:

- Do not conduct or authorize undercover or surveillance investigations in areas or at times characterized by hostile or militant labor relations. This will usually be around periods of representation elections or contract negotiations or during the pendency of unfair labor practice charges.
- In reports of security investigations, do not solicit, accept, or transmit any information concerning the union affiliations of applicants for employment.
- Do not move too quickly to enforce company rules against literature distribution, worker contact, or activity in nonsensitive areas such as parking lots when those activities appear to involve collective bargaining matters. Prompt action to avert imminent dangers to health, safety, or security is always justifiable, but mere enforcement of rules in such cases should be handled with caution.
- If a security requirement operates only against union members or personnel in the bargaining unit and not against nonunion personnel, be sure there is a clear, legitimate reason for the requirement. If the requirement cannot be shown to be necessary for health, safety, or security reasons, it is better to abandon it than to enforce it discriminatorily.
- Teach security personnel that their special status tends to stamp all their job-related actions as employer actions, and for that reason their personal beliefs about labor activities cannot be allowed to color their security duties. It should be impermissible for them to make derogatory statements about union membership or to make any statement tying security duties (such as personnel access or traffic or property control) to labor relations, union membership, or collective bargaining.

While an employer may legally take many steps to resist collective bargaining, the security department should not be used as a tool in that effort. Its role should be to prevent violence and preserve order. The effectiveness of the security department is sacrificed if the work force comes to regard it with suspicion and dislike.

 Protection of Assets • Copyright © 2012 by ASIS International

## 2.2.3 SECURITY AND THE EXISTING LABOR CONTRACT

The security department must operate within the terms of any collective bargaining agreement that is in force. This section examine security-relevant terms and issues that are common in labor contracts.

### Just-Cause Discharges

A just-cause discharge rule requires that before discharging an employee, the employer must establish the employee's misconduct or unsuitability, not merely allege it. It also prevents arbitrary discharges. Such a rule is most often found in connection with grievance procedures.[4]

The just-cause discharge provision implies that, when such discharges are based in part or entirely on evidence developed by the security department, all security activity must be fair. This requirement has several meanings. First, incidents that lead to a discharge must be serious or involve serious misconduct. Second, the disciplined worker must actually be responsible for the misconduct and not have been goaded or entrapped into it. Third, the perpetrator must have known that the matter would constitute serious misconduct.

If, for example, a worker is attempting to leave the plant with a package and is challenged by a guard, there must be a rule about package removal and reasonable behavior by the guard. If there is no rule or practice and the guard, with no precedent, attempts to prevent the worker from removing the parcel or package and a quarrel develops between them, the use of reasonable force by the worker to retain the parcel and achieve egress will probably not be construed as a suitable basis for just-cause discharge, even if there is a rule against fighting. The reason is that the guard arbitrarily attempted to enforce a new and unfamiliar rule or attempted, in an arbitrary way, to prevent the employee from removing property.

However, if there is a rule requiring employees to have property passes for the removal of property, as well as a rule against fighting, and if the guard challenges the employee who refuses to surrender or permit inspection of the property, such conduct by the employee could support a discharge. This would depend, in part, on what penalty had been specified for violation of the package-pass rule. If the employee not only refuses to surrender or permit inspection of the property, but continues in the dispute with the guard and forcibly resists the guard's attempt to take or inspect the parcel, that conduct would probably constitute a dischargeable offense under the no-fighting rule.

[4] The just-cause discharge requirements of a collective bargaining agreement are not the same as the just cause required in states that recognize the tort of unjust discharge. The latter cause of action may be available to any employee, not just collective bargaining unit members.

Two separate considerations are critical in determining whether a discharge will be sustained for just cause, even in the second example. The first deals with the rule about property (or anything else, for that matter). There is a general requirement that a rule must be reasonable, within management's authority to make, properly publicized, and uniformly enforced. Thus, if the property rule had just been adopted that morning, or if five other employees had been allowed to leave ahead of the disciplined employee with no challenge to their property, or if the contract specified that employees could remove property without inspection or documentation (not likely), the employee's behavior would not support a discharge. Indeed, the guard's behavior might be criminal offense.

The second consideration is that the behavior of the security organization must, itself, be reasonable in the circumstances. If in the second case, instead of reminding the employee of the rule, the guard immediately attempted to capture the property, and the employee reacted to retain it, with the squabble developing into a fight, there would be serious doubt as to whether the altercation or even the departure of the employee with the uninspected property would support a discharge. Although the employee technically violated the rules, the guard's behavior would be held to be the proximate cause of the fight and therefore not chargeable to the other employee. The guard did not wait to determine whether the employee seriously intended to leave with the property or whether he had momentarily forgotten the rule or was preoccupied. The question of the property's being removed without a pass or inspection would likely get lost or be dropped because of the difficulty of establishing intentions.

The implications for security procedures are threefold. First, rules must be unambiguous and must be known to or at least available to the workers. Second, it must be clear that the worker to be disciplined actually violated or intended to violate the rule. Third, the behavior of the security personnel must have been reasonable under the circumstances.

Of course, if the employee had been brandishing a gun and the guard had immediately used force to restrain the employee and take the gun away from him, the guard's behavior would probably be held reasonable even if it later appeared that the gun was a toy or the conduct was a prank. In imminent danger, a prudent security practitioner eliminates the danger first and resolves issues of blame and purpose later.

### Arbitration of Grievances

A clause on arbitration of grievances provides that, as the final step in grievance adjustment, an unresolved dispute will be heard and decided by an outside, impartial arbitrator (an individual or a group). The contract may specify a continuing, named individual or panel, or it may simply provide a mechanism by which the two sides can select an arbitrator if needed.

Each side typically submits a slate of preferred arbitrators and can eliminate candidates on the other side's slate. The first name on which both sides agree is the arbitrator.

The chosen arbitrator serves under the terms of the collective bargaining contract and under the provisions of state or federal arbitration law (or, in states without express arbitration statutes, under the common law of contracts). Particularly when conducted according to statute, the arbitration is a final, binding decision, which may be enforced by judicial decree or judgment. Also, evidence may be compelled at arbitration hearings by subpoena, and in the limited areas of court review permitted, the facts found by the arbitrator will not be reexamined by the court in the absence of fraud, arbitrary and capricious conduct by the arbitrator, or a decision beyond the power of the arbitrator.

In general, the question of what is within the arbitrator's power to decide is decided by the arbitrator. Also, the arbitrator is not bound by formal rules of evidence; one of the reasons for upsetting an arbitrator's decision is the refusal to admit evidence, rather than admitting too much or the wrong kind. As a practical matter, therefore, labor arbitrations generally allow almost any evidence that either party wants to introduce. The arbitrator is presumed to be an expert and is considered unlikely to be swayed by emotional appeals or to rely on improper evidence in reaching a decision. The whole point of using arbitration instead of the courts is to achieve speedy and practical resolution of disputes.

Although rules of evidence do not apply and one arbitration decision is not necessarily a model for others—because the legal doctrine of precedent or *stare decisis* ("let the decision stand") does not apply—arbitrators have developed a system of industrial relations jurisprudence that parallels the civil and criminal law in practice. Although the law does not require arbitration opinions to be written, collective bargaining contracts frequently do, and arbitrators tend to write opinions as a matter of routine. The opinions are collected and printed by various services and are available much the same as court opinions. The result has been both a growth of procedural rules like the rules of evidence and a form of *stare decisis*.

In arbitration involving actions of the security department, particularly investigative and enforcement actions leading to employee discipline, there will be a demand that such actions meet certain standards before the company position will be sustained. The simplest way to ensure that security performance can pass muster is to apply criminal rules of constitutional fairness to security actions. For example, although security personnel are not legally required to provide *Miranda* warnings, failure to do so may offend an arbitrator's sense of procedural fairness and lead him or her to disregard important evidence.

Of course, much depends on the arbitrator. Because arbitrators' opinions are published, it is possible to gain insights into how a given arbitrator might handle a particular case. This bears heavily on whether one side or the other will seek or reject that arbitrator. If all this sounds like something less than impartial justice, it should be noted that the courts sometimes produce something less than impartial justice themselves. Arbitration has the significant advantage (most of the time) of being quick and, in general, the chosen forum for the parties.

Because of the development of procedural guidelines in labor arbitrations, some practical observations are useful on the degree to which the guidelines are invoked in given cases. In disciplinary cases involving a discharge, the arbitrator will invoke all the rules. If the security organization is involved, everything it has done will be scrutinized. Shortcuts, overreaching, and any actions that would be challenged in a criminal trial if performed by the police will have trouble at the arbitration. By contrast, in cases where suspension or some lesser penalty is involved, the requirement for high standards of "industrial due process" will tend to be less. Arbitrators are sensitive to the stakes.

### Union Representation During Investigative Interviews

For a long time this was a hotly contested subject. Unions often argued that because they had a contract right to be present once formal discipline had been awarded and a grievance filed, they also had a right to be present at interview or interrogation sessions in which the employee was closely questioned about matters that might lead to the employee's discipline. In most cases, the argument was not based on specific contract language but on the argued connection between interviews and discipline. Unions maintained, long before *Miranda*, that they were, in effect, counsel for the worker and had to be present.

The interview presence problem has been raised both in arbitration proceedings under existing contracts and in unfair labor practice charges before the NLRB. In the latter context, the controlling decisions were rendered by the U.S. Supreme Court in 1975.

In two cases—*ILGWU v. Quality Manufacturing Company* (1975) and *National Labor Relations Board v. Weingarten* (1975)—the Court decided there is a right, under the National Labor Relations Act, to union representation during a management interview of a union member under certain circumstances. Although the two cases involved quite different fact situations (one focusing on an employee suspected of theft and interviewed jointly by a security specialist and the immediate superior, the other dealing with a dispute over production conditions and an interview by the company president), the court used the same reasoning in both.

 **Protection of Assets** • Copyright © 2012 by ASIS International

It held that the right under Section 7 of the NLRA arises when an employee being interviewed reasonably fears that such interview may lead to disciplinary action and requests that a union representative be present. The Court held, further, that the right cannot interfere with legitimate management prerogatives. The employer is free to proceed without conducting the interview. If the interview is conducted and the union representative is present, the company is under no duty to bargain with that representative.

The Court did not define an interview that an employee might reasonably fear would result in discipline, but it did distinguish between such interviews and minor matters arising in the office, such as the giving of work instructions, correction, or training. The cautious interpretation would be that any formal interview (whether by security personnel or supervisory personnel) in any matter of substance involving the conduct of the employee being interviewed would be one that the employee might reasonably fear would lead to discipline.

The right of nonunion employees to *Weingarten* representation has been denied in a series of court actions decided as early as 1983. In 2000, however, the NLRB ruled that nonunion employees have the right to have a coworker present at any investigatory interview that the employee reasonably believes might result in disciplinary action.

This much is clear now: If an employee requests representation at an interview that the employee could reasonably fear might result in disciplinary action, the employer must grant the request or forgo the interview.

If the employee does not request representation, the employer need not volunteer to provide it. Thus, an interview could be scheduled and no request be made by the employee involved. In that case, it would be proper to continue the interview, even to conclusions involving oral or written statements against the employee's interest.

However, an exception applies to common carriers covered under the Railway Labor Act. In *Johnson v. Express International* (1991), the court stated that nothing in that act gave the plaintiff, a nonunion pilot, the right to have a coworker present.

## 2.3 STRIKES AND OTHER LABOR DISTURBANCES

A strike generally occurs when company management and collective bargaining unit representatives cannot resolve a dispute over wages or working conditions (an economic strike) or allegations of unfair labor practices on the part of the employer (an unfair labor practice strike). The rights and obligations of striking workers and struck employers are significantly different in the two kinds of strikes.

The term *strike*, according to the National Labor Relations Act (29 U.S.C. 142(2)), includes any concerted stoppage of work by employees (including a stoppage by reason of the expiration of a collective-bargaining agreement) and any concerted slowdown or other concerted interruption of operations by employees. Emotions and tensions usually run high when a strike begins, and they can quickly escalate into violence and property damage if not contained.

A proper assessment of the potential conduct of striking employees considers the history and current leadership of the bargaining unit, the nature of the issues in dispute, past conduct during strikes, current economic conditions, and management's view on the issues in dispute.

The security professional must coordinate effectively with the rest of the company in preparing to deal with strikes in three phases:

- prestrike planning
- strike operations
- poststrike analysis and evaluation

In any labor dispute, the overriding consideration of the security department is to prevent injury and property damage, preserve the integrity of the work site for the early resumption of normal activities after the dispute ends, and maintain order. The security department can do so through proper planning, effective deployment of security resources, and quick response to security-related incidents. Even though the security organization is a management resource identified with the company, it must be seen as taking a more neutral position during labor disputes.

In the late 19th and early 20th centuries, business leaders regarded the security force as a significant point of leverage with their workers. Companies used their security forces not merely to keep the peace but to take hostile action toward striking workers, often augmenting or even supplanting security personnel with forces from the National Guard and the U.S. Army. That approach frequently led to death and injury, widespread rioting, and major clashes of armed groups. Entire communities became involved (*Violence in America*, 1969). Contemporary, ethical managers do not use violence as a tactic.

Still, security professionals must consider the potential for violence throughout their prestrike planning scenarios. This section addresses preparation for and responses to a worst-case scenario. It assumes that neither side uses violence as a weapon and that any violence that does occur is incidental, not central to the resolution of the dispute. Spontaneous violence, which occurs in many strikes, must be dealt with promptly and properly to prevent the entire mood and complexion of the strike from becoming more extreme. Premeditated violence intentionally used to galvanize emotions or to force the involvement of public law enforcement agencies is more difficult to control but requires the same prompt, measured approach.

## 2.3.1 PRESTRIKE PLANNING

Civil actions claiming significant sums for damages following a strike are becoming increasingly common. The findings on behalf of the enterprise in a civil action frequently hinge on thorough security planning and proper implementation. If a company properly documents actions resulting in damages or injury, a union can be held liable for the actions of its members. Conversely, a company neglecting any detail in security preparations may incur huge legal fees and be required to pay significant damages to a third party for the violent misconduct of striking workers or the improper actions of security personnel.

A company with collective bargaining units should establish a cross-functional strike task force with clearly designated responsibilities. The cross-functional team generally consists of representatives from the security, legal, human resources, risk management, and communications departments, as well as line managers from operations containing bargaining units. Planning begins with the first indication that a strike may occur. From that point, management continually monitors the sentiment of workers, with special emphasis on understanding the mood of the work force just before the expiration of the collective bargaining contract. Production slowdowns and minor sabotage are often messages to management regarding employees' frame of mind.

### Varieties of Strikes

Most strikes are over economic issues—management and the union fail to negotiate an agreement, and the bargaining unit votes to stop work. In certain industries, the NLRA requires that the union give at least 60 days' notice that it wishes to modify the collective bargaining agreement. A strike in the absence of this 60-day notice is illegal, but a strike does not become inevitable once the 60-day period begins. For planning purposes, the security professional should treat the commencement of the 60 days as effective notice of the possibility of a strike and begin to increase strike preparation.

In an unfair labor practice strike, workers allege the employer violated the unfair labor practice sections of labor law, and they strike to force cessation of the practice. An economic strike can become an unfair labor practice strike if the employer engages in unfair labor practices once the strike begins. One practical difference between the two types of strikes is that the unfair practice strike can occur suddenly and thus permit no effective planning, unless contingency plans have been prepared. In an unfair labor practice strike, striking employees who unconditionally ask to return to work must be allowed to do so—with the possible exception of those who have engaged in violent or criminal conduct—even if replacements have been hired. The concept is that since an unfair labor practice was committed against them, the workers should not be further penalized for protesting that practice.

This unconditional rehire requirement is very potent. In an economic strike, an employer may not threaten to replace striking workers (this in itself constitutes an unfair labor practice) but may hire permanent replacements once such a strike begins. Striking workers have no right to return to jobs filled by these replacements. But if the dispute turns into an unfair labor practice strike because of the employer's behavior, the strikers may return whether replacements are on the job or not. Improper or poorly implemented security activities during a strike can result in an unfair labor practice complaint.

## Special Settings

### Private Sector Critical Infrastructure

Special considerations apply to private sector corporations deemed to be a part of critical infrastructure. Since the September 11, 2001, terror attacks, several cases have invoked the national emergency provision of the NLRA, which had largely lain dormant since the Carter administration. Labor law theorists are presently speculating on how that provision might affect private-sector critical infrastructure.

In "Strike Season: Protecting Labor-Management Conflict in the Age of Terror," Davies (2005) observes:

> Strikes (and, to a lesser extent, lockouts) are painful but necessary parts of private-sector American labor-management relations. ... As a formal matter, this invocation of the national emergency law was successful in bringing an end to a work stoppage: the injunction terminated the lockout, and the parties reached a settlement before the injunction expired. ... More importantly, even if the national emergency procedures have begun a new life in the age of terror, they won't work, because they cannot address the timing problem that lies at the core of the conflict between the inevitability (and necessity) of strikes and the danger to the public from strikes against employers involved in critical infrastructure in the age of terror.

 **Protection of Assets** • Copyright © 2012 by ASIS International

### Private Security at Federal Buildings

In some cases, security personnel themselves may not strike (*International Protective Services Inc. v. National Labor Relations Board*, 2003). For example, International Protective Services, Inc., provided security guard services at the entrances to U.S. government buildings in Anchor-age, Alaska. Those buildings housed federal courts, the Federal Bureau of Investigation, and other federal agencies. Heightened security measures had been instituted there and at other federal buildings nationwide following the 1995 bombing of the federal building in Oklahoma City, Oklahoma.

The security officers' union voted to strike. Two days after the strike began, International Protective Services, which had already made preparations to replace the striking workers, sent the strikers a letter notifying them that they had "self-terminated" their employment by abandoning their posts. The court later concluded that the strike was not protected by the NLRA because it exposed the federal buildings and their occupants to foreseeable danger.

In "Labor's Fragile Freedom of Association Post-9/11," Garcia (2006) examines a national security exception to collective bargaining. In *Firstline Transportation Security v. National Labor Relations Board* (2005), the Kansas City, Missouri, airport was one of four airports participating in a pilot program allowing private contractors to provide airport security services. In that pilot program, the Transportation Security Administration (TSA) placed the same restrictions on the employees of private contractors as it did on its own employees. Among other restrictions, the workers were required to be U.S. citizens, they could not present a national security risk, and they were not allowed to strike. Nevertheless, the Security, Police, and Fire Professionals of America petitioned the NLRB for permission to represent the private- sector security screeners. In response, Firstline made two arguments: that the screeners were not covered by the NLRA because of the Airline Transportation Safety Act (ATSA), and that an undefined national security exception exempted the screeners from collective bargaining. The NLRB rejected the argument that the ATSA preempted or modified the NLRA, finding that neither Congress nor the NLRA had taken a position on the collective bargaining rights of private security screening employees, other than their belief that neither group had the right to strike. The NLRB decided the ATSA did not prevent the screeners from exercising the labor rights of private employees. As for the national security exception, the NLRB failed to find it in the text of the statute. The NLRB concluded that national security and collective bargaining for the contract screeners were compatible because the screeners had no right to strike and the private employees would be subject to the same training and requirements as federal employees. The NLRB decided that both of Firstline's arguments lacked merit and subsequently ordered an election.

The NLRB later ruled:

> To conclude that private security screeners have no rights under the NLRA would consign them to an employment no-man's land, where neither Federal-sector nor private-sector protections apply. It arguably would violate the international obligations of the United States to protect workplace freedom of association. And given the difficult working conditions for screeners in high-stress jobs, it certainly would not promote harmonious labor relations and the ultimate goal of improved airport security.

## Early Policy Decisions

A company must answer a series of policy questions when developing a strike plan and before a strike commences:

- Will the employer attempt to conduct business as usual during the strike?
- If so, what is the probable size of the work force required on the first day of the strike?
- If not, will any members of the bargaining unit who want to report to work be permitted to do so, or will they be locked out?
- How will premises access be handled for pedestrians and vehicles?
- Will shipments be made and received?
- What is the chain of command for strike operations?
- Will criminal complaints be filed on behalf of the company in cases where the police make arrests?
- To what extent will the strike be documented (with photos, video, or sound recordings)?

Some companies must maintain business as usual to the best of their ability. Utility companies and others deemed to be critical infrastructure usually must continue operations. A major medical facility might curtail some elective services but must continue to handle emergencies and care for patients who cannot be moved. For such facilities, the question is not whether services will continue, but rather what elements of the operation can be postponed until the labor dispute is resolved.

By continuing its operations, the company gains benefits beyond the immediate economic value of the work. Staying in business is an attempt to show that the strike is not hurting the enterprise. If workers support the strike only grudgingly and would prefer to work, normal operations may discourage the strike. However, if feelings run high and workers support the strike, business operations may pose serious tactical difficulties. An unsuccessful bid to prove the strike ineffectual may provoke violence and prolong the dispute.

 Protection of Assets • Copyright © 2012 by ASIS International

The decision to continue with regular operations is made by senior executive management. Security factors to be considered include expected violence and property damage and the locations most likely for conflicts. In *Management Under Strike Conditions*, Hutchinson (1966) notes it is generally unwise to attempt normal operations when one or more of the following conditions exists at the workplace:

- The union is mature, well led, and financially sound; has a strong internal organization; and wins support from other unions.
- The company has limited public or political support.
- The firm's operations are labor-intensive.
- Public demand for the product is limited.
- The employer's financial and leadership resources are limited.
- The employer's legal position is shaky or questionable.

Normal operations are almost always feasible in the following situations:

- The union is poorly led and shows organizational and internal instability.
- The company has strong public and political support.
- Operations are heavily mechanized or automated, and management personnel are trained in operations.
- There is strong product demand or a strong public service reason for operating — for example, pharmaceutical items during a widespread health emergency or military equipment during a period of armed conflict.
- The company has a strong inventory position.
- The company has progressive leadership and a good public image.
- The company's legal position is sound.

### Liaison

Management has the responsibility to notify affected persons and organizations of the status of the labor dispute. The strike task force should formulate a detailed communication plan addressing all employees, suppliers, and service companies that may need to enter the facility. A picket line or violent confrontation at the facility may affect the entry plans of a supplier and the type of personnel used. Notification is a business courtesy and may be a crucial element in any civil action brought against the company for damages at a later date. Contact may be necessary at other than normal business hours.

Contact lists should include the address and contact numbers of management personnel, striking and nonstriking employees, suppliers of goods and services, fire and police departments, government officials, and the media.

## Training

Before a strike, all nonstriking personnel should be trained to handle threats and confrontations with strikers. Supervisors who may be expected to perform clerical, vocational, or craft duties may need refresher training in general safety concerns, emergency shutdown procedures, or maintenance of crucial or hazardous processes.

## Communications

Communications within the facility and with entities outside the facility are critical. A realistic estimate of communications requirements in a strike situation should be compared with the inventory of current resources. Equipment should include standard, cellular, and satellite telephones; facsimile machines; company radios; citizens' band radios; public address systems; and bullhorns. Cellular and satellite telephones provide versatility and a degree of security as supplemental resources. However, any unencrypted or unscrambled radio frequency transmission is subject to interception, and cellular service may be unavailable due to bandwidth overload. The use of cellular jamming technology, although illegal, should be anticipated. Citizens' band radio transmissions and company radio transmissions on a fixed frequency are particularly vulnerable, since listening in on such communications is legal. Interception of cellular and other telephone transmissions is illegal and slightly more complex but relatively common, particularly during strikes.

Land-line communications may be disrupted before or during a strike. The main telephone room and all telephone closets should be kept securely locked. The main telephone room should be equipped with an intrusion alarm. Repair requests should be directed to managers at the service provider and include notification of the current status of the strike.

## Access Control

In facilities where strict key control is not practiced, where keys are issued to union employees, or where keys can be duplicated easily, the lock cylinders on all exterior doors must be changed as soon as the strike starts. Lock cylinders with changeable cores are particularly useful in this process. Card, token, and biometric access systems should be backed up, and change authority should be verified. Access for striking employees should be invalidated as soon as a strike starts. Intrusion alarm systems should be tested right before the outset of a strike and periodically during the strike.

 **Protection of Assets** • Copyright © 2012 by ASIS International

### Routine Supplies

Housekeeping and sanitary supplies will be required throughout the strike. Ensuring adequate stocks of these items and other routine supplies for an extended period will preclude the need for shipments across picket lines. Tanks for heating oil and vehicle fuel should be completely filled before a strike.

### Lodging and Transportation

In public utilities and similar enterprises, management from other company facilities may be needed to continue operations at the struck facility. Lodging, food, and laundry needs must be considered for those personnel. Transportation from their normal work locations to the lodging facility can be arranged with company or rented vehicles on a car pool basis. Security will also be required to preclude harassment and vandalism at the lodging site.

## 2.3.2 STRIKE OPERATIONS

### Premises Access

Striking workers and their supporters always outnumber management personnel and usually greatly outnumber available police personnel. Their chief weapon, other than withholding their own labor, is their ability to discourage other individuals from entering the struck premises and to prevent shipments from entering or leaving the facility.

The right of employees and union representatives to use public property adjoining an employer's premises is well-recognized, provided the activity is directed toward a lawful purpose and is conducted in an orderly and peaceful manner. Sometimes, the delineation between public and private property is obvious. For example, the property line around a large manufacturing facility can easily be defined. At other sites, the lines may be more difficult to determine.

The strike task force should seek legal advice regarding where picketing should be allowed. Technically, the law does not permit mass or lockstep picketing that makes it physically impossible to enter or leave the premises. In practice, however, that is precisely the kind of picketing that is frequently attempted until the company takes action to ensure access. When picketers are engaging in clearly illegal behavior, the company should record and document illegal actions and take the evidence to court to seek an injunction. The picketers will then be ordered to cease their illegal activities. If the picketing employees continue illegal activities in violation of the court order, law enforcement officers can enforce the order. Additionally, the company will have a clear case to recover damages from the union and a tool to defend any case brought against the company by a third party.

The basic premise for planning access to a struck facility is to use the fewest entries possible consistent with the realistically estimated operating status (Figure 2-1). The entries that are used should be located in areas that are easily policed. Whenever possible, they should be situated so that loss of control by police would produce a public traffic control problem. The more imminent the public threat, the more promptly law enforcement pressure will be applied. Violence is more quickly suppressed if it directly affects the public, rather than only the parties in a dispute.

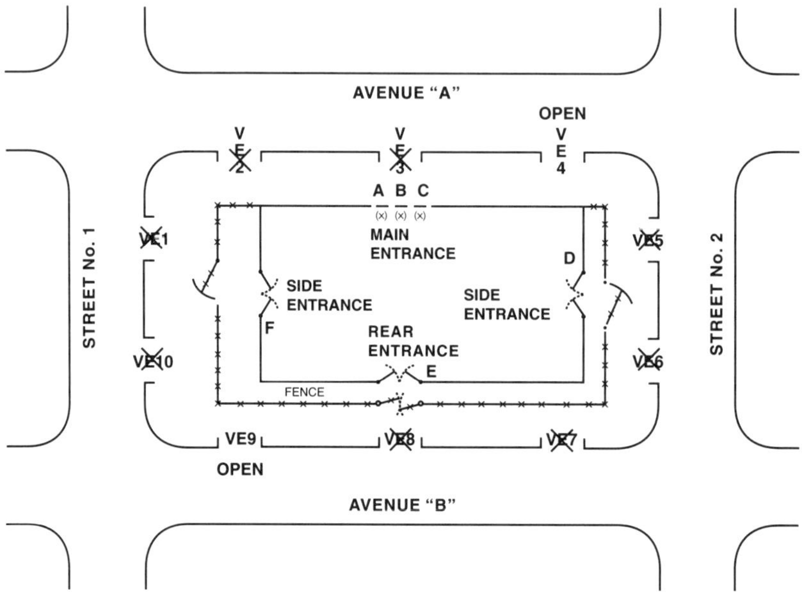


Notes:

1. VE1-VE10 are the vehicle entrances used normally.
2. During the strike, the company should close all vehicle entrances except VE4 and VE9.
3. Congestion at VE4 and VE9 will affect all four streets, and police resources can be focused at two locations instead of 10.
4. A, B, and C are revolving doors.
5. D, E, and F are pedestrian entry gates.

**Figure 2-1**

Reducing the Number of Entrances in Use During a Strike

Whether or not the company tries to operate normally during a strike, the law allows certain noncompany personnel access to the site. Contractor and subcontractor employees who work at the struck premises and are not engaged directly in the employer's primary operations or in routine maintenance may be given access to the premises via a clearly

 **Protection of Assets** • Copyright © 2012 by ASIS International

marked gate reserved exclusively for their use. Company employees, tradesmen doing routine maintenance work, and suppliers for the employer's day-to-day activities must not use that gate. Any picketing of that gate by the employees of the struck employer, or by their sympathizers, would be unlawful and could be enjoined.

## Access Methods

If the struck premises is a large complex with interior roadways, planning must include estimates of the distribution of the probable work force within the facility, and the internal roads must be used for traffic movement once personnel have arrived at the work site. The principle here is to provide the fastest and most direct ingress to the work site from the planned arrival points (Figure 2-2).

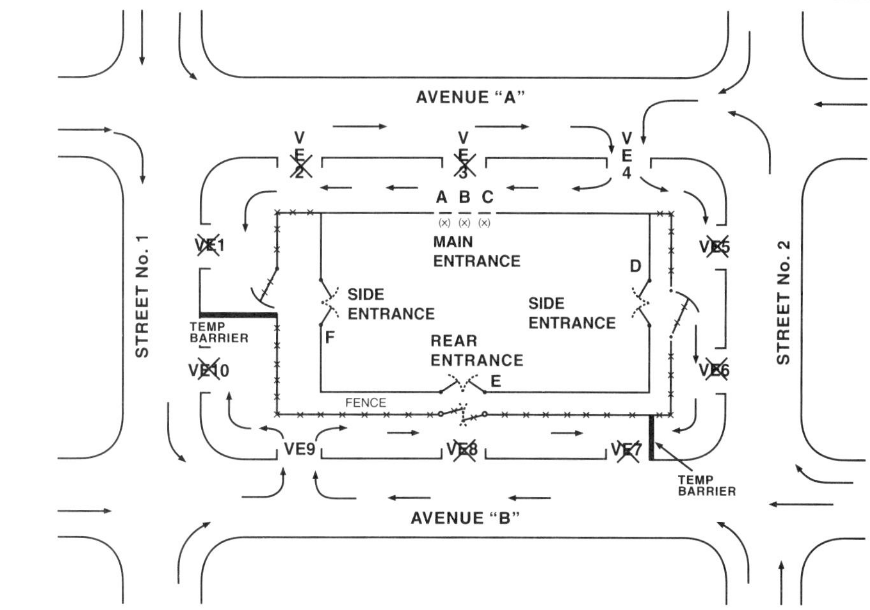


Notes:

1. Inbound traffic at VE4 from Avenue "A" can move in either direction to parking locations up to a temporary barrier at VE7 and a temporary barrier in the lot along Street No. 1.
2. Inbound traffic at VE9 from Avenue "B" can move in either direction to the same barriers.
3. Either barrier can be opened for controlled movement around the interior perimeter.
4. A, B, and C are revolving doors.
5. D, E, and F are pedestrian entry gates.

**Figure 2-2**

Using Internal Routing for Vehicle Movement During a Strike

Militant strikers often strew nails or other materials in the roadway around a struck plant to puncture the tires of vehicles entering or leaving. Favorite devices are a child's jack with its points sharpened or two or three construction nails twisted together so that the point of at least one is always upright. A utility vehicle trailing a broom or magnet (or both) should be kept near each gate if this problem arises.

If pedestrian access is the norm and can be accommodated safely, it may be considered. Normally, vehicular access to a struck facility is preferred. If violence does erupt, persons are safer inside automobiles, the damage to which can readily be repaired or indemnified. All personnel who plan to come to the work site should be encouraged to arrange car pools. Traveling together

- affords shelter and protection at the perimeter,
- reduces the total number of vehicles entering and on-site, and
- provides witnesses to any unlawful acts committed or attempted against personnel.

Right before the strike, personnel must be told which access routes to use, what gates and doors will be available, and where cars are to be parked or how they will be directed to parking spaces once inside the facility. The instructions should be clearly written and illustrated with maps or sketches.

A strike is an emotional event, and conduct showing contempt is almost certain to provoke hostility and probably violence. Therefore, movement past picket lines should be minimized. Meals should be brought in for people at work, reducing the number of times those personnel must cross the picket lines and risk a confrontation.

### The Lockout

The complementary tactic to the strike is the lockout, in which management refuses to allow members of the bargaining unit onto the premises. A lockout may lawfully be used in the face of a violent strike—to protect the employer's property or to maintain normal operations. If a lockout commences in response to a strike, the employer must give notice to the bargaining unit that the plant will not be open to its members. Failure to give notice can result in an unfair labor practice charge against the employer. The course the employer follows—lockout or work as usual—must be made clear to the work force.

If the employer locks out the bargaining unit personnel, the probable work force consists of nonbargaining groups and supervisors. The impact of operating with a reduced force, including supervisors and managers who have not had recent hands-on production experience, is that normal production is sharply reduced and, in some cases, stopped. Some personnel will be deterred by the fear of personal violence and will not show up, at least on the first day; however, the struck facility should plan logistics, such as food, for the maximum possible number of employees.

If the employer does not use a lockout, members of the bargaining unit who come to work must be admitted. It may be that no bargaining unit members seek admittance, or small groups or large numbers may arrive, or only union officials may seek admittance. This situation often creates additional security problems, specifically relating to those who enter not to work but to observe and harass those who do, to disable equipment, or to disrupt processes.

If bargaining unit personnel are admitted, management should ensure that personnel who enter go directly to their workstations, accept work assignments, and remain at the workstations performing those assignments. If management cannot ensure that result, it should consider suspending normal production.

Corrada (1996) notes that while employers were once barred during offensive lockouts from hiring even temporary replacements unless they had a substantial business reason for so doing so,[5] the trend now seems to be that employers who lock out to exert economic pressure on unions may hire temporary replacements as long as there is no specific proof of antiunion motivation.[6]

### Shipments In and Out

Some shipments, such as food, are essential to the operation of any facility. Trash and garbage can be stored on-site for a brief period, but trash removal must be considered in strike planning. Biohazardous material is a particular problem in medical treatment or laboratory facilities.

If shipments into the site cannot be converted to products or if no product has been manufactured to permit significant shipments out, movement of materials may be useless and dangerous. The employer clearly has the legal right to attempt such movements, but potential violence may be a good reason to defer them. Striking workers are as aware as management of the significance of shipments. If shipments are important, they must be accomplished under the most protective circumstances possible—when police are present, when the shipment can be made without delay, and when the exposure of the arriving and departing vehicles can be minimized.

A fairly typical tactic in strikes is for a vehicle to follow trucks leaving struck premises and attempt to intimidate the driver at some distance from police protection. One solution is to

---

5 See, e.g., *Ottawa Silica Co.* (1972) and *Inland Trucking Co.* (1969).

6 See *Harter Equipment*, 280 N.L.R.B. 597 (1986).

establish a marshaling point where shipments can be delivered for transshipment. Protection to and from a nearby intermediate point may be easier to ensure. Dispersal thereafter in several vehicles, none identified with the struck employer, can make pursuit impractical. Inbound shipments can be dropped at a transshipping point and concentrated for delivery to the facility. Occasional changes in the marshaling site may further reduce the potential for off-site violence.

### Chain of Command

The chief executive is always the final authority, but it is not uncommon for senior management to be absent from the facility to participate in collective bargaining or bargaining strategy meetings.

The problems faced during a strike are not normal problems, and normal lines of control usually are not adequate. In the absence of the striking employees, senior managers may have no direct function to perform. Senior executives lacking a clear area in which to exert their normal authority can rapidly become a liability rather than an asset.

Executive management should develop a temporary organization chart that clearly delegates on-the-spot decision-making authority to one or more individuals who will always be present. The head of the security department is one likely candidate for such authority. This individual should have the authority to implement specific plans and contingency options carefully delineated in a master-planning document. Sufficient discretion also must be delegated to permit a realistic execution of the plan.

In dealing with the immediate strike problem, which usually concerns the prevention or suppression of violence, the chain of authority may run directly from the head of security operations to the senior executive present, even if such a direct line would not exist normally. Once planning decisions are made, the head of the protection force should have responsibility for dealing with pedestrian and vehicular access, picket line disturbances, protection of fixed and portable property, police liaison, and documentation of unlawful conduct. If no appropriate management position exists, an operating manager should be designated as the coordinator of physical security.

It is not unusual for an organization to set up strike planning on multiple levels. The two most important are the central planning center and the security planning center (Figure 2-3). Matters concerning internal operations and strike strategy are coordinated through the central planning group. Executive liaison is also a function of this team. Physical security—picket line coverage, plant protection, fire prevention, and police liaison—is coordinated by the security planning group. Communications between the two groups should be on an open- line basis, and each group should update the other immediately on any changes to the plan or procedures. The senior executive present should be located in the designated central planning area; the senior security executive should work in the security planning area or remain accessible from there.

To avoid confusion and the possibility of someone undermining operations, directions to the security forces in the field should come only from the security department.

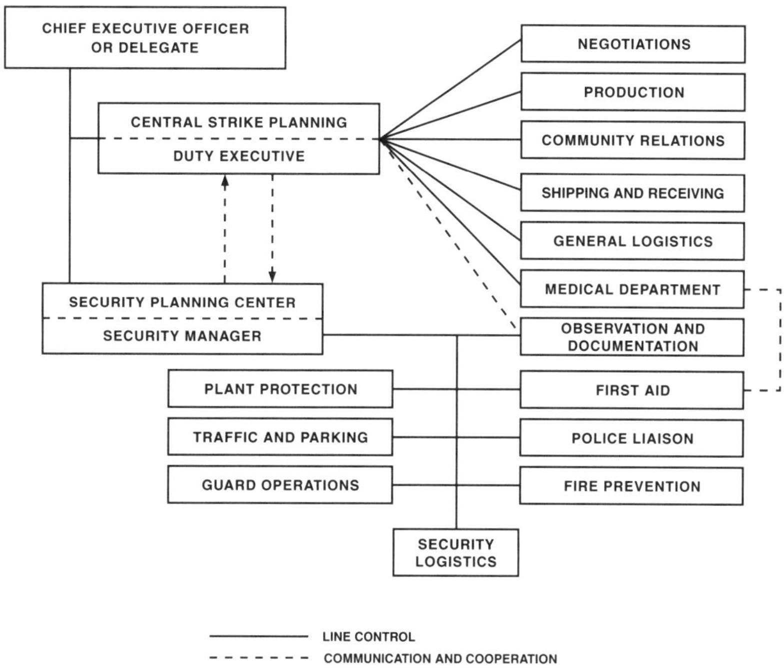


**Figure 2-3**
Two-Level Central Strike Planning Organization

## Police Liaison

The most important external relationship during a strike is with the local police department. A company with multiple facilities may have relationships with many police departments, each of which is important in a strike.

Police are interested not in the merits of the labor dispute but in preserving peace and preventing violence. Police can be discouraged by a management team that expects immediate police reaction—including apprehension, arrest, and removal of persons committing criminal acts—but later refuses to process formal criminal complaints.

The professional police position is that the police will

- respond to a strike site in sufficient numbers to prevent violence,
- enforce the law fairly and firmly, and
- suppress criminal conduct.

With this attitude and adequate numbers, the only requirement for effective police control is proper planning. Police may take the position that a labor dispute is a special controversy and, despite violations of law, they will not take general action until an injunction against the strikers has been obtained. However, enlightened police thinking favors immediate enforcement against incidents to curtail violence. Injunctions may add more detail (such as by reciting the number of pickets and the distance between them), but the police do not need injunctions to take action legally.

No injunction will be issued except to curb illegal strike activities. Legal strike action, including legal picketing, cannot be enjoined. The best course is to document any violence fully and immediately and then apply for a temporary restraining order, pending argument on a preliminary or permanent injunction. Legal counsel can advise on the proper procedure.

Another police attitude is to perform less than vigorous enforcement. This is sometimes a problem in communities where public sentiment is wholly with the striking workers. It puts the struck facility in the position of having to seek enforcement of the injunction by county or state police forces. Where this police attitude is likely, serious thought must be given to avoiding any attempt at business as usual during the strike.

For organizations with security departments, the police attitude should not be in doubt. Ongoing relationships between security and police help each party understand the other's policy, whether stated or implied. Even when police policy favors prompt restraint of violence, preliminary meetings are useful to review that policy and seek its public reaffirmation.

### Amnesty

The settlement of a strike may well include a demand for amnesty for arrested union members or strikers. Management must think carefully in advance about its willingness to agree to this demand. If a policy position is not taken in advance, the pressure to agree simply to settle the strike may be irresistible. It is not in the interest of good citizenship, good labor relations, or good management to ignore criminal acts. A sound policy is not to agree to amnesty for serious offenses (including all felonies), not to attempt to influence the police against prosecution in situations where the police officers themselves are the complaining witnesses, and not to agree to any all-embracing decision in situations where a crime has been charged.

  Copyright © 2012 by ASIS International

For several reasons, the police tend not to make unnecessary arrests in strikes:

- Arrests are an administrative bother at a time when attention is needed in a tactical situation that may require many officers at the scene.
- The strikers are also voters and are certainly more numerous than managers. Unnecessary arrests provoke antipolice feelings that can be translated into political action.

Used with restraint and sound police judgment, arrests are a key to strike violence prevention.

### Documentary Strike Coverage

Documentary coverage can include digital still pictures, cell phone camera shots, video recordings, sound recordings, and on-the-spot note-taking or affidavit preparation.

Documentary surveillance of workers engaged in legal and legitimate collective bargaining activities, such as legal picketing during a strike, can itself amount to an unfair labor practice in that it interferes with or inhibits striking employees in the exercise of their rights. Conversely, in addition to their possible criminal nature, union threats of violence, threats to prevent entry to company premises, or threats of physical damage to property are unfair labor practices for which the union can be held liable. It is important to refrain from documenting legal activities but to document illegal activities as fully as possible. The documentation may be required or especially useful

- as proof of criminal charges,
- in support of an application for injunctive relief,
- in unfair labor practice complaint hearings before national or state labor boards, and
- in defending a civil action brought against the company.

Prestrike planning should specifically assign documentation responsibility. Teams should be established under the direction of a supervisor who can make a proper decision on when and what to document. The teams should be equipped with appropriate equipment, including cell phones or two-way radios. Videotapes, memory cards, and batteries must be obtained before the strike.

Also before the strike, documentation teams should survey sites most likely to experience trouble to determine optimum viewpoints. During the strike, teams may be stationed near those sites or kept in reserve and deployed (in vehicles, within large facilities) rapidly to the site of an incident. They can then record any violent incident to the extent necessary to represent it fairly and then withdraw until the next incident. The nature and severity of the documented incidents will determine whether the evidence should be accumulated and turned in at intervals or be made available immediately to the strike planning group.

### Facilities Security

An appropriate physical security plan addresses access control; fire, medical, and other emergencies; protection of struck premises; security communications; police liaison on-site and at command levels; provision of security and other emergency staffing; security equipment and logistics requirements; and general logistics requirements. It is best to follow incident command protocols.

### Access to Facilities

As already noted, the entrances in use should be reduced to the smallest number consistent with operating requirements. Each must be as well-protected by police at the street line as the local police commanders can assure. The fewer the gates, the greater the number of police available at those in operation.

An effective police technique is the use of three squads at a gate. The first squad is on the line in immediate contact with the picketers. If picketing is *en masse* or lockstep—or if violence appears likely—the first line operates as a unit, with the officers moving right or left from a pivot position. Figure 2-4 illustrates the movement.

As the line moves, it opens a path and forces individuals in its line of travel to clear the road or walkway. The second squad takes position immediately behind the first squad if violence swells or if resistance is met. The third squad is on standby in the immediate vicinity. If the second squad goes on the line, the third steps into reserve, ready to move in with the first two. The technique has been used successfully to control a gate picketed by several hundred strikers, using no more than 30 police officers in three squads.

Abandonment of automobiles, often a problem at vehicular entrances, may be intentional or the result of a driver's apprehension over the actions of picketers. If the vehicle cannot be started and moved promptly, it should be moved with heavy equipment. A tractor, payloader, or truck with reinforced bumpers padded with tires or similar items to minimize damage should be deployed near each designated vehicle entrance. Vehicles that cannot be started are pushed aside after passengers disembark. A space must be reserved for this purpose inside the perimeter. A qualified driver should be assigned to each piece of heavy equipment. Any damage done to abandoned vehicles can be compensated—at less cost to the company than that caused by the impasse that would otherwise result.

 **Protection of Assets** • Copyright © 2012 by ASIS International

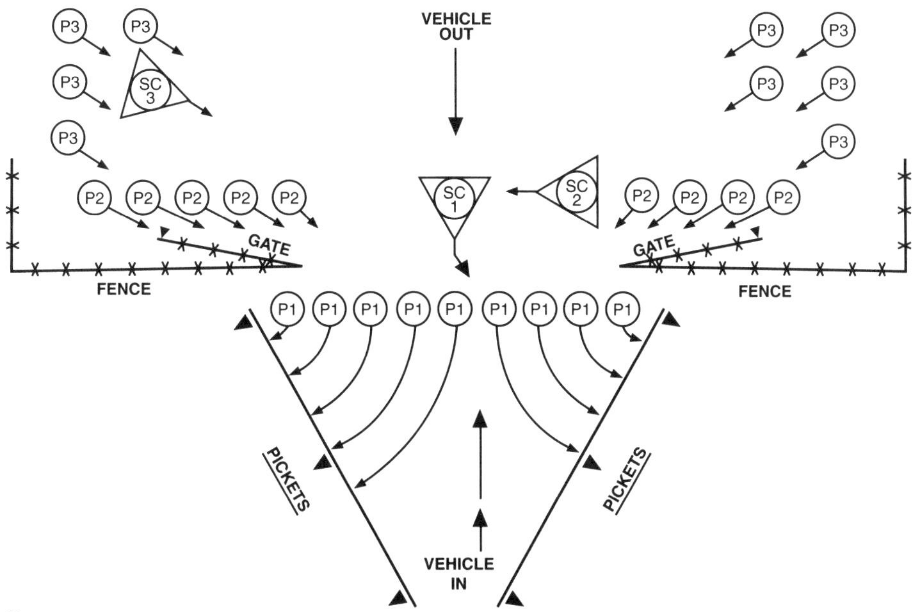


Notes:

1. As vehicle enters or leaves, police squad 1 (P1) moves in echelon right and echelon left to open a clear path. Picketers are pushed away from gate.
2. If problems arise, squad 2 (P2) takes up position immediately behind squad 1.
3. Reserve squad 3 (P3) takes squad 2 position if squad 2 moves. Squad 3 reinforces line if needed.
4. Squad commanders (SC) coordinate. Senior squad commander is gate commander.

**Figure 2-4**

Three-Squad Police Gate Control During a Strike

## Buffer Zone

Where possible, a clear zone should be maintained between the property boundary and any area where vehicles are parked or materials stored. A distance of 65 to 100 feet (20 to 30 meters) should be left open. A second line or perimeter can be constructed at that point by using nylon line and stanchions. This barrier is legal and psychological but is not intended to withstand physical attack. No one should be permitted to walk, drive, park, or store materials between the property line and the inner zone boundary. Such use of a buffer zone serves three purposes:

- It moves targets a considerable distance from the picket line.
- It creates a clear area in which any person is immediately obvious.
- It establishes a positive line of demarcation between company security forces and police.

The police have enforcement and incident control responsibility up to the inner zone boundary. At the boundary and inside it, the facility security force assumes responsibility. In facilities without a clear area, entrances should be used that permit the exterior building walls to constitute the zone boundary. Figure 2-5 illustrates a hypothetical facility with limited gates and zone boundaries for strike operations.

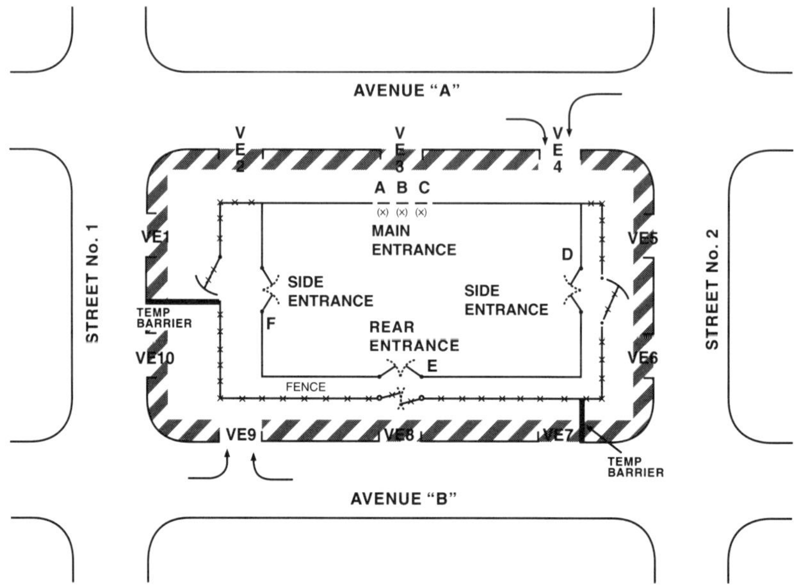


Notes:

1. Vehicles enter through VE4 or VE9.
2. Cross-hatching indicates buffer zone (no parking, pedestrian movement, or materials storage).
3. Police control from street to buffer. Security forces control area from the buffer inward.

**Figure 2-5**

Buffer Zone for Protection of Vehicles and Personnel During a Strike

## Fire, Medical, and Other Emergencies

During a strike, there is a greater than usual likelihood of fire and other emergencies. In violent strikes, sabotage is a distinct possibility. The assignment of personnel to unfamiliar or unusual tasks can produce accidents or fires. The strain of picket line confrontations may exacerbate heart or other medical problems.

Any standard fire patrols should be extended during a strike. If security personnel are not sufficient, supervisory personnel should be used as well. All automatic detection and alarm equipment should be serviced just before the strike deadline to ensure reliability.

 **Protection of Assets** • Copyright © 2012 by ASIS International

Nonstriking personnel in the facility should be familiarized with the location and operation of fire-fighting equipment.

A trained emergency rescue team should be available to dispense first aid in medical emergencies. An ambulance or other suitable vehicle should be available inside the struck facility to move the seriously injured to a hospital. Adequate medical supplies, including splints, should be available. If sick or injured persons are transported to a hospital, the emergency room should be notified of the impending arrival, including the number of persons and the type illness or injury.

### Protection of Struck Premises

If a guard force is not normally used, procuring one at the time of a strike may be difficult. In addition to normal recruitment challenges, statutes in some states place the licenses of contract security companies in jeopardy if they provide security staffing exclusively for strikes.[7] An existing guard force should be placed on emergency status. This permits retention of the maximum manpower during periods of peak activity, such as morning and evening. Extending the workday of each shift on an overtime basis to overlap with the succeeding shift often provides this coverage.

If no guard force is available, supervisory personnel should be organized into a patrol group. The patrol function is not to enforce the law or apprehend persons committing illegal acts, but to detect the presence of such persons or activities so they can be promptly reported to the police. Members of an emergency patrol force should be provided with cellular telephones, citizens' band radio transceivers, or radios on a company-assigned frequency. Radio frequency transmissions will monitored by strikers unless scrambled or encrypted.

Every security officer must be prepared to take contemporaneous notes of any incident observed. In addition, a security log should be maintained, contemporaneously, to record details of any incident. The log should include the nature and exact location of the incident, the date and time the incident started and ended, identification of parties to the incident, actions taken by each party, and identification of any witnesses. The security log is often a crucial piece of evidence in any subsequent legal action.

### Strike Wind-Down

There may be a substantial back-to-work movement among workers before the formal end of the strike. When popular support for the strike has eroded, the violence at the picket lines tends to abate. The main security emphasis will shift to maintaining order within the facility. While security forces maintain vigilance and police may continue to post some personnel,

[7] See, e.g., New York General Business Law, Section 84, and 18 U.S.C. 1231.

perimeter resources will be reduced and redeployed to regular posts. Not all normal gates will be open during a limited back-to-work movement because there probably will not be enough security personnel to handle normal gate traffic, cover the perimeter, and maintain low-key but augmented internal coverage.

When the strike has ended, the security department should quickly dismantle strike defenses at the perimeter and restore the appearance of a normal environment.

## 2.3.3 POSTSTRIKE ISSUES

### Notification of Police

It is critical that police commanders be informed immediately when a strike settlement has been reached and told when it is to be effective—even if the strike ends at 2:00 a.m. on a Sunday. The police may have had to make extensive reassignments to cover the strike, and senior commanders must know as soon as possible so they can reassign personnel to normal duty. It would be very unprofessional for a security manager to let police learn of the end of a strike through the grapevine or the media. Communications between the negotiators, the general strike planning center, the security strike planning center, and the senior security managers must be ongoing to permit timely police contact.

### Threats and Retaliation

During the strike, especially if some workers have straggled back to work early, personal animosity and resentment may arise. Threats and physical attacks against workers or their property may have been made during the strike. Following the strike, there will be friction between the attackers and victims. In announcing resumption of work, the company must take the clearly expressed position that retaliatory behavior, renewed threats, or any form of violence or intimidation will not be tolerated, and that offenders will be dealt with immediately and severely. Company negotiators also must make this point clear to union negotiators at the time the settlement is reached.

This point is related to—but different from—the question of amnesty. Whether or not amnesty is granted to individuals who make special trouble during the strike, no one should be permitted to engage in further violent or threatening behavior after the strike. Enforcement of this policy is urgent.

### Internal Surveillance

Lingering ill will may provoke some militant workers to attempt acts of sabotage, most likely on the first day or two back to work. Special vigilance by the security organization may be required; however, it is not recommended that uniformed personnel be deployed extensively throughout the facility if that is not the normal pattern. Security supervisors or personnel who

 Protection of Assets • Copyright © 2012 by ASIS International

were assigned to the security patrol groups should make casual walking observations of the facility, especially those areas in which poststrike encounters are expected. At the first indication of improper activity, the area supervisor and a security supervisor should be alerted.

The area supervisor can deal with the workers involved while the security supervisor contacts the security headquarters or dispatch center to ensure the availability of backup personnel, if needed.

### Investigative Follow-Up

If threats or other intimidating conduct come to management's attention, the facility investigative staff should interview the complainant, the accused, and any other personnel who have relevant information to quickly resolve the situation. Rapid resolution of the specific incident will serve to deter other incidents by showing that management will enforce its no-retaliation policy.

### Security Critique

Once normal operations have resumed, security management should review its performance during the strike. (Such a process is often called a hotwash.) The review includes examining photographic, video, and audio data. Specific incidents and the responses to them should be analyzed, the special supplies and equipment deployed and on hand should be inventoried, and the performance of functional groups and individuals within the security organization should be appraised.

The purpose of the critique is to identify mistakes made and avoid them in the future. The critique should be accomplished while strike operations are still vivid in the memories of all concerned. Personnel can then be assigned to make any necessary changes in the strike manual or in policies for future strikes.

## 2.4 THE FUTURE

The future of labor law and labor strikes will continue to evolve in response to various social, economic, business, and political trends. To remain effective throughout this evolution, security managers should stay abreast of those trends and anticipate their impact on labor relations at their employer's facilities. They will then be best equipped to deal effectively, ethically, and legally with labor challenges that may arise.

# APPENDIX A

## STRIKE SECURITY CHECKLIST

### BEFORE THE STRIKE

#### Security Forces

1. Review plans and train security forces on handling threats and confrontation with strikers, bomb threats, fire protection, first aid, and riot.
2. Organize a security reserve force among management for interior patrol, observation, and communications duties.
3. Train a sufficient number of personnel in the performance of each security function to ensure the availability of functional personnel at all times.
4. Determine which gates will be used in a strike situation and develop an initial security staffing plan for each. Inspect the locking mechanisms and padlocks and prepare to change the padlocks or cores as needed.
5. Arrange with contract guard service for additional guards and equipment as needed.
6. Inventory all available still cameras, video cameras, and audio recording equipment. Acquire supplemental equipment required for incident documentation teams.
7. Establish a security control center and supply it with adequate communications equipment, nonpublished telephone numbers, and administrative supplies and emergency repair tools.
8. Ensure an adequate supply of batteries, videotape, and other consumables.
9. Consider an alternate security control center away from plant property.

#### Administration

1. Arrange 24-hour contact capability with local police and fire departments, suppliers of goods and services, transportation companies, and neighboring plants and businesses.
2. Ensure there is a current database of the names, addresses, and contact numbers of all management personnel and security force personnel.
3. Update internal route maps showing roads, access gates, etc.
4. Review property and liability insurance.

 Protection of Assets • Copyright © 2012 by ASIS International

## Communications

1. Ensure that the main telephone switch room and all telephone closets are secured.
2. Inventory all available communications resources and compare the list with estimated-communications requirements in a strike situation. Acquire needed supplemental equipment.
3. Ensure availability of cellular or satellite telephones for use in the event of a communications disruption.

## Perimeter Protection

1. Repair weaknesses in perimeter fences and entrance gates. Post "No Trespassing" and "Property of ..." signs.
2. Inspect locking mechanisms and padlocks on gates that will not be used in a strike. Prepare to replace all padlocks or padlock cores currently in use.
3. Inspect or install protective screens on windows within 100 feet (30 meters) of public property.
4. Prepare materials for designating an exclusion zone within the perimeter fence.
5. Inspect perimeter lighting to ensure that lights function and provide adequate illumination. Install screens to prevent damage from stones, bolts, and other thrown debris.
6. Ensure the availability of heavy equipment at gates to push immobile vehicles from entrances.

## Building and Property Protection

1. Ensure an adequate stock of replacement lock cylinders or cores and sufficient operating keys for nonstriking personnel. Designate personnel, by name, to change cylinders or cores on command.
2. Test intrusion alarm systems immediately and set a schedule for frequent tests.
3. Back up automated access systems and verify operator change authority limitations. Prepare to invalidate the access authorizations of all striking employees.
4. Remove signposts or other items that could be stolen, damaged, or used as missiles.
5. Prepare a secure parking area for authorized vehicles.
6. Inspect all exterior lighting to ensure that lights function and provide adequate illumination. Install additional light fixtures as required.

## Fire Protection

1. Check automatic sprinkler systems for closed valves and other unsafe conditions. Ensure an adequate air supply for dry pipe sprinkler systems.
2. Remove handles from outdoor sprinkler system post indicator valves.
3. Check all fire extinguishers. Refill, replace, or repair as necessary.
4. Check housekeeping and remove accumulations of trash.
5. Ensure that designated fire lanes are not blocked.
6. Isolate and protect all flammable materials where possible.
7. Secure all supplies of toxic and other noxious substances.
8. Review mutual assistance agreements with neighboring facilities.

## Records Protection

1. Ensure that vital records are stored in fire-resistant containers.
2. Verify the storage of duplicate records and data media in a secure off-site facility.

# DURING THE STRIKE

## Policy

1. Plan all tactics in detail and coordinate with legal counsel before execution.
2. Coordinate all news releases through designated management personnel.
3. Use the security function primarily to prevent violence and protect property.

## Security Operations

1. Maintain a contemporaneous log of all incidents and security actions.
2. Patrol fences, exterior walls, and parking areas on a frequent but irregular basis.
3. Verify the functionality of all exterior lighting on each security officer tour.
4. Verify the security of each perimeter gate not in use and each exterior building door on each security officer tour.
5. Maintain security force presence at each gate or entry door when in use.
6. Identify all persons entering the facility.
7. Protect vital plant areas with additional security personnel.
8. Ensure that fire lanes are open at all times.
9. Maintain a reserve security force at the control center for dispatch to trouble spots.
10. Monitor police and fire department radios.
11. Test intrusion alarm systems on a regular basis.


**Protection of Assets** • Copyright © 2012 by ASIS International

# APPENDIX B

## MODEL SECURITY OPERATIONS STRIKE PLAN

(Name of Company)
(Location)

## SECURITY OPERATIONS STRIKE PLAN

**COPY NUMBER ___ OF ___ COPIES**
**DATE:**

### CONTENTS

| | |
|---|---|
| MISSION AND COMMAND ORGANIZATION | PART I |
| PRINCIPLES FOR GUIDANCE OF SUPERVISORS | PART II |
| SECURITY OFFICER OPERATIONS | PART III |
| General Order No. 3, Rev. 3 | Section 1 |
| Bomb Threat Procedures | Section 2 |
| Schedule of Post Hours | Section 3 |
| COMMUNICATIONS OPERATIONS | PART IV |
| CAMERA COVERAGE | PART V |
| DEFENSE INDUSTRIAL SECURITY PROGRAM | PART VI |
| GENERAL INSTRUCTIONS FOR PLANT PERSONNEL | PART VII |
| MAPS AND PLANS | PART VIII |

Copy No. ___ of ___
ISSUED TO: (Name of recipient)

## PART I—MISSION AND COMMAND ORGANIZATION

### 1. MISSION

The mission of the (name) security department during a strike is:

A. To prevent or properly restrain acts of physical violence by or against any person on company premises;

B. To protect company and/or government property against destruction or damage and classified information against compromise;

C. Insofar as possible to discharge all normal functions of the regular security program. Established procedures will govern wherever applicable.

However, supervisors are expected to use ingenuity and demonstrate creativity, initiative and self-reliance in handling novel problems that will undoubtedly occur during the strike. Accomplishment of the security mission is the prime responsibility of the security supervisory force.

### 2. ORGANIZATION

The normal departmental organization will continue in effect through the strike emergency except as augmented or modified in this plan. The following specific assignments of supervisory responsibility will be in effect during the emergency period.

### 3. PHYSICAL SECURITY MEASURES AND GUARD COMMANDER

| | | |
|---|---|---|
| a. | (Location)—Overall Guard Commander | (Name) |
| b. | (Location)—Command Post—R101— Days | (Name) |
| c. | (Location)—Post 1—Days | (Name) |
| d. | (Location)—Post 21—Days | (Name) |
| e. | (Location)—Post T-23—Days | (Name) |
| f. | (Location)—Post T-38— Days | (Name) |
| g. | (Location)—All Posts and Buildings Except—Nights | (Name) |
| h. | (Location)—Command Post—Nights | (Name) |
| i. | (Location)—Days | (Name) |

### 4. COMMUNICATIONS COORDINATOR

| | | |
|---|---|---|
| a. | Overall Responsibility | (Name) |
| b. | Security Message Center—R101 | (Name) |
| c. | Security Telephone—Days—R101 | (Name) |
| d. | Security Radio Network—Days—R101 | (Name) |
| e. | Security Telephone—Nights | (Name) |
| f. | Security Radio Network—Nights | (Name) |

 **Protection of Assets** • Copyright © 2012 by ASIS International

## PART II—PRINCIPLES FOR GUIDANCE OF SUPERVISORS

1. In all matters of plant protection, including the admittance of persons and vehicles, crowd control, activity at entry points, apprehension and custody of persons, and other aspects of internal security the security department has exclusive responsibility and authority. Decisions and actions will be coordinated with other interested activities whenever possible, but emergencies will be dealt with promptly and decisively by security personnel in consultation with the appropriate line management or others as required.
2. Decisions will be made on-the-spot by the assigned supervisor in situations requiring immediate response to prevent or limit destruction of property or risk to any person on the property. They will be consistent with this plan and, where possible include consultation with appropriate management in advance. Absence or unavailability of a supervisor, however, is not an acceptable reason for failure to act in actual or potentially violent situations or others.
3. Reports of observations, actions, field problems, and command decisions will be relayed promptly to the security message center or command post.
4. Acts of violence and crimes will be dealt with promptly and firmly. Where a crime is committed on company premises the perpetrator may be apprehended by security personnel and turned over to police officials consistent with previously established procedures. The security officer witnessing the crime will act as complainant and will provide local law enforcement with the appropriate information and cooperation so an arrest can be effected in a prompt and efficient manner.
5. Security forces will not be issued firearms during the strike. (Any exception will be made only after proper consultation with line management, human resources, legal and local law enforcement in situations such as distribution of payroll, cash collections, etc.) Batons or related defensive devices will not be routinely carried or displayed, but will be issued and stored at all fixed posts for use, if needed, and only when authorized by the supervisor in charge.
6. The minimum force necessary will be used to prevent or restrain violence, effect apprehensions or disperse mobs. People will be protected consistent with the procedures, applicable laws and in conjunction with local law enforcement whenever possible. When resistance ceases, force must cease and always be reasonable to the situation at hand.
7. The company carries adequate liability insurance for defamation, false arrest, or false imprisonment actions brought against security personnel acting pursuant to orders. Such limits of liability will be reviewed by legal counsel and risk management personnel prior to and at regular intervals during the strike.

8. All security directives and instructions, general orders, special orders, fire orders and shop rules will remain in effect unless modified by this plan or by competent verbal order during the strike. The following orders are modified as indicated:

| | |
|---|---|
| Special Order No. 1, Rev. 1 | Suspended until further notice. |
| Special Order No. 4, Rev. 10 | Suspended until further notice. |
| Special Order No. 8, Rev. 1 | Suspended until further notice. |
| Special Order No. 9, Rev. 1 | Suspended until further notice. |
| Special Order No. 14, Rev. 6 | Suspended until further notice. |
| Special Order No. 28 | Suspended until further notice. |
| Special Order No. 30 | Strict enforcement will be required only for "A" and "B" lots. |
| Special Order No. 32 | Suspended until further notice. |
| Special Order No. 37 | Suspended until further notice. |


**Protection of Assets** • Copyright © 2012 by ASIS International

# PART III—SECURITY OFFICER OPERATIONS

## 1. GENERAL ORDER NO. 3, REVISION 3

Date:
SUBJECT: STRIKE OPERATIONS
TO: UNIFORMED SECURITY PERSONNEL

1. PURPOSE: This revision establishes a temporary strike duty chart for all security officers and establishes certain temporary security posts.

2. ORDER: If a strike is declared, the existing duty chart for security officers will be suspended and the following temporary emergency duty chart will go into effect:

   a. EMERGENCY ASSIGNMENTS: During the emergency, security officers will be assigned on an overtime basis as required to meet changing conditions. As possible, sustained, maximum demands on manpower resources will be avoided.

   b. TOUR HOURS: Personnel assigned to the various shifts will work the tours indicated in the right-hand column below:

| *Shift* | *Regular Hours* | *Emergency Hours* |
|---|---|---|
| First | 2330 to 0800 | 2330 to 1000 |
| Second | 0730 to 1600 | 0730 to 1730 |
| Third | 1530 to 2400 | 1530 to 2400 |

   c. TEMPORARY POSTS: In addition to the regular posts established in Revised General Order 4, the following temporary posts are established for the strike emergency. Assignments to specific posts, regular or temporary, will be made for each tour as conditions require.

*(Name and Location of Facility)*

| POST | LOCATION | SPECIFIC REQUIREMENTS |
|---|---|---|
| T-18a | R101 | 1. Security Radio Network Control.<br>2. Assist Post 18 in communications control.<br>3. Maintain strike information report records. |
| T-23 | Entrance (name the street) to North Field and North Field Annex | 1. Prevent trespasses on company property.<br>2. Assist in maintaining orderly movement of pedestrians and vehicles. |
| T-23 and Reserved Lot | West Field at Chain to "B" | 1. Control vehicular movement between West Field A, B, C Reserved Lot areas, as directed. |
| T-26 | West Field, North half | 1. Direct cars to park properly.<br>2. Prevent vandalism and trespasses. |
| T-27 | West Field, South half | 1. Direct cars to park properly.<br>2. Prevent vandalism and trespasses. |
| T-33 | Mobile Reserve R101 | 1. Remain on ready alert at R101 until called.<br>2. Respond to special emergency situations. |
| T-34 | North Motor Patrol | 1. Cruise the West Field, A, B, C, and N Lot, North Field and North Field Annex and connecting roadways, as directed.<br>2. Respond on order to emergencies. |
| T-35 | South Motor Patrol | 1. Cruise the South Field, S Lot, and South roadways as directed.<br>2. Respond on order to emergencies. |
| T-36 | East Parking Field on (name the street) at east service road entrance | 1. Prevent trespass on company property.<br>2. Assist in orderly movement of pedestrians and vehicles. |
| T-37 | East Parking Field on (name the street) at east service road entrance | 1. Permit entrance of police and security vehicles only through barrier.<br>2. Permit general exiting between 1600 and 1800 hours.<br>3. Prevent vandalism and trespasses. |
| T-38 | Center entrance to West Field off (name the street) | 1. Prevent trespass on company property.<br>2. Assist in orderly movement of pedestrians and vehicles. |


**Protection of Assets** • Copyright © 2012 by ASIS International

*(Name and Location of Facility)*

| POST | LOCATION | SPECIFIC REQUIREMENTS |
|---|---|---|
| CP-T4 | North vehicle entry off (name the road) | 1. Direct proper parking of vehicles.<br>2. Prevent vandalism and trespass. |
| CP-T5 | South vehicle entry off (name the road) | 1. Direct proper parking of vehicles.<br>2. Prevent vandalism and trespasses. |

*(Name and Location of Facility)*

| POST | LOCATION | SPECIFIC REQUIREMENTS |
|---|---|---|
| T-1 | Main entrance. | 1. Pedestrian entrance.<br>2. Prevent vandalism and trespasses. |

3. EFFECTIVE DATE: This order will be effective from 1100 hours (date) until revised or revoked.

4. SUPERSESSION: This Revision No. 3 supersedes all previous revisions.

ISSUING AUTHORITY:

(Signature)
(Title)

## 2. BOMB THREAT PROCEDURES

The following procedure will be adhered to without deviation on receipt of a bomb threat concerning any plant or installation.

STEP 1: The security employee first notified will obtain detailed information to the extent possible concerning:

a. precise location of bomb;
b. time set for detonation;
c. type and appearance of bomb;
d. time planted;
e. estimated power or force; and
f. identity of person making threat and related information, if possible.

STEP 2: The security employee receiving the above information will communicate all relevant details immediately with the message center or the command post.

STEP 3: The communications coordinator or command post commander will relay full data immediately as follows, in the order indicated:

| *First, for (name and location of facility), contact the* | *Then, for other buildings affected, contact the* |
|---|---|
| 1. Fire and disaster operations officer<br>2. Security manager<br>3. Police command post at Post 21 | 1. Building commander. If none, then security officer at the communications post.<br>2. Security manager<br>3. Police commander concerned |

STEP 4: Fire and disaster or emergency response officer at (name the facility) and facility commander elsewhere will proceed to the area indicated at once. In buildings without a building commander, specific orders will be transmitted with the notice mentioned in Step 3.

STEP 5: Fire and disaster or emergency response officer, or facility commander evaluates the threat and estimates the feasibility of evacuating and/or searching the area. If the decision is to evacuate or search, an order will be relayed for all security officer reserves to proceed to the scene immediately. Fire and disaster operations officer, or commander prepares to cordon, evacuate, and search. Unless ordered otherwise by the security manager, the evacuation or search will commence immediately when preparations are completed.

 **Protection of Assets** • Copyright © 2012 by ASIS International

STEP 6: Security manager confirms order for evacuation and search, or revokes prior order if indicated. If evacuation and search are ordered and conducted, police personnel may assist as available.

STEP 7: If search order is revoked and no evacuation is conducted, all personnel will report to regular stations.

STEP 8: If search and/or evacuation is conducted, it will conform to the orders of the security supervisor then in command as to:

a. extent of evacuation;
b. method of search;
c. disposition of bomb (if any is found); and
d. reopening the area.

STEP 9: Medical and other emergency personnel will be ordered to the scene, if needed, in the opinion of the security supervisor in command.

## 3. SCHEDULE OF POST HOURS

The following schedule indicates each post, by post number and the hours during which the post will be open. This schedule is subject to revision as indicated by conditions.

*(Name and Location of Facility)*

| POST | DAYS | HOURS OPEN |
|---|---|---|
| 1 | 7 | 24 |
| 2 | Mon-Fri | 0600–0200 |
| | Sat-Sun | Closed |
| 3 | 7 | Closed |
| 4 | 7 | Closed |
| 5 | 7 | Closed |
| 6 | Mon-Fri | 0630–0200 |
| | Sat-Sun | Closed |
| 7 | Mon-Fri | 0630–1 718 |
| | Sat-Sun | Closed |
| 8 | 7 | Closed |
| 9 | 7 | Closed |
| 10 | Mon-Fri | 0630–0200 |
| | Sat-Sun | Closed |
| 11 | Mon-Fri | 0630–2100 |
| | Sat-Sun | Closed |
| 11a | 7 | Closed |
| 12 | Mon-Fri | 0700–1 730 |
| | Sat-Sun | Closed |
| 13 | 7 | Closed |
| 14 | Mon-Fri | 0630–1800 |
| | Sat-Sun | Closed |
| 15 | 7 | 24 |
| 15a | 7 | Closed |
| 16 | 7 | Closed |
| 17 | 7 | Closed |
| 18 | 7 | 24 |
| T-18a | 7 | Closed |
| 19 | 7 | Closed |
| 20 | 7 | Closed |
| 21 | Mon-Fri | 0600–1 800 |
| | Sat-Sun | Closed |
| T-23 | Mon-Fri | 0600–0200 |
| | Sat-Sun | 0600–0200 |
| T-25 | 7 | Closed |
| T-26 | 7 | Closed |
| T-27 | 7 | Closed |
| T-33 | Mon-Fri | 0600–1 800 |
| | Sat-Sun | Closed |
| T-34 | 7 | 24 |
| T-35 | 7 | Closed |
| T-36 | 7 | Closed |
| T-37 | 7 | Closed |
| T-38 | Mon-Fri | 0600–1800 |
| | Sat-Sun | Closed |

 **Protection of Assets** • Copyright © 2012 by ASIS International

## PART IV—COMMUNICATIONS OPERATIONS

1. RADIO. Base Station is located at R101 and the communications network consists of the following Units. All are on frequency (Hz), call (letters).

| | | |
|---|---|---|
| Unit 1 | Mobile | Vehicle No. 272, T-35, South Patrol |
| Unit 2 | Mobile | Vehicle No. 250, T-34. North Patrol |
| Unit 3 | Portable | Security Manager |
| Unit 4 | Portable | Garage Vehicle, T-39, East Patrol |
| Unit 5 | Portable | Garage Vehicle, T-33, Mobile Reserve |
| Unit 6 | Fixed Base | Security Office—(Facility) |
| Unit 7 | Portable | (Facility) Field |
| Unit 8 | Portable | (Facility) Field |
| Unit 9 | Portable | (Facility) Field |
| Unit 10 | Fixed Base | (Facility) Fire Operations |
| Unit 11 | Fixed Base | Security Office—(Facility) |
| Unit 12 | Fixed Base | Security Office—(Facility) |
| Unit 13 | Portable | (Facility) Fire Department |
| Unit 14 | Portable | (Facility) Fire Department |
| Unit 15R | Receiver Only | Security Representative at (Facility) |
| Unit 16R | Receiver Only | Security Officer at Post No. 1 |
| Unit 17R | Receiver Only | Security Officer at Post T-38 (West Field) |
| Unit 18R | Receiver Only | Security Officer at Post T-23 |
| Unit 19R | Receiver Only | Security Officer at Post 21 |

2. TELEPHONE. Existing lines into security department will remain operative. Additional facilities have been acquired:

   a. Four lines in the security communications center for communication with outlying facilities.

   b. Direct ringing line between the security communications center and the company strike operations center.

c. Rooftop telephone jacks reactivated for camera and/or observation use.

d. Post 21 Auxiliary phone for (name the police department.)

e. Post T-23 Auxiliary phone for (name the police department.)

f. Post T-38 Auxiliary phone for (name the police department.)

g. Twelve cellular telephones for temporary posts and communications reserve.

3. MESSAGE CENTER OPERATIONS. A status board will be maintained reflecting most current conditions at (company) facilities in the metropolitan area. Constant liaison will be maintained between the message center and the company strike operations center.


**Protection of Assets** • Copyright © 2012 by ASIS International

## PART V—CAMERA COVERAGE

1. **BASIS FOR COVERAGE.** Camera coverage will be accomplished by non-security personnel temporarily under security direction. Equipment will be from the security department. Coverage will be regularly maintained only at principal points of striker-worker contact, chiefly the entrances in service. Routine film coverage is not permissible. Pictures should be made only of situations or conditions which manifest or threaten violence and disorder including:

   a. Mass or "lock step" picketing (include distinctive signs and placards as well as picket captains).

   b. Crowd violence (surges, fights, encircling of cars or pedestrians, the hurling of missiles).

   c. Assaults on non-strikers.

   d. Motorcade activity (include license plates where possible).

   e. Vehicles stalled in or blocking entrance (include license plate and driver).

   f. Major police maneuvers.

   g. Arrests and apprehensions (the arrestee, arresting police, nearby crowd, and removal of prisoner).

   h. Harassment of vehicles or pedestrians crossing picket lines.

   i. Damage to fences, signs, and chains on the strike perimeter.

   j. Significant traffic congestion on approach roads and streets.

   k. Picket captains at each location on each picket shift.

2. **COMMAND CONTROL.** Camera crews and equipment will be the responsibility of security supervisor, (provide the name).

3. **DEPLOYMENT.** Camera crews and equipment will be stationed at the locations indicated by security supervisor, (provide the name).

## PART VI—DEFENSE INDUSTRIAL SECURITY PROGRAM

### 1. GOVERNMENT AGENCIES CONCERNED

a. Company cognizant security office, (provide the name).

b. Resident customer agency plant representative, (name the plant).

c. All other services who have classified contracts with the company.

e. FBI.

### 2. SPECIFIC REQUIREMENTS

a. Immediate notice to the cognizant security office security director at the start of the emergency.

b. Security inspection by the cognizant security office.

c. Assignment of a cognizant security office security representative to plant during the emergency to monitor storage, transmission, possibility of physical harm to classified material resulting in a compromise, etc.

d. Maintain security liaison with customer agency for special information, requests, and/or action.

e. Notice to the FBI at the beginning of the emergency.

### 3. ACTIONS TO ASSURE THE SAFEGUARDING OF CLASSIFIED INFORMATION

a. Furnish requirements to, and obtain pertinent information from, the security department communication center.

b. Maintain liaison with concerned government agencies, such as through inspections, inquiries.

c. Maintain contact with outlying plants regarding defense industrial security program responsibility.

d. Maintain subcontractor liaison on security matters.

e. Initiate daily physical inspections of (facility) and outlying buildings to assure proper storage, utilizing security officer patrols, company security committee members and/ or other security coordinators.

### 4. RESPONSIBILITY FOR IMPLEMENTING THIS PLAN IS ASSIGNED TO THE SECURITY SUPERVISOR (PROVIDE THE NAME)

 **Protection of Assets** • Copyright © 2012 by ASIS International

## PART VII—GENERAL INSTRUCTIONS FOR PLANT PERSONNEL

(Employees who would be coming to work are given specific instructions as to which roads, entrances, direction and internal driveways to utilize to reach parking locations and where on plant grounds to park, based upon work station for the strike.)

## PART VIII—MAPS AND PLANS

(This section includes maps and plans necessary for personnel, i.e., floor plans, site plans, and local access maps.)

# REFERENCES

Bristol Farms, Inc. v. United Food and Commercial Workers Int'l Union, Local 1442, 311 N.L.R.B. 437 (1993).

Corrada, R. L. (1996). Religious accommodation and the National Labor Relations Act. 17 Berkeley J. Emp. & Lab. L. 185.

Davies, R. (2005). Strike season: Protecting labor-management conflict in the age of terror. 93 Georgetown Law Journal 1783.

DuPont v. National Labor Relations Board, CCA9, 51 L.W. 2769 (1983).

Firstline Transportation Security v. National Labor Relations Board, 344 N.L.R.B. 17 (2005).

Garcia, R. J. (2006). Labor's fragile freedom of association post-9/11. 8 U. Pa. J. Lab. & Emp. L. 283.

Hutchinson, J. G. (1966). *Management under strike conditions.* New York, NY: Holt, Rinehart and Winston.

ILGWU v. Quality Manufacturing Company, 420 U.S. 276 (1975).

Inland Trucking Co., 179 N.L.R.B. 350 (1969), aff'd, 440 F.2d 562 (7th Cir.), cert. denied, 404 U.S. 858 (1971).

International Protective Services Inc. v. National Labor Relations Board, 339 N.L.R.B. 75 (2003).

Johnson v. Express International, 944 F.2d 247 (1991).

Lechmere, Inc., v. National Labor Relations Board, 502 U.S. 527 (1992).

National Labor Relations Board v. Calkins, 187 F.3d 1080 (1999).

National Labor Relations Board v. Weingarten, 420 U.S. 251 (1975).

O'Neil's Mkts. Inc. DBA Food for Less v. United Food & Commercial Workers Union, Meatcutters Local 88, 318 N.L.R.B. 646 (1995).

O'Neil's Mkts. v. United Food and Commercial Workers' Union, Meatcutters Local 88, 95 F.3d 733 (8th Cir. 1996).

Ottawa Silica Co., 197 N.L.R.B. 449 (1972), aff'd, 482 F.2d 945 (6th Cir. 1973), cert. denied, 415 U.S. 916 (1974)

Pacific Telephone v. National Labor Relations Board, CCA9, 113 L.R.R.M. 3529, 711 F.2d 134 (1983).

Pikeville United Methodist Hospital v. United Steelworkers, 109 F.3d 1146 (6th Cir. 1997). Prudential Insurance Co. v. Marie Spencer, 275N.L.R.B. 208 (1983).

Sears, Roebuck & Co. v. National Labor Relations Board, 271 N.L.R.B. 55 (1985).

UFCW, Local 400 v. National Labor Relations Board, 343 U.S. App. D.C. 93, 222 F.3d 1030 (D.C. Cir. 2000)

*Violence in America: Staff report to the National Commission on Causes and Prevention of Violence.* (1969). Washington, DC: U.S. Government Printing Office.

# CHAPTER 3

# CRIMINAL LAW AND PROCEDURE

Legal requirements greatly affect asset protection programs. Security practitioners should therefore gain an understanding of relevant laws and legal systems and be able to locate appropriate reference materials. Failure to do so may lead to asset loss or litigation over inappropriate actions. Laws and legal systems differ significantly from country to country. This chapter focuses on U.S. law only.

## 3.1 SOURCES OF LEGAL INFORMATION

Sources of legal information are divided into two categories. A primary source is an in-state or federal statute or case, which is considered the strongest source of information to help the practitioner interpret the law of a particular jurisdiction. A secondary source is a case, statute, or journal from another state or jurisdiction. The secondary source cannot be relied on in making a legal argument or justifying a legal proposition.

### 3.1.1 PRIMARY SOURCES

For example, to determine whether possession of a stun gun (electrical weapon) is illegal in Massachusetts, a primary source of information would be a Massachusetts statute that specifically prohibits possession. In fact, Mass. Gen. L. c. 140 § 131J (2004) prohibits private possession of electrical weapons, and Mass. Gen. L. c. 269 § 10, updated via Bill S.761 passed in January 2011, makes it illegal to carry such weapons as stun guns. The legality of stun gun possession in neighboring states is irrelevant.

When attempting to ascertain the law in a particular state, one must rely on a primary source of legal information. Legal articles in trade journals and similar sources are not sufficient for framing corporate policy. Security managers should engage attorneys to conduct research to determine the status of the law in a particular jurisdiction.

### Statutory Law

An action of a legislative body becomes a law when it is approved by the executive branch in the manner required by the constitution. Each law, or statute, is combined with others passed before it into the body of statutory law. This body can be found in books published by the government and commercial publishers and in online resources. Practitioners should make themselves familiar with these volumes but still obtain an attorney's help in interpreting the statutes and their effects.

Statutes are typically identified by a chapter and section. For example, the identity fraud statute in Massachusetts is cited as Mass. Gen. L. c. 266 § 37E (2007), which is translated as "Massachusetts General Laws, Chapter 266, Section 37E, which was last amended in 2007." The federal identity theft statute is found at 18 U.S.C. § 1028 (2010), which means "Title 18 of the United States Code, Section 1028, last amended in 2010"

Laws passed by cities, towns, and villages, however, are not generally referred to as statutes because the local level of government is not sovereign. Thus, these enactments are called ordinances or local laws.

Statutory law generally comprises criminal laws and noncriminal or civil laws. Frequently, however, acts or omissions are defined as criminal even if they are not specifically included in the criminal sections of any statutory code. These acts or omissions are nonetheless crimes and must be included when assessing the criminal laws. For example, some vehicle and traffic offenses—such as driving under the influence of drugs or alcohol or leaving the scene of an accident without reporting it to the police—are treated as crimes even if not in the criminal code.

### Case Law

Another primary source of law is case law. Instances of litigation (when parties seek court resolution of a private dispute) or prosecution (when the state seeks criminal charges) are typically handled by a district court. Although district court cases are a form of primary authority, they are rarely used to proffer a legal argument and are considered merely persuasive. Practitioners should be guarded when reviewing a case reported in the media. The outcome of a case at the district court level may be appealed and subsequently overruled.

The term *case law* generally refers to cases decided by the appellate courts of a state or federal jurisdiction. When an appellate court is asked to review a case from a lower court, it accepts the facts determined at the lower level and only examines whether the law was applied or interpreted properly by the lower court judge.

When an appellate court renders its decision, it publishes its findings in a series of bound volumes. These volumes, called reporters, summarize the facts, issues presented, and court's conclusion. The summary forms the basis for case law, and cases reported in that jurisdiction are considered primary.

Once a case has been decided, it must be followed in that jurisdiction. The following of prior case law in a jurisdiction is known as precedent or the principle of *stare decisis* (let the decision stand). This is a fundamental legal principle that courts must follow. However, an attorney should be consulted to investigate whether an older case is still followed within a jurisdiction or if it has been overturned or in any way "distinguished."

## 3.1.2 SECONDARY SOURCES

A secondary source, such as an out-of-state or out-of-jurisdiction legal decision or a reference article, can assist a party in understanding the legal reasoning used in another jurisdiction, possibly for the purpose of persuading the person's own state or a private entity of a particular position.

### Law Review Articles

For the security practitioner, a law review article is a good initial source for learning about a particular area of the law. A law review article is most applicable when it cites cases decided in the security practitioner's state. The reader can then consult those primary sources.

A security practitioner who is asked to prepare a policy on a particular issue may find it helpful to locate a law review article on that topic. The article will likely provide background on the issue and help the security practitioner formulate a policy. That policy should then be reviewed by the organization's legal counsel.

For example, a law review article that provides background and cases on the authority of private police forces is "Applying Restraints to Private Police" (Boghosian, 2005). Law review articles can be found online from the publishing law school's library or through services like Lexis/Nexis and Westlaw. A company's legal department or a college or public library may have access to such services.

### Trade Publications

Trade publications tend to provide basic information on a subject, but their articles are often short and may be biased when they are authored by vendors. Trade publications are a last choice as a legal reference.

## 3.2 DIFFERENCES BETWEEN FEDERAL AND STATE LAW

The U.S. Constitution is the basic document for U.S. law. It defines the federal government and its branches and powers. State governments are separate from the federal government. The Constitution is the basis on which states and their citizens define the rights and duties of the government and the people. In addition, each state has its own constitution.

The U.S. (federal) Constitution grants the power to make laws to the legislative branch. State constitutions contain similar provisions granting powers to their own legislatures. By exercising this power to create statutes, the legislatures create the body of criminal law, also called the criminal code or crimes code. In addition, a constitution itself may define certain actions as criminal. For example, Article III, Section 3, of the U.S. Constitution defines treason.

### 3.2.1 SUPREMACY CLAUSE AND MINIMUM STANDARDS

The supremacy clause (Article VI) of the U.S. Constitution states that laws made under the Constitution shall be "the supreme Law of the Land." For security practitioners, the key point is that federal standards in criminal law and procedure are actually minimum standards. States can exceed those standards in matters of civil rights within their jurisdictions.

For example, in the federal case *Pennsylvania v. Mimms* (1977), Mr. Mimms was stopped by two Philadelphia police officers after they noticed his license plate registration was expired. They ordered Mr. Mimms out of his car and found a handgun on his person. He was arrested and later convicted. The case was eventually heard by the U.S, Supreme Court, which held that police can order a driver from a vehicle "as a matter of course." In *Maryland v. Wilson* (1977), the court applied the same rule to passengers as well. Thus, under federal law police do not need to justify an exit order for a driver or passenger. However, state courts can set a higher standard, offering more rights than the federal government. For example, in the Massachusetts case *Commonwealth v. Gonsalves* (1999), state judges held that in their state police officers who order a driver or passenger out of a vehicle must later demonstrate a "reasonable concern for their safety"—a higher standard than the federal rule.

The differences between federal and state law make it crucial for security practitioners not to rely on popular or trade articles for legal advice but to consult attorneys.

### 3.2.2 JUDICIAL RULINGS AND SETTLEMENT AGREEMENTS

In most jurisdictions, a legal dispute can be heard before a judge alone or a judge and jury. A jury trial may be advisable in cases that are not overly complex and that present an emotional appeal. A trial before a judge only may be preferable in cases raising complex legal issues or when the assigned judge is particularly competent or is known to be sympathetic to

 Protection of Assets • Copyright © 2012 by ASIS International

one's cause. (For example, a judge may have a reputation as being creditor-friendly rather than debtor-friendly.) The unpredictability of courtroom outcomes makes settlement agreements a popular method of dispute resolution.

## 3.3 DEFINITION AND CLASSIFICATION OF CRIMES

Generally, a crime is anything the applicable statute defines as a crime. More specifically, a crime is an act or omission prohibited by law for which a penalty can be imposed.

Not every act or omission prohibited by the law is a crime, nor is every fine or forfeiture necessarily a criminal punishment. The ultimate guide to what constitutes criminal conduct is the statutory language that describes the prohibited conduct. The language either defines the conduct specifically as a crime or establishes a fine or imprisonment that can only be imposed for crimes.

Under both federal and state laws, the first place to search for the definition of crimes is in the criminal statutes or codes.

### 3.3.1 FEDERAL CRIMINAL LAW

The main body of federal criminal law is codified in Title 18 of the United States Code. Reference to a particular provision includes the title number, the abbreviation of the code, and the section number. For example, the federal kidnapping statute is found in Title 18, Section 1201, of the United States Code and is cited as 18 U.S.C. § 1201.

Federal crimes are also defined in other titles in the United States Code, such as these:

- 15 U.S.C. 1644, Fraudulent Use of Credit Cards
- 21 U.S.C. 801 et seq. (and following), Drug Abuse and Control
- 26 U.S.C. 5861 et seq., Firearms
- 26 U.S.C. 7201 et seq., Tax Matters
- 31 U.S.C. 5322, Financial Transaction Reports
- 41 U.S.C. 51 et seq., U.S. Contractor Kickbacks
- 46 U.S.C. 1903, Maritime Drug Enforcement
- 50 U.S.C. 1801, Foreign Intelligence Surveillance Act

State criminal law is codified in the codes of the various states.

## 3.3.2 DEFINITIONS

### Federal Crimes

Section 3559 of Title 18 classifies all offenses defined by any federal statute according to the maximum authorized term of imprisonment.

### State Crimes

Specific definitions of crimes vary from state to state; however, the same general test—the period of possible imprisonment—remains a common theme. An example is the Penal Law of New York. The following definitions are found in Article 10:

- *Crime.* A misdemeanor or a felony.
- *Misdemeanor.* An offense, other than traffic violations, for which a sentence to a term of imprisonment in excess of 15 days may be imposed. The sentence to a term of imprisonment cannot be in excess of one year.
- *Felony.* An offense for which a sentence to a term of imprisonment in excess of one year may be imposed.
- *Offense.* Conduct punishable by a sentence to a term of imprisonment or to a fine as provided by a law, order, rule, or regulation.

The distinction between felonies (more serious crimes) and misdemeanors (less serious crimes) has great significance. Not only are the penalties significantly different, but the extent to which police officers and private citizens—including security professionals—may lawfully apprehend, hinder, or control suspects depends on whether the suspected crime is a felony or a misdemeanor.

### Essential Character of a Crime

Criminal laws are based on the concept that prohibited conduct is a wrong against the general public, not merely a wrong against a particular person. For example, if one person strikes another with a blunt instrument—without provocation or justification—this is clearly a wrong to the person struck. However, the act is also a threat to public welfare. In fact, the victim must look to civil law, not criminal law, to be fully compensated for any injuries.

Because a crime is a threat against the public, the individual victim does not have the exclusive prerogative to determine whether a suspect is prosecuted. If a business is the victim of a crime, it is obliged to assist law enforcement authorities in the prosecution of the crime (for example, by truthfully communicating the facts of the case to the police or prosecutor). That obligation does not impose criminal liability on people who do not report crimes. However, criminal laws fail when those with knowledge of crimes do not inform law enforcement authorities. Treating crimes as though they affect only the parties involved—and not the whole community—undermines the intent of criminal laws.

 Protection of Assets • Copyright © 2012 by ASIS International

## Criminal Intent

In general, an act or omission is not criminal if the person committing the act or omission is unaware of what he or she is doing and does not intend to commit the act or omission. The term *mens rea* (guilty mind) describes the state of mind or wrongful purpose required by criminal laws. The concept does not mean the person must know that the act or omission is a crime; however, the person must be acting intentionally.

An exception arises where the criminal law defines criminal negligence (as in criminally negligent homicide or injury resulting from criminal negligence). For example, if a person picks up a pistol without determining whether it is loaded, points it at another person, and pulls the trigger several times, killing or injuring the second person, the person firing is criminally negligent. In addition, some acts proscribed by law do not require a guilty mind and instead only require the completion of the act (known as *actus reus*, guilty act). These crimes are known as strict liability crimes.

## Establishing Guilt

In general, responsibility for a crime is established in a systematic way. A criminal prosecutor determines whether there is sufficient evidence to request a grand jury to issue an indictment (an accusation against a person). The prosecutor's evidence may take the form of a complaint from a victim or witness, an investigation by the police, an admission or confession by the alleged criminal, physical evidence (including forensic studies), or any combination of these.

In federal matters, the request to the grand jury is made by the U.S. attorney or assistant U.S. attorney for the particular location. In state actions, the attorney general, assistant attorney general, district attorney, county attorney, or special prosecutor takes that step. A recommendation by the police carries great weight with most prosecutors, but the prosecutor ultimately decides whether the evidence is sufficient to proceed.

Security professionals who wish to support prosecutions must ensure that their investigators meet all appropriate standards when collecting and analyzing evidence of wrongdoing. Before deciding whether to seek an indictment, a prosecutor is likely to examine whether physical evidence was properly collected, preserved, prepared, and tested and whether the chain of custody was properly documented to dispel any claims of evidence tampering.

## 3.4 RELEVANCE TO ASSET PROTECTION

The following are the main categories of crime relevant to asset protection programs:

- crimes based on unauthorized entry or presence
- crimes based on theft
- crimes based on force or threats of force against people
- crimes based on damage or threats of damage against property
- computer-related crimes
- environmental crimes

### 3.4.1 CRIMES BASED ON UNAUTHORIZED ENTRY OR PRESENCE

In general, burglary consists of unlawfully entering or remaining in a building with the intent to commit some crime therein. Theft may occur during a burglary, but theft is not an essential element of burglary.

An accused who can rebut either of the crime's two elements (unlawful entry or remaining, and the intent to commit a crime) is not guilty of burglary but may be guilty of a lesser offense. Burglary may be considered more serious if the building is a dwelling, if the unlawful entry is at night, if the burglar uses or possesses a dangerous weapon, or if the burglar causes injury. To establish that a burglary has been committed, one must prove that the accused knew or should have known that he or she did not have authority to be in that locale. Use of force to enter, while not required to prove the crime, can help prove this first point. Next one must prove the intent to commit a crime in connection with the unlawful presence or entry. Cases in which unlawful presence can be proven but not criminal intent typically involve crimes of criminal trespass or breaking and entering—less serious offenses.

In light of the burglary elements, the security professional should ensure that locations that all or certain classes of persons are forbidden to enter are secured and marked as prohibited. For example, if stock rooms or other interior spaces in an office building are prohibited to the public (but the public can be in the facility), then a notice of prohibition must be unambiguous and clearly displayed.

If a person gains entry to a locked space by breaking the lock or door, one can infer that the person knew entry was prohibited. At the other extreme, if a person enters through an unlocked or defective security door, charging that person with unlawful entry or burglary may be difficult.

 Protection of Assets • Copyright © 2012 by ASIS International

If an entire building is closed to the public, and the only persons authorized to be in the facility are employees and nonemployees with a business purpose, then the presence of a nonemployee without a business purpose after normal business hours may warrant a charge of burglary or criminal trespass.

Precisely which entry or presence constitutes a crime (or a burglary) is determined by reference to the relevant statutory and case law of that state. Further, a federal crime may occur over unlawful entry into federal facilities (18 U.S.C. § 103, 113).

## 3.4.2 CRIMES BASED ON THEFT OR LARCENY

Crimes involving theft or larceny include larceny (grand and petit), embezzlement, abstraction, fraud, extortion, and obtaining by false promise. The elements of larceny include the trespatory taking and asportation or obtaining or withholding of property belonging to another with the intent to permanently deprive the owner of the use and benefit of such property or to appropriate the property to the taker or some third person.

In certain situations, the wrongful taking or obtaining can occur in conjunction with other facts that form the basis for a different and more serious crime. Robbery is the taking of property through the use of force or threat of force. Larceny, or the unlawful taking of property, may be accompanied by threats of injury or property damage or by the abduction of another person to be held for ransom. These raise the crime of larceny to a more serious crime, such as extortion or kidnapping.

An essential element of larceny is the taking of another's property. Thus, an essential element in proving larceny is establishing the ownership of the property. This is a separate problem from establishing the specific identity of the property allegedly taken.

If an employee is accused of stealing tools belonging to his or her employer, it must be proven that the employee unlawfully took, obtained, or withheld the tools and that the company owned the tools or had some superior right to possess them. Identification marking and record keeping can reduce the problem of proving a larceny charge.

Manufacturers' serial numbers may serve to identify larger or more expensive items. For items without serial numbers, the owner should affix, mark, or etch distinctive codes or symbols, ideally in a less noticeable place so thieves will not think to remove them. The coding should be documented.

Another important element of larceny is the intent of the taker. Unless the accused confesses or makes a statement to a witness about his or her intent, it must be inferred from conduct. In retail establishments it is customary not to apprehend alleged shoplifters until they have actually left the premises with the stolen property. This is because the departure without payment or declaration indicates an intent to deprive or appropriate. Suspects apprehended inside the store can state that they intended to pay before leaving the store, even though they may have left a particular sales area. However, if an alleged shoplifter also exhibits other questionable behavior, such as stealthy movement, furtive observations, and the use of shoplifting techniques to conceal the property, larceny might be proven even if apprehension took place inside the store.

In practice, security personnel should apprehend a suspect as soon as he or she passes the designated payment or checkout area. Apprehending a suspect off company property may be dangerous.

### 3.4.3 CRIMES BASED ON FORCE OR THREATS OF FORCE AGAINST PERSONS

Crimes in this category are among the most serious in federal and state penal codes. They include murder, manslaughter, kidnapping, maiming, rape, sexual abuse, assault, unlawful imprisonment, and robbery. In addition to these crimes, which specifically include force, other crimes are treated as more serious when force is used and a person is endangered. Examples include arson, larceny by extortion, and criminal negligence.

The basic elements of crimes of force against a person are the use of force or threat of force and the actual injury or intimidation of the victim. As with any crime, the accused must be shown to have acted knowingly and with the intent to do the specific act prohibited. This intent may be presumed in crimes of negligence but must be proven specifically in the other crimes. Thus any defense tending to rebut the criminal intent by showing another purpose, such as protecting or repossessing one's own property, or by showing justification for the intentional use (such as defense of self or another, assisting a police officer at his command, etc.) is relevant. As every crime must be proven beyond a reasonable doubt, credible evidence of such noncriminal purpose or intent may be enough to secure an acquittal.

Inherent to crimes of force or threatened force is the concept of justification—for example, the use of force for some purpose approved by the law. For security professionals, this often is a crucial issue because circumstances may arise where it is possible to use force against individuals. The type and degree of allowable force are determined on a case-by-case basis, so it is essential to have a general awareness of legal limits on the use of force.

 Protection of Assets • Copyright © 2012 by ASIS International

## 3.4.4 CRIMES BASED ON DAMAGE OR THREAT OF DAMAGE TO PROPERTY

Crimes involving damage to property include arson, vandalism and criminal mischief, extortion, bombing and threats of bombing, tampering, reckless endangerment, sabotage, rioting, and insurrection.

Property crimes become more serious violations when the force used or threatened also threatens people. The seriousness of a crime is related to the use of dangerous weapons and the value of the property.

In cases of extortion and bomb threats, it is common for the criminal to use interstate wire communications, the Internet, or the U.S. Postal Service to communicate the threat or demand. 18 U.S.C. § 844(e) and 18 U.S.C. § 876 address threats of this type. Mailing a kidnap or extortion threat or demand from a foreign country to the United States constitutes a U.S. felony under 18 U.S.C. § 877.

## 3.4.5 COMPUTER-RELATED CRIMES

Computer-related offenses under state and federal law generally fall into one or more of these categories:

- **Computer itself targeted.** In an attack against a computer, the criminal typically focuses on
  - — confidentiality (exposing confidential information, such as salary records or customer lists),
  - — integrity (committing attacks that harm data), and
  - — availability (through a denial-of-service attack attempting to shut down a victim's computer by sending it too much data or too many requests for data).
- **Computer used to facilitate a traditional offense.** Computers have become powerful tools for committing fraud, larceny, and harassment in new ways.
- **Computer as storage device in criminal activity.** Records of criminal activities are often maintained on computers. Criminals' computers may host child pornography, notes on illegal gambling, or evidence of securities violations, accounting fraud, or other financial crimes.

The following are key federal laws regarding computer-related crime:

- Electronic Communications Privacy Act, 18 U.S.C. § 2701
- Computer Fraud and Abuse Act, 18 U.S.C. § 1030
- Identity Theft and Assumption Deterrence Act of 1998, 18 U.S.C. § 1028

- Digital Millennium Copyright Act, 17 U.S.C. § 1201
- Trade Secrets Act, 18 U.S.C. § 1832

In addition, state laws define many computer-related offenses, including theft of or unauthorized access to computers or computer services; trade secret theft; stalking or restraining order violations through the use of a computer; and possession, manufacture, or distribution of counterfeit software.

Because a company's computers could be seized in a criminal investigation, placing corporate data at risk, security personnel should understand the issue of data commingling. As one attorney has observed (Vacchio, 1997), strategic planning is needed to "prevent the impermissible review of seized privileged materials and secure the return of improperly seized property."

## 3.4.6 ENVIRONMENTAL CRIMES

Because of the large number of statutes and regulations in this increasingly litigated field, many corporations employ attorneys who specialize in environmental issues, perhaps in combination with occupational safety and health issues.

Security practitioners may be subpoenaed, sued, or even criminally charged if their employer commits environmental crimes. Two useful examinations of corporate environmental policy are *Making Sustainability Work: Best Practices in Managing and Measuring Corporate Social, Environmental and Economic Impacts* by Marc Epstein (2008) and *The Ecology of Commerce* by Paul Hawken (1993). Both address environmental sustainability and its financial impact.

The following are two particularly relevant federal statutes:

- **Resource Conservation and Recovery Act.** This 1976 act was a first attempt to regulate the disposal of toxic waste. The term most associated with the act is "cradle to grave," which refers to tracking and regulating toxic substances from their creation to their safe disposal.
- **Comprehensive Environmental Response, Compensation, and Liability Act (CERCLA).** This act establishes criminal liability for failure to report the release of a hazardous substance. Under the act, the government must prove that (1) the substance in question was hazardous, (2) it was in an amount greater than or equal to the reportable quantity, (3) it was released from a facility into the environment, (4) the release was not a federally permitted release, (5) the defendant was a person in charge of the facility, and (6) the defendant failed to give immediate notice to the Environmental Protection Agency (EPA) as soon as it had knowledge of that release (42 U.S.C. 9603(a) (1994)).

 Protection of Assets • Copyright © 2012 by ASIS International

Defendants who own or operate a facility at which hazardous waste is or has been stored, treated, or disposed of are subject to criminal liability under CERCLA when they knowingly fail to notify the EPA of the existence of the facility and fail to keep required records. Penalties for violating CERCLA range from a year in prison for failure to notify the EPA of the existence of unpermitted hazardous waste to three years' imprisonment for falsification of records.

## 3.4.7 OTHER ISSUES

### Management/Corporate Officer Liability Resources

Security professionals should learn about several key subjects related to liability:

- The law of *respondeat superior* (let the master answer, a common-law doctrine holding an employer liable for an employee's acts that are within the scope of employment) and corporate officer liability for a company's environmental crimes are discussed in "Holding Corporate Officers Criminally Responsible for Environmental Crimes: Collapsing the Doctrines of Piercing the Corporate Veil and the Responsible Corporate Officer" by Jeffrey Escobar (2004).
- Personal liability in the corporate setting is addressed in "Personal Liability Promotes Responsible Conduct: Extending the Responsible Corporate Officer Doctrine to Federal Civil Environmental Enforcement Cases" by Noel Wise (2002).
- Analysis of the Sarbanes-Oxley Act can be found in *Understanding the Sarbanes-Oxley Act of 2002* by Michael McAlevey (2002).

### Sentencing

If the accused is convicted, and if the conviction is not set aside, the accused is then sentenced. Sentencing is complex and varies considerably from state to state. In general, the maximum and minimum sentences for specific crimes are prescribed by statute. Within those limits, the sentencing judge has discretion. A sentence may consist of a period of confinement, a fine, a period of supervised freedom (probation), or a combination of these. A sentence may be executed or suspended. If suspended, the punishment is not meted out to the convicted person. However, the convicted person remains subject to the court for the period of the sentence, which may be imposed later if the conditions of the suspension are not met.

For federal crimes, judicial discretion in sentencing was curtailed (though not eliminated) in the 1980s when the Federal Sentencing Guidelines were passed. These guidelines specify sentences for particular federal crimes. The guidelines apply to both individuals and organizations. Their purpose is as follows:

- to guarantee that offenders serve most of the actual sentences imposed
- to allow minimal sentence reductions for good behavior
- to provide adequate guidelines to structure and constrain judicial discretion to ensure more uniform treatment
- to introduce rights to appellate review of sentences where none existed previously

Of particular interest to security professionals are the guidelines for penalties imposed on corporations when their employees violate federal criminal statutes. The guidelines address penalties for antitrust, securities, tax, bribery, Employee Retirement Income Security Act (ERISA), fraud, money laundering, and environmental violations. The guidelines establish greater penalties for businesses that make no effort to deter, detect, and report crime—and lesser penalties for businesses that do make such efforts.

For purposes of deterrence, the guidelines provide that convicted companies must make restitution to any party injured by criminal conduct and pay a non-tax deductible fine. A criminal violation that results in a $20 million gain for the company may result in a fine ranging from $1 million to $80 million. The amount of the fine is determined by a table of multipliers based on aggravating and mitigating factors to arrive at a culpability score.

A company program to deter and detect criminal conduct can result in a significant reduction in the culpability score and the fine. A compliance program should meet the following minimum requirements:

- The company establishes compliance standards that are reasonably capable of preventing criminal conduct.
- High-level management oversees the standards.
- The standards are communicated to the employees, and training is offered in compliance issues.
- The company tests the system through monitoring and auditing designed to detect criminal conduct.
- The company exercises due care to ensure that discretionary authority is not delegated to individuals with a propensity to engage in crime.
- The compliance standards are enforced through appropriate procedures, including discipline for failing to detect or report an offense.
- After an offense is detected, all reasonable steps are taken to prevent a future similar offense.

 Protection of Assets • Copyright © 2012 by ASIS International

Another statute important to the security professional, the Foreign Corrupt Practices Act (FCPA), provides criminal penalties for "controlling persons" in corporations under certain conditions. The FCPA (15 U.S.C. § 78dd-1) applies to any company that has a class of securities registered pursuant to Section 12 of the Securities Exchange Act of 1934 and any company that is required to file reports pursuant to Section 15 (d) of that act. One segment of the FCPA makes it a criminal offense to offer a bribe to a foreign official to obtain or retain business. A foreign official is any officer or employee of a foreign government, agency or department, regardless of his or her job function. The segment of the FCPA that is most pertinent to security professionals requires that the company devise and maintain a system of internal accounting controls sufficient to provide reasonable assurances that the following four objectives are met:

- Transactions are executed in accordance with management's specific or general authorization.
- Transactions are recorded as necessary to
  - permit preparation of financial statements in conformity with generally accepted accounting principles or any other criteria applicable to such statements and
  - maintain accountability for assets.
- Access to assets is permitted only in accordance with management's general or specific authorization.
- The recorded accountability for assets is compared to the existing assets at reasonable intervals and action is taken with respect to any differences.

The penalties for failure to maintain these internal controls include a fine of not more than $10,000, imprisonment for not more than five years, or both. These internal control requirements are not solely within the purview of the accounting department. The security organization makes a significant contribution to controlling employee access to assets.

In January 1998, the Organization for Economic Cooperation and Development (OECD) adopted a "Convention on Combating Bribery of Foreign Public Officials in International Business Transactions." The convention requires all signatory countries to enact legislation similar to the FCPA.

# 3.5 CRIMINAL PROCEDURE

## 3.5.1 GOVERNMENT ACTION VERSUS PRIVATE ACTION

Constitutional privileges and immunities are guaranteed to citizens under both state and federal constitutions. The federal Constitution requires that states afford at least the federal safeguards to all persons involved in state criminal proceedings. Because federal and state laws differ, security professionals should familiarize themselves with the laws that apply in their jurisdictions.

Constitutional safeguards protect citizens from the government but not from other private citizens. If a police officer makes an unreasonable search or illegal seizure, or conducts an interrogation in violation of due process, the results—things seized or admissions and confessions obtained—can be suppressed and made unavailable for prosecution. Any evidence derived as a result of the proscribed action is deemed inadmissible in a legal action. In effect, the constitutional impropriety of the police officer can defeat the prosecution.

If a private person, such as a security officer, engages in the constitutionally proscribed conduct, however, the same result does not necessarily follow. The evidence or admissions obtained may be admissible—even if the security officer is guilty of a crime or is civilly liable for the search, seizure, or interrogation.

The legality of an arrest has a direct bearing on the prosecution. If security officers claim police officer status for the purpose of protecting their arrest activities, they will not be able to disclaim it for purposes of an interview or interrogation.

## 3.5.2 ARRESTS

The term *arrest*, in criminal procedure, is defined as the taking into custody of a person to answer to a criminal offense (18 U.S.C. 203). Elements of an arrest include

- the intention to take the person into custody of the law,
- through actual or constructive seizure or detention, and
- with the understanding of the arrestee that he or she is arrested.

Because security officers may at any time be required to detain someone, they must be familiar with the law regarding arrest, search, and seizure. An arrest can be made under these conditions:

- pursuant to federal or state law
- with or without a warrant
- by police, peace officers, and private citizens

A warrant is a judicial process, issued upon probable cause, authorizing or commanding an act. An arrest warrant authorizes the taking into custody of the named person. A search warrant authorizes the search of the named place under the conditions imposed. Warrants are normally issued only to law enforcement or judicial officers for execution. Unless security personnel are deputized as law enforcement officers, they do not conduct arrests under a warrant.

An arrest without a warrant can be made either by a police officer or a private person. State law controls the conditions for each. In general, police officers may arrest an individual without a warrant when they have reasonable cause to believe that the person committed an offense. Since an offense may range from petty offenses to crimes (generally misdemeanors and felonies), police officers have broad latitude to conduct warrantless arrests. They need only satisfy the requirement for reasonable cause. With reasonable cause, the police officer will not be held liable for the arrest—even if the person arrested is later found not to have committed the offense.

When a private person makes an arrest, he or she makes a citizen's arrest. The authority of a private person to make an arrest is generally limited to

- any crime committed in the presence of the arresting person or
- a felony, even if not committed in that person's presence.

If a security officer apprehends the wrong person, he or she is not shielded by a defense of reasonable cause. The arrested individual could file a civil action for damages.

In addition, the law commands a private person to take the arrested individual "without unnecessary or unreasonable delay" before a court, judicial officer, or police officer. Failure to do so exposes arresting private persons to civil damages and—if they used force or a threat of force to accomplish the arrest—possible criminal charges as well.

The security officer must have authority to make the arrest, and the person to be arrested must be made aware of that fact. If the security officer has no right to make the arrest—such as when no crime has been committed or the wrong person has been apprehended—the security officer's actions may constitute false arrest or assault. A person who is unlawfully arrested can resist with all reasonable force. If the officer kills a person in the process of an arrest, the officer may be guilty of manslaughter or murder.

Security officers or employees who hold a valid police officer appointment and who make an arrest without a warrant (pursuant to the terms and under the authority of that appointment) are protected as police officers. That is, they are permitted to rely on reasonable cause. A security employee who does not possess such an appointment is treated as a private person.

### 3.5.3 INTERVIEWS AND INTERROGATIONS

The criminal law requires that any statement made by persons against their own interest (and meant to be used against them in criminal proceedings) must be voluntary—that is, not the result of threats, intimidation, coercion, or inducements. This is true irrespective of whether the statements were made to a police officer or a private person.

In addition to the requirement that admissions and confessions be voluntary, the landmark *Miranda* decision (1966) imposed additional, significant restraints on police and government representatives. Officers who take persons into custody must inform them that

- they need not make any statement;
- any statement they make may be used against them in court;
- they have the right to counsel;
- if they cannot afford counsel, counsel will be provided by the court; and
- they need make no further statement or answer any further question after requesting counsel until counsel has been provided.

Individuals in police custody are usually more than witnesses but are not necessarily suspects. They are generally not at liberty to leave the place of interview or interrogation. Custody can occur without a formal arrest and in areas other than a police station.

By contrast, the *Miranda* requirements do not apply to a private person, including a private security officer (*U.S. v. Casteel*, 1973; *U.S. v. Antonelli*, 1970; *People v. Jones*, 1973). Therefore, if suspects are interrogated by security personnel who are not police officers, the law only requires that their admissions or confessions be voluntary—that is, made without coercion, fear of punishment, or promise of reward.

When the security officer or investigator is also a police officer, however, a different problem emerges. The private interrogator may be deemed an instrument of the state if the court finds coordination or complicity between the security officer and the police. If the interrogator is not a police officer but acts in aid of one, or the interrogation takes place within earshot of a police officer, the interrogator may be considered an agent of the state, and *Miranda* rules may apply.

Security professionals should act cautiously in these matters. If a situation calls for an interrogation under the *Miranda* requirements, either because the interrogator has police status or acts in support of police officers (or because the interrogation takes place within earshot of police), a *Miranda* warning should be given.

## 3.5.4 SEARCHES AND SEIZURES

The Fourth Amendment to the U.S. Constitution (and its extension to the states by the Fourteenth Amendment) prohibits unreasonable searches and seizures. Case law has defined the prohibition to mean searches

- without a warrant when a warrant could have been obtained;
- for items not covered by the warrant;
- in locations not included within the warrant; or
- warrantless searches, otherwise permissible, that have gone too far.

For example, a warrantless search incidental to an arrest is authorized if it does not extend beyond the immediate area where the accused may reach to get a weapon or other evidence.

As with the Fifth Amendment extension established in *Miranda*, the Fourth Amendment applies only to government agents and representatives. Any search by a private person, not made at the direction of or in support of police or government agents, is not governed by the Fourth Amendment. Therefore, material seized is admissible in a criminal proceeding even if a crime or tort was committed in the seizure.

Typical cases in a commercial setting involve searches of employee lockers and desks or searches of individuals entering or leaving a facility. Such searches may be consensual (that is, the individual agrees to the search either at the time or in advance as a condition of employment or continued employment). However, if an individual revokes consent and is then searched anyway, any use of force to conduct the search may be both a tort and a crime, although the noncriminal intent of the searcher might be sufficient to void the criminal charge. If the employee is suspected of concealing evidence of a crime, the employer and the private security person involved have three alternatives:

- Arrest the employee on the charge of the crime committed. This is a citizen's arrest (assuming the security officer does not act as a deputy or law enforcement officer) without a warrant. The charge may have to be supported by proof that the employee committed the crime. In this case, some authorities permit a search of the person incidental to arrest, even when the arrest and subsequent search are conducted by private persons. In other jurisdictions, the right to make a search incidental to arrest is denied when the arrest is by a citizen without a warrant. If a search is conducted in these jurisdictions, evidence seized is admissible in court, but the force needed to complete the search might constitute a crime or a tort.
- Permit the employee to leave but file a criminal complaint with the police, based on the evidence available. This approach transfers the problem to the authorities, who could then proceed by warrant.

- Take disciplinary action against the employee in the context of his or her employment. Doing so would not affect the criminal case if one later developed.

In doubtful circumstances, some combination of the second and third alternatives might be wiser than making a citizen's arrest, with or without the search.

Collective bargaining agreements may also dictate the acceptability of searches. An independent arbitrator may determine whether the search is

- permitted under the contract,
- reasonable,
- fairly applied, and
- conducted after sufficient notice.

An arbitrator might consider discipline after an involuntary search to be tainted and might find for the employee. Such a finding would be binding on the employer.

Provisions in the bargaining agreement do not add to or detract from the criminality or tortiousness, if any, of the employer's conduct in searching.

### 3.5.5 ENTRAPMENT

Entrapment is an affirmative defense available under both federal and state law to a person charged with a criminal offense. In essence, entrapment is the inducement by a law enforcement officer of another person, not otherwise disposed to do so, to commit a criminal offense for the purpose of prosecuting that person. In federal law, the doctrine has been developed by case decisions and is a common-law doctrine. Entrapment cannot be the result of a private person's conduct.

Some states adopt the rule under common law; others adopt it by statute. The common-law entrapment rule generally includes only law enforcement officers. In some states, statutes extend the defense, making it available against private persons if they act in concert with or support of police.

Conduct not constituting entrapment under the common law might still be considered a criminal act, sufficient to support charges of criminal solicitation (procuring another to commit a crime) or criminal facilitation (rendering aid to another with the knowledge that it is in aid of the commission of an offense). The mere act of giving another the opportunity to commit an offense is neither facilitation nor solicitation, nor is it entrapment under current common law.

## 3.5.6 USE OF FORCE

Reasonably necessary force—the minimum amount needed to accomplish the permitted purpose—is generally allowed in the following circumstances:

- in defense of oneself or others
- to restrain others who, one believes, are about to commit suicide or do themselves serious harm
- to correct a minor (if a person, such as a parent or legal guardian, has the authority to do so)
- by a police officer, a person directed by a police officer to assist him or her, or a private citizen to arrest a criminal or prevent one from escaping

The permissible use of force varies from jurisdiction to jurisdiction, and local and state law must be consulted. Generally, deadly force—force likely to be fatal—can only be used in these circumstances:

- in response to fear for one's own life (where simply debilitating the offender is not possible)
- in the prevention of a crime involving a deadly weapon or the apprehension of a criminal who has a deadly weapon

In *Tennessee v. Garner* (1985), the U.S. Supreme Court ruled that a Tennessee statute that permitted the use of deadly force to capture a suspected felon who was not a serious threat to safety was unconstitutional. However, in *Scott v. Harris* (2007), the U.S. Supreme Court commented that *Garner* did not establish a magical on/off switch that triggers rigid preconditions whenever an officer's actions constitute deadly force. *Garner* was simply an application of the Fourth Amendment's "reasonableness" test.

Regarding the use of force to stop an attack against oneself or another, in some jurisdictions the law requires that the unlawful attack or threat of attack be actual, while in others a reasonable belief that such an attack is occurring or threatened is enough to justify the use of force. Also, when using force in defense of another, some jurisdictions require that the defended person be authorized to use force to defend himself or herself. In such cases, the defender acts at his or her own peril.

For example, a security officer may witness an altercation in a company parking lot. He sees one person about to strike another with a weapon. The security officer comes to the defense of the apparent victim, but he later discovers that the apparent victim is a mugger who first attacked the person preparing to use the weapon. In some states, the security officer would be unable to excuse his use of force because the mugger—the person whose protection was sought—had no right to use force. In other states, the reasonable belief of the security officer would be a sufficient defense.

The permissible amount or degree of force also depends on local law. Some jurisdictions allow individuals to use the amount of force "reasonably believed" necessary. Other jurisdictions require that individuals use only an amount of force that is necessary to prevent the attack, apprehend the criminal, or defend the premises or property.

An additional factor is that an individual may not use force if he or she is the initial aggressor or provoked another individual to use or threaten force. An exception to this rule occurs when the initial aggressor has clearly withdrawn from the situation and the other person (the initial victim) becomes the aggressor.

With regard to the use of force in defense of premises, the general rule is that an individual in lawful occupancy or a responsible individual in charge of premises may use an amount of force reasonably necessary (but not deadly force) in preventing or terminating a perceived criminal trespass.

The issue is complex. Criminal trespassers are people who intentionally enter or remain on private property when they are not allowed to be there. If a trespass is disputed (for example, if a security officer discovers strangers in a locked office building after hours, but the strangers allege they were attempting to visit an occupant), the officer must prove that he or she reasonably believed the others to be trespassers before using force. The situation would require, at least, that the strangers refuse an order to leave before force is used.

If the security officer has other evidence that establishes a reasonable belief, then the strangers' mere assertion that they are not trespassers is not enough to prevent the use of reasonably necessary force. Moreover, if the security officer elects to apprehend the strangers for some other crime that they may have committed or attempted, then the use of force is based on that ground and not on the ground of terminating a criminal trespass.

In the case of apprehension, however, it may be necessary (depending on the local law) not only to show reasonable belief that a crime had been committed and that force was necessary, but that a crime did, in fact, occur.

Because of the legal complexities, a security program should establish bases for reasonable belief by those who suspect that persons have committed or attempted a crime. Locks, alarms, warning notices, and other security measures have two functions—to serve as deterrents and to provide a basis for appropriately invoking criminal sanctions against aggressors by security personnel acting in good faith.

# 3.6 CRIMINAL STATUTES RELEVANT TO SECURITY

## 3.6.1 ECONOMIC ESPIONAGE ACT

The U.S. Congress enacted the Economic Espionage Act (18 U.S.C. § 1831–1839) in 1996 to combat foreign economic espionage and provide criminal penalties for theft of trade secrets by a foreign power. The act also makes domestic theft of trade secrets a federal crime, whether or not a foreign government is involved.

The act defines the term *trade secret* to mean all forms and types of financial, business, scientific, technical, economic, or engineering information, including patterns, plans, compilations, program devices, formulas, designs, prototypes, methods, techniques, processes, procedures, programs or codes, whether tangible or intangible, and whether or how stored, compiled, or memorialized physically, electronically, graphically, photographically, or in writing if

- the owner thereof has taken reasonable measures to keep such information secret and
- the information derives independent economic value, actual or potential, from not being generally known to, and not being readily ascertainable through proper means by, the public.

The owner of a trade secret is the person or entity in whom or in which rightful legal or equitable title to, or license in, the trade secret is reposed.

The penalties for trade secret theft are severe. Foreign economic espionage is punishable by a personal fine up to $500,000, imprisonment for up to 15 years, or both. An organization can be fined up to $10 million. The penalties for domestic trade secret theft include personal fines, imprisonment up to 19 years, or both. An organization involved in domestic theft can be fined up to $5 million.

The act provides for confidentiality of the information involved as cases are investigated and brought to trial.

## 3.6.2 EAVESDROPPING STATUTES

Eavesdropping is any unauthorized listening, whether done in person or by means of electronic or other equipment. Knowledge of electronic eavesdropping law is needed to ensure proper investigative activities.

Most law regarding electronic surveillance applies to government monitoring of citizens. Laws list the conditions under which monitoring is allowable, procedures for obtaining court orders, rules of surveillance conduct, etc. Little law addresses the issue of citizens monitoring one another. Legal loopholes and conflicting court decisions complicate the issue.

### Federal Law

The main federal laws regarding electronic surveillance are as follows:

- Title III of the Omnibus Crime Control and Safe Streets Act (18 U.S.C. § 2510 *et seq.*)
  - authorizes law enforcement use of electronic surveillance
  - safeguards wire and oral communications
  - prohibits private-sector possession or use of electronic surveillance equipment
  - creates acceptable uniform circumstances for electronic surveillance
  - sets constitutionally acceptable procedures for government surveillance
- Electronic Communications Privacy Act (18 U.S.C. § 2510)
  - extends Title III protection to cellular telephones, fiber-optic transmissions, teleconferencing, voice mail, electronic mail, encrypted transmissions, and most pagers
  - strengthens Title III criminal and civil penalties
  - provides for court-ordered roving interceptions
- Mobile Tracking Devices (18 U.S.C. § 3117)
  - extends the validity of a court order for a tracking device to all jurisdictions
- Pen Register and Trap and Trace Devices (18 U.S.C. § 3121–3126)
  - limits private use to communications providers and consensual situations
- Foreign Intelligence Surveillance Act (50 U.S.C. § 1801–1811)
  - allows government surveillance in the interest of national security
- Communications Assistance for Law Enforcement Act (18 U.S.C. § 2522)
  - requires a telecommunications carrier to assist a law enforcement agency in court-authorized interceptions of communications

Federal law describes the circumstances under which communication interception can be authorized and conducted and by whom. It requires a U.S. court to authorize federal communications interceptions, after application by the U.S. attorney general or a designee. At the state level, the federal law forbids interception of defined communications without a state statute. The state statute must provide that any interception be addressed to the appropriate state court by a state attorney general or designee and conform to both the state


Protection of Assets • Copyright © 2012 by ASIS International

and the federal statutory requirements. The law permits civil actions by aggrieved people seeking injunctive relief and financial damages.

The law permits interception of any communication causing interference to lawfully operated stations or consumer electronic equipment to the extent necessary to identify the source of the interference. Also permitted are receptions of communications by other lawful users on the same frequency, as long as the communication is not scrambled or encrypted.

Additionally, the law addresses electronic message delivery systems, such as e-mail and other systems that receive and temporarily store or process wire or electronic communications. It is unlawful to access, without authorization, a facility through which electronic communications service is provided. It is also unlawful to exceed the limits of an authorization for such access and thereby to obtain, alter, or prevent authorized access to any wire or electronic communication while it is in electronic storage.

Federal law prohibits the following intentional acts:

- interception or attempt to intercept any wire, oral, or electronic communication
- use or attempt to use any electronic, mechanical, or other device to intercept oral communications
- disclosure or attempt to disclose the contents of any wire, oral, or electronic communication, knowing the information was obtained in violation of the law
- use of or attempt to use the contents of any illegally intercepted wire, oral, or electronic communication
- manufacture, distribution, possession, or advertising of a device that is primarily useful for the surreptitious interception of communications

Many listening devices are not prohibited. Wireless microphones, for example, are used to sing over the radio or monitor a baby's room. Contact microphones (used for listening through walls) are used to track down rodents' nests. Small voice recorders have dozens of applications.

Federal law does not prohibit interceptions

- by a communications company or the Federal Communications Commission in the normal course of business;
- by a party to the communication or with the consent of a party to it, unless such interception is in furtherance of a crime or tortious act under U.S. or state law;
- that are authorized under the Foreign Intelligence Surveillance Act; or
- of electronic communications that are readily accessible to the public.

This last provision permits interception of radio communications made to the general public; radio communications by any government, private land mobile, or public safety communications system; and transmissions on citizens' band or general mobile service frequencies or by any marine or aeronautical communications system.

### State Laws

State laws generally follow the federal laws. A state law may be more restrictive than the federal law but is never less restrictive. Approximately 32 states have enacted their own eavesdropping laws. Most use the federal model as a foundation and add restrictions. For example, federal law allows communications interception when one party to the communication consents. Many states' laws follow that example. However, some states do not allow interception unless all parties agree. Employers who record conversations with their employees may be within their rights in one state while committing a felony in a neighboring state. The federal law applies in states without their own specific statutes.

Laws evolve with court decisions, and states may hold opposite opinions about the same electronic eavesdropping questions. Security professionals should keep copies of applicable state laws on file, update them regularly, and obtain current legal advice on the issues.

### Government Interceptions

The restrictions on interceptions by government agencies at all levels are rigid. Despite the restrictions, interceptions in the U.S. and other countries have steadily increased. Still, for most companies, the greatest risk of eavesdropping comes from private, illegal eavesdroppers, not government entities.

## 3.6.3 DECEPTION DETECTION INSTRUMENTS

### Federal Law on Polygraph

With some exceptions, the Employee Polygraph Protection Act of 1988 (EPPA) prohibits any private employer engaged in or affecting interstate commerce, or producing goods for interstate commerce, from requiring or requesting any employee or prospective employee to take or submit to any lie detector test, or from using the results of any lie detector test. The text of the act is codified at 29 U.S.C. § 2001 *et seq*. The implementing Department of Labor rules are codified at 29 C.F.R. 801 *et seq*.

The act does not preempt state laws or the provisions of any collective bargaining agreements that prohibit lie detector tests or are more restrictive than the federal law in regard to lie detectors. Paper-and-pencil or oral honesty tests are not covered by the act. The act extends to

 **Protection of Assets** • Copyright © 2012 by ASIS International

all employees of covered employers, regardless of citizenship status, and to foreign corporations operating in the United States.

The 7th Circuit U.S. Court of Appeals stretched the EPPA to its outer bounds when it held that an employer violated the EPPA by requesting a tape recording of the employee's voice. The court in *Veazey v. Communications and Cable of Chicago, Inc.* (1999) opined that a tape recording used in conjunction with either a polygraph, deceptograph, voice stress analyzer, psychological stress evaluator, or any device that renders a "diagnostic opinion" regarding honesty or dishonesty is considered a lie detector for purposes of the EPPA.

### Definitions

- **Lie detector:** a polygraph, deceptograph, voice stress analyzer, psychological stress evaluator, or similar device, whether mechanical or electrical, that is used or whose results are used to reach an opinion as to the honesty or dishonesty of an individual. Certain private sector employers and situations are exempted from the act in the use of the polygraph only.
- **Polygraph:** an instrument that continuously, visually, permanently, and simultaneously records changes in cardiovascular (blood pressure), respiratory (breathing), and electrodermal (skin electrical property) patterns. Devices that do not meet this definition are not treated as polygraphs, though they are included in the definition of lie detector if they are used to support diagnostic opinions regarding honesty.

### Prohibitions

Unless exempted (as explained in next section), no employer subject to the act may

- require, request, suggest, or cause any employee or prospective employee to take or submit to any lie detector (not just polygraph) test;
- use, accept, refer to, or inquire about the results of any lie detector test of any employee or prospective employee;
- discharge, discipline, discriminate against, or deny or threaten to deny employment or promotion to any employee or prospective employee who refuses, declines, or fails to take a lie detector test;
- discriminate against any employee or prospective employee on the basis of the results of any lie detector test; or
- commit or threaten to commit any of the foregoing acts against any employee or prospective employee because such person has filed any complaint or instituted any proceeding under the act, testified in any such proceeding, or exercised any rights under the act personally or on behalf of any other person.

Covered employers must prominently post a notice prepared by the secretary of labor notifying employees of pertinent provisions of the law.

An employer who cooperates with police in their use of polygraph tests of employees does not violate the act as long as the cooperation is passive and the employer does not participate in the testing or reimburse police for testing.

An employer's simulated use of a polygraph, leading an individual to believe an actual test is being conducted, is a violation of the act.

### Exemptions

**Government and national security exemptions.** Governments at all levels—federal, state, and local—are exempt from the act. The federal government may administer lie detector tests to several categories of experts, contractors, and consultants (or their employees) to the Departments of Defense and Energy and to the Central Intelligence Agency, Defense Intelligence Agency, National Security Agency, and Federal Bureau of Investigation in the performance of intelligence or counterintelligence functions.

**Ongoing investigations.** This limited exemption establishes the conditions under which tests are permitted in connection with actual losses. An employer, otherwise prohibited from testing by the act, may administer lie detector tests if all the following conditions are met:

- The test is limited to the polygraph.
- The test is in connection with an ongoing investigation of economic loss or injury to the employer's business, such as theft, embezzlement, misappropriation, industrial espionage, or sabotage.
- The employee tested had access to the property involved in the loss.
- The employer has a reasonable suspicion that the tested employee was involved.
- The employer provides a written statement to the person tested, before administration of the test, that
  - — identifies the matter being investigated and the basis for testing particular employees;
  - — is signed by a person other than the polygraphist, authorized to bind the employer;
  - — is retained by the employer for at least three years; and
  - — contains an identification of the specific loss or injury, a statement that the employee tested had access, and a statement describing the employer's reasonable suspicion that the employee was involved.

 Protection of Assets • Copyright © 2012 by ASIS International

The ongoing investigation exemption does not apply if the employee is discriminated against on the basis of his polygraph chart or his refusal to take the test. Evidence of reasonable suspicion, needed to administer the polygraph test, may also support employment action.

An employer may not use this exemption for continuous or random testing. There must be a specific incident or activity. For example, an inventory shortage is not enough to support a polygraph exam. If additional information is obtained, giving rise to a reasonable suspicion that a particular employee is the culprit, then an exam would be permitted.

The misappropriation of confidential information or trade secrets is cited as a specific incident that would constitute direct economic loss to the employer.

Indirect losses by an employer include the use of the employer's business to commit a crime, such as check kiting or money laundering. The mere occurrence of a criminal act on employee premises, such as a drug sale in the parking lot, is not enough. Losses from unintentional or otherwise lawful conduct (e.g., losses from vehicle or workplace accidents or routine cash register shortages) are also not enough to permit polygraph exams.

Although the act does not prohibit the use of medical tests to determine the presence of alcohol or controlled substances, polygraph exams cannot be used for that purpose, even if such a substance contributed to an employer loss.

**Security services exemption.** An exemption for commercial security services permits testing by private employers if all the following conditions exist:

- The employer's primary business consists of providing armored car, security alarm, or other uniformed or plainclothes security personnel.
- The employer's function includes the protection of
  - facilities, materials, or operations having a significant impact on U.S. national security or the health or safety of any state (including electric power, nuclear power, and public water supply facilities; radioactive or toxic materials; and public transportation, among others described in regulations) or
  - currency, negotiable instruments, precious commodities or instruments, or proprietary information.
- The test is conducted with respect to a prospective employee who will be employed directly in the described functions.
- The test is a polygraph test (that is, not using any other type of lie detector).

This exemption does not apply if the refusal to take a test or the analysis of a polygraph test chart is used as the sole basis for an adverse employment action against the employee or prospective employee.

For screening purposes, polygraph tests may only be given to prospective employees under this exemption. Qualified employers may use polygraph tests on incumbent employees under the incident investigation exemption.

For the security services exemption to apply, at least 50 percent of a business's revenue must come from the type of security services mentioned in the act. A firm that provides its own security service but is primarily engaged in other activity does not qualify.

When applying the statute's requirement that protected facilities have a significant impact on the United States or a state or subdivision, the facilities may be either private or governmental, but their importance to national or state welfare cannot be minor. An employer whose business is not specifically mentioned in 29 U.S.C. § 2006(e) may petition the administrator of the U.S. Department of Labor's Wage and Hour Division for an interpretation. However, the employer must do so before administering any polygraph tests.

Applicants employed to protect the enumerated types of assets or activities must hold positions in which they would have at least an opportunity to cause or participate in a breach of security. Applicants for custodial or other maintenance jobs, not involving sensitive locations or assets, are not covered.

**Drug security exemption.** This exemption applies to testing by any employer manufacturing, distributing, or dispensing controlled substances in any of the first four schedules of the Controlled Substances Act. It applies if all the following conditions exist:

- The test is a polygraph test.
- When conducted with respect to a prospective employee, that employee will have direct access to the manufacture, storage, distribution, or sale of the controlled substance.
- With respect to current employees, the test is given in connection with an ongoing investigation of criminal or other misconduct involving loss affecting the controlled substance, and the tested employee had access to the person or property that is the subject of the investigation.

The exemption applies only to employers licensed by the Drug Enforcement Administration (DEA) to manufacture, distribute, or dispense a controlled substance. It does not apply to truck drivers and warehouse personnel whose employers are not DEA-registered. Prospective employees may be tested under this exemption if they are being considered for a

 Protection of Assets • Copyright © 2012 by ASIS International

job in which they will have an opportunity to divert controlled substances. Incumbent employees may be tested if they had access to a person or property that is the subject of an ongoing investigation. Direct access to a controlled substance is not required; random or opportunistic access is enough.

The exemption does not apply if a refusal to take a test or the analysis of a polygraph test chart is used as the sole basis for an adverse employment action against the employee or prospective employee.

**Restrictions on exemptions.** An otherwise exempt employer who discharges or disciplines an employee after an investigative polygraph test must have, in addition to the test results, independent evidence that the employee had access, that there was reasonable suspicion pointing to that employee, or that the employee made admissions before, during, or after the exam.

### Rights of Examinee

The ongoing investigation, security services, and drug security exemptions apply only if all the following conditions are met:

- The examinee can terminate the test at any time.
- Degrading or needlessly intrusive questions are not asked.
- No question is asked concerning
  - religious beliefs or affiliations,
  - opinions or beliefs on racial matters,
  - political beliefs or affiliations,
  - sexual behavior, or
  - labor union beliefs, affiliations, or lawful activities.
- No test is conducted if there is sufficient, written medical evidence of a condition or treatment that might cause abnormal responses.
- Before the test, the examinee is given written notice of the date and place and of the right to consult with counsel or an employee representative.
- Before the test, the examinee is informed in writing of
  - the nature of the tests and the instrument involved;
  - whether the test area contains a two-way mirror or camera or other such device;
  - whether any other device, including one to record or monitor the test, is used; and
  - the employer's or employee's right (with mutual knowledge) to record the test.

- Before the test, the examinee signs a written notice
  - that the test cannot be required as a condition of employment;
  - that any statement made during the test may constitute additional evidence supporting adverse employment action;
  - of the limitations imposed by the act;
  - of the examinee's rights if the test is not done in accordance with the act; and
  - of the employer's legal rights, including the right to disclose to the government information from the test involving admission of criminal conduct.
- Before the test, the examinee is allowed to review all questions to be asked during the test and is informed of the right to terminate the test at any time.
- During the test, the examiner does not ask any question that was not presented in writing for review before the test.
- After the test but before any adverse employment action, the employer
  - conducts further interviews of the applicant on the basis of test results; and
  - provides the examinee with a written copy of any opinion or conclusion from the test and a copy of the questions asked and the chart responses.
- The test is at least 90 minutes long, and the polygraph operator does not conduct more than five such tests on the test day.

### Qualifications of Examiners

Also, the exemptions apply only if the polygraph examiner

- possesses a valid polygraph license if required in the state;
- maintains a minimum $50,000 bond or equivalent professional liability insurance;
- renders any opinion or conclusions in writing and solely on the basis of an analysis of the charts;
- reports only admissions, case facts, and interpretation of the charts relevant to the purpose and stated objectives of the test and refrains from making any recommendation concerning employment of the examinee; and
- maintains all charts and other test-related records for three years after the test.

### Disclosure of Information

The examinee may disclose to anyone information developed during the polygraph test.

The examiner may only disclose such information to the examinee or person designated in writing by the examinee, to the employer who requested the test, or to any court,

 Protection of Assets • Copyright © 2012 by ASIS International

government agency, arbitrator, or mediator in accordance with due process of law, pursuant to an order from a court of competent jurisdiction.

An employer (other than the government or consultants, experts, or contractors to the government) who requests the test may disclose in the same fashion as the examiner to a government agency (without a court order), but only so much of the information as is an admission of criminal conduct.

#### Enforcement

Civil penalties up to $10,000 for violation of any provisions of the statute are permitted, as are actions for injunctions by the U.S. secretary of labor in U.S. district courts. Any employee or prospective employee affected by a violation of the statute may bring any action in any federal or state court of competent jurisdiction, for any legal or equitable relief required, including but not limited to employment, reinstatement, promotion, back wages, or lost benefits, plus court costs and attorneys' fees. The statute also prohibits waiver of any rights under the statute unless done as part of a written settlement agreed to and signed by the parties to any pending action or complaint under the statute. Any waiver obtained before a test or after a test but before the filing of a complaint is not effective.

#### Admissibility of Polygraph Results in Evidence

Before 1993, admissibility of evidence was governed by the general acceptance test, which held that the admissibility of expert scientific evidence depends on its acceptance by the scientific community. In federal courts, the general acceptance test has for the most part been replaced by the *Daubert* decision (1993) and the Federal Rules of Evidence 702 (FRE 702). In *Daubert* the Supreme Court opined that when seeking the admissibility of evidence, such as lie detector results, the trial judge may consider five nonexclusive factors:

- whether the technique or theory can be or has been tested
- whether the technique or theory has been subject to peer review and publication
- the known or potential rate of error of the technique or theory
- the existence and maintenance of standards and controls
- the degree to which the technique or theory has been generally accepted within the scientific community

Further, the Supreme Court recognized that FRE 702 may also be a crucial factor in determining admissibility of expert scientific evidence. Under FRE 702, the trial judge must ensure that the expert's testimony is "scientific knowledge" capable of "assisting the trier of fact." Once the trial judge determines that the proposed testimony meets this standard, the judge may then admit the lie detector examination.

Regarding the states, current rules on admissibility of polygraph evidence vary. Some states hold it inadmissible on any basis. Some hold it admissible with a proper foundation. (That means that the nature and scientific acceptability of the polygraph is demonstrated to the court through proper testimony before the polygraph evidence itself is introduced.) Some hold it admissible on stipulation of the parties. (A stipulation is a written agreement signed by both parties or their counsels as to facts or the admissibility of some evidence. It can also be an oral agreement between the parties made in open court under the oversight of the presiding judge.) Some states have not articulated a clear rule.

## Jurisdiction

The federal circuit courts of appeals generally allow trial courts to decide on admissibility of polygraph evidence. However, they are not uniform in this position. The U.S. Supreme Court has in the past declined to hear any polygraph case.

**National Labor Relations Board.** The National Labor Relations Board has rejected union arguments that the polygraph constitutes an unfair labor practice. The labor law only protects against dismissals or discrimination because of union membership or activities or other collective activities; it does not prohibit the use of the polygraph to uncover employee dishonesty.

**Military.** The use of polygraph evidence in courts martial is prohibited by the *Manual for Courts-Martial United States* (2008). Polygraph results, however, play a significant role in pretrial hearings. The results of polygraph examinations may be given consideration by the convening authority when the results of a court martial are reviewed. The sentence may be reduced or reversed based on the polygraph results. Military appellate courts do not consider polygraph results.

**Labor arbitrators.** Generally speaking, labor arbitrators have excluded polygraph evidence and ruled against attempts to punish or dismiss employees for refusal to submit to testing, for negative results obtained under suspicious circumstances, or for situations in which guilt has not been established by other sources.

Arbitrators have permitted the results of a polygraph test to be used as evidence on the theory that an employee who consents to an examination agrees that the results aid in validating or invalidating charges. Some arbitrators have admitted examination results into proceedings but have placed minimal or no reliance on them.

A few decisions rejecting the use of test results have indicated, however, that had the bargaining contract provided for such tests, the outcome would have been different. In one case, six plant guards were discharged for failure to take polygraph examinations following the theft of televisions. The union contract stated that the guards were to cooperate in the

 **Protection of Assets** • Copyright © 2012 by ASIS International

investigation of theft or other security matters. The polygraph technique was considered by the arbitrator to be one method of investigation; he held that the failure to submit to it constituted insubordination, since the right to refuse had been waived in the contract.

### Federal Law on Voice Stress Analyzers

The use of the voice stress analyzer (VSA) is prohibited in the private workplace for firms regulated under the EPPA. The VSA is, therefore, not available to interstate commerce employers for any employment-related purpose nor by interstate employers in the controlled substance and security fields. Use of the VSA in the private sector for purposes other than employment screening or incident investigations is not regulated under the federal act.

Beside the federal prohibition, a number of state statutes regulate use of the VSA. Such laws apply to purely intrastate employers that are not subject to the federal act. Some laws prohibit any use of the VSA, not just use in the employment context. For example, the California penal code, Section 637.3, forbids any person to use any system that records or examines voiceprints or voice stress patterns of another person, to determine the truth or falsity of that person without express, prior, written consent from such person. Some states that allow limited use of the polygraph forbid use of the VSA completely.

Despite the federal and state prohibitory statutes, the VSA may still be used in many contexts, such as litigation preparation, sales situations, and various forms of personal communication. Because federal and state governments strictly limit use of the polygraph and voice stress analyzer by the private sector, the primary users of those technologies are now federal and state government agencies.

# REFERENCES

Boghosian, H. (2005). Applying restraints to private police. 70 Missouri L. Rev. 177.

*Code of Federal Regulations.* Washington, DC: U.S. Government Printing Office.

Commonwealth v. Gonsalves, 429 Mass. 658 (1999).

Daubert v. Merrell Dow Pharmaceuticals, Inc., 509 U.S. 579 (1993).

Epstein, M. (2008). *Making sustainability work: Best practices in managing and measuring corporate social, environmental and economic impacts.* San Francisco, CA: Berrett-Koehler Publishers.

Escobar, J. (2004). Holding corporate officers criminally responsible for environmental crimes: Collapsing the doctrines of piercing the corporate veil and the responsible corporate officer. *New England Journal on Criminal and Civil Confinement*, 30, 305.

*Federal Rules of Evidence.* (2006). Washington, DC: U.S. Government Printing Office.

Hawken, P. (1993). *The ecology of commerce.* New York, NY: HarperCollins.

*Manual for courts-martial United States.* (2008). Washington, DC: United States Government.

Maryland v. Wilson, 519 U.S. 408, 415 (1997).

Mass. Gen. L. c. 140 § 131J (2004).

McAlevey, M. (2002). *Understanding the Sarbanes-Oxley Act of 2002.* New York, NY: Practising Law Institute.

Miranda v. Arizona, 384 U.S. 486, 86 S. Ct. 1602, 162 L.Ed. 2d 694 (1966).

Pennsylvania v. Mimms, 434 U.S. 106, 98 S.Ct. 330, 54 L.Ed. 2d 331 (1977).

People v. Jones, 301 N.E. 2d 85 (IL 1973).

Scott v. Harris, 550 U.S. 372 (2007).

Tennessee v. Garner, 471 U.S. 1 (1985).

*United States Code.* (2006). Washington, DC: U.S. Government Printing Office.

U.S. v. Casteel, 476 F.2d 152 (KS 1973).

 **Protection of Assets** • Copyright © 2012 by ASIS International

U.S. v. Antonelli, 434 F.2d 335 (NY 1970).

Vacchio, M. (1997, March). Invasion of the computer snatchers. *Los Angeles Lawyer.*

Veazey v. Communications and Cable of Chicago, Inc., 194 F.3d 850 (7th Cir. 1999).

Wise, N. (2002, June). Personal liability promotes responsible conduct: Extending the responsible corporate officer doctrine to federal civil environmental enforcement cases. *Stanford Environmental Law Journal.*

# CHAPTER 4

# CIVIL AND ADMINISTRATIVE LAW

Civil law deals with private rights and remedies. Sometimes the government may be a party in civil law matters, but mainly civil law establishes and adjudicates rights among private persons, both individual and corporate. If security managers, their employers, or other persons act in a negligent manner or commit another wrong that does not involve a criminal investigation, they can be sued by private parties looking for either money damages or injunctive relief (a court order to do or refrain from doing something).

This chapter addresses civil law in the United States, focusing on issues relevant to security managers. It examines civil statutory law, civil common law, civil rights law, and administrative law.

## 4.1 CIVIL STATUTORY LAW

### 4.1.1 FEDERAL STATUTORY LAW

Federal statutory law is contained in the 50 titles of the United States Code (U.S.C.). Title 18 deals with crime and criminal procedure. The remaining titles are primarily civil and deal with federal activity ranging from General Provisions, the President, and the Congress (Titles 1, 2, and 3) to Commerce and Trade, Conservation, and Copyrights (Titles 15, 16, and 17) to Transportation and War and National Defense (Titles 49 and 50).

## 4.1.2 STATE STATUTORY LAW

Civil law on the state level varies because of the differences in history, political complexion, and areas of economic activity among the states. There is greater diversity on the civil side of state statutory law than on the criminal side because the number of subjects dealt with in the civil law is so much greater.

The subjects of civil law that are the most developed and contain the largest volume of legislation are usually the subjects related to a state's economic center. In the Plains states, for example, agriculture is a central subject. In the western states, animal husbandry, livestock, and land and water use are prominent. In the mineral-rich states, minerals law is fully developed, and in the industrial states manufacturing and commerce are the dominant topics of civil law. Each state addresses all areas of civil law but focuses more on issues related to its economy.

There is also a division among the states, and between the states and the federal government, with regard to the regulation of matters of interest to each level of government. As a general principle, when the federal government has authority to legislate on a given matter, such law is exclusive and the states may not pass their own laws. National defense is one example. No state may pass laws dealing with national defense because that subject is reserved exclusively for the federal government. However, a state may pass laws dealing with its own defense (thus the many local laws dealing with state guards). In 2009, after the passage of almost a trillion dollars of federal stimulus spending, the lines between state sovereignty and federal sovereignty became more actively debated.

## 4.1.3 IMPORTANT SUBJECTS IN STATUTORY LAW

Some subjects in state civil statutory law are of special importance to security managers. Examples include the following:

- licensing of private investigators, guards, and security services
- labor law (regulating safety and personnel practices)
- personal property law (which may contain provisions on the handling and disposition of found property)
- civil rights law
- business law
- the specific area of law most relevant to a given institution, such as hospital or health law for health institutions, education law for schools, etc.

To make sure the security program is consistent with state law, the security manager should hold frequent reviews with company counsel. Such reviews are needed even if the security manager is an attorney, as the law changes constantly. Keeping current is a task for counsel, not the security manager.

 Protection of Assets • Copyright © 2012 by ASIS International

# 4.2 CIVIL COMMON LAW

Aside from civil statutory law, the other branch of civil law is civil common law. It is the collection of decisions by courts at various levels of government dealing with conflicts among private persons and between private persons and the various levels of government.

There is no clear distinction between federal and state common law. If one person assaults another, breaches a contract with another, or defames another by slanderous words or libelous writings, the wrong done is measured by standards more related to the history of the conduct than to whether a federal or state court hears the matter. Civil common law or case law evolved from early beginnings in English courts and has been carried forward in the United States, chiefly in the state courts. Because civil law deals with common-law or non-statutory matters, there is no question of different or conflicting state and federal statutes.

When a federal court hears a dispute involving common law (because the parties are not completely within the exclusive jurisdiction of a single state, or because the conflict arises in a way that only federal courts have jurisdiction), the court applies the same common-law principles as would be applied if the matter were heard in a state court in the same location. For example, if a federal district court in Arkansas hears a common-law dispute, it applies the same common law as would an Arkansas state court. In rare cases where there is no common-law precedent in the state common law (or there is no state jurisdiction, as in the District of Columbia), federal courts can look to any source they deem appropriate and may add to the common law by enunciating new principles to resolve situations for which there is no precedent anywhere (*Standard Accident Insurance Company v. Roberts*, 1942).

The civil common law is divided into two great branches: contract common law and tort common law. The vast majority of common-law disputes fall into one of these branches. The contract branch deals with matters arising from agreements, express or implied, between persons. The tort branch deals with alleged wrongs, intentional or negligent, done by one party to another. There is a middle area in which an alleged wrong (for example, inducing a breach of contract, or fraud in inducing another to make a contract) actually deals with an existing contract.

## 4.2.1 CONTRACT LAW

A contract may be defined as "an agreement between two or more persons that creates an obligation to do or not do a particular thing" (Garner, 1999).

Contracts may be express or implied, written or oral. They may involve a single act or omission or multiple acts or omissions. They may exist between natural persons, corporations, and partnerships, or between any of those parties and the government.

An express contract is one whose terms and conditions have been stated in words. If a vendor promises to sell and deliver a specific model of camera at a price of $500 on a certain date to a buyer, and the buyer promises to buy the camera and take delivery on that date, there is an express contract between the buyer and seller. An implied contract is one whose terms and conditions have not been stated in words but are added or supplied on the theory that the parties really intended such terms and conditions.[8]

A contract may be implied in law or implied in fact. A contract implied in law imposes an obligation on the part of one who has obtained a benefit at the expense of another to do some act or refrain from doing something. This kind of implied contract has little to do with the intention of the parties to enter into an agreement but more to do with the equity that requires a person not to enrich himself at the expense of another. It is sometimes referred to as a quasi-contract.

A contract implied in fact is based on the involved parties' conduct, even if formal words of agreement are absent. For example, if a customer enters a store, inquires about the price of an item, and then instructs the clerk to send the item to the customer's residence, there is an implied contract that if the item is sent, the customer will pay the quoted price. The merchant did not promise to send it, nor did the customer promise to buy it, but the conduct is so clear that the agreement to send as ordered and the agreement to purchase are implied.

A contract will not be implied in fact if some critical term is unstated. If, for example, a contract security firm promises to furnish protective service and an enterprise promises to pay for such service, but neither party says how many security officers will be provided or when they will work, there is no implied contract because vital terms—quantity and time of performance—are unstated. On the other hand, if the security firm promises to provide a certain number of guards at stated times, and the enterprise promises to pay for those services, but no price is stated, it is implied that the reasonable value of the services rendered was agreed to be paid.

However, price and reasonable value are not the same. For example, the security firm might usually charge $20 per guard-hour. In this scenario, price is not included in the agreement (which, by the way, might have been oral or written). The services are rendered, and the firm submits its bill, calculated at $20 per guard-hour. The enterprise refuses payment, alleging no contract because no price was agreed to. If the firm sues to obtain satisfaction, the court will determine the reasonable value of the services rendered. Relevant considerations

[8] The Uniform Commercial Code (UCC), which has been adopted in all states (partially in Louisiana), tends to make contracts enforceable in situations in which the common law would not, as long as the intentions of the parties are clear. The UCC, as adopted in each state, should be considered in any contract situation to which it might apply, typically commercial transactions. Parts of the UCC can be viewed for free at http://www.law.cornell.edu/ucc/ucc.table.html.

 Protection of Assets • Copyright © 2012 by ASIS International

include the firm's costs, the typical profit made by the agency on similar contracts, and the typical or average price charged by other agencies for similar services. Reasonable value, using those criteria, might prove to be $18.25 per guard-hour. In that case, the agency would collect at the rate of $18.25 per hour, the implied reasonable value, and not at $20 per hour, the actual price. The contract is real because the parties intended that guard services should be rendered and accepted. What is implied is the value. As price was omitted in the agreement, reasonable value is implied.

### Some Precautions

Many business dealings result in contracts. The following are some simple precautions:

- It is best to avoid oral arrangements and rely on written documentation whenever possible. Certain kinds of agreements (such as those not completed within one year or those touching on real property) will not be enforced unless in writing. Laws in most states, referred to as statutes of frauds, specifically require those kinds of agreements to be in writing because of the seriousness of consequences and the ease with which fraudulent practices could occur.
- When an agreement has been reduced to writing, it generally may not be changed on the basis of oral statements. This rule applies even if the parties both intended to change the written agreement through a later oral agreement.[9]
- The subject matter of a contract, oral or written, must be lawful or the alleged contract will not be enforced. For example, if an enterprise went into agreement with an investigative service to perform investigations to determine the labor union affiliations of applicants for employment, the contract would be unenforceable almost everywhere. Such a contract would violate the public policy of the federal government and most state governments that such inquiries not be conducted because they interfere with the workers' right to freedom of collective bargaining association. (In addition, such an agreement might involve violations of statutory civil and criminal law, federal and state, by both the enterprise and the service.)

### Warranties

Warranties are statements by persons that things done or said by them, or products or services rendered by them, are as described. The warranty generally becomes an obligation enforceable against the warrantor (the one making the statement) by any person who relied on the statement or used the product or services, and whom the warrantor knew or should

[9] However, unless the written agreement expressly states that it is the complete agreement between the parties, oral evidence might be admissible to show additional terms not inconsistent with or repudiating the written terms. Such additional terms would be admissible under the parol evidence rule (UCC Section 2–202). See also Calamari and Perillo (1967).

have known would do so. Some warranties are stated on products purchased at retail. The manufacturer or supplier, or both, agree that, for a stated period, the product will perform as described and that if, without fault by the buyer or user, it should fail to perform, it will be repaired at no cost to the buyer or user.

A warranty might apply as follows: A security manager purchases portable fire extinguishers, and the vendor warrants that the extinguishers will discharge a certain amount of extinguishing agent at a certain rate, if used in accordance with the instructions. Relying on that warranty, the security manager places the extinguishers throughout the enterprise. A small fire (of the type for which the extinguishers are appropriate) occurs, and the extinguishers are used. They all fail to perform, and the fire rapidly gets out of control and causes great destruction. The manufacturer or vendor of the extinguishers, or both, may be liable for damages if the user can establish that

- he used the extinguishers as instructed;
- he also took other reasonable precautions against fire;
- when the small fire occurred, it would have been controlled if the extinguishers had operated properly; and
- he did everything reasonable under the circumstances to control the fire, but nevertheless the fire spread out of control.

In the security field, major questions of warranty obligation are raised by agreements to purchase and use alarm services and devices, weapons, investigative and guard services, courier service, and safe deposit service and facilities.

## Limitations of Liability

To protect themselves against overwhelming liability and maintain insurance, security product and service vendors usually rely on specific language in the contract, service agreement, or purchase memorandum to limit their liability. For example, central station alarm contracts often contain provisions like the following:

> It is understood that the contractor [alarm company] is not an insurer, that insurance, if any, shall be obtained by the subscriber [the user of the alarm service], and that the amounts payable to the contractor hereunder [the cost of the alarm services] are based upon the value of the services and the scope of liability as herein set forth and are unrelated to the value of the subscriber's property or the property of others located in subscriber's premises. The contractor makes no guaranty or warranty, including any implied warranty of merchantability or fitness, that the system or service supplied will avert or prevent occurrences or the consequences therefrom, which the system or services is designed to detect. The subscriber does not desire this contract to provide for full liability of the contractor and agrees that the contractor shall be exempt from liability for loss or damage due directly or indirectly to occurrences, or consequences therefrom, which the service is designed to detect or avert. The subscriber

> further agrees that, if the contractor should be found liable for loss or damage due to a failure of service or equipment in any respect, its liability shall be limited to a sum equal to 10 percent of the annual service charge or $250, whichever is the greater, as the exclusive remedy, and that the provisions of this paragraph shall apply if loss or damage, irrespective of cause or origin, results directly or indirectly to a person or property from performance or nonperformance of obligation imposed by this contract or from negligence, active or otherwise, of the contractor, its agents, or employees.

In practice, such language might work as follows. A bank contracts with a central station alarm company to install burglar alarms in its vaults. The company agrees to install them in compliance with Underwriters Laboratories (UL) and American Society for Testing & Materials (ASTM) standards. However, the equipment supplied does not meet the standards, and the workers installing it are slipshod and do not make the proper wiring connections. The contractor does not inspect the work, and the job is finished. The next night a burglary occurs; the alarm fails to operate and $1,000,000 is stolen from the bank vault. The cost of the alarm installation was agreed between the two parties at $10,500 and the annual service charge at $3,500.

The bank (or more likely its insurance carrier) sues the alarm company and proves the following:

- the installation did not meet the agreed standards, and the components were not those agreed to be furnished;
- the burglary would have been discovered if the alarm system had functioned properly;
- had the burglary been discovered, police and bank security personnel would have reached the scene within three minutes, not enough time for the burglars to have entered the vault and removed the cash;
- the alarm did not function properly;
- the alarm did not function because of the manner of installation and the type of components;
- the burglary was successful; and
- the loss is $1,000,000.

At the trial the alarm company introduces the contract and the clause quoted earlier. The result is a judgment against the alarm company in favor of the bank. However, the amount of the judgment is only $350, or 10 percent of the annual service charge. If the bank had sued the alarm company on the theory of negligence (a tort action) rather than a breach of warranty (a contract) and had proved not merely simple negligence but wanton or gross negligence, public policy in most states would have disallowed the limitation-of-liability clause and allowed a recovery of the full $1 million.

If there had been no limitation-of-liability clause, the alarm company could have been liable for $1,000,000 because of its breach of express contract to meet UL and ASTM specifications and because of its breach of an implied warranty that the service sold was what it was said to be and was fit for the purpose intended by the purchaser (subscriber).

## Agency

The question of agency—of whether one person is acting on behalf of another—is an important question in security. The following scenario illustrates why: A guard employed by an enterprise is assigned to an entrance. A person seeks admittance, but the guard declines to admit the person. A quarrel ensues, then some shoves, and finally the guard strikes the visitor, knocking him to the ground. The visitor suffers a serious injury and sues the enterprise, alleging that the injuries caused by the fall resulted from the shove from the guard and that the guard was acting for the enterprise; thus the enterprise is responsible for his actions.

The outcome of the case could vary if the guard worked for a contract firm but the visitor still sued the enterprise or if the visitor sued the contract firm and the contract firm sued the enterprise.

Another scenario might involve an investigator who speaks to several neighbors of an employment applicant. He suggests to the neighbors that the applicant is an alcoholic, ostensibly to see if they confirm or deny the claim. They tell other neighbors that the applicant is an alcoholic, according to what they heard from the investigator. However, the applicant is not an alcoholic. He learns of the claim and complains to the company security manager about the false and defamatory statements made by the company's investigator. The applicant sues both the company and the investigator for slander.

### How Agency Is Determined

Before answering the liability questions, it is important to understand how someone's status as an agent is determined.

There are many forms of agency and many ways in which one person can act for or on behalf of another. A trustee, for example, acts in the interests of another. An employee acts in the interest of the employer. An executor acts in the interest of the estate of the deceased. However, not all these relationships have the same legal consequence. A key distinction is made between the person who acts in his own right (the trustee or executor) but on behalf of another; the person (the employee) whose authority to act in matters of concern to the employer is derived entirely from the employer; and the person who acts as a substitute for or extension of an employer.

 **Protection of Assets** • Copyright © 2012 by ASIS International

Principal/agent relationships can be created in several ways. One way is by express agreement in which the principal (employer) tells the agent (employee) to perform specific tasks or duties or to act within a general area in carrying out the employer's instructions.

Another way in which the relationship can be established is if the principal, although not initially authorizing the other to act as agent, adopts the action and ratifies or approves it. For example, a courier service may have bid for a contract to transport a firm's cash and valuables. One day a driver for the courier comes upon a street accident in which one of the client's regular employee drivers has wrecked a truck while carrying a sum of money. The courier, recognizing the truck as belonging to the client, arranges to take the cash shipment to its destination to protect it against loss while the client's driver remains at the scene of the accident. The delivery is made and the courier company reports the event to the client. The company expresses thanks and offers to pay the usual fee for such a delivery. Although the company did not initially request the courier to act as its agent, when the company learned that the courier did act as its agent, it adopted or approved the action, thus making the courier the company's agent for that action.

The courts presume another agency relationship to exist when a person with apparent authority to act for another does so. Apparent authority exists when a person (the principal) is in a position to know the agent is acting as such and the principal does not disclaim the actions. It also exists when the principal puts a person into a position in which the person appears to be acting as an agent.

For example, a security manager may instruct a contact security officer not to accept custody of any visitors' belongings. A visitor arrives with a package. He says he would like to leave it with the guard during his visit so as not to be inconvenienced. The visitor notes that it is quite valuable, and he asks that it be put in a safe place. The guard accepts the package, places it in a coat closet, and later leaves the reception desk. During his absence, a thief steals the visitor's package. The visitor later sues the company.

Although the security manager specifically instructed the contract guard not to accept packages, the visitor had no way of knowing that. Moreover, the guard was the company's representative for the very purpose of receiving and assisting visitors. When the guard agreed to accept the package, it was reasonable for the visitor to conclude he was authorized to do so—he acted with apparent authority. If the visitor can prove the guard was negligent and acted without due care and diligence, as a direct result of which the theft occurred, then he has a good chance of recovering against the company. Although the guard was actually employed by a contract firm, not the client company, he was nonetheless acting as an agent of the client company.

## Significance of Agency

The major consequence of agency is that if the agent acts in a wrongful way, the law may impute that action to the principal or employer. Primarily, wrongful is held to mean negligently wrongful rather than intentionally wrongful; i.e., the agent does not exercise due care or diligence in what he does on behalf of the principal. However, in situations typical in security work, if the agent's activity involves inherently dangerous features (as would be the case for guards with deadly weapons), then the principal may be responsible for even the willful misdeeds of the agent if they were directly connected with the purpose for which the agent was retained—either because the agent's action was foreseeable or because the employer did not act prudently in selecting the agent or allowing him to perform the misdeeds.

## Vicarious Liability

The imputation of an employee's negligence to the employer is described as vicarious liability, or liability for the acts of another without personal fault of the one liable. The significance of vicarious liability is that, while the agent who was negligent may not have sufficient resources to permit substantial recovery against him through judgments, the principal probably will have more resources. Hence, a suit will probably be brought against both the agent and the principal, but certainly against the principal. If a guard who earns $30,000 a year and has no accumulated savings acts in a negligent way (or even a willful way), and as a result a third person is injured and can prove damages of $500,000, the employer (guilty of no personal fault at all) may have to pay the judgment.

Returning to the example in which a company-employed guard shoved a visitor, the visitor could probably recover against the company. The guard was a servant or employee, his actions were within the scope of employment, and the conduct, if not willful, was certainly without due care. The amount of the recovery is a question for the trier of fact and is determined by such factors as medical expense, loss of earnings, pain, and the probability of long-lasting injuries.

If the guard was a contract agency employee, a different principle might apply—namely, the principle that one is not responsible for the acts of an independent contractor. However, there are many exceptions to that rule, such as cases in which the principal requires the task to be done on his or her land (owned or leased); the principal provides specific instructions on how the task is to be done; and the task involves inherently dangerous aspects. When an act of an independent contractor involves one or more of these exceptions, the principal still may be vicariously liable. The case of the shoving security officer arguably involves all those exceptions. The injured visitor would be likely to recover against the company.

 Protection of Assets • Copyright © 2012 by ASIS International

According to normal principles of agency, if the visitor sues the contract security firm, that firm will be liable for the negligent acts. (In such a case, the principle is *respondeat superior* or "let the master respond.") This principle holds the employer responsible for the negligent acts of the employee that occur in the normal course of employment. The security firm will not generally recover against the company under most states' rules. The company was guilty of no active negligence of its own and, at most, would be vicariously liable (as the guard company itself is) to the injured party only.

However, different states have different rules; the matter is not clear-cut. Typically the contract between the security firm and the client company would include an indemnity or hold- harmless provision by which the security firm agrees to indemnify the company or hold it harmless from any damages arising from the security firm's performance of its contracted tasks. However, without such a provision, and depending on the locale of the incident, the security firm might be able to recover part of the judgment (a proportionate share) from the company under a doctrine called contribution. The doctrine holds that where several have been jointly negligent, and recovery by an injured party was against only one, that one is entitled to a proportionate contribution by the others. The point is that the matter of liability, vicarious and otherwise, of a client company for the acts of its contract agencies should be clearly resolved in the contract between them.

In the case of the defamatory investigator, although the investigator's behavior (suggesting the job applicant was an alcoholic) was intentional, not negligent, it was in furtherance of the company's program of applicant screening. The law generally holds a principal liable even for the willful or intentional wrongful acts of the agent under such circumstances, unless a clear case of disclaimer and other suitable precautions to prevent the action in the first place can be proved. (A specific training program for the investigator would be such a precaution.) If the company ratified the investigator's behavior by defending it and accepting its conclusions, the company would almost certainly be liable if the applicant could prove damage. As the investigator was the one primarily at fault, the applicant can recover against him, too.

### Scope of Employment

When an agency relationship exists, the employer can be liable for the actions of an employee. However, case law has long held that for the employer to be liable the employee must have been acting within the scope of his or her employment.

The employee will be considered to have acted within the scope of employment if the actions

- were those the employee was engaged to perform,
- were performed where they were authorized or could have been expected to be performed, and
- were performed to further the business of the employer.

If the actions were not those that the employee was engaged to perform or were taken for personal purposes, the employee would not be within the scope of employment. For example, a manager of a company left his office in a company car to go to the bank to make a deposit for the company. After leaving that bank, he drove to another bank to make a personal deposit. While stopped for traffic, he was struck from behind by another vehicle and was injured. He filed for workers' compensation benefits. The trial court held that the accident occurred during a deviation from the business purpose of his trip and that he was not within the scope of employment when injured (*Darnell v. KN Energy, Inc.*, 1998; see also, *Herres v. Southeast Nebraska Development*, 2005).

Defining whether an employee is performing an activity as part of his or her job duties and within the scope of employment can be complex. A facts and circumstances test needs to be applied.

If an employee volunteers personal time to perform services for an outside organization, such as a charitable nonprofit entity, he is considered to be acting outside his job duties and scope of employment with his employer. If the employee is not asked or directed, explicitly or implicitly, to perform the service for the outside organization for or on behalf of the employer, he is not entitled to coverage under the employer's liability insurance policies or employee indemnification policy. Such policies normally cover only actions taken within the scope of employment (which includes duties that the employer asks an employee to perform for another entity).

A more complex situation occurs when a private employer engages a sworn law enforcement officer to perform security or other duties by. In many jurisdictions the sworn officer is considered to be on duty at all times. A city or county officer functions, under normal circumstances, as a sworn officer only within that city or county. A federal officer usually has jurisdiction throughout the United States; however, some agencies limit the authority of their officers to specific facilities. Depending on the circumstances of the actions taken while performing duties for a private employer, a law enforcement officer may be

- within the scope of employment of the law enforcement agency,
- within the scope of employment of the private employer, or
- outside the scope of employment of either.

It is irrelevant whether an employee is sued in his individual capacity. The key question affecting employer liability is whether the employee was acting within the scope of his employment.

 **Protection of Assets** • Copyright © 2012 by ASIS International

## 4.2.2 TORT LAW

The preceding discussion of agency illustrated ways in which the principal can be liable for the intentional and negligent acts of agents. Both kinds of acts, when they cause injuries to another, are included in another major branch of the civil common law, namely the law of torts.

A tort is a willful or negligent wrong done to one person by another. Unlike contract injuries, it does not require any agreement between the parties and, in cases of negligence, may not depend on the intentions of the parties. In every encounter between a security organization and other persons, inside and outside the enterprise, the possibility that a wrong will be done is always present.

### Willful Torts

A willful tort is one in which the actor intends the consequences of the act or intends to do the act that results in the injury. If an investigator deliberately and knowingly makes a false and damaging statement about the subject of the investigation, that is a tort of slander—deliberate false and defamatory spoken words. If a security officer without proper cause takes a person into physical custody and prevents or intimidates the person from leaving, that is the intentional tort of false imprisonment. If a security fire fighter, driving a fire vehicle without using warning lights, a bell, or a siren, drives in a reckless manner unnecessarily and strikes and injures a pedestrian, that is the tort of negligence. The first two are willful because the guard and investigator intended to do what they did. The fire fighter did not intend to strike a pedestrian but drove in a careless manner. Negligence is not a willful tort and is discussed later.

The following are actions that the common law has defined as torts or civil wrongs. There will be liability in damages to the extent the injured party can establish and prove those damages.

- **Battery:** the actual use of force against another; involves physical touching.
- **Assault:** putting another in fear that force will be used against him or her; does not involve physical contact.[10]
- **False imprisonment:** the deprivation of another's liberty or freedom, which may involve actual physical restraint and may involve intimidation that physical force will be used if an escape is attempted. Clouse (1986) provides a discussion of private police liability and false imprisonment.
- **Conversion:** wrongful appropriation of the personal property of another or the exercise of dominion by the converter over the personal property of another in a way inconsistent with the rightful owner's or possessor's interest.

[10] Assault requires that the victim be aware of the threat of force. A menacing gesture toward a blind person would not be assault.

- **Fraud or misrepresentation:** use of a trick, device, false scheme, or other deception that causes another to suffer loss because of reliance on the one committing the fraud.
- **Nuisance:** behavior that causes or results in annoying, unwholesome, or destructive conditions or produces substantial interference with another's use or enjoyment of his property.
- **Defamation:** oral (slanderous) and written (libelous) statements that are not true and are damaging to another. The truth of a statement is generally an adequate defense to an action of defamation. Even when the damaging statement is false, a defense of privilege may often be made in which the special relationship between the party making the false statement and the recipient of that statement allows a false statement without liability, provided there is no actual malice or ill will by the one making the statement. In the earlier example of the investigator describing an applicant as an alcoholic, if the false statements had been made only to the employer, and if no malice by the investigator could be shown, qualified privilege would have been available as a defense to the slander action. Because the statements were made to third persons and strangers, that defense was not available.
- **Invasion of privacy:** the act that occurs when, without justification or proper cause, there is
  - intrusion into the secret affairs of another,
  - disclosure of such affairs,
  - the placing of another in a false public light, or
  - the appropriation of some private or secret aspect of another for the commercial use or gain of the appropriator.

  This tort is the typical charge of a citizen who claims to have been unlawfully searched, who claims that his or her property was unlawfully inspected, or who claims that private conversations were eavesdropped on. The information or secret affair must not already be public. The intrusion or disclosure must be a kind that an ordinary, reasonable man would find objectionable and unjustifiable.

  The question of invasion of privacy might arise if employees are required to open parcels and packages for inspection or if lockers are searched. However, if the searches or inspections were consented to, or were made conditions of employment, or in cases where the employee was not given sole and exclusive right of possession (as to a desk or locker), there would not be a sound basis for alleging the tort. If the search or inspection discloses a crime (larceny, for example), the claim of invasion of privacy will probably not stand. However, under criminal law, an unreasonable search by government agents, even if evidence of a crime is found, is not permitted, and such evidence will be suppressed in a prosecution. See White (1997) for a discussion of employer monitoring of employee e-mail.

### Negligence

Negligence is the failure to use reasonable care and due diligence under the particular circumstances, as a result of which another is injured or suffers some damage. Negligence does not require an intent, even an intent to be negligent. Rather, it is the absence of an attitude or intent—to be duly careful—that characterizes negligence.

Negligence that is so gross or reckless as to be tantamount to acting with total disregard for the consequences of the action is sometimes be held to be similar to an intentional wrong. Therefore, gross and wanton negligence may lead to heavier liability on the part of the negligent person. Such a penalty, called an exemplary or punitive award of damages, is often also found in intentional tort cases and consists of a multiplication or extension of the actual damages suffered by an injured or aggrieved person. Exemplary damages are awarded as a special deterrent to such conduct and because intentionally wrongful or grossly negligent conduct is more blameworthy than merely negligent conduct.

### Federal Tort Claims Act

The Federal Tort Claims Act (FTCA) provides a limited waiver of the federal government's sovereign immunity. It allows individuals to recover from the United States for property damage, personal injury, and wrongful death caused by the negligence of a federal employee. Under the FTCA individuals may recover for numerous types of injuries, including, but not limited to, those suffered in traffic accidents, slips and falls in government facilities, and medical treatment. Generally, the injury must be the result of the negligence of a federal employee who was acting in the performance of the job and within the scope of the duties of that job (de Jonge, 1988).

Under the FTCA, the government can only be sued under circumstances where the United States, if a private person, would be liable to the claimant in accordance with the law of the place where the act or omission occurred (28 U.S.C. 1346(b)).

The government is liable if a law enforcement officer commits assault, battery, false imprisonment, false arrest, abuse of process, or malicious prosecution. The government is not liable if the claim against a law enforcement officer is for libel, slander, misrepresentation, deceit, or interference with contract (28 U.S.C. 2680(h)).

Moreover, the FTCA bars a claim based on the exercise or performance or the failure to exercise or perform a discretionary function or duty on the part of a federal agency or an employee of the government, whether or not the discretion involved was abused (28 U.S.C. 2680(a)).

To determine whether conduct is discretionary, the courts apply a two-part test (*Berkovitz v. U.S.*, 1988):

- Did the conduct involve an element of judgment or choice? This requirement is not satisfied if a federal statute, regulation, or policy specifically prescribes a course of action for an employee to follow.
- Is that judgment of the kind that the discretionary function exception was designed to shield in that it involves considerations of social, economic, and political policy (*United States v. Gaubert*, 1991)?

The liability of the United States is determined in accordance with the law of the place where the allegedly tortious act or omission occurred (28 U.S.C. 1346(b)).

The substitution provision of the statute provides that on certification by the attorney general, if an employee was acting within the scope of his office or employment at the time of an incident out of which a claim arose, the United States shall be substituted as the defendant (28 U.S.C. S 2679(d) (1)). This is to remove the potential personal liability of federal employees for common-law torts committed within the scope of their employment.

Under the FTCA, the United States is subject to liability for the negligence of an independent contractor only if it can be shown that the government had authority to control the detailed physical performance of the contractor and exercised substantial supervision over its day-to-day activities (*Diane Linn v. United States,* 2008).

 **Protection of Assets** • Copyright © 2012 by ASIS International

# 4.3 CIVIL RIGHTS

Civil rights involve statutory law rather than common law. Under common law, unless a case can be made that a recognized tort is involved, discrimination based on race, color, religion, sex, national origin, or handicap is not actionable. Moreover, the federal and state bills of rights protect the citizen only against the government, not against a fellow citizen. Before federal civil rights statutes, there was virtually no definable civil right against another citizen.

## 4.3.1 FEDERAL STATUTES

The Civil Rights Act of 1964 (42 U.S.C. 2000e) prohibits discrimination, failure or refusal to hire, discharge, limitation, segregation, or classification in any way adverse to an employee or employment applicant on the basis of race, color, religion, sex, or national origin. Originally applicable to businesses and not to government itself, the Civil Rights Act was amended in 1972 and 1991 (P.L. 102–166 (105 Stat. 1071)) to apply to any employer with 15 or more employees whose business affects interstate commerce, to the federal government, and to state and local governments. This federal statute, together with the Age Discrimination in Employment Act of 1967 (no discrimination against workers or applicants over age 40) and the Equal Pay Act of 1963 (same work, same pay, irrespective of sex) make up a formidable federal legal arsenal to suppress discrimination in employment.

Bringing a charge under federal civil rights law results in an investigation by the Equal Employment Opportunity Commission (EEOC). If the EEOC dismisses the complaint, fails to effect conciliation or other resolution, or fails to act within 180 days of receipt of the complaint, the aggrieved person can bring the complaint to the U.S. District Court.

## 4.3.2 STATE STATUTES

States have their own laws regarding civil rights. Most address discrimination because of race, religion, or national origin. Some add sex or age to the list.

State laws apply to intrastate activities not touched by the federal civil rights laws. In a state with its own anti-discrimination law, an aggrieved person may not bring a complaint under federal civil rights law until the state law has been used and the state agency has had at least 60 days to act.

### 4.3.3 TEST FOR DISCRIMINATION

Any practice that tends to discriminate against a racial group and that cannot be shown to be job-related is prohibited (*Griggs v. Duke Power Company*, 1971). In fact, any employment practice, screening technique, or selection criterion that operates adversely against minority racial groups (as measured by the actual percentage of such minorities processed and hired, or promoted, or retained compared to like percentages of the racial majorities) will be held unlawful.

For example, in *Gregory v. Litton* (1972) the use of arrest record information as a rejection criterion was disallowed. The reasoning was that proportionately more blacks than whites are arrested; that an arrest is not equivalent to a conviction; and that, if arrest records were allowed to be used to reject employment applicants, the practice would tend to operate against blacks because they outnumbered whites on a proportionate basis in terms of arrests.

Later decisions have held that in some situations even a conviction may not be used to reject because such use would tend to operate unfavorably against minorities (*Green v. Missouri Pacific Railroad*, 1975; *Hill v. U.S. Postal Service*, 1981). Although this argument has even been applied to felonies, courts have held that when the conviction is job-related, use of conviction information will not be held to be discriminatory (*Carter v. Gallagher*, 1971; *Richardson v. Hotel Corporation of America*, 1972; *Avant v. South Central Bell Telephone Co.*, 1983).

### 4.3.4 TRENDS IN CIVIL RIGHTS

Increasingly, the agencies and courts look with disfavor on any practice that tends to produce a disproportionately unfavorable result among racial minorities and that has not been shown to be job-related. Security managers should examine such practices as pre-employment and post-employment investigation (whether for general suitability or in light of actual or suspected offenses). No investigative technique that can be shown to produce disproportionately unfavorable results for racial minority groups or against a particular sex, and that has not been demonstrated to be job-related, will likely survive.

Traditional requirements regarding height, sex, physical appearance, and muscular skills—once used to screen for police, security officer, and fire fighter positions—have already been attacked and fallen. If a job can be shown to require specific physical or intellectual abilities, such as lifting a stated weight to a given height, running a stated distance in a given time, or reading and understanding English-language communications at a certain level of literacy, then the job requirements should be couched in language related to the demonstrated need, not in general form. The development of anti-discrimination law suggests that requirements heretofore considered essential may, on deeper examination, be found unnecessary or unrelated to the job and, if discriminatory, may be rejected.

 **Protection of Assets** • Copyright © 2012 by ASIS International

## 4.4 ADMINISTRATIVE LAW

Administrative law relates to the functions, powers, and procedures of the administrative agencies and departments of federal, state, and local government. Administrative law is concerned with the ways in which government agencies carry out tasks assigned to them under constitutions and statutes, particularly in regard to their activities in fact finding, rule making, and adjudication and disposition of cases.

An agency has an administrative role if it has the authority to

- make determinations affecting private rights, especially the power to make rules;
- adjudicate cases;
- conduct investigations;
- issue, suspend, or revoke licenses; and
- institute prosecutions.

The basic statute that confers and controls such powers among the federal agencies is the Administrative Procedures Act (APA) (5 U.S.C. 551, et seq.). The APA governs agencies that have access to or distribute public information related to privacy, rule making, investigations, subpoenas, reports, inspections, hearings and informal reviews, licenses, adjudications, and judicial reviews (oversight of agency actions by the courts).

Administrative law is not a separate category of law but rather an area of application of law. Administrative law is the application of statutory civil law to activities of government agencies.

Actions of government must meet minimum standards of constitutional due process. However, these minimum standards do not ensure that deliberations of administrative agencies are wise or that they are in the best interest of the parties or even of government. Due process requirements are satisfied when proceedings are free from conflicts of interest, caprice, or arbitrariness on the part of government personnel and when the other parties are given a fair opportunity to be heard. Due process in administrative matters does not require adherence to formal rules of evidence or procedure as used in the courts.

While the courts are designed for interpretation of the law and resolution of disputes under the law, there is also a need for administrative agencies with similar powers. The need for administrative law arises from the U.S. constitutional system. When the legislature recognizes the need for government regulation of a specialized subject, some mechanism must provide the expertise and competence to accomplish that objective.

Independent agencies are not completely autonomous. Congress, which has the constitutional power to establish the agency, can modify an independent agency's charter or terminate its existence. The executive branch effects policy through its power to appoint key personnel. Through these influences, the independent agencies are held more or less within the main-stream of current national policy. However, in day-to-day activities and in the promulgation of rules and the investigation of alleged violations of those rules, the agencies have very broad independence.

The U.S. government currently has more than 50 major independent administrative agencies. Some have little impact on the security field, but others, such as the following, may have a major impact:

- Environmental Protection Agency
- Equal Employment Opportunity Commission
- Federal Communications Commission
- Federal Power Commission
- Federal Reserve System
- Federal Trade Commission
- General Services Administration
- Interstate Commerce Commission
- National Labor Relations Board
- National Transportation Safety Board
- Nuclear Regulatory Commission
- Occupational Safety and Health Review Commission
- Securities and Exchange Commission
- United States Postal Service

Each state also has independent agencies. These agencies operate under federal and state constitutions and are subject to specific enabling state statutes.

### 4.4.1 NATURE OF AN INDEPENDENT AGENCY

In considering whether an agency is independent, a key aspect is whether the agency has the power to determine private rights through rule making, investigations, prosecution, licensing, and other informal actions.

An agency that possesses those powers resembles all three main branches of government. It resembles the legislative branch in having the power to legislate (i.e., to make rules that are binding).[11] It resembles the executive branch in having the power to issue and enforce citations.

---

[11] When made within the authority and scope of an agency's delegated duties, rules and regulations have the force of law (5 U.S.C. 553, 556). See also *U.S. v. Nixon* (1974).

It resembles the judicial branch in having the power to hold hearings and make determinations. Under the jurisdiction of a single agency, a company may be

- required to conform to a rule;
- cited for violation or nonconformance;
- investigated on that charge through the use of full investigative powers (such as subpoenas and hearings);
- found in violation through the judgment of a hearing officer or administrative law judge; and
- levied a penalty (such as a fine, revocation of license, or cease-and-desist order).

In cases where an administrative agency has no direct authority to award a penalty, it may make a preventive order. Violating a preventive order could lead to a citation in a federal court for contempt, with a fine or imprisonment for that offense.

## 4.4.2 FUNCTIONS OF AN INDEPENDENT AGENCY

Typically, an independent agency invokes the authority granted to it in its enabling or founding statute. This authority may include the following:

- rule making
- citations and complaint issuance
- investigations
- hearings
- rendering of awards and judgments

Generally, independent agencies provide opportunities for interested persons to participate in rule making and to bring grievances before the agency.

### Rule Making

The first consideration is whether the enabling statute gives the agency the power to make rules regarding a particular subject. Initially, that determination is made by the agency itself. If disputed later, the question is resolved through judicial review. If the agency has rule making power, the agency prepares a preliminary draft of the desired rule. It then publishes the draft in a designated publication for public viewing and comment.

## Federal Agencies

The Administrative Procedures Act (APA) requires the following procedure for federal agency rule making:

1. The agency must give notice of the time, place, and nature of public rule making proceedings; refer to the legal authority under which the rule is proposed; and describe either the terms or substance of the proposed rule or a description of the subjects and issues involved (5 U.S.C. 533 (b)).

2. After notice, the agency must give interested persons an opportunity to participate in the rule making through submission of written data, views, or arguments with or without opportunity for oral presentation. After consideration of the relevant matter presented, the agency shall incorporate in the rules adopted a concise general statement of their basis and purpose (5 U.S.C. 533 (c)).

3. The agency must respect the right of all interested persons to request issuance, amendment, or repeal of a rule (5 U.S.C. 533 (e)).

Not every agency rule is subject to the notice requirements. Rules that proclaim general policy—that deal only with internal agency administration, interpret other rules or policies, or do not require advance notice or public hearing—are not subject to the public notice period. An agency may prescribe more or different rule making formalities; the APA states only the minimum requirement.

Federal agencies must publish the notice, and ultimately the final rule adopted (with or without public comment), in the Federal Register. The Federal Register is published by the National Archives and Records Section of the General Services Administration (another administrative agency). It is published five times a week and is available by subscription from the agency. Citations to its contents are by volume number and page. Thus, 37 F.R. 22102 refers to Volume 37 of the Federal Register, page 22102.

The regulations published in the Federal Register are codified in the Code of Federal Regulations (C.F.R.). The C.F.R. is the regulatory counterpart to the United States Code (U.S.C.). The U.S.C. contains the statutes passed by Congress, and the C.F.R. contains the codified regulations of the administrative agencies made under authority of those statutes. The U.S.C. is organized under 50 titles, each of which deals with a major legal topic. For example, Title 5 of the U.S.C. deals with government organization and employees, and the Administration Procedures Act is found in 5 U.S.C.

The C.F.R. is organized in the same way. C.F.R. title numbers are the same as U.S.C. title numbers. Thus, 49 U.S.C. contains the statutes dealing with transportation, while 49 C.F.R.

contains the regulations of the Civil Aeronautics Board dealing with air transportation. The statutes dealing with commerce and trade, including the Federal Trade Commission Act, are in 15 U.S.C., while 15 C.F.R. contains the regulations dealing with trade and commerce, including the regulations issued by the Federal Trade Commission.

The scheme is fairly simple. U.S. administrative agencies initially publish proposed (or in some cases final) regulations in the Federal Register. On and after the effective date, the regulations are codified in the C.F.R. (under the same title number used in the U.S.C.). Security managers should maintain current listings of both the U.S.C. and C.F.R. titles. Various legal publishing houses provide subscriptions. The Federal Register is a necessary source to receive notice of proposed new rules and to provide the text of new or amended final rules until the next annual revision of the C.F.R. The Federal Register alerts one to proposed changes so that, if appropriate, oral or written comments may be submitted for consideration. The bound volumes of the C.F.R. and U.S.C., with the annual supplements and revisions, provide an authoritative source of the language of the statute and the regulation. The U.S.C. and C.F.R. can be found in most law libraries, including those at large firms. They are also maintained in all federal and many state court libraries.

State Agencies

State rule making processes are similar to the federal model. Typically an enabling statute creates the agency and authorizes its rule making. An official gazette, journal, or register initially publishes the agency rules. Bound, permanent volumes of regulations are also available. Security managers should keep current copies of the rules and regulations of any state agencies that have a significant impact on their security programs.

Local governments, too, have administrative regulatory schemes, including, for example, fire and building codes and, in some cases, crime codes. If an organization falls within substantial regulatory control of a local agency, and significant elements of that control touch the security program, the security manager should obtain copies of the local ordinances and regulations.

### Citations, Complaints, and Investigations

Agencies with rule making authority usually have the authority to investigate alleged violations and issue citations and complaints. The extent of the investigative powers varies substantially, but agencies with important regulatory missions have the power to issue subpoenas and authorize hearings.

A subpoena is a legal process issued by a court or an authorized executive agency, directing a person to appear at a designated time and place for the purpose of testifying or producing documents or both. Failure to respond to a subpoena is generally punishable as contempt and can result in a fine, imprisonment, or both. Subpoenas are enforced by the courts.

### Hearings

Agencies are often authorized to hold hearings where people who have been served subpoenas (and others appearing voluntarily) offer or are required to testify. Testimony is given under oath, and false material statements are charged and prosecuted as perjury. Administrative agencies are generally not limited by the formal rules of evidence or procedure that apply in court. They are limited by their own published rules, by the terms of the enabling legislation, and, for federal agencies, by the provisions of the APA. Even so, in the course of authorized hearings agencies may

- require sworn reports, often including confidential data;
- take sworn depositions; and
- require production of statistical information.

Because constitutional due process must be observed, an agency that subpoenas a prospective witness or party may not compel such a person to testify against himself. That person may claim Fifth Amendment immunity if his testimony could expose him to criminal prosecution and if the government has offered no effective immunity. Theoretically, the testimony should be relevant to the mission of the agency; however, relevance is often stretched to extreme limits in support of the agency. Subpoenas requiring documents are limited; items subpoenaed must be specific and cannot be unreasonably large. The burden, nonetheless, is on the subpoenaed individual to establish that the items are irrelevant or that the subpoena is vague or unreasonable.

Typically, the proceedings are public or at least documented in the public record. Sunshine laws often require that agency hearings be held in public except for narrow exceptions. In exceptional cases, agency proceedings are held in camera, that is, in executive or closed session.

### Adjudications and Awards

The making of an award or adjudication is the crux of any agency's authority.

In regard to adjudication, the APA imposes specific requirements on federal agencies. APA provisions apply to every case determined on the record, after a hearing, except for the following:

- any matter that can be tried anew in a court as to both facts and law, after the agency determination

  Copyright © 2012 by ASIS International

- matters dealing with selection or retention of any employee other than an administrative law judge
- matters in which decisions are based exclusively on tests, inspections, or elections
- matters involving military or foreign affairs
- matters in which the agency acts according to orders of, and as an agent of, the court
- cases involving the certification of worker representatives (election cases before the National Labor Relations Board)

If a matter falls under any of those exceptions, there is no requirement for the agency to hold a full hearing, afford opportunity to be heard, or establish a complete record (5 U.S.C. 554 (a)). In all cases not covered by the exceptions, an administrative agency hearing must comply with the following procedural requirements (5 U.S.C. 554 (b), (c), (d)):

- Persons entitled to notice of an agency hearing shall be timely informed of the time, place, and nature of the hearing; the legal authority and jurisdiction under which the hearing is to be held; and the matters of fact and law asserted.
- When moving parties (those initiating action) are private persons, the other parties must give prompt notice of any issues of law or fact that they plan to controvert or contest.
- If the agency is the moving party, it may make a rule requiring the other party to file some form of responsive pleading.
- The hearing time and place must be set and must consider the convenience of the parties.
- Parties must be given an opportunity to submit facts and arguments and to make and consider proposals of adjustment.
- Hearings and decisions must be held on notice, generally before an administrative law judge and with the right of oral and documentary submissions and cross-examinations by the parties.
- The employee presiding at the hearing or reception of evidence must make the initial decision, unless he or she becomes unavailable to the agency.
- Agencies may make declaratory orders (defining the rights or obligations of parties before an alleged violation arises) for the purpose of removing uncertainty or terminating controversy.

If the hearings and adjudications concern license matters, the APA further restricts the agency as follows (5 U.S.C. 558):

- Sanctions may not be imposed or a substantive rule or order issued except within jurisdiction delegated to the agency and as authorized by law.
- When application is made for a license required by law, the agency, with due regard for the rights and privileges of all the interested parties or adversely affected persons and within a reasonable time, shall set and complete proceedings required to be conducted in accordance with sections 556 and 557 or other proceedings required by law and shall make its decision.
- Except in cases of willfulness or those in which public health, interest, or safety requires otherwise, the withdrawal, suspension, revocation, or annulment of a license is lawful only if, before the institution of agency proceedings therefor, the licensee has been given

  (1) written notice by the agency of the facts or conduct that may warrant the action and

  (2) opportunity to demonstrate or achieve compliance with all lawful requirements.
- When the licensee has made timely and sufficient application for a renewal or a new license in accordance with agency rules, a license with reference to an activity of a continuing nature does not expire until the application has been finally determined by the agency.

### 4.4.3 JUDICIAL REVIEW

In judicial review, the courts review the actions of an administrative agency. With some exceptions, the doctrine of judicial review does not mean a court is free to review everything an agency does and modify or set aside some or all of it. In establishing these agencies, Congress acknowledged that the courts did not have special expertise in certain fields, such as regulation of communications, transportation, or labor relations. These subjects require a technical familiarity. The facts in dispute might be so technical or specialized, or the implications of a decision might have such far-reaching effects, that only people with expertise should determine them.

In addition to limitations on the courts' review of the factual determinations of administrative agencies, there are also more general limitations that restrict any review of agency determinations. Judicial review is limited in the following cases:

- when the Constitution forbids review (e.g., if there is no real contested issue)
- when the APA or the specific enabling statute prohibits review

 **Protection of Assets** • Copyright © 2012 by ASIS International

- when the matter is preliminary in nature or has reached a preliminary stage only (i.e., when the agency itself is not finished)
- when the party seeking review has no standing to request it
- when the government is not subject to suit
- when additional remedies for redress remain available within the agency itself (the exhaustion of remedies doctrine)
- when the agency has statutory discretion to act or not, and refuses to act

### Extent of Available Review

Under the APA, any persons aggrieved or suffering legal wrong as a result of an agency determination—and not otherwise barred from seeking judicial review—may obtain such review. The review is obtained either directly in a proceeding or indirectly in the course of a proceeding instituted to enforce criminal or civil penalties arising from agency action.

The agency determination still is reviewed, but only within the scope of the review as set out in any relevant statute. As a general rule, such review considers these matters:

- whether the agency was legislatively empowered to act on what is being reviewed (i.e., to make the rule, award the penalty, etc.)
- whether the agency observed statutory or its own published procedural requirements
- whether the agency provided a fair hearing to the complaining party
- whether the record shows at least some facts on which the agency made its determination (as, in general, the court will not disturb any finding of fact not clearly erroneous or without any foundation in the evidence)

In addition to the statutory bases for judicial review, review may also occur following a petition for an injunction or declaratory judgment, habeas corpus proceedings, and tort actions against officers and employees of government.

## 4.4.4 REQUIREMENTS AND RESTRICTIONS ON DISCLOSURE

Several federal statutes have had a major impact on information disclosure in administrative matters.

### Freedom of Information Act

The Freedom of Information Act (FOIA) (5 U.S.C. 552) was passed in 1966 as an amendment to the Administrative Procedures Act. FOIA deals with the release and disclosure of certain kinds of information by the federal government (*Davidson v. Georgia*, 1980). Some states have passed similar laws.

FOIA requires federal agencies to disseminate and disclose information about their activities and proceedings in both of these ways:

- **Publication in the Federal Register.** A statement must disclose the agency's organization and procedure, its general policies and interpretations, substantive rules, and any amendments to or rescission of them.
- **Distribution of material for public inspection and copying.** This includes final orders and opinions in adjudication, policy statements published in the Federal Register, internal staff manuals that affect the public (such as tax audit handbooks published by the IRS for the guidance of its field personnel), and indexes to all such information.

Not all information possessed by administrative or other executive agencies is subject to public disclosure. FOIA establishes the following broad exemptions to the disclosure rule:

- National security information.
- Internal (agency) personnel rules and practices.
- Information specifically exempted by statute.
- Trade secrets and confidential commercial or financial information. Mere labeling of information as confidential does not protect it from disclosure by government once government has it. The courts have required that, in addition to being confidential, there must be a showing of adverse effect on future government cooperation, and a showing that disclosure will have an unfavorable and substantial impact on the party's competitive position. A promise by a government agency not to disclose information may not prevent later disclosure, by that agency or another.
- Interagency and agency internal communications not normally available to parties in litigation with the agency.
- Personnel, medical, and personal records. This includes any information whose disclosure would violate the personal privacy of an individual.
- Investigation records. This applies to investigative files compiled for law enforcement purposes. Disclosure is exempt if it would
  - — interfere with enforcement proceedings,
  - — deny a fair hearing to any party,
  - — amount to an invasion of personal privacy,
  - — disclose the identity of a confidential source of information,
  - — disclose investigative techniques, or

— endanger the lives or safety of law enforcement personnel.

- Financial institutions' information. This exemption applies to information in financial institutions and in agencies that regulate banks.
- Geological information. This applies to mineral deposits and is designed to prevent the compromise of investments by energy companies.

Sometimes companies provide regulators with more information than they need. Sending the complete file on a subject may reduce the company's administrative effort, but that information can be a rich source for competitors.

The best approach is to keep sensitive information within the agency, if possible. Companies furnishing information to an agency should do the following:

- Closely examine all draft submissions. Provide the minimum information to comply with the requirement or request and eliminate sensitive information, if possible.
- Mark all sensitive documents prior to submission.
- If possible, obtain an agreement from the agency stating that it will not disclose the sensitive information. It is unlikely the agency will later determine that the information does not deserve protection. Also, if agency personnel are aware of the special agreement, they may be less likely to make an accidental disclosure.

### Privacy Act

This act (5 U.S.C. 552 (a)) protects privacy rights of U.S. citizens and permanent residents of the U.S. when such persons deal with federal agencies. The main purpose of the act is to allow citizens to access information about themselves held by federal agencies. The act applies only to federal agencies and not to the private sector. The Privacy Act provides that individuals shall have the following rights and remedies regarding disclosure by federal agencies of information concerning them:

- Notice to and consent from the individual before disclosure by the agency (5 U.S.C. 662 (a) and (b)). There are 10 exceptions under which information can be disclosed without permission from the person involved (5 U.S.C. 552 (a), (j) and (k)). It also has been held that a lawful FOIA application requires disclosure of information that otherwise might be protected under the Privacy Act (*Bartel v. FAA*, 1984).
- The right of access to one's own record and the right to request amendments that can be justified.
- The right to civil damages. This is exercised through a civil trial in which the aggrieved person shows intentional, improper disclosure by the agency and some measurable injury to himself as a result.

In addition, agencies must do the following:

- Maintain an accurate accounting of disclosures and make that available to the affected person on request.
- Collect and maintain only relevant and necessary information regarding the individual.
- Maintain such information accurately and completely in fairness to the individual.
- Publish in the Federal Register the location of, use of, policies for, and procedures for access to the records it maintains.
- Establish rules of conduct (for its own staff) and technical safeguards to protect the information.
- Publish rules implementing the Privacy Act's provisions.

Some states have passed laws similar to the Privacy Act. A person may be protected by both if the person is the subject of information held by both federal and state agencies.

### Health Insurance Portability and Accountability Act

Congress took a major step in regulating information in the private sector with the passage of the Health Insurance Portability and Accountability Act (HIPAA) of 1996 (45 C.F.R. 160). The act encouraged health care businesses to engage in electronic transactions, and it required new safeguards to protect the security and confidentiality of the transactional information. The law gave Congress until August 21, 1999, to pass comprehensive health privacy legislation. When Congress did not enact such legislation, the law required the Department of Health and Human Services (HHS) to craft the protections by regulation.

HIPAA took effect on April 14, 2001, but most covered entities had until April 14, 2003, to comply with the regulation's provisions. The regulation covers health plans, health care clearinghouses, and health care providers that conduct certain financial and administrative transactions (e.g., electronic billing and funds transfers) electronically. The regulation covers all medical records and health information used or disclosed by a covered entity in any form, whether electronically, on paper, or orally. The provisions of the regulation generally apply equally to private- and public-sector entities.

Patient rights under the act include the following:

- Providers and health plans must give patients a clear written explanation of how the covered entity may use and disclose their health information.
- Patients can obtain copies of their records and request amendments. Also, a history of non-routine disclosures must be made accessible to patients.

 **Protection of Assets** • Copyright © 2012 by ASIS International

- Health care providers must obtain patients' consent before sharing their information for treatment, payment, and health care operations. In addition, separate patient authorization must be obtained for non-routine disclosures and most non-health care purposes. Patients can request restrictions on the uses and disclosures of their information.
- Patients can file a formal complaint with a covered provider or health plan or with HHS about violations of the regulation's provisions or the policies and procedures of the covered entity.

### Medical Record Use and Release

With few exceptions, an individual's health information may only be used for health purposes. Health information covered by the regulation generally may not be used for other purposes—such as disclosures to employers to make personnel decisions or to financial institutions— without explicit authorization from the individual.

Generally, disclosures of information are limited to the minimum necessary for the purpose of the disclosure. This provision does not apply to the disclosure of medical records for treatment purposes because physicians, specialists, and other providers need access to the full record to provide quality care.

### Policies and Procedures

HIPAA establishes the privacy safeguard standards that covered entities must meet, but it allows entities the flexibility to design their own policies and procedures to meet those standards. Covered entities generally must do the following:

- Adopt written privacy procedures concerning who has access to protected information, how it is used within the entity, and when the information may be disclosed. Covered entities must take steps to ensure that their business associates protect the privacy of health information.
- Train employees in their privacy procedures, and designate an individual responsible for ensuring that the procedures are followed.

### Penalties

Congress provided penalties for covered entities that misuse personal health information. For example, health plans, providers, and clearinghouses that violate the standards are subject to civil penalties of $100 per violation, up to $25,000 per person per year. Criminal penalties are up to $50,000 and one year in prison for obtaining or disclosing protected health information; up to $100,000 and up to five years in prison for obtaining protected health information under false pretenses; and up to $250,000 and up to 10 years in prison for obtaining or disclosing protected health information with the intent to sell, transfer, or use it for commercial advantage, personal gain, or malicious harm.

#### Permitted Disclosures

In some cases, covered entities may continue certain existing disclosures of health information without individual authorization for specific public responsibilities. Permitted disclosures include

- emergency circumstances;
- identification of the body of a deceased person or of the cause of death;
- public health needs;
- research, generally limited to when a waiver of authorization is independently approved by a privacy board or institutional review board;
- oversight of the health care system;
- judicial and administrative proceedings;
- limited law enforcement activities; and
- activities related to national defense and security.

These disclosures may occur under existing laws and regulations, although the privacy regulation generally establishes new safeguards and limits. If there is no other law requiring that information be disclosed, covered entities use their professional judgment to decide whether to disclose any information, reflecting their own policies and ethical principles.

#### State Confidentiality Laws

Stronger state laws (like those covering the disclosure of mental health, HIV infection, and AIDS information) continue to apply. These confidentiality protections are cumulative; the final regulation sets a national floor of privacy standards. The federal regulation does not preempt state laws requiring certain disclosures of health information.

#### Compliance and Enforcement

The regulation is enforced by the HHS Office for Civil Rights (OCR). That office helps providers, plans, and health clearinghouses meet the requirements of the regulation. More information is available at http://www.hhs.gov/ocr/hipaa.

 **Protection of Assets** • Copyright © 2012 by ASIS International

### Patient Safety and Quality Improvement Act (PSQIA)

The regulation implementing the Patient Safety and Quality Improvement Act (PSQIA) of 2005 was published on November 21, 2008, and became effective on January 19, 2009 (42 C.F.R. 3).

PSQIA establishes a voluntary reporting system to enhance the data available to assess and resolve patient safety and health care quality issues. To encourage the reporting and analysis of medical errors, PSQIA provides federal privilege and confidentiality protections for patient safety information called patient safety work product. Patient safety work product includes information collected and created during the reporting and analysis of patient safety events.

More information is available at http://www.hhs.gov/ocr/privacy/psa/understanding.

## 4.5 FUTURE EFFECTS OF CIVIL LAW ON SECURITY

Use and perceptions of new security technology may greatly affect how civil law affects the security profession in the future. Security managers should anticipate the use of robotics, artificial intelligence, and other technological advancements in the security field. Such technologies may help in detecting crime and protecting assets, but at the same time they may raise new liabilities.

For example, the Reborg-Q from Sohgo Security Services is a robot that can follow a preset course or be remotely controlled. Cameras mounted in its head and shoulders provide video; sensors can detect fire and water leaks. It uses facial recognition software and can scan a database of wanted criminals. Will civil litigation arise from injured or otherwise aggrieved parties, including contract guard services, proprietary employees, insurance carriers, and others? What current civil regulations apply to machinery in the workplace?

Another area of advancement is surveillance technology. Items such as pens, personal digital assistants (PDAs), and cell phones can be used as tracking devices. In the future, could such devices be used for security monitoring purposes, perhaps recording and examining employee conversations within a facility, body temperatures, heart rate, and possibly emotional state?

Most likely, new technology uses of these types will be implemented first; then be challenged in civil court; and then be regulated by a government body. Security managers should consider that timeline before they implement new technology.

Hypothetically, ABC Corp. might establish the practice of monitoring employees' conversations, skin temperature, heart rate, and other conditions through the use of an enhanced PDA. ABC's security department e-mails all employees to say that employee theft seems to be on the rise and the department will be conducting a thorough investigation. Seconds after the e-mail, the security department detects a spike in employee Jim Smith's heart rate and body temperature. He is called in for questioning and suffers a heart attack. Smith later sues. How will a jury of 12 citizens from the community at large judge the corporation's actions? A sound policy is one that considers the reactions of 12 average citizens. Litigants who do not settle out of court often try their cases in front of a jury.

Finally, security practitioners must consider the possible aftershocks associated with lost court battles or civil regulations enacted due to their negligence. In the preceding example, ABC Corp. would always be remembered as the company that employed new technology that was overly intrusive, was later sued and lost, and was the catalyst for a new law created to prevent such intrusiveness. The security practitioner must strive to be proactive and creative in forecasting and interpreting potential problems before they occur.



**Protection of Assets** • Copyright © 2012 by ASIS International

# REFERENCES

Avant v. South Central Bell Telephone Co., 716 F2d 1083 (1983). Bartel v. FAA, CCA-DC, 52 L.W. 2413 (1984).

Berkovitz v. U.S., 486 U.S. 531 (1988).

Calamari, J., & Perillo, J. (1967). A plea for a uniform parol evidence rule and principles of contract interpretation, 42 Indiana L.J. 333.

Carter v. Gallagher, 452 F2d 315 (1971).

Clouse , K. L. (1986). Special police: A benefit or threat, 47 Ohio St. L.J. 261.

Darnell v. KN Energy, Inc., 586 N.W.2d 484, Ct. App. Neb. (1998).

Davidson v. Georgia, 662 F.2d 895 (CCA5) (1980).

de Jonge, K. (1988). Recovery under the Federal Tort Claims Act for government negligence which leads to an intentional tort by a government employee, 30 Ariz. L. Rev. 497.

Diane Linn v. United States, 281 Fed. Appx. 339 (2008).

Garner, B. A. (Ed.). (1999). *Black's law dictionary* (8th ed.). St. Paul, MN: West Group.

Green v. Missouri Pacific Railroad, 523 F.2d 1290 (1975).

Gregory v. Litton, 472 F.2d 631 (1972).

Griggs v. Duke Power Company, 91 S.Ct. 849 (1971).

Herres v. Southeast Nebraska Development, A-04-995, Ct. App. Neb. (2005).

Hill v. U.S. Postal Service, 522 F. Supp. 1283 (1981).

Richardson v. Hotel Corporation of America, 332 F.Supp. 519 (1972).

Standard Accident Insurance Company v. Roberts, 132 F.2d 794 (1942).

United States v. Gaubert, 499 U.S. 315 (1991).

United States v. Nixon, 418 U.S. 683 (1974).

White, J. (1997). Employer monitoring of employee email, 48 Ala. L. Rev. 1079.

# CHAPTER 5

# HUMAN RESOURCES ISSUES IN SECURITY MANAGEMENT

Human resources—an organization's personnel—affect the security mission in several ways. They need protection; they (as well as guests) may have specific needs that the security department can help accommodate; and the way they are treated may protect or endanger a company's assets. Two particularly important human resources issues for security managers are the accommodation of disabled persons and equal employment opportunity concerns.

## 5.1 THE WORKPLACE ENVIRONMENT AND THE DISABLED

Accessibility is the key to accommodating disabled persons. In general, accessibility means a lack of barriers that would prevent an individual with impaired mobility from getting to a desired location in a facility, as well as being able to use lavatories, lounges, lunchrooms, public telephones, drinking fountains, or other amenities.

An accessible route is a continuous unobstructed path connecting accessible elements and spaces in a building or facility. Interior accessible routes may include corridors, floors, ramps, elevators, lifts, and clear floor space at fixtures. Exterior accessible routes may include parking access aisles, curb ramps, crosswalks, walks, ramps, and lifts.

Barriers come in many forms. Restaurant menus not offered in braille or elevator numbers that are not raised present communication barriers to blind people. For the deaf, barriers include films without captions, classes without sign language interpreters, and alarms that only signal audibly. Transportation barriers include narrow doors on buses and parking spaces that are too small. Turnstiles and revolving doors may represent barriers for people using wheelchairs.

## 5.1.1 LEGISLATION AND SIGNIFICANT COURT DECISIONS

In 1965 the U.S. Congress created the National Commission on Architectural Barriers to Rehabilitation of the Handicapped. The commission's charge was to determine the extent to which architectural barriers prevented access to public facilities, report on what was being done to eliminate barriers, and propose measures to eliminate and prevent barriers. The commission's report, issued in 1968, laid the groundwork for subsequent legislation.

In 1968, the Architectural Barriers Act (ABA) became law. The goal was to make federal facilities fully accessible to people with disabilities and to set an example for state and local governments and private industry.

The Rehabilitation Act of 1973 created the Access Board (also known as the Architectural and Transportation Barriers Compliance Board). The board was charged with ensuring federal agency compliance with the ABA and proposing solutions to the environmental barriers problems addressed in the ABA.

In 1990, the Americans with Disabilities Act (ADA) was signed into law. The ADA expanded the Access Board's mandate to include these tasks:

- developing the accessibility guidelines for facilities and vehicles covered by the law
- providing technical assistance and training on the guidelines
- conducting research to support and maintain the guidelines

Title I of the act addresses attitudinal barriers, and Titles II and III address physical barriers. The Access Board published its ADA accessibility guidelines in 1991, at which time the Department of Justice adopted the guidelines as the standard for the construction and alteration of places of public accommodation and commercial facilities.

The law on accommodating people with disabilities has also been formed by significant court cases. For example, in *Todd v. American Multi-Cinema, Inc.* (2004), the plaintiff asked the court to order the defendant theater groups to:

> (1) incorporate captioning in all movies and at all movie theaters in the United States, especially those movies marketed to children under 18; (2) show at least one captioned movie during the prime hours at every movie theater with five or more screens; (3) show children's captioned movies twice on weekends; and (4) include dates and time in their advertising for closed-captioned movie showings.

In response, the theaters argued that (1) Congress, the Department of Justice, and the Access Board all state that Title III does not require movie theaters to caption the movies they show, (2) providing captioning for every movie would constitute a fundamental alteration of the goods and services they provide, and (3) captioning would constitute an undue burden.

 Protection of Assets • Copyright © 2012 by ASIS International

Among other observations, the court noted:

> The plaintiff does not allege that the defendants are denying the hearing impaired physical access to the movies they show; rather, the plaintiff complains that captioning is needed for the hearing impaired to have "access" to first-run movies. Equal access does not mean equal enjoyment.

The court held that the ADA does not require movie theaters to provide captioned movies for the hearing impaired.

Another case, *Frotton v. Barkan* (2003), examined the question of who (mall owner or tenants) must comply with accessibility standards and guidelines. In that case, DeMoulas Supermarkets, Inc., owned Middlesex Plaza. Plaintiffs alleged numerous violations of the ADA in a pharmacy, pizza parlor, and clothing store within the plaza. The plaintiffs sought to hold the supermarket liable for the ADA violations because it owned the premises. The landlord (the supermarket), argued that it had no control over the interior premises of the store sites that it leased to the three retail merchants.

The court ruled that the three retail establishments within the shopping center had to be made parties to the plaintiffs' lawsuit because, depending on who controlled the space, either the landlord or the stores could be responsible for ADA compliance. Under the ADA, a landlord has an independent obligation to comply with the ADA that may not be eliminated contractually, such as through lease provisions.

A similar situation, the court noted, is addressed in the ADA Technical Assistance Manual (1993) in this illustration:

> ABC Company leases space in a shopping center it owns to XYZ Boutique. In their lease, the parties have allocated to XYZ Boutique the responsibility for complying with the barrier removal requirement of title III within that store. In this situation, if XYZ Boutique fails to remove barriers, both ABC Company (the landlord) and XYZ Boutique (the tenant) would be liable for violating the ADA and could be sued by an XYZ customer. Of course, in the lease, ABC could require XYZ to indemnify it against all losses caused by XYZ's failure to comply with its obligations under the lease, but again, such matters would be between the parties and would not affect their liability under the ADA.

## 5.1.2 KEY DEFINITIONS

Instead of *handicapped*, the term *disabled* has been preferred since the 1980s. It is used in statutes and regulations. The United Nations followed this practice when it designated 1981 as the International Year of Disabled Persons.

Other key terms include the following:

- **Impairment:** a permanent or transitory psychological, physiological, or anatomical loss or abnormality of structure or function, such as an amputated limb, paralysis after polio, diabetes, mental retardation, impaired hearing, near-sightedness, etc.
- **Disability:** restriction on, or prevention of, carrying out an activity because of an impairment in the manner or within the range considered normal for a human, such as difficulty in walking, seeing, speaking, hearing, counting, lifting, reading, writing, etc. A disability may last for a long or short time, be permanent or reversible, progressive or regressive, and may vary in its impact from one situation to another. The ADA defines *disability* as a physical or mental impairment that substantially limits one or more of a person's major life activities.
- **Handicap:** a disability that interferes with what is expected at a particular time in one's life, such as an inability to care for oneself.

Disabilities and their resulting functional limitations include both physical and mental problems. The more obvious disabling conditions are blindness or severe visual impairment; deafness or severe hearing loss; and orthopedic problems requiring the use of a wheelchair, walker, braces, crutches, canes, or other such devices. Other disabilities may not be visible, such as cerebral palsy; epilepsy; muscular dystrophy; multiple sclerosis; cancer; diabetes; heart disease; mental retardation; respiratory problems; emotional illness; and learning problems such as perceptual handicaps, dyslexia, minimal brain dysfunction, and development aphasia. In general, disabilities can be grouped into five basic categories:

- disabilities related to physical function
- disabilities related to mental function
- disabilities related to motor function
- disabilities related to the senses
- disabilities that are hidden

 Protection of Assets • Copyright © 2012 by ASIS International

# 5.2 REQUIREMENTS

## 5.2.1 ARCHITECTURAL ISSUES

ADA standards, and guidelines for meeting those standards, address numerous architectural requirements related to accessibility. Security managers should consult up-to-date sources to help keep their organizations in compliance. The following are among the key sources to consult:

- 2010 ADA Standards for Accessible Design, U.S. Department of Justice
  http://www.ada.gov/regs2010/2010ADAStandards/2010ADAStandards.pdf
- Guidance on the 2010 ADA Standards for Accessible Design, U.S. Department of Justice
  http://www.ada.gov/regs2010/2010ADAStandards/Guidance_2010ADAStandards.pdf
- Revised ADA Regulations Implementing Title II and Title III, U.S. Department of Justice
  http://www.ada.gov/regs2010/ADAregs2010.htm
- ADA Standards for Transportation Facilities
  http://www.access-board.gov/ada-aba/ada-standards-dot.cfm
- ADA and ABA Accessibility Guidelines for Buildings and Facilities
  http://www.access-board.gov/ada-aba/final.cfm

The standards and guidelines address many different factors. Figure 5-1 provides a sample of issues, covered in the standards and guidelines, that security managers may need to be aware of.

| | | |
|---|---|---|
| accessible means of egress<br>accessible routes<br>alterations new construction<br>amusement rides<br>assembly areas<br>assistive listening systems<br>automatic teller machines and fare machines<br>bathtubs<br>benches<br>change machines<br>changes in level<br>check-out aisles and sales and service counters<br>compliance date<br>curb ramps<br>depositories<br>detectable warnings<br>detention and correctional facilities<br>dining surfaces and work surfaces<br>disproportionality (of costs of compliance)<br>doors, doorways, and gates<br>dressing, fitting, and locker rooms<br>drinking fountains<br>duty to provide accessible features in the event of disproportionality<br>elevators | evacuation<br>exercise machines and equipment<br>facilities with residential dwelling units for sale to individual owners<br>fire alarm systems<br>fishing piers and platforms<br>floor or ground surfaces<br>fuel dispensers<br>golf facilities (regular and miniature)<br>grab bars<br>handrails<br>historic preservation<br>holding cells and housing cells<br>housing at a place of education<br>judicial facilities<br>kitchens, kitchenettes, and sinks<br>knee and toe clearance<br>lavatories and sinks<br>mail boxes<br>medical care and long-term care facilities<br>operable parts<br>parking spaces<br>passenger loading zones and bus stops<br>path of travel<br>platform lifts<br>play areas<br>protruding objects<br>ramps | reach ranges<br>recreational boating facilities<br>residential facilities<br>saunas and steam rooms<br>seats<br>shooting facilities with firing positions<br>shower compartments<br>signs<br>social service center establishments<br>stairways<br>storage<br>swimming pools, wading pools, and spas<br>telephones<br>toilet facilities and bathing facilities<br>transient lodging guest rooms<br>transportation facilities<br>turning space (wheelchair)<br>two-way communication systems<br>urinals<br>vending machines<br>walking surfaces<br>washing machines and clothes dryers<br>water closets and toilet compartments<br>wheelchair spaces, companion seats, and designated aisle seats<br>windows |

**Figure 5-1**

Sample Topics Covered in Standards and Guidelines for ADA and Related Laws

Security managers should consult legal counsel for advice on selecting the most appropriate standards and guidelines.

 **Protection of Assets** • Copyright © 2012 by ASIS International

Figure 5-2 shows which standards are applicable to facilities built or altered as of various dates.

| Compliance Date for New Construction or Alterations | Applicable Standards |
|---|---|
| Before September 15, 2010 | 1991 Standards or Uniform Federal Accessibility Standards (UFAS) |
| On or after September 15, 2010, and before March 15, 2012 | 1991 Standards, UFAS, or 2010 Standards |
| On or after March 15, 2012 | 2010 Standards |

**Figure 5-2**
Standards Applicable as of Various Dates

## 5.2.2 MANAGEMENT ISSUES

Whenever a disabled person is hired, the security manager must be notified. He or she can then make appropriate plans to protect the person in an emergency, including possible evacuation. Such provision of disability data is specifically permitted. ADA § 102(d)(3) (codified at 42 U.S.C. § 12112(d)(3)) states in a section about post-hiring requirements that "first aid and safety personnel may be informed, when appropriate, if the disability might require emergency treatment."

Some workplaces rely on the buddy system, in which coworkers near the disabled person are assigned to see that the person receives necessary assistance during an evacuation. They are also charged with accounting for all disabled people from their area after the evacuation.

## 5.2.3 ENFORCEMENT AND SAMPLE SETTLEMENTS

### Case 1: Safeway, Inc. (removal of architectural barriers) (2004)
Available at http://www.ada.gov/safeway04.htm

To settle a complaint under Title III of the ADA (public accommodation) and under the District of Columbia Human Rights Act, Safeway, the Justice Department, and the Disability Rights Education and Defense Fund, Inc., agreed to the following terms:

1. Safeway will hire a full-time compliance officer who will have authority and responsibility for ensuring that Safeway meets the terms of this agreement and of the ADA.

2. Safeway will evaluate every Safeway store to identify all remaining barriers to access and all aspects of new construction and any alterations that do not meet the standards.

3. Safeway will provide a report to the United States documenting which of its stores are (and which are not) in compliance with the new construction and alterations requirements of the ADA.

4. Safeway will identify and train specific Safeway personnel in each region who will assist the compliance officer in closely monitoring the work of Safeway personnel and any private contractors hired to carry out accessibility work.

5. Safeway will educate all store managers and assistant managers about its obligations under the ADA.

6. Pursuant to the evaluation of its stores required by paragraph 2, Safeway will remove all barriers to access at all stores owned by Safeway.

7. In completing barrier removal, Safeway will ensure that every store it owns will, at a minimum, have at least one accessible entrance meeting the standards; accessible parking, meeting the standards; and accessible routes, meeting the standards, between accessible parking, public transportation (if available), and the accessible entrance.

8. All signage required by the standards will be provided.

9. Safe and easy access to all available goods and services will be provided.

10. If toilet rooms are available to the public, Safeway will provide at least one men's and one women's or one unisex toilet room that is accessible to individuals with disabilities as well as an accessible route to such room(s) from the store entrance.

11. Safeway will provide at least one accessible checkout aisle, including an accessible reader, credit card machine, and clearly marked signage displaying the symbol of accessibility, available at all times.

12. In all service areas (e.g., a pharmacy, deli, etc.), Safeway will provide a level of service for individuals with disabilities that is equivalent to that provided to other members of the public.

 Protection of Assets • Copyright © 2012 by ASIS International

13. All amenities (e.g., water fountains, public telephones, etc.) will be usable to individuals with disabilities.

14. All self-serve areas (e.g., salad bars) will be accessible to and usable by individuals with disabilities.

15. In addition to completing barrier removal, Safeway will bring all of its newly constructed and altered (remodeled) stores into compliance with Title III of the ADA.

16. Safeway will certify to the United States, in writing, whether all of its stores are in compliance with the Agreement.

17. The United States will identify 90 facilities for which it seeks detailed compliance information. Safeway will ensure that an independent consultant conducts surveys of and prepares reports on each of these facilities.

**Case 2: The Eastern College Athletic Conference (auxiliary aids; hearing impaired) (2003)**
Available at http://www.ada.gov/eastcollege.htm

A complaint was filed, claiming that ECAC discriminated against an official who is deaf and communicates in sign language. To settle the complaint, but without admitting either that the ADA applied or that it had violated the ADA, ECAC agreed to take the following actions:

1. ECAC will furnish to officials with disabilities reasonable appropriate auxiliary aids and services to ensure effective communication in educational training sessions and camps conducted and sponsored by ECAC.

2. ECAC will have available during its training, workshops, or meetings appropriate auxiliary aids and services to ensure effective communication with persons with disabilities. Appropriate auxiliary aids and services include qualified interpreters (sign language interpreters, oral interpreters, cued speech, etc.), computer-aided transcription services, assistive listening devices, and other similar aids and services. On receipt of a request for auxiliary aids or services from an official, ECAC may provide the requested auxiliary aid or service or other effective means of communication unless to do so would result in undue burdens or require a fundamental alteration in the service provided.

3. ECAC agrees to appoint an ADA coordinator. The ADA coordinator shall ensure that all ECAC staff are notified of ECAC's responsibilities under the terms of this agreement. The ADA coordinator shall be responsible for ensuring that officials' reasonable requests for auxiliary aids and services are properly and promptly satisfied.

4. ECAC will, upon a reasonable request, provide the appropriate auxiliary aids at no cost to the requesting party.

5. ECAC will provide staff instructional materials regarding the procedures that must be followed to ensure that appropriate auxiliary aids and services are provided to persons with disabilities.

### Case 3: Westin Hotel (guest rooms; wheelchair accessibility) (2003)

Available at http://www.ada.gov/westcctr.htm

A complaint was filed against the Westin Convention Center Hotel (Pittsburgh, Pennsylvania), alleging that the hotel did not have guest rooms that are accessible to persons in wheelchairs because the toilet seats in guest bathrooms were positioned too low. To settle the complaint, Westin agreed as follows:

1. In the parking garage, Westin will make designated accessible parking spaces at least 96 inches wide and make access aisles at least 60 inches wide. Westin will install a sign at each space, using the symbol of accessibility, in a location that cannot be obscured by a vehicle parked in the space.

2. Westin will adjust the entrance door to its restaurant, which is extremely heavy and closes almost immediately, so that it closes in at least three seconds from an open position of 70 degrees to a point 3 inches from the latch.

3. In the carry-out portion of the restaurant, the cash register counter is 37 inches above the floor; Westin will provide a counter that is at least 36 inches wide and no more than 36 inches high or provide equivalent facilitation (e.g., by offering these services at an accessible location for individuals who use wheelchairs).

4. Westin will provide phones in an accessible location that has clear floor space at least 30 inches by 48 inches that allows for either a forward or parallel approach and has its highest operable part within the corresponding reach ranges of a person who uses a


Protection of Assets • Copyright © 2012 by ASIS International

wheelchair. Westin will provide at least one interior public text telephone (TTY) in the lobby and signs at telephone banks directing people to its location.

5. Westin will provide a sign using raised letters and Braille on the wall adjacent to the latch side of the restroom door. Other steps: Provide a lock on the designated accessible stall that is easy to grasp with one hand and does not require tight grasping, tight pinching, or twisting of the wrist to operate. Remove the lavatory and provide an accessible lavatory outside the stall, or enlarge the stall so that the lavatory does not impinge on the minimum required space that is 60 inches wide and 59 inches deep (56 inches if the toilet is wall hung). Provide a toilet seat cover dispenser in each stall that does not interfere with the use of the side grab bar, is within the reach ranges of a person using a wheelchair, and is in an area where there is a 30 inch by 48 inch clear floor space adjacent to the dispenser. Adjust the door closers so that the force required to open the doors is no more than 5 pounds.

6. The designated accessible shower stalls in the men's and women's locker room have fixed shower heads. Westin will provide a shower spray unit in each stall with a hose at least 60 inches long that can be used both as a fixed shower head and as a hand-held shower.

7. Westin will make modifications to designated accessible sleeping rooms. Specifically: Provide a sign using raised letters and Braille on the wall adjacent to the latch side of the door. Provide a closet rod and shelf that are no more than 48 inches above the finish floor. Provide a grab bar at the foot of the bathtub that is mounted closer to the point of entry, above the control panel. Provide an in-tub seat or a set at the head of the tub that is mounted securely and will not slip during use, and provide side grab bars appropriate to the position of the seat. Adjust the drapery wand. Provide a rear grab bar at the toilet that is at least 36 inches long.

## 5.3 EQUAL EMPLOYMENT OPPORTUNITY AND SECURITY

The security professional should be familiar with the major laws and responsibilities regarding equal employment opportunity (EEO). By serving as a knowledgeable member of management, he or she can help the company meet its obligations, steer clear of legal actions, and avoid security disruptions, legal costs, workplace and personnel disruptions, and other risks to assets. The Equal Employment Opportunity Commission summarizes EEO laws and requirements at http://www.eeoc.gov/facts/qanda.html.

### 5.3.1 HISTORY

In 1964, several major civil rights measures were taken. The 24th Amendment to the Constitution, barring poll taxes, was ratified; the U.S. Supreme Court ruled "one man, one vote" to prevent the gerrymandering of Congressional districts; and the Civil Rights Act was passed.

The first guidelines on affirmative action had been issued in the early 1960s. They were toughened in 1969 and 1970 to require specific "goals, numbers and timetables" for compliance. Much progress was made during the 1960s. From 1970 to 1975, minority and female employment opportunities accelerated, supported by the work of the Equal Employment Opportunity Commission (EEOC) and the Office of Federal Contract Compliance (OFCC).

After African Americans gained jobs through affirmative action programs, other groups began to make claims under federal laws protecting an "affected class." Those classes include women and persons from a wide range of ages, races, ethnic groups, religions, degrees of physical ability, specific veteran status, and other characteristics. Perhaps 80 percent of the current work force belongs to an affected class.

### 5.3.2 ENFORCEMENT BODIES

Employers must be aware of the numerous federal and state agencies involved in EEO enforcement. More than one agency may be involved in the same discrimination complaint. The Office of Federal Contract Compliance holds the power to bar noncomplying federal contractors from future contracts, to suspend current contracts, and to delaying the award of a contract. Even after a company has satisfied the government agencies, an individual can bring a private lawsuit under Title VII of Civil Rights Act of 1964 or through arbitration proceedings, requiring the organization to fight the same charges again.

 Protection of Assets • Copyright © 2012 by ASIS International

## Equal Employment Opportunity Commission (EEOC)

The EEOC was created by the Civil Rights Act of 1964, and its powers were greatly enhanced by 1972 and 1990 amendments to that law and other legislation and executive orders. The EEOC investigates charges of employment discrimination that violates Title VII of the Civil Rights Act and its amendments. Although the EEOC is often not the first agency to lodge discrimination charges, it is the paramount federal agency for pressing major class-action suits regarding patterns and practices associated with numerous employees.

The EEOC normally assumes jurisdiction over a case 60 days after a complaint has been made to an authorized state agency (a deferral agency). The EEOC is required to give substantial weight to state agency findings and orders. If the local agency is not authorized, proceedings can begin directly with the EEOC. The EEOC may send investigators to the company charged, even if the state deferral agency has begun a separate investigation. These investigations cost an organization much time and money.

The EEOC usually attempts conciliation (i.e., a private settlement satisfactory to the charging party) before it brings charges in federal court, but it is not required to. The EEOC can issue a right-to-sue notice, authorizing the complainant to bring charges in federal court as a private action. The EEOC can also bring additional charges not covered by the originally deferred complaint. If the EEOC investigation finds other acts of illegal discrimination, it may bring suit, even if no additional complaint has been filed. The EEOC also is not bound by the results of any arbitration proceedings in which it has not taken part. The EEOC can retain jurisdiction in any case it has entered, for an indefinite period, to ensure that any conciliation agreement is fully implemented. Such jurisdiction often continues for years and can require the filing of quarterly and annual reports of compliance.

## State Deferral Agencies

The EEOC grants an agency deferral status only when that agency has authority under state law to prohibit the unlawful employment practice, to grant or seek relief from the practice, or to institute criminal proceedings against an offending party. The remedies available in the state need not be strictly comparable to federal remedies. In most cases the EEOC will allow cases to be handled by the state deferral agency for 60 days. During that time, the state agency may proceed in much the same manner as the EEOC, conducting field investigations and requesting documents and information, under subpoena if necessary. The EEOC and the state agency usually have agreements permitting them to work together and share information. Again, an organization might have to defend itself against both federal and state investigations.

### Federal and State Courts

The federal court system has jurisdiction in all cases arising under Title VII in which a charge has been filed with the EEOC or a deferral agency. The federal courts become involved under one or more of the following conditions:

- The EEOC fails in attempts at conciliation and a suit is filed.
- Government agencies or their employees are involved.
- Private individuals bring suit because the EEOC has declined to file a suit but has issued a right-to-sue notice, permitting the individual to bring charges in federal court.
- The EEOC requests permanent or temporary injunctive relief prior to the final disposition of a case.
- The matter is a pattern or practice case in which the EEOC can seek class action-type relief, without complying with the customary requirements for a class action suit.

The federal district court in which a Title VII complaint is filed may retain jurisdiction over any matter arising in the suit, for a "reasonable time," to ensure compliance with its orders. The court is not bound by the findings of the original EEOC investigation and may assume jurisdiction of a case, even though there were no findings of illegal discrimination by the EEOC.

In general, states designated as deferral agencies have laws that are at least as strict as federal law.

### U.S. Attorney General

Under certain circumstances, the Attorney General of the United States has jurisdiction to investigate discrimination charges. For example, the Attorney General may bring suit against public sector employers. In addition, the Attorney General may bring charges of pattern or practice discrimination against state and local governments and political subdivisions. Such suits could have an adverse effect on organizations that do business with such entities.

### Office of Federal Contract Compliance (OFCC)

The OFCC has broad powers to enforce its directives and apply economic sanctions against a company, including the suspension or withholding of federal contracts and subcontracts. Every company that does business with the federal government must apply the same procurement provisions, including formal EEO compliance certifications, to all of its subcontractors who do more than $10,000 in business with the government. (See http://www.dol.gov/ofccp/regs/compliance/aa.htm .) The OFCC and EEOC have concurrent jurisdiction in discrimination matters; each agency may conduct separate investigations of the same matter, and each may impose separate penalties.


Protection of Assets • Copyright © 2012 by ASIS International

Executive Order 11246, issued in 1965 and since amended, requires every federal contractor or subcontractor (with exceptions) to agree to a seven-point equal opportunity clause in which the employer agrees not to discriminate against anyone in the hiring process or during employment on the basis of race, color, religion, or national origin. In addition, the contractor is required to take "affirmative action" to ensure that applicants are interviewed and employed properly, and that employees are treated during their employment without regard to their race, color, religion, or national origin.

### National Labor Relations Board (NLRB)

The NLRB was created to deal with all forms of unfair labor practices. Many of the practices that are illegal under Title VII can also be illegal under the National Labor Relations Act if they result in actions by employers that constitute unfair employment practices. As a general practice, the NLRB defers to the EEOC in matters that solely involve charges of discrimination but do not amount to unfair labor practices under the National Labor Relations Act.

## 5.3.3 DISPARATE TREATMENT AND ADVERSE IMPACT

In attempting to prove discrimination in violation of the Civil Rights Act or a comparable state statute, a person can allege either disparate treatment or disparate or adverse impact. Disparate treatment occurs when some employees or applicants are treated less favorably than others, based on race, color, religion, sex, or national origin. Disparate impact occurs when an employer's practices, though facially neutral, fall more harshly on one group or another, without a justification of business necessity.

In a disparate treatment case, the plaintiff must prove intent—that the employer intended to discriminate on the basis of a protected category. In disparate impact cases, no proof of intent is necessary. Disparate impact cases are hard to prove because the plaintiff needs a statistical sample that is large enough to prove disparate impact, whereas in a disparate treatment case, the employee need only compare him or herself to a "similarly situated" employee.

Sec. 1607.11 of the EEOC's Uniform Guidelines on Employee Selection Procedures (29 C.F.R. Part 1607) states the following:

> Disparate treatment occurs where members of a race, sex, or ethnic group have been denied the same employment, promotion, membership, or other employment opportunities as have been available to other employees or applicants.

The guidelines establish the "four-fifths" rule for proving disparate impact, which states that a selection rate for any race, sex, or ethnic group that is less than four-fifths of the rate for the group with the highest rate will generally be regarded by federal enforcement agencies as evidence of adverse impact (29 C.F.R. 1607.4(D)).

EEOC guidelines (29 C.F.R. 1607.16(b)) define adverse impact as follows:

> A substantially different rate of selection in hiring, promotion, or other employment decision which works to the disadvantage of members of a race, sex, or ethnic group.

In some cases, aggrieved employees or applicants file nuisance suits against a company to obtain information and record disclosures that can be used to bring a larger, class-action suit against the employer later. The possibility of such suits highlights the need for prompt resolution or conciliation.

## 5.3.4 COMMON MISCONCEPTIONS

In some cases, agencies' interpretations of the law may extend enforcement beyond the intent of Congress. Security professionals should understand agency interpretations to avoid entanglements related to their company's hiring and disciplinary practices.

In *Gregory v. Litton Systems, Inc.* (1972), the court held that an individual who had a frequent arrest record, but no convictions, could not be denied employment on that basis alone:

> Excluding from employment persons who have suffered a number of arrests without any convictions ... is unlawful even if it appears, on its face, to be racially neutral and, in its implementation, has not been applied discriminatorily.

Federal agencies have attempted to use that decision to prevent employers from asking an applicant any questions related to arrests or convictions. Many companies have omitted the question of date of birth from the employment application, under pressure from contract compliance agencies, since such information could be used in a discriminatory manner. The point is that some useful investigative data are denied to the professional security manager not because it is illegal to seek them, but because the contract compliance agency may take issue with the company on discrimination practices.

Security professionals involved in hiring and employee discipline should seek legal advice, as it is difficult to know which types of information may be solicited from applicants or employees in which instances. Moreover, the different agencies overseeing the company may have different interpretations of what is acceptable. In some industries, collecting certain data may be mandatory. Items to consider carefully include arrest records, date of birth, and place of birth. For example, federal law might not prohibit the collection of arrest and conviction records, but state law might. Another example of the difficulty of deciding whether to ask for certain data is this EEOC regulation on age discrimination (29 C.F.R. 1625.5):

> A request on the part of an employer for information such as "Date of Birth" or "State Age" on an employment application form is not, in itself, a violation of the Act. But because the request that an applicant state his age may tend to deter older applicants or otherwise indicate discrimination based on age, employment application forms which request such information will be closely scrutinized.

The Fair Credit Reporting Act (FCRA), as codified in 15 U.S.C. §1681(b), permits employers to obtain consumer credit reports and consumer investigative reports on applicants and employees for employment purposes, but there is a risk: A consumer or investigative report may contain much information (e.g., race, religion, arrest records, political affiliations, medical conditions) that an employer is not allowed to have at the pre-hire stage (or may have only if it can show job-relatedness and business necessity). Therefore, if an employer uses consumer credit or investigative reports, it must either edit out information it is not supposed to consider or be prepared to prove that the forbidden information played no role in the decision not to hire, not to promote, or to terminate.

## 5.4 THE SECURITY ROLE IN EQUAL EMPLOYMENT OPPORTUNITY AND AFFIRMATIVE ACTION

The security professional should have a strong commitment to the equal employment opportunity/affirmative action program and also recognize the importance of reducing financial risk to the company. Security professionals used to working within the Department of Defense (DOD) Industrial Security Program may already possesses the administrative skills necessary to develop an effective EEO/AA program, such as handling on-site inspections and investigations, keeping records, preparing affirmative action plans, dealing with outside agencies, and interpreting government regulations.

Security managers may become deeply involved in the investigation of cases alleging discrimination. In Notice No. 915.002, Enforcement Guidance on Vicarious Employer Liability for Unlawful Harassment by Supervisors, the EEOC gives detailed advice on conducting investigations, including what questions to ask.

Security can help in meeting the regulations' record keeping requirements, since the security function often maintains the personnel identification records. Security managers can also support the EEO/AA program by ensuring employment opportunities within the security program for members of affected classes.

The EEOC reserves the right to use "testers" to see that Title VII is being complied with. Testers are individuals who apply for employment that they do not intend to accept, for the sole purpose of uncovering unlawful discriminatory hiring practices. Testers are matched to appear equally qualified with respect to their employment histories, educational backgrounds, references, and other relevant factors. The basis being tested, e.g., race, national origin, disability, etc., should be the only significant difference between the testers.

Matched testers apply for the same jobs, and their treatment is compared at each stage of the application and selection process. The comparison is not limited to whether the testers were ultimately offered jobs. It also includes whether, for example, each tester was given the same information about job availability or length of time before a selection decision would be made; whether interviews of the testers were comparable in duration and content; and how far in the hiring process each tester progressed. The EEOC takes the position that testers have standing to enforce the civil rights laws.

The laws governing equal employment opportunity and affirmative action change often. Security managers should stay up to date.

## 5.5 GENDER DISCRIMINATION AND SEXUAL HARASSMENT

Almost five decades after the Civil Rights Act of 1964 made sexual discrimination illegal, employers still struggle with how to detect, investigate, and resolve such cases.

Originally, sexual harassment meant harassment of a female by a male. Now the courts interpret Title VII and state anti-discrimination law to cover all forms of harassment based on gender: same-sex harassment, opposite-sex harassment, and harassment of transvestites and transgendered individuals.

The Supreme Court has defined the limits of an employer's defense to a sexual harassment claim as follows (*Pennsylvania State Police v. Suders* (2004), which affirms and slightly clarifies the earlier *Ellerth* and *Faragher* cases):

1. In the case of harassment by a supervisor of a subordinate where there is a tangible job action (e.g., demotion), the employer's liability is absolute; there is no defense.

2. In the case of harassment that does not result in a tangible job detriment, the employer is liable only if it knew or should have known of the harassment and failed to take prompt, effective remedial action.

3. The employer will have an affirmative defense to a claim for unlawful harassment of the second type (no adverse job action) only if it can show the following two circumstances:

    a. it had in place an effective anti-harassment policy that was communicated to the employees, and

    b. the victim unreasonably failed to make use of the policy.

This defense has spawned hundreds of lawsuits litigating every imaginable question, from who is a supervisor to what is an adverse job action to what is an unreasonable failure to avail oneself of the policy. EEOC guidance (Notice No. 915.002, Enforcement Guidance on Vicarious Employer Liability for Unlawful Harassment by Supervisors) states that the preceding analysis applies not just to sexual harassment, but also to harassment on the basis of any protected category (race, age, religion, national origin, disability, etc.).

Employment decisions, from hiring to promotions, generally involve a variety of objective and subjective factors, and decisions are often made by the group the candidate would be joining. Under these circumstances, subjective judgments of interpersonal skills and collegiality are vulnerable to gender stereotyping.

For example: A woman's criticisms of a policy may be seen as picky or caustic while a man's are seen as detailed and incisive. This kind of double standard is illegal.

Clearly, employers need to be aware of the risks associated with gender bias in the workplace and take appropriate measures to remove it. Establishing policies that treat men and women as equally as possible is the first step in a solution.

## 5.5.1 LEGISLATIVE AND POLITICAL HISTORY

The Equal Pay Act, passed by Congress in 1963, requires that employers give equal pay for equal work regardless of age, sex, national origin, etc. It eliminated the most overt practices of paying women and men differently for the same jobs. In today's corporate work environment, sex stereotyping is generally displayed more subtly.

Legally, harassment is a form of discrimination. Practically, it is based on perceptions. Sec. 1604.11 of the EEOC's Guidelines on Discrimination Because of Sex (29 C.F.R. 1604) defines sexual harassment as follows:

> Unwelcome sexual advances, requests for sexual favors, and other verbal or physical conduct of a sexual nature constitute sexual harassment when (1) submission to such conduct is made either explicitly or implicitly a term or condition of an individual's employment, (2) submission to or rejection of such conduct by an individual is used as the basis for employment decisions affecting such individual, or (3) such conduct has the purpose or effect of unreasonably interfering with an individual's work performance or creating an intimidating, hostile, or offensive working environment.

## 5.5.2 THE MECHANICS OF GENDER DISCRIMINATION

Discrimination on the basis of sex is expressly prohibited by Title VII of the Civil Rights Act of 1964. Section 703 states:

> It shall be an unlawful employment practice for an employer ... to fail or refuse to hire or to discharge any individual, or otherwise to discriminate against any individual with respect to compensation, terms, conditions, or privileges of employment, because of such individual's ... sex ...
>
> Notwithstanding any other provision of this title, it shall not be an unlawful employment practice for an employer to hire and employ employees ... on the basis of ... sex ... in those certain instances where ... sex ... is a bona fide occupational qualification reasonably necessary to the normal operation of that particular business or enterprise ...

One exception occurs when gender is a bona fide occupational qualification reasonably necessary to the normal operation of the business.

The EEOC guidelines on sex discrimination, cited above, say this about the bona fide occupational qualification (BFOQ):

> Sec. 1604.2 Sex as a bona fide occupational qualification.
>
> (a) The commission believes that the bona fide occupational qualification exception as to sex should be interpreted narrowly. Label – "Men's jobs" and "Women's jobs" – tend to deny employment opportunities unnecessarily to one sex or the other.
>
> (1) The Commission will find that the following situations do not warrant the application of the bona fide occupational qualification exception:
>
> (i) The refusal to hire a woman because of her sex based on assumptions of the comparative employment characteristics of women in general. For example, the assumption that the turnover rate among women is higher than among men.


**Protection of Assets** • Copyright © 2012 by ASIS International

> (ii) The refusal to hire an individual based on stereotyped characterizations of the sexes. Such stereotypes include, for example, that men are less capable of assembling intricate equipment or that that women are less capable of aggressive salesmanship. The principle of non-discrimination requires that individuals be considered on the basis of individual capacities and not on the basis of any characteristics generally attributed to the group.
>
> (iii) The refusal to hire an individual because of the preferences of coworkers, the employer, clients or customers except as covered specifically in paragraph (a)(2) of this section.
>
> (2) Where it is necessary for the purpose of authenticity or genuineness, the Commission will consider sex to be a bona fide occupational qualification, e.g., an actor or actress.

The BFOQ defense is virtually impossible to establish. Courts have held that even in the context of prison guards—who see prisoners in various states of undress, including total nudity, and who may be called on to do invasive body searches—sex is not necessarily, although in some instances is, a bona fide occupational qualification.

Conflicts between BFOQs and gender stereotyping often result in claims of disparate treatment. To be guilty of disparate treatment, an employer has to discriminate consciously against an individual on the basis of sex stereotypes.

## 5.5.3 "REVERSE" GENDER DISCRIMINATION AND "SEX PLUS" DISCRIMINATION

Two special forms of gender discrimination are "reverse" discrimination (where the victim is male, not female) and "sex plus" discrimination (where the employer does not discriminate against the entire class, such as all women, but only against a subcategory of the class, such a women with children, married women, or women of childbearing age). Both forms of discrimination are illegal under Title VII, but each requires additional elements of proof.

### Reverse Discrimination

Reverse discrimination occurs when a member of a "favored" or majority group alleges that he or she was the victim of discrimination by a member of a "disfavored" or minority group. Examples would include a man alleging gender discrimination by a woman, or a white person alleging discrimination by a black person. Under Title VII law, a plaintiff alleging reverse discrimination must not only allege the usual elements of a claim, but also allege and offer evidence that the employer is the "unusual employer" that discriminates against the majority.

In *Woods v. Perry* (2004), Franklin Woods, a man, sued the General Services Administration (GSA) under Title VII for gender discrimination because GSA selected a woman as a manager instead of him. The lower court ruled in favor of GSA, holding that although the plaintiff had met the basic elements of a prima facie Title VII case, he had not shown the additional requirement in a reverse discrimination case "that background circumstances support the suspicion that the defendant is that unusual employer who discriminates against the majority." The court of appeals affirmed the judgment for GSA.

### "Sex Plus" Discrimination

"Sex plus" discrimination occurs when an employer discriminates not against all women but only against a subset of them. Although on its face, Title VII prohibits only "sex" or "gender" discrimination, such "sex plus" discrimination is also deemed to violate Title VII.

In *Gee-Thomas v. Cingular Wireless* (2004), the plaintiff, a married woman with five children, sued Cingular under Title VII and Tennessee law when a (married with children) man was hired instead of her as a business sales manager. She presented two claims: (1) that she was denied the position because of her gender, and the position was filled by a less-qualified male, and (2) that she was denied the position because male decision makers considered non-job-related criteria for women applicants that they did not consider for male applicants, including family and marital status.

In *Gee-Thomas,* the court held that the plaintiff established her claim by comparing herself to a male with children (the person who did get the job instead of her). The court considered her claim to be one of discriminatory treatment on the basis of sex plus marital and family status. As such, she was able to satisfy the fourth component of her claim because the person who was hired was a male, married with children at the time of his selection. "Therefore," the court concluded, "plaintiff is able to show that a similarly-situated person (i.e., a married person with children) outside of the protected class (i.e., male instead of female) received the job and she did not."

Nonetheless, the court ultimately ruled in favor of Cingular because the plaintiff could not rebut its reason for having hired the male (he was the most qualified candidate): she did not present any evidence "of obviously superior qualifications."

 **Protection of Assets** • Copyright © 2012 by ASIS International

# APPENDIX A

## EQUAL EMPLOYMENT OPPORTUNITY LEGISLATION

## TITLE VII – CIVIL RIGHTS ACT OF 1964 (As Amended)

### WHO IS COVERED?

- All employers of 15 persons or more
- Employment agencies
- Labor organizations
- State and local governments

### WHAT IS PROHIBITED?

- Discrimination on the basis of race, color, religion, sex or national origin.

### WHAT PRACTICES ARE COVERED?

- Applications and referrals for employment recruitment, hiring, firing, layoff, recall, employment advertising stating a preference based on sex.
- Opportunities for promotion and actual promotion.
- Training, retraining, apprenticeship programs.
- Benefits: sick leave, vacation, overtime, insurance coverage and retirement.
- Wages and other terms and conditions of employment.
- Testing devices and procedures at all levels (entry, promotion, etc.).
- Membership in a labor union.
- Participation in an EEO enforcement proceeding.

### WHO ENFORCES TITLE VII?

Any individual may file a charge of discrimination with the Equal Employment Opportunity Commission (EEOC). EEOC can initiate charges without an individual complainant.

EEOC must notify any existing State Fair Employment Practice Commission (FEPC), qualified under section 706 of the act, of the charge. FEPC has 60 days to act and then EEOC may commence investigation, seek compliance and, if necessary, bring suit.

The charging party may obtain a right-to-sue letter from EEOC: (1) whether or not FEPC and EEOC find reasonable cause to believe the charge of discrimination is true; and (2) if EEOC is unable to investigate the charge within a reasonable time.

Class action type suits are available where the charging party or EEOC believes the illegal act is part of a pattern or practice of discrimination.

### REMEDIES

The court may enjoin the unlawful behavior, order affirmative action, order reinstatement or hiring of employees, award back pay, order promotions and reclassification of the employer's entire work force.

Courts have awarded punitive damages, but the law is now settled that such damages are not authorized by Title VII. However, they may be recovered in tort actions in state courts under expanding theories of employer liability.

## AGE DISCRIMINATION IN EMPLOYMENT ACT OF 1967 (As Amended Through 1991)

### WHO IS COVERED?

- Employers of 20 or more employees — including federal, state and local government
- Employment agencies
- Labor organizations

### WHAT IS PROHIBITED?

Prohibits discrimination, on the basis of age, against persons 40 or more years old. (Limited exceptions exist for highly-paid executives and policy-making employees 65 or more years old.)

Prohibits labor unions from excluding from membership or otherwise discriminating on the basis of age.

Prohibits employment agencies from failing to refer or from specifically referring candidates for employment on the basis of age.

 Protection of Assets • Copyright © 2012 by ASIS International

## WHAT PRACTICES ARE COVERED?

All aspects of employment including:

- Applications and referrals
- Recruitment, hiring, firing, layoff, recall, employment advertising
- Opportunities for promotion and actual promotion
- Training, retraining
- Benefits: sick leave, vacation, overtime
- Wages and most other terms and conditions of employment
- Testing devices and procedures

## WHAT EXCEPTIONS TO THE LAW EXIST?

Age discrimination in bona fide apprenticeship, benefit and retirement plans is permitted. Bona fide seniority plans are not violations per se but will be closely scrutinized to determine whether they apply uniformly to all employees affected, regardless of age. A seniority plan which has the effect of perpetuating past discrimination is not bona fide.

Bona fide occupational age qualifications are permissible, such as a young man to play the role of a youth in a dramatic production. There are other exceptions, and employers should consult the regulations for guidance.

## WHO ENFORCES THE AGE ACT?

- EEOC
- the individual complainant (who may file a civil action 60 days after having filed a complaint with the EEOC, if the EEOC has not already started such action)

## WHAT ARE THE CONSEQUENCES OF NONCOMPLIANCE?

The EEOC will seek to effect voluntary compliance through informal conciliation. Suits by the EEOC or complainant can seek any appropriate relief, such as judgments compelling employment, reinstatement or promotion and back wages, plus liquidated damages equal to back wages for willful violations and attorneys' fees and costs.

# EQUAL PAY ACT OF 1963

## WHAT IS COVERED?

All employees whose work involves commerce or production of goods for interstate commerce, or who work in an enterprise engaged in commerce.

Exempt from coverage are employees in bona fide executive, administrative or professional capacities; academic administrative or teaching personnel in elementary or secondary schools; outside sales personnel; employees of certain religious organizations, recreational establishments, organized camps or nonprofit educational conference centers; employees in the fishing industry, certain agricultural employees; persons employed casually as baby sitters or home companions.

## WHAT IS PROHIBITED?

Wage discrimination (differentials) based on sex is illegal. The law requires equal pay for equal work, requiring equal skill, effort and responsibility, done by men and women employees, including executive, administrative, professional and outside sales people.

## ENFORCEMENT

The Administrator of the Wage and Hour Division of the Department of Labor administers the act.

Investigators may inspect premises and records, interview employees and generally conduct as broad an investigation as necessary to determine if a violation exists or to enforce the Act.

The WH administrator seeks voluntary compliance and collection of back pay, but may sue on behalf of the employee.

The employee may sue if WH has not obtained back pay for the employee.

## WHAT ARE THE CONSEQUENCES OF NONCOMPLIANCE?

The court may award back pay, additional damages equal to back pay, attorneys fees and costs; and make appropriate orders; and issue injunctions. Willful violations are punishable criminally: $10,000 fine and possible imprisonment.

## APPLICATION OF THE LAW

Wage differentials based on seniority system, merit system or incentive programs are permissible.

Employer may pay different rates at different establishments, e.g., a chain store may pay a female clerk in Concord, NH less than a male clerk in Oakland, CA.

## REHABILITATION ACT OF 1973 (Paras. 503–504) AND DEPARTMENT OF LABOR REGULATIONS

### COVERAGE

- All federal contractors with a contract in excess of $2,500.
- Labor organizations and referral agencies.

### REQUIREMENTS

Requires covered employer to hire physically and mentally handicapped individuals and develop affirmative action programs for their benefit and include AAP clause in all contracts.

Employer must make reasonable accommodation to the physical and mental limitations of an employee or applicant unless such an accommodation imposes an undue hardship on the employer's business, considering business necessity, cost, and resulting personal problems.

### PRACTICES COVERED

Requires equal treatment in all employment practices such as employment, promotion, transfer, demotion, upgrading, recruitment and recruitment advertising, pay, fringe benefits and other terms and conditions of employment.

### ENFORCEMENT

The Act is enforced by the Employment Standards Division (ESD) of the Department of Labor.

The employee or applicant may file a complaint with the employer for internal review and then with the Department, if employer has no review procedure or does not resolve the complaint.

The Department may impose sanctions and penalties and seek judicial relief for breach of contract or for specific performance of the AAP clause.

Progress payments may be withheld, contracts suspended or terminated and the contractor barred from future contracts.

## OTHER APPLICABLE STATUTES

Other statutes that also may apply in EEO situations and with which assets protection personnel should be familiar are:

- Civil Rights Act of 1991, 29 U.S.C. §626, 42 U.S.C. §§1981, et seq., 2003, et seq., 2000e, et seq., and 12111, et seq.
- Education of the Handicapped Act Amendments of 1990, 29 U.S.C. §§721, et seq.
- Glass Ceiling Act of 1991, 42 U.S.C. §2000e note.
- Older Worker Benefit Protection Act (OWBPA), 29 U.S.C. §§621, et seq.

Employers must correct violations by raising the pay of the lower-rated worker, not by lowering the pay of the higher-rated employee.

# REFERENCES

Gregory v. Litton Systems, Inc., 316 F. Supp. 401 (D.C. Cal. 1970), aff'd., 472 F. 2d 631 (9th Cir.1972).

Frotton v. Barkan, 219 F.R.D. 31 (D. Mass. 2003).

Gee-Thomas v. Cingular Wireless, 324 F. Supp. 2d 875 (M.D. Tenn. 2004)

Todd v. American Multi-Cinema, Inc., No. Civ.A H-02-1944, 2004 WL 1764686 (S.D. Tex. Aug. 5, 2004).

Woods v. Perry, 375 F.3d 671 (8th Cir. 2004)

U.S. Department of Justice. (1993). *ADA technical assistance manual.* Available: http://www.ada.gov/taman3.html [2012, May 15].

# CHAPTER 6

# SECURITY REGULATION

## 6.1 POLICY AND PERCEPTION

Before the September 11, 2001, terror attacks, security regulation focused mainly on preventing convicted criminals from working as security officers. Since then, concerns over terrorism, major financial frauds, and a worldwide recession have led to greater interest in security regulation, whether self-imposed or government-mandated. For example, in 2004, Congress passed the Private Security Officer Employment Authorization Act (PSOEAA), which states:

> The threat of additional terrorist attacks requires cooperation between public and private sectors and demands professional, reliable, and responsible security officers for the protection of people, facilities, and institutions.

The fact that much of the nation's critical infrastructure is in private hands adds to the POSEAA's importance.[12]

[12] The proposed (but not passed) Private Security Officer Employment Authorization Act of 2007 would have amended the 2004 act to do the following: (1) require a process to allow private security guard employees or applicants to challenge the accuracy and completeness of their criminal history records; (2) prohibit private security guard employers from hiring guards without obtaining certain state criminal history information; (3) specify the crimes for which states must provide conviction information to such employers; (4) impose confidentiality and recordkeeping requirements on such employers; and (5) protect such employers from liability for good faith employment determinations based on available criminal history information.

A notable review of regulation in the security industry observes (McGinley, 2007):

> The growth of the security industry is an important factor in justifying regulation. Since the 1970s, private security personnel have outnumbered public law enforcement officers. In 1990, for example, private security employed 1.5 million people and spent $52 billion per year, while public law enforcement employed 600,000 and spent $30 billion per year. These gaps have only widened in recent years and it is now estimated that private security outnumbers public law enforcement by at least three to one. According to market analysts, this trend will continue. The international demand for private security services is expected to grow at a rate of 7.7 percent per year through 2008. In short, private security is increasingly responsible for the protection of people, places and assets; yet, little consideration was given to its role in national security prior to 9/11.

A related concern is the possibility of a lawsuit based on a negligent hiring decision and lack of due diligence in the hiring process. Negligent hiring litigation has been described as the fastest-growing area of employment litigation, with plaintiff verdicts averaging $3 million (Rosen, 2008). Public oversight of private security has also become an issue given the increased use of contract private security officers by the Federal Protective Service.

In general, regulation of businesses and private activities is justified under the general police powers of the government. Because security business is usually local in nature (despite the existence of national security service companies), the most appropriate level of government for administration of regulatory provisions is the state or municipality.

To exercise its general police powers constitutionally, federal or state government must establish that some aspect of the public welfare is involved and that unregulated activity in the field under consideration would likely harm some or all of the public. As workplace violence, terrorism, and other attacks continue, the public perception of the need for government regulation increases, leading agencies to act.

 Protection of Assets • Copyright © 2012 by ASIS International

## 6.2 SELF-REGULATION

One way to regulate the industry is through the creation of national guidelines and standards by which security professionals can be judged.

### 6.2.1 SECURITY INDUSTRY STANDARDS AND GUIDELINES

Guidelines, suggested practices, recommended practices, and model statutes have been used in the absence of actual laws and because of a prior reluctance on the part of many industry groups to go on record as promoting specific, legislated standards. Concerns include the liability that may accrue to the group publishing them and the likelihood that more complex and restrictive requirements might grow out of initial standards. However, ASIS has been allowed to develop guidelines with government-legislated limits to its liability in certain circumstances.[13]

After September 11, 2001, ASIS began working diligently to develop standards with other groups, stating (ASIS, 2010):

> ASIS had previously chosen not to promulgate guidelines and standards, but world events have brought to the forefront the need for a professional security organization to spearhead an initiative to create security advisory provisions. By addressing specific concerns and issues inherent to the security industry, security guidelines and standards will better serve the needs of security professionals by increasing the effectiveness and productivity of security practices and solutions, as well as enhancing the professionalism of the industry.

ASIS has been a leader in developing standards and best practices, often in conjunction with state and federal legislative initiatives. As of mid-2012, the organization had published numerous standards and guidelines:

- ASIS/BSI Business Continuity Management Standard
- ASIS Maturity Model for the Phased Implementation of the Organizational Resilience Management System
- ASIS/SHRM Workplace Violence Prevention and Intervention Standard
- Business Continuity Guideline: A Practical Approach for Emergency Preparedness, Crisis Management, and Disaster Recovery
- Chief Security Officer Guideline

[13] The ASIS guidelines program has received a Designation award under the Support Anti-terrorism by Fostering Effective Technology Act of 2002 (the SAFETY Act) from DHS. That designation limits the designee's liability for acts arising from the use of guidelines in connection with an act of terrorism and precludes claims of third-party damages against organizations using guidelines to prevent or limit the scope of terrorist acts. See http://www.asisonline.org/guidelines/guidelines.htm.

- Chief Security Officer (CSO) Organizational Standard
- Facilities Physical Security Measures Guideline
- General Security Risk Assessment Guideline
- Information Asset Protection Guideline
- Management System for Quality of Private Security Company Operations—Requirements with Guidance
- Organizational Resilience: Security, Preparedness and Continuity Management Systems - Requirements with Guidance for Use Standard
- Preemployment Background Screening Guideline
- Private Security Officer Selection and Training Guideline
- Threat Advisory System Response Guideline
- Workplace Violence Prevention and Response Guideline

The federal government, too, is focusing on security standards. As the name suggests, the Department of Homeland Security (DHS) Voluntary Private Sector Preparedness Accreditation and Certification Program (known as PS-Prep) is designed to promote, not require, nationwide resilience in an all-hazards environment by encouraging private-sector preparedness. The program will provide a mechanism by which a private-sector entity may be certified by an accredited third party as conforming to one or more preparedness standards adopted by DHS. However, ASIS notes that third-party certification can be a barrier to small-and medium-sized businesses working to improve preparedness, and it favors a system in which businesses that want certification are not forced to choose from a set list of standards but can develop voluntary standards that work best for their organization.

## 6.2.2 CASE STUDIES IN SELF-REGULATION FAILURE

Sometimes a lack of—or failure of—standards in a particular industry can lead to calls for government regulation. Michael (2006) explores two industries where a failure to follow standards or self-regulate resulted in a failure that convinced the public that government regulation was needed:

- **Airport security.** The Pan Am 103 bombing in 1988 represented a shift in terrorism strategy—from hijacking a plane to fly to another country to bombing for its own sake. In 1996, the government chartered the Commission on Aviation Security and Safety to study the problem and recommend solutions. After the 9/11 terror attacks, security focused more on airline employees, enhanced passenger and baggage screening, and reassignment of authority. Terror tactics showed that "terrorists no longer want to sit at the table, they want to blow it up and everyone at it" (White, 2002). Aircraft themselves had become weapons of mass destruction.

 **Protection of Assets** • Copyright © 2012 by ASIS International

What followed was the new Transportation Security Administration (TSA). While most airports use TSA-employed screeners, TSA also offers the Screening Partnership Program, through which an airport operator may apply to have security screening conducted by personnel from a qualified private contractor working under federal oversight.[14] At the same time, each airport has a federal security manager with overall responsibility for screening. Such a hybridized system of control and oversight will be interesting to study to determine its acceptance, effectiveness, and receptivity to private interests.

- **Publicly traded companies.** Major scandals involving publicly traded companies, such as Enron, WorldCom, and Arthur Andersen LLP, have fueled distrust of corporate accounting practices and ethics. One result was the Sarbanes-Oxley Act (2002). The act did not replace the private accounting profession with a federal staff, but it did establish an oversight board that is under tight government control and that wields governmental authority (Michael, 2006). Many security professionals are aware of the act's effect on physical security systems and audits.

Efforts to regulate the entire security industry suffer from a lack of uniform momentum. Despite calls for regulation in the 1970s, 1980s, and 1990s, little regulation has been instituted.

## 6.3 GOVERNMENT REGULATION

The form of government regulation is usually determined by whether the primary objective is control of the activity or the raising of revenue through taxation.

Control-oriented regulations tend to address screening, oversight, and review procedures. In revenue-based laws, the chief thrust is to identify the firms or persons engaged in the defined activity, require payment of license and renewal fees, and provide penalties for those engaging in the defined activities without payment of required fees.

Early regulatory statutes tended to deal exclusively with persons offering security services to the general public. State legislatures and local municipalities were persuaded that without regulation, such persons might be unqualified and might cause injury or harm to clients and

[14] The program was designed to meet the requirement of the opt-out provision established by the Aviation and Transportation Security Act of 2001, or ATSA. Airport operators have been able to apply to SPP to use private screeners since November 2004. Private contractor screeners are currently in place at 16 airports.

others. In a New York State case (*Shorten v. Millbank*, 1939) construing the purpose of that state's licensing and regulatory statute, the court held:

> Provisions of this section ... are for the protection of the public at large and to prevent from engaging in that business disreputable, incompetent persons who would prey upon the public.

Today, security regulation varies widely among the states. Although nearly all statutes define the regulated service or activities, the period for which any license issued will be valid, the license fee, and the penalties for engaging in the regulated business without registration, they differ on other provisions. The following are other requirements they may specify, with the most common listed first:

- age, citizenship, and experience standards
- good character
- lack of felony or specified misdemeanor convictions
- lack of material omissions or falsehoods in the application
- lack of previous conviction for operating without a license
- not being a public law enforcement officer
- not having been dishonorably discharged from U.S. military service
- lack of current mental illness

Many government bodies that regulate security services also require evidence of financial responsibility, usually a bond, to ensure faithful and proper performance.

### 6.3.1 EARLY REGULATORY HISTORY

In 1972, the Rand Corporation conducted the first systematic review of regulation of the private security industry in the United States, performed under contract from the Law Enforcement Assistance Administration (LEAA) of the U.S. Department of Justice. Given the lack of standard qualifications, along with weak personnel selection practices, little training, poor supervision, high turnover, and abuses of authority, the authors made the following recommendations for improving and upgrading the security industry (Kakalik & Wildhorn, 1972):

- Government regulation should be applied as uniformly as possible.
- Regulation should be at the state level.
- Directors and managers of in-house security services as well as owners and managers of contract security services should be licensed.
- All employees of both proprietary and contract security organizations should be registered by the state.

- Each licensee and registrant should meet minimum standards or qualifications (which could vary among types of licensees and registrants).
- State regulatory agencies should conduct background investigations of each applicant for a license or registration (i.e., for all security employees, proprietary and contract), including a criminal records check and prior employment verification for a period of seven years.
- All new applicants for licensing and registration should have completed high school or its equivalent or must pass a special literacy test.
- Experience in private security should be required before a license is granted. A bachelor's degree (or higher) should be permitted to substitute for some of the experience requirement. Law enforcement experience may be a substitute for the security experience requirement.
- Licensees should meet a minimum bond or insurance requirement.
- State agencies should require minimum training programs for all types of private security personnel.
- Separate training programs should be required for different security positions, such as guard, investigator, polygraph operator, and central station alarm responder.
- Instructors' schools should be accredited by the state regulatory agency.
- Currently employed security personnel should be given one year to meet the training requirements.
- Private security personnel should be prohibited from carrying concealed firearms while on duty. Company-furnished weapons should remain on company property during off-hours.
- Statutory liability should be imposed on private security businesses for weapons abuses by their employees against private citizens.
- Regulatory agencies should have the authority and resources to spot-check private security records and operations.
- Local police and insurance companies should forward to the regulatory agency any information coming to their attention involving major complaints or incidents involving security personnel.
- Prior criminal convictions related to potential abuses in private security should be a basis for denying registration or licensing.
- Evidence obtained by illegal search by private individuals should be subject to suppression either on a per se basis (as is the case for evidence illegally seized by law enforcement personnel) or ad hoc, with the judge or magistrate weighing the equities.

Copyright © 2012 by ASIS International

- Uniformed private security personnel should be forbidden to engage in interrogation or interviewing.
- Jurisdictions should regulate the color and style of private security uniforms, as well as the use of police titles by private security personnel.
- Any firm hiring the services of an independent security contractor should be held liable for any negligent failure to control the contract staff.
- The federal government should consider funding a research center to evaluate the effectiveness of private security personnel. Its findings should be included in an overhauled statistical reporting system to be maintained by the insurance industry.

Many of the recommendations were later incorporated into the PSOEAA. Debate over their usefulness continues.

At the time of the study, existing state regulations dealt with guards and investigators offering services to the public. Control of proprietary security forces, i.e., those working for a single employer, did not come until much later and is still not the rule. Legislative tracking and advocacy regarding security regulation is done by such groups as the National Fire Protection Association, National Burglar and Fire Alarm Association, National Association of Security Companies, and ASIS.

In response to pressure from rights groups and congressional committees, Congress inserted Section 524(b) in the 1973 amendments to the LEAA enabling legislation requiring that criminal record systems funded by LEAA incorporate security and confidentiality safeguards. Because Congress was unable to agree on specific legislation, LEAA promulgated regulations in 1975 requiring each state to develop a plan for implementing procedures to govern the security, accuracy, and dissemination of criminal records. Amendments in 1976 revised the strict limits on dissemination of criminal records. The LEAA regulations apply only to criminal history information, but they exclude certain types of data, including wanted posters, police blotters, court records, traffic records for licensing purposes, and intelligence reports. No limits are imposed on criminal justice agency access and use of any types of records or on the dissemination of conviction records or information about pending cases.

## 6.3.2 REGULATORY METHODS

Jurisdictions use two different methods for regulating security activity. One requires the licensing of the primary controlled business. The individual or corporate applicant must typically apply for and obtain a license before engaging in the regulated activity.

The second method applies to the licensing or registration of employees of the business other than those named on the original application. Registration of such employees is required upon employment and consists of filing their name and other identifying data, usually fingerprints, with the appropriate agency. The employee may also need to provide a personal history statement and generally must answer questions concerning prior criminal convictions. Specific details vary among regulatory bodies. The least that is typically required where regulatory requirements exist is the filing of the individual's name and submission of fingerprints. In most cases, the employee can work provisionally in security assignments pending return of the completed file check from the regulatory agency. In some locales this process can take several months and may not involve any express communication. A lack of reply from the regulatory body is deemed to indicate a lack of disqualifying information.

The problem of long delays in checking applicants for security positions is serious and has resulted in harm to clients or third parties by unsuitable security employees. Lack of a requirement for an express communication from the regulatory agency can result in lost or strayed disqualification notices and indefinite retention of unacceptable employees.

### 6.3.3 REGULATED INDUSTRY SECTORS

One challenge in assessing the state of regulation is the lack of a standard method of categorizing the industry's various sectors. However, in general, state and local regulations tend to use the following categories:

- **Security officers (guards and guard services):** contract security officers and the agencies that employ them. Proprietary officers are often exempt from statutes and ordinances. This category typically includes armored car personnel.
- **Armed versus unarmed security officers:** those that carry or do not carry firearms. Armed and unarmed security personnel may need to meet different requirements. Separate records may be maintained.
- **Private investigators:** firms or people offering investigative services for a fee. Executive protection personnel, if addressed, may fall under this category.
- **Alarm companies:** firms and personnel that design, sell, install, service, and monitor fire and intrusion alarm systems.
- **Guard dogs:** canines to protect property. Regulations may cover their licensing, care, handling, and use. Animals specifically trained for drug or bomb detection are typically regulated by a separate division of government.

Some government agencies also have license requirements for polygraph operators,[15] consultants, process servers, locksmiths, repossession agents, claims adjusters, bouncers, motorcade escorts, and special police. Special police are generally private security personnel with limited authority to act as police or peace officers in some area of their employment, such as a private residential community.

## 6.3.4 FEDERAL REGULATION

The federal regulatory efforts described below (mostly failed) illustrate the trend toward regulation on a national scale:

- **Security Officers Employment Standards Act of 1991, S. 1258.** Introduced by then-Senator Al Gore, it attempted to introduce basic hiring and training requirements for the security industry. The bill was killed.
- **Security Officers Quality Assurance Act of 1992, HR 5931.** Introduced by Representative Matthew Martinez of California, this legislation, now dead, broke new ground by proposing that regulations apply to all security personnel, whether employed by security contractors (thus contract security officers) or other employers (proprietary security officers).
- **Private Security Officer Quality Assurance Act of 1993, HR 1534.** Introduced by Representative Matthew Martinez of California, this bill did not pass either, but like its predecessors, its intent was to require states to ensure the quality of security services and the competence of private security officers. Compliance with the bill was to be a requirement for eligibility to receive certain federal funds.
- **Private Security Officer Quality Assurance Act of 1995, HR 2092.** Introduced by Representatives Bob Barr of Georgia and Matthew Martinez of California, this never-passed bill was intended to expedite state reviews of criminal records of applicants for private security officer employment. The bill also suggested employer licensing, classroom and in-service training, and state reciprocity. The bill was characterized as a "Sense of Congress," meaning it would not be binding even if passed but that Congress thinks it is a good idea.

Companies desiring to conduct thorough background inquiries are often hindered by the lack of information available to the private sector through the states. Matching fingerprints with criminal records maintained by the FBI is one of the most efficient means of conducting checks, but it may take as long as 18 months in some states,

[15] Aside from polygraph licensing statutes, many states have statutes prohibiting or limiting the use of the polygraph as a condition of employment or continued employment. The most significant polygraph legislation yet passed is the federal Employee Polygraph Protection Act of 1988, which sharply limited polygraph use by private employers.


Protection of Assets • Copyright © 2012 by ASIS International

according to the bill's sponsors. Under the proposed legislation, the FBI would send results of record checks to the appropriate state regulator. This provision effectively limited the process to states with security regulation, as only they would have state security regulators.

- **Law Enforcement and Industrial Security Cooperation Act of 1996, HR 2996.** This never-passed bill was intended to create a commission to encourage cooperation between public sector law enforcement agencies and private sector security professionals to control crime.

  The commission's purpose would be to examine existing public-private cooperation and, through consultation with leading authorities in law enforcement, private security, criminal justice, and business, improve or develop new models that promote cooperation. The commission would be specifically charged with analyzing federal, state, and local statutes that either enhance or inhibit cooperation between public law enforcement and private security and recommending changes to such laws that would enhance cooperation between public-sector law enforcement agencies and private-sector security professionals. The commission would have a life of two years and would be required to submit a closing report of its actions and recommendations.

- **Private Security Officer Employment Authorization Act of 2004.** This law, enacted as Section 6402 of the Intelligence Reform and Terrorism Prevention Act of 2004, authorizes a fingerprint-based check of state and national criminal history records to screen prospective and current private security officers. The bill is intended to provide security employers with access, through the states, to the FBI national criminal history record database. It requires written consent from employees before such searches and employee access to any information received, and it establishes criminal penalties for the knowing and intentional use of information obtained through criminal history record searches for purposes other than determining an individual's suitability for employment as a private security officer. In practice, the states have been very slow to establish systems to facilitate this process.

In the future, federal bills focused on developing an environment of cooperation could possibly include regulation of the industry as a whole or of security officers specifically, but the historical direction has been to leave legislation to the states.

### 6.3.5 STATE REGULATION

The current regulatory climate at the state level is extremely fluid, with differing legislation being introduced or amended continually. While the majority of states regulating the industry focus their statutory requirements on security officers, security agencies, and private investigators, particular states may address one sector and not another. Moreover, states that regulate contract security officers may or may not exempt proprietary officers. Other states may regulate only alarm companies.

Another complication is that one division of state government may regulate security officers, while another regulates private investigators, each imposing different requirements. States also vary in how they carry out the licensing process. In some states with a state licensing requirement, a business must initiate its license request with the municipality in which it operates.

When inquiring whether a state regulates the security industry, a security manager should be specific and check closely how regulations are applied. Practitioners should check regulatory bodies in the state where they do business for the most up-to-date information affecting their specific type of business. Until the states adopt uniform regulatory practices, nothing should be assumed.

### 6.3.6 LOCAL ORDINANCES

In the absence of federal or state licensing and regulation, many municipal governments have adopted local ordinances. The result is a multitude of often redundant licensing requirements, with no reciprocity from one municipality to another. For contract agencies, the cost and administrative burden of meeting several sets of licensing requirements within a single metropolitan area are substantial and may seriously disadvantage smaller security providers. In some communities, licensing ordinances are of limited regulatory value and amount to little more than revenue schemes. Criminal history checks conducted by some municipal agencies are limited to local records, ignoring state and federal databases that might list disqualifying convictions. As is the case with state regulatory requirements, practitioners should check municipalities where they do business for the most up-to-date information affecting their specific type of business.

One other type of legislative approach to regulation of security can be found in local crime prevention codes. These typically prescribe elements of physical security, such as the kinds of locks to be used; the means of securing windows; control of ingress via transoms, roofs, and other points of entry; secure storage containers; and alarm systems. Such codes may establish minimum requirements for residential or commercial properties or both. Enforcement is indirect—by way of a business's or homeowner's inability to obtain casualty insurance against crime losses unless in compliance with the local ordinance.

The future of regulation in the security field will likely involve joint efforts by ASIS, other private-sector stakeholders, and government bodies to provide for a safe, secure, and profitable environment.

 Protection of Assets • Copyright © 2012 by ASIS International

# REFERENCES

ASIS International. (2010). Standards and guidelines. Available: http://www.asisonline.org/guidelines/guidelines.htm [2010, January 15].

Kakalik, J., & Wildhorn, S. (1972). *Private police in the U.S.: Findings and recommendations.* Washington, DC: National Institute of Law Enforcement and Criminal Justice, U.S. Department of Justice (LEAA).

McGinley, I. P. (2007). Regulating "rent-a-cops" post-9/11: Why the Private Security Officer Employment Authorization Act fails to address homeland security concerns. 6 Cardozo Pub. L. Pol'y & Ethics J. 129.

Michael, D. C. (2006). Self-regulation for safety and security: Final minutes or finest hour. 36 Seton Hall L. Rev 1075.

Private Security Officer Employment Authorization Act, 28 U.S.C. § 534 (2004).

Rosen, L. S. (2008, September). Employment screening resources. Presentation at ASIS International Annual Seminar and Exhibits, Atlanta, GA.

Sarbanes-Oxley Act, 15 U.S.C. § 7201 (2002).

Shorten v. Millbank, 11 N.Y.S.2d. 387.

White, J. (2002). *Clear and present danger: The evolution of modern terrorism* [Motion picture].

# CHAPTER 7

# OSHA AND THE SECURITY PRACTITIONER

## 7.1 HISTORY AND PURPOSE

In security, the term *convergence* usually refers to the marriage of physical and IT security. However, in small to medium-sized corporations, the term is more likely to describe the coalescence of security and safety. Therefore, security practitioners should seek a solid background in safety-related laws and regulations to minimize the fines and legal pitfalls that can accompany violations of the U.S. Occupational Safety and Health Act of 1970 (29 U.S.C. 651–678). Even where a security manager is not directly responsible for the employer's safety program, it is advantageous to understand OSHA requirements to ensure that security functions do not conflict with the safety program and to improve collaboration between the two programs to better protect employees.

In some organizations, the security manager may be responsible for maintaining OSHA-required workplace accident records. Security functions may also include escort duty for visiting OSHA inspectors.[16] The Act also covers other disciplines, such as fire safety, so security managers charged with fire and life safety may also become involved in aspects of occupational safety and health. Since 2000, the number of OSHA-related criminal prosecutions has risen, and in 2007 the Occupational Safety and Health Review Commission rendered a controversial decision that extended the liability of corporations to include OSHA violations by subcontractors (*Secretary of Labor v. Summit Contractors, Inc.*, 2007).

---

16 OSHA also stands for the Occupational Safety and Health Administration. When necessary for clarity, the law will be referred to as the Act, the agency as OSHA or the agency.

## 7.1.1 LEGISLATIVE BACKGROUND

The Act marked a milestone in asset protection and safety. Before its passage there was no nationwide U.S. standard regarding either safety or security. The Act created a federal legislative basis for safety activities and also affected some activities traditionally associated with security.

Over time, the agency has expanded its focus beyond traditional workplace safety issues. One landmark case involved the imposition of a penalty by OSHA against a medical facility on the grounds that it failed to protect its staff from violent patients. One observer notes (Boone, 1996),

> In the fall of 1993, OSHA used the general duty clause to cite a health care facility for its failure to protect employees from violence at the workplace. Charter Barclay, a psychiatric care facility in Chicago, Illinois, had been the site of many attacks on its employees. Several employees had been physically assaulted during their dealings with violent patients. Injuries included fractures, torn cartilage, bites, knee injuries, head injuries, and numerous contusions. OSHA fined Charter Barclay over $12,000 for failing to protect its workers from recognized hazards. This was the first time the general duty clause was used in such a manner.

What is required of an employer to comply with the Act will vary depending on the facts, which will, naturally, be unique to each situation. Options include security programs and devices (such as bullet-proofing, locks, lights, and alarms); locked drop-safes; well-lit parking lots; publicly visible work areas; implementing procedures that are less dangerous (such as storing and transporting money); training (such as in techniques of conflict resolution, nonviolent responses, and procedures for responding to criminal threats); electronic surveillance; and working in teams rather than alone.

Similar penalties could be proposed against other businesses that fail to protect employees from violent crime.

## 7.1.2 GENERAL PURPOSE OF THE ACT

The principle purpose of the Occupational Safety and Health Act is to ensure that employers furnish workplaces that are free from recognized hazards that are causing or are likely to cause death or serious physical harm. The Act directs the U.S. secretary of labor to create occupational safety and health standards that are binding on all employers subject to the act's jurisdiction.[17] The Act further provides that covered employers must observe not only the standards but also the rules, regulations, and orders issued pursuant to the Act.

[17] For example, current standards for business and industry are found at 29 C.F.R. 1910.1, et seq. Special standards for the construction industry are found at 29 C.F.R. 1926. 1, et seq.; for the longshore industry at 29 C.F.R. 1918.1; and for marine terminals at 29 C.F.R. 1917.1, et seq.

 Protection of Assets • Copyright © 2012 by ASIS International

Enforcement of the act and its standards is assigned to the U.S. Department of Labor (DOL). Some responsibilities under the Act (mostly regarding research and health) are assigned to the U.S. secretary of health and human services.

The assistant secretary of labor for occupational safety and health serves as head of the Occupational Safety and Health Administration. A part of DOL, the agency operates from national, regional, district, and maritime offices. Inspection personnel from DOL visit work sites to judge their compliance with the Act and its regulations.

States have the option of enacting equivalent legislation and submitting it to DOL for approval. If the state legislation is found to be at least as effective as the federal legislation, the state will be permitted to regulate occupational health and safety within its borders. DOL monitors such laws to ensure continued compliance with the Act. Most state plans simply repeat and enforce the federal standards.

### 7.1.3 NATIONAL CONSENSUS STANDARDS

During the first two years after passage of the Act, the secretary of labor was empowered to designate as federal standards any national consensus standards or established federal standards that were determined to be likely to result in improved safety or health. Many of the early problems encountered by industry arose from the wholesale incorporation of voluntary national consensus standards that were never intended by the writers to become mandatory. The Act defines a national consensus standard as any of the following:

- any occupational safety or health standard (or modification) adopted and issued by a nationally recognized standard-producing organization, such as the National Fire Protection Association or the American National Standards Institute
- a standard developed after conflicting or differing views had been considered
- a practice designated as a national consensus standard by the secretary of labor after consultation with other federal agencies

The Act also enables DOL to supersede existing standards established by statute, such as the Walsh-Healey Public Contracts Act, and issue a corresponding standard that may be slightly modified to improve its effectiveness. In addition, the secretary of labor may independently issue emergency temporary standards when employees are exposed to grave danger from (1) agents determined to be toxic or physically harmful or (2) any new hazards. Emergency standards are effective immediately upon issuance by the secretary.

# 7.2 REQUIREMENTS OF THE ACT

## 7.2.1 EMPLOYER REQUIREMENTS

### General Duty Clause

This part of the Act requires employers to provide employees with a working environment free from recognized hazards. The general duty clause is meant, and has been interpreted, as a catch-all provision. Therefore, security practitioners should consider the totality of circumstances when ensuring workplace safety.

### Special Duty Clause

This requires employers to comply with standards listed in the Act itself or published by the secretary of labor. The standards can be found at www.osha.gov.

### State Standards

Where a state adopts a standard separate from the special duty standards promulgated by OSHA or the secretary of labor, OSHA offers the following guidance (Occupational Safety and Health Administration, 2009):

> As part of an effort to make information on State Plan standards and policies/directives more readily accessible, OSHA and the Occupational Safety and Health State Plan Association (OSHSPA) have developed a system for displaying the State Plans' responses to Federal standards and directives issued after May 2006. State Plan States are required to have standards, policies and procedures at least as effective as those of Federal OSHA and to respond to significant new changes to the Federal program. The following tables [at the Web site] display how each State has responded to each new standard or directive issued. Where the State has adopted a standard or policy that is different than the Federal, the table provides either a direct link to the State's standard, policy or procedure posted on a State website, or information on how to obtain a copy from the State. In addition, each new Federal standard or directive posted on OSHA's website will link back to the appropriate table on this page six months after issuance. This system of dynamic links should provide consolidated access to information about new Federal and parallel State Plan standards and policies. Tables will be added for each new OSHA standard or policy directive six months after issuance.

Security practitioners should realize they may be in compliance with an OSHA safety standard but still be in violation of a stricter state regulation.

 Protection of Assets • Copyright © 2012 by ASIS International

### 7.2.2 SECURITY INDUSTRY-SPECIFIC REQUIREMENTS

Section 1910 of the Act, known as the general industry section, encompasses area of particular interest. The following is a partial list of standards that would likely apply to the activities of security personnel:

- 29 C.F.R. 1910.21-30, Walking and working surfaces
- 29 C.F.R. 1910.35-38, Means of egress
- 29 C.F.R. 1910.101-126, Hazardous Materials
- 29 C.F.R. 1910.132-138, Personal protective equipment
- 29 C.F.R. 1910.151-152, Medical and first aid
- 29 C.F.R. 1910.155-165, Fire protection
- 29 C.F.R. 1910.1000-1450, Toxic and hazardous substances

To determine which standards apply to a particular job description, one should view the standards in their entirety at www.osha.gov.

The impact of OSHA need not be viewed as essentially limiting or negative. The security organization may already be in an excellent position to help the employer achieve substantial compliance with the Act. Many employers operating both safety and security units have divided compliance oversight between them to maximize the strengths of both groups.

### 7.2.3 STANDARDS VARIANCES

The law contains a procedure for seeking a variance from a standard on a permanent, temporary, experimental, or national defense basis (29 C.F.R. 1905).

Employers seeking a permanent variance may apply for a variance rule and a hearing, in which employees of the company will have an opportunity to participate. The secretary of labor may grant a variance order if the employer has demonstrated "by a preponderance of the evidence" (29 C.F.R. 1905) that

> the conditions, practices, means, methods, operations, or processes used or proposed to be used by an employer will provide employment and places of employment to his employees which are as safe and healthful as those which would prevail if he complies with the standard.

For a temporary variance, the employer must file an application containing all the following information:

- a specification of the standard or portion thereof from which the employer is seeking a variance
- a representation by the employer, supported by depositions from qualified persons having firsthand knowledge of the facts, that the organization is unable to comply with the standard or portion thereof, along with a detailed statement of the reasons
- a statement of the steps the employer has taken and will take (including dates) to protect employees against the hazard covered by the standards
- a statement of when the employer expects to be able to comply with the standard and what steps the employer has taken and will take (including dates) to come into compliance with the standard
- a certification that the employer has given a copy of the application to an authorized representative of the employees and posted public notices within the plant

In an experimental variance, employers seek to demonstrate or validate new or improved safety and health techniques. Such variances are rare, and OSHA typically maintains strict oversight after they are granted.

OSHA uses national defense variances to grant "reasonable variations, tolerances and exemptions to and from" the requirements of the OSHA Act "to avoid serious impairment of the national defense." This and other EPA-related, national security-related considerations came to light in 1997 with a lawsuit against a secret U.S. Air Force facility commonly referred to as "Area 51," where plaintiffs alleged injury from mishandled toxic waste (*Frost v. Perry*, 1996).

## 7.2.4 RECOGNITION OF EMPLOYEES' RIGHTS

Under the law, employees have the following rights, which their employers must fulfill:

- to be furnished a place of employment free from recognized hazards that are causing or likely to cause death or serious physical harm to them (the "general duty" clause)
- to request that a rule pertaining to a particular standard be determined by the secretary of labor
- to be informed of any standard promulgated that may affect them
- to be advised of any order issued by the secretary of labor granting a variance to an employer
- to be informed when an application for a variance is requested
- to petition the secretary of labor for a hearing pertaining to any variance request

- to be informed by labels or other appropriate forms of warning of all hazards to which they may be exposed
- to be furnished suitable protective equipment
- to monitor the in-plant environment to measure employees' exposure in such a manner as may be necessary for their protection
- to be given medical examinations or other tests to determine whether their health is being affected by an exposure
- to have results of examinations or tests furnished to their physicians
- to request modification or revocation of a variance allowed by the secretary of labor
- to be questioned privately by a federal compliance officer
- to have regulations posted to inform them of the protections afforded by the law
- to request the secretary of health and human services to monitor or measure possible exposure to toxic materials
- to have access to the records of such monitoring or measuring
- to have a record of their own personal exposure
- to be notified promptly of any exposure to toxic materials
- to be informed of corrective action being taken to eliminate exposure
- to have an employee representative accompany the federal compliance officer during the inspection of any place of work
- to request an inspection if imminent danger or exposure to physical harms may exist
- to be advised formally by the secretary of labor of a determination that there are no reasonable grounds for an inspection
- to advise a federal compliance officer of any violation of the law that they believe exists in the place of work
- to be informed of citations made to the employer by having them promptly posted
- to file with the secretary of labor a statement that the time fixed in the citation for correction is unreasonable, and to be given an opportunity to participate in hearings that may be held on the matter
- not to be discriminated against by the employer because of any complaint filed or inspection requested (including the opportunity to testify)
- not to have variances in effect for more than six months without being notified by the secretary of labor

## 7.2.5 RECOGNITION OF EMPLOYERS' RIGHTS

The law also requires each employee to comply with safety and health standards as well as with all rules, regulations, and orders that are applicable to the employee's own actions. However, no penalties are provided for employees who fail to do so. One way the language might be applied would be in mitigation of damages in a civil suit brought against an employer by an employee who had been noncompliant. However, most workplace accidents and injuries are dealt with under state workers' compensation laws, which typically do not recognize a contributory or comparative negligence defense.

## 7.2.6 RECORD-KEEPING REQUIREMENTS

Certain establishments employing 11 or more employees are required to maintain basic injury and illness records. In addition, specific types of records are required when certain equipment or conditions exist in an establishment. Under the regulations, a local plant, store, or other place of work is the recording and reporting unit. Records must be available to the compliance officer there.

The purpose of the record-keeping regulations is to make the work of the compliance officer easier and more effective. Additional records may be needed to strengthen the internal safety program.

Two types of injury and illness records must be maintained at each establishment:

- the Log and Summary of Occupational Injuries and Illnesses (OSHA Forms 300 and 300A)
- the Supplementary Record of Occupational Injuries and Illnesses (OSHA Form 101) or an equivalent form

The required forms are usually available from the federal or state OSHA office with jurisdiction over the establishment and are posted at osha.gov.

Occupational injuries and illnesses that must be recorded are those that result in any of the following:

- fatalities, regardless of the time between the injury and death or the length of the illness
- lost workday cases other than fatalities
- nonfatal cases without lost workdays that result in transfer to another job or termination of employment, that require medical treatment other than first aid, or that involve loss of consciousness or restriction of work or motion (this category includes any diagnosed occupational illnesses that are reported to the employer but that are not classified as fatalities or lost-workday cases)

 Protection of Assets • Copyright © 2012 by ASIS International

The definitions are important. An injury typically results from a work accident or simple incident—an ankle fracture from a trip on a torn carpet, a cut from a sharp fixture, etc. (Animal bites and one-time chemical exposures are also considered injuries.) An illness typically arises from hours, days, or longer of being exposed to a substance, heat, noise, or other insult to the body that is cumulative in its effect and may not have been noticed at the outset. It is any abnormal condition or disorder, other than one resulting from an injury, caused by exposure to environmental factors connected with employment.

### 7.2.7 REGULATIONS ON THE LOG

The employer must see that every recordable injury or illness is listed on the log. The log may be maintained elsewhere or on data processing equipment, provided that the information of occurrences and diagnoses reaches the place where the official log is maintained within seven working days and that a copy of the log, current to within 45 days, is available at the establishment. All records and logs must be kept on hand for five years and must be made available for examination by personnel from the departments of labor and health and human services or comparable state agencies without delay and at reasonable times.

### 7.2.8 SPECIAL RECORD-KEEPING REQUIREMENTS

OSHA standards call for keeping a number of specialized records dealing with particular equipment, environmental conditions, materials, and employee exposures. Most of the special record-keeping requirements are technical and must be maintained by the departments involved. However, some require security involvement. For example, security officers should frequently check the required records regarding portable fire extinguisher.

### 7.2.9 DEVELOPING A SELF-INSPECTION PROGRAM

OSHA self-inspection checklists are available from such organizations as the National Safety Council, International Safety Academy, Man & Manager, Inc., and American Labelmark Company. Much of the information contained in the checklists can be adapted to the needs of a security officer force, which should conduct safety inspections as part of a four-phase program:

- **Phase 1.** Zone the plant and identify critical safety points within each zone. Use the published self-inspection checklists to develop specific questions that an officer could reasonably be expected to answer based on observable conditions.
- **Phase 2.** Train security officers in specific OSHA requirements that apply to different inspection zones.

- **Phase 3.** Design safety inspection forms to meet the internal needs of the organization, and direct security officers to conduct safety inspections at frequent intervals.
- **Phase 4.** Review any identified issues or safety standard discrepancies, and determine the action items needed to correct the situations. Issues noted on safety inspections should be directed to individuals responsible for correction or abatement.

A corporation that demonstrated a remarkable turnaround in OSHA terms is McWane Industries, whose story is available at www.pbs.org/wgbh/pages/frontline/mcwane (Frontline, 2008).

## 7.3 ENFORCEMENT

OSHA is authorized to conduct inspections and, when violations of safety and health standards are found, to issue citations and assess financial fines. The limited time given to abate the cited safety condition is often more significant than a monetary fine. Likewise, the purchase of new equipment, plant remodeling, and lost production time can cost much more than penalties. Security managers may wish to consult OSHA's *Field Operations Manual* (2009) for a guide to OSHA inspections.

A history of safety citations can be a strong bargaining point for union representatives during contract negotiations. For an employer, it is one of the most difficult bargaining items to resolve because of the compliance costs, which are not part of the financial bargaining package.

The following are some key aspects of OSHA enforcement:

- Employers generally do not have advance notice of the compliance officer's arrival. Employers typically let the compliance officer into the place of employment, review the scope of the inspection, and determine the areas to be inspected and documents to be reviewed. An employer may refuse entry, but the compliance officer will present the case to a judge and return with a subpoena to enter the place of employment. Then the employer must let the compliance officer into the site for what is usually a very thorough inspection (29 U.S.C. 657).
- The compliance officer has the right to inspect both the physical plant and the records. The inspector may have an administrative subpoena in hand requiring production of documents (29 U.S.C. 657).
- A system must be instituted under which employers and employees can appeal certain OSHA actions to the independent Occupational Safety and Health Review Commission (OSHRC) (29 U.S.C. 659).

 **Protection of Assets** • Copyright © 2012 by ASIS International

- Criminal penalties can be invoked only by court action and in extreme cases, such as in willful violations leading to the death of an employee (29 U.S.C. 666).
- OSHA compliance officers who find conditions of imminent danger can only request, not demand, the shutdown of an operation. If a shutdown is refused, the compliance officer is empowered to notify all employees of the hazard and request that DOL seek court authority (such as a temporary restraining order) to shut down the establishment (29 U.S.C. 662).

OSHA normally schedules compliance inspections according to the following priorities:

- in response to fatalities or the hospitalization of two or more employees from the same incident
- in response to employee complaints
- in selected high-hazard "target industries"
- based on a random selection of industries that have not been previously inspected

## 7.3.1 SAFETY CITATIONS

Under the Act and OSHA regulations, even a first offense is liable to sanction. The first time an OSHA compliance officer, whether federal or state, inspects an establishment, the employer is subject to possible citations and penalties if the inspection turns up alleged violations. Although an inspection may result from a specific complaint, the compliance officer is not bound to confine the inspection to the complaint. As a general rule, during the opening conference the compliance officer presents the complaint or names the areas of the intended inspection. The employer and the compliance officer should then agree on the scope of the inspection. The employer should designate key individuals to be present with the compliance officer at all times. The employer should also determine the best route to take to allow the compliance officer to review the areas selected for inspection. The best route may not be the shortest route but rather the route with the best safety compliance viewpoints. For example, if the area to be inspected lies in the back of the facility, it may be better to walk the compliance officer along the left side of the building, which contains offices, than along the right side of the building, which contains the print shop, chemical compounding rooms, and hazardous materials area. The compliance officer may ask to expand the inspection to any areas within view. The employer does not have to comply with that request, but the compliance officer might return to the facility with a court order to inspect the entire facility.

OSHA officers may be looking for compliance with two types of standards:

- vertical standards, which apply to a particular industry or particular operations, practices, conditions, processes, means, methods, equipment, or installations
- horizontal standards, which are more general standards applicable to multiple industries

Alleged violations generally fall into one of three categories:

- general duty
- horizontal safety and health standards
- OSHA regulations

Although initially few citations for violation of the Act's general duty clause were issued, use of that catch-all category is increasing. The general duty clause is part of the law, and any employer may be charged with a violation. The clause reads, in part (29 U.S.C. 654(a) (1)):

> Each employer ... shall furnish to each of his employees employment and a place of employment which are free from recognized hazards that are causing or are likely to cause death or serious physical harm to his employees.

Most citations issued by compliance officers allege violations of specific safety and health standards or of the posting and record-keeping requirements. At the end of an inspection, the compliance officer discusses the findings with the employer informally. The compliance officer cannot make any formal charges, issue citations, or assess penalties during this post-inspection conference. However, the compliance officer may indicate an intention to recommend citations and penalties. The only exception occurs when the compliance officer finds evidence of imminent danger and must then give the employer formal notification.

Only after the compliance officer makes a report to the OSHA area director can a decision be made on whether to issue citations for alleged violations and propose penalties. The area director also establishes the schedule for abating the cited condition.

## 7.3.2 BASIC TOOLS OF THE OSHA COMPLIANCE OFFICER

Among the instruments used by OSHA compliance officers to test, measure, and record conditions on the job are some highly sensitive devices that require special calibration, training, and skill to use. These devices are used in addition to some ordinary items. Some of the instruments a compliance officer may use include universal air samplers, personal air sampling devices, carbon monoxide detectors, and vapor tube detectors. The measured concentrations of air contaminants are then compared with the allowable limits under OSHA standards.

Noise presents a different type of hazard, and a compliance officer may use a sound level meter to measure ambient noise. A stopwatch is sometimes used in conjunction with the sound level meter, since the duration of the noise is as important as the decibel level. The readings are then compared with the allowable limits.

A ground-fault circuit tester is used to detect current leakage in electrical equipment. Adequate ventilation can be checked with a smoke tube, and air velocity and movement are measured with a velometer.

Compliance officers also use more ordinary devices, such as measuring tape, flashlights, light meters, and cameras. For example, a compliance officer may attempt to photograph every alleged violation to record the matter upon which a citation may be issued. The compliance officer may also use a video recorder. If an employer attempts to interfere with photography or videotaping, the act may be considered a denial of entry (Occupational Safety and Health Administration, 2009).

It is in the employer's best interest to duplicate any testing or measuring that the compliance officer conducts, and to do so at the same time and location as the compliance officer. This step helps ensure that results are accurate and may also be necessary to dispute any results presented in the final citation. For example, if an OSHA compliance officer takes noise samples with a sound level meter, the employer should also take noise samples at the same time from the same direction with equipment set at the same parameters. The OSHA compliance officer can be asked to wait up to two hours for the employer to retrieve equipment necessary for testing.

### 7.3.3 TYPES OF CITATIONS

Citations may allege violations of any of the following types:

- **Imminent danger.** The Act (at 29 U.S.C. 662) establishes imminent danger as any conditions or practices in any place of employment which are such that a danger exists which could reasonably be expected to cause death or serious physical harm immediately or before the imminence of such danger can be eliminated through the enforcement procedures otherwise provided by this act.

- **Serious violation.** To determine whether a serious violation exists, the compliance officer must be able to answer two questions:

  — Is there substantial probability that death or serious physical harm could result?
  — If so, did the employer know (or with the exercise of reasonable diligence, should the employer have known) of the hazard?

If the answers to both questions are affirmative, then a serious violation exists.

- **Non-serious violation.** When a condition exists that a compliance officer believes is likely to cause injury, but not death or serious physical harm, or if the employer did not know of the hazard, the condition is considered non-serious. For example, a tripping hazard on a level surface would be classified as a non-serious violation.
- ***De minimis* conditions.** This term is used for a violation that has no immediate or direct relationship to safety or health. An example would be the lack of partitions in toilet facilities.
- **Willful violation.** A violation is willful if the employer either intentionally and knowingly violated the act or was aware of a hazardous condition and did not make any attempt to eliminate it.
- **Repeated violation/failure to correct.** A repeated violation is one for which a second or subsequent citation is issued for violation of the same standard or the general duty clause. This differs from a failure-to-abate violation in that the repeated violation occurs after the original violation was abated.

## 7.3.4 WHEN OSHA ISSUES CITATIONS

It is the responsibility of the OSHA area director to issue a written citation describing the nature of each violation and set a date by which the alleged hazard is to be abated. The citation is mailed to the employer by U.S. certified mail, and the employer is required to post a copy of the citation at or near the place where the alleged violation occurred. The Act leaves details of citation procedure to regulations issued by the secretary of labor (29 C.F.R. 1903.1).

A serious violation must be assessed a monetary penalty, but a non-serious violation may or may not be assessed a penalty. For an alleged *de minimis* violation, OSHA issues a notice rather than a citation. There is no requirement to post *de minimis* notices.

A citation may also be issued to an employer for unsafe acts committed by employees. Under the Act, the employer is responsible for requiring employees to comply with safety and health standards. For example, if employees fail to wear required personal protective equipment, a citation will be issued against the employer. The Act makes no provision for citing employees for violations. Therefore, employers must take the necessary steps to ensure that employees are complying with the safety regulations and must maintain adequate records of internal safety enforcement efforts.


Protection of Assets • Copyright © 2012 by ASIS International

## 7.3.5 PENALTIES

The fee structure for penalties is complex. Security practitioners should review the OSHA *Field Operations Manual* to learn the details of reductions and modifications for strategic partnership sites, employer quick fixes or immediate abatements, and debt collection procedures.

The OSHA area office sends a written notice of citations and proposed penalties to the employer. Penalties may be assessed even if the employer proceeds at once to abate the cited condition, but such prompt action often results in a reduction of the monetary penalty because of the good faith effort. In some instances, it may benefit the employer to contest the citation. During this process the employer can show good faith by immediately implementing the programs, training, and equipment required by the citation. OSHA then may reduce the penalty or the penalty classification.

A serious violation must be assessed a monetary penalty not to exceed $7,000. A non-serious violation may also receive any penalty up to $7,000. For repeated or willful violations, civil penalties up to $70,000 may be proposed. The minimum penalty for a willful violation is $5,000. A willful violation that resulted in the death of an employee is punishable by up to $10,000 in fines and a six-month jail sentence. Violations of posting requirements are fined up to $7,000 each.

Payment of penalties must be made within 15 working days after receipt of the penalty notice. When a citation or penalty is contested, payment is not due until the final order of the OSHRC or the appropriate appeals court. An employer that wishes to contest a citation must do so in writing to the OSHA office issuing the citation and within 15 days of receipt of the penalty notice.

Sometimes OSHA uses the power of settlements in lieu of criminal sanctions. Most settlements include a financial fine and the implementation of a new health and safety program. For example, OSHA negotiated a settlement for $105,000 with L. E. Meyers Company following an employee's electrocution. As part of the settlement, the company also hired a vice president of safety and health and implemented a new safety and health program (Trumka, 2008, and Occupational Safety and Health Administration, 2002).

## 7.3.6 CRIMINAL VIOLATIONS AND OSHA

The Act provides criminal sanctions in three situations: first, when an employer's willful violation of a standard, rule, order, or regulation causes the death of an employee; second, when an individual makes a false representation regarding compliance with the Act; and third, when a person gives advance notice of an inspection (29 U.S.C. 666).

OSHA reported in 2007 a rate of 3.7 fatalities per 100,000 employees, down from 4.0 in 2006. OSHA continues to pursue criminal sanctions aggressively and names the reduction of workplace fatalities as a priority.

The most important factor in determining whether an entity is an employer is determining who has control over the work environment such that abatement of hazards can be obtained (*Stein Inc. v. OSHRC*, 1996). In determining whether an employment relationship exists, the OSHRC uses the "economic realities test." This test involves determining who workers considered to be their employer, who paid workers, who had responsibility to control workers, whether the cited employer had control over workers, and whether the cited employer had power to hire or fire workers (*Secretary of Labor v. Magor Plumbing & Heating Co.*, 1993). Moreover, employers' responsibilities and liability can be extended to include not only their own employees but also employees of subcontractors at their sites (*Gardner v. 4U Tech. Inc.*, 2000).

The legal doctrine that extends this liability is called the multiple-employer doctrine and is quite complex. It is commonly interpreted to hold that general contractors may be held in violation of safety regulations even if they had no employees at the job site, as a general contractor normally has the responsibility and the means to ensure that other contractors fulfill their obligations with respect to employee safety (*Secretary of Labor v. Dynamic Painting Corp.*, 1995).

## 7.3.7 EMPLOYER DEFENSE TO CRIMINAL LIABILITY

A qualified attorney should be consulted to investigate and determine the most appropriate defense to any criminal sanctions. The following are some of the more common defenses available to those wishing to defend against an OSHA-imposed criminal citation (Garrison, 2002):

- **Isolated occurrence or employee misconduct defense.** To prove this defense, an employer must establish that (1) it had established work rules to prevent the violation; (2) the rules were adequately communicated to employees; (3) it took steps to discover violations; and (4) it effectively enforced rules when infractions were discovered. Regardless of the extensive experience of an employee with respect to an assigned task, in the absence of any effort to evaluate compliance with pertinent safety rules, an employee's subsequent misconduct will not be classified as unpreventable. In other words, "to prevail in this defense, an employer must demonstrate that … all feasible steps were taken to avoid the occurrence of the hazard" (*General Dynamics v. OSHRC*, 1977). This includes training employees on the dangers and supervising the work site (*Horne Plumbing and Heating Co. v. OSHRC*, 1996). The employer must also demonstrate that the actions of the employee were "a departure from a uniformly and

 Protection of Assets • Copyright © 2012 by ASIS International

effectively communicated and enforced work rule of which departure the employer had neither actual nor constructive knowledge" (*Zachry Co. v. OSHRC*, 1981). When faced with this defense, courts have consistently looked at the evidence of the employer's safety program.

OSHRC precedent has extended the unpreventable employee misconduct defense to supervisors, holding that when the alleged misconduct is that of a supervisory employee, the employer must establish that it took all feasible steps to prevent the accident, including adequate instruction and supervision of its supervisory employee. A supervisor's involvement in the misconduct is strong evidence that the employer's safety program was lax. Moreover, when a supervisory employee is involved, the proof of unpreventable employee misconduct is more rigorous and the defense is more difficult to establish since it is considered the supervisor's duty to protect the safety of employees under his or her supervision.

- **Greater hazard.** To establish the greater hazard defense, the employer must prove that (1) the hazards caused by complying with the standard are greater than those encountered by not complying; (2) alternative means of protecting employees were either used or were not available; and (3) application for a variance under the Act would be inappropriate. Before an employer elects to ignore the requirements of a standard because it believes that compliance creates a greater hazard, the employer must explore all possible alternatives, not merely the methods listed in the standard.
- **Infeasibility or impossibility of compliance.** For this defense, the employer must demonstrate that (1) literal compliance with the requirements of the standard was infeasible, under the circumstances, in that (a) its implementation would have been technologically or economically infeasible, or (b) necessary work operations would have been technologically or economically infeasible after its implementation, and (2) either an alternative method of protection was used or no alternative method of protection was feasible. When an employer seeks to avoid liability for its noncompliance with a standard on the ground that compliance is infeasible, it must show that it explored all possible alternative means of protecting its employees and that none of them was available, just as it must do to prove the greater hazard defense.

## 7.3.8 CITATION APPEALS PROCESS

Both employers and employees (or their representatives) may contest citations and penalties. Affected employees and their representatives are considered parties to the proceedings in any contested action. However, they may contest only the time allowed for abatement of an alleged violation. By contrast, employers may contest a citation, a proposed penalty, a notice of failure to correct a violation, the time allotted for abatement of a violation, or any combination of the four.

There is no prescribed form for the notice of contest, but the notice used must clearly indicate what is being contested—e.g., the citation, the proposed penalty, the notice of failure to correct, or the timing of abatement. If an employer contests an alleged violation in good faith and not solely for delay or variance of penalties, the abatement period does not begin until the entry of the final order by OSHRC.

Upon receipt of a notice of contest, the OSHA area director is required to notify the executive secretary of OSHRC of the facts in the case. The contest is then assigned a docket number and scheduled for a hearing by an OSHRC administrative law judge. When the case is heard, the OSHA representative presents OSHA's case, subject to cross-examination by the contesting parties. The defending employer then presents its case, subject to cross-examination. Employees or their representatives may participate in the hearing. The OSHRC judge is allowed to consider only what is on the record; any statements made during the hearing that go unchallenged are considered fact.

After the hearing, the judge sends the OSHRC the record of the hearing, with recommendations. If no member of the three-member commission asks for a review of the judge's findings within 30 days, the judge's initial findings become a final order of the commission. If any member wishes to review the case, the commission will reach its decision by vote. The commission has the power to affirm, void, or modify a citation or penalty. Although there is no right of appeal directly to the OSHRC, an employer may still appeal the decision to the U.S. Circuit Court of Appeals (29 U.S.C. 655(f)).

 Protection of Assets • Copyright © 2012 by ASIS International

## REFERENCES

29 C.F.R. 1903, Inspections, citations and proposed penalties.

29 C.F.R. 1904, Recording and reporting occupational injuries and illnesses.

29 C.F.R. 1905, Definitions.

29 C.F.R. 1910, Occupational safety and health standards.

29 C.F.R. 1910.21-30, Walking and working surfaces.

29 C.F.R. 1910.35-38, Means of egress.

29 C.F.R. 1910.101-126, Hazardous materials.

29 C.F.R. 1910.132-138, Personal protective equipment.

29 C.F.R. 1910.151-152, Medical and first aid.

29 C.F.R. 1910.155-165, Fire protection.

29 C.F.R. 1910.1000-1450, Toxic and hazardous substances.

29 C.F.R. 1917, Marine terminals.

29 C.F.R. 1918, Safety and health regulations for longshoring.

29 C.F.R. 1926, Safety and health regulations for construction.

29 U.S.C. 65 1-678, Occupational Safety and Health Act of 1970.

29 U.S.C. 655, Standards.

29 U.S.C. 657, Inspections, investigations, and recordkeeping.

29 U.S.C. 659, Enforcement procedures.

29 U.S.C. 662, Injunction proceedings.

29 U.S.C. 666, Civil and criminal penalties.

29 U.S.C. 654, Duties of employers and employees.

Boone, T. S. (1996). Selected topics on employment & labor law: Violence in the workplace and the new right to carry gun law: What employers need to know. 37 S Texas L. Rev. 873.

Frontline. (2008). *A dangerous business revisited.* Video. Available: http://www.pbs.org/wgbh/pages/frontline/mcwane [2009, August 31].

Frost v. Perry, 919 F.Supp 149 (1996).

Gardner v. 4U Tech. Inc., 88 F.Supp. 2d 1005 (2000).

Garrison, H. M. (2002). Confusion reigns supreme: The United States Supreme Court's refusal to grant certiorari in L. R. Willson and Sons, Inc. v. Occupational Safety & Heath Review Comm'n. 101 W. VA L. Rev. 475, 485-486.

General Dynamics v. OSHRC, 599 F.2d 453, 451 (5th Cir. 1977).

Horne Plumbing and Heating Co. v. OSHRC, 528 F.2d 571 (5th Cir. 1976).

Occupational Safety and Health Administration. (2003). Failure to ground power lines contributes to worker death: L.E. Meyers Company enters safety and health agreement with OSHA. Press release. Available: https://www.osha.gov/pls/oshaweb/owadisp.show_document?p_table=NEWS_RELEASES&p_id=1883 [2012, May 19].

Occupational Safety and Health Administration. (2009). *Field operations manual.* Available: http://www.osha.gov/pls/oshaweb/owadisp.show_document?p_table=DIRECTIVES&p_id=4160 [2012, May 19].

Secretary of Labor v. Dynamic Painting Corp., OSHRC ALJ, 17 BNA OSHC 1086 (1995).

Secretary of Labor v. Magor Plumbing & Heating Co., OSHRC ALJ, 16 BNA OSHC 1227 (1993).

Secretary of Labor v. Summit Contractors, Inc., OSHRC Docket # 03-1622 Lexis 34 (2007).

Stein Inc. v. OSHRC, 17 BNA OSH C 1741, 1746 (6th Cir. 1995).

Trumka, R. (2008). Employment related crimes. American Criminal Law Review, Spring 2008, 45 Am. Crim. L. Rev. 341.

Zachry Co. v. OSHRV, 638 F.2d 812 (1981).



**Protection of Assets** • Copyright © 2012 by ASIS International

# CHAPTER 8

# POLYGRAPH

Outside the criminal justice and legal sphere, and with a few corporate exceptions, the use of the polygraph (a type of lie detector) is controversial and often prohibited. In the United States, the Employee Polygraph Protection Act of 1988 (EPPA) significantly curtailed the use of the polygraph in the private sector, and many U.S. states further regulate the practice.[18] In most cases today, the polygraph is not available as a tool in the corporate security world.

Nevertheless, the polygraph has a significant history in the security field. According to a hearing before the U.S. Senate Committee on Labor and Human Resources (1986), some 200,000 to 500,000 tests were administered in 1978. In 1982 the number had grown to 1 million, and by 1986 it had reached 2 million, of which 98 percent were in the private sector, and 75 percent of those were for applicant screening. Even after passage of the EPPA, the polygraph is still a valid tool in limited circumstances. Therefore, this chapter presents an overview of the polygraph's history, capabilities, limitations, and methods of use. The chapter also briefly addresses the voice stress analyzer, another type of lie detector.

## 8.1 HISTORY

The polygraph is based on the assumption that an identifiable physical reaction can be attributed to a specific emotional stimulus. The first attempt to use a scientific instrument as an aid in detecting lies dates back to 1895, when Italian criminologist Cesare Lombroso

[18] An explanation of the EPPA was provided earlier in Chapter 3, Criminal Law and Procedure, under 3.6.3 Deception Detection Instruments. To obtain current information on state requirements, it is best to contact the state's licensing board directly. The American Polygraph Association maintains a directory of state licensing boards at http://www.polygraph.org/section/state-licensing-boards-0.

claimed success in determining the guilt or innocence of suspected criminals by noting whether their blood pressure or pulse changed during the interrogation.

In the book *On the Witness Stand*, published in 1908, Harvard psychology professor Hugo Munsterberg discussed detecting lies by recording physiological changes. In 1914, changes in breathing rates were linked to attempts at deception by Italian criminologist Vittorio Benussi. The following year, William Moulton Marston, a criminal lawyer and student of Munsterberg, began systematic research at the Harvard Psychological Laboratory into the correlation between lying and changes in blood pressure.

During World War I, Marston headed a committee of psychologists formed by the National Research Council to look into the known deception tests and report on their possible usefulness in counterintelligence activities. Using a sphygmomanometer, or blood pressure cuff, Marston took intermittent readings of blood pressure during interrogations. After a number of experiments, the committee concluded that the Marston blood pressure test was 97 percent reliable.

In 1921, psychologist John A. Larson, who was connected with the Berkeley, California, police department, devised an instrument capable of recording blood pressure, pulse rates, and respiratory changes, all at the same time. The instrument was the forerunner of today's polygraph. Larson used the device with reported success on hundreds of criminal suspects. He was later joined on the Berkeley force by Leonard Keeler, who in 1926 improved Larson's apparatus. Keeler added a feature for measuring changes in the skin's electrical resistance, commonly known as galvanic skin response. He also developed polygraph interrogation techniques.

## 8.2 APPLICATIONS

Polygraph testing has been used widely in business and government settings (including law enforcement). Federal agencies have been operating since 1965 under civil service regulations that limit the use of polygraph for screening to agencies with intelligence or counterintelligence missions directly affecting national security, and then only if the agency receives written authorization from the chairman of the Office of Personnel Management.

Examinations are generally used in three types of applications:

- **Criminal investigations.** The polygraph is used to identify the guilty party.
- **Periodic employee testing.** Employees are warned in advance that they will be checked periodically. The objective is to identify employees who are guilty of violations of trust.

This type of testing is regarded as highly intrusive by many who question the routine use of the polygraph.

- **Preemployment screening.** The polygraph can be used as one element of preemployment screening. However, it can only be used in that way by a limited class of private employers (such as security officer providers and companies whose employees have direct access to controlled substances) and by law enforcement and some other government agencies.

## 8.3 OPERATION OF THE INSTRUMENT

Polygraph instruments, which come in different types, produce recordings of physiological changes that may be interpreted by a trained operator. The skill, experience, training, and integrity of the operator are, in fact, the most important elements of success in polygraph use.

The term *polygraph* refers to the multiple-pen instrument that records the subject's responses on a continuous roll of paper. Contemporary polygraph equipment measures three responses simultaneously: breathing pattern, blood pressure and pulse, and skin resistance to external current. The instrument measures the subject's emotional reactions by recording involuntary changes that occur under stress. It relies on the commonly recognized belief that it takes more effort to lie than to tell the truth, and that guilt feelings and anxiety induced by lying produce recognizable physiological changes in the liar. Virtually all individuals who attempt to conceal the truth may experience certain specific emotions and changes in such bodily details as blood pressure, pulse rate, respiration rate, and perspiration rate. A polygraph is imprecisely referred to as a lie detector, but it does not detect lies. Instead, it detects subjects' physiological reactions that are associated with attempts at deception.

When attaching the polygraph to the individual to be examined, one or two pneumograph tubes are fastened around the chest, a blood pressure cuff is fastened around an arm, and electrodes are attached to fingers. The pneumograph tubes consist of corrugated rubber. One end is sealed, and the other is connected to the instrument by a thick-walled rubber tube smaller in diameter than the pneumograph tube. As the circumference of the chest and abdomen increase when air is inhaled, the pneumograph tubes stretch. When the individual being tested exhales, they contract. This movement produces pressure changes inside the pneumograph tubes, which in turn are transmitted to the recording pens on the instrument.

The rubber cuff on the arm is inflated to a median pressure between the individual's normal systolic and diastolic readings. Changes in blood pressure cause an increase or decrease in cuff pressure, which is recorded on the instrument.

The electrodes attached to the hand or fingers cause a small amount of current to pass through the hand or fingers, and a galvanograph unit on the polygraph records the variations in the electrical current flow caused by electrochemical changes in the conductance of the skin surface.

## 8.4 CONDUCTING THE TEST

### 8.4.1 PHYSICAL CONDITIONS

Experienced polygraph operators prefer to conduct tests at their own facilities under conditions they control. The individual to be tested may be seated in a waiting area and have an opportunity to read polygraph literature. The reactions to these readings may be observed by a secretary or receptionist who reports them, particularly any indication of skepticism or acceptance, to the examiner before his or her encounter with the individual to be tested. As the result of the readings, the person to be examined may carry into the test a belief in the reliability, accuracy, and even infallibility of the polygraph. Examiners maintain that it is important and helpful in obtaining good responses for an individual to be convinced that lies will be detected, thus heightening sensitivity to the questions so there is a better likelihood of clearly perceived physiological changes. A U.S. Department of Defense experiment found that a belief in the machine's accuracy aided the detection of responses under certain types of questioning (Orne & Thackery, 1964).

The individual to be tested is next brought into the testing area. This is usually a quiet, private, semi-soundproof room. Outside distractions or stimuli should be avoided, and the room should be decorated plainly or conservatively to avoid distracting the subject. The person being tested should not face windows, pictures, or wall hangings during the examination. The room should be comfortably illuminated, with no glare, and offer adequate ventilation and an even, comfortable temperature.

Some examination rooms are designed with an observation room adjacent, separated by a two-way mirror. That arrangement permits an observer (in addition to the examiner) to observe the test without being noticed. The examination room may also be equipped with a concealed microphone wired to a speaker in the observation room so the observer can also hear what is taking place. Audio and video of the interview can be recorded for later confirmation of the test's voluntary character and any admissions the subject made.

The use of a witness in an adjacent room provides several benefits:

- The examiner can be protected against false accusations of misconduct, such as physical abuse or sexual advances.
- Examiners being trained can gain practical experience by observing actual tests.
- An individual in police custody can be kept under watch.

If the test is to be seen or heard by an observer, written consent should be obtained from the individual being tested because of statutory prohibitions in some states against the use of surreptitious listening devices.

### 8.4.2 PRE-TEST QUESTIONING

The pre-test stage of questioning the subject is the most important stage in the polygraph process. The examiner must obtain a complete history of the subject. The history should address physical, emotional, and value-oriented factors. Physical factors include the subject's medications, injuries, and physical abnormalities. Delving into the subject's emotional state may produce additional insight, such as a history of bipolar disorder. Finally, a probe of the subject's value system may uncover such factors as religion, philosophy, and group affiliations.

The examiner should make every effort to instill confidence in the operator and the instrument, and to alleviate the subject's nervousness. It is natural for an individual to be nervous, and an extremely nervous person does not make a suitable subject for an examination. Establishing good rapport or a sympathetic relationship is vital.

Next, as a part of the preliminary interview, the examiner reviews questions to be asked of the person being tested. Thus, the subject will not only be familiar with the questions, but will know in what order they will be asked. Questions are constructed so that only a yes or no answer is required. Polygraph experts claim that giving subjects this advance information helps the examiner because as relevant questions are asked, tension increases and physiological reactions speed up. Also, the more the individual attempts to control reactions, the worse they get, because such reactions are normally under the control of the autonomic nervous system. An individual who is telling the truth will soon stop reacting and will become calmer as the test proceeds.

At the conclusion of the preliminary interview, the individual is connected to the polygraph. Usually the first questions are routine, such as "Is your name Joe?", "Are you an American citizen?", "Do you live at such-and-such address?" Most people react calmly to such questions. A note is made of how the lines, as recorded by the polygraph pens, are laid out. Then, usually, a broad control question may be asked to see how much variation might be obtained in the line pattern. Such questions are designed to create a probability that the subject will lie or be unsure of the truthfulness of the answer. The following are questions of this type:

- Have you ever taken anything from your place of employment?
- Have you ever taken anything from a store you didn't pay for?
- Do you drink alcoholic beverages to excess?
- Have you answered all my questions truthfully?

Most people have something to hide, no matter how small, in one of these areas. In between control questions, questions specific to the inquiry are asked, often incorporating information that only the individual may know.

## 8.4.3 INTERVIEWING TECHNIQUES

A successful polygraph examination depends on the skill and preparation of the examiner. Traditionally, polygraph examiners employ three techniques.

First is the relevant-irrelevant (R-I) technique. The R-I technique operates under the assumption that the subject's physiological responses will be stronger to relevant questions than to irrelevant questions. Relevant questions are those that tend to prove the facts of the subject matter. Irrelevant questions can be anything other than the subject matter. Under the R-I technique, the subject's deception is determined by physiological responses to the relevant questions as opposed to the irrelevant questions posed. A truthful interviewee should provide similar but not identical responses to both relevant and irrelevant questions. The deceptive subject's physiological responses will be greater when the questions are relevant. However, the R-I technique is thought to produce many false positive results.

Second is the control question (CQ) technique. The examiner asks a series of questions (unrelated to the subject matter) designed to induce physiological responses as well as false denials. The questions are of three types: neutral, control, and relevant. The neutral questions are asked to obtain a chart reading when the subject is answering truthfully. Control questions are asked to induce stress.

Third is the directed lie control (DLC) technique, which is similar to the CQ technique but is considered easier to administer.

 Protection of Assets • Copyright © 2012 by ASIS International

### 8.4.4 DOS AND DON'TS

According to Richard Arther, director of the National Training Center of Polygraph Science, a polygraph examination is not appropriate in the following situations:

- when the prospective examinee declines to submit to examination voluntarily
- when other investigative leads should logically be pursued first
- after the subject has made a complete confession, unless there is some logical reason for believing the confession to be false
- after a victim has admitted having made a false allegation, unless there is some logical reason for believing the admission to be false
- when the prospective examinee is mentally incompetent, has serious heart or lung problems, is a drug addict, is in chronic pain, is taking prescribed stimulants or depressants, has a record of past mental or emotional illness requiring extended psychiatric care, is having a menstrual period, or is three or more months pregnant

Arther lists the following dos and don'ts for investigators and others who are not polygraphers but who may use a polygraph examination in an incident investigation:

- Do interrogate, and if possible, use a neutral approach. Obtain an audio-recorded or written statement from the prospective examinee before requesting the polygraph examination.
- Don't interrogate the examinee immediately before the examination.
- Do point out the effectiveness of the polygraph technique.
- Don't describe it as infallible.
- Do withhold detailed information about the incident from the examinee.
- Do tell the prospective examinee how experienced and highly qualified the examiner is.
- Don't attempt to explain the examination to him; let the examiner do so.
- Do tell the prospective examinee of your personal confidence in the polygraph.
- Don't use a polygraph exam as a crutch because you did not properly interrogate.
- Do tell the non-deceptive — truthful — examinee that he or she will be informed of the results when the examiner has completed analysis of the charts.
- Don't tell the examinee the results unless the examiner tells you to do so.
- Do advise a prospective examinee to get a good night's sleep and to refrain from the use of drugs or overindulgence in alcohol the night before the examination.
- Don't state that he or she cannot be tested without a good night's sleep or that use of

drugs or alcohol could confuse the test, because these could be the outs the examinee is looking for and could lead him or her to do exactly what you are advising not to do.

- Do ask the examiner any questions that may be bothering you.
- Don't assume that the examiner does not want to discuss the polygraph test or the case.
- Do work with your examiner as a team member.
- Do concentrate on primary issues, and advise the examiner of the basic issue you want resolved.
- Don't present the examiner with a long list of questions you'd like answers to. A polygraph examination must be confined to a few selected questions, and only the examiner can determine what they should be.
- Do respect the examiner's opinion for what it is—an aid to the investigation.
- Don't expect the examiner to give you all the answers. The most the examiner can say is whether the examinee believes what he or she is saying. For example, a rape victim who identifies a suspect as her assailant because she actually believes he was the offender will appear truthful on the polygraph, even if she has identified the wrong person.
- Don't attempt to clear several crimes with one examination. To work properly, each examination must pertain to one incident or offense.
- Do tell the examiner all you know or can find out about the person being polygraphed.

 **Protection of Assets** • Copyright © 2012 by ASIS International

## 8.5 BEHAVIOR OF UNTRUTHFUL AND TRUTHFUL INDIVIDUALS

Physicians, psychiatrists, psychologists, and other diagnosticians have always recognized the importance of a person's behavior in arriving at a final diagnosis. Likewise, in interpreting an individual's polygraph results, an examiner carefully considers the person's behavior.

In *Truth and Deception* (p. 293, 1977), Reid and Inbau describe a study that found that approximately one out of five subjects who were untruthful attempted to distort the polygraph test results. Wiggling toes, applying muscle pressure, moving arms, coughing, sniffing, yawning, changing the breathing rate, and engaging in unsolicited talking were some of the methods used.

Untruthful subjects also tended to do the following:

- attempt to postpone the dates of examinations
- arrive late for appointments
- fail to appear at the appointment
- exhibit specific behavior in the examination room:
  - acting aggressively
  - displaying resentment
  - appearing to be shocked
  - experiencing mental blocks
  - being evasive
  - having an extremely dry mouth
  - continually sighing or yawning
  - refusing to look the examiner in the eye
  - moving around
  - behaving in an overly friendly or polite manner

Some subjects explained before the examination why their responses might mislead the examiner into believing that they were not being truthful. Some complained of being nervous, and when that did not impress the examiner, they further emphasized their nervous condition or mentioned a physical defect which they may or may not actually have had. Also, some assured the examiner that they were religious; they hoped the examiner would regard them as truthful for that reason.

Some claimed the apparatus was causing them physical pain in the hope that the examiner would turn off the instrument, remove the apparatus, and report that the individual could not be examined because of pain sensitivity. Others found that a complaint of pain provided them an excuse for not sitting still, which would hinder the examiner. Persons not telling the truth usually indicate a desire to leave the examining room as soon as possible.

The study found that truthful persons were generally glad to have an opportunity to prove their honesty and sometimes volunteered to be examined. Some truthful individuals indicated they were nervous, but when assured by the examiner that nervousness would not affect test results, they were readily convinced and made no further mention of the problem.

## 8.6 POLYGRAPH EXAMINERS

To be accepted as an expert in court, generally an examiner must produce evidence of training at a polygraph training course accredited by the American Polygraph Association and must have a license issued by a state. The examiner should be prepared to show that he or she has conducted at least 200 polygraph examinations and has at least a baccalaureate degree from a recognized college or university. Some jurisdictions may allow substitution of five years of law enforcement experience for some or all of the college education. If the required number of polygraph examinations cannot be shown, an examiner might show that a qualified, experienced instructor was present during an examination, and that they both agreed on the technique employed and the conclusions reached. A court may be satisfied if both testify.

An examiner should also be prepared to show membership in one or more professional societies, such as the American Polygraph Association, a state polygraph association, the Society for Psychophysiological Research, the American Psychological Association, or similar organizations. Membership in a state polygraph association is more meaningful if that organization has specific standards for membership and requires that an examination be passed before membership is granted. Presentation of papers at scientific meetings and the publication of papers in scientific journals also enhances an examiner's qualifications as an expert. It is important that an examiner regularly attend seminars and advanced courses to keep up with the state of the art.

# 8.7 VOICE STRESS ANALYZER

## 8.7.1 HISTORY

The voice stress analyzer was introduced as a commercial product in the United States in 1971 (Bell, 1981). The first model, the PSE or Psychological Stress Evaluator, was developed by two former U.S. Army officers, Lt. Col. Allan Bell and Lt. Col. Charles McQuiston, who collaborated on a design based on a need for verification of prisoner-of-war interrogations during the Vietnam War. Earlier research had indicated a connection between stress and certain vibrational frequencies associated with the human voice. Although inaudible, the changes were capable of being graphically displayed after conversion from audio frequency wave forms to display visual patterns.

## 8.7.2 APPLICATIONS

Use of the voice stress analyzer (VSA) has been prohibited in private work settings for firms regulated under the Employee Polygraph Protection Act of 1988. The exemptions in the act (for certain uses of the polygraph) do not permit use of any device but the polygraph. The VSA is, therefore, not generally available for use by employers engaged in interstate commerce (hence covered by EPPA). Private sector use of the VSA for purposes other than employment screening or incident investigations is not regulated under the federal act. VSA use is also prohibited by many state laws, which cover intrastate employers. In some states, the law prohibits all use of the VSA, not just use in the employment context.

Notwithstanding the federal and state prohibitory statutes, the VSA may still be used in certain settings. In intrastate commerce and in states prohibiting the VSA only in the employment context, the VSA is still available in litigation preparation, sales, and personal relationships. As the EPPA and most prohibitory state acts exempt government from the restrictions, it is likely that in the future, government agencies will be the primary users of both the polygraph and the VSA.

# 8.8 RELIABILITY AND ACCURACY

The American Polygraph Association (http://www.polygraph.org) published a report titled *Meta-Analytic Survey of Criterion Accuracy of Validated Polygraph Techniques* (2011). A detailed summary of the report is available at http://www.polygraph.org/files/executive_summary_ meta_analytic_survey_apa_2012.pdf.

## REFERENCES

American Polygraph Association. (2011). Meta-analytic survey of criterion accuracy of validated polygraph techniques. *Polygraph* 40(4).

Bell, A. D., Jr. (1981, March). A decade of controversy. *Security Management.*

House Committee on Government Operations. (1976). *The use of polygraphs and similar devices by federal agencies.* Report 94–795.

Munsterberg, H. (2010). *On the witness stand.* Originally published 1908. Whitefish, MT: Kessinger Publishing.

Orne, M. T., & Thackery, R. I. (1964). *Methodological studies in detection of deception.* Washington, DC: Clearinghouse for Federal Scientific and Technical Information, Department of Commerce.

Reid, J. E., & Inbau, F. E. (1977). *Truth and deception* ($2^{nd}$ ed.). Baltimore, MD: Williams & Wilkins Co.

Senate Committee on Labor and Human Resources. (1986). Hearings on S. 1815, Prohibited Use of Lie Detectors.

# CHAPTER 9

## EVIDENCE

Evidence is that which provides proof or an indication of an assertion. As medicine, technology, and diagnostic tools advance, new types of evidence continually appear and are accepted in court. Because of private security's broad concerns (criminal, civil, contract, and corporate), security personnel need advanced evidence-gathering skills.

This document describes the types of evidence and the means of collecting, protecting, examining, and transporting evidence according to the stringent standards required for criminal cases. Even if the evidence will not be used in a criminal case, handling it according to that standard preserves the option.

Evidence appears in oral, documentary, and physical forms, which are detailed in the following sections. This chapter divides evidence into two basic categories: direct (real) and indirect (circumstantial and hearsay). Direct evidence is first-hand knowledge. For example, if a witness sees a driver in an automobile pass through a red light and strike another automobile that had the right of way, that witness has direct evidence of the incident. By contrast, indirect evidence is a highly informed inference. For example, perhaps a witness was around the corner, heard a screech of brakes and then the impact of two cars, ran to the scene, and then saw the light change from red to green. That witness can make an informed inference that the driver wrongfully passed through a red light. Indirect evidence is also known as circumstantial evidence where something is inferred to have happened because testimony given on a series of events leads one to believe that it happened. Hearsay evidence also falls into this category, but (except for a dying person's declaration to a credible witness) hearsay evidence is normally not admissible in a trial. The rule that applies most often in determining the importance of evidence and its ability to prove a point is called materiality. What is the evidence's quality, substance and connection to the incident or case?

*Res gestae* (a Latin phrase meaning "things done") is an exception to the rule against hearsay evidence. *Res gestae* is based on the belief that because certain statements are made naturally, spontaneously, and without deliberation during the course of an event, they leave little room for misunderstanding or misinterpretation by another person (i.e., the witness who will later repeat the statement to the court). Thus the courts believe that such statements carry a high degree of credibility. Types of evidence that can be admitted as *res gestae* fall into three categories:

- words or phrases that form part of or explain a physical act
- exclamations that are so spontaneous as to belie concoction
- statements that are evidence as to someone's state of mind

After an incident, security practitioners should gather evidence carefully, regardless of whether law enforcement will become involved. Such evidence can be used to resolve the issue, analyze how the incident occurred, and if necessary modify security measures to prevent future incidents. If the case should go to trial, the competency and materiality of the evidence will be determined by the judge, usually following case law. In noncriminal cases, evidence may be allowed more freely.

When physical evidence is presented at a trial, a chain of custody (the uninterrupted control of evidence) must be clearly shown, the evidence must be properly identified, and it must be relevant to the case before the court. Evidence should be marked at the time it is gathered. Limiting the individuals who handle the evidence to the smallest number possible and properly documenting each transfer will maintain the chain of custody and assist the prosecution when introducing the evidence at trial.

## 9.1 ORAL EVIDENCE

Oral evidence is a spoken statement regarding a person's knowledge, which may be direct or indirect and gained through any manner. The following discussion of oral evidence is adapted to a security audience from *Eyewitness Evidence: Trainer's Manual for Law Enforcement* (National Institute of Justice, 2003).

### 9.1.1 INITIAL REPORT AND FIRST RESPONSE

#### Answering the Call

**Principle:** The call taker should obtain, in a nonsuggestive manner, complete and accurate information from the caller. This information may include the name or a description of the perpetrator.

 **Protection of Assets** • Copyright © 2012 by ASIS International

## Preliminary Scene Investigation

**Principle:** For a thorough preliminary investigation, it is necessary to preserve and document the scene, including information from witnesses and physical evidence. The methods used by the preliminary investigator have a direct impact on the amount and accuracy of information obtained throughout the investigation.

**Policy:** The preliminary investigator should obtain, preserve, and use the maximum amount of accurate information from the scene.

**Procedure:** After securing the scene and attending to any victims and injured persons, the preliminary investigator should do the following:

- Identify any perpetrators and detain them if still present at the scene.
- Determine what type of incident has occurred.
- Broadcast an updated description of the incident, perpetrators, and vehicles.
- Verify the identity of the witnesses. Witnesses will need to be contacted later.
- Separate witnesses, and instruct them to avoid discussing details of the incident with other witnesses. Witnesses should not hear others' accounts. It also may be helpful to ascertain whether witnesses have spoken with each other about the incident before being separated.
- Canvass the area for other witnesses. Witnesses may be reluctant to come forward or may have departed the scene before security personnel arrived. Also, other employees, contractors, guests, or invitees in the vicinity may have heard or seen something that could assist in the investigation.

## Obtaining Information from Witnesses

**Principle:** The manner in which the preliminary investigating officer obtains information from a witness affects the amount and accuracy of that information.

**Policy:** The preliminary investigator should obtain, accurately document, and preserve information from witnesses.

**Procedure:** When interviewing a witness, the preliminary investigating officer should consider the following approach:

- **Establish rapport with the witness.** The witness will then be more comfortable during the interview and will likely provide more information. In the course of developing that rapport, the investigator can learn about the witness's communication style (e.g., how the witness describes everyday events compared with how the witness describes the incident).

- **Inquire about the witness's condition.** A simple question, such as "How are you doing?", contributes to rapport and may also alert the investigator to physical or mental conditions (e.g., intoxication, medication, shock) that could impair the witness's ability to recall or report information effectively.
- **Use open-ended questions ("What can you tell me about the car?"), augmented with closed-ended questions ("What color was the car?"), and avoid leading questions ("Was the car red?").** An open-ended question allows for an unlimited response from the witness in his or her own words, thereby generating a greater amount of unsolicited information. Open-ended responses also tend to be more accurate and promote more effective listening on the part of the investigator. A closed-ended question, in contrast, limits the amount or scope of information that the witness can provide ("Did the perpetrator have a beard?" or "What color was the car?"). The investigator should follow with more directed questions if the witness is unresponsive to open-ended questions or provides imprecise responses. If, when answering an open-ended question, the witness states that the perpetrator was dressed in shabby clothing, the investigator should ask the witness to elaborate on the type of clothing ("What do you mean by shabby?"). For each new topic, the investigator should begin with open-ended questions and augment them with closed-ended questions if necessary. Leading questions suggest an answer and may distort the witness's perception or memory. The investigator needs to determine only what the witness knows, uninfluenced by what the investigator might expect or know from other sources.
- **Clarify the information with the witness.** This step helps ensure that the investigator has understood and accurately recorded the information.
- **Document information obtained from the witness, including the witness's identity.** This information will be necessary when the witness is contacted for a follow-up interview.
- **Encourage the witness to contact investigators with any further information.** Witnesses often remember additional, useful information after an interview. They should be reminded that any information, no matter how trivial it seems, may be important. For example, if the witness later remembers that the perpetrator drank from a soft drink can at the scene, there could be fingerprints or saliva on the can. Additionally, in such cases as sexual assault or arson, the witness may later recall or recognize a distinct smell that was on the perpetrator (such as cologne) or at the scene (such as gasoline).
- **Encourage the witness to avoid contact with the media or exposure to media accounts concerning the incident.** Media information may contaminate the witness's memory. Media requests for a story or offers of compensation may encourage a witness to fabricate information.


**Protection of Assets** • Copyright © 2012 by ASIS International

- **Instruct the witness to avoid discussing details of the incident with other potential witnesses.** Witnesses should not hear others' accounts because they may be influenced by that information. The independence of witnesses is important so that investigators can judge whether the information witnesses have provided is consistent with other witnesses' statements and other evidence developed in the investigation.

**Summary:** Information obtained from the witness can corroborate other evidence in the investigation. Therefore, it is important that this information be accurately documented.

## 9.1.2 INTERVIEWS BY THE FOLLOW-UP INVESTIGATOR

### Pre-Interview Preparations and Decisions

**Principle:** Preparing for an interview maximizes the effectiveness of witness participation and interviewer efficiency.

**Policy:** The investigator should review all available witness and case information and arrange an efficient and effective interview.

**Procedure:** Before conducting the interview, the investigator should do the following:

- **Review available information.** This information may include police reports and incident scene information. The interview can then be tailored to elicit the maximum amount of information from the witness.
- **Plan to conduct the interview as soon as the witness is physically and emotionally capable.**
- **Select an environment that minimizes distractions and is comfortable for the witness.**
- **Obtain key materials (e.g., notepad, tape recorder, camcorder) in advance so the interview will not be interrupted.**
- **Separate the witnesses.** Independent witness statements can be used for corroboration. Witnesses should not hear others' statements because they may be influenced by that information.
- **Determine the nature of the witness's prior law enforcement, security, or corporate contacts.** This information can help put any information obtained from the witness into context for the purpose of assessing witness credibility or reliability. It also can assist later in rapport development.

## Conducting the Interview

Several principles underlie the interviewing of cooperative witnesses:

- social dynamics between the interviewer and witness
- facilitation of the witness's memory and thinking
- communication between the interviewer and witness

## Social Dynamics

The interviewer should maintain or reestablish rapport with the witness and encourage the witness to actively and voluntarily report information, rather than passively respond to questions. A rapport is especially helpful when the investigator seeks personal or intimate information from a witness. The interviewer should show understanding and concern by asking about the witness's health, empathizing with the witness's situation, avoiding judgmental comments, and establishing common ground with the witness. The interviewer should also personalize the interview by treating the witness as an individual. This can be accomplished by avoiding questions that sound programmed or artificial (e.g., "Is there anything you can tell me that would further assist this investigation?") and referring to the witness by name. The interviewer should also ask questions that follow up on the witness's previous responses, repeat the witness's concerns, lean forward, and make eye contact.

To encourage the witness to volunteer information without prompting, the interviewer should do the following:

- **State expectations.** The witness may not know what to expect or may have incorrect expectations of his or her role in the interview. The interviewer should state explicitly that the witness is expected to volunteer information.
- **Ask open-ended questions.** These questions allow the witness to do most of the talking.
- **Avoid interruptions.** Interruptions discourage the witness from playing an active role and disrupt his or her memory. The interviewer should make a note and follow up later with any questions that arise during a witness's narration.
- **Allow pauses.** Pauses after the witness stops speaking allow the witness to collect his or her thoughts and then continue providing information.

### Facilitation of the Witness's Memory and Thinking

Much of the information about an incident is stored in the witness's mind. The interviewer can promote information retrieval in several ways:

- **Minimize distractions.** The interviewer should ensure that physical distractions, such as noise or the presence of other persons, are minimized. In addition, the interviewer can encourage the witness to block out distractions by closing his or her eyes and concentrating on the memory.
- **Encourage the witness to mentally recreate the incident.** The interviewer should instruct the witness to mentally recreate the circumstances surrounding the incident (e.g., by thinking about his or her thoughts or feelings at the time of the incident).
- **Tailor questions to the witness's narrative.** The interviewer's questions should be tailored to the witness's current thoughts and narrative. For example, if the witness is thinking or talking about the perpetrator's face, the questions should be about the face and not about other aspects of the incident, such as a license plate. The interviewer should try to understand what aspect of the incident the witness is thinking about. The interviewer should then ask an open-ended question about that topic and follow up with non-leading, closed-ended questions related to the topic.

### Communication Between the Interviewer and Witness

The interviewer is concerned with many issues, such as resolving an incident, enforcing corporate rules, and preparing for civil litigation. The witness knows details about the incident. For the most productive interview, both individuals should communicate their needs and information to each other.

Oral evidence is given great weight by jurors and judges alike. It is paramount that the security employee tasked with investigating an incident possess the professional skills for obtaining oral evidence to be used in later proceedings. It is also important that the investigator make no promises or offers of a reward to encourage a witness to make a statement. Doing so will not only void the statement if discovered but may also lead to a charge of witness tampering against the investigator.

## 9.2 DOCUMENTARY EVIDENCE

Documentary evidence is information, usually in the form of letters, figures, or other marks, that is contained on or in such items as paper products, rubber stamps, plastic bags, typewriters, and seals. If particular documentary evidence will not be examined by law enforcement laboratories, security practitioners may need to reach out to private labs and experts. Appendix A lists crime lab organizations.

The following discussion of questioned document examination is adapted from the Federal Bureau of Investigation's *Handbook of Forensic Services* (2003).

### 9.2.1 HANDWRITING AND HAND PRINTING

Examination of handwriting characteristics can sometimes determine the origin or authenticity of questioned writing. However, the following factors can lead to inconclusive results:

- insufficient quantities of questioned or known writing
- lack of contemporaneous questioned and known samples
- distortion or disguise in the questioned or known writing
- insufficient identifying characteristics
- submission of photocopied evidence instead of original evidence

Traits such as age, sex, personality, and intent cannot be determined.

#### Obtaining Known Writing Exemplars

The text, size of paper, space available for writing, writing instrument, and writing style (handwriting or hand printing) must be as close to the original conditions as possible. In obtaining a known sample, the investigator should do the following:

- **Give instructions (oral or written) only concerning the text to be written.** The investigator should not give instructions on spelling, punctuation, or arrangement of writing.
- **Ensure that all exemplars are on separate pieces of paper.**
- **Ensure that the writer and a witness initial and date each page of writing.**
- **Do not allow the writer to see the previous exemplars or the questioned writing.** The investigator should remove exemplars from the writer's sight as soon as they are completed.

  Copyright © 2012 by ASIS International

- **Obtain exemplars from dictation until normal writing has been produced.** Normal handwriting is assessed by determining whether the writing is too quickly or slowly executed and whether the handwriting is consistent.
- **Obtain exemplars from the right and left hands.**
- **Obtain hand printing exemplars in both uppercase and lowercase letters.**
- **Obtain exemplars written rapidly, slowly, and at varied slants.**
- **Obtain a sufficient quantity of exemplars to account for natural variation in the writing.**
- **Obtain undictated writing, such as business records, personal correspondence, and canceled checks.**

#### Altered or Obliterated Writing

Altered or obliterated writing can sometimes be detected and deciphered.

#### Nongenuine Signatures

False signatures may be of several types:

- **Traced signatures** are prepared by using a genuine signature as a template or pattern.
- **Simulated signatures** are prepared by copying or drawing a genuine signature.
- **Freehand signatures** are written in the forger's normal handwriting with no attempt to copy another person's writing style.

### 9.2.2 TYPEWRITING

Questioned typewriting can occasionally be matched to the typewriter that produced it. This is most common when the typewriter is a typebar machine. The identification may be based on characteristics that develop during manufacturing and through use and abuse of the typewriter. Other kinds of typewriters (e.g., ball, printwheel, or thimble) are less likely to be successfully connected with questioned typewriting. Comparison of questioned typewriting with reference standards can sometimes determine a make and model of the typewriter or typewriter elements. Carbon film typewriter ribbons can sometimes be read for content or specific wording of questioned material. Carbon film ribbons can sometimes be identified with questioned typewritten impressions. Fabric ribbons cannot be read.

### Obtaining Known Typewriting Exemplars

The following are steps that an investigator should take to obtain known exemplars of typewriting:

- **If the typewriter has a carbon film ribbon, remove it from the typewriter and submit it to the laboratory.** The investigator should also submit the correction tape and then insert a new ribbon in the typewriter before obtaining exemplars.
- **If the typewriter has a fabric ribbon, remove it from the typewriter and put the typewriter in the stencil position.** The investigator should then place a sheet of carbon paper over a sheet of blank paper, insert both into the typewriter, allow the typeface to strike the carbon paper, and then submit the fabric ribbon strike and the carbon paper strike exemplars to the laboratory.
- **Obtain two full word-for-word texts of the questioned text and type the entire keyboard (all symbols, numbers, and uppercase and lowercase letters) two times.**
- **Record the make, model, and serial number of the typewriter on the exemplars.** The investigator should also record the date the exemplars were obtained and the name of the person who directed the exemplars.
- **Obtain the typewriter's service and repair history.**
- **If the laboratory examiner requests the typewriter, pack it securely to prevent damage during shipment.** Typewriter elements (e.g., ball, printwheel, or thimble) must also be submitted.

## 9.2.3 PHOTOCOPIES

Photocopies can sometimes be matched to the machine producing them if the exemplars and questioned copies are relatively contemporaneous.

### Obtaining Known Photocopy Exemplars

Investigators should take the following steps in obtaining known photocopy exemplars:

- Obtain at least 10 exemplars with no document on the glass plate, with the cover down.
- Obtain at least 10 exemplars with no document on the glass plate, with the cover up.
- Obtain at least 10 exemplars with a document on the glass plate, with the cover down.
- Record on each exemplar the date the exemplars were obtained, the name of the person who directed the exemplars, and the conditions under which the exemplars were made.
- Record the make, model, and serial number of the photocopy machine, information about the toner supplies and components, whether the paper supply is sheet-fed or roll-fed, and options such as color, reduction, enlargement, zoom, mask, and trim.
- Do not store or ship photocopies in plastic envelopes.

## 9.2.4 OTHER MATERIALS AND IMAGES

### Graphic Arts (Printing)

Printed documents can sometimes be associated with a common source or identified with known printing paraphernalia, such as artwork, negatives, or plates.

### Paper

Torn edges can sometimes be positively matched. The manufacturer can sometimes be determined if a watermark is present. Paper can be examined for indentations caused by writing. The investigator should not rub the indentations with a pencil or add indentations by writing on top of the evidence.

### Burned or Charred Paper

Information on burned or charred documents can sometimes be deciphered. The document must be minimally handled. The document must be shipped in the container in which it was burned, in polyester film encapsulation, or between layers of cotton in a rigid container.

### Age of a Document

The earliest date a document could have been prepared can sometimes be determined by examining watermarks, indented writing, printing, or typewriting.

### Carbon Paper or Carbon Film Ribbon

Examination of used carbon paper or carbon film ribbon can sometimes disclose the content of the text.

### Checkwriter Impressions

A checkwriter impression can sometimes be associated with the checkwriter that produced it.

### Embossings and Seals

An embossed or seal impression can sometimes be identified with the instrument that produced it.

### Rubber Stamps

A rubber stamp impression can sometimes be identified with the rubber stamp that produced it. The investigator should submit the rubber stamp to the laboratory uncleaned.

### Plastic Bags

Plastic bags (such as sandwich or garbage bags) can sometimes be identified with the roll or a box from which they originated.

### Anonymous Letter File

Security organizations should collect images of anonymous letters that were cause for concern. Investigators can then search the collection to associate a letter from one case with letters from others.

## 9.2.5 SHIPPING DOCUMENTARY EVIDENCE

Documentary evidence must be preserved in the condition in which it was found. It must not be folded, torn, marked, soiled, stamped, written on, or handled unnecessarily. In addition, investigators should do the following:

- Protect the evidence from inadvertent indented writing.
- Mark documents unobtrusively by writing the collector's initials, date, and other information in pencil.
- Whenever possible, submit the original evidence to the laboratory. The lack of detail in photocopies makes examinations difficult. Copies are sufficient for reference file searches.
- Refrain from storing or shipping photocopies in plastic envelopes.

If evidence needs to be shipped to a laboratory or other testing facility, properly packaged evidence must be sent via registered mail or a carrier that provides tracking to preserve the chain of custody.

 Protection of Assets • Copyright © 2012 by ASIS International

## 9.3 PHYSICAL EVIDENCE

Physical evidence is tangible. It may consist of air particulates, a puddle of liquid, dirt or dust, clothing, tools, electronic devices, weapons, vehicles, bodily fluids, or anything else that can be touched or sensed physically or technologically. Physical evidence can be divided into five categories: *corpus delicti*, associative, identifying, tracing, and trace. *Corpus delicti* relates to the evidence that proves a crime has been committed, such as the body at a homicide scene. Associative evidence (also known as circumstantial evidence) links a suspect with the scene of a crime, such as fingerprints or DNA. Identifying evidence is the associative evidence that establishes the identity of a suspect, such as a fingerprint, bite impressions, or blood found at the scene. Tracing evidence (not to be confused with trace evidence) consists of articles that assist in the possible identification and location of a suspect, such as a credit card receipt or a laundry mark or tag on a piece of clothing. Trace evidence includes fibers, paints, dyes, glass, and similar elements. Impression evidence includes firearms, tool marks, bite impressions, and footprints.

### 9.3.1 EVIDENCE SEARCHES

Success in the use of physical evidence increases when an incident scene search is planned, coordinated, and executed by knowledgeable security employees, who must keep in mind the following:

- The best search options are usually the most difficult and time-consuming.
- Physical evidence cannot be overdocumented.
- A search may be either a cautious search of visible areas (avoiding evidence loss or contamination) or a vigorous search of concealed areas.

The security professional in charge should take these steps first:

- Discuss the search with involved personnel before arriving at the scene, if possible.
- Ensure that personnel are aware of the types of evidence usually encountered and the proper handling of the evidence.
- Make preliminary personnel assignments before arriving at the scene, if possible. Personnel may be assigned two or more responsibilities.

The following are the responsibilities associated with various roles at the scene of the search:

- Person in charge
  - Ensure scene security.
  - Prepare administrative log.
  - Conduct preliminary survey (initial walk-through).
  - Prepare narrative description.
  - Resolve problems.
  - Make final decisions.
- Photographer
  - Photograph and log evidence and scene.
- Sketch preparer
  - Sketch and log scene.
- Evidence recorder
  - Serve as evidence custodian and log evidence.
- Scene supervisor

  Establish communication with the appropriate corporate executives, including legal counsel if necessary, so issues arising from incident scene searches can be resolved. Coordinate agreements with all departments in multi-departmental incident scene searches.
  - Obtain evidence collection and packaging materials and equipment.
  - Prepare the paperwork to document the search.
  - Provide appropriate protective clothing, communication, lighting, shelter, transportation, equipment, food, water, medical assistance, and security for search personnel.
  - In prolonged searches, use shifts of two or more teams. Transfer paperwork and responsibility in a preplanned manner from one team to the next.
  - Be alert for evidence.
  - Take extensive notes.
  - Consider the safety of all personnel.

The sections below describe the main tasks that the on-site team should perform.

### Secure and Protect the Scene

- Take control of the scene immediately.
- Determine the extent to which the scene has been protected. Obtain information from personnel who have knowledge of its original condition.
- Designate one person to be in charge of final decision making and problem resolution.
- Take extensive notes.
- Keep out unauthorized personnel.
- Record who enters and leaves.

### Conduct Preliminary Survey

The preliminary survey is a tool for planning a search.

- Cautiously walk through the scene.
- Maintain administrative and emotional control.
- Select a narrative technique (written, audio, or video).
- Take preliminary photographs.
- Delineate the extent of the search area. Usually expand the initial perimeter.
- Organize methods and procedures.
- Recognize special problem areas.
- Identify and protect transient physical evidence.
- Determine personnel and equipment needs. Make specific assignments.
- Develop a general theory of the incident.
- Take extensive notes to document the scene, physical and environmental conditions, and personnel movements.

### Evaluate Evidence Possibilities

- Ensure that the collection and packaging materials and equipment are sufficient.
- Focus first on evidence that could be lost. Leave the least transient evidence for last.
- Ensure that all personnel consider the many varieties of possible evidence, not only evidence within their specialties.

- Search the easily accessible areas and progress to out-of-view locations. Look for hidden items.
- Evaluate whether evidence appears to have been moved inadvertently.
- Evaluate whether the scene appears contrived.

### Produce Narrative

The narrative is a running description of the incident scene.

- Use a systematic approach in the narrative.
- Consider everything that catches one's attention to be worth recording.
- Generally, do not collect evidence during the narrative.
- Use photographs and sketches to supplement, not substitute for, the narrative.
- Include the following key points in the narrative:
  - case identifier
  - date, time, and location
  - weather and lighting conditions
  - identity and assignments of personnel
  - condition and position of evidence

### Photography

- Photograph the incident scene as soon as possible.
- With a digital camera, take a few test shots to make there is no distortion of the crime scene in the photos. Distortion can be caused by an incorrect point of view, improper perspective, and deceptive tones, such as shadows.
- Prepare a photographic log that records all photographs and a description and location of evidence.
- Establish a progression of overall, medium, and close-up views of the incident scene.
- Photograph from eye level to represent the normal view.
- Photograph the most fragile areas of the incident scene first.
- Photograph all stages of the incident scene investigation, including discoveries.
- Photograph the condition of evidence before recovery.
- Photograph the evidence in detail and include a scale, the photographer's name, and the date.

 **Protection of Assets** • Copyright © 2012 by ASIS International

- Take all photographs intended for examination purposes with a scale. When a scale is used, first take a photograph without the scale.
- Photograph the interior incident scene in an overlapping series using a normal lens, if possible. Overall photographs may be taken using a wide-angle lens.
- Photograph the exterior incident scene, establishing the location of the scene by a series of overall photographs including a landmark. Photographs should have 360 degrees of coverage. Consider aerial photography.
- Photograph entrances and exits from the inside and the outside.
- Photograph important evidence twice—first, taking a medium-distance view that shows the evidence and its position to other evidence, and second, taking a close view that includes a scale and fills the frame.
- Before entering the scene, acquire, if possible, prior photographs, blueprints, or maps of the scene.

### Sketches

- Use sketches to record items, conditions, and distance and size relationships.
- Number sketches in a way that coordinates with evidence log numbers.
- Include the following with each sketch:
  - case identifier
  - date, time, and location
  - weather and lighting conditions
  - identity and assignments of personnel
  - dimensions of rooms, furniture, doors, and windows
  - distances between objects, persons, bodies, entrances, and exits
  - measurements showing the location of evidence (in reference to two unmovable items, such as doors or walls)
  - key, legend, compass orientation, scale, scale disclaimer, or combination thereof

### Physical Evidence Collection

The actual collection of evidence is most critical and the time when most errors occur, so special care is needed during the search, photographing, recovery, marking, identifying and packaging of the evidence by the evidence technician or investigator. It is also imperative that the crime scene be isolated and protected for the preservation of evidence. That is why it is important to teach the proper process of securing a crime scene in any basic law enforcement or security officer training course.

- The most common type of physical evidence is fingerprints, so care should be taken to collect and preserve them first.
- Use a search pattern (grid, strip or lane, spiral).
- Search from the general to the specific.
- Be alert for all evidence.
- Search entrances and exits.
- Photograph all items before collection and notate the photographic log.
- Mark evidence locations on the sketch.
- Complete the evidence log with notations for each item of evidence. If possible, have one person serve as evidence custodian.
- Arrange for two persons to observe evidence in place, during recovery, and being marked for identification. Mark directly on the evidence when necessary, but first attempt to place identifying marks on evidence containers. The best way to certify a piece of evidence is with the investigator's initials.
- The proper marking of evidence at the time of seizure and transfer establishes the actual chain of custody.
- Wear latex or cotton gloves to avoid leaving fingerprints.
- Do not excessively handle the evidence after recovery.
- Seal all evidence packages at the incident scene.
- Time and temperature have an effect on organic materials, so measures need be taken to prevent deterioration.
- Obtain known standards (e.g., fiber samples from a known carpet).
- Make a complete evaluation of the incident scene.
- Constantly check paperwork, packaging, and other information for errors.
- For evidence to be admissible, it must be proven that the evidence was not tampered with. Accounting for control and secure handling of all evidence is paramount if the chain of custody is to be preserved.

## Final Survey

The final survey is a review of all aspects of the search.

- Discuss the search with all personnel.
- Ensure that all documentation is correct and complete.
- Photograph the scene, showing its final condition.
- Ensure that all evidence is secured.
- Ensure that all equipment is retrieved.
- Ensure that hiding places or difficult access areas have not been overlooked.

### Release

- Release the incident scene after the final survey.
- Note in release documentation the time and date of release, to whom the scene was released, and by whom it was released.
- Ensure that the evidence is (1) collected according to legal requirements, (2) documented, and (3) marked for identification.
- Consider the need for specialists (e.g., human resources, labor relations, safety) to observe the scene before it is released.
- Release the scene only when all personnel are satisfied that the scene was searched correctly and completely.
- Allow only the person in charge to release the scene.

## 9.3.2 REQUESTING EVIDENCE EXAMINATIONS

All requests for evidence examinations should be in writing, on organizational letterhead, and addressed to the appropriate laboratory. Submission requirements vary by laboratory but typically include the following:

- submitting person's name, organization, address, and telephone number
- any previous case identification numbers, evidence submissions, and communications relating to the case
- description of the nature and basic facts of the case as they pertain to evidence examinations
- names and descriptions of individuals involved (such as the subject, person of interest, or victim)
- submitting organization's case number
- list of evidence enclosed or sent under separate cover (along with means of shipping)
- types of examinations requested
- address to which the evidence should be returned
- address to which the laboratory report should be sent
- statement regarding whether the evidence was examined by another expert, there is local controversy, or other organizations have an interest in the case
- reasons for an expeditious examination if needed
- separate communications for separate cases

Copyright © 2012 by ASIS International

### 9.3.3 SHIPPING EVIDENCE

Several steps are important in transporting evidence to laboratories:

- Before packaging and shipping evidence, call the laboratory for specific instructions.
- Take precautions to preserve the evidence.
- Wrap and seal each item of evidence separately to avoid contamination.
- Place the evidence in a clean, dry, previously unused inner container.
- Seal the inner container with tamper-evident or filament tape.
- Affix "EVIDENCE" and "BIOHAZARD" labels, if appropriate, on the inner container. If any of the evidence needs to be examined for latent prints, affix a "LATENT" label on the inner container.
- Affix the evidence examination request and all case information between the inner and outer containers.
- Place the sealed inner container in a clean, dry, previously unused outer container with clean packing materials. Do not use loose foam materials.
- Completely seal the outer container so that tampering with the container would be evident.
- In the United States, all shipments of hazardous materials must comply with U.S. Department of Transportation regulations. 49 C.F.R. 172.10 1 identifies items considered hazardous for the purpose of transportation. It also addresses special provisions for certain materials, hazardous materials communications, emergency response information, and training requirements for shippers. A trained and qualified evidence technician must assist with the typing, labeling, packaging, and shipping of all hazardous materials.

The following guidelines must be followed when shipping live ammunition:

- Package and ship ammunition separately from firearms.
- Label the outside of the container "ORM-D, Cartridges, Small Arms."
- Note on the Declaration of Dangerous Goods the number of packages and the gross weight of the completed packages in grams.

In addition, evidence shipments must comply with the International Air Transport Association's Dangerous Goods Regulations detailing how to prepare and package shipments for air transportation.

It is advisable to use shipping services that track shipments carefully. Security staff should record the method of shipment and the tracking numbers on the chain-of-custody form.

A related concern is disposal of hazardous materials. The U.S. Environmental Protection Agency's Resource Conservation and Recovery Act (RCRA), commonly referred to as the "cradle-to-grave" regulation, was established to track chemicals from generation to disposal. This system imposes requirements on both generators and transporters, as well as on transport, storage, and disposal facilities. RCRA specifies that once a material is determined to be hazardous, it is the generator's complete responsibility.

The process for determining whether a material is a hazardous waste should be done by qualified personnel. Even new material in its original container may be waste if there is no use for it. Hazardous waste contractors and transporters can be used to help remove materials from scenes. Hazardous materials that are removed from incident scenes are considered evidence and would not fall under RCRA waste provisions. However, when a case has been adjudicated or the material for other reasons is not needed, the immediate assistance of a qualified contractor knowledgeable about local regulations must be sought. Clandestine drug laboratories and environmental incidents are examples of scenes that may require the removal of waste.

## 9.3.4 HANDLING PHYSICAL EVIDENCE

The following are recommendations that investigators should follow in handling various types of physical evidence.

### Abrasives

- Employ personnel familiar with engine and machinery operations and mechanics to recover abrasives.
- Submit the oil and fuel from the engine sump and filters, as abrasives settle in oil and fuel.
- Submit bearings and other parts in which abrasives become embedded.
- Submit abrasives in heat-sealed or resealable plastic bags or paint cans. Do not use paper or glass containers.

### Adhesives

If possible, submit the item to which the adhesive, caulk, or sealant is adhered. If not, remove a sample of the material with a clean, sharp instrument and transfer it to a resealable plastic bag or leakproof container, such as a film canister or plastic pill bottle.

## Ammunition and Related Materials

### Bullets

Fired bullets can be examined to determine the general rifling characteristics such as caliber and physical features of the rifling impressions and the manufacturer of the bullets. The microscopic characteristics on evidence bullets can be compared to test-fired bullets from a given firearm to determine whether the evidence bullet was fired from that firearm.

### Bullet Jacket Alloys

Ammunition components, such as bullets, cartridge cases, and shotshell casings, should be packaged separately with the date, time, location, collector's name, case number, and evidence number written on the container.

### Cartridge Cases or Shotshell Casings

Examination of cartridge cases or shotshell casings can determine the caliber or gauge, the manufacturer, and whether there are marks of value for comparison. The images of questioned cartridge cases and shotshell casings can be scanned into the National Integrated Ballistics Information Network to compare with evidence from other shooting incidents. The microscopic characteristics of evidence cartridge cases and shotshell casings can be examined to determine whether they were fired from a specific firearm.

### Gunshot Residue on Clothing

The deposition of gunshot residue on evidence such as clothing varies with the distance from the muzzle of the firearm to the target. Patterns of gunshot residue can be duplicated using a questioned firearm and ammunition combination fired into test materials at known distances. These patterns serve as a basis for estimating muzzle-to-garment distances. Clothing submitted for gunshot residue examination must be carefully handled, air-dried, and wrapped separately in paper. Clothing with blood must be air-dried and labeled "BIOHAZARD" on the inner and outer containers. The date, time, location, collector's name, case number, and evidence number must be on the container.

### Shot Pellets, Buckshot, or Slugs

Examinations of shot pellets, buckshot, or slugs can determine the size of the shot, the gauge of the slug, and the manufacturer.

### Unfired Cartridges or Shotshells

Examinations of unfired cartridges or shotshells can determine the caliber or gauge and whether there are marks of value for comparison. Examinations can also determine whether the ammunition was loaded in and extracted from a specific firearm. Unfired and fired cartridges or shotshells can be associated through manufacturing marks.

Wadding

Examinations of wadding components can determine the gauge and the manufacturer.

### Anthropology

- Clean and air-dry bones, if possible. Pack in paper bags and wrap in protective material, such as bubble wrap or paper. If tissue is present on the skeletal material, refrigerate until mailing, and then ship in a foam cooler.
- Collect insect samples found on the remains in leak proof containers such as film canisters or plastic pill bottles. Call the laboratory for additional instructions or contact an entomologist.

### Arson

Contact the local fire or police department or the federal Bureau of Alcohol, Tobacco, Firearms and Explosives.

### Audio

- Write-protect the original recording.
- Submit original audio recording.
- Identify known and questioned voice samples.
- Label the outer container "FRAGILE, SENSITIVE ELECTRONIC EQUIPMENT" or "FRAGILE, SENSITIVE AUDIO/VIDEO MEDIA" and "KEEP AWAY FROM MAGNETS OR MAGNETIC FIELDS."

### Blood

- Ensure that only qualified medical personnel collect blood samples from a person.
- Have medical personnel collect at least two 5 milliliter tubes of blood in purple-top tubes with EDTA as an anticoagulant for DNA analysis. Have them collect samples for drug- or alcohol-testing in gray-top tubes with sodium fluoride.
- Identify each tube with the date, time, subject's name, location, collector's name, case number, and evidence number.
- Refrigerate (do not freeze) blood samples. Use cold packs, not dry ice, during shipping.
- Pack liquid blood tubes individually in foam or cylindrical tubes with absorbent material surrounding the tubes.
- Label the outer container "KEEP IN A COOL DRY PLACE," "REFRIGERATE ON ARRIVAL," and "BIOHAZARD."
- Submit sample to the laboratory as soon as possible.

For blood on a person, the investigator should do the following:

- Absorb liquid blood onto a clean cotton cloth or swab. Leave a portion of the cloth or swab unstained as a control. Air-dry the cloth or swab and pack in clean paper or an envelope with sealed corners. Do not use plastic containers.
- Absorb dried blood onto a clean cotton cloth or swab moistened with distilled water. Leave a portion of the cloth or swab unstained as a control. Air-dry the cloth or swab and pack in clean paper or an envelope with sealed corners. Do not use plastic containers.

For blood on surfaces or in snow or water, these steps apply:

- Absorb liquid blood or blood clots onto a clean cotton cloth or swab. Leave a portion of the cloth or swab unstained as a control. Air-dry the cloth or swab and pack in clean paper or an envelope with sealed corners. Do not use plastic containers.
- Collect blood that is in snow or water immediately to avoid further dilution. Eliminate as much snow as possible. Place in a clean, airtight container. Freeze the evidence.

The following steps should be followed for bloodstains:

- Air-dry wet bloodstained garments. Wrap dried garments in clean paper. Do not place wet or dried garments in plastic or airtight containers. Place all debris or residue from the garments in clean paper or an envelope with sealed corners.
- Air-dry small, wet bloodstained objects. Preserve bloodstain patterns. Avoid creating additional stain patterns during drying and packaging. Pack to prevent stain removal by abrasion during shipping. Pack in clean paper. Do not use plastic containers.
- When possible, cut a large sample of bloodstains from immovable objects with a clean, sharp instrument. Collect an unstained control sample. Pack to prevent stain removal by abrasive action during shipping. Pack in clean paper. Do not use plastic containers.
- Absorb dried bloodstains on immovable objects onto a clean cotton cloth or swab moistened with distilled water. Leave a portion of the cloth or swab unstained as a control. Air-dry the cloth or swab and pack in clean paper or an envelope with sealed corners. Do not use plastic containers.

A blood examination request letter should contain the following information:

- brief statement of facts relating to the case
- claims made regarding the source of the blood
- whether animal blood is present

 **Protection of Assets** • Copyright © 2012 by ASIS International

- whether the stains were laundered or diluted with other body fluids
- information on the victim's medical condition or that of any persons of interest, such as AIDS, hepatitis, or tuberculosis

### Buccal (Oral) Swabs

- Use clean cotton swabs to collect buccal (oral) samples. Rub the inside surfaces of the cheeks thoroughly.
- Air-dry the swabs and place in clean paper or an envelope with sealed corners. Do not use plastic containers.
- Identify each sample with the date, time, subject's name, location, collector's name, case number, and evidence number.

Buccal samples do not need to be refrigerated.

### Building Materials

- When building materials are penetrated or damaged, debris can adhere to people, clothing, tools, bags, and loot and can transfer to vehicles. If possible, submit the evidence in such a way that lab examiners can remove the debris themselves. Package each item of evidence in a separate paper bag. Do not process tools for latent prints.
- Collect known samples from the penetrated or damaged areas.
- Ship known and questioned debris separately to avoid contamination. Submit known and questioned debris in leak proof containers, such as film canisters or plastic pill bottles. Do not use paper or glass containers. Pack to keep lumps intact.

### Chemicals (General Unknowns)

General unknowns include powders, liquids, and stains that are of indeterminate origin or cannot be readily classified. Full identification of an unknown may not be possible, but general classification of a substance usually is. When comparison samples are available, it may be possible to comment on the consistency of the unknown substance with a known comparison sample.

- Submit powder and liquid samples in leak proof containers.
- Do not submit large stained evidence. When possible, cut a small sample of the stained area and submit it in a heat-sealed or resealable plastic bag. Collect an unstained control sample, package separately, and submit it with the stained evidence. When cutting is not possible, transfer questioned stains by rubbing with a clean cotton swab (dry or alcohol-dipped). Air-dry the swab and pack in a heat-sealed or resealable plastic bag. Submit an unstained swab as a control.

### Computers

Examinations can determine what type of data files are in a computer, compare data files to known documents other data files, determine when and in what order files were created, recover deleted files, convert files into different formats, search files for word or phrases, recover passwords, decrypt encoded files, and analyze source code.

- Determine the type of computers and operating systems.
- If applicable, determine the type of network software, the location of the network servers, and the number of computers on the network.
- Determine whether encryption or password protection is used.
- Decide whether to seize computers and media or conduct an on-site examination.
- Generally, submit only the central processing units and the internal and external storage media.
- Use a sturdy cardboard container when shipping computer components. If possible, use the original packing case with the fitted padding. Use large, plastic bubble wrap or foam rubber pads as packing. Do not use loose foam pieces because they lodge inside computers and components and create static charges that can cause data loss or damage to circuit boards. Seal the container with strong packing tape.
- Pack and ship central processing units in the upright position. Label the outside container "THIS END UP."
- Pack disks, cartridges, tapes, and hard drives to avoid movement during shipping.
- Label the outer container "FRAGILE, SENSITIVE ELECTRONIC EQUIPMENT" and "KEEP AWAY FROM MAGNETS OR MAGNETIC FIELDS."

Appendix B contains a sample policy on seizing computer equipment.

### Controlled Substances

Controlled substance examinations can establish trace-drug presence, identity, and quantity.

- Submit evidence in separate heat-sealed or resealable plastic bags.
- Fold clothing to preserve trace evidence.
- Do not submit used drug field test kits with evidence.

### DNA

Deoxyribonucleic acid (DNA) is analyzed in body fluids, stains, and other biological specimens recovered from evidence. The results of DNA analysis of questioned biological samples are compared with the results of DNA analysis of known samples. The analysis can associate victims or persons of interest with each other or with an incident scene.

Two sources of DNA are used in forensic analysis. Nuclear DNA (nDNA) is typically analyzed in evidence containing blood, semen, saliva, body tissue, and hairs that have tissue at their root ends. Mitochondrial DNA (mtDNA) is typically analyzed in evidence containing naturally shed hairs, hair fragments, bones, and teeth.

If DNA evidence is not properly documented, collected, packaged, and preserved, it will not meet the legal and scientific requirements for admissibility in a court of law. In particular:

- If DNA evidence is not properly documented, its origin can be questioned.
- If it is not properly collected, biological activity can be lost.
- If it is not properly packaged, contamination can occur.
- If it is not properly preserved, decomposition and deterioration can occur.

When DNA evidence is transferred by either direct or indirect means, it remains on surfaces by absorption or adherence. In general, liquid biological evidence is absorbed into surfaces, and solid biological evidence adheres to surfaces. The appropriate methods for collecting, packaging, and preserving DNA evidence depend on the liquid or solid state and the condition of the evidence. The more the evidence retains its original integrity until it reaches the laboratory, the greater the possibility of conducting useful examinations.

### Dyes

- Do not submit large stained evidence (e.g., car seats). When possible, cut a small sample of the stained area and submit in a heat-sealed or resealable plastic bag.
- Collect an unstained control sample, package it separately, and submit it with the dye-stained evidence.
- When cutting is not possible, transfer questioned stains by rubbing with a clean cotton swab (dry or alcohol-dipped). Air-dry the swab and pack it in a heat-sealed or resealable plastic bag. Submit an unstained swab as a control.

### Electronic Devices

It is possible to extract data from such devices as mobile telephones, tablet computers, personal digital assistants (PDAs), pagers, global positioning system (GPS) devices, and facsimile machines. It is also possible to examine "interception of communication" devices, which consist of transmitters and receivers for eavesdropping. It is also possible to identify devices' operating characteristics and modifications. In some cases, it is necessary to disassemble devices during examination.

- Label the outer container "FRAGILE, SENSITIVE ELECTRONIC EQUIPMENT" and "KEEP AWAY FROM MAGNETS OR MAGNETIC FIELDS."

### Feathers

Feather examinations can determine bird species and can compare feathers found on clothing, vehicles, and other objects with feathers from the incident scene.

- Submit feathers in heat-sealed or resealable plastic bags or paper bags.

### Fibers

Fiber examinations can identify the type of fiber, such as animal (wool), vegetable (cotton), mineral (glass), and synthetic (manufactured). Questioned fibers can be compared to fibers from clothing, carpeting, and other textiles associated with victims or persons of interest. A questioned piece of fabric can be physically matched to known fabric. Fabric composition, construction, and color can be compared, and impressions on fabric and from fabric can be examined. Clothing manufacturers' information can be determined by label searches.

- When possible, submit the entire garment or textile. Submit fibers in clean paper or an envelope with sealed corners.

### Fractures

Fracture examinations can determine whether evidence was joined together and subsequently broken apart.

### Glass

Glass comparison examinations can determine whether particles of glass originated from a broken source of glass. Glass fracture examinations can determine the direction and type of the breaking force and the sequencing of shots.

#### Comparison

- Submit samples of glass from each broken window or source in leakproof containers such as film canisters or plastic pill bottles. Do not use paper or glass containers.
- Submit samples of laminated glass (e.g., windshield) from each side of the glass. Label the samples "INSIDE" and "OUTSIDE" and package separately in leakproof containers such as film canisters or plastic pill bottles. Do not use paper or glass containers.
- Submit relevant air-dried clothing. Each item must be packaged separately in a paper bag.
- Search for particles in hair, skin, and wounds. Submit particles in leakproof containers such as film canisters or plastic pill bottles. Do not use paper or glass containers.
- Search for particles in vehicles by vacuuming each section of the vehicle separately. Do not use tape for recovering glass particles. Submit vacuum sweepings in leakproof containers. Do not use paper or glass containers.

- Ship known and questioned debris separately to avoid contamination.
- Do not process evidence for latent prints.

Fracture

- Label the sides of the glass in the frame ("INSIDE" and "OUTSIDE"). Label the glass where it was removed in the frame ("TOP," "BOTTOM," "LEFT," and "RIGHT").
- Submit all glass pieces so that the pieces can be fitted together to identify the radial cracks near and at points of impact and to increase the probability of matching edges. Pack all glass separately and securely to avoid shifting and breaking during shipping.
- Submit the entire piece of laminated glass, if possible. Secure the glass between plywood or sturdy cardboard. Do not place any objects into the impact area.
- Do not process evidence for latent prints.

### Guns and Gun Parts

Gun parts examinations can determine the caliber and model of gun from which the parts originated. Before examination, it is important to ensure that all firearms are unloaded.

Firearms must be minimally handled to avoid loss or destruction of evidence. Objects must not be allowed to enter or contact the firearm's barrel, chamber, or other operating surfaces.

- Use fingers to pick up a handgun by its knurl grips. Never stick anything down the barrel of the weapon.
- When handling a recovered spent projectile/bullet, all care must be taken to protect the rifling marks.
- When handling a spent cartridge, pick it up by the open end using tweezers or some other tool so as not to destroy any partial fingerprint or other evidence that may be on the outside of the cartridge.
- Do not mark the item. Firearm pieces must be identified with a tag containing the caliber, make, model, and serial number. The date, time, owners' names, location, collector's name, case number, and evidence number must be on the container.

### Hair

Hair examinations can determine whether hairs are animal (including which species) or human. Race, body area, method of removal, damage, and alteration (e.g., bleaching or dyeing) can be determined from human hair analysis. Examinations can associate a hair to a person on the basis of microscopic characteristics in the hair but cannot provide absolute personal identification. Hairs can be submitted for mitochondrial DNA analysis.

- Collect at least 25 known hairs from different parts of the head or pubic region. Comb and pull out the hairs. Submit hairs in clean paper or an envelope with sealed corners.
- Pick up hair carefully with clean forceps to prevent damaging the root tissue.
- Air-dry hair mixed with body fluids.
- Package each group of hair separately in clean paper or an envelope with sealed corners. Do not use plastic containers.
- Refrigerate and submit as soon as possible to the selected laboratory.

## Images

### Photographic Comparisons

Examinations of film, negatives, digital images, photographic prints, and video recordings can compare persons in the questioned images with persons in known images (e.g., photographs, videos). Comparisons can also be made with firearms, vehicles, clothing, and other objects depicted in images.

### Photogrammetry

Dimensions can be derived from photographic images through the use of mathematical formulas or on-site comparison. Examples of photogrammetry include determining people's height and the length of weapons or tools depicted in images.

### Location, Time, and Date

Examinations of photographic evidence may be able to determine the location, time, and date that an image was taken.

### Authenticity and Image Manipulation Detection

Examinations can determine whether an image is a composite, alteration, or copy.

### Cameras

Examinations can determine whether a specific camera (film, digital, still, or video) created a specific image.

### Videos

Still images can be produced from video images for enlargement and use in courtroom presentations.

 **Protection of Assets** • Copyright © 2012 by ASIS International

### Automobile Make and Model

Vehicles depicted in surveillance images can be compared with images in vehicle image repositories, such the National Automotive Image File in the United States, to determine make and model.

### General Advice

- Write-protect original recordings. Never use the pause operation when viewing original videotapes.
- Submit original evidence (e.g., film or videotape) whenever possible because it contains the greatest level of detail. If the originals are unavailable, submit first-generation photographic prints or videotapes.
- Process all film, including bank surveillance film, prior to submitting.
- When requesting forensic examinations based on video images, cue the original videotape to the approximate time of the pertinent area. State in a communication the date and time of the pertinent area and use the date-time stamp on the images or the counter indicator (set from the beginning of the tape at 000). If prints from the relevant frames are available, submit them for reference.
- If a facial comparison is requested, ensure that the face or head fills more than half the frame. If questioned images show tattoos or marks, include photographs of the same areas on the known persons of interest. Whenever possible, images of persons should show several angles.
- Do not mark or cut items submitted for comparison (e.g., clothing or firearms) where they are visible in the questioned images.
- Submit items such as clothing and firearms for other examinations before submitting them for image comparison.
- If photogrammetry is requested, include the dimensions of the scene to the nearest 1/8 inch and include a diagram or print from the surveillance film indicating the location of the measurements. Include one diagram or print for every angle used in the scene. Do not touch or move surveillance cameras except to remove the film.

## Ink

Examining inked writing in conjunction with other techniques (e.g., handwriting analysis or watermark identification) can provide details regarding document preparation. The composition of writing inks varies with the type of writing instrument (e.g., ballpoint pen, fountain pen, or porous-tip pen) and the date of the ink manufacture. In general, inks are composed of dyes in solvents and other materials that impart selected characteristics. Ink analysis is usually limited to comparisons of the organic dye components. When ink formulations are the same, it is not possible to determine whether the ink originated from the same source to the exclusion of others. Examinations cannot determine how long ink has been on a document.

- Pack ink evidence separately from any document or surface with ink marks.

### Latent Fingerprints

The laboratory is the best place to develop latent prints; however, it is sometimes necessary to develop latent prints at incident scenes. Caution should be taken to avoid destroying latent prints. The following are measures to ensure that incident scene latent prints are protected:

- Photograph latent prints prior to any processing. (See below.)
- Examine all evidence visually and with a laser or alternate light source before using any other latent print development process.
- When using latent print development processes, refer to the manufacturer's instructions and any safety guidance. Use personal protective equipment (e.g., safety glasses, masks, gloves, and smocks).
- Consult the FBI's *Processing Guide for Developing Latent Prints* (2000), a comprehensive list of latent print processes and protocols. Following this guide will maximize the potential to develop latent prints and preserve evidence if other forensic examinations are required.

#### Photographing Latent Prints

- Use a tripod and cable release when photographing latent prints.
- Use a 35mm or medium-format camera with a macro lens capable of half-size to full-size reproduction.
- Photograph latent prints at each step in the processing sequence before moving to the next process.
- Photograph latent prints developed with fingerprint powders before lifting them.
- If using a film (not digital) camera, use T-Max 400 film. Set the aperture to f/11 and use the metering system to select a suitable shutter speed.
- Take three exposures of each latent print by bracketing—that is, taking pictures one stop below the recommended exposure, at the recommended exposure, and above the recommended exposure.
- Photograph latent prints individually. This ensures that the target latent print is in focus.
- Fill the frame completely.

 Protection of Assets • Copyright © 2012 by ASIS International

- Photograph latent prints with an identification label that includes a scale, reference number, date, collector's initials, and location of the latent prints. The identification label should be placed on the same plane as the latent prints.
- Maintain a log that records each shot, reference number, date, collector's initials, location of prints, and other pertinent information.

Lifting Latent Prints

- After photographing the prints, apply black, gray, or white powder to the surface with a long-hair brush. The color of the powder should contrast with the color of the surface (e.g., black for light surfaces, gray or white for dark surfaces).
- Use a short-hair brush to remove excess powder. Use caution when powdering. Avoid overbrushing a latent print and losing clarity.
- Use transparent tape or black-and-white rubber lifts to lift latent prints.
- When using transparent tape, ensure that the color of the backing card contrasts with the color of the powders (e.g., white backing card for black powder).
- Stabilize the evidence to avoid movement or friction during shipping.
- Place nonporous evidence (e.g., nonabsorbent, hard surfaces) in separate protective coverings such as thick transparent envelopes or suspend in a container so that there is minimal surface contact. Friction will destroy latent prints on this type of surface.
- Place porous evidence (e.g., paper or cardboard) in separate protective coverings. Friction will not generally destroy latent prints on this type of surface.
- Submit known fingerprints and palm prints of everyone who may have handled the evidence, including persons of interest, victims, those who had legitimate access, and investigative personnel. All fingerprint cards must include pertinent biographical or demographic information.
- Take palm prints on only one side of a separate card, not on the reverse side of a fingerprint card or on the reverse side of a card that has a recorded impression on the other side.
- On fingerprint cards, include, at a minimum, the name of the person printed, the name of the person recording the prints, date, incident identification number, and a brief statement of facts relating to the case.
- Include the notation "elimination prints" if the person printed is not a person of interest.
- When known prints are submitted separately from evidence, refer to previous communications, case identification numbers, and other pertinent information.

## Lubricants

Lubricants include a range of substances, including petroleum products, natural fatty ester oils, and polyalkylene glycol oils. Automotive fluids (e.g., engine oil or brake fluid), certain cosmetics (e.g., bath oils or lotions), and some polishes contain lubricants. Lubricant examinations may be conducted in sexual assault, vehicular homicide, or heavy equipment sabotage cases.

- Submit entire items (e.g., clothing) when possible. Air-dry the evidence and package separately in paper bags.
- Absorb lubricants onto a clean cotton cloth or swab. Leave a portion of the cloth or swab unstained as a control. Air-dry the swab and pack in a heat-sealed or resealable plastic bag.
- Package lubricants separately in leakproof containers.

## Metals

### Comparison

Comparative examinations can determine whether two metals or metallic objects came from the same source or from each other. Metal comparisons can identify various surface and microstructural characteristics, including fractured areas, accidental damage, and fabrication marks to determine whether the objects share a common origin. Moreover, the manufacturing methods used to produce an object can be determined. Examinations can also determine mechanical properties, such as the response of a metal to an applied force or load. In addition, examinations can also determine chemical composition, including alloying and trace elements.

### Broken or Mechanically Damaged Metal

The causes of failure or damage can be determined. The magnitude of the force or load that caused the failure, how the force or load was transmitted to the metal, and the direction it was transmitted can also be determined.

### Specification Frauds and Noncompliant Materials

Metallurgical testing of materials can determine whether inferior components were substituted in contracting frauds. The composition and mechanical properties of materials can be examined to determine if the components meet contractual obligations or appropriate regulatory codes. In some cases, the country of origin can be determined. Precious metal contents can also be determined.

 Protection of Assets • Copyright © 2012 by ASIS International

#### Burned, Heated, or Melted Metal

Examinations can determine the approximate temperature to which a metal was exposed, the nature of the heat source, and whether a metal was in an electrical short-circuit.

#### Cut or Severed Metal

Examinations can determine the method by which a metal was severed, such as sawing, shearing, milling, turning, or thermal cutting. The nature of the thermal source (e.g., burner bar or electric-arc welder) can sometimes be determined.

#### Metal Fragments

Examinations can determine how metal fragments were formed. If fragments were formed by impulsive (short duration, high-strain rate) loading, it can be determined whether an explosive was detonated and what the magnitude of the detonation velocity was. The nature of the object that was the source of the fragments can also often be determined.

#### Watches, Clocks, and Timers

The conditions causing a watch, clock, timer, or other mechanism to stop or malfunction can be determined, as can the on/off condition of appliance timers damaged by a fire or explosion.

#### Lamp Bulbs

Examinations can determine whether a lamp bulb was glowing when its glass envelope was broken or when it was subjected to an impact force, such as a vehicular collision.

#### Internal Components

X-ray radiography can nondestructively reveal the interior construction and the presence or absence of defects, cavities, or foreign materials. The positions of on/off switches and other mechanical components can also be determined.

### Paint

The layer structure of a questioned paint sample can be compared with known sources. The sequence, relative thickness, color, texture, number, and chemical composition of each of the layers can be compared. The color, manufacturer, model, and model year of an automobile can be determined from a paint chip (for factory-applied, original automotive paint). Paint on safes, vaults, window sills, and door frames can be transferred to and from tools. A comparison can be made between the paint from an object and the paint on a tool.

- Search the accident or incident scene to locate paint fragments. Note that paints can be transferred from one car to another, from car to object, or from object to car during an accident or incident.

- Collect control paint chips. Controls must be taken from an area close to, but not in, any damaged area. If no damage is obvious, controls should be taken from several areas of the substrate. Each layer can be a point of comparison. Controls must have all of the layers of paint to the substrate. This can be accomplished by cutting a paint sample from the surface with a clean, sharp instrument; lifting or prying any loosely attached chips; or dislodging the paint by gently hitting the opposite side of the painted surface.
- Package paint specimens in leakproof containers, such as vials or pillboxes. Do not stick paint particles on adhesive tape. Do not use plastic bags, cotton, or envelopes to package paint specimens.

### Pepper Spray or Foam

Oleoresin capsicum, a resin in various peppers, may be used in self-defense sprays or foams. Ultraviolet dye or tear gas may be also be in the sprays or foams. Items can be analyzed for the presence of oleoresin capsicum, dye, or tear gas.

- Submit entire items (e.g., clothing) when possible. Air-dry the evidence and package separately in paper bags.
- Moisten a clean cotton cloth or swab with isopropanol (rubbing alcohol) and wipe over the sprays or foams. Prepare a second, moistened cloth or swab as a control. Air-dry the cloths or swabs and pack separately in heat-sealed or resealable plastic bags.
- Submit spray canisters when possible.

### Pharmaceuticals

Pharmaceutical examinations can identify constituents, active ingredients, quantity, and weight.

- List the names of the pharmaceuticals and information on use.
- If possible, submit pharmaceuticals in original containers.

### Polymers

Polymer evidence typically consists of pieces of plastic or other manmade materials. The source, use, or manufacturer of polymer evidence usually cannot be identified by composition analysis.

Motor-vehicle trim can be compared with plastic remaining on property struck in hit-and-run cases. The manufacturer, make, model, and model year of a vehicle can be determined if a manufacturer's part number is on the trim.


Protection of Assets • Copyright © 2012 by ASIS International

Plastics in wire insulation and miscellaneous plastics such as buttons can be compared with known sources.

When a motor vehicle has been in an accident, fragments (e.g., of plastic lens covers) may be left at the scene. These pieces can be physically reconstructed with the remnants of the fixture left on the car if edges are intact.

- Search the incident scene and parties' personal effects to locate plastic fragments. Submit fragments in leakproof containers, such as film canisters or plastic pill bottles. Do not use cotton or paper containers.
- Remove damaged motor-vehicle parts and package separately in resealable plastic bags or boxes.
- If possible, submit entire items (e.g., clothing) with potential or smeared polymeric transfers. Package separately in paper bags. Pack to prevent stain removal by abrasive action during shipping. Pack in clean paper. Do not use plastic containers.

### Product Tampering

Product tampering occurs when a commercial product is intentionally distorted to harm someone or for extortion purposes. Examples include drug tampering in medical environments and food adulteration in supermarkets.

- Submit control samples of the unadulterated product.
- Package and ship samples separately to avoid contamination. Submit samples in leak-proof containers, such as film canisters or plastic pill bottles. Do not use paper or glass containers.
- Caution should be taken to avoid destroying latent prints.

### Ropes and Cords

- A piece of rope or cord can be compared with a questioned rope or cord. The composition, construction, color, and diameter can be determined. If a tracer is present, the manufacturer can be determined.
- Submit the entire rope or cord. If the rope or cord must be cut, specify which end was cut during evidence collection.
- Label the known and questioned samples.
- Handle the sections of rope or cord carefully to prevent contamination or the loss of trace material.
- Submit in heat-sealed or resealable plastic or paper bags.

### Safe Insulation

Safe insulation can be compared to a known source. Examinations of safe insulation can sometimes determine the manufacturer.

- Collect safe insulation samples from damaged areas.
- Safe insulation can adhere to people, clothing, tools, bags, and loot and can transfer to vehicles. If possible, submit the evidence to the selected laboratory for examiners to remove the debris. Package each item of evidence in separate paper bags. Do not process tools for latent prints.

### Saliva and Urine

- Absorb liquid saliva or urine onto a clean cotton cloth or swab. Leave a portion of the cloth unstained as a control. Air-dry the cloth or swab and pack in clean paper or an envelope with sealed corners.
- Submit small, dry saliva- or urine-stained objects to the laboratory. Pack to prevent stain removal by abrasive action during shipping. Pack in clean paper or an envelope with sealed corners.
- When possible, cut a large sample of saliva or urine stains from immovable objects with a clean, sharp instrument. Collect an unstained control sample. Pack to prevent stain removal by abrasive action during shipping. Pack in clean paper.
- Pick up cigarette butts with gloved hands or clean forceps. Do not submit ashes. Air-dry and place the cigarette butts from the same location (e.g., ashtray) in clean paper or an envelope with sealed corners. Do not submit the ashtray unless a latent print examination is requested. Package the ashtray separately.
- Pick up chewing gum with gloved hands or clean forceps. Air-dry and place in clean paper or an envelope with sealed corners.
- Pick up envelopes and stamps with gloved hands or clean forceps and place in a clean envelope.

These samples should not be packed in plastic containers.

### Semen and Semen Stains

- Absorb liquid semen onto a clean cotton cloth or swab. Leave a portion of the cloth or swab unstained as a control. Air-dry the cloth or swab and pack in clean paper or an envelope with sealed corners.
- Submit small, dry semen-stained objects to the selected laboratory. Pack to prevent stain removal by abrasive action during shipping. Pack in clean paper.

 **Protection of Assets** • Copyright © 2012 by ASIS International

- When possible, cut a large sample of semen stains from immovable objects with a clean, sharp instrument. Collect an unstained control sample. Pack to prevent stain removal by abrasive action during shipping. Pack in clean paper.
- Absorb dried semen stains on immovable objects onto a clean cotton cloth or swab moistened with distilled water. Leave a portion of the cloth or swab unstained as a control. Air-dry the swab or cloth and place in clean paper or an envelope with sealed corners.

These samples should not be packed in plastic containers.

### Serial Number

Obliterated serial or identification numbers on metal, wood, plastic, and fiberglass are often restorable.

- If possible, remove the material containing the serial number and note where it came from.
- Otherwise, make a cast to submit to the laboratory:
  - Call the laboratory regarding the appropriate cast kit.
  - Different formulas are used in different temperatures. If possible, move the evidence to a warm area.
  - Clean the serial number area, as casts duplicate foreign material in the stamped characters. Remove paint and dirt with a solvent, such as acetone, gasoline, or paint remover. Use naval jelly to remove rust. Use a soft brush, not a wire brush.
  - Build a dam around the stamped characters to retain the cast material while it hardens. The dam material must be soft and pliable (like modeling clay) to avoid having gaps in the dam.
  - Remove the cast when it is hard. If paint and rust are on the cast, make additional casts and submit the cleanest one to the laboratory.
  - Pack the cast to prevent breakage.

### Shoeprints and Tire Treads

Shoeprint or tire tread impressions are routinely left at incident scenes. These impressions are retained on surfaces in two- and three-dimensional forms. Almost all impressions, including partial impressions, have value for forensic comparisons.

## Photographing Shoeprint and Tire Tread Impressions

General incident scene photographs must be taken to relate the impressions to the incident scene. These photographs must include close-range and long-range photographs. If using a film (not digital) camera, use 400 ISO color film.

Examination-quality photographs must then be taken to obtain maximum detail for forensic examination. They must be taken directly over the impressions using a tripod and lighting. A scale must be in every photograph. The purpose of these photographs is to produce a detailed negative that can be enlarged to natural size. Examination-quality photographs must be taken as follows:

- Place a linear scale such as a ruler next to and on the same plane as the impression. Place a label in the picture to correlate the impression with incident scene notes and general photographs.
- Images should be taken using a 35mm or medium-format film camera. Low-cost digital cameras do not provide sufficient image detail for examination-quality photographs. Use a manual focus camera. If the shoeprint is made from a colored substance (e.g., blood), color film may be preferable to black-and-white. In most ambient light situations, use 100 ISO film. Use 200 or 400 ISO film if necessary.
- Place the camera on a tripod and position it directly over the impression. Adjust the height of the camera and if possible use a normal lens (50mm for a 35mm camera). Fill the frame with the impression and scale. Position the camera so the film plane is parallel to the impression.
- Set the aperture to f/16 or f/22 for a greater depth of field.
- Attach an electronic flash with a long extension cord to the camera.
- Block out bright ambient light with a sunscreen to maximize the light from the flash.
- Focus on the bottom of the impression, not on the scale.
- Position the flash at a very low angle (10-15 degrees) to the impression. This will enhance the detail of the impression. For consistent exposure, hold the flash at least five to seven feet from the impression. Shoot several exposures, bracketing toward overexposure to obtain maximum image detail.
- Take the exposures, move the light to another position, adjust the sunscreen, and take more photographs.

Impressions in snow are difficult to photograph because of lack of contrast. It is best to attempt to photograph the impressions as if in soil. To increase the contrast, snow impressions can be lightly sprayed with snow print wax, a material used for casting snow impressions, or with colored spray paint. The spray can must be held at least two to three feet from the impression so the force of the aerosol does not damage the impression. A light application of spray must be directed at an angle of about 30 to 45 degrees so the paint only strikes the high points of the impression. Highlighted impressions will absorb heat from the sun and must be shielded until photographed and cast to prevent melting.

### Casting Shoeprint and Tire Tread Impressions

If the evidence itself cannot be submitted to the laboratory, it can be cast with dental stone and the cast submitted to a laboratory. Dental stone is available through local dental supply houses. Colored dental stone is preferred.

- Store premeasured dental stone in resealable plastic bags.
- Add the appropriate amount of water to the bag and close the top. Mix the casting material by vigorously massaging it for three to five minutes through the bag. Ensure that the material in the corners of the bag is also mixed. After mixing, the material should have the consistency of pancake batter or heavy cream.
- If the impressions are numerous or large, it may be necessary to mix larger quantities of dental stone in a bucket or bowl. The dental stone should be slowly added to the water and continuously stirred for three to five minutes.
- Casting material has sufficient weight and volume to erode and destroy detail if it is poured directly on top of the impression. The casting material should be poured on the ground next to the impression, allowing it to flow into the impression. The impression should be filled with casting material until it has overflowed.
- If the mixture is too viscous to flow into the impression, vibrate a finger or a small stick on the surface to cause the dental stone to flow into the impression. Do not put the stick or finger more than 1/4 inch below the surface of the casting material because it can damage the impression.
- Before the cast completely hardens, write the date, collector's initials, and other identifying information on it. The cast should be left undisturbed for at least 20 to 30 minutes in warm weather (longer in cold weather). Casts have been destroyed or damaged when lifted too soon. If the cast is in sand or loose soil, it should lift easily. Casts in mud or clay may require careful treatment and excavation when being removed.
- Allow the cast to air-dry for at least 48 hours. Package the cast in paper, not plastic. A laboratory examiner must clean the cast.

### Lifting Two-Dimensional Impressions

Lifting an impression allows for the transfer of a two-dimensional residue or dust impression to a lifting film. It also allows the impression to be shipped to the laboratory for photography and examination.

**Electrostatic lifts.** An electrostatic lifting device lifts footwear impressions from porous and nonporous surfaces without damaging the impressions. This device works on dry dust or residue impressions on clean surfaces but will not work if the impressions were wet or become wet. Electrostatic lifting devices have instructions regarding use.

Lifted impressions are easily damaged if the film is not properly stored. The film has a residual charge that attracts dust and debris and causes the film to cling to another surface. To preserve and store the lifting film containing an impression, tape one edge of the film securely in a clean, smooth paper file folder or tape the edges securely in a shallow photographic paper box. Low-grade cardboard boxes such as pizza boxes must not be used because the residual charge on the film will pull dust from the boxes and contaminate the impression.

Items that contain a dry residue footwear impression must not be wrapped or stored in plastic because a partial transfer of the impression to the plastic will occur.

**Gelatin and adhesive lifts.** Gelatin lifters can be used to lift impressions from porous and nonporous surfaces. Black gelatin lifters work well for lifting light-colored dry or wet impressions. White gelatin lifters can be used to lift impressions developed with fingerprint powders or impressions dark enough to contrast with a white background.

Adhesive lifters can only be used to lift impressions from smooth, nonporous surfaces. White adhesive lifters can be used to lift impressions developed with fingerprint powders. Transparent adhesive lifters can be used to lift impressions developed with black or fluorescent powders. Transparent tapes such as two-inch fingerprint lifting tape can also be used to lift powdered impressions if they are transferred to a white card.

**Shoeprint and tire tread files.** A file of shoe manufacturers' designs and a file of tire treads and other reference material can be searched to determine brand names and manufacturers.

- For shoeprint and tire tread comparisons, submit original evidence whenever possible (shoes, tires, photographic negatives, casts, lifts).
- For shoeprint and tire tread file searches, submit quality photographs of the impressions. If photographs are not available, submit casts, lifts, or the original evidence. Detailed sketches or photocopies are acceptable. Images of impression evidence may be submitted electronically.
- Unobtrusively write the collector's initials, dates, and other relevant information on the evidence.
- Air-dry and package evidence separately in bubble wrap; clean, smooth paper or laminated folders; or paper bags.

 Protection of Assets • Copyright © 2012 by ASIS International

## Soil

Soil examinations can determine whether soils share a common origin by comparing color, texture, and composition.

- Collect soil samples as soon as possible. Soil at the incident scene can change dramatically.
- Collect soil samples from the immediate incident scene area and from the logical access or escape routes.
- Collect soil samples where there are noticeable changes in color, texture, and composition.
- Collect soil samples at a depth that is consistent with the depth from which the questioned soil may have originated.
- If possible, collect soil samples from alibi locations such as a yard or work area.
- Submit a map identifying soil sample locations.
- Do not remove soil adhering to shoes, clothing, and tools. Do not process tools for latent prints. Air-dry the soil and the clothing and package separately in paper bags.
- Carefully remove soil adhering to vehicles. Air-dry the soil and package separately in paper bags.
- Ship known and questioned debris separately to avoid contamination. Submit known and questioned soil in leakproof containers such as film canisters or plastic pill bottles. Do not use paper envelopes or glass containers. Pack to keep lumps intact.

## Tape

Tape composition, construction, and color can be compared with known sources. Comparisons can be made between a torn piece of tape and a roll of tape.

Laboratories examine duct, vinyl electrical, and packaging tapes but may not examine cellulose acetate tape (e.g., Scotch tape).

- Whenever possible, submit tape still adhered to the substrate. This minimizes the loss of trace evidence, latent fingerprints, or contact impressions. If it is not possible to submit the substrate, the tape may be manually removed and placed adhesive side down on a clean, colorless piece of plastic sheeting (e.g., transparency film or tubular rollstock), not on cardboard, paper, or vinyl document protectors. Do not distort or tear the tape during removal.
- If the tape is cut during removal, document and initial each cut. Use a method that produces a unique cutting pattern (e.g., pinking shears).

 Copyright © 2012 by ASIS International 

### Tissues, Bones, and Teeth

- Pick up tissues, bones, and teeth with gloved hands or clean forceps.
- Place tissue samples in a clean, airtight plastic container without formalin or formaldehyde. Place teeth and bone samples in clean paper or an envelope with sealed corners.
- Freeze the evidence, place in foam containers, and ship overnight on dry ice.

### Toolmarks

Tools can bear unique microscopic characteristics due to manufacturing processes and use. These characteristics can be transferred to surfaces that the tools contact. Evidence toolmarks can be compared to recovered tools. In the absence of a questioned tool, toolmark examinations can determine the type of tool that produced the toolmark and whether the toolmark is of value for comparison. Toolmark examinations also include lock and key examinations.

- If possible, submit the toolmarked evidence.
- If not, make a cast to submit to the selected laboratory.
  - — Call the laboratory regarding the appropriate cast kit.
  - — Different formulas are used in different temperatures. If possible, move the evidence to a warm area.
  - — Casts duplicate foreign material in the evidence. Clean the area before proceeding. Remove paint and dirt with a solvent such as acetone, gasoline, or paint remover. Use naval jelly to remove rust. Use a soft brush. Do not use a wire brush.
  - — Build a dam around the evidence to retain the liquid while it hardens. The dam material must be soft and pliable (like modeling clay). Ensure there are no gaps in the dam.
  - — Following the instructions in the kit, mix the liquid and powder for one minute and pour into the dam.
  - — Remove the cast when it is hard. If paint and rust are on the cast, make additional casts and submit the cleanest cast to the selected laboratory.
  - — Pack the cast to prevent breakage.
- Obtain samples of any material deposited on the tools. Submit samples in leakproof containers, such as film canisters or plastic pill bottles.
- To avoid contamination, do not place the tool against the toolmarked evidence.
- Submit the tool rather than making test cuts or impressions.
- Mark the ends of the evidence and specify which end was cut during evidence

 Protection of Assets • Copyright © 2012 by ASIS International

collection. Photographs are useful for locating toolmarks but are of no value for identification purposes.

### Toxicology

Toxicology examinations can disclose the presence of drugs and poisons in biological specimens and food products. The examinations can determine the circumstances surrounding drug- or poison-related incidents and accidents.

Because of the large number of potentially toxic substances, it may be necessary to screen for classes of poisons, such as volatile compounds (ethanol, methanol, isopropanol), heavy metals (arsenic), nonvolatile organic compounds (drugs of abuse, pharmaceuticals), and miscellaneous substances (strychnine, cyanide).

Biological evidence in drug-facilitated assaults must include a urine sample. The urine must be collected as soon as possible after the assault and not more than 96 hours after the alleged drugging.

The quantity of biological specimens submitted depends on whether the identity of a toxic substance is known, the route of administration, the time after exposure that biological specimens are collected, and whether the persons involved are living or dead. Call the laboratory before submitting the specimens to ensure that the correct quantity is submitted.

- Place each biological specimen in a separate, labeled, sealed glass tube, plastic cup, or heat-sealed or resealable plastic bag. Affix "BIOHAZARD" labels to the inside and outside containers. To avoid deterioration, biological specimens must be refrigerated or frozen during storage and shipping. Pack so that no breakage, leakage, or contamination occurs.
- Submit a copy of the incident report.
- Describe the symptoms of the person involved at the time of the incident
- List any known or questioned drugs consumed by or prescribed for the person.
- Describe any known or questioned environmental exposure to toxic substances by the person.

### Video

The following are key points regarding video evidence:

- Authenticity examinations are conducted to determine whether video recordings are original, continuous, unaltered, and consistent with the recording device used to make the recording.

- Enhancement examinations are conducted to maximize the clarity of the video signal through video processors and time-base correctors.
- Enhanced prints can be produced from images depicted on videotapes.
- Videotapes can be converted from one standard to another (e.g., PAL to NTSC or SECAM) and from one format to another (e.g., Beta to VHS).
- Audio and video signals can be combined to produce one composite recording.
- Special effects such as a mosaic can be added to video recordings to protect a person's identity.
- Video recordings can be repaired, restored, or retrieved for playback and examination, if damage is not too extensive.
- Investigators should write-protect the original recording and never use the pause operation when viewing original video recordings.
- When submitting original video recordings to a lab, investigators should identify the locations of the images on the video recordings and describe the images. They should label the outer container "FRAGILE, SENSITIVE ELECTRONIC EQUIPMENT" or "FRAGILE, SENSITIVE AUDIO/VIDEO MEDIA" and "KEEP AWAY FROM MAGNETS OR MAGNETIC FIELDS."

## Wood

Wood examinations can match sides, ends, and fractures; can determine wood species; and can compare wood particles found on clothing, vehicles, and other objects with wood from the incident scene.

- Submit wood in plastic or paper bags.


**Protection of Assets** • Copyright © 2012 by ASIS International

# 9.4 INCIDENT SCENE SAFETY

This section discusses the hazards, safety precautions, and personal protective equipment recommended for processing routine incident scenes. Security personnel should take care to consult applicable environmental and occupational health and safety laws as well as waste-disposal regulations.

## 9.4.1 ROUTES OF EXPOSURE

Personnel operating in or around contaminated environments must be aware of the various ways in which hazards may enter and harm the body.

### Inhalation

Inhalation is the introduction of a substance into the respiratory system. Airborne contaminants may be in the form of a dust, aerosol, smoke, vapor, gas, or fume. Materials may be in a solid or liquid form and still represent an inhalation hazard because they produce vapors, mists, and fumes.

Proper work practices and adequate ventilation can minimize the risk of airborne contaminant inhalation. When working in areas with airborne contaminants, respiratory protection must be worn. Only certified personnel are allowed to wear respiratory protection.

### Skin Contact

Contamination through the skin can result from direct contact or by absorption. The severity of the injury can depend on the concentration of the contaminant and the amount of exposure time. Systemic effects, such as dizziness, tremors, nausea, blurred vision, liver and kidney damage, shock, or collapse, can occur when the substances are absorbed through the skin and circulated throughout the body. Exposure can be prevented by using personal protective equipment (e.g., gloves, safety glasses, goggles, face shields, and protective clothing).

### Ingestion

Ingestion involves introducing substances into the body through the mouth. Ingestion can cause severe damage to the mouth, throat, and digestive tract. To prevent entry of contaminants into the mouth, safe work practices, such as washing hands before eating, smoking, or applying cosmetics, must always be used. Personnel should not bring food, drink, or cigarettes into areas where contamination can occur, regardless of personal protection that may be worn.

### Injection

The direct injection of contaminants into the body, either by needle sticks or mechanical injuries from contaminated glass, metal, or other sharp objects, can cause severe complications. Contaminants enter directly into the bloodstream and can spread rapidly. Extreme caution should be exercised when handling objects with sharp or jagged edges. Work gloves must be worn at all times.

## 9.4.2 SAFETY

The following sections discuss safety related to blood-borne pathogens, chemicals, light sources, confined spaces, and X-rays.

### Blood-borne Pathogen Safety

In the United States, regulations on blood-borne pathogen safety from the Occupational Safety and Health Administration can be found in Title 29, Section 1910.1030, of the Code of Federal Regulations.

Fundamental to the blood-borne pathogens standard is the concept of universal precautions. It requires personnel to treat all blood, body fluids, or other potentially infectious materials as if infected with blood-borne diseases, such as hepatitis B virus (HBV), hepatitis C virus (HCV), and human immunodeficiency virus (HIV). The following protective measures should be taken to avoid direct contact with potentially infectious materials:

- Use barrier protection, such as disposable gloves, coveralls, and shoe covers if contact with potentially infectious materials may occur. Change gloves when they are torn or punctured or when their ability to function as a barrier is compromised. Wear appropriate eye and face protection to protect against splashes, sprays, and spatters of potentially infectious materials.
- Wash hands after removing gloves or other personal protective equipment. Remove gloves and other personal protective equipment in a manner that will not result in contaminating unprotected skin or clothing.
- Do not eat, drink, smoke, or apply cosmetics where human blood, body fluids, or other potentially infectious materials are present, regardless of personal protection that may be worn.
- Place contaminated sharps in appropriate closable, leakproof, puncture-resistant containers when transported or discarded. Label the containers with a "BIOHAZARD" warning label.
- Do not bend, recap, remove, or otherwise handle contaminated needles or other sharps.


Protection of Assets • Copyright © 2012 by ASIS International

- Decontaminate equipment after use with a daily prepared solution of household bleach diluted 1:10 or 70 percent isopropyl alcohol or other appropriate disinfectant. Noncorrosive disinfectants are commercially available. It is important to allow sufficient contact time for complete disinfection.
- In addition to the preceding universal precautions, engineering controls and prudent work practices can reduce or eliminate exposure to potentially infectious materials. Some examples of engineering controls include puncture-resistant containers used for storage and disposal of sharps and paint stirrers and long-handled mirrors for use in locating and retrieving evidence in confined or hidden spaces.

### Chemical Safety

Depending on the type of material encountered, a variety of health and safety hazards can exist:

- Flammable or combustible materials, such as gasoline, acetone, and ether, ignite easily when exposed to air and an ignition source, such as a spark or flame.
- Over time, some explosive materials, such as nitroglycerine and nitroglycerine-based dynamite, deteriorate to become chemically unstable. In particular, ether will form peroxides around the mouth of the vessel in which it is stored. All explosive materials are sensitive to heat, shock, and friction.
- Pyrophoric materials, such as phosphorus, sodium, and barium, can be liquid or solid and can ignite in air temperatures less than 130 degrees Fahrenheit (54 degrees Celsius) without an external ignition source.
- Oxidizers, such as nitrates, hydrogen peroxide, and concentrated sulfuric acid, are a class of chemical compounds that readily yield oxygen to promote combustion. They should not be stored with flammable and combustible materials or substances that could rapidly accelerate their decomposition.
- Corrosive materials can cause destruction to living tissue or objects, such as wood and steel. The amount of damage depends on the concentration and duration of contact.

In the United States, Material Safety Data Sheets on various chemicals provide guidance on hazardous properties, disposal techniques, personal protection, packaging and shipping procedures, and emergency preparedness.

### Light-Source Safety

When using ultraviolet lights, lasers, and other light sources, the eyes must be protected from direct and indirect exposure. Not all laser beams are visible, and irreversible eye damage can result from exposure to direct or indirect light from reflected beams. Prolonged exposure to the skin should also be avoided.

Protective eyewear appropriate for the light source should be worn by all personnel in the vicinity. Goggles must have sufficient protective material and fit snugly to prevent light from entering at any angle. In the United States, the goggles must display the American National Standards Institute's mark denoting eye-protection compliance. Laser protective eyewear must be made of the appropriate optical density to protect against the maximum operating wavelength of the laser source.

### Confined-Space Safety

A confined space is an enclosed area that is large enough for personnel to enter and work but that has limited or restricted means for entry and exit. Confined spaces (e.g., sewers, open pits, tank cars, and vats) are not designed for continuous occupancy. Confined spaces can expose personnel to hazards including toxic gases, explosive or oxygen-deficient atmospheres, electrical dangers, or materials that can engulf personnel entering the space.

Conditions in a confined space must be considered dangerous. Such spaces should not be entered until a confined-space permit has been issued. The atmosphere must be continuously monitored with a calibrated, direct-reading instrument for oxygen, carbon monoxide, flammable gases and vapors, and toxic air contaminants. Periodic readings from the monitor should be documented. Only certified confined-space personnel may operate in confined spaces. Rescue services must be immediately available.

The following practices must be followed when working in a confined space:

- Never enter before all atmospheric, engulfment, mechanical, and electrical hazards have been identified and documented. Relevant regulations from the U.S. Occupational Safety and Health Administration can be found in 29 C.F.R. 1910.147, Control of Hazardous Energy (Lockout/Tagout).
- Provide ventilation. Ensure that ventilation equipment does not interfere with entry, exit, or rescue procedures.
- Provide barriers to warn unauthorized personnel and to keep entrants safe from external hazards.
- Provide constant communication between personnel entering the confined space and attendants.
- Put backup communication in place before entry.
- Wear appropriate personal protective equipment, such as self-contained breathing apparatus (SCBA), a full-body harness, and head protection.

 Protection of Assets • Copyright © 2012 by ASIS International

- Never attempt a rescue unless part of a designated rescue team.
- Personnel certified in first aid and cardiopulmonary resuscitation (CPR) must be on-site.

For additional information, refer to the Occupational Safety and Health Administration standard for Permit-Required Confined Spaces, 29 C.F.R. 1910.146.

### X-Ray Safety

Portable, handheld X-ray machines, often used to identify the contents of unknown packages, pose a risk for exposure to X-ray radiation at incident scenes.

- Shield the X-ray device, the questionable object, and the operator.
- Remove all nonessential personnel from the X-ray field.
- Limit the time that personnel are in the area of operation.
- Always wear assigned monitoring devices appropriate for X-ray radiation.
- Ensure that standard X-ray operating procedures are in place and followed and that adequate training has been provided in accordance with federal and state regulations.

## 9.4.3 PERSONAL PROTECTIVE EQUIPMENT

In all incident scenes, the selection of personal protective equipment must be done in coordination with a hazard-risk assessment completed by trained and qualified personnel. The hazard-risk assessment should identify the possible contaminants as well as the hazards associated with each product.

### Hand Protection

Hand protection should be selected on the basis of the type of material being handled and the hazards associated with the material. Detailed information can be obtained from the manufacturer. The following list provides information about glove material types and functions:

- Nitrile provides protection from acids, alkaline solutions, hydraulic fluid, photographic solutions, fuels, lubricants, aromatics, petroleum, and chlorinated solvents. It also offers some resistance to cuts and snags.
- Neoprene offers resistance to oil, grease, acids, solvents, alkalies, bases, and most refrigerants.
- Polyvinyl chloride (PVC) is resistant to alkalies, oils, and limited concentrations of nitric and chromic acids.

- Latex (natural rubber) resists mild acids, caustics, detergents, germicides, and ketonic solutions. Latex will swell and degrade if exposed to gasoline or kerosene. When exposed to prolonged, excessive heat or direct sunlight, latex gloves can degrade.
- Powder-free gloves with reduced protein content will lower the risk of developing latex allergies. Personnel allergic to latex can usually wear nitrile or neoprene.

Guidelines for glove use include the following:

- Prior to donning, inspect the gloves for holes, punctures, and tears. Remove rings or other sharp objects that can cause punctures.
- When working with heavily contaminated materials, wear a double layer of gloves.
- Change gloves when they are torn or punctured or when their ability to function as a barrier is compromised.
- To avoid contaminating unprotected skin or clothing, remove disposable gloves by grasping the cuffs and pulling them off inside out. Discard disposable gloves in designated containers. Do not reuse.

### Eye Protection

Appropriate eye protection, such as safety glasses and goggles, should be worn when handling biological, chemical, and radioactive materials. Face shields offer better protection when there is a potential for splashing or flying debris. Face shields must be worn in combination with safety glasses or goggles.

Contact lens users must wear safety glasses or goggles to protect their eyes. In the event of a chemical splash into the eye, it can be difficult to remove the contact lens to irrigate the eye, and contaminants can be trapped behind the contact lens.

Protective eyewear should be worn over prescription glasses. Safety glasses may be made to the wearer's eyeglass prescription.

### Foot Protection

Shoes that completely cover and protect the foot are essential. Protective footwear should be used at incident scenes when there is a danger of foot injuries from falling or rolling objects, from objects piercing the sole, and from exposure to electrical hazards. The standard recognized by the Occupational Safety and Health Administration for protective footwear is the American National Standard titled *Personal Protection—Protective Footwear*, ANSI Z41-1991. In some situations, nonpermeable shoe covers can provide barrier protection to shoes and prevent the transfer of contaminants outside the incident scene.

 **Protection of Assets** • Copyright © 2012 by ASIS International

### Respiratory Protection

Certain incident scenes, such as bombings and clandestine laboratories, can produce noxious fumes and other airborne contaminants for which responders must use respiratory protection. In the United States, compliance with 29 C.F.R. 1910. 134, Respiratory Protection, is mandatory whenever respirators are used. Critical elements for the safe use of respirators include a written program, training, medical evaluation, fit testing, and a respirator-maintenance program.

### Head Protection

In incident scenes where structural damage has occurred or may occur, protective helmets should be worn. The standard recognized by the Occupational Safety and Health Administration for protective helmets is ANSI/ISEA Z89.1-2009, *American National Standard for Industrial Head Protection* (2009).

# APPENDIX A

## CRIME LAB ORGANIZATIONS

Security staff should consider the veracity and reliability of the labs and testing personnel or companies used to process and examine evidence. One way to find a professional laboratory is through an accrediting or other professional organization, such as the following:

**American Academy of Forensic Sciences**
Dedicated to the application of science to the law.
http://www.aafs.org

**American Board of Forensic Entomology**
Promotes the science of using insect evidence to uncover circumstances of interest to the law, often related to a crime.
http://www.forensicentomology.com

**American Society of Crime Laboratory Directors**
Dedicated to providing excellence in forensic science through leadership and innovation.
http://www.ascld.org

**Association for Crime Scene Reconstruction**
Encourages the exchange of information and procedures useful in the reconstruction of crime scenes.
http://www.acsr.org

**Canadian Society of Forensic Science**
Maintains professional standards and promotes the study of forensic science.
http://www.csfs.ca

**Forensic Science Society UK**
Dedicated to the application of science to the cause of justice.
http://www.forensic-science-society.org.uk/home

**International Association for Identification**
Supports those engaged in forensic identification, investigation, and scientific examination of physical evidence.
http://www.theiai.org

**International Association of Arson Investigators**
Promotes fire investigation standards.
http://firearson.com/home

**International Crime Scene Investigators Association**
Helps law enforcement personnel involved in the processing of crime scenes.
http://www.icsia.org

 Protection of Assets • Copyright © 2012 by ASIS International

# APPENDIX B

## SAMPLE POLICY ON COMPUTER EVIDENCE

### SEIZURE AND DISCONNECTION OF COMPUTER EQUIPMENT

1. Isolate, photograph, and document the computer system, phone, network, and power connections as found. Confirm that the computer is not erasing data and check for physical traps.
2. Wear latex gloves at all times when handling computer and computer-related equipment in relationship to a criminal investigation.
3. Do not use fingerprint powder on the equipment.
4. Leave the computer off if it is found off.
5. If the computer is on, do not touch (or allow anyone to touch) the keyboard. Make a note of applications running on the screen. If necessary, you may move the mouse to activate the screen but DO NOT open any files or applications.
6. For stand-alone systems, do not shut the system down in a normal way. Unplug from the back of the machine, then from the power source.
   a. If the computer is a laptop and it is on, pull the battery first and then disconnect from the power source.
   b. For networked systems, get assistance from a computer crime investigator.
7. Photograph the back of the computer to record the cable connections.
8. Label all cables, indicating which cable is connected to which port on each device.
9. Photograph and document all attached devices (such as printers).
10. Make a note of anything unusual about the computer or related items in the vicinity (such as loose screws).
11. Disconnect all cables and attached devices.
12. Take out any removable writeable media and process as evidence.
13. Place evidence tape over the entrance to the disk drives and on the computer case in such a way that if someone were to use a drive or open the case, the tape would show tampering. Initial and date the edge of the tape.

 Copyright © 2012 by ASIS International 

## SEIZURE, PACKAGING, AND TRANSPORT OF COMPUTER ITEMS OR DEVICES

1. Seize other items that can store information, such as DVDs, CDs, flash memory (drives or cards), floppy disks, tapes, or cartridges.

2. Consider mobile phones, data bank watches, personal digital assistants, pagers, and caller ID devices.

3. Check the area for notation of passwords.

4. Seize other devices attached to the computer, such as monitors, keyboards, mice, printers, external drives, cameras, modems, dongles, and power cords.

5. Seize any software and related manuals.

6. Package computers in original boxes and foam inserts, if available. If not, use other suitable boxes and bubble wrap or solid foam packing, not packing peanuts or shredded paper, which generate static electricity and dust.

7. Place separate storage media in boxes or paper bags. Do not use plastic bags, as they may generate static electricity.

8. Mark each item on the item itself for identification.

9. Seal, initial, and date each package.

10. Transport the evidence carefully, following these precautions:
    a. Transport the evidence inside the passenger area of the vehicle. Do not place it in the trunk next to a radio transmitter. Transmitters emit radio frequency energy, which can damage storage media.
    b. Consider turning off the vehicle radio during transport.
    c. Avoid exposing the evidence to extreme heat and cold.
    d. Photograph the scene after evidence has been removed.

11. Note any equipment that was not seized.


**Protection of Assets** • Copyright © 2012 by ASIS International

# REFERENCES

American National Standards Institute. (2009). *American National Standard for industrial head protection.* ANSI/ISEA Z89.1-2009. New York, NY: American National Standards Institute.

American National Standards Institute. (1991). *Personal protection—Protective footwear.* ANSI Z41-1991. New York, NY: American National Standards Institute.

Code of Federal Regulations. (2007). Blood-borne pathogens. 29 C.F.R. 1910.1030.

Code of Federal Regulations. (2007). Control of hazardous energy (lockout/tagout). 29 C.F.R. 1910.147.

Code of Federal Regulations. (2007). Hazardous materials table. 49 C.F.R. 172.101.

Code of Federal Regulations. (2007). Permit-required confined spaces. 29 C.F.R. 1910.146.

Code of Federal Regulations. (2007). Respiratory protection. 29 C.F.R. 1910.134.

Federal Bureau of Investigation. (2000). *Processing guide for developing latent prints.* Washington, DC: Federal Bureau of Investigation. Available: http://www.fbi.gov/about-us/lab/forensic-science-communications/fsc/jan2001/lpu.pdf [2012, May 23].

National Institute of Justice. (2003). *Eyewitness evidence: Trainer's manual for law enforcement.* Washington, DC: National Institute of Justice. Available: www.ncjrs.gov/nij/eyewitness/188678.pdf [2007, July 1].

# CHAPTER 10
## TESTIMONY

Testimonial evidence generally represents 80 percent of the evidence presented in court. Because of the incidents they encounter in their work, security employees are often called to give testimony. They may testify in formal or informal regulatory hearings; they may be interviewed by government authorities, give formal depositions, or appear before grand juries; or they may give testimony in civil or criminal courts at any level.

Security employees called to testify are usually paired with legal counsel, but during testimony counsel may be unable to assist or intercede. Moreover, testifying in a courtroom can be intimidating. Therefore, security employees should learn the rules and processes related to giving testimony.

Laws and rules regarding testimony vary from country to country (and even within countries), so it is impractical to address every variation in the legal treatment of testimony. For purposes of illustration, this document follows two U.S. codes: the Federal Code of Civil Procedures and the Federal Code of Criminal Procedures.

Security employees' testimony must always be truthful and at the same time follow court guidelines and counsel's strategy. A person who gives testimony—a witness—is usually either a fact witness or an opinion witness. (Security employees could be either.) Fact witness testimony is typically restricted to matters that the witness actually saw, heard, smelled, touched, or tasted. Hearsay—relating what some other person may have said—may or may not be admissible. (A typical hearsay exception regards reporting a person's "dying declaration," such as a crime victim's last words identifying the perpetrator.) To be accepted as an opinion witness, also known as an expert witness or forensic witness, one must demonstrate training, education, and experience in a specific subject. Such a witness may provide an opinion on the matter at hand, based on analysis of the evidence according to accepted scientific standards and scholarly research methods.

## 10.1 THE JOURNEY

Security employees can look on testimony as the end of a process that began with an earlier event. At any time after that event, from immediately to years later, they may be required to testify, even if they have left the job. From the first day on the job, they should realize that their observations, reports, or findings, coupled with their demeanor and their ability to articulate events, may be the key to the verdict.

### 10.1.1 PROCEDURE

Every security incident should be treated as if it could result in a courtroom appearance. This approach requires adherence to established procedures or at least consistent personal procedures. Security employees should mark evidence with their initials, the date, and a tracking or report number, in the same location whenever possible. If procedures are not followed, security employees should know why and be prepared to explain. Variations from procedure may occur due to weather, a situation's urgency, the type of evidence to be marked, and so on. Witnesses should be familiar with any evidence they claim to have marked. They should examine the evidence before taking the stand because its appearance may have changed and it may appear in a different order than expected.

### 10.1.2 REPORT

Security employees should provide all relevant reports and notes to counsel. It is also appropriate to educate counsel about the expected testimony. Witnesses should know their facts but not script their testimony.

### 10.1.3 TESTIMONY PREPARATION

Preparation begins long before thoughts of litigation. It starts with the accurate and timely capture of facts and impressions of the incident in a report or notes. Such documentation is much more credible than mental recollection, which is diminished and altered by time and events. Shortly before testimony, preparation may consist of a site visit and a review of notes, reports, photos, and diagrams. As part of the preparation, the prosecuting attorney will conduct a thorough review of the case with the security representative to determine the strong and weak points of the case. The testimonial evidence the security professional will be presenting in court is call "parol" or "spoken word," and the attorney will want to make sure it supports the case.

It is also normal to have a pretrial meeting in which opposing litigants exchange information that each side believes is necessary to its position. They will request a *duces tecum* (produce all tangible evidence) from each other. They also may wish to interview or interrogate certain witnesses, the complainant, and offender. They may also take formal, sworn depositions that are admissible in court.

## 10.2 COURTROOM PARTICIPANTS

### 10.2.1 JUDGES

Judges are public officials authorized to decide questions of law brought before a court and are the ultimate authority in regulating the litigation before them. In all trials, they are responsible for requiring adherence to procedural rules. In bench trials (those without a jury), judges also decide the outcome (guilt or innocence, fault or no fault).

### 10.2.2 JURORS

Juries consist of jurors, selected citizens required to render a decision based on the facts presented to them. Jurors are not professional arbiters of fact. Typically their names are drawn from the voter rolls in a jurisdiction. Once sworn in. the jury candidates are put through a legal process known as *voir dire,* in which where the attorneys, judge, or both ask questions to determine the candidates' suitability to be on the jury for the trial in question. Once the final jury members are selected, they receive instructions from the judge, including directions on evidence (such as relevancy, materiality, and competency); give varying weight to different evidence; and then render a verdict within the boundaries of the applicable standard of proof.

Though charged with rendering a verdict based on fact, jurors, like most people, are influenced by their personality, culture, and life experience. For instance, in criminal cases, numerous studies have found black jurors less likely than white jurors to convict, especially when the defendant is black (Abshire & Bornstein, 2002). This cross-race effect may make it especially important for security witnesses to build a rapport with the jurors and show themselves as knowledgeable.

Witnesses may be able to communicate better with juries by using an interview technique called neuro-linguistic programming. People experience life through their senses (neurological); communicate primarily through spoken language (linguistic); and organize information and actions through a self-ordered mechanism called a program (programming). Through casual glances, witnesses can often detect how jurors view them and their answers. If witnesses detect a negative response, they can alter their delivery to improve communication. It may be that their body language signals laziness, lack of professionalism, or coldness, or perhaps the testimony is too wordy or filled with jargon.

### 10.2.3 COUNSEL

Counsel, attorneys, lawyers—these are advocates hired to represent their client to the best of their ability within the rules of procedure and bounds of integrity. It may be in their best interest to make witnesses look foolish or unprofessional, either in depositions (taking of sworn testimony before the trial) or in the courtroom. Counsel may also point out inconsistencies between testimony given before trial and testimony given at trial.

### 10.2.4 WITNESSES

Security employees called to testify may serve as either fact witnesses or opinion/expert/forensic witnesses, and their testimony may be sought either to support or to contradict other evidence. Suggestions on their attire, demeanor, and preparation are given below.

## 10.3 TESTIFYING

Security employees who will give testimony can take several steps to improve their effectiveness as witnesses. They should educate themselves about the following matters.

### 10.3.1 PRE-TESTIMONY REVIEW

Before testifying, in any venue, security employees should review their notes and discuss their testimony with counsel. Attorneys have differing thoughts on strategies, presentation of witnesses, the form of the answer, and what should be said in direct examination or left unanswered until cross-examination (examination by opposing counsel). Typically, a security employee is just one part of the attorney's strategy. In some cases, the attorney may want the security employee to provide short answers, without superlatives, in response to questions. In other cases, the attorney may favor effusive, dramatically descriptive responses, but in all cases, answer only the questioned that is asked.

Proper pre-testimony review examines the following:

- notes and reports on the incident
- evidence that is available, accessible, and retrievable
- documentary evidence from any subsequent actions or hearings

 Protection of Assets • Copyright © 2012 by ASIS International

If physical evidence will be used in court, the security employee should physically examine it during the pre-trial conference. That is the only way to ensure the evidence exists in its entirety as noted in descriptive documents and evidence tags. The security employee should also be prepared to testify on the gathering of the evidence and the chain of custody.

## 10.3.2 INCIDENT SITE AND COURTROOM

The security witness should visit the incident site—ideally, in conditions similar to those prevailing when the incident occurred (time of day, time of year, lighting, weather, etc.). Doing so can clarify elements of the report, put them in the proper perspective, and greatly enhance recollections of the incident.

It is also useful for a witness to visit a courtroom before giving testimony, especially if the upcoming appearance is the witness's first ever or first in that country. Observing the testimony of others, approaches of the different attorneys, actions of the judge, and conduct of the jurors will go far in removing the mystique surrounding trials.

## 10.3.3 PUBLIC PLACE DISCUSSIONS

Witnesses should avoid discussing cases in public places and with persons other than their side's attorney. When witnesses reveal their opinions in front of other witnesses, they raise the risk of impeachment problems (possibly due to a misinterpretation of their words) and may prematurely reveal their testimony to the opposition.

## 10.3.4 DEMEANOR AND ATTIRE

No matter what role they may play, witnesses should avoid being stiff, argumentative, arrogant, evasive, and uncaring, nor should they should not take questions personally. They should strive to be personable, charming, professional, polite, earnest, and knowledgeable. Security personnel who are testifying must also emphasize self-confidence.

Moreover, to be effective witnesses, security employees should dress appropriately for the jury and jurisdiction. A uniform may or may not appeal to the jury; a business suit may communicate arrogance. Whatever the style of dress, it should be neat, clean, respectable, and devoid of flashiness. Extravagant jewelry and numerous or exotic piercings may be off-putting.

## 10.3.5 QUESTIONING AND RESPONSE TECHNIQUES

Knowing what to expect of the opposition can help the security employee testify more effectively. During testimony, opposing counsel may well lay traps for witnesses. Security employees giving testimony should be aware of the following (McElheny, 2006):

- Counsel might try to gauge the witness's ability to withstand serious cross-examination. The witness should be prepared to testify and should keep in mind that he or she probably knows more than the attorney does about security response and reporting procedures.
- An attorney might summarize a witness's answer in the attorney's words. If that happens, the witness should not offer merely a yes answer. He or she can say, for example, that the attorney's summary is accurate only in the broadest terms and does not accurately capture what the witness said. The attorney's choice of words in the summary may change the witness's meaning.
- Counsel might violate rules of evidence and seek hearsay, conversation information, rumors, and opinions.
- The attorney might ask for a witness's notes. Witnesses often want to take notes or files to the stand, especially in complex cases. Before testifying, a witness should ask counsel whether to use notes and what to do if opposing counsel asks for them. If notes will be used, opposing counsel may have a right to receive a copy of them in advance. Any notes taken to the witness stand should be carefully organized. If opposing counsel takes the notes for a moment, the witness should not continue the testimony until the notes are returned. If opposing counsel shuffled them, the witness may politely ask the judge for time to put them back in order.
- The attorney might ask trick questions. For instance, in a case alleging inadequate security, opposing counsel might ask, "When you were working alone on the night of this incident, what is the first thing you did when Mary flagged you down on the employee parking lot to report she had been assaulted?" Perhaps the incident happened during the day, or several officers were on duty, or the witness proactively intervened instead of being flagged down. If the witness only replies, "I checked to see if she was injured and then called for an ambulance," the witness has allowed opposing counsel to make misstatements without clarification or objection. The misstatements may influence the jury.

A witness who does not understand a question should ask the attorney to speak up or clarify it. If the witness still does not understand the question clearly, the witness may state that he or she is confused; may ask whether he or she can give a qualified (limited and explained) answer; or may simply state that he or she cannot answer with a yes or no. Certainly the witness should refrain from answering the question that the witness merely thinks the

 Protection of Assets • Copyright © 2012 by ASIS International

attorney is asking. The attorneys and the judge may make comments, but the witness should do as the judge directs.

Witnesses should never guess on the witness stand. If they do not know or cannot recall the answer, they should say so or ask if they can refer to their notes. However, continually saying "I can't recall" may damage their credibility. If the answers being solicited are not things the witness should know, the attorney for the witness's side will typically raise objections. Witnesses should not nod their heads in agreement or shake their heads in disagreement until opposing counsel has asked a question in its entirety.

Security employees who will give testimony should stay abreast of developments in the security field. They would appear uninformed, unprofessional, and unconvincing if opposing counsel raised a common and relevant security practice that they did not know about.

When answering questions, witnesses should speak clearly and give positive, direct, and definitive answers whenever possible. They may take their time in answering but should not obviously delay or deny the obvious. If they have to use technical terms that may be unfamiliar to the jury, they should immediately restate or explain them in ordinary language.

It may be undesirable for witnesses to make eye contact with the jury. Jurors might prefer that witnesses direct their answers to the attorney asking the questions so that jurors can evaluate the responses in a detached manner. A witness should ask his or her side's attorney, in advance, what to do if opposing counsel tells the witness to direct an answer to the jury or move closer to the jury box.

Regarding other body language and answering strategy issues, witnesses should do the following:

- Look comfortable but do not slouch, rest head on hand, chew gum, play with earrings or mustache, or move around in the chair.
- Ask for a restroom break or drink of water if needed.
- Speak authoritatively but not arrogantly.
- Answer questions directly but volunteer nothing.
- Be aware of time and distance distortions, as few people estimate accurately.
- Admit to meeting with counsel.
- Admit discussing the case with others (if true), if the discussions are not privileged,
- Keep an even temper even if opposing counsel appears to lose his or her temper.

- Stick to an answer even if opposing counsel repeats the question numerous times with increasing incredulity.
- Make opposing counsel ask simple questions, not multiple questions within a question.

### 10.3.6 INCONSISTENCIES

Lawyers are trained to look for inconsistencies in testimony and exploit them to their advantage. The following are types of inconsistencies that could lead a jury to believe a witness is dishonest:

- inconsistencies in the witness's own statement
- inconsistencies between the witness's different statements
- inconsistencies between the witness's statement and what others said
- inconsistencies between the witness's statement and other evidence

## 10.4 EXPERT WITNESSES

Unlike a fact witness, an expert witness is allowed to provide his or her opinion about what caused or could have prevented an incident. Acceptance as an expert witness typically requires such measures as experience, education, teaching, research, and publication of articles in the field. The legal requirements for expert witnesses are found in these three U.S. Supreme Court cases:

- *Daubert v. Merrell Dow Pharmaceuticals, Inc.* (1993) requires judges to determine whether expert scientific testimony is based on sound science before allowing it into evidence.
- *General Electric Co. v. Joiner* (1997) found that trial judges can specify the kind of scientific testimony that juries can hear.
- *Kumho Tire v. Carmichael Co.* (1999) expanded the scope of *Daubert,* requiring that any expert, scientific or otherwise, be scrutinized before testifying.

Whereas fact witnesses are typically requested or compelled to appear, expert witnesses are hired to provide their opinion. The jurist controlling the case decides whether a person recommended and retained by counsel qualifies as an expert—that is, a person with

 Protection of Assets • Copyright © 2012 by ASIS International

knowledge not typically possessed by the layman or someone outside a defined field. In some jurisdictions, the judge appoints experts as additional resources for the judge and jury. However, in most jurisdictions, each side may retain its own experts. For example, in a lawsuit alleging inadequate security and an injury resulting from a violent act, experts might be retained to provide opinions (based on review of the facts of the case and analysis of relevant data) as to the who, what, when, where, how, and possibly why of the case. Other experts might be retained to testify on pure security issues, such as policies and procedures, personnel, technology, hardware, and design, as well as the relation of those issues to the incident. Still other experts might testify on criminological issues.

In sum, security employees can view testimony as a journey that begins with an incident; depends on procedures and reports; features judges, juries, counsel, and witnesses; requires pre-testimony review; and ends with testimony given with full knowledge of the techniques of testifying and the traps of opposing counsel.

## REFERENCES

Abshire, J., & Bornstein, B. (2000). Juror sensitivity to the cross-race effect. *Law and Human Behavior*, 27(5), 471.

Daubert v. Merrell Dow Pharmaceuticals, 509 U.S. 579 (1993).

General Electric Co. v. Joiner, 522 U.S. 136 (1997).

Kumho Tire Co., Ltd. v. Carmichael, 526 US 137 (1999).

McElhaney, J. W. (2006, September). Deposition traps. *ABA Journal*, 92 (20).



**Protection of Assets** • Copyright © 2012 by ASIS International

# PART III

# CANADA

# CHAPTER 11
# CANADIAN CHARTER OF RIGHTS AND FREEDOMS

## 11.1 THE DEVELOPMENT OF THE CHARTER

The rights of Canadians were initially protected by the common law developed in the United Kingdom. The common law was brought to Canada with its settlement, and it included a series of governing principles that were established to define the law, establish offences, and protect the rights of citizens. These principles were not written down in statute but were passed on through the decisions of judges in case law. Many of these principles related to people's relationships with each other—for example, the duty not to cause harm to others through negligence or a deliberate act. Many of these principles also related to the duties of government in dealing with citizens. Some of the more commonly known principles were the following:

| | |
|---|---|
| **A Man's Home Is His Castle** | The right of agents of the government to search a residence is restricted. |
| **The Burden of Proof Is on the Prosecution** | The burden of proof lies on him who asserts the fact (the prosecutor), not on him who denies it (the defendant). |
| **The Right Against Self-Incrimination** | The accused has the right to refuse to testify at his or her trial and the right not to give a statement to the police. |
| **The Judges' Rules** | Police must follow certain procedures in the interview of an accused in order to allow a confession to be admissible in court. |

The Canadian Criminal Code and the Canada Evidence Act captured many of these principles by statute over the years. For example, the Criminal Code established rules of search and seizure (R.S., c. C-34, s. 487), and the Evidence Act codified the rule against self-incrimination (R.S., c. E-10, s. 4).

In 1960 the federal government passed the Canadian Bill of Rights, which stated that it was enacted to

> [affirm] also that men and institutions remain free only when freedom is founded upon respect for moral and spiritual values and the rule of law;
>
> And ... enshrin[e] these principles and the human rights and fundamental freedoms derived from them, in a Bill of Rights which shall reflect the respect of Parliament for its constitutional authority and which shall ensure the protection of these rights and freedoms in Canada.

Although the Bill of Rights enshrined the duty to protect the rights of the individual, it had no consequence for a breach and was simply a statement of belief.

Finally in 1982 the federal government passed the Constitution Act, including the Canadian Charter of Rights and Freedoms. The Charter set out 34 sections that stipulated individual rights and freedoms that, with a few exceptions, cannot be violated by the government (usually the police and the courts). The Charter is the supreme law of Canada because it was passed as part of the Constitution and therefore overrides other laws. For the first time in Canada, the rights of the individual and the duties of the government were defined by statute.

## 11.1.1 THE BALANCE BETWEEN TRUTH AND FAIRNESS

The protection of citizens' rights in the application of the criminal justice system has always been a balance between truth and fairness. Although society strives to protect the rights of the individual, the police and security have the right to arrest under certain circumstances even before an accused has been convicted of an offence. The "golden thread" of the criminal justice system holds that an accused is innocent until proven guilty, yet the law allows police and security to infringe on the individual's normal rights by taking away his or her freedom (*Woolmington v. Director of Public Prosecutions*, 1935). The balance has always been an assessment of how far the police or security may go in the arrest or interview of a suspect before evidence will not be admissible in court. Although the pendulum tends to swing back and forth, generally the U.S. system has leaned toward fairness while the Canadian system has leaned toward truth.

When security staff receive a confession from an accused, the courts are more concerned as to whether the confession is the truth (and therefore admissible) rather than whether the accused was treated fairly. An example of the fondness for the truth is a pre-Charter case

 Protection of Assets • Copyright © 2012 by ASIS International

from the Supreme Court of Canada. In *R. v. Wray* (1970) the Ontario Provincial Police arrested a suspect in an investigation of a murder of a service station attendant. After lengthy and intense questioning by the police, the accused confessed and led them to the location where the murder weapon had been discarded. Because of the length of the interrogation, the trial judge disallowed the confession and also ruled that none of the evidence obtained after the confession, including the murder weapon, would be admitted. The Ontario Court of Appeal upheld the decision of the trial judge because the admission of the murder weapon would "calculate to bring the administration of justice into disrepute." When the Crown appealed to the Supreme Court of Canada, the earlier decisions were overturned and a new trial was ordered. Mr. Justice Martland of the Supreme Court stated, "The allowance of admissible evidence relevant to the issue before the court and the subsequent probative value may operate unfortunately for the accused, but not unfairly."

When Parliament passed the Canadian Charter of Rights and Freedoms, the issue of tainted evidence was addressed. Section 24 provided as follows:

> (1) Anyone whose rights or freedoms, as guaranteed by this Charter, have been infringed or denied may apply to a court of competent jurisdiction to obtain such remedy as the court considers appropriate and just in the circumstances.
>
> (2) Where, in proceedings under subsection (1), a court concludes that evidence was obtained in a manner that infringed or denied any rights or freedoms guaranteed by this Charter, the evidence shall be excluded if it is established that, having regard to all the circumstances, the admission of it in the proceedings would bring the administration of justice into disrepute.

The courts were suddenly vested with the power to exclude evidence that was "fruit of the poisoned tree." Judges in Canada quickly established, however, that if there were any change at all, it would not be significant. In a fairly early decision by the Ontario Court of Appeal (*R. v. Altseimer*, 1982), Mr. Justice Zuber stated the following:

> In view of the number of cases in Ontario trial courts in which the Charter provisions are being argued and especially in view of some of the bizarre and colorful arguments being advanced, it may be appropriate to observe that the Charter does not intend a transformation of our legal system or the paralysis of law enforcement. Extravagant interpretation can only trivialize and diminish respect for the Charter, which is a part of the supreme law of this country.

The Charter has served to validate rights in Canada as they were formulated by the common law. The Supreme Court has indicated that its interpretation of the Charter will remain firmly on the truth side of the equation.

Note that the Charter does not provide for fines, sentences, or other forms of penalty. The only sanction that results from a breach of the Charter is that evidence may be excluded from admission in court if its introduction brings the administration of justice into disrepute. If a store security officer arrests a shoplifter, seizes the stolen goods, and takes a confession from the accused but uses excessive force in the arrest and does not read the accused his Charter rights before taking the statement, the security officer cannot be fined or otherwise sentenced under the Charter for breaching the accused's rights (although the officer may be sued or charged criminally if he or she has committed an offence). However, the evidence of the seized stolen property and the confession may not be admitted into court as evidence.

*R. v. Wong* (1991) is a good example of the court's interpretation of Section 24 of the Charter. In that case, the police installed a surreptitious video camera in a hotel room to gather evidence of a floating craps game. The accused was convicted on the basis of the evidence gathered on the video. In an appeal to the Supreme Court of Canada, the court held that the Charter rights of the accused had been breached because the police should have obtained a court authorization to install the surreptitious camera. However, since the police had never been directed in the past to obtain an authorization, the court held that the evidence obtained would not be excluded and the conviction would remain against the accused because the administration of justice had not been held in disrepute. The police installed the camera in good faith and had no intention of breaching the Charter. The Charter breach stemmed from an entirely reasonable misunderstanding of the law by the police officers, who had sought legal advice about the steps that could be taken to obtain evidence they could not otherwise obtain. A U.S. jurist stated the issue as being that "the criminal is to go free because the constable has blundered..." (Polenberg, 1997).

In *R. v. Therens* (1985) the Supreme Court addressed considerations where evidence may be admitted in spite of a Charter breach.

> The factors or circumstances to be taken into consideration in determining whether the admission of evidence would bring the administration of justice into disrepute have also been the subject of considerable commentary by courts and scholars. It would not be wise to attempt an exhaustive identification of the relevant factors in this case. However, certain of them have, in my opinion, been properly affirmed in the cases as being of particular relevance and weight, especially in the context of the right under s. 8 of the Charter to be secure against unreasonable search and seizure. In this context the two principal considerations in the balancing which must be undertaken are the relative seriousness of the constitutional violation and the relative seriousness of the criminal charge. The relative seriousness of the constitutional violation has been assessed in the light of whether it was committed in good faith, or was inadvertent or of a merely technical nature, or whether it was deliberate, wilful or flagrant. Another relevant consideration is whether the action which constituted the constitutional violation was motivated by urgency or necessity to prevent the loss or destruction of the evidence.

When gathering evidence, security should consider whether other investigative techniques are available and should first be considered before embarking on techniques that may come under Charter scrutiny.

 **Protection of Assets** • Copyright © 2012 by ASIS International

Two sections within the Charter stipulate that the Charter is not absolute. Section 1 states, "The Canadian Charter of Rights and Freedoms guarantees the rights and freedoms set out in it subject only to such reasonable limits prescribed by law as can be demonstrably justified in a free and democratic society." This section, commonly referred to as the "common sense" clause, provides the courts with the ability to allow laws that violate the Charter but are so important that Charter rights should be violated. For example, requiring someone to take a breath alcohol test may infringe on the right against detention and self-incrimination. However, the courts have held that the provision is reasonable and should remain in the Criminal Code. The courts have decided that the negative impact that impaired drivers have on society overrides those Charter rights.

Section 33 of the Charter of Rights and Freedoms, referred to as the "notwithstanding clause," allows Parliament or the provincial legislatures to pass laws that may offend Section 2 (fundamental rights) and sections 7–15 (legal and equality rights). For example, the Province of Quebec used Section 33 to pass a French language bill that otherwise would have offended the Charter.

## 11.2 RIGHTS UNDER THE CHARTER

The Charter of Rights and Freedoms recognizes the following 14 rights:

| | |
|---|---|
| **Section 2**<br>Fundamental Freedoms | Freedom of conscience, religion, thought, belief, opinion, expression, the press and other media communications, peaceable assembly, and association |
| **Sections 3-5**<br>Democratic Rights | The right to vote in federal and provincial elections and the right to be a member of parliament or a legislative assembly (with limitations imposed on the sitting of any parliament or legislature for longer than five years, subject to time of war, and a requirement that Parliament and legislatures sit at least once within a 12-month period) |
| **Section 6**<br>Mobility Rights | The right to enter and leave Canada or any provinces and to gain livelihood in any province (subject to provincial labour or social service laws) |
| **Section 7**<br>Life, Liberty, Security | The right not to be deprived of life, liberty, or security except in accordance with the principles of natural justice |
| **Section 8**<br>Search and Seizure | The right to be secure against unreasonable search and seizure |

| | |
|---|---|
| **Section 9**<br>Arbitrary Detention | The right not to be subject to arbitrary detention or imprisonment |
| **Section 10**<br>Arrest and Detention | The right to be informed promptly of the reason for arrest, to retain and instruct counsel (and to be informed of that right), and to challenge the validity of the detention (the common law principle of habeas corpus) |
| **Section 11**<br>Proceedings in Criminal Matters | Where charged with an offence, the right to be tried within a reasonable time, not to be subject to self-incrimination, to be assumed innocent until proven guilty, and not to be denied bail without just cause; the right to a jury trial where the maximum penalty is imprisonment for five years or more; the prohibition of retroactive laws; the common law principles of *autrefois acquit* and *autrefois convict* (commonly referred to as double jeopardy), holding that a person may not be tried for an offence for which he or she has already been acquitted or convicted; and the right to the lesser punishment where the sentence for an offence has been varied |
| **Section 12**<br>Treatment or Punishment | The right not to be subjected to cruel or unusual punishment |
| **Section 13**<br>Self-Incrimination | Where acting as a witness in a matter, the right not to have any incriminating evidence used against one in a prosecution except for perjury (not providing the right to refuse to answer a question because it may be incriminating but only providing protection for personal prosecution for answering the question) |
| **Section 14**<br>Interpreter | The right of an accused or a witness to have an interpreter where the person does not understand the language in which the proceedings are being conducted or is deaf |
| **Section 15**<br>Equality Rights | The right to equality before the law, subject to amelioration for the disadvantaged or those discriminated against |
| **Section 16-23**<br>Language Rights | Protection of English and French as the official languages in the Canadian legal system, statutes, and education |
| **Section 25**<br>Aboriginal Rights | Recognition that the Charter is not to be construed as infringing on any aboriginal or treaty rights |

Sections 7-10 have the greatest impact on the security industry.

 **Protection of Assets** • Copyright © 2012 by ASIS International

## 11.3 THE CHARTER AND PRIVATE RELATIONSHIPS

The Charter of Rights and Freedoms applies to the relationship between governmental functions and citizens of Canada. Some cases that were decided shortly after the Charter was enacted found that the Charter could be applied to the protection of rights in private or employment relationships. For example, some early arbitration cases found that the Charter could be used in deciding whether a security department had breached the rights of an employee in actions such as locker searches. As these cases worked their way through appeal, however, it was quickly established that the Charter does not apply to private relationships, including the employment relationship. The Supreme Court has held that the Charter applies to the common law but not to private litigation where there is no governmental action or authorization (*Retail, Wholesale and Department Store Union Local 508 v. Dolphin Delivery Ltd.*, 1986). It has effect against agents of the state and the executive and administrative branches of government. Courts and arbitrators have held, however, that the Charter may apply where a governmental function is challenged. For example a municipal, provincial, or federal government employer may be held to a Charter challenge in functions such as surveillance of employees or timely investigation of a complainant by a provincial human rights commission.

The following example illustrates the confusion that would arise if the Charter applied to private relationships. An employee is legally required to cooperate during a company-initiated investigation. An employee must be truthful and forthright during a fact-finding meeting, even if the employee is a suspect in a theft, fraud, or other employment offence. No procedural fairness rule requires security to Charter caution the suspected employee. In fact, a Charter caution would fly in the face of the employee's duty to cooperate.

Professor Peter Hogg (1985, p. 677) has stated the following:

> The Charter would apply to a private person exercising the power of arrest that is granted to "anyone" by the Criminal Code. However, where a private party "A" sues private party "B" relying on the common law and where no act of government is relied upon to support the action, the Charter will not apply.

## 11.3.1 WHEN SECURITY ACTS ON BEHALF OF THE JUSTICE SYSTEM

Normally, security acts on behalf of an employer, business, or property owner, but sometimes security personnel or other private citizens take on the role of law enforcement or a "governmental function." A breach of a person's Charter rights may make evidence inadmissible in criminal court, but it does not remove the right of security to conduct internal investigations against an employee or remove a trespasser from company property. When security staff conduct a criminal investigation, they have all the rights of the employer or property owner in terms of the conduct of the inquiry. However, if the matter is turned over to the police for prosecution, evidence gathered may not be admissible in criminal court.

A good example is the case of *R. v. Chang* (2003), in which a mall security officer approached a vehicle with its lights on in the mall parking. The mall had problems with vandalism and theft. The officer saw the driver hide something, became concerned for her own safety, and asked the driver what it was. He produced a pill bottle labeled "ephedrine." She noted that the pills in the bottle did not match the label and called the police. The police arrived, seized the pills for analysis, and charged the driver with possession of the drug ecstasy. The trial judge found that the security officer was acting as an agent of the state when she inquired about the pills and that she was acting with a view to laying criminal charges. He excluded the evidence of the drugs and dismissed the charge because she had failed to notify the accused of the nature of her inquiry and failed to advise him of his right to counsel. When the Crown appealed, the Court of Appeal found that the security officer was not acting under the direction of the police and that the trial judge erred in not considering that she was concerned for her own safety. The Court of Appeal held that this was an interaction between citizens and did not trigger Charter scrutiny. The court held that the transfer of the evidence by the security officer to the police fell within Section 8 of the Charter but found that the security officer had possession of the evidence before the police arrived and that there was, therefore, no breach by the security officer in seizing the pills or turning them over to the police. The Court of Appeal held that exclusion of the evidence would bring the administration of justice into more disrepute than its inclusion.

In *Blencoe v. British Columbia (Human Rights Commission)* (2000), a minister of the Provincial Legislature was accused of harassment by his assistant. After 30 months of investigation by the British Columbia Human Rights Commission, Mr. Blencoe made application arguing that his Charter rights under Section 7 had been breached because of the length of the investigation. The Supreme Court found that his rights had been breached and awarded damages to Mr. Blencoe. The decision was based on the fact that the British Columbia Human Rights Commission was created by statute. Charter arguments may therefore be raised for investigators working under statutory enactment but not where investigations are conducted in other employment or private settings.

 **Protection of Assets** • Copyright © 2012 by ASIS International

### 11.3.2 THE CHARTER AND ARREST

The citizen's right to arrest was developed in common law by the prerogative of the King's peace. Because there were no early police forces, citizens were expected to step in and arrest, without warrant, someone who committed a criminal offence. That common law right was codified in the Criminal Code in Section 494(1) and provides that anyone may arrest the following persons without warrant:

(a) A person whom he finds committing an indictable offence, or
(b) A person who, on reasonable and probable grounds, he believes:
 (i) Has committed a criminal offence; and
 (ii) Is escaping from and freshly pursued by persons who have lawful authority to arrest that person

Because the offence must be indictable, this section is not particularly helpful in the effect of a citizen's arrest. A citizen who invokes this section in effecting an arrest must be able to differentiate the various sections of the Criminal Code and decide whether they are summary conviction or indictable. In addition, the citizen is required to find the offender committing the offence in order to be able to execute an arrest. The second part of the section allows a private citizen to arrest where the suspect is being freshly pursued by someone who has lawful authority to arrest. The pursuer may be law enforcement, private security, or a private citizen with lawful authority. Continuous pursuit must be evident with proof of reasonable diligence by the pursuing officer in order to establish fresh pursuit. Establishing reasonable and probable grounds requires more than a mere suspicion.

The Criminal Code provides for a broader power of arrest under Section 494(2), as follows:

(2) Anyone who is:
 (a) the owner or a person in lawful possession of property; or
 (b) a person authorized by the owner or by a person in lawful possession of property, may arrest without warrant a person whom he finds committing a criminal offence on or in relation to that property.

Section 494(2) provides a broader power of arrest to security in two respects. First, the section applies to all criminal offences, both indictable and summary conviction. Second, four classes of individuals who may arrest are specified: the owner of the property; another individual in lawful possession, such as a lessee; a person authorized by the owner, such as a security officer; and a person authorized by the individual in lawful possession, such as security employed or contracted by the lessee or property manager to protect the property.

The section also provides for three types of offences:

- an offence on the property committed against the property of the owner or person in lawful possession, such as theft of material from a facility
- an offence on the property against the person or property of someone else, such as an assault against an employee or the theft of personal property
- an offence off the premises but directed at the facility, such as the firing of a rifle shot through a window of the premises

Section 494(2) maintains the "finds committing" requirement found in subsection (1). Unless security staff observe the offence being committed, they do not have the power to arrest.

Security staff may also be in a position to arrest where they attend with someone who reports an offence. An argument may be made that security is assisting the individual who saw the offence being committed. Also, where someone reports a theft, security may be in a position to arrest the individual with the stolen goods. The security officer did not find the suspect committing the offence of theft but did find the suspect committing the offence of possession of stolen property.

Section 30 of the Criminal Code contains a third power of arrest:

> Everyone who witnesses a breach of the peace is justified in interfering to prevent the continuance or renewal thereof and may detain any person who commits or is about to join in or renew the breach of the peace, for the purpose of giving him into the custody of a peace officer, if he uses no more force than is necessary to prevent the continuance or renewal of the breach of the peace or than is reasonably proportioned to the danger to be apprehended from the continuance or renewal of the breach of the peace.

This is a citizen's power to detain someone for causing a disturbance. The Criminal Code's definition of disturbance (section 175(1)) includes fighting, screaming, shouting, swearing, singing, using insulting or obscene language, being drunk, impeding or molesting others, and loitering and obstructing others.

Justice Salhany (1989, p. 39) states the following:

> Where a private citizen chooses to arrest without a warrant, he runs the risk that if the person arrested is innocent and the arrest wrongful, he will be held liable for damages for false imprisonment. He is, however, entitled to set up the defence that he believed on reasonable and probable grounds that the accused had committed a criminal offence.


**Protection of Assets** • Copyright © 2012 by ASIS International

The citizen's right to arrest has been confirmed by the courts although security must comply with the rights of the arrested person under the Charter of Rights and Freedoms. If security staff want seized items or a confession to be admitted at a criminal trial, they must respect the Charter rights of the accused person. In *R. v. Lerke* (1986), an underage person attempted to enter a tavern. He was turned away but tried to enter the tavern again. Tavern staff arrested him under the Alberta Petty Trespass Act and took him to an office. He was searched for identification and a bag of marijuana was found in his jacket. The Alberta Court of Appeal held that the tavern employees were acting in a governmental function and therefore the Charter of Rights and Freedoms was applicable. The court excluded the evidence of the marijuana on the basis that an arrest by a citizen acting in a governmental function is subject to the test of reasonableness and the search in this case did not meet that test. This was a minor offence, and the scope for a search is limited to weapons and evidence of the offence.

The courts make a distinction between detention and arrest. In *R. v. Shafie* (1989), an accused employee was taken to an office by a superior to be interviewed by a private investigator. Defence counsel sought to exclude a confession because the employee was detained by the investigator during the taking of the statement. The court held that detention under Section 10 of the Charter did not have the same meaning for a private citizen (in this case the investigator) as it does for an agent of the government. If the investigator decided to arrest the employee, the Charter would be invoked and the investigator would be required to notify the person of the reason for the arrest and provide a Charter caution. Mr. Justice Krever stated,

> the weight of judicial opinion, although perhaps not authority in the strict sense, is that actions that, at the hands of the police or other state or government agents, would be a detention, do not amount to a detention within the meaning of s. 10(b) of the Charter when done by private persons.

Mr. Justice Beckett in *R. v. J.A.* (1992) stated:

> [A]ny arrest by a private person, which includes a security officer, would trigger the application of the Charter whereas if an accused is merely detained, in a situation that does not amount to an arrest, then the Charter does not apply.

In *R. v. Lerke* the courts confirmed the citizen's right to arrest under a "governmental function" but held that the person effecting the arrest must comply with the Charter of Rights and Freedoms. Section 10 of the Charter provides, in part:

- Everyone has the right, on arrest, to be informed of the reasons for the arrest.
- Everyone has the right, on arrest, to retain and instruct counsel without delay and to be informed of that right.
- Everyone has the right to have the validity of the detention tested legally and to be released if the detention is not lawful (the common law right of *habeas corpus*).

Whether the accused is being arrested by a police officer or by a citizen, the person has the right to protection under the Charter. Failure to protect the rights of the person being arrested could result in the exclusion of evidence such as exhibits or a confession and the dismissal of charges.

## 11.3.3 DUTIES AFTER AN ARREST

Four duties must be carried out after an arrest. Security officers should follow them or risk the possibility of a civil or criminal action or exclusion of evidence.

### 1. Call the Police

Subsection (3) of Section 494 states, "Anyone other than a peace officer who arrests a person without a warrant shall forthwith deliver the person to a peace officer." Moreover, the citizen's arrest is "for the purpose of giving [the arrestee] into the custody of a peace officer." The words "forthwith" in Section 494 do not require that security take the arrested person directly to a police station. The security officer must do what is reasonable and practical under the circumstances. In most circumstances, the police will be called to pick the prisoner up, and the security officer will not be held responsible for a breach of the prisoner's rights if the police take some time to arrive.

The shoplifting protocol of the Canadian Association of Chiefs of Police (1995) suggests that security could establish a procedure with the local police where security could obtain identification from a suspect who was arrested, call the police, and release the person if there were no outstanding warrants. The police may later summons the accused. In retail shoplifting cases, store security will arrest an accused, seize evidence, take a statement from the accused, and call the police. When the police arrive, they repeat the process. The Canadian Association of Chiefs of Police had a concern that this process unduly tied up police when they could be answering more urgent calls. That point raises the question of whether security is then breaching the accused's Section 9 Charter rights if Section 494 of the Criminal Code requires that the person be turned over to the police. A legal opinion was provided that, even though security officers were not following the provisions of the Criminal Code, it was not illegal and the accused's Charter rights were not being breached. The accused would find it difficult to argue that his or her rights had been breached for being released when the person could have remained in custody.

### 2. Notify the Prisoner of the Reason for the Arrest

To meet the requirements of the Charter, security must advise the accused of the reasons for the arrest. The arresting officer need not use technical language or quote a section of the Criminal Code. Plain language, such as "I am arresting you for the assault on our employee,"

 Protection of Assets • Copyright © 2012 by ASIS International

is satisfactory. Quoting a section of the Criminal Code may cause the arrest to become invalid if charges are laid under a different section or the wrong section is quoted.

### 3. Advise the Person of the Right to Counsel

Security must also advise the accused of his or her right to contact counsel. The accused should be given the opportunity to carry on a private conversation with counsel as long as security is able to maintain proper custody and control of the individual.

### 4. Protect the Person Until the Police Arrive

The arresting security officer must protect the accused from harm because the accused is in the custody and control of the officer. If the accused is suicidal or intoxicated by drugs or alcohol, it may be necessary to use restraint to protect the person. In *Lipesel v. Central Saanish (District)* [1994], police were held liable for failing to get medical attention for a prisoner.

## 11.3.4 NECESSARY DEGREE OF FORCE

When security makes an arrest, the officer must ensure that, if any force is used, it is appropriate to the requirements and the situation. Security may be required to restrain the accused to stop the person from escaping. The reasonableness of the force depends on the circumstances surrounding the incident. The security officer may use "only as much force as is necessary." If security must use force in the course of the arrest, it should be only a restraining type of force. An unsuitably high level of force may breach the accused's Charter rights, negate the legality of the arrest, and result in criminal or civil charges against the security officer and the company.

In *R. v. Brian Edwin Wilson* (1994), a store security officer arrested a suspected shoplifter and applied a carotid throat hold. Wilson raised the defence that his rights under Section 7 of the Charter had been breached because of the method of arrest. He argued that the security officer was performing a governmental function in conducting the arrest, and therefore the Charter applied. The court found that the amount of force used was excessive and unjustified under the Criminal Code and therefore the accused's Charter rights had been breached.

## 11.3.5 SEARCH AND SEIZURE IN CONJUNCTION WITH AN ARREST

The common law confirmed the right of a police officer to search a prisoner at the time of arrest. The right is not a universal right to search on every occasion. *Gordon v. Denison* (1895) found that "there is no doubt that a man when in custody may so conduct himself, by reason of violence of language or conduct, that a police officer may reasonably think it prudent and right to search him." The Criminal Code also gives specific rights to a peace officer to search for weapons under specific circumstances. Section 117.02 states:

> (1) Where a peace officer believes on reasonable grounds
>
> (a) that a weapon, an imitation firearm, a prohibited device, any ammunition, any prohibited ammunition or an explosive substance was used in the commission of an offence, or
>
> (b) that an offence is being committed, or has been committed, under any provision of this Act that involves, or the subject-matter of which is, a firearm, an imitation firearm, a cross-bow, a prohibited weapon, a restricted weapon, a prohibited device, ammunition, prohibited ammunition or an explosive substance,
>
> and evidence of the offence is likely to be found on a person, in a vehicle or in any place or premises other than a dwelling-house, the peace officer may, where the conditions for obtaining a warrant exist but, by reason of exigent circumstances, it would not be practicable to obtain a warrant, search, without warrant, the person, vehicle, place or premises, and seize any thing by means of or in relation to which that peace officer believes on reasonable grounds the offence is being committed or has been committed.

The courts have confirmed, however, that police officers may not search an accused in conjunction with an arrest unless there are reasonable grounds to do so. The same test would apply to someone effecting a citizen's arrest. The right of someone other than a police officer to search in conjunction with an arrest has been confirmed by the courts (e.g., *R. v. Lerke* (1986)), subject to a reasonableness test. However, a security officer would be wise to avoid a search, unless it is necessary for these reasons:

- to protect the accused or others (for example, where there are reasonable grounds to believe that the accused has a weapon on his person)
- to recover evidence that may be in the possession of the accused

Generally, the police are expected to take custody of the accused, and the security officer may elect to wait for their arrival and allow them to conduct a search if necessary. An improperly conducted search may breach rights under the Charter and lead the courts to disallow any evidence found.

### 11.3.6 SEARCHES AT THE WORK SITE

Security must consider the Charter of Rights and Freedoms in conducting searches at a work site. As part of an investigation or routine procedure, searches may be conducted on employees, lunch buckets, purses, lockers, vehicles, or other personal effects. Searches may also be carried out in conjunction with a company policy, such as a drug and alcohol policy or a policy prohibiting removal of company property or storage in employee lockers.

If security officers intend to prosecute employees criminally for any contraband or evidence seized during searches, they may be acting as agents of the state when conducting routine searches at the work site, and the Charter of Rights and Freedoms may therefore apply. Where labour unions attempt to use the Charter of Rights and Freedoms as an argument to restrict security search procedures, the courts have generally weighed the rights of the individual with the public interest.[19] In order for searches to be conducted at the work site, with or without an intention to prosecute criminally, there must be reasonable grounds to conduct the search. Security staff must have some evidence that an offence took place and that a search is likely to result in the recovery of evidence of the offence.[20] Any search policy must be applied consistently to all employees and departments.

### Personal Searches

An Ontario arbitration award demonstrated the need for the employer to provide for employee privacy in search programs (*Re Drug Trading Co. and Energy & Chemical Workers*, 1988). The company conducted random searches on lockers, purses, and personal effects. Evidence submitted during the arbitration showed that a female employee was asked to pull a sweater up to her waist, empty her pockets, and pull her pant legs up to the top of her socks. The search was conducted in full view of other employees passing by. The arbitrator confirmed the right of the employer to conduct the searches but held that they should have been conducted in a manner that would have provided the female employee with appropriate privacy. The company was ordered to provide the employee with an apology.

### Vehicle Searches

Vehicle searches may be a condition of entering company property or a condition of employment. The company will be in a much better position to defend the searches if signs are posted at the entrances to company property indicating that vehicles will be subject to search on leaving. If there is proper signage and a person drives a vehicle onto company property, the person is providing a "licence to search," but the person may later decide to rescind that licence. The person has the right to refuse the search of the vehicle on leaving company property. A forced search of the vehicle by security could result in a civil action against the security personnel or the company. The company still has the right, however, to take disciplinary action against employees who refuse to comply with a vehicle search for failure to comply with company policy. The company also has the right to take action against contractors or visitors by refusing them future access to company property.

[19] In *The Association of Machinists and Aerospace Workers* the right of Transport Canada to conduct searches, fingerprint, and carry out security checks on airport personnel was approved [unreported case].

[20] Random searches of lunch pails and garment bags were upheld where they represent an implied condition of employment.

## 11.4 THE CHARTER AND HUMAN RIGHTS

Breaches of Charter rights and breaches of human rights are not the same. Both are forms of discrimination, but the Charter of Rights and Freedoms governs the relationship between the government and citizens, while human rights relate to people's relationships with each other. The Charter prohibits discrimination in the enforcement of Canadian Laws, but human rights prohibit discrimination in the employment relationship or in the provision of goods and services. Another distinction is that the only sanction within the Charter is the exclusion of evidence, while a violation of human rights may result in such sanctions as the payment of damages to someone who has been the subject of discrimination or a requirement that the employer develop policies and training programs.

Rights and freedoms were protected by the common law but were enshrined with the passage of the Charter of Rights and Freedoms in 1982. Since that time numerous court decisions have defined security's rights and duties in gathering evidence, arresting, and searching. The courts will continue to balance the needs for truth and fairness in dealings between government and citizens.


**Protection of Assets** • Copyright © 2012 by ASIS International

# APPENDIX A

## EXAMPLE OF A CHARTER CAUTION

### Section 10(b) Charter

You have the right to retain and instruct counsel without delay. This means that before we proceed with our investigation you may call any lawyer you wish or get free legal advice from duty counsel immediately. If you want to call duty counsel, we will provide you with a telephone and you can call a toll-free number provided by the Legal Aid Society of ______________ for free, immediate legal advice. On weekends, and between the hours of 5:00 p.m. and 8:00 a.m. on weekdays, that number is 1-800-__________. Between the hours of 8:00 a.m. and 5:00 p.m. on weekdays, you may obtain free, immediate legal advice by calling any lawyer whose number may be given by the Law Society's Lawyer Referral Service at 1-800-__________. If you wish to contact any other lawyer, a telephone and telephone book will be provided to you. If you are charged with an offence, you may apply to Legal Aid for assistance. Do you understand? Do you want to call duty counsel or any other lawyer?

### Waiver of Rights to Counsel

You have a constitutional right to a reasonable opportunity to contact a lawyer. During this time, we cannot take a statement from you or ask you to participate in any process that might provide evidence against you. You may receive free and immediate, preliminary advice at any time during our investigation by calling the toll free number provided by the Legal Aid Society. By deciding not to contact a lawyer, you should understand that you are waiving your right to receive legal advice about our investigation. Do you now wish to waive your right to receive free and immediate, preliminary legal advice or legal advice from any lawyer you wish?

## REFERENCES

Blencoe v. British Columbia (Human Rights Commission), [2000] 2 S.C.R. 307.

Canadian Association of Chiefs of Police. (1995). Partnerships, Shoptheft Protocol.

Canadian Criminal Code. R.S., c. C-34, s. 487.

Evidence Act. R.S., c. E-10, s. 4.

Gordon v. Denison, [1895] 22 O.A.R. 315 reversing 24 O.R. 576.

Hogg, P. W. (1985). *Constitutional law of Canada* (2nd ed.). Toronto: Carswell.

Lipesel v. Central Saanich (District), [1994] B.C.J. No. 3017.

Polenberg, Richard (1997). *The world of Benjamin Cardozo: Personal values and the judicial process.* Cambridge: Harvard University Press.

Re Drug Trading Co. and Energy & Chemical Workers, [1988] 32 L.A.C. (3d) 443.

R. v. Altseimer, [1982] 142 D.L.R. (3d) 246 at 252, 1 C.C.C. (3d) 7, 29 C.R. (3d) 276 (Ont. C.A.).

R. v. Brian Edwin Wilson, [1994] 29 C.R. (4th) 302 (B.C.S.C.).

R. v. Chang, [2003] ABCA 293.

R. v. J.A., [1992] O.J. No. 182 (O.U.F.C.).

R. v. Lerke, [1986] 24 C.C.C. (3d) 129 (Alta. C.A.).

R. v. Shafie, [1989] 47 C.C.C. (3rd) 27.

R. v. Therens, [1985] 1 S.C.R. 613.

R. v. Wong, [1991] 60 C.C.C. (3d) 460 (S.C.C).

R. v. Wray, [1970] 11 D.L.R. (3d) 673.

Retail, Wholesale and Department Store Union Local 508 v. Dolphin Delivery Ltd., [1986]) 2 S.C.R. 573, [1987] 1 W.W.R. 577, 9 B.C.L.R. (2d) 273, 38 C.C.L.T. 184, 87 C.L.L.C. 14, 002, 33, D.L.R. (4th) 174, 25 C.R.R. 321, 71 N.R. 83.

Salhany, R. E. (1989). *Canadian criminal procedure* (5th ed.). Toronto: Canada Law Book.

Woolmington v. Director of Public Prosecutions, [1935] A.C. 462 (H.L.).

# CHAPTER 12
# REGULATION: PROVINCIAL STATUTES AND THEIR REQUIREMENTS

## 12.1 HISTORY OF SECURITY REGULATIONS

Legislation governing the security industry was first introduced in 1964 and now exists in all provinces and the Yukon Territory. Only the Northwest Territories and Nunavut do not have such legislation. The purpose of the legislation is to ensure that the public can rely on the good character of individuals providing security services.

The application of the legislation to various security professions varies widely and may include only investigators and guards or may include other professions, such as armored car services, alarm agencies, locksmiths, security consultants, or guard dog services. Professions exempt from licensing requirements also vary widely from one jurisdiction to another. In-house security personnel are not regulated in any of the provincial or territorial statutes or regulations, although such regulation has been considered in some provinces.

The definitions of security and investigations also vary by jurisdiction. For example, a licence may be required to search for missing property or offenders in some jurisdiction but not in others. Most jurisdictions also provide exemption for volunteers who provide security on a *pro bono* basis.

All acts or their regulations require that an agency keep its licence on display and that individual licensees carry their licences when performing their duties. Provisions also exist for the transfer of agency licenses where the licensee dies. Some of the more recently passed laws also include a code of conduct for security and have done away with the necessity to provide a surety bond although they do require proof of liability insurance. All jurisdictions require that investigators not be in uniform when conducting their duties and that security guards wear approved uniforms.

## 12.2 POWERS OF THE REGISTRAR

All registrars have broad powers to revoke or refuse to issue licenses. They also have the power to conduct inspections and, in some cases, to remove records and to obtain a search warrant. In revoking a licence, the registrars must give reasons in writing to the licensee. All the statutes or regulations provide for a process to appeal the decision of the registrar. Some require that the licensee provide a written notice or payment of a deposit on appeal.

## 12.3 APPLICATIONS FOR SECURITY LICENSES

All acts provide for investigation of applicants, and some specifically address criminal record checks (although all jurisdictions conduct them). Some registrars require applicants to obtain fingerprint checks themselves, while others require applicants to submit their fingerprints with the licence application.

Residency requirements also vary. Some acts require Canadian citizenship, while others may have a minimum residence requirement. Newfoundland requires that the applicant for an investigation licence belong to the Newfoundland Security Guard and Private Investigators Agencies Association.

The statutes that require licensing of burglar alarm services do not apply to burglar alarm services or repairs where no survey or inspection of the premises is required. Armored car services may not be specifically mentioned in some statutes, but they are included in the definition of providing security in others. New Brunswick has provisions for the licensing, training, and handling of guard dogs. Other jurisdictions simply require approval or a special endorsement where guard dogs are used.

## 12.4 TRAINING

Several of the newer statutes have minimum requirements for security training before a licence will be issued. Training may be provided by the ministry but may also be provided through a course presented by an equivalently qualified person or entity. Applicants with law enforcement experience may apply for an exemption in some jurisdictions. The British Columbia training includes the following subjects:

- Canadian criminal law
- civil law and process
- Private Investigators and Security Agencies Act and regulations
- human rights legislation

 Protection of Assets • Copyright © 2012 by ASIS International

- information and privacy legislation
- evidence recognition and presentation protocols
- interviewing techniques
- report writing
- documentary research (electronic and hard copy)
- surveillance techniques

Saskatchewan and Manitoba provide a published training manual for their curriculum. Security officers working at federal government contracts must have training equal to the Canadian General Standard Board (CGSB) standards. The Certified Protection Officer (CPO) designation from the International Foundation of Protection Officers (IFPO) offers this training.

## 12.5 WEAPONS

Some of the legislation specifically stipulates that the licensee must not carry or use weapons such as firearms, truncheons, batons, handcuffs, other restraining devices, chemical spray, or other items designed or intended to debilitate or control. Some provide for guards to carry firearms where legal permits are issued and, in some cases, where the licence is endorsed by the registrar. (For example, Nova Scotia has a provision for endorsing a licence as an "armed guard.") There are no known cases where permits to carry firearms have been issued to guards or investigators. Some statutes address the carrying of firearms by armored car services with training and permit requirements. Other equipment may be prohibited, or it may be allowed under advisement, with specific training, or only if issued by the business or with authorization of the ministry, depending on the jurisdiction.

## 12.6 DUTIES OF THE LICENSEE

Saskatchewan has a requirement to report any use of force to the registrar. British Columbia, Saskatchewan, New Brunswick, and Newfoundland all require that a licensee report any change in criminal status to the registrar.

Some jurisdictions require out-of-province investigators to apply for temporary exemptions. The provisions are not helpful to investigators wishing to conduct an inquiry in another province, as applications may not receive replies for up to 60 days, and they are usually denied, especially in British Columbia. Other jurisdictions provide exemptions for out-of-province licenced investigators as long as they are conducting the investigation only in conjunction with an investigation initiated in their home province.

## 12.7 SELF-REGULATION

Yukon has a provision for establishing a Private Investigators and Security Agencies Review Board that includes a chair, a representative from investigation agencies, and a representative from security consulting agencies or guard agencies. The purpose of the board is to advise the registrar and to hear appeals under the legislation.

## 12.8 PRIVACY LEGISLATION

The federal government passed the Personal Information Protection and Electronic Documents Act (PIPEDA) in 2000 and held that it would apply throughout Canada unless the jurisdictions passed their own "substantially similar" legislation. Quebec already had legislation, and Alberta and BC subsequently passed their own. The gathering, use, and disclosure of personal information is now legislated under PIPEDA for all jurisdictions except Alberta, British Columbia, and Quebec. Security professionals must be aware of the relevant legislation in their jurisdiction because their duties often require dealing with personal information. Like most legislation, the exceptions within the legislation are as important as the legislation itself.

Personal information may include video surveillance collected at the work site, access control data showing the movement of individual employees, or personal information gathered in the course of an investigation. Although the information may have been gathered legally and with permission, it may later be an offence to release it for a purpose other than the original purpose. For example an access control system may be put in place for security purposes, but a manager may ask for the data to find out if an employee is coming to work late. The question could be raised whether the information can be released to the manager because it may be outside the use intended. Often the requirement to protect personal information may be in conflict with initiatives to protect the company from criminal prosecution (for example under Bill C-45), occupational health and safety investigations, harassment inquiries, a duty to manage and provide a safe workplace, and a civil duty to warn where someone is at risk.

PIPEDA provides security with broader grounds for gathering personal information when security personnel are investigating a breach of an agreement or a contravention of the laws of Canada or a province. This exception may provide authorization in cases of a breach of the employment agreement (e.g., a breach of policy or conflict of interest) or an investigation into a criminal breach, such as fraud or theft. The British Columbia and Alberta statutes provide broader exceptions for an investigation or legal proceeding or for establishing,

 Protection of Assets • Copyright © 2012 by ASIS International

managing, or terminating employees (personal employee information). The employer is better protected where there is written consent, as in preemployment screening.

Courts and arbitrators (e.g., *Brewers Retail Inc. and United Brewers Warehousing Workers' Provincial Board* (1999)) have held that an employer considering video monitoring should consider these question :

- Is the measure demonstrably necessary to meet a specific need?
- Is it likely to be effective in meeting that need?
- Is the loss of privacy proportional to the benefit gained?
- Is there a less privacy-invasive way of achieving the same end?

In *ATU (Local No. 569) v. Edmonton (City of)* (2004), employees reported that a fellow employee who was off on medical leave was working at a greenhouse. Video surveillance was completed, and it refuted the employee's allegation that he had a medical disability. At arbitration the union sought to exclude the surveillance on the basis of a breach of the Charter of Rights and Freedoms and breach of the privacy legislation. The award held that the city was subject to the Charter but there was no breach of either the Charter or privacy legislation because the video surveillance was completed when the employee was in a public area and there was no expectation of privacy.

Privacy issues also arise in investigations related to allegations of inappropriate Internet or computer use by employees. Courts and arbitrators have held that there is some expectation of privacy on the part of employees even with their employer's computers, so the employer should establish policy to define appropriate use and warn employees of the consequences of misuse. Compliance with the policy should be monitored, and action must be taken if a policy breach is alleged.

Security also has a role in ensuring that personal information is properly protected with reasonable security arrangements against such risks as unauthorized access, collection, use, disclosure, copying, modification, disposal, or destruction. These procedures also apply to personal information collected by security. Procedures may include the following:

- physical measures (such as locked cabinets and restricted area access)
- organizational measures (such as security clearances and need-to-know procedures)
- technological measures (such as passwords and encryption)

The amount of security should be appropriate to the sensitivity of the information, and there should be procedures to ensure that employees and third parties who may store the information take appropriate action.

## 12.9 PROVINCIAL TRESPASS LEGISLATION

Provinces have trespass acts that prohibit access to land or a facility as long as the property is posted or where oral or written notice or warning has been given. They may also require that anyone in contravention must give their name and address to the occupier. The acts provide police officers with power to arrest a trespasser and may provide for compensation to the occupier or fines for the offender.

Some provinces also have "trespass to property" or "trespass to premises" acts that provide broader definitions of premises, sometimes including permanent and portable structures and vessels. There may be a lessened requirement for posting or notice, and the occupier has the right to stipulate activities that may take place on the property. They may also give the police or the occupier a right to arrest someone who is in contravention of the act. Security should be in a position to provide a written form of notice banning people from property if they cause a disturbance or should be excluded for other reasons.

## 12.10 OCCUPIERS' LIABILITY ACTS

Most jurisdictions have an occupiers' liability act that requires the occupier of any premises to ensure that the property is safe. The duty of care may relate to the condition of the premises, activities that occur there, and even the conduct of third parties. Under the legislation the duty of care may continue even if the premises are let out to another party.


**Protection of Assets** • Copyright © 2012 by ASIS International

# APPENDIX A

## REGULATIONS GOVERNING THE SECURITY INDUSTRY BY PROVINCE OR TERRITORY

| | BC | AB | SK | MB | ON |
|---|---|---|---|---|---|
| Name | Security Services Act | Security Services and Investigators Act | Private Investigators and Security Guards Act | Private Investigators and Security Guards Act | Private Security and Investigative Services Act |
| Year enacted | 1961 | 1965 | 1976 | 1970 | 1965 |
| Applies to | • Armored car services<br>• Locksmiths<br>• Investigators<br>• Security consultants<br>• Alarm services<br>• Security guards<br>• Body armor vendors | • Investigators<br>• Guards<br>• Guard dog handlers<br>• Locksmiths<br>• Loss prevention<br>• Security alarm responders | • Investigators<br>• Guards<br>• Armored vehicle services | • Investigators<br>• Security guards | • Investigators<br>• Guards<br>• Bouncers<br>• Bodyguards |
| Exemptions from licensing | • Police<br>• Government employees<br>• Savings institutions in relation to vaults<br>• Adjusters<br>• Credit agencies<br>• Journalists<br>• Lawyers<br>• IT security<br>• Retail locking hardware<br>• Engineers<br>• Electricians<br>• Gaming<br>• Recruiters | • Police<br>• Adjusters<br>• Lawyers<br>• Credit agencies<br>• Armored vehicles<br>• Volunteers<br>• In-house security<br>• Bondmen<br>• Crown employees<br>• Recruiters<br>• Gaming<br>• Safety code<br>• Professional organizations | • Police<br>• Government employees<br>• Lawyers<br>• Credit agencies<br>• Adjusters<br>• In-house security | • Lawyers<br>• Credit agencies<br>• Employers doing preemployment screening<br>• Investigation of applicants for insurance or bonds<br>• Police<br>• Adjusters<br>• Insurance agencies<br>• In-house security | • Lawyers<br>• Credit agencies<br>• Employers doing preemployment screening<br>• Investigation of applicants for insurance or bonds<br>• Police<br>• Adjusters<br>• Insurance agencies<br>• Armored car services<br>• Locksmiths |
| Restrictions (licensee not to act as) | N/A | • Police<br>• Sheriff<br>• Bailiff<br>• Collection agency<br>• Peace officer | • Collection agency<br>• Police | • Collection agency<br>• Police | N/A |
| Out-of-province investigators | Registrar may grant temporary exemption | Registrar may grant temporary exemption | Registrar may grant temporary exemption | Allowed | Allowed |
| Licence expiry | One year from date of issue | One year | One year from date of issue | December 31 | March 31 |

| | BC | AB | SK | MB | ON |
|---|---|---|---|---|---|
| Temporary licenses | Yes | Yes | Yes | Yes | Yes |
| Names banned | • Detective<br>• Law enforcement<br>• Peace officer<br>• Police | • Private detective<br>• Law enforcement<br>• Protection officer<br>• Security officer<br>• Police | • Detective | • Law enforcement officer<br>• Protection officer | • Private detective |
| Requirement for confidentiality of information | No | In code of conduct | Yes | Yes | Yes |
| **Uniforms:** | | | | | |
| Investigators | Prohibited | Exempt | No provisions | Prohibited | Prohibited |
| Guards | Not resembling police; "Security" front and back | Not resembling police; "Security," "Security Guard," or "Security Agent" front and back | Approved only, not to have word "Police" | Mandatory, but not police blue | "Security" or "Security Guard" on uniform badge |
| Badges | Prohibited | Permitted | Prohibited for investigators, not similar to police for guards | Prohibited | N/A |
| Firearms | Prohibited | With permit | Prohibited | Not addressed | If licenced |
| **Minimum age:** | | | | | |
| Investigators | 19 | Age of majority | Age of majority | 18 | 18 |
| Guards | 19 | | | 18 | 18 |
| Bonds | No | N/A | $5,000 | $5,000–$25,000 depending on # of employees | N/A |
| **Fines:** | | | | | |
| Corporate | Business first offence $50,000/ $500 per day Subsequent $100,000/$10,000 per day | $250,000 $5000 or 1 year | $10,000 $5,000 or 1 year | $1,000 or 1 year | Up to $250,000 or 1 year |
| Personal | Personal first offence $5,000/ 500 per day Subsequent $10,000/$1,000 per day | | | | |
| Training requirements | Yes | Yes | Yes | Yes | Yes |

 **Protection of Assets** • Copyright © 2012 by ASIS International

| | QC | NB | NS | PEI | NL | YT |
|---|---|---|---|---|---|---|
| Name | Private Security Act | Private Investigators and Security Services Act | Private Investigators and Private Guards Act | Private Investigators and Security Guards Act | Private Investigation and Security Services Act | Private Investigators and Security Guards Act |
| Year enacted | 1964 | 1973 | 1972 | 1987 | 1970 | 1988 |
| Applies to | • Guards<br>• Investigators<br>• Locksmiths<br>• Electronic security systems<br>• Armored car services<br>• Consulting | • Investigators<br>• Security guards<br>• Burglar alarm agencies<br>• Security consultants<br>• Guard dog services | • Investigators<br>• Guards | • Investigators<br>• Guards | • Investigators<br>• Armored vehicles<br>• Guards<br>• Security consultants<br>• Burglar alarm agencies | • Investigators<br>• Guards<br>• Consultants<br>• Burglar alarm agencies |
| Exemptions from licensing | • Police and investigative employees<br>• Legislated professionals<br>• Financial services<br>• Media or scientific<br>• Volunteers | • Police<br>• Government employees<br>• Lawyers<br>• Credit agencies<br>• Employers doing preemployment screening<br>• Investigation of applicants for insurance or bonds<br>• Adjusters<br>• In-house security<br>• Volunteers<br>• Burglar alarm agencies | • Lawyers<br>• Credit agencies<br>• Employers doing preemployment screening<br>• Investigation of applicants for insurance or bonds<br>• Corps of Commissionaires<br>• Police<br>• Adjusters<br>• Insurance agencies<br>• In-house security<br>• Government employees | • Lawyers<br>• Credit agencies<br>• Employers doing preemployment screening<br>• Investigation of applicants for insurance or bonds<br>• Corps of Commissionaires<br>• Police<br>• Adjusters<br>• Insurance agencies<br>• In-house security<br>• Government employees | • Lawyers<br>• Credit agencies<br>• Employers doing preemployment screening<br>• Investigation of applicants for insurance or bonds<br>• Corps of Commissionaires<br>• Police<br>• Adjusters<br>• Insurance agencies<br>• In-house security<br>• Municipal government employees | • Police<br>• Lawyers<br>• Adjusters<br>• Insurance companies<br>• Credit agencies<br>• In-house security |
| Restrictions (licensee not to act as) | N/A | • Police<br>• Bailiff<br>• Collection agency | • Police<br>• Bailiff<br>• Collection agency | • Police<br>• Bailiff<br>• Collection agency | • Police<br>• Penitentiary staff | • Police<br>• Collection agency |
| Out-of-province investigators | Allowed | Allowed | Allowed | Allowed | Allowed | Allowed |
| Licence expiry | Two years | March 31 | March 31 | March 31 | 12 months after issue | March 31 |
| Temporary licenses | No | No | Yes | No | Provision to work after application submitted | Yes |

| | **QC** | **NB** | **NS** | **PEI** | **NL** | **YT** |
|---|---|---|---|---|---|---|
| Names banned | None | • Police | • Police<br>• Sheriff<br>• Officer | • Police | • Private detective | None |
| Requirement for confidentiality of information | Yes | Yes | Yes | No | Yes | Yes |
| **Uniforms:** | | | | | | |
| Investigators | Approved only | Prohibited | Prohibited | Prohibited | Prohibited | Not addressed |
| Guards | | Mandatory, approved | Mandatory "Private Guard," "Security," or "Security Guard" | Mandatory, guards and alarm | Mandatory | Mandatory, except bodyguard |
| Badges | No provisions | Prohibited for investigators | Prohibited | Prohibited | Prohibited | Prohibited |
| Firearms | If authorized | Not addressed | With permit | With permit | Armored car only | Prohibited |
| Minimum age | 18 | Age of majority | 19 | 18 | 19 | 19 |
| Bonds | $10,000 | $5,000 | $500,000 public liability insurance policy | $10,000, and $500,000 public liability insurance policy | $5,000–$15,000 depending on number of employees | $5000<br>$100,000 public liability insurance policy |
| **Fines:** | $150–$10,000 | | | $500–$1,000 | $2,000 or 1 year | $100 administrative penalty |
| Corporate | | $5,000 | $200/$500 | | | |
| Personal | | $500/50 days | $200/$500 | | | |
| Training requirements | Yes | No | No | No | No | No |

# APPENDIX B

## PROVINCIAL LICENSING REGISTRARS

**Alberta**
Department of Justice, Public Security Division
PO Box 1023 Station Main, Edmonton, AB T5J 2M1
Telephone 877-462-0791; fax 780-427-4670
https://www.solgps.alberta.ca

**British Columbia**
Ministry of the Attorney General, Security Programs Division
PO Box 9217 Stn Prov Govt, Victoria, BC V8W 9J1
Telephone 250-387-6981; fax 250-387-4454
http://www.pssg.gov.bc.ca/securityindustry

**Manitoba**
Criminal Justice Division, Law Enforcement Services
1430-405 Broadway, Woodsworth Building, Winnipeg, MB R3C 3L6
Telephone 204-945-2825; fax 204-945-2217
http://www.gov.mb.ca/justice

**New Brunswick**
Private Investigators and Security Services Licensing Commission
PO Box 6000, Fredericton, NB E3B 5H1
Telephone 506-453-3775; fax 506-453-3321
http://www2.gnb.ca/content/gnb/en/departments/public_safety/safety_protection.html

**Newfoundland**
Department of Government Services and Lands Trade Practices Division—PISGA
PO Box 8700, St. John, NL A1B 4J6
Telephone 709-729-2732; fax 709-729-3205
http://www.servicenl.gov.nl.ca/security/index.html

**Nova Scotia**
Department of Justice, Police and Public Safety Services
5151 Terminal Road, Ground Floor, PO Box 7, Halifax, NS B3J 2L6
Telephone 902-424-2905; fax 902-424-4308
http://www.gov.ns.ca/just

**Ontario**
Private Security and Investigative Services Branch
777 Bay Street, 3rd floor, Toronto, ON M7A 2J6
Telephone (Toronto area) 416-212-1650, toll-free 866-767-7454; fax 416-212-1603
http://www.mcscs.jus.gov.on.ca/english/PISG/private_inv_sec.html

**Prince Edward Island**
Consumer Services, Department of Community Affairs and Attorney General
161 Maypoint Road, Box 2000, Charlottetown, PEI C1A 7N8
Telephone 902-368-5536; fax 902-368-5198
http://www.gov.pe.ca

**Quebec**
*Agency licenses:*
Direction des Affaires Policieres
2525 Blvd. Laurier, Sainte-Foy, PQ G1V 2L2
Telephone 418-646-6617

*Agent licenses:*
Grand Quartier General
CP 1400, Succursale C, Montreal, PQ H2L 4K7
Telephone 514-598-4584; fax 514-598-4230
http://www.securitepublique.gouv.qc.ca

**Saskatchewan**
Ministry of Corrections, Public Safety and Policing
1874 Scarth Street, 7th Floor, Regina, SK S4P 3V7
Telephone 306-787-5496; fax 306-787-8084
http://www.cpsp.gov.sk.ca/Private-Investigators-and-Security-Guards

**The Yukon**
Yukon Justice
Box 2703, Whitehorse, YT Y1A 2C6
Telephone 867-667-5111; fax 867-667-360
http://www.justice.gov.yk.ca

 **Protection of Assets** • Copyright © 2012 by ASIS International

## REFERENCES

ATU (Local No. 569) v. Edmonton (City of), [2004] ABQB 280.

Brewers Retail Inc. and United Brewers Warehousing Workers' Provincial Board, [1999] 78 L.A.C. ($4^{th}$) 304.

# CHAPTER 13
# CANADIAN OCCUPATIONAL HEALTH AND SAFETY REGULATION

## 13.1 HISTORY

Canadian provincial and federal occupational health and safety (OH&S) legislation was modeled after the British Factory Act from the $17^{th}$ century. One of the first provincial OH&S statutes was the Ontario Factory Act of 1884. The act prohibited certain work site activities for children and women and restricted work hours for all employees. Although the act attempted to make production safer, it was vague and therefore unenforceable. Eighty years went by with little change in workplace legal safeguards.

A greater emphasis on workplace safety developed around 1964, when provincial legislation took the form of industrial safety acts or OH&S acts. The Ontario Industrial Safety Act of that era defined safety as "freedom from injury to the body or freedom from damage to health."

In the 1960s and 1970s, issues of silicosis from uranium mining and asbestosis from asbestos production caused greater concerns over health and safety conditions. The Ham Commission in Ontario, appointed in 1974 to investigate health and safety in mines, included more than 100 recommendations on mine health and safety. The Ham Commission also introduced the concept of accountability for government, employers, and workers, requiring that they work together to improve health and safety at the work site. The commission encouraged joint labour/management health and safety committees, providing workers for the first time with the right to participate in health and safety recommendations.

The various Canadian OH&S statutes are listed in Figure 13-1.

| Jurisdiction | Statute |
|---|---|
| Federal | Canadian Labour Code—Part II |
| Alberta | Occupational Health and Safety Act |
| British Columbia | Workers Compensation Act |
| Manitoba | Workplace Safety and Health Act |
| New Brunswick | Occupational Health and Safety Act |
| Newfoundland | Occupational Health and Safety Act |
| Nova Scotia | Occupational Health and Safety Act |
| Northwest Territories | Safety Act |
| Nunavut | Safety Act |
| Ontario | Occupational Health and Safety Act |
| Prince Edward Island | Occupational Health and Safety Act |
| Quebcc | An Act Respecting Occupational Health and Safety |
| Saskatchewan | Occupational Health and Safety Act |
| The Yukon | Occupational Health and Safety Act |

**Figure 13-1**
Canadian Occupational Health and Safety Statutes

In addition to OH&S legislation and regulations, the federal and provincial governments may also have specific acts relating to safety in various industries, including nuclear, railway, trucking, shipping, motor vehicle, aviation, mining, oil, and gas. Appendix A provides a comparison of Canadian occupational health and safety statutes.

Occupational health and safety acts provide for three fundamental rights of workers:

- **The right to be advised about workplace health and safety hazards.** The acts place a duty on the employer to notify the worker of any risks in the work site.
- **The right to participate in recommendations through hazard assessments or joint safety committees.** The employer has a duty to allow workers to participate in an

OH&S program. This may be in the form of joint committees or participation in hazard assessments. Members of a joint committee may have the right to participate in the development of training programs, testing processes, or safety incident investigations. The committees also participate in recommendations to employers for methods of improving conditions.

- **The right to refuse work that endangers their health or safety.** The legislation also provides for the right of employees to refuse work under limited circumstances where it may endanger their health or safety.

## 13.2 COMPONENTS OF A HEALTH AND SAFETY PROGRAM

Security and safety enjoy a certain synergy. Often the security function is responsible for safety within the organization or has a responsibility to support health and safety programs. The main components of a safety program are similar to those of a security program. Most safety programs include the following components:

- risk analysis
- a policy outlining management commitment
- investigations of accidents, incidents, and near misses
- training
- surveys
- communications (meetings, rewards, promotions, and inductions)
- a contractor and off-the-job component

### 13.2.1 DEFINITIONS

Figure 13-2 provides definitions of key terms in occupational health and safety.

| | |
|---|---|
| **Safety** | Control of loss |
| **Accident** | An undesired event that results in harm to people, damage to property, or loss to process |
| **Near miss** | An undesired event that under slightly different circumstances could have resulted in harm to people, damage to property, or loss to process (in other words, could have been an accident) |
| **Critical task** | A task which has produced or possesses the potential to produce a major loss to<br>• people,<br>• property,<br>• process,<br>• environment, or<br>• business<br>when not performed properly. |

**Figure 13-2**
Key Terms in Occupational Health and Safety

In order to properly track safety statistics within the various working sites of an organization and externally with other organizations, it is necessary to adopt a standardized system of accident classification. Doing so allows an organization to compare its program with other organizations in similar activities. Figure 13-3 lists eight classes of accidents.

 **Protection of Assets** • Copyright © 2012 by ASIS International

| Accident Classifications | |
|---|---|
| 1. Fatality | Numbers 1-6 are usually referred to as recordable injuries. |
| 2. Permanent total disability | |
| 3. Permanent partial disability | |
| 4. Lost time injury | |
| 5. Restricted work injury | |
| 6. Medical treatment injury | |
| 7. First aid | |
| 8. Near miss | |

**Figure 13-3**
Accident Classifications

## 13.2.2 SAFETY STATISTICS

Most organizations compare their safety statistics with some version of a formula for total recordable injury frequency (TRIF). The formula divides the number of total recordable injuries by the number of exposure (working) hours and multiplies the result by 200,000. (The average worker has 2,000 hours per year, so 200,000 roughly represents the exposure hours of 100 workers). The formula is as follows:

$$\text{TRIF} = \frac{\#\text{TRI}}{\text{Exposure Hours}} \times 200{,}000$$

Lost time injury frequency is another statistic often used for comparison. This formula divides the number of lost time injuries by the exposure hours and multiplies the result by 200,000. The formula is as follows:

$$\text{LTIF} = \frac{\#\text{LTI}}{\text{Exposure Hours}} \times 200{,}000$$

## 13.2.3 IDENTIFICATION OF CAUSE

One of the most fundamental methods of reducing the number of safety incidents is an investigation or root cause analysis to establish the cause of any incident, accident, or near miss. The significant difference between security investigations and safety investigations is that the thrust of the safety investigation must be fact finding, not fault finding. The safety investigator looks beyond the obvious cause of the loss to people, property, process, or profit to establish the contact that caused the loss. From there, the investigator establishes the immediate cause of the loss, the basic cause, and finally the management control issue that was the ultimate reason for the event. Figure 13-4 shows the cause-finding process in a safety investigation.

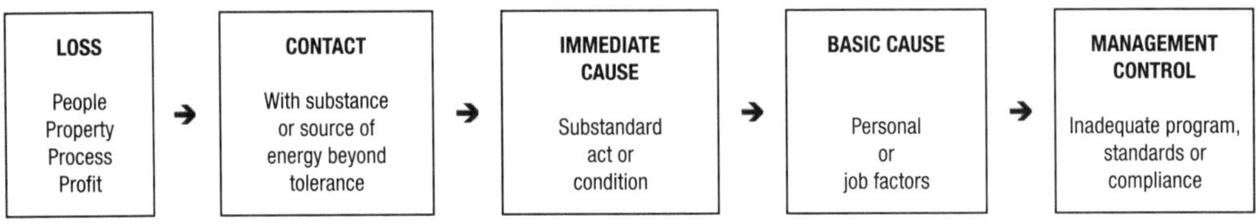


**Figure 13-4**
Cause-Finding Process

## 13.2.4 PROACTIVE APPROACH

Organizations with a strong safety program develop a five-part proactive approach to managing safety. The steps are as follows:

1. Develop an adequate program.
2. Establish adequate standards.
3. Maintain compliance with the standards.
4. Control activities that cause risk.
5. Conduct investigations to determine causes and provide for corrections.

## 13.2.5 ENFORCEMENT

Occupational health and safety officers (also called inspectors) have broad powers within the federal and provincial statutes. Powers include the right to enter any workplace without a warrant or notice to question any person in relation to the inspection. They also have the

 **Protection of Assets** • Copyright © 2012 by ASIS International

right to handle, use, or test any equipment, machinery, or material and to take away samples. They have the right to review any documents or records and take them from the workplace.

Where there is a joint health and safety committee, a worker representative has the right to accompany the inspector. The worker representative may be a worker member of the joint committee, a health and safety representative, or another knowledgeable and experienced worker (selected by the union, if there is one). This worker is considered to be at work during the inspection and must be paid at the applicable rates of pay. The inspector can also be accompanied by a person with special expertise or professional knowledge. For example, an inspector may bring an engineer into a workplace to test machinery for purposes of operator safety. The employer and all workers must do everything possible to assist an inspector, and it is a contravention to interfere in any way with an inspection. Interference includes giving false information, failing to give required information, or interfering with any monitoring equipment left in the workplace.

## 13.2.6 INSPECTORS' ORDERS

Inspectors have the right to prepare a report and may make recommendations for improved health and safety practices. Where there is a contravention of the legislation or the regulations, the inspector will issue written orders or directives to the employer to be in compliance within a certain period or immediately if the hazard is serious and imminent. The order may require the work site to submit a plan specifying how it will comply with the act or regulations. Inspectors also have the right to shut down a work site or some portion of it where there is imminent danger. Where an inspector has stopped work at a site, the site cannot be restarted without a further inspection. The legislation contains provisions for the appeal of an inspector's order.

Inspectors may also conduct investigations where there is a serious incident or fatal injury. These are often conducted when the inspector is accompanied by a representative of the employer and a representative of the workers. There is, again, a duty to cooperate with an inspector during an investigation.

## 13.2.7 OFFENCES AND PENALTIES

Most legislation provides for prosecution of any person or employer for a contravention of the act or regulations or for failing to comply with an order of an inspector or a ministry. In deciding whether to prosecute, the ministry or the inspector will take into account the seriousness of the offence and will also consider whether there have been repeated contraventions or ignoring of orders. Maximum penalties vary from jurisdiction to jurisdiction but provide for fines and imprisonment.

### 13.2.8 WHMIS

The Workplace Hazardous Materials Information System (WHMIS) is both federal and provincial. The federal statute sets standards for communication regarding hazardous materials. The statute has three main components: labeling standards, the requirement for material safety data sheets (MSDSs), and training programs. Labeling and MSDS requirements are governed by the Hazardous Products Act and the Controlled Products Regulations. They establish national standards for the classification of hazardous materials and set out requirements for environmental health hazards.

The provinces and territories have established WHMIS requirements for employers within their jurisdictions. They require that hazardous products that are used, stored, handled, or disposed of in the workplace be properly labeled and that MSDSs be available for workers and for consumers of the company's products. They also require that workers receive education on the storage, handling, and use of any of the controlled products they may handle.

### 13.2.9 WORKING ALONE LEGISLATION

British Columbia, Alberta, Saskatchewan, and Manitoba have "working alone" legislation that specifically addresses safety requirements for workers in isolation. In British Columbia, the legislation is contained in the WCB Occupational Health and Safety Regulations; in Alberta, they are contained in the Occupational Health and Safety Codes. The Alberta statute was passed as a result of the murder of a retail worker on a late-night shift in a fast food outlet. The acts require that the employer conduct a hazard assessment and develop and implement written procedures for checking the well-being of a worker assigned to work alone where there is a risk of injury or violence. The concern of the acts is to ensure that workers are able to secure assistance in the event of injury through accident or a criminal act. Workers in isolation include employees who travel alone. Procedures must include a protocol for checking a worker's well-being and must establish the time interval between checks and the procedure to follow in case the worker cannot be contacted, including provisions for emergency rescue.

The statutes also require that a person be designated to establish contact with the worker at the predetermined intervals and that the results be recorded. They also require that there be a check at the end of the work shift. Time intervals for checking a worker's well-being must be developed in consultation with the worker assigned to work in isolation. High-risk activities require a shorter interval between checks. The preferred method for checking is visual or two-way voice contact. Where that approach is not practical, a one-way system that allows the worker to call or signal for help and that sends a call for help if the worker does not reset the device after a predetermined interval is acceptable. Training is required for anyone working in isolation and for anyone assigned to check on the worker.

 Protection of Assets • Copyright © 2012 by ASIS International

Working alone procedures must be reviewed at least annually, and a review must also be conducted if work arrangements are changed in a way that could adversely affect a worker's well-being or if a system is reported not to be working effectively.

## 13.2.10 WORKPLACE VIOLENCE

British Columbia, Saskatchewan, Manitoba, and Ontario specifically address workplace violence in their OH&S legislation, and many other provinces either have draft legislation or are considering it. British Columbia defines violence to include only an act by a person other than a worker. The statute states:

> "Violence" means the attempted or actual exercise by a person, other than a worker, of any physical force so as to cause injury to a worker, and includes any threatening statement or behaviour which gives a worker reasonable cause to believe that he or she is at risk of injury.

The British Columbia Workers Compensation Board expressed the opinion that internal acts of violence are already covered by other sections of the act.

The statutes generally require that a risk assessment be performed in any workplace where there is a risk of injury to workers from violence arising out of their employment. The risk assessment must include the consideration of previous experience in that workplace, occupational experience in similar workplaces, and the location and circumstances in which the work will take place.

Ontario, Manitoba and Saskatchewan have also included workplace harassment and domestic violence that may spill into the workplace in the OHS legislation. Ontario has also included bullying in the interpretation of its statute, and the Manitoba statute defines harassment in terms of affecting a worker's "psychological or physical well-being." The Saskatchewan statute defines harassment as "inappropriate conduct, comment, display, action or gesture by a person" that would fall under one of the grounds of discrimination or would constitute a threat to a worker. Workplace harassment is dealt with by the human rights commissions in these provinces, but it is also defined in the occupational health and safety acts.

The Ontario statute states:

> "workplace harassment" means engaging in a course of vexatious comment or conduct against a worker in a workplace that is known or ought reasonably to be known to be unwelcome ("harcèlement au travail").

The statute also defines workplace violence as

(a) the exercise of physical force by a person against a worker, in a workplace, that causes or could cause physical injury to the worker,

(b) an attempt to exercise physical force against a worker, in a workplace, that could cause physical injury to the worker,

(c) a statement or behaviour that it is reasonable for a worker to interpret as a threat to exercise physical force against the worker, in a workplace, that could cause physical injury to the worker.

The Ontario statute requires the following:

**Policies, violence and harassment**

**32.0.1** (1) An employer shall,

(a) prepare a policy with respect to workplace violence;

(b) prepare a policy with respect to workplace harassment; and

(c) review the policies as often as is necessary, but at least annually.

**Written form, posting**

(2) The policies shall be in written form and shall be posted at a conspicuous place in the workplace.

**Exception**

(3) Subsection (2) does not apply if the number of workers regularly employed at the workplace is five or fewer, unless an inspector orders otherwise.

**Program, violence**

**32.0.2** (1) An employer shall develop and maintain a program to implement the policy with respect to workplace violence required under clause 32.0.1 (1) (a).

**Contents**

(2) Without limiting the generality of subsection (1), the program shall,

(a) include measures and procedures to control the risks identified in the assessment required under subsection 32.0.3 (1) as likely to expose a worker to physical injury;

(b) include measures and procedures for summoning immediate assistance when workplace violence occurs or is likely to occur;

(c) include measures and procedures for workers to report incidents of workplace violence to the employer or supervisor;

(d) set out how the employer will investigate and deal with incidents or complaints of workplace violence; and

(e) include any prescribed elements.

 Protection of Assets • Copyright © 2012 by ASIS International

**Assessment of risks of violence**

**32.0.3** (1) An employer shall assess the risks of workplace violence that may arise from the nature of the workplace, the type of work or the conditions of work.

**Considerations**

(2) The assessment shall take into account,

(a) circumstances that would be common to similar workplaces;

(b) circumstances specific to the workplace; and

(c) any other prescribed elements. 2009, c. 23, s. 3.

**Results**

(3) An employer shall,

(a) advise the committee or a health and safety representative, if any, of the results of the assessment, and provide a copy if the assessment is in writing; and

(b) if there is no committee or health and safety representative, advise the workers of the results of the assessment and, if the assessment is in writing, provide copies on request or advise the workers how to obtain copies. 2009, c. 23, s. 3.

**Reassessment**

(4) An employer shall reassess the risks of workplace violence as often as is necessary to ensure that the related policy under clause 32.0.1 (1) (a) and the related program under subsection 32.0.2 (1) continue to protect workers from workplace violence. 2009, c. 23, s. 3.

**Same**

(5) Subsection (3) also applies with respect to the results of the reassessment. 2009, c. 23, s. 3.

**Domestic violence**

**32.0.4** If an employer becomes aware, or ought reasonably to be aware, that domestic violence that would likely expose a worker to physical injury may occur in the workplace, the employer shall take every precaution reasonable in the circumstances for the protection of the worker. 2009, c. 23, s. 3.

**Duties re violence**

**32.0.5** (1) For greater certainty, the employer duties set out in section 25, the supervisor duties set out in section 27, and the worker duties set out in section 28 apply, as appropriate, with respect to workplace violence. 2009, c. 23, s. 3.

**Information**

(2) An employer shall provide a worker with

(a) information and instruction that is appropriate for the worker on the contents of the policy and program with respect to workplace violence; and

(b) any other prescribed information or instruction. 2009, c. 23, s. 3.

**Provision of information**

(3) An employer's duty to provide information to a worker under clause 25 (2) (a) and a supervisor's duty to advise a worker under clause 27 (2) (a) include the duty to provide information, including personal information, related to a risk of workplace violence from a person with a history of violent behaviour if,

(a) the worker can be expected to encounter that person in the course of his or her work; and

(b) the risk of workplace violence is likely to expose the worker to physical injury. 2009, c. 23, s. 3.

**Limit on disclosure**

(4) No employer or supervisor shall disclose more personal information in the circumstances described in subsection (3) than is reasonably necessary to protect the worker from physical injury. 2009, c. 23, s. 3.

**Program, harassment**

**32.0.6** (1) An employer shall develop and maintain a program to implement the policy with respect to workplace harassment required under clause 32.0.1 (1) (b). 2009, c. 23, s. 3.

**Contents**

(2) Without limiting the generality of subsection (1), the program shall,

(a) include measures and procedures for workers to report incidents of workplace harassment to the employer or supervisor;

(b) set out how the employer will investigate and deal with incidents and complaints of workplace harassment; and

(c) include any prescribed elements. 2009, c. 23, s. 3.

**Information and instruction, harassment**

**32.0.7** An employer shall provide a worker with,

(a) information and instruction that is appropriate for the worker on thc contents of the policy and program with respect to workplace harassment, and

(b) any other prescribed information.

Procedures, policies, and work environment arrangements should be established to eliminate the risk to workers from violence. If elimination of the risk to workers is not possible, there should be procedures, policies, and work arrangements to minimize the risk.

The violence policy statement must be readily available to workers and must include the following elements:

- employer's commitment to minimize or eliminate the risk
- identification of the worksites where violent situations have occurred or may occur
- identification of any staff positions that have been or may be exposed to violent situations
- steps that the employer will take to inform workers of the nature and extent of the risk of violence
- actions that the employer will take to minimize or eliminate the risk

 Protection of Assets • Copyright © 2012 by ASIS International

- reporting procedure to be used by a worker who has been exposed to a violent incident
- procedure that the employer will follow to document and investigate a violent incident
- recommendation that any worker who has been exposed to a violent incident consult a physician for treatment or referral for post-incident counseling
- employer's commitment to provide a training program

Many employers meet the requirement to create a workplace violence policy by including violence in a "respectful workplace" or harassment policy.

The Saskatchewan and Manitoba regulations apply specifically to the following types of employers:

- health care facilities (hospitals, nursing homes, special-care homes, and home care)
- pharmaceutical-dispensing services (such as drug stores and pharmacies)
- education services
- police services
- corrections services
- other law enforcement services (such as government inspection/enforcement services)
- security services
- crisis counseling and intervention services
- retail establishments open between 11:00 p.m. and 6:00 a.m.
- financial services (such as credit unions and cheque cashing establishments)
- premises used for the sale or consumption of alcoholic beverages (such as bars and licensed restaurants)
- taxi services
- transit services

The employer must provide instruction addressing the nature and extent of the risk to workers who may be exposed to the risk of violence. The British Columbia statute also provides for a duty to inform workers of the risk from persons who have a history of violent behaviour and whom workers are likely to encounter in the course of their work. The training must include instruction on recognition of the potential for violence; the procedures, policies, and work arrangements developed to minimize or control the risk to workers; and the appropriate response to incidents of violence, including means of obtaining assistance and procedures for reporting, investigating, and documenting incidents.

The employer must also ensure that a worker reporting an injury or adverse symptom as a result of an incident of violence is advised to consult a physician of the worker's choice.

Appendix B provides a tool for conducting a workplace violence risk assessment. Appendix C provides a format for a violent incident or threat report.

### 13.2.11 CRIMINAL CODE SANCTIONS

In 2004 the federal government passed amendments to the Criminal Code in Bill C-45. The bill provided for a new occupational health and safety criminal negligence offence. The bill expanded corporate criminal liability for all offences to make it easier for prosecutors to convict organizations and senior officers. It also created a new offence of criminal negligence for health and safety offences.

The bill was created to do the following:

- Establish rules for attributing criminal liability to organizations, including corporations, for the acts of their representatives.
- Establish a legal duty for all persons directing work to take reasonable steps to ensure the safety of workers and the public.
- Set out factors for courts to consider when sentencing an organization.
- Provide optional conditions of probation that a court may impose on an organization.

The bill provided for a new section in the Criminal Code (R.S., c. C-34, s. 217.1):

> Every one who undertakes, or has the authority, to direct how another person does work or performs a task is under a legal duty to take reasonable steps to prevent bodily harm to that person, or any other person, arising from that work or task.

The bill is a response to the Westray mine disaster in Nova Scotia, in which 14 miners were killed as a result of poor safety practices. It also addresses other offences in the Criminal Code, including fraud and false pretenses, and was part of a federal initiative on corporate governance as a result of the Enron scandal and other financial problems in the United States.

Criminal negligence is established where the organization or individual, in doing anything or in omitting to do anything that is a legal duty, shows wanton or reckless disregard for the lives or safety of others.

The amendments move the burden of proof on the prosecution from standard criminal liability to a strict liability offence where the Crown does not need to prove intent to commit

 Protection of Assets • Copyright © 2012 by ASIS International

a contravention. The penalties in the amendments provide for maximum imprisonment for senior officers from 10 years to life depending on the seriousness of the offence, and they provide for unlimited fines for the organization.

The Criminal Code sanctions do not preclude occupational health and safety authorities from taking parallel action for the same incident. Meeting minimum legislated standards may not be enough if similar organizations have more stringent programs.

The definition of an organization is very broad. It includes a public body, body corporate, society, company, firm, partnership, trade union, municipality, or association with a common structure that holds itself out as an association (R.S., c. C 34, s. 2).

The previous common-law definition required that the individual be a "directing mind" of the organization, but the amendments changed the definition of a senior officer to a lower level within the organization (R.S., c. C 34, s. 2.):

> "Senior officer" means a representative who plays an important role in the establishment of an organization's policies or is responsible for managing an important aspect of the organization's activities and, in the case of a body corporate, includes a director, its chief executive officer and its chief financial officer ...

The organization, employees, or both may be charged with criminal negligence where a senior officer does any of the following:

- commits the offence
- directs a representative to commit the offence
- fails to prevent a representative from committing an offence that the individual knew was about to occur
- demonstrates a lack of care

Preventive measures that an organization may undertake to avoid criminal liability include security surveys to identify risk; implementation of appropriate countermeasures; staff training and awareness; a paper trail for any safety measures implemented; physical security; contingency planning; and creating the right culture. The organization may use due diligence as a defence.

Canada's occupational and health and safety legislation is based on the right of the employee to be advised of risks, to participate in safety programs, and to refuse work that may cause risk. The employer has a duty to provide a safe work environment, including protection from violence at the work site.

# APPENDIX A

## COMPARISON OF OCCUPATIONAL HEALTH AND SAFETY LEGISLATION

| | Federal | AB | BC | MN | NB | NFLD | NS | NWT | NT | ON | PEI | QC | SK | YK |
|---|---|---|---|---|---|---|---|---|---|---|---|---|---|---|
| **INSPECTIONS** | | | | | | | | | | | | | | |
| Right of entry | • | • | • | • | • | • | • | • | • | • | • | • | • | • |
| Issue orders and directives | • | • | • | • | • | • | • | • | • | • | • | • | • | • |
| Power to obtain information | • | • | • | • | • | • | • | • | • | • | • | • | • | • |
| **ENFORCEMENT** | | | | | | | | | | | | | | |
| Closure orders | • | • | • | • | • | • | • | • | • | • | • | • | • | • |
| Administrative procedures | | | • | | | | | | | | • | | | |
| Prosecution | • | • | • | • | • | • | • | • | • | • | • | • | • | • |
| **RIGHTS AND DUTIES** | | | | | | | | | | | | | | |
| Right to know | • | • | • | • | • | • | • | • | • | • | • | • | • | • |
| Right to participate | • | • | • | • | • | • | • | • | • | • | • | • | • | • |
| Right to refuse unsafe work | • | • | • | • | • | • | • | • | • | • | • | • | • | • |
| Protection from discrimination | • | • | • | • | • | • | • | • | • | • | • | • | • | • |
| Protective reassignment | • | • | • | • | • | • | • | • | • | • | • | • | • | • |
| Duty to promote health and safety | • | • | • | • | • | • | • | • | • | • | • | • | • | • |
| Duty to provide training | • | • | • | • | • | • | • | | | • | • | • | | • |
| Occupational health/ medical programs | | • | | • | • | | | | | • | • | • | • | • |
| Confidentiality of information | • | • | | • | • | | • | • | • | • | • | • | • | • |

 Protection of Assets • Copyright © 2012 by ASIS International

# APPENDIX B

## WORKPLACE VIOLENCE RISK ASSESSMENT

| **Location:** | **Date:** |
|---|---|
| 1. Is your workplace involved with financial transactions or licenses and permits? If Yes, please explain: | |
| 2. Does your workplace deal with environmental issues, enforcement, regulations and compliance, dispute resolution, or the courts? If Yes, please list: | |
| 3. Is your workplace involved with persons who themselves are at risk or who may be emotionally unstable or distraught? If Yes, please explain: | |
| 4. Are there businesses or other organizations in close proximity that deal with high-risk clients? If Yes, please list: | |
| 5. Is the work location in a high crime area? If Yes, please explain: | |
| 6. How many workers are usually employed at your workplace? Please give approximate number: | |
| 7. Is there ever a situation where a worker is working alone? If Yes, please explain: | |
| 8. Is it a high traffic workplace with a large number of clients? If Yes, please give approximate number of clients per hour: | |
| 9. Is it easy for clients or others to gain access to the work area without authorization? If Yes, please explain how: | |
| 10. Are the public access areas and private workplaces clearly marked and separated? If Yes, please explain how: | |
| 11. Are employees regularly outside an office and subject to working alone or in non-secure or high crime areas? If Yes, please explain: | |
| 12. Are equipment, tools, or utensils easily at hand that could be used by a client in a violent act? If Yes, please list: | |
| 13. Is there a record of violent acts or threats at your workplace in recent history (2-3 years)? If Yes, please explain: | |
| 14. Do you record any incidents of physical or verbal abuse/threats? If Yes, please explain: | |
| 15. Have the police ever been summoned to your workplace? If Yes, please explain: | |
| 16. Have you or any of your coworkers had any training in hostility management? If Yes, please explain: | |
| 17. Are workers working alone or in isolation, or in locations not readily accessible by other workers, able to obtain assistance should it be required? If Yes, please explain how: | |
| 18. Have you witnessed any incidents of verbal or physical violence? If Yes, please list: | |
| 19. Are you aware of polices or procedures at your workplace related to violence prevention? If Yes, please list: | |
| 20. A safe room is a room that is easily accessed and locked from inside by a worker, is equipped with a telephone or other means of communicating with authorities, and is not accessible to the public. Does your workplace have easy access to a safe room or to an alternative exit that is not used by the public? If Yes, please describe: | |
| 21. What strategies have been implemented to eliminate or reduce the potential for violence? Please explain: | |
| **Other comments:** | |

**Courtesy British Columbia Public Service Agency**

# APPENDIX C

## VIOLENT INCIDENT OR THREAT REPORT

### 1. IDENTIFYING INFORMATION

<table>
<tr><td colspan="3">Name</td><td colspan="2">Job Title</td></tr>
<tr><td colspan="5">Workplace</td></tr>
<tr><td colspan="5">Location/Address</td></tr>
<tr><td colspan="5"></td></tr>
<tr><td colspan="5"></td></tr>
<tr><td colspan="5"></td></tr>
<tr><td colspan="5"></td></tr>
<tr><td colspan="5">Location of Incident (Specify—for example, reception, hallway, 2nd floor, road check, etc.</td></tr>
<tr><td colspan="5"></td></tr>
<tr><td colspan="5"></td></tr>
<tr><td colspan="5"></td></tr>
<tr><td colspan="5"></td></tr>
<tr><td colspan="5">Date and Time of Incident</td></tr>
<tr><td colspan="5"></td></tr>
<tr><td>Type of Assault/Threat</td><td>☐ Verbal</td><td>☐ Struck</td><td>☐ Pushed</td><td>☐ Written</td></tr>
<tr><td></td><td>☐ Telephone Threat</td><td>☐ Other</td><td>☐</td><td>☐</td></tr>
<tr><td colspan="5">Add additional information on nature of threat, if appropriate (for example, struck with, bitten, etc.)</td></tr>
<tr><td colspan="5"></td></tr>
<tr><td colspan="5"></td></tr>
<tr><td colspan="5">Describe incident (what happened). Use additional paper if required.</td></tr>
<tr><td colspan="5"></td></tr>
<tr><td colspan="5"></td></tr>
<tr><td colspan="5"></td></tr>
<tr><td colspan="5"></td></tr>
<tr><td colspan="5"></td></tr>
<tr><td colspan="5">Medical attention/first aid obtained? Yes No</td></tr>
</table>

 Protection of Assets • Copyright © 2012 by ASIS International

**2. ASSAILANT**

| Who was the assailant, if known (name and position)? | | | |
|---|---|---|---|
| | | | |
| | | | |
| Description | ☐ Male | ☐ Female | |
| Age | Complexion | Height | Weight |
| Other descriptive information | | | |
| | | | |

**3. OTHER INFORMATION**

| Was the assailant (if known) in any previous violence incidents? Yes No |
|---|
| Have there been similar incidents in the past? Yes No |
| Are there any measures in place to prevent a similar incident? Yes No |
| Please provide any additional information you think may be relevant, including any recommendations for preventive measures. |
| |
| |
| |
| Investigation initiated? Yes No |
| Reported to supervisor? Yes No |
| Reported to police or security? Yes No |
| Name of supervisor |

Note: This report does not take the place of an incident investigation report but can be attached to it.

**Courtesy British Columbia Public Service Agency.**

# APPENDIX D

## WORKING ALONE POLICY

### 1. PURPOSE

To ensure employee safety and provide a means of notification and assistance when the employee is working alone or in isolation.

### 2. POLICY

Employees working alone or in isolation and who face a risk of a disabling injury and who might not be able to secure assistance in the event of injury or emergency will be tracked by a person check system. Managers/supervisors will ensure that all employees required to work alone are trained and instructed in working-alone procedures and risk levels.

For the purposes of this policy, general risk categories of working alone include the following (note that the list does not replace a more detailed risk assessment where that may be required):

Risk Level 1

- working alone in an identified low-risk office or similar building location, either before or after normal working hours
- traveling alone on regularly used public roads

*Typical tasks:*

- no direct interaction with customers/clients
- working over the phone with customers/clients
- engaging in other work activities that present a low risk of injury

Risk Level 2

- traveling or working alone in remote or rural areas or on infrequently traveled roads in low- or medium-risk situations
- working in isolated situations in low- or medium-risk situations

*Typical tasks:*

- interacting with customers/clients not known or predicted to exhibit aggressive behavior

 **Protection of Assets** • Copyright © 2012 by ASIS International

- traveling alone in remote/rural locations
- engaging in work activities, alone or in isolation, that have an identified risk for injury for which immediate assistance may not be available

Risk Level 3

- working alone or in isolation in high-risk situations

*Typical tasks:*

- interacting with clients known or believed to exhibit violent behavior
- engaging in other high-risk work activities

Note: Working alone or in isolation in high-risk situations should be eliminated where possible, and the worker should work or travel with a coworker.

## 3. REQUIRED CHECK-IN PROCEDURES

Risk Level 1

Employee advises manager/supervisor or other personal contact of schedule and location. Formal check-in is not required.

Risk Level 2 or 3

Employee initiates check-in procedure, consistent with working alone program requirements:

- Employee ensures that his or her cellular phone, radio phone, pager, or other communications device is working normally.
- Employee advises the contact person of the following:
    - — request for a person-check
    - — name
    - — location, intended destination, and route of travel
    - — estimated duration of travel time or visit
    - — any pertinent details/circumstances, such as remote location, hazardous area due to location, or possible threat situation
    - — time employee will be checking in again
    - — cellular phone number or radio phone frequency
    - — manager's/supervisor's name and phone number (if applicable)

  - vehicle make, model, colour, and license number, especially when traveling in a remote location.
- Employee reports any itinerary changes immediately to the contact person.
- If employee forgets to check in when required and realizes he or she is overdue, the employee should immediately phone the contact person.

### Emergency Contact Only

If the employee needs emergency assistance, such as police attendance or medical assistance, he or she should phone 911. The employee should obtain the emergency contact number before traveling. If unable to contact emergency assistance, the employee should phone the contact person. When calling either emergency services or the contact person, the employee should state his or her name and identify the nature of the emergency and the location. If the employee is unable to talk and has dialed 911, he or she should not hang up. The employee should stay in place if he or she is able and it is safe to do so.

### Contact Person

The contact person should record all information given by the checking-in employee, including the following:

- employee's name
- current task or activity
- intended destination
- estimated travel time and duration
- any pertinent details/circumstances, such as remote location, hazardous area due to location, or possible threat situation
- time the employee will be checking in again
- cellular phone number, radio frequency, or pager number
- manager's/supervisor's name and phone number, if not already known
- vehicle make, model, colour, and license number, as required

If the employee has not called by check-in time, the contact person should initiate a follow-up with the last phone number the employee gave. The contact person should confirm that he or she has the correct number. If practical and especially if the work location is isolated but near at hand, the contact person should dispatch another worker to check on the employee.

If the person-check is unsuccessful, the contact person should contact the appropriate manager/supervisor or initiate designated response procedures.

Response should include contacting the following parties:

- last known and next parties the employee was scheduled to visit
- employee's designated personal emergency contact person, as directed by the supervisor or following previously agreed procedures
- Royal Canadian Mounted Police (RCMP) or local police, as directed by the supervisor or following previously agreed procedures

The caller should then follow the instructions of the supervisor, RCMP, or local police as required.

The decision for initiating a search will be based on several factors:

- location of the employee—the more remote or isolated the location, the more quickly a search will be initiated
- degree of hazard associated with the job or task the employee was undertaking
- the extent to which changing conditions make a search more critical (such as weather or darkness)

Employee safety is a first priority. A search will be initiated if the supervisor has any doubts about the well-being of the employee. Depending on the situation, the supervisor may call on the following resources:

- other employees, trained and/or equipped as conditions require
- search and rescue through the local police, RCMP, or Coast Guard

## 4. DETERMINING THE CHECK-IN INTERVALS BASED ON RISK

As described above, the specific check-in procedure must reflect the risk associated with the working alone activity. The level of risk will determine how often the check-in should occur. It may also help determine how the employee will communicate. The lower the risk, the less frequent the check, and the higher the risk, the more frequent. Higher-risk tasks may also require more sophisticated communication devices, especially for remote locations.

## 5. CHECKOUT PROCEDURE

When the work is finished, the worker will check out by notifying the contact person. The contact person will record the checkout and close the file or log.

## 6. PROGRAM REVIEW

The policies and procedures established for the working alone program should be reviewed annually, when a change to work arrangements has occurred, or when an incident and resulting investigation indicates program improvements are necessary.

Those responsible should consult with occupational health and ensure the following:

- Working alone procedures are in place and working effectively.
- Positions, tasks, or situations that pose a risk of working alone have been identified, and any necessary risk assessments have been undertaken.
- Reports of incidents that have occurred since the last review period are reviewed in order to determine if appropriate follow-up and prevention actions have been taken.

## 7. DOCUMENTATION

The working alone program should include the following key documentation:

- inventory of positions, tasks, or situations where workers are required to work alone or in isolation
- completed risk assessments
- working alone policy or procedures
- training records for affected workers and the contact person
- contact person log book
- minutes of safety meetings related to the working alone program
- results of the program review

 **Protection of Assets** • Copyright © 2012 by ASIS International

# WORKING ALONE POLICY: ATTACHMENT 1

## EXAMPLES OF POSITIONS THAT MAY INVOLVE WORKING ALONE OR IN ISOLATION

- facility operator or attendant on weekends or evenings
- janitorial and maintenance staff
- inspectors, regulatory persons, or family support workers at or traveling to investigations or meetings
- custodial guards and security guards
- technicians or inspection staff on call-out after hours or undertaking sampling or servicing in remote or isolated locations
- residential caretakers
- enforcement staff on patrol
- building inspectors
- workers who travel in the course of work and who travel on rural, remote, or other seldom travelled roads by car, boat, or other means
- regulation or bylaw enforcement officers

**Courtesy British Columbia Public Service Agency.**

# WORKING ALONE POLICY: ATTACHMENT 2

## RISK ASSESSMENT WORKSHEET

<table>
<tr><td colspan="3">Job title:</td><td colspan="4">Assessment done by:</td></tr>
<tr><td colspan="3">Task:</td><td colspan="4">Date:</td></tr>
<tr><th>(A)<br>Kinds of Hazard (based on history)</th><th>(B)<br>Examples</th><th>(C)<br>Worst Probable Incident That Could Happen to Worker</th><th>(D)<br>Likelihood of the Accident Happening</th><th>(E)<br>Likelihood of Disabling Injury</th><th>(F)<br>Likelihood of Help Available</th><th>(G)<br>Rating D x E x F (if above 250, check-in required)</th></tr>
<tr><td>Use of Equipment</td><td>Equipment with rotating or moving parts that can cut, crush, clip, puncture, catch, or pull<br>Machine or vehicle movements<br>Free movement of parts or material (falling, sliding, tipping, flying off, swinging, collapsing), resulting in employee being hit</td><td></td><td></td><td></td><td></td><td></td></tr>
<tr><td>Work Practice or Layout</td><td>Hazardous surfaces, working at heights, awkward movements or postures (such as over terrain or during inspection of equipment or structures), tripping or slipping on wet or slippery surface, struck by, struck against, falling</td><td></td><td></td><td></td><td></td><td></td></tr>
<tr><td>Use of/Proximity to Electricity or Other Energy Source</td><td>Power lines, step potential, static, grounding<br>Electrical switch gear and installations, circuits<br>Lightning</td><td></td><td></td><td></td><td></td><td></td></tr>
<tr><td>Environmental Factors and Working Climate</td><td>Corrosion, oxidation, asphyxiation, poisoning, explosion, infection, drowning<br>Fire, illumination, radiation, steam, hot materials, cold, freezing</td><td></td><td></td><td></td><td></td><td></td></tr>
</table>

 Protection of Assets • Copyright © 2012 by ASIS International

| | | | | | | |
|---|---|---|---|---|---|---|
| Interaction with Others and Human Factors | Working with clients with known or suspected violent behaviours<br>Enforcement and inspection of known or suspected violators<br>Isolation, remoteness to human contact | | | | | |
| Other | | | | | | |

**INSTRUCTIONS**

Complete the worksheet with the worker for each situation where a worker is working alone and may be at risk of an injury that would prevent him or her from obtaining help. Consider which hazards in column (A) might apply and specify the injury in column (C). For column (D), assess the probability of the accident. For column (E), assess the likelihood that the accident would result in an injury serious enough to be disabling.

For column (F), assess the likelihood of help being available to the worker. Rate the requirement for check-in by multiplying the number in column (D) by the number in column (E) by the number in column (F), and enter the number in Column (G)

**CHECK-IN INTERVALS**

For values of (G) up to 200 (low), no further action is required.

For values of (G) between 200 and 400 (moderate), a check-in procedure must be instituted.

- At minimum, a check-in at the start and at the end of the task is required.
- An intermediate check-in will be likely, depending on the length of time spent undertaking the task.

For values of (G) higher than 400 (high), the checks must be frequent.

- More frequent check-in will be required in situations that have had a previous history of hazard exposure (remote travel in winter conditions on roads with known poor road conditions, or enforcement or inspection tasks with known or suspected violent or abusive persons, etc.).
- More frequent check-in will be required where conditions or circumstances can change rapidly (weather, terrain, etc.).
- Intervals of 30 minutes or less should be considered in high risk situations.

**Courtesy British Columbia Public Service Agency**

# REFERENCES

Alberta Occupational Health and Safety Codes. Reg. 321/2003.

Bill C-45. R.S., c. C-34, s. 217.1.

British Columbia Occupational Health and Safety Regulations. B.C. Reg. 296/97.

Controlled Products Regulations. SOR/88-66

Hazardous Products Act. R.S., c. H-3.

Manitoba Workplace Safety and Health Regulation, Man. Reg. 217/2006.

Ontario Factories Act (1884).

Ontario Occupational Health and Safety Act, RSO 1990, c. O-1.

Ontario Industrial Safety Act (1964). R.S.O.

Saskatchewan Occupational Health and Safety Regulations S.36 and 37, 1996, RRS c O-1.1 Reg. 1.

 **Protection of Assets** • Copyright © 2012 by ASIS International

# CHAPTER 14

# CANADIAN LAW OF EVIDENCE

> The law of evidence determines how facts may be proved in a court of law, and what facts may not be proved there. (Cross, 1971)

Like the criminal law, the Canadian law of evidence was based on the common law of England, but over the years it has been codified by statute. Statutes that have committed the common-law rules of evidence to black-and-white include the Canada Evidence Act (1985) and the Canadian Charter of Rights and Freedoms (1982). The common law established restrictions on the government's right to search, the admissibility of confessions, the right against self-incrimination, and the prosecution's burden of proof in substantiating a criminal offence. Provinces and territories have also developed acts on admissibility of evidence at trials and judicial proceedings under their jurisdiction.

The Charter of Rights and Freedoms, however, only applies to governmental functions (criminal or administrative), and its rules on admissibility of evidence do not apply to private relationships, such as the employer/employee relationship in a civil action for wrongful dismissal or a labour arbitration hearing. Even in a governmental action, the court is free to admit evidence obtained in breach of the Charter if the court is satisfied that the administration of justice has not been brought into disrepute.

## 14.1 BASIC PRINCIPLES OF THE LAW OF EVIDENCE

The issue with the law of evidence is admissibility. A court will ask four questions to decide whether a piece of evidence will be allowed to be produced at trial:

1. Is the evidence relevant to the matter at hand?
2. Is it reliable?
3. Can it be authenticated?
4. Does the probative value override any prejudicial effect?

The decision of a court, arbitration panel, or other administrative review process is based on what evidence is proved or disproved. Evidence may take a variety of forms, such as the *viva voce* testimony (oral evidence) of an eyewitness; business or banking documents; video or photographic evidence; physical evidence, such as a weapon, DNA, or other biological or forensic material collected at a crime scene; computer-generated recreations of an accident; or even a view of the scene by a judge and jury. Rules based on statute or the common law outline whether and how evidence may be introduced at a trial or hearing. Much of the time taken during a trial or hearing is spent on objections raised by counsel related to whether certain evidence may be introduced by opposing parties. Counsel may even object to questions put to a witness if there is a concern about the relevance or propriety of the question. The trier of law[21] then must make a ruling on whether the question will be allowed or whether testimony will be stricken from the trial record or otherwise disregarded.

## 14.2 INTRODUCTION OF EVIDENCE AT A TRIAL OR HEARING

### 14.2.1 EXAMINATION IN CHIEF

Most evidence is entered at a trial or hearing through the *viva voce* testimony of a witness or by the witness's act of identifying or introducing a piece of evidence. The party calling the witness must do an "examination in chief" where the witness is asked questions related to his or her knowledge of relevant events at issue. In the examination in chief, the witness is introduced and his or her qualifications to testify are reviewed. For example, a Crown Prosecutor introducing a security officer might ask the officer to identify himself or herself and state why he or she is present. The officer may be an eyewitness to the offence or may introduce an exhibit, such as an item seized at the scene.

[21] The trier of law is the judge, arbitration panel, or administrative tribunal that makes decisions on the admissibility of evidence. The trier of fact makes findings of fact as opposed to rulings of law. Although the trier of law and trier of fact are often the same person or body, the finder of fact may be the jury in a criminal or civil trial.

 Protection of Assets • Copyright © 2012 by ASIS International

In the examination in chief, there can be no leading questions (those that would suggest a desired answer), although the court may allow a few exceptions where questions are being asked on undisputed matters so that the testimony can be speeded up. For example, the prosecutor may say, "I understand that you are a security officer for the ABC Company and that you were on duty the night of. ..."Another exception to the rule arises if the party conducting the examination in chief convinces the court that the witness is hostile or, in criminal matters, has made a prior inconsistent statement. For instance, if a witness gave a written statement to a security officer after an offence and then gives a different version at the trial, the prosecutor may be successful in introducing the written statement and then cross-examining the witness with leading questions.

### 14.2.2 CROSS-EXAMINATION

Once the examination in chief of a witness is completed, the opposing party has the opportunity to conduct a cross-examination. Much more latitude is allowed in a cross-examination, and the party conducting it may ask direct and leading questions of the witness. The witness may be asked a question such as "Isn't it true that you did not have a good view of the accused at the time that you say the offence took place?"

## 14.3 COMPETENCE AND COMPELLABILITY

In deciding whether a witness may testify, the trier of law assesses whether the witness presented is competent and compellable to give evidence. Competence refers to whether a witness has the legal capacity to testify, and compellability refers to whether the witness can be legally forced to testify. Competence may be impinged on such issues as mental incapacity or infancy. Where there is some doubt that a witness is competent, the trier of law will put questions to the witness to assess whether the witness understands the necessity to speak the truth once an oath is administered.

Several statutory and common-law provisions affect the compellability of witnesses. For example, those who are entitled to diplomatic immunity may be competent to testify but cannot be compelled to do so. Under the Charter of Rights and Freedoms, a person accused of a crime is not compelled to give evidence at his or her own trial (s. 11 (c)), although the Canada Evidence Act states that such a person is competent to give evidence (R.S. c. E-10 s. 4(1)). An accused who chooses to testify is then subject to cross-examination by the prosecutor.

Under the Canada Evidence Act (S. 4 (3)), the spouse of an accused is not compellable to disclose any communication during their marriage but is competent to testify for the defence

(S. 4 (1)). The act (S. 4 (2)) provides for exceptions where the spouse is charged with sexual offences under the Criminal Code. One last example of evidence that may not be compellable is communication between a solicitor and client. The communication is not admissible in court against the client. This exception does not protect the solicitor who is a party to the offence, nor does it apply to other professionals, such as doctors, psychiatrists, clergy, or accountants.

## 14.4 TYPES OF EVIDENCE

### Direct and Circumstantial Evidence

Direct evidence is testimony from a witness about what he or she saw, heard, touched, tasted, or smelled. With direct evidence the trier of fact does not need to draw a presumption or inference. For example, the testimony of a security officer in a retail setting that he saw the accused take the item off the counter, place it in his pocket, and leave the store without paying for it is direct evidence. Circumstantial evidence can only be derived from a presumption or inference. Testimony that the security officer saw the accused pick up a rock and throw it and then heard the sound of breaking glass requires the inference that the rock broke the glass and that the accused committed vandalism. Even though the trier of fact must draw an inference from circumstantial evidence, such evidence is still admissible in court and, in fact, is often the only evidence put in at a trial to convict an accused. If the trier of fact can draw a reasonable inference from the circumstantial evidence, it may be sufficient to meet the burden of proof.

### Primary and Secondary Evidence

Evidence may also be divided into primary and secondary categories. Primary evidence is original or firsthand and is often referred to as the best evidence. It is the natural and most satisfactory means of proof (Black, 1991). Secondary evidence is, by nature, inferior to the primary or best evidence, but it may become admissible where the primary evidence is unavailable. Examples of secondary evidence include copies of a document, an affidavit of a witness who is unable to testify, or witness testimony about what was in a document that was lost or destroyed. Generally, the best-evidence rule requires that the primary evidence be introduced if it is available. The Canada Evidence Act, however, provides for the admission of documents or even copies of documents such as those kept by government, business, or banking without the oral evidence of a witness (R.S., c. E-10 s. 19–30).

 Copyright © 2012 by ASIS International

## 14.5 THE RULE AGAINST HEARSAY

Hearsay evidence is testimony by a witness relating what others have said rather than what the witness knows personally. Courts will not hear testimony that is hearsay. For example, Security Officer Smith communicates on the radio to Security Officer Jones that he saw, on the video system, a male headed to the front door with a laptop computer. He describes the person, states that the person is not an employee, and says he suspects theft. Jones stops the person at the front door and confirms that he has no authority to take the laptop. The police are called and theft charges are laid. At trial, Jones may not testify about the conversation he had with Smith on the radio, but he may testify about stopping the person and recovering the laptop. Smith may be called to testify about what he saw on the video and the fact that he passed information to Jones. Each can testify about what he saw, said, and did but not what he was told by the other. The hearsay rule exists because the court should hear testimony from the person who uttered the original words. The rule also exists because opposing counsel cannot cross-examine a witness on the veracity of what he or she claims to have been told, but counsel can cross-examine the original speaker.

As in most rules of law, the exceptions to the rule are as important as the rule itself. The six exceptions to the hearsay rule are as follows:

**1. Government, Business, and Banking Documents**

The Canada Evidence Act contains special provisions for the admission of government, business, and banking documents. The act allows them to be admitted into evidence as truth of their content even without a witness giving *viva voce* testimony of their accuracy.

In one case, the notes of a private investigator who had died before a trial were allowed as evidence as an exception to the hearsay rule because they were business documents made in the ordinary course of business (*Conely v. Conely*, 1968).

**2. Expert Evidence**

A witness does not normally have the opportunity to give a personal opinion on any matter that may relate to the case. The witness is expected to testify about what he or she saw and heard, not about his or her opinion. One of the exceptions to the hearsay rule, however, is that opinion evidence may be accepted from someone who has been qualified as an expert witness. Expert opinion evidence would normally offend the hearsay rule because the expert is relying on research and a body of knowledge created by others and is therefore repeating the comments and opinions of others. Once the qualifications of the expert have been accepted by the court, however, the expert is permitted to provide opinion on his or her area of expertise. The courts have given the following reason for the rule (*Fullowka et al. v. Royal Oak Ventures, Inc. et al.*, 2004):

Opinion evidence is deemed necessary where the Court requires expertise to assist in decision-making, that is, when a trier of fact would not know or have difficulty understanding non-everyday technical concepts and some areas in highly specialized fields known to but a few. Facts would be proven, the expert would apply his or her expert knowledge to only those facts and render an opinion for the benefit of the court.

### 3. *Res Gestae*

*Res gestae* statements are relevant statements made simultaneously with the facts at issue. They are another example of hearsay statements that may be admissible by way of another witness. For example, in one case (*R. v. Fowkes*), a police officer was in a room with a father and son when a shot came through the window. The son saw a face at the window and shouted out the nickname of the person he saw. The police officer did not see the face at the window but was allowed to testify with respect to the son's statement at trial to identify the person who fired the shot.

### 4. Dying Declarations

Another exception to the hearsay rule is a statement related to the cause of death made by a person who is dying. The statement would normally offend the hearsay rule because it is a statement made to a witness and repeated in court. To be admissible, the party tendering the evidence must show that the person making the original statement would have been a competent witness and that her or she was under apprehension of death.

### 5. Affidavits and Depositions

Many statutes and tribunal proceedings allow for affidavits or depositions to be produced in court.[22]

### 6. Admissions and Confessions

A confession is a written or oral statement, not made in court, against the interest of the accused. The introduction of a confession as evidence would normally offend the hearsay rule because the confession is introduced by someone who heard the accused utter the words. Statements and confessions may be inculpatory or exculpatory. Inculpatory statements are those that directly incriminate the accused—for example, "I did it and I'm sorry." An exculpatory statement is a denial by the accused person, such as an excuse or a statement of innocence. A false exculpatory statement (such as a disprovable statement by the accused that "I took the tools but my foreman said I could") could be evidence of guilt.

[22] For example, sections 29 and 30 of the Canada Evidence Act, R.S., c. E-10.

 Protection of Assets • Copyright © 2012 by ASIS International

For a confession to be admissible in court, three issues must be addressed:

**1. Is the statement relevant?**

Like any other form of evidence, a confession is not admissible in court if it is not relevant to the issue at hand. A relevant confession reflects on the guilt of the accused for the offence before the court. In some instances an admission of guilt to past, similar offences may be admissible as similar fact evidence. The court may decide to allow evidence of prior convictions if it is relevant to the guilt of the accused for the offence presently before the court. This rule may also apply outside criminal court. For example, in an investigation of harassment, the fact that the respondent committed similar acts of harassment in the past may be used in consideration of whether the act of harassment under investigation is founded and in the consideration of what discipline is appropriate.

**2. Was the statement voluntary?**

For a confession to be admissible as evidence, the party offering the confession must show that the statement was made voluntarily and without threat or promise. Many cases address the voluntary nature of confessions. The question is not whether the manner of receiving the confession was unfair but whether the confession is reliable. An accused may have confessed under a threat or promise for other benefits. The courts will ask whether the accused confessed to stop abuse or to gain from a promise made by the interrogators. A confession made without threat or promise is more reliable.

A threat may be as simple a statement as "Tell me what happened or we will go to your boss." Even mild threats and promises may cause a confession to be deemed non-voluntary and excluded from evidence. For example, a promise need not be something as obvious as "Tell me what happened and you will keep your job." It may be as simple as "Tell me what happened and things will go better for you."

**3. Was the confession made to a person in authority?**

A confession made to a person in authority is held to a higher standard during a *voir dire*.[23] Where the Crown is offering evidence of a confession made to a person in authority, it must not only prove that the confession was voluntary but also that the Charter rights of the accused were not breached. The definition of a person in authority goes beyond police officers and may include others whom the accused believes might be able to influencing the prosecution. A person in authority be an employer where the offence was against the company or a security officer acting on behalf of the company.[24]

[23] "The preliminary examination which the court may make of one presented as a witness or juror, where his competency, interest, etc., is objected to" (Black, 1991).

[24] For further treatment of this issue, see Kaufman (1974).

The courts have identified the following as being "persons in authority":

- masters with their servants
- father of a rape victim when questioning the daughter's attacker
- government official dealing with aboriginals on a reserve
- captain of a vessel
- Crown Prosecutor
- parent of an accused where the parent is actively involved in questioning

Case law has held that the following are not "persons in authority":

- police informer
- physician with a patient
- bank manager in connection with a former employee

Criminal courts enter into a *voir dire* once the prosecutor indicates that a confession will be introduced as evidence. The purpose of the *voir dire* is simply to establish whether the confession was voluntary. Once the Crown has had the opportunity to introduce evidence of the voluntary nature of the confession, the defence counsel has the opportunity to rebut that evidence or to establish that the Charter rights of the accused were breached so the confession should not be received in evidence. The judge then makes a determination as to whether the confession should be admitted into evidence, and the trial continues. If the confession is ruled to be admissible, the police officer or other witness who received the confession will read it into evidence. In a jury trial, the jury is excluded during the *voir dire* and, if the confession is allowed into evidence, the jury is then allowed to decide on the guilt or innocence of the accused based on the confession and all the other evidence. Where a confession is made to someone who is not a person in authority, it is not necessary that a *voir dire* be held to establish the voluntary nature of the statement.

### 14.5.1 DECISION TO CAUTION THE ACCUSED DURING A SECURITY INVESTIGATION

During an investigation, security may have occasion to question an employee or other accused person. If security staff have exercised an arrest, they are performing a "governmental function" and the suspect should be Charter cautioned. Where there is no arrest and the statement is being taken in the course of an internal investigation against an employee, security is not conducting a governmental function and the Charter of Rights and Freedoms does not apply. Security staff may then elect whether to provide the accused with a Charter caution. They must consider whether the prime reason for the investigation is to serve their employer or to provide the police with sufficient evidence to undertake a criminal prosecution. One factor is that in an internal investigation the employee has a duty to cooperate and be candid and forthright to any questions asked. Once a Charter caution has been issued, that duty no longer exists.

### 14.5.2 JUDGES' RULES

The Judges' Rules were initially drafted in Scotland to help police officers ensure that confessions would be admissible in court. In 1964, the rules were redrafted (Home Office, 1964). Although they were written long before the Charter of Rights and Freedoms, they are an excellent guide for security professionals taking a statement from someone who is a potential criminal accused. The rules provide (in part) as follows:

1. An accused cannot be compelled to remain for questioning if not under arrest.
2. The accused must be given the opportunity to contact a lawyer.
3. Once there is sufficient evidence to prefer a charge, the accused should be informed that he or she may be prosecuted and should be cautioned.
4. A record should be kept of the time and place at which the questioning and statement began and ended.
5. Questions and answers must be contemporaneously recorded.
6. A written statement should record the exact words spoken, and the accused should be asked to read it and make any corrections necessary.
7. Persons other than police officers who are charged with the duty of investigating offences or charging offenders shall, so far as may be practicable, comply with these rules.

Security professionals interviewing potentially accused persons should remember that the object of the interview is to learn the truth, not to induce a pattern of deceit or obtain answers that the questioner wants to hear. There should be no actual or implied threats or promises, and the accused should be given the opportunity to provide a full explanation. The accused should also be questioned in a language and phraseology that he or she understands. Legalese or technical terms unknown to the accused should be avoided. The interviewer should not be aggressive or abusive to the person being interviewed. An audio or video recording of the interview may provide better corroboration of the voluntary nature of the statement. This recording will confirm what was actually said by the accused and will clarify that no threats or promises were made.

## 14.6 DISCLOSURE REQUIREMENTS

*R. v. Stinchcombe* (1991) provides rules requiring criminal prosecutors to provide complete disclosure to the accused. Without the necessity of request, the accused is entitled to the following:

- a copy of his criminal record
- a copy of any statements that he or she made to a person in authority and that were recorded in writing or an opportunity to inspect such statements if they were recorded by electronic means
- inspection of any proposed evidence to be submitted, as well as a copy, where practical
- a copy of the "will state" statements prepared by the police
- any information known to the Crown that would be in the accused's favour
- criminal records of proposed witnesses
- the name and address of any person who might have information useful to the accused

## 14.7 BURDEN OF PROOF

The level of proof required at a trial or tribunal depends on the nature and seriousness of the case, the relevant statute, and the forum in which the case is heard. It is not surprising that society demands a higher burden of proof where the legal repercussions are greater. Figure 14-1 shows the increasing levels of burdens of proof and the settings in which they apply. One arbitration award explained the reason for the higher burden in dishonesty cases as follows (Fruehauf, 1954):

> The social effects upon one having been found guilty of stealing by an established arbitration tribunal may not be as far reaching as if a judicial body had made the finding; yet, the effects upon the public mind, which might be reasonably impressed by the fact that a formalized tribunal to settle industrial disputes issued judgment, would be far greater than if an employee were discharged by an employer on a charge of stealing and no impartial hearing were held.

In any labour arbitration case, the burden is on the employer to establish the breach of the employment relationship and to establish that discipline was appropriate under the circumstances. Arbitration panel rulings can only be appealed on the grounds of procedural error, and the panel is not bound by formal rules of evidence.

 Protection of Assets • Copyright © 2012 by ASIS International

The balance of probabilities is the easiest burden for the plaintiff or employer to meet. It is applied at civil actions and at labour arbitration hearings that do not involve dishonesty (e.g., lateness, poor performance, etc.).

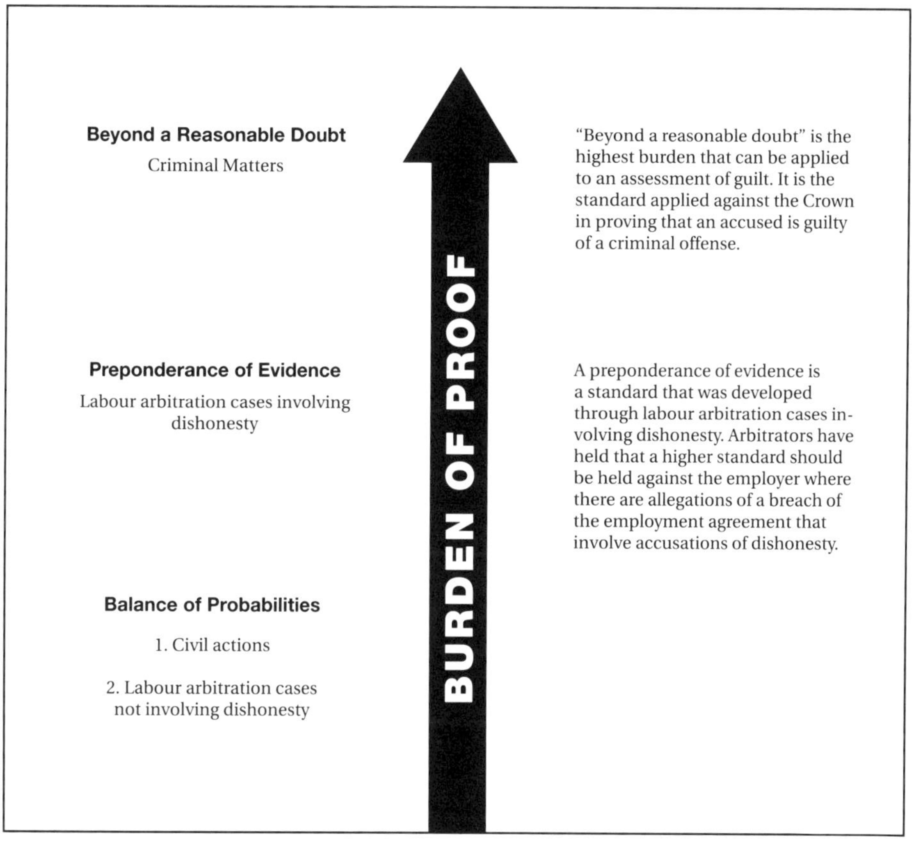


**Figure 14-1**
Burden of Proof

## 14.8 POLYGRAPH EVIDENCE

The polygraph is used by security and law enforcement organizations to test the veracity of a suspect. The instrument works by measuring changes in cardiovascular, respiratory, and electrodermal patterns of the suspect as he or she undergoes questioning. Questions at the beginning of the test establish standards, and the instrument then gives a diagnostic reading indicating the honesty or dishonesty of the individual in answering certain relevant questions. The fact that an accused passed or failed a polygraph test or that he or she agreed or refused to take the test is not admissible in evidence, but any confession provided following a polygraph test is admissible, subject to the usual rules of admissibility of confessions.

The courts have held that the ultimate decision on the credibility of a witness or accused lies with the trier of fact. Courts are therefore unwilling to accept polygraph results or the fact that an accused refused to take a polygraph test as proof of guilt at trial (*R. v. Beland*, 1987).

## 14.9 ENTRAPMENT

The courts exhibit concern when there is a suggestion that an investigator compelled an accused to commit a criminal offence when there was no reasonable ground to believe that the accused would have committed it in any event. The courts refer to this as "random virtue testing" (*R. v. Mack*, 1988). To counter this concern, the defence of entrapment has developed.

The defence of entrapment is sometimes raised in criminal proceedings or at labour arbitration hearings as a result of a security investigation. An accused who wishes to use the defence of entrapment must do so during the trial and must prove the defence on a balance of probabilities. Unless evidence of entrapment can be introduced through other witnesses, the accused must take the stand and introduce the defence during the examination in chief by the defence counsel. To prove the defence, the accused must show that the police or undercover operative went beyond providing the opportunity to commit the offence and actually induced the commission of the offence. To avoid the defence of entrapment, the investigator may only present the opportunity to one who arouses suspicion and may not induce the commission of the offence by pressuring, threatening, or deceiving the person. In some exceptional circumstances, the investigator may be able to avoid a suggestion of entrapment if he or she was testing an area where criminal activity was occurring.

To refute the defence of entrapment, the prosecutor must be able to show that

- the accused was already engaged in the particular criminal activity, or
- the physical location with which the person is associated is a place where the particular criminal activity was likely occurring.

In assessing whether entrapment has taken place, the court considers the following factors:[25]

- reasonableness of the suspicion
- availability of other investigative techniques
- whether an average person in the position of the accused would be induced to commit the crime
- persistence and number of attempts by the investigator before the accused agreed to commit the offence
- type of inducement used by the investigator, including deceit, fraud, trickery, or reward
- timing of the investigator's conduct—in particular, whether he or she instigated the offence or became involved in ongoing criminal activities
- whether the investigator's conduct involved an exploitation of human characteristics, such as friendship
- whether the investigator exploited a particular vulnerability of the person, such as a mental handicap or substance addiction
- harm or risk caused by the investigator (who may also have committed illegal acts) as compared to the accused
- existence of any threats implied or expressly made to the accused by the investigator or other agents
- whether the investigator's conduct is directed at undermining other constitutional values

Some forms of inducement are accepted by the courts without a declaration that entrapment has taken place. In *Nintendo of America v. 798824 Ont. Ltd.* (1991), a private investigator purchased a game cartridge from an employee of a company that had been served a notice of injunction. The court held that the private investigator had made no inducements or threats to the employee in purchasing the cartridge, and the investigator had turned over the evidence upon receiving it. Courts have also upheld evidence in theft cases where investigators have deliberately left valuables available or where marked bills were provided to a cashier to ascertain whether they were later taken from the cash (*R. v. Gallagher*, 1993). However, the courts may frown on some procedures, such as inducing a person who claims to be injured to pick up money or change a spare tire.

---

[25] In *R. v. Barnes* (1991), the Supreme Court held that the mere fact that the accused was previously involved in criminal activity is insufficient to establish "reasonable suspicion."

## 14.10 VIDEO AND PHOTOGRAPHIC EVIDENCE

Video and photographic evidence have become more prevalent in the courts. Video is used for transcribing the statement of witnesses or accused, recreating a scene, recording criminal activity, or depicting surveillance findings. Video and photographic evidence have long been accepted by the courts but with significant limitations related to reliability, relevance, and privacy.

### 14.10.1 RELIABILITY

For video evidence to be admissible, the court must be convinced that it is reliable. If video surveillance is being introduced to show that the plaintiff or defendant was involved in a certain activity, the video must be clear enough to identify the person. In some cases, the plaintiff or defendant may allege that someone else is depicted in the tape (*Mitchell v. Trainor*, 1993).[26]

Video and photographic evidence must be verified by someone who can testify as to where and under what circumstances the evidence was obtained and state that it accurately depicts the scene that existed at the time it was obtained. Although this need not necessarily be the person who obtained the video or photographic evidence, obviously that person would be the best to introduce the evidence.

The courts have accepted digitally enhanced evidence under strict provisions that the original also be produced and that it is up to the court to draw conclusions from the manipulation of the original.

### 14.10.2 RELEVANCE

For any evidence to be admissible in court, it must be relevant to the issue at trial. The test for video and photographic evidence is whether a witness would be permitted to describe the scene depicted by the evidence (*Simpson Timber Co. (Sask.) Ltd. v. Bonville*, 1986).

[26] The plaintiff admitted that some photographs introduced at court were of her but held that others were of her sister. The court found that all the pictures were of the plaintiff and that the private investigator's testimony that he had confirmed the observation through binoculars confirmed the finding.

 Protection of Assets • Copyright © 2012 by ASIS International

### 14.10.3 PREJUDICIAL EFFECT VERSUS PROBATIVE VALUE AND PRIVACY ISSUES

Video and photographic images may not be accepted into evidence even if they meet the preceding criteria—if the court finds that there is slight probative value and the prejudicial effect overrides the value of the evidence.

In one decision of the Federal Privacy Commissioner (PIPEDA Case #269, 2004), an employer hired a private investigator to conduct video surveillance on an employee. The employee had reported a number of work-related injuries and had requested workplace accommodation due to physical limitations. The company became increasingly suspicious of the complainant's claims, given his behaviour and the company's difficulties in obtaining updated medical information. The company had attempted to collect, directly from the complainant, accurate information regarding his ability to perform duties related to his employment, but he was uncooperative.

He was offered temporary positions in line with his physical limitations. He refused them and went on extended medical leave until his physician indicated that he was fit to return to work, with limitations. He returned to work but complained about his workstation. He was frequently absent and reported having other physical difficulties. The company's health officer requested an updated assessment from the employee's physician. She never received one, despite having requested one orally and in writing. The complainant continued to be dissatisfied with the position and workstation that the company provided. The company provided the employee with a rehabilitation program, but it was terminated due to lack of progress and the complainant's increasing physical discomfort. The company asked him to undergo an independent assessment, which he initially resisted. The conclusion of the independent medical assessor was that, while he had physical barriers, he also appeared to have non-physical barriers to returning to work. The assessors noted that it was unlikely that further functional testing would provide an accurate assessment of his true functional abilities.

The company hired a private investigation firm to conduct surveillance on the complainant to determine whether he had been truthful about his physical limitations. Following two weeks of surveillance, the private investigators provided the employer with a report and videotape. That information showed that the complainant had misrepresented the state of his health, and the company terminated his employment.

In the complaint to the Privacy Commissioner, the company argued that the decision to conduct video surveillance was a last resort to determine the veracity of the employee's claims. The company acknowledged that it had no formal policy or procedures in place to guide managers in such situations.

The industrial relations manager provided the investigation firm with direction about the complainant's limitations and instructed the investigators to monitor the employee's activities for several days or as required. The investigators followed the employee for a total of 139 hours over the course of two weeks and provided eight hours of videotape to the company. The tape showed the complainant performing activities that, in the company's medical practitioner's opinion, contradicted his claims of physical limitations.

The Assistant Commissioner's opinion pointed out that paragraph 7(1)(b) of the Personal Information Protection and Electronic Documents Act states that an organization may collect personal information without the knowledge or consent of the individual only if it is reasonable to expect that such knowledge or consent would compromise the availability or accuracy of the information and if the collection is reasonable for purposes related to investigating a breach of an agreement or a contravention of the laws of Canada or a province.

The Assistant Privacy Commissioner noted that the Office of the Privacy Commissioner considers video surveillance to be an extremely privacy-invasive form of technology. She noted that the very nature of the medium entails the collection of a great deal of personal information that may concern innocent third parties, may be extraneous, or may lead to judgments about the subject that have nothing to do with the purpose of collecting the information in the first place. She stated that resorting to video surveillance, especially on employees away from the work site, must be considered only in the most limited cases. She found that there was no question that the company had collected the complainant's personal information without his knowledge and consent.

The Assistant Commissioner noted that an organization must have substantial evidence to support the suspicion that the relationship of trust has been broken, must be able to show that it has exhausted all less-invasive means of obtaining the information required, and must limit the collection to the greatest extent possible.

The Assistant Commissioner noted that the company had, for nearly two years, attempted to accommodate the complainant with his workplace requirements. In June 2001, he was cleared to return to work with limitations, yet he continued to miss work for reasons related to his medical conditions. The company tried, unsuccessfully, to obtain up-to-date medical information. When the employee agreed to the independent assessment, the results did not refute the employer's growing suspicion that he was not accurately representing the state of his health.

The Assistant Commissioner was satisfied that the company's purpose was based on substantial evidence and that its surveillance was undertaken to determine whether the complainant was violating his employment contract by misrepresenting the state of his health. The Assistant Commissioner was also satisfied that the company had tried less privacy-invasive ways to gather the information it required. There were numerous attempts, orally and in writing, to obtain accurate medical information, but these met with resistance from the complainant. He was offered the opportunity to submit to the independent capacity assessment, which he did reluctantly. All these steps were considerably less privacy-invasive, but they did not dispel the organization's concerns. When the company took the step of hiring the private investigator, it outlined what information it was looking for, thereby focusing, as much as possible, the collection of personal information on the complainant.

The Assistant Commissioner stressed that while she was satisfied that the company only resorted to video surveillance after taking numerous measures to obtain the required information with the complainant's knowledge and consent, she recommended that the company formalize the steps it took by developing policy and practices that are privacy-conscious.

She suggested the policy should take into account the following guidance:

- Video surveillance is a last resort and should only be contemplated if all other avenues of collecting personal information have been exhausted.
- The decision to undertake video surveillance should be made at a very senior level of the organization.
- The private investigator should be instructed to collect personal information in accordance with PIPEDA.

In another complaint to the Privacy Commissioner, a railway employee complained that a supervisor had used a video camera installed for safety purposes to gather evidence of the employee leaving the work site early. The Commissioner found that the supervisor used the zoom lens on a video camera to watch the employee go off-site. The Commissioner held that the company failed to use less-intrusive methods first, such as ascertaining whether the employee had permission to go off-site. Accordingly, she found that the privacy complaint was founded.

In *Ferenczy v. MCI Medical Clinic* (2004), the Ontario Superior Court ruled that the admission of video evidence did not offend )PIPEDA. The plaintiff had testified that it was difficult for her to grip a cup following the removal of a cyst from her hand by the defendant doctor. To counter her testimony, defence counsel introduced video of the plaintiff holding a coffee cup with her hand. Plaintiff's counsel argued that the admission of the evidence offended the privacy of the plaintiff. The court overruled this argument on a number of grounds. First, the court found that the private investigator was acting as an agent for the doctor. Second, the court found that the plaintiff had given implied consent because she had put her hand injury in issue by filing the lawsuit. The court stated:

> One who takes such a step (a law suit) surely cannot be heard to say that they do not consent to the gathering of information as to the nature and extent of their injury or the veracity of

> their claim by the person they have chosen to sue. Consent is not a defined term under the Act, and there is no indication in the Act that consent cannot be implied.

The treatment of video evidence in labour arbitrations can be demonstrated in *Re Steels Industrial Products and Teamsters Union Local 213* (Sidhu, 1991). The arbitrator held that there were two questions to ask in relation to surveillance evidence:

- Was it reasonable, in all the circumstances, to request a surveillance?
- Was the surveillance conducted in a reasonable manner?

If the answer to either of the questions is no, then the evidence should not be admitted. Some union–management contracts contain provisions excluding the use of video in the work site (Goldstein, 1991).

Video and photographic evidence may be excluded at a criminal trial where the suspect is able to establish a breach of the right to privacy under section 8 of the Charter of Rights and Freedoms or at a civil action or arbitration where the disputing party can establish a breach of provincial or federal privacy legislation. As a result of the decision in *R. v. Wong* (1991), police are required to obtain a court authorization before installing surreptitious video for criminal cases. Subject to privacy requirements, security staff do not require a court authorization where they can demonstrate reasonable grounds to believe that criminal or employment infractions are being committed.[27] The court or arbitrator will consider the balance between the probative value of the videotaped evidence and the prejudicial effect.

The Federal Privacy Commissioner has suggested that four questions be asked before undertaking video surveillance:

- Is the measure demonstrably necessary to meet a specific need?
- Is it likely to be effective in meeting that need?
- Is the loss of privacy proportional to the benefit gained?
- Is there a less privacy-invasive way of achieving the same end?

---

[27] See *R. v. Swanarchuk* (1990) for the distinction between security surveillance and law enforcement surveillance. The court held that video surveillance of employees in a Safeway washroom did not offend the Charter but would have if it was installed by the police.

 **Protection of Assets** • Copyright © 2012 by ASIS International

In *Re Doman Forest Products Ltd.* (1990), a British Columbia arbitrator considered a request for the admission of video evidence of an employee. The employee took sick leave because of the flu, and the employer hired a private investigator, who obtained videotape of the employee working at a construction site. When the employee returned to work, he told his employer that he had stayed at home to recuperate from the flu. The employee was terminated for cause and grieved his termination. The arbitrator stated that there was a need to balance the employee's right to privacy and the employer's right to investigate. He disallowed the video from evidence because there was a lack of reasonable cause to support the surveillance. The arbitrator found that the employer failed to confront the employee first with any suspicions about malingering and had set a trap for the employee. The arbitrator suggested that the employer should first have asked the employee about the nature of the illness, the effect it would have on his capacity to work, and whether the employee intended to do anything else while off sick. The arbitrator reinstated the employee with a 50 percent loss of pay. An example of the use of video evidence to disprove an injury claim can be found in *Alberta Wheat Pool v. Grain Workers Union, Local 333* (1995).

## 14.11 ADMISSIBILITY OF COMPUTER EVIDENCE

Many employee investigations relate to inappropriate e-mails or Internet access. Courts and arbitration panels have held that employers have the right to monitor employee access to company computers and the Internet. If the information gathered in the monitoring of employee computer access is to be admissible as evidence, the employer should have a policy advising employees that their computer activity is being monitored in a reasonable manner and for appropriate cause.

## 14.12 ADMISSIBILITY OF RECORDINGS OF PRIVATE COMMUNICATION

The Criminal Code of Canada defines private communication in terms of an expectation of privacy (R.S., c. C-34, s. 183):

> "Private communication" means any oral communication, or any telecommunication, that is made by an originator who is in Canada or is intended by the originator to be received by a person who is in Canada and that is made under circumstances in which it is reasonable for the originator to expect that it will not be intercepted by any person other than the person intended by the originator to receive it, and includes any radio-based telephone communication that is

> treated electronically or otherwise for the purpose of preventing intelligible reception by any person other than the person intended by the originator to receive it.

Because of the definition, it is legal in Canada to record a conversation where there is one-party consent. An investigator using a hidden recorder may intercept communication where he or she is a party to it but may not legally leave a recorder in a room where he or she is not a party to the conversation. The police, however, must comply with the Charter of Rights and Freedoms and must obtain a court order to intercept private communications even where there is one-party consent.

Although investigators may legally record private communications to which they are parties, the recordings may or may not be admissible in civil court or arbitration hearings. As early as 1989 the courts found that the recording of a personal conversation may be an invasion of privacy even where it is being introduced by one of the parties to the conversation (*Ferguson and Wuckert v. McBee Technographics Inc.*, 1989).

The Criminal Code is slightly different in relation to interception of radio-based (or cellular) communication. There is an added requirement that the interception be done "maliciously or for gain" (R.S., c. C-34, s. 184.5 (1)). This requirement differentiates between a private investigator being paid to gather the cellular communication with a scanner and an in-house investigator gathering evidence of employee misconduct. In either case, admission of the evidence would be subject to an argument that reception of the evidence was a breach of the person's privacy.

## 14.13 RELIABILITY OF PHYSICAL EVIDENCE

In assessing the reliability of physical evidence, courts consider the continuity of the evidence. The party submitting the physical evidence must be able to establish that it is original and can be depended on as reliable evidence.

This chapter has described how evidence is introduced at a trial or hearing. It has considered the restrictions related to hearsay and exceptions to the hearsay rule. It has also considered restrictions on the introduction of confessions and appropriate means for receiving a confession from an accused person. It has addressed the varying burdens of proof, polygraph evidence, and the defence of entrapment. Admissibility of video and photographic evidence was also considered, as was the admissibility of private communication and computer evidence.

 

## REFERENCES

Alberta Wheat Pool v. Grain Workers Union, Local 333, [1995] 48 L.A.C. (4th) 332 (B.C.)

Black, H. C. (1991). *Black's law dictionary* (abridged 6th ed.). Eagan, MN: West Group.

Canada Evidence Act, R.S. 1985, c. C-5.

Canadian Charter of Rights and Freedoms, [1982] enacted as Schedule B to the Canada Act 1982 (U.K.), c. 11.

Conely v. Conely, [1968] 2 O.R. 677 (C.A.).

Criminal Code of Canada, R.S., c. C-34, s. 183 and s. 184.5 (1).

Cross, R., & Wilkins, N. (1971). *An outline of the law of evidence.* London: Butterworths.

Ferenczy v. MCI Medical Clinic, [2004] O.J. No. 1775.

Ferguson and Wuckert v. McBee Technographics Inc. et al., [1989] 2 W.W.R. 499.

Fruehauf–Carter Division and Int'l Union of Electrical Radio & Machinists, Talbot Lodge 61, (1954).

Fullowka et al v. Royal Oak Ventures Inc. et al, 2004 NMTSC 66.

Goldstein, E. (1991). *Visual evidence: A practitioner's manual.* Toronto: Carswell.

Home Office. (1964). Circular No. 31/1964, Appendix A.

Kaufman, F. (1974). *The admissibility of confessions in criminal matters* (2nd ed.). Toronto: Carswell.

Mitchell v. Trainor, [1993] 123 N.S.R. (2d) 361 (S.C.).

Nintendo of America v. 798824 Ont. Ltd., [1991] 41 F.T.R. 161 (F.C.T.D.).

Personal Information Protection and Electronic Documents Act (PIPEDA). (2000).

PIPEDA Case #269, April 23, 2004.

Re Doman Forest Products Ltd., New Westminster Division and International Woodworkers, Local I-357, [1990] 13 L.A.C. (4th) 275 (B.C.).

Re Steels Industrial Products and Teamsters Union Local 213 (Sidhu), [1991] 24 l.a.c. (4th) 259 (B.C.) (Blasina).

R. v. Barnes, [1991] 63 CCC (3d) 1 (SCC).

R. v. Beland, [1987] 2 S.C.R. 398.

R. v. Fowkes, reported in J. Stephen, Digest of the law of evidence (12th ed.), Littleton, CO: Rothman, p. 8.

R. v. Gallagher, [1993] A.J. No. 681 (P.C.).

R. v. Mack, [1988] 44 CCC (3d) 513 (SCC).

R. v. Stinchcombe, [1991] 3 S.C.R. 326, CanLII 45 (S.C.C.).

R. v. Swanarchuk, [1990] M.J. No. 686 (Q.B.).

R. v. Wong, [1991] 60 C.C.C. (3d) 460 (S.C.C).

Simpson Timber Co. (Sask.) Ltd. v. Bonville, [1986] 5 W.W.R. 180 (Sask. Q.B.).

  Copyright © 2012 by ASIS International

# INDEX

"sex plus" discrimination, 173, 174
"working alone" legislation and policy, 338, 347, 350

## A

accessibility, for disabled persons, 153, 157, 162
affirmative action, 164, 167, 169, 176, 179
agencies. See law, administrative
agency. See liability
Americans with Disabilities Act, 154, 157, 159
arbitration, 33, 34, 165, 305, 359, 368, 376
architectural issues, 153, 154, 155, 157, 159
armed security. See force, use by security
arrest, 40, 50, 63, 73, 94, 96, 134, 168, 300, 304, 307, 310, 322, 366
ASIS Code of Ethics, 14, 16

## B

barriers to access for disabled persons. See architectural issues
behavior of truthful versus untruthful persons, 222, 225
burden of proof, 30, 140, 299, 344, 362, 368

## C

Canada. See law, Canadian
Canadian Charter of Rights and Freedoms, 299, 321, 359, 365, 378
Charter caution, 309, 315, 366, 367
Charter rights, 302, 310, 314
citations, for health and safety violations, 203, 207, 209, 212
civil rights, 82, 133, 134, 148, 164, 167, 172, 175
common law, 119, 120, 129, 299, 301, 305, 359
computers. See crime, computer
contracts, 31, 34, 119, 121, 122, 155, 164, 166, 179
crime labs, 240, 282
crime, classifications of, 83
crime, computer, 89, 254, 255, 283, 377
crime, environmental, 6, 90, 91, 249, 338
cross-examination, 141, 214, 292, 361, 363

## D

disabled persons, 153, 154, 155, 159
discharge, of employees, 28, 31, 109, 112, 133
discrimination, 29, 112, 133, 134, 164, 166, 167, 170, 172, 173, 175, 314, 339

## E

eavesdropping, electronic, 101, 104, 130, 255
employment screening. See preemployment screening
entrapment, 98, 370
equal employment opportunity, 164, 169, 180
Equal Employment Opportunity Commission, 133, 167, 170, 172, 175, 177
espionage, economic, 90, 101, 130
ethics, 3, 187
ethics program, 9, 10
ethics, code of, 10, 11, 16
evidence, handling of, 229, 236, 241, 283
evidence, law of, 111, 130, 140, 189, 201, 229, 287, 300, 306, 312, 359
examiners, polygraph. See polygraph examiners
expert witnesses, 111, 287, 290, 294, 363

## F

Fair Credit Reporting Act, 169
force, use by security, 32, 63, 95, 97, 99, 302, 308, 311, 319
force, use or threat of (crime), 31, 86, 87, 88, 129, 339
Freedom of Information Act, 143, 145

## G

guidelines. See standards and guidelines

## H

handicapped persons. See disabled persons
harassment, 43, 73, 169, 170, 172, 306, 339, 365
health. See occupational safety and health
Health Insurance Portability and Accountability Act, 146
hearsay, 229, 287, 363
human resources, 37, 153, 247

## I

incident scene, preserving, 231, 242, 245
incident scene, safety at, 249, 275, 279
information technology. See crime, computer
interrogation. See interviews, investigative or preemployment
interviews, investigative or preemployment, 34, 57, 94, 96, 110, 170, 222, 231, 233, 299, 367
investigation, 27, 85, 96, 101, 106, 124, 129, 169, 191, 194, 222, 231, 236, 249, 283, 309, 315, 321, 336, 373

## J

Judges' Rules, 300, 367
judicial review, 137, 142

## L

Labor Management Relations Act of 1947, 24
Labor Management Reporting and Disclosure Act, 25
labor, organized, 23, 24, 109, 112, 167
Landrum-Griffin Act. See Labor Management Reporting and Disclosure Act
law, administrative, 135
law, Canadian, 299, 317, 331, 359
law, cases relevant to security, 34, 39, 82, 96, 99, 134, 155, 168, 170, 212, 294, 300, 309, 321, 363, 370
law, civil, 117, 119, 129, 135, 145, 149, 313
law, common. See common law
law, criminal, 33, 79, 130, 207, 211, 307, 311, 344
laws relevant to security, 23, 83, 89, 90, 93, 101, 104, 133, 143, 145, 146, 154, 167, 169, 180, 193, 197, 198, 217, 309, 318, 322, 331, 339, 374
legislation. See laws relevant to security
liability, 58, 90, 122, 124, 126, 127, 169, 185, 322
licenses, 55, 110, 136, 142, 187, 226, 318, 319, 327
lie detector, see polygraph or voice stress analyzer, 104
lockout, during strike, 46

## M

Miranda, decision and warning, 34, 96

## N

National Labor Relations Act, 23, 167
National Labor Relations Board, 24, 112, 167
neuro-linguistic programming, 290


 

## O

occupational safety and health, 197, 247, 249, 320, 331

Office of Federal Contract Compliance, 166

OSHA (Occupational Safety and Health Administration), 197, 214

## P

Personal Information Protection and Electronic Documents Act (Canada), 320, 374, 375

personal protective equipment, 201, 210, 260, 275, 279

personnel. See human resources

polygraph, 104, 217, 370

polygraph examiners, 110, 220, 226

preemployment screening, 29, 34, 113, 134, 186, 217, 219, 321

privacy, 89, 102, 130, 145, 313, 320, 373, 377

Privacy Act, 89, 102, 145

property damage, 36, 41, 87, 131

proprietary information. See espionage, economic

## R

regulation, of security, 183, 317

reports, security, 30, 288, 292, 343, 348

reverse discrimination, 173

rights. See civil rights

rights, Charter. See Charter rights

## S

safety. See incident scene, safety at, or occupational safety and health

scene, incident. See incident scene, preserving

searches, 68, 94, 97, 241, 245, 299, 302, 303, 305, 309, 311, 353

sentencing, 84, 91, 112, 211, 302, 344

standards and guidelines, 10, 16, 92, 123, 147, 155, 157, 185, 200, 201, 205, 208, 336

strike checklist, 58

strike security operations plan, 43, 54, 61

strikes, labor, 23, 36

## T

Taft-Hartley Act, 23, See Labor Management Relations Act

termination. See discharge, of employees

testimony, 111, 287, 360, 362, 363

theft or larceny, 28, 87, 101, 306

torts, 97, 129, 131

training, 14, 42, 92, 186, 245, 318, 338, 343

trespassing. See unauthorized entry or presence

## U

unauthorized entry or presence, 86

unfair practices, in management–labor relations, 24, 26, 29, 38, 51, 112, 167

unions. See labor, organized

## V

video, admissibility as evidence, 51, 259, 273, 302, 321, 372

violence, strike-related, 30, 36, 37, 49

voice stress analyzer, 104, 113, 227

## W

Wagner Act. See National Labor Relations Act

warranties, 122

weapons. See force, use by security

witnesses, 111, 229, 231, 287, 360, 363, See also expert witnesses

workplace violence, 185, 186, 339, 347